KB241556

增 補 版

金廷漢 小說選集

創 作 과 批 評 社

1 9 8 3

머 릿 말

문고판으로 나온 것까지 합하면 이것이 나의 네 번째 창작집이 된다. 네 번째의 책이 나온다는 것은 네 번째나 부끄러움을 자초하는 느낌이 든다.

나는 작품을 가끔 자식에 비교해 본다. 나는 내 자식들에 대해서 큰 소리를 못하는 심정이듯이, 내 작품에 대해서도 마찬가지다. 자식을 몇 몇이 기를 만한 힘도 없는 사람이 자식들을 낳기만 해서 제대로 먹이고 입히고 가르치지도 못한 채 사회에 내 보내어 고생만 시키듯이, 특별한 재주도 없으면서, 또 미처 손질할 새도 없이 변변치 못한 작품들을 덜 렁 발표해서 괜히 마음만 괴로와지기 때문이다.

나도 사람일까? ——가끔 자신을 이렇게 반성해 볼 때가 있다. 아니 반성될 때가 많다. 사람의 입성을 하고 있을 따름이지 몇몇한 사람 구 실은커녕 불의를 뻔히 보면서도 본둥 만둥 쓸개빠진 망석중이처럼 아무 말도 항거도 못하고 질질 끌려만 다니는 것이나 아닐까?

그런 주제에 쥐꼬리 만한 글을 배웠다고 돼먹지도 않은 잠꼬대 같은 소리를 적어 놓곤, 뻔뻔스럽게 낯바닥을 쳐들고 다니는 것 같아 은근히 부끄럽고 마음에 걸릴 때가 많다.

그래서 기언 과각이기 마련이고, 또 남의 권유나 호의로 책을 내게 될 때에도 늘 마음이 편하지를 않다. 創作과批評社의 과분한 호의로 나오 게 된 이 책의 경우도 마찬가지다. 오래 침묵을 지키다가 소위 문단이란 데 복귀한 나를 격려해 주려는 호의는 고맙기 그지 없으나, 한편 어려운 시대를 사는 사람으로서 더더구나 의당 민중의 벗이 되어야 할 작가로 서의 구실을 다하지 못하고 있는 사람을 다시 대중 앞에 끌어내는 것 같 아 마음이 적이 괴롭기도 하다.

여기에 실린 「寺下村」의 네 편의 작품은 모두 30여년 전 일제 치하 에 발표한 것들이다. 더우기 그 중 「抗進記」는 朝鮮日報 창고의 묵은 보 관지에서 겨우 찾아 낸 (그것도 빠진 부분이 있는) 작품이다. 이미 절판

된 지 오랜 옛 작품집 속에서 가려 낸 것과 하마트면 아주 잊어 버릴 뻔했던 작품을 함께 싣게 된 것은 작자를 위해선 다행스런 일이라 생각된다. 독자로서는, 내내 그런 투의 얘기가 아니냐고 할는지 모르지만——.

　모두 그저 갈겨 던진 채 잘 돌아보지 않았던 작품들을 골라, 책을 엮고 교정을 보노라고 아까운 시간들을 낭비해 가며　애써 준 創作과批評社측 젊은 친구들의 호의와 수고에 깊은 감사를 드린다.

1974. 10. 9.　　저자

차   례

寺 下 村

1

타작마당 돌가루 바닥같이 딱딱하게 말라붙은 뜰 한가운데, 어디서 기어들었는지 난데없는 지렁이가 한 마리 만신에 흙고물 칠을 해 가지고 바동바동 굴고 있다. 새까만 개미떼가 물어 뗄 때마다 지렁이는 한층더 모질게 발버둥질을 한다. 또 어디선지 죽다 남은 듯한 쥐 한 마리가 튀어 나오더니 종종걸음으로 마당 복판을 질러서 돌담 구멍으로 쏙 들어가 버린다.

군데군데 좀구멍이 나서 썩어가는 기둥이 비뚤어지고, 중풍 든 사람의 입처럼 문조차 돌아가서, ── 북쪽으로 사정없이 넘어가는 오막살이 앞에는, 다행히 키는 낮아도 해묵은 감나무가 한 주 서 있다. 그러나 그게라야 모를 낸 후 비같은 비 한 방울 구경 못한 무서운 가뭄에 시달려 그렇지 않아도 쪼그라졌던 고목 잎이 볼 모양 없이 배배 틀려서 잘못하면 돌배나무로 알려질 판이다. 그래도 그것이 구십도가 넘게 쩌 내리는 팔월의 태양을 가리워, 누더기 같으나마 밑둥치에는 제법 넓은 그늘을 지웠다. 그럴 다행으로 깔아둔 낡은 삿자리 위에는 발가벗은 어린애가 파리똥 앉은 얼굴에 땟물을 조르르 흘리며 울어댄다. 언제부터 울었는지 벌써 기진맥진해서 울음소리조차 잘 아니 나왔다. 그 곁에 퍼드리고 앉은 치삼노인은, 신경통으로 퉁퉁 부어오른 두 정강이 사이에 깨어진 뚝배기를 끼우고 중얼거려댄다.

「요게 왜 이렇게 안 죽을까? 요리조리 매끈거리기만 하고……예끼!」

그는 식칼 자루로 뚝배기 밑바닥을 탁 내려 찧었다. 빽! 하고 미꾸라지는 또 가장자리로 튀어 내뺀다. 신경통에 찧어 바르면 좋다고 해서, 딸애 덕아가 아침 일찍부터 나가서 잡아 온 미꾸라지다. 그것이 남의 정성도 모르고!

「요 망할 놈의 짐승!」

치삼노인은 다시 식칼로 겨누었으나, 갑작스레 새우처럼 몸을 꼽치고는 기침만 연거푸 콩콩 한다. 그럴 때마다 부어오른 다리의 관절이 쥐어뜯는 듯이 아프며, 명줄이 한 치썩이나 줄어드는 것 같았다. 그예 그의 허연 수염 사이에서 커다란 핏덩어리가 하나 툭 튀어 나왔다.

「에구 가슴이야…… 귀신도 왜 이다지 잡아가지 않을꼬?」

노인은 물 부른 콩껍질같이 쪼그라진 눈에 고인 눈물을 뼈다귀 손으로 썩 씻었다. 곁에 누운 손잣놈은 땀국에 쪽 젖어 있다. 노인은 손잣놈의 입이며 콧구멍에 벌떼처럼 모여드는 파리떼를 쫓아 버리면서, 말라붙은 고추를 어루만진다.

「응, 그래, 울지 말아. 자장 우리 애기…… 네 에미는 왜 여태 오잖을까? 입안이 이렇게 바싹 말랐고나. 그놈의 집에서는 무슨 일을 끼니 때도 모르고 시킬꼬 온! 에헴, 에헴……」

노인은 억지힘을 내가지고, 어린걸 움켜 안고는 게다리처럼 잉거주춤 뻗디고 일어섰다. 그럴 때, 마침 아들이 볕살에 얼굴을 벌겋게 구워가지고 들어왔다. 들어서면서부터 퉁명스럽게,

「다들 어디 갔어요?」

「일 나갔지.」

「무슨 일요?」

「진수네 무명밭 매러 간다고 했지, 아마.」

들깨는 잠자코 웃통을 훨쩍 벗어서 감나무 가지에 걸쳐 놓고는 늙은 아버지로부터 어린것을 받아 안았다. 치삼 노인은 뽕나무잎이 반이나 넘게 섞인 담배를 장죽에 한 대 피워 물면서 아들을 위로하듯이——그러나 대답은 두려워하며 물었다.

「논은 어떻게 돼가니?」

「어떻게라니요, 인젠 다 틀렸어요. 풀래야 풀 물도 없고, 병아리 오줌만한 봇물도 중들이 죄다 가로막아 놓고, 제에기……」

「꼭 기사년 모양 나겠군 그래.」

「기사년은 그래도 냇물은 조금 안 있었나요.」

「그랬지. 지금은 그놈의 수둣바람에……」

「그것도 원래는 약속을 할 때는 농사 철에는 냇물은 아니 막아 가기로 했다는데, 제에기, 면장녀석은 색주가 갈보 놀릴 줄이나 알았지, 어

디 백성 죽는 건 알아야죠.」

들깨는 열을 바짝 더 냈다.

「할 수 없이 이곳엔 인제 사람 못 살 거여.」

「참 아니꼽지요. 더군다나 전과 달라 중놈들까지 덤비는 꼴을·보면…」

아들의 불퉁스러운 어조에는, 거칠 대로 거칠어진 농민의 성미가 뚜렷이 엿보였다. 가물은 그들의 신경을 더욱 날카롭게 하였던 것이다.

치삼노인은 〈중놈〉이란 바람에 가슴이 선뜩하였다.──그것은 자기들이 부치고 있는 절논 중에서 제일 물길 좋은 두 마지기가, 자기가 젊었을 때, 자손 대대로 복 많이 받고 또 극락 가리라는 중의 꾐에 속아서 그만 불전에 아니 보광사(普光寺)에 시주한 것이기 때문이다. 멀쩡한 자기 논을 괜히 중에게 주어 놓고 꿍꿍 소작을 하게 되고 보니, 싱겁기도 짝이 없거니와, 딱한 살림에 아들 보기에 여간 미안스러운 일이 아니었다.

「뭘 허구 인제 와? 소같은 년!」

들깨는 화살을 방금 돌아오는 아내에게로 돌렸다. 그리고 이 꼴 보라는 듯이 물에서 막 건져낸 듯한, 그러나 울어 울어 입안이 바싹 마른 어린것을 아내의 젖가슴에 쑥 내던지듯 했다. 아내는 잠자코 그것을 받아 안기가 바쁘게 부엌으로 들어가더니, 머리에 쓴 수건을 벗어 물에 추겨 가지고 어린것의 얼굴을 닦으면서 일변 젖을 물렸다.

「소같은 년, 어서 밥 안 가져와?」

남편의 벼락같은 소리다. 아내는 부지중 눈물이 핑 돌았다. 들깨는 아내의 귀퉁이라도 한번 올려붙일 듯이 더펄더펄 부엌으로 들어갔으나 한 팔로 애기를 부둥켜 안고 허둥대는 아내의 울상에 그만 외면을 하고는 미처 다 차리지도 않은 밥상을 얼른 들고 나왔다. 그러나 다른 때 같으면 곧잘 넘어가는 보리밥도 그날은 첫술부터 목에 탁 걸렸다.

2

우르르르, 쐐──.

이글이글 달아 있는 폭양 아래 난데 없는 홍수소리다. 물벌레 고기새끼가 죄다 말라져 죽고, 땅거미가 줄을 치고, 개미 떼가 장을 벌였던 봇도랑에, 순덕이 넘게 벌건 황톳물이 우렁차게 쏟아져 내린다. 빨갛게 타져 죽은 곡식이야 인제 와서 물인들 알랴마는, 그래도 타다 남은 벼와 시들은 두렁콩들은 물소리만 들어도 생기를 얻은 듯이 우줄우줄 춤을 추는 것같다. 행길 양 옆을 흘러가는 봇도랑 가에는 흰 옷, 누른 옷, 혹은 검정 치마가 미친 듯이 부산하게 떠들며 오르내린다.

수도 저수지(貯水地)의 물을 터놓은 것이다. 성동리 농민들이 밤낮없이 떼를 지어 몰려 가서 애원에, 탄원에 두 손발이 닳도록 빌기도 하고, 불평도 하고, 나중에는 밤중에 수원지 울 안에까지 들어가서 물을 달리 돌려내려고 했기 때문에, T시 수도 출장소에서도 작년처럼 또 폭동이나 일어날까 두려워서, 저수지 소제도 할 겸 제이(第二) 저수지의 물을 터놓게 된 것이다.

그러나 고까짓 저수지의 물로써 넓은 들을 구한다는 건 되지도 않는 말이고, ──물을 보게 된 것이 차라리 없을 때보다 더한층 시끄럽고, 싸움만 벌어질 판이다.

들깨는 논이 보 꼬리에 달렸기 때문에 몇번이나 저수지 물구멍까지 올라가지 않으면 아니 되었다. 그러나 그렇게 봇머리까지 가서 물을 조금 달아 가지고 오면, 도중에서 이리저리 다 떼이고 자기 논까지는 잘 오지도 않았다.

이렇게 수삼차 오르내리고 보니, 꾹 눌러 오던 화가 그만 불끈 치밀었다.

「여보, 노장님!」

들깨는 오던 걸음을 되돌려서, 소리를 치며 비탈길을 더우잡았다.

「제에기, 논을 떼였으면 떼였지, 인젠 할 수 없다!」

그는 급기야 이를 악물었다. 어느 앞이라고, 만약 한번이라도 점잖은 중에게 섣불리 반항을 했다가는 두말없이 절논이라고는 뚝딱 떼이고 마는 것이다.

노승은 들은 체 만 체, 들깨가 가까이 가도 양산을 받은 그대로 물을 가로 막고 있었다.

「여보, 이게 무슨 짓이요. 밑엣 사람은 굶어 죽어도 좋단 말이요?」

들깨는 커다란 샤벨로써 노승의 장난감 같은 삽가래를 뗏장과 함께 찍어당겼다. 물은 다시 쐐──하고 밑으로 흘러 내린다.

「이사람이 버릇없이 왜 이럴까?」

노승은 짐짓 점잖은 체하고 나무라면서도, 눈에는 시뻘하는 빛과 독기가 얼씬거린다.

「살고 봐야 버릇도 있겠지요.」

「아하, 이 사람이 아주 환장을 했군. 아서라 그렇게 하는 법이 아니다.」
노승은 다시 물을 막으려고 들었다.

「천만에요! 우리도 살아야겠어요. 물을 좀 가릅세다. 노장님까지 이래서야……」

들깨는 제 손으로 갈랐다. 그리고 몇걸음 못 가서, 또 어떤 논 귀퉁이에서 조그마한 애새끼 한 놈이 쑥 나오더니 물을 가로막고는 언덕 밑으로 숨어 버린다.

「에끼, 쥐새끼같은 놈!」

들깨는 골안이 울리도록 고함을 내지르며 쫓아가서, 그놈의 물꼬에다 아름이 넘는 돌을 하나 밀어다 부치었다.

길 저편에서도 싸움이 벌어졌다.──갈갈이 낡아 미어진 헌 옷에, 허리쯤만 남은──남방 토인들의 나무껍데기 치마같은 몽당치마를 걸친 가동할멈이 봇도랑 한복판에 펑퍼져 앉아서 목을 놓고 울어댄다.

「에구 날 죽여 놓고 물 다 가져가오.」

「이 망할 놈의 늙은이, 남이 일껏 끌고온 물만 대고 앉았네. 어디 아가리만 벌리고 앉았지 말구 너도 한번 물이나 끌고와 봐!」

경찰관 주재소의 고자쟁이로 알려져 있는 이 시봉이란 젊은 놈의 팽이는 더펄머리를 풀어헤치고 악을 쓰는 늙은 과부할멈의 허벅살에 시퍼런 멍울을 남겨 놓고 갔다.

들깨는 보릿대모자를 부채삼아 내 흔들면서, 쥐꼬리만한 물을 달고 내려가다가, 철한이란 놈하고 봉구란 놈이 아주 논 가운데서, 곰처럼 별로 말도 없이 이리 밀치락 저리 밀치락 싸움을 하고 있는 것을 보았으나, 말려 볼 생각도 않고 제 논으로만 갔다. 그의 논으로 뚫린 물꼬는 으레 또 꽉 봉해져 있었다.

「어느 놈이 이렇게 지독허게……」

막힌 물꼬를 냉큼 터놓고서, 막 논두덕 위에 올라서자니까, 자기 논 아래로 슬그머니 피해 가는 오촌 아저씨가 보인다. 아저씨도 환장이 되었구나 싶었다. 새벽부터 나돌며 날뛰어도 반 마지기도 채 적시지도 못한 것을 돌아보고는 들깨는 그만 낙심이 되어서 논두덕 위에 털썩 주저앉았으나, 그 쥐꼬리만한 물줄기가 끊어지자 그는 다시금 그곳을 떠났다.

철한이와 봉구란 놈은 아직도 싸우고 있었다.

「이, 이, 이놈의 자식이 사람을 아주 낮보고서.」

봉구란 놈이 벋니를 내물고서 악을 쓴다.

「글쎄, 정말 이걸 못 놓겠니?」

철한이란 놈이 아무리 제비손을 넣으려고 애를 써도, 워낙 떡심 센놈이 돼서 봉구는 달싹도 않고, 되려 철한이란 놈의 턱밑을 쥐고 자꾸 밀기만 했다.

그러던 놈들이, 들깨가 한번 소리를 치자, 서로 잡았던 손을 호지부지 놓고서 논두덕 위로 올라왔다.

「에끼 싱거운 녀석들! 물도 없애 놓고 무슨 물싸움들이야! 분풀이할 곳이 그렇게도 없던가 온!」

들깨의 이 말에, 그들은 쥐꼬리만한 봇물조차 끊어지고 만 빈 도랑만 내려다 볼 뿐이었다.

이윽고 세 사람은 봇목을 향해서 나란히 발을 메어 놓았다. 대사봉(大師峰) 위로 해가 뉘엿뉘엿 기울고, 네 시를 아뢰는 보광사의 큰 종소리가 꽝꽝 울려 왔다. 절에 있는 사람들은 제각기 저녁 밥쌀을 낼 때다. 그러나 그 절 밑 마을——성동리 앞 들판에 나도는 농민들은 해가 기울수록 마음이 더욱 달떴다. 게다가 모처럼 터놓은 저수지의 봇목에 논을 가지고서도, 「유아독존」식으로 날뛰는 절사람들의 세도에 눌려 흘러오는 물조차 맘대로 못 대인 곰보 고서방은 마침내 딴은 큰 맘을 먹고 자기 논 물꼬를 조금더 터놓았다. 그러자 그걸 본 한 양반이 뺙소리를 내지르며 달려왔다. 오더니 다짜고짜로,

「왜 또 손을 대요?」

「인제 물도 다 돼가고 하니 나두 좀 대야지요.」

하다가 고서방은 자기말이 너무 비겁한 것 같아 한 마디 더 보태었다.

「그리고 당신 논에는 물이 철철 넘고 있지 않소.」

「뭐? 넘어? 어디 넘어? 이 양반이 눈이 있나 없나?」

하며 그는 곰보논 물꼬를 봉하려고 들었다.

「안돼요!」

곰보는 물꼬를 아까보다 더 크게 열면서,

「위에 있는 논은 한번 적시지도 못하게 하고 아랫논만 두렁이 넘게 물을 실으려는 건 너무 심하잖소?」

「무어——?」

「그렇게 노려보면 어쩔 테요?」

「야, 이 친구가 밥줄이 제법 톡톡한 모양이로군!」

그는 비쭉 냉소를 했다.

「이 친구? 네집에는 그래 애비도 삼촌도 없니? 누굴 보고 이 친구 저 친구 해?」

「뭐가 어째? 야, 이 녀석이 제법 끌값을 하는군. 어디 상판대기에 빵구를 좀 내줄까?」

「이놈——개같은 놈! 아무리 세상이 뒤바뀌어졌기로서니……」

「야, 이 녀석 좀 봐. 세상이 뒤바뀌어졌다구? 하, 하, 하……」

그는 다른 사람도 다 들으라는 듯이 소리를 높이더니,

「에끼 전방진 녀석!」

그리고 제보다 몸피가 훨씬 큰 곰보의 뺨을 한대 갈겼다.

「이게 뭘 믿고서……」

곰보가 하도 어처구니가 없어서, 그 자의 멱살을 불끈 졸라 쥐니깐, 그 근방에 있던 같은 패들이 벌떼처럼 우— 몰려 왔다. 그러자 아까 가동 늙은이를 상해 놓던 고자쟁이 이 시봉이가 풋볼차던 형식으로 곰보의 아랫배 쯤을 콱 질렀다. 곰보는 악! 하며 그 자리에 쓰러졌다. 쓰러진 놈을 여러 놈들이 밟고 차고……. 그러다가 나중에는 뻗어져 누운 놈을 끌고 주재소에까지 가자고 야단이다. 곰보는 그 말이 무엇보다도 무서워서, 잘못했다고 빌지 않을 수가 없었다.

들깨가 곁에 가도, 곰보는 넋 잃은 사람처럼 논두렁에 멍하니 앉아 있었다. 왼편 눈밑이 퍼렇게 부어 올랐다.

저수지의 물은 그예 끊어졌다. 물 끊어진 수문을 우두커니 들여다보는 농민들은 하도 억울해서 말도 욕도 아니 나오고, 그만 그곳에 주저 앉았다. 그와 동시에 온종일 수캐처럼 쫓아다닌 피로까지 엄습해서 일어날 생각이 없었다.

그러나 한편, 물을 흐뭇이 대인 보광리 사람들은 제 논 물이 행여 아랫논으로 넘어 흐를세라 돋우어 둔 물꼬와, 논두렁 낮은 쯤을 한층 더 단단히 단속하느라고 몹시 바빴다.

고서방은 분도 분이지만, 그보다 내년 봄엔 영낙없이 그 절논 두 마지기가 떨어지고 말 것을 생각하면, 앞으로 살아 나갈 일이 꿈같이 암담하였다. 아무런 흠이 없어도 물길 좋은 봇목 논은 살림하는 중들에게 모조리 메이는 이 즈음에, 아무리 독농가로 신임을 받아오던 고서방일지라도 오늘 저지른 일로 보아서, 논은 으레 빼앗긴 논이라고, 실망하지 않을 수가 없었다.

그는 문득 지난 봄의 허서방이 생각났다.──부처오던 절논을 무고히 떼이고 살길이 막혀서, 동네 뒤 소나무 가지에 목을 매어, 시퍼런 혀를 한 자나 빼물고 늘어져 죽은 허서방이 별안간 눈에 선하였다. 곰보는 몸서리를 으쓱 쳤다. 이왕 못 살 판이면 제에기 처자야 어떻게 되든지 자기도 그만 그렇게 죽어버릴까……자기가 앉은 논두렁이 몇 천길이나 땅속으로 쾅 둘러 꺼졌으면 싶었다.

이튿날 아침 들깨와 철한이는 오랫만에 논에 물을 한번 실어 놓고, 허출한 속에 식은 보리밥이나마 맘 놓고 퍼 넣었다. 그 때까지도 저수지 밑 봇목 들녘과 내 건너 보광리──최근에 생긴 중마을──에는, 빌어서 얻은 계집이라도 잃어버린 듯이, 중들의 아우성 소리가 끊이지 않았다. 그도 그럴 것이 지난 하룻밤 동안에 논두렁을 몇 토막이나 내이고 물도둑을 맞은 사람이 많았기 때문이다. 고서방은 중들의 발악소리를 속 시원하게 들으면서, 군데군데 커다란 콩낱이 박힌 보리밥, 아니 보릿겨밥을 맛나게 먹었다.
「누가 간 크게 그랬을까요?」
아내는 숭늉을 떠 오며 짜장 통쾌한 듯이 물었다.
「그야 알 놈이 있을라구 사람이 하두 많은데.」
고서방은 궁둥이를 툭툭 털면서 일어나 섰다. 담배 한 대 재어 물 여가도 없이 고동 바로 허리춤을 졸라 매고 이주사댁 논을 매러 막 집을 나서려고 할 즈음에 뜻밖에도 주재소 순사 하나가 계딱지만한 뜰안에 썩 들어섰다.
「당신이 고서방이오?」
눈치가 수상하다.
「예, 그렇소.」
「잠간 주재소까지 좀 갑시다.」
「무슨 일입니까?」
고서방은 금방 상이 노래졌다.
「가면 알 테지.」
말이 차차 험해진다.
「난 주재소 불려 갈 일이 없습니다. 죄 지은 일은 없습니다.」
고서방이 뒤로 물러서니깐
「이놈이 무슨 잔소리냐? 가자면 암 말 말고 갔지 그저.」

순사는 고서방의 어깨죽지를 한대 갈기더니, 어느새 포승을 꺼내가지고 묶는다.

「아이구 이게 무슨 일유? 나리 제발 그러지 마세요. 이 분은 죄 지은 일 없읍네다. 나구서 개구리 한 마리도 죽인 일 없다는데, 지난 밤에는 새두룩 이 마당에서 같이 잤는데……. 아이구 이게 무슨 일유?」

학질에 시난고난하면서도, 미친 듯이 매달리는 고서방네를 몰강스럽게 떠밀어 버리며 순사는 기어이 고서방을 끌고 갔다.

3

    한 포기가 열에 벌여,
      ——에이여허 상사뒤야.
    한 자국에 열 말씩만,
      ——에이여허 상사뒤야.

앞 노래에 응해 가며 성동리 농군들은 보광리 앞들에서 쇠다리 주사댁 논을 매고 있다.

백도가 넘게 끓는 폭양 밑! 암모니아 거름을 얼마나 많이 넣었는지 사람이 아니 보이게 자란 볏속! 논바닥에서는 불길같은 더운 김이 확확 솟아 오르고, 게다가 썩어가는 밑거름 냄새까지 물컥물컥 치미는 바람에는 두말없이 그저 질색이다. 그래도 숨이 아니 막힌다면 그놈은 항우(項羽)다. 몽둥이에 맞아 죽다 남은 개새끼처럼 혀를 빼물고 하—하—하는 놈, 벼 잎사귀에 찔려 한 쪽 눈을 못쓰고 퍄악 감은 놈——그들은 마치 기계와 같다. 다른 점이 있다면 앞잡이의 노래에 맞춰서 〈에이여허 상사뒤야〉를, 속이 시원해지는 듯이 가슴이 벌어지게 내뽑는 것쯤일까.

한 놈이 슬쩍 봉구의 머리에다 궁둥이를 돌려대더니, 아기 낳는 산모 모양으로 힘을 쭉 준다.

「예, 에끼, 추—추한 자식!」

봉구는 그놈의 종아리를 썩 긁어 버린다.

「아따, 이놈아, 약 값이나 내 놔!」

그놈이 되려 봉구를 놀리려고 드니까, 곁에 있던 철한이란 놈이 얼른 그 말을 받는다——.

「약값? 야 이놈아 참 네가 약 값을 내놔야겠다. 생 무우 먹은 놈의 트림냄새도 분수가 있지 온……」

「아닌게 아니라, 냄새가 좀 이상한 걸. 이 사람, 자네 똥구멍 석잖았나?」

또 한 놈이 욱대긴다.

「여—역놈의 대밭에 마, 말다리 썩는 냄새도 부,부,부,분수가 있지!」

봉구란 놈이 제법 큰 소리를 친다. 그러면서도 자기는 입은 그대로 . 제 옷에 오줌을 질질 싸고 있다.

하— 하—, 꿍— 꿍……!

「어이구 이놈 죽는다!」

철한이란 놈이 속이 답답해서 앞으로 몇 걸음 쑥 빠져 나간다.

「쉬—ㅅ! 쇠다리 온다.」

들깨란 놈이 주의를 시킨다.

쇠다리주사가 뒤에서 논두렁을 타고 왔다. 한 손에는 양산, 한 손으론 부채를 흔들면서. 쇠다리주사가 뭐냐고? 그렇다. 옳게 부르면 이주사다. 그러나 속에 똥만 든 그가 돈냥 있던 덕분으로 이조 말년에 그 고을 원님에게 쇠다리 하나 올리고서 얻은 〈주사〉란 것이 오늘날 와서는 세상이 달라진만큼 그만 탄로가 나고 말았기 때문에, 모두들 그를 그렇게 불렀다. 물론 안 듣는 데서만이지만.

「모두들 욕 보네. 허— 날이 자꾸 끓이기만 하니 온!」

어느새 쇠다리가 뒤에 와 선다.

「그런데 조금 늦더래도 이 논배미는 마자 매고 참을 먹어야겠군. 자, 바짝——팔대에 힘을 넣어서. 저런, 봉구 뒤에는 벼가 더러 부러졌군, 아뿔싸!」

쇠다리주사는 혀를 쯧쯧 차며 부채를 방정맞게 흔들어댔다.

일꾼들은 잠자코 풀 죽은 팔에 억지 힘을 모았다. 거치른 볏줄기에 스친 팔뚝에는 금방 핏방울이 배어 나올 듯했다. 그러나 그들은 눈을 질끈 감고, 대고동을 해 낀 갈퀴같은 손으로, 어지러운 벼포기 사이를 썩썩 긁어댔다.

흐— 흐—, 꿍— 꿍……!

얼굴마다 콩낱같은 땀방울이 뚝뚝 떨어지고, 놀란 메뚜기떼들이 파드닥파드닥 줄도망질을 친다. 노래는 간 곳 없고! 나머지 열 자국!——

그들은 아주 숨쉴 새도 없이 서둘렀다.

「요놈의 짐승!」

제일 먼저 맨 철한이란 놈이, 뒤쫓겨 나온 뱀 한 마리를 냉큼 잡아 올려 가지고는 핑핑 서너번 내두르더니 훌쩍 저편으로 날려 버린다.

고대하던 쉴 참이 왔다. 농부들은 어서 목을 좀 추겨 보겠다고 포플라나무 그늘에 갖다 둔 막걸리 통 곁으로 모여 갔다.

우선 쇠다리주사부터 한 잔 했다.

「어——, 그 술 맛 좋—군!」

쇠다리주사는 잔을 일꾼들에게 돌려주고, 구레나룻을 휘휘 틀어 올리더니,

「그런데 참 술이 한 잔씩밖에 안 돌아갈는지 모르겠군. 그저 점심때 쌀밥(쌀이 사분지 일 될까?) 먹은 생각하구 좀 참지. 그놈의 건 잘못 먹으면 일 못하기보다 괜히 사람 축나거든. 더군다나 오늘같이 더운 날에는……」

그러나 농부들은 사발 바닥이 마르도록 빨아 넘기고는, 고추장이 벌겋게 묻은 시래기 덩어리를 넙죽넙죽 집어 넣는다. 목도 말랐거니와 배도 허출했다.

그럴 때 마침 뿡— 하고, 자동차 한대가 그들이 쉬는 데까지 먼지를 집어 씌우고 달아나더니 보광리앞에서 덜컥 머물었다. 거기서 내린 것은 ——해수욕을 갔다오는 보광리 젊은 사람들이었다. 일본으로, 서울로 유학을 하고 있는 팔자 좋은 젊은이들이었다. 물론 계집애들도 섞여 있었다. 성동리 농부들은 한참동안 그들을 바라보았다. 그들 가운데 섞여 있던 고자쟁이 이 시봉이 웬 일인지 차에서 내리자 바른총으로 주재소로 들어갔다.

술을 살 못하기 때문에 식은 밥만 누어 술 뜨고 난 들깨는 눈이 주재소 문에 가 박혔다. 얼마 뒤에 시봉이가 나왔다.

「고서방은 어찌 됐을까?」

부지중 중얼거린 들깨. 묵묵히 이마에 석삼자를 깊게 지우는 철한이. ——우리 때문에 무고한 고서방이……! 그들은 그대로 가만히 있는 자기들이 그지없이 부끄럽고 맘이 피로왔다.

세상을 모르는 봉구란 놈은 제 발바닥의 상처만 풀어 헤쳐놓고, 그속에 들어간 뼐을 꺼내고 있다. 다른 농군들은 행려(行旅)의 시체처럼, 거무데데한 뱃가죽을 내놓고 길바닥 위로, 잔디 위로 그늘을 찾아서 여기

저기 나자빠졌다. 어떤 친구는 어느새 코까지 쿨쿨 골고, 어떤 친구는 불개미한테 거기라도 물렸는지 지렁이처럼, 자던 몸을 꿈틀꿈틀한다.

매미란 놈들이, 잎사귀 하나 까딱 아니 하는 높다란 포플라나무에서, 그 밑에 누워 있는 농군들을 비웃는 듯 구성지게 매암매암매— 한다.

모기 속에서 저녁을 치르고 나면 마을 사람들은 게딱지같은 집을 떠나서 모두 냇가로 나온다. 아무런 가뭄이라도 바위 틈에서 새어 나오는 물이 군데군데 제법 웅덩이를 만들었다. 냇가의 달밤은 시원하였다.

먼동이 트면 곧 죽고 싶은 마음
저녁밥 먹고 나니 천년이나 살고 싶네.

어느새 벌써 달려 나와서 반석 위에 번듯 누워 하늘을 쳐다보며 읊조리는 쇠다리주사댁 머슴 강도령의 노래다.

반달같이 생긴 다리 아랫편 뱃사장에는 애새끼들이 송사리처럼 모여서, 노래로 장난으로 혹은 반딧불 쫓기로 부산하게 떠들고 뛴다. 비를 기다리는 하늘에서는 구름 한점 없이 달만 밝고, 달빛 속에 묻힌 성동리 집집에서는, 구름인듯 다투어 모기연기만 피워, 산으로 기어오르고 들로 내려깔려 연긴가 달빛인가 알 수도 없다.

남자들의 뒤를 이어 여자들도 떼를 지어 다리를 건너 왔다.

다리 윗편이 남자들의 자리다. 그들은 나오는 대로 몸을 감고는 여기저기 반석을 찾아 가기가 바쁘다. 가는 곳이 그들의 그날밤 잠자리다. 그리도 못하는 놈은——행인지 불행인지 아직도 제 논에 풀 물이 있어서 봇목으로 물 푸러 가는 놈! 그러나 물푸개 석유통을 옆에 둔 채 어느새 지쳐 한잠이 든 봉구는, 밤중이 넘어서 공동묘지 입구까지 물 푸러 갈 것인지 코만 쿨쿨 골아댄다.

그래도 남은 놈들은 이야기에 꽃이 핀다.

「들깨, 자네 누이동생은 어쩔 텐가?」

「어쩌긴 무얼 어째?」

「키 보니 녁녁히 시집 갈 때가 됐던걸.」

키는 그래도, 나인 인제겨우열일곱이야. 열일곱에 혼사 못 될 건 없지만 어디 알맞은 자리가 쉬 있어야지.」

「아따 이사람 염려 말라구. 그만한 인물이면야 정승의 집 며느리라도 버젓하겠는데. 자리가 왜 없을라구!」

「이 사람이 왜 또……괜히 얼굴만 믿고 지나친 데 보냈다가 사흘도 못 돼서 쫓겨 오게! 천한 사람은 그저 천한 사람끼리 맞춰야지……」

「암 그렇구말구!」

가만히 듣고만 있던 철한이란 놈이 뜻밖에 한마디 보태었다.

그럴 때 마침 다리 아랫목에서 멱을 감고 있던 여자들이 킥킥거리며, 또는 욕설을 하면서, 남자들이 노는 윗편으로 자리를 옮겨 간다. 그걸 본 강도령,

「위에 가면 안 되오. 왜 밑에서 허잖구——?」

「보광리 새끼들 때문에 밑에선 못하겠다우.」

아낙네들의 대답이다. 남자들의 시선은 일제히 다리 아랫편으로 쏠렸다. 하늘 높게 백양목이 줄지어 선 곳——

사랑으로 여위었느니 어쨌느니 하는 레코드에 맞춰서 반벙어리 축문 읽는 듯한 노래소리가 들려왔다.

「유성기는 또 누구를 홀리려고 가지고 다닐까. 저것들이 곧잘 여자들이 멱감는 곳만 찾아 다닌단말야.」

강도령이 남 먼저 욕지거리를 내놓는다.

「예—끼 더런 자식들! 듣기 싫다. 집어치우고 가거라, 가!」

동네 젊은 녀석들은 모두 바위에서 일어나서 욕을 한바탕씩 해 주고는 얼른 논두렁으로 올라가서 진흙을 가득가득 움켜 냇물 속에 핑핑 내던졌다.

보광리 만무방들이 돌아간 뒤, 농부들은 머리에서 수건을 풀어 제각기 얼굴을 가리기가 바쁘게 너럭바위 위에 휘뚝휘뚝 쓰러졌다. 쓰러지자 곧 쿨쿨.

직박한 농촌의 밤이나. 다만 어디선지 놋그릇을 땅땅 누드리며 〈남의 집 며느리 낮에는 잠자고 밤에는 일하네.〉 하고 학질 주문(呪文)을 외우고 다니는 소리만 그쳤다 이었다 할 뿐. 길쌈하는 아낙네들의 노란 등 잔불도 꺼지기가 바쁘다.

4

가뭄은 오래오래 계속되었다. 아침 저녁으로는 제법 거무스름한 구름 장이 모여 들다가, 해만 지면 그만 어디로 사라져 버렸다. 꼭 거짓말

같이……. 보광사 절골을 살며시 넘어다 보는 그 놈도 알고 보면 얄미운 가뭄구름. 뒷 산성 용구령에 안개가 자욱해도 헛일. 아침 놀, 물밑 갈 바람은 더군다나 말도 안되고. 어쨌든 농부들은 수백년래 전해 오고 믿어 오던 골짜기 천기조차 온통 짐작을 못할 만큼 되었다. 날마다 불볕만 쨍쨍——그들의 속을 태웠다. 콧물만한 물이라도 있는 곳에는 아직도 환장한 사람들이 와글거리고, 풀 물도 없어진 곳에는 강아지새끼도 한 마리 안 보였다. 물 좋던 성동들도 삼년 전 소위 수도 수원지(水源池)가 생기고는 해마다 이 모양——여기저기 탱고리 수염같은 벼포기가 벌써 발갛게 모깃불 감이 되고, 마을 앞 정자나무 밑에는 떡심 풀린 농부들의 보람없는 걱정만이 늘어갈 뿐이었다.

걱정 끝에 하룻밤에는, 작년에도 속은 그놈의 기우제(祈雨祭)를 또 다시 벌였다. 앞산 봉우리에다 장작불을 피워 놓고 성동리 사람들은 목욕재계를 하고 어떤 위인은 낡은 두루마기, 또 어떤 위인은 제법 몽당 도포까지 걸치고서 쭉 늘어섰다. 구장, 들깨, 갓이 비뚤어진 봉구……. 옛날 훈장 노릇을 하던 노인이 쥐꼬리보다 작은 상투를 숙이고서 제문을 읽자 농부들은 일제히 하늘을 우러러 보고 절을 하며 비를 빌었다.

「만인간을 지켜 주시는 천상의 옥황상제님이시여……!」

그들은 몇 번이나 코가 땅에 닿도록 절을 하였다. 이글이글 타오르는 불길을 따라 그들의 축원도 천상에 통하는 듯하였다.

기우제는 끝났다.

「깽무깽깽 쿵덕쿵덕, 깽무깽깽 쿵덕쿵덕……」

농부들은 풍물을 울리면서 산을 내려왔다.

동네 앞 타작마당에서 그들은 짐짓 태평성대를 맞이한 듯 소고를 내두르며 한바탕 멋지게 놀았다. 조그만 아이놈들도 호박꽃에 반딧불을 넣어 들고서 어른들을 따라 우쭐거렸다.

「구, 구, 구장 어른, 저, 저, 구름 좀 봐요!」

봉구란 놈이 무슨 엄청난 발견이라도 한 듯이 엉덩춤을 추면서 외쳤다. 아닌 게 아니라 거무스름한 구름장 하나가 달을 향해서 둥실둥실 떠왔다.

「얼씨구 좋다! 쿵덕쿵덕!」

농부들은 마치 벌써 비나 떨어진 듯이 껑충껑충 뛰어댔다. 그러나 그것도 모두 헛일—— 하루, 이틀, 비는커녕 안개도 내리지 않고, 되려 마음만 졸였다. 불안은 각각으로 커져만 갔다.

그러한 하룻날 보광사 농사조합에서 성동리의 유력자——쇠다리주사

와 면서기며 농사조합 평의원인 진수를 청해 갔다. 그래서 그들이 저쪽
의 의논에 응하고 가져온 소식——그것은, 오는 백중날　보광사에서 기
우불공을 아주 크게 올릴 예정이니까, 성동리에서는 한 집에 한 사람씩
참례를 하는 것이 좋겠다고. 기우불공이라니 고마운 일이다.

「허지만 우리 같은 것 그리 많이 모아서 뭘 헌담? 불공은 중들이 헐
텐데……」

농민들은 무슨 영문인지 잘 몰랐다. 그러나 안 갔으면　가만히 안 갔
지, 보광사의 논을 부쳐 먹고 사는 그들이라 싫더라도 반대는 할 수 없
는 처지였다.　이왕이면 괘불(掛佛)까지 내걸어 달라고　마을 사람측에
서도 한 가지 청했다. 괘불을 내어 달면 아무리 어려운 일이라도 소원성
취 된다는 말을 어릴 때부터 종종 들어온 그들이었다. 하지만 절측에서
는 경비가 너무 많이 든다고 첨에는 뚝 잡아떼었다. 고까짓 일에　무슨
경비가 그리 날 겐가? 어디, 과연 영험이 있나 없나 보자!——마을 사
람들은 꽤 큰 호기심을 품고서 간곡히 청했다.　구장이 두어 번 헛걸음
을 한 뒤, 쇠다리주사가 나가서 겨우 승락을 얻어 왔다. 그래서 칠월 백
중날! 보광사에서는 새벽부터 큰 종이 꽝꽝 울렸다.

성동리 사람들은——농사조합 평의원인 진수와 구장과 그 다음　몇사
람 빼놓고는 대개 중년이 넘은　아낙네들과 쓸데없는 아이놈들뿐이었지
만——장꾼같이 떼를 지어 절로 절로 올라갔다.

천 여년의 역사를 가지고 무려 백여명의 노소승(老少僧)이　우글거리
는 선찰 대본산 보광사에는 벌써 백중불공차 이곳 저곳에서 모여 든 여
인들이 들끓었다.

오색 단청이 찬란한 대웅전을 비롯하여, 풍경소리 그윽한 명부전, 팔
상전, 오백나한전……부처 모신 방마다 웬만한 따위는 발도 잘 못 들여
놓을 만큼 사람들이 꽉꽉 들어찼다. 그들은 엉덩이 혹은 옆구리를 서로
맞대고 비비대기를 치며,　두 손을 높게 들어 머리 위에서부터　합장을
하고 나붓이 중절을 하였다. 아들 딸 복 많이 달라는 둥, 허리 아픈 것
어서 낫게 해 달라는 둥……제각기 소원들을 은근히 빌면서. 잠자리 날
개보다 더 엷은 생노방주 옷에 모두 제가 잘난 체 부처님 무릎 앞에 놓
인 커다란 희사함(喜捨函)에 아낌없이 돈들을 척척 넣고 가는 그들! 얼
핏 보면 최다만석군의 부인, 알고 보면 태반은 빚 내어 온 이들.

성동리 아낙네들은 명부전 뒤 으슥한 구석에서 잠깐 맘을 거두고서,
대웅전 앞으로 슬슬 나왔다. 자기들 딴에는 기껏 차려봤겠지만, 앉으려

는 겐지 섰는 겐지 분간을 못할 만큼 풀이 뻣뻣한 삼베치마 따위로선 그런 자리에 어울릴 리가 만무하였다. 다른 분들과 엄청나게 차가 있는 자기들의 몸차림을 못내 부끄러워 하는 듯, 어름어름 차례를 기다리고 섰다.

그러자, 며칠 전부터 와 있던 진수 어머니가 어디서 봤는지 쫓아 왔다. 아주 반가운 듯한 얼굴을 하고,

「여태 어디들 처박혀 있었어? 아까부터 아무리 찾아두 온……. 다들 부처님 참배는 했나?」

자기는 벌써 보살님이나 된 셈 치는 어투였다.

「아직 못 봤수. 웬걸 돈이 있어야지!」

이 얼마나 천부당 만부당한 대답일까?

「그럼, 시줏돈도 없이 절에는 뭘 하러들 왔수?」

진수어머니는 입을 삐쭉하더니,

(이것들 곁에 있다가는 괜히 큰 망신하겠군!)

할 듯한 표정을 하고는 어디론지 핑 가버린다.

베치마 패들은 잠깐 주저주저하다가

「돈 적으면 복 적게 받지 뭐」하고, 남편이나 아들들이 끼니를 굶어가며 나뭇짐이나 팔아서 마련한 돈들을, 빚의 끝돈도 못 갚게 알뜰살뜰히도 부처님 앞에 바치고 나온다. 더러는 내고 보니 꽤 아까운 듯이 돌아다보기도 했다.

법당 뒤 조그마한 칠성각 안에는, 아기 배려고 백일기도 한다는 젊은 아낙네. 지리하지도 않은지 밤낮으로 바깥 난리는 본 체 만 체하고, 곁에 선 중의 목탁소리에 맞춰 무릎이 닳도록 절만 하고 있다. 자기말만 잘 들으면 틀림없다는 그 중의 말이 영험할진대 하마나 아기도 뱄을 것이다.

꽝! 뗑뗑, 둥둥둥, 똑똑, 촤르르!

종각의 큰 북소리를 따라 각전 각방의 종, 북, 바라며 목탁들이 한꺼번에 모조리 발광을 하자, 허주지의 지휘를 좇아 이빠진 노화상(老和尙)의 독경소리와 함께 엄숙하게 불문이 삑삑삑 열리고, 새빨간 가사의 서른두 젊은 중의 어깨에 고대하던 괘불(掛佛)이 메여 나와, 대웅전 앞 넓은 뜰 한 가운데 의젓이 세워졌다. 삼십 여장의 비단에 그려진 커다란 석가불상!

장삼 가사를 펄럭이는 중들은 말할 것도 없고, 모여든 구경꾼들까지 상

감님 잔치에라도 참례한 듯이 놀라울 만큼 엄숙해졌다.

공양상이 나오자, 주지를 비롯하여 각방 노승들이 참배를 드리고, 다음으로 젊은 중, 강당 학인(學人), 그밖에 애기중들, 그리고 중마누라와 보살계에 든 여인들, 맨 나중이 일반손님들의 차례였다. 중들을 빼놓고는 모두 앞을 다투어 돈들을 내걸고 절을 하며 소원성취를 빌었다.

「어서 물러 나와요, 다른 사람도 좀 보게.」

진수어머니는 다같은 보살계원을 밀어내고 들어서더니, 자기는 돈을 얼마나 냈는지 절을 열번도 더 했다. 주지부인을 보고, 어머니 어머니 하고 섰던 진수도, 남 먼저 쫓아나가서 대가리를 땅에 처박았다.

성동리 아낙네들은 이미 주머니가 빈지라, 부러운 듯이 곁에서 남이 하는 구경만 하고 있었다.

이러한 거추장스런 일이 다 끝난 뒤에야 겨우 기우불공이 시작되었다. 괘불 앞에는 큰 북이 나오고, 바라가 나오고, 목탁이 나오고……. 성동리 구장이 동네서 긁어 온 돈을 내걸자 기도는 비로소 시작되었다.

「딱딱 딱딱, 나무아미타—불, 관세음보—살, 꽹, 둥, 촬, 딱다글!」

목탁소리와 함께 독경소리가 높아지고 경문의 구절마다 꽹과리, 북, 바라, 큰 목탁이 언제나 꼭 같은 장단을 짚는다.

성동리 사람들은 중들의 기도를 따라서 자기들도 절을 하였다. 중들의 궁둥이를 향해서. 어떤 중은 이리저리 돌아다니면서 무지막지한 촌뜨기들의 가지각색의 절들을 통일시키기 위하여, 불갓절을 모르는 위인들의 몸에 함부로 손을 대가며 합장절을 가르쳤다. 이번에는 물론 삼베치마들도 한몫 들었다. 그러나 그들의 절이란 어울리기는커녕 우습기가 한량 없었다.

기도의 한 토막이 끝나려 할 즈음 잦은 고개를 넘는 경문, 신이 나서 어깨를 우쭐거리는 장단꾼, 청천백일 아래서 이마를 땅에 대고 제발 덕분에 비오기를 비는 농부들과 그들의 어머니며 아내들……

기도가 쉴 참에 성동리 사람들은 어마어마한 강당 안을 버릇없이 들여다보았다—. 아마 여든도 훨씬 넘었을 듯한, 수염까지 허연 법사(法師)가 높다란 법탑 위에 평좌를 하고 앉아서, 옹이가 툭툭 불거진 법장(法杖)을 울리면서 방안이 빽빽하게 들어앉은, 한다한 보살계원들을 앞에 두고 방금 설법의 삼매경(三昧境)에 빠진 모양이었다.

「보광산하 십자로, 무설노고 호손귀.」

라고, 맑은 목청으로 외더니, 가만히 눈을 감는다. 눈썹 하나 까딱 안

하는 모습이 마치 산 부처 같았다. 뒷벽에는 〈합장의 생활〉이라고 어마 어마하게 쓴, 설교 제목이 걸려 있었다. 방 안은 죽은 듯이 조용하다.

「꽝!」

법사는 마침내 법장을 들어 법탑을 여무지게 울리면서 다시 눈을 번적 뜨더니, 청중을 한번 휘둘러보고는 설법을 계속한다.

「……보광산 밑 네 갈래 길에서, 혀 없는 늙은 할머니가 손자를 부르며 돌아간다——는 말씀입니다. 혀 없는 할머니가 어떻게 손자를 부를까요? 얼핏 생각하면 말도 아닌 것같지만, 여기에 정작 우리 불교의 깊은 진리가 숨어 있거든요. 알고 보면 무궁무진한 뜻이 있지요……」

청중은 무슨 소린지 알 바 없어 그저 장바닥에 갖다 둔 촌닭처럼 눈만 끔벅끔벅할 뿐이었다. 하기야 진수어머니처럼 몰라도 아는 체하는 여걸이 없는 바는 아니지만, 그러나 그건 보통 사람이 못할 짓, 어떤 이는 벌써 방앗공이마냥 끄먹끄먹 졸고만 있다.

다시 바깥 기도가 시작되었다. 기도중들은 장삼가사가 담뿍 젖도록 담을 흘려가며 경문을 외고, 목탁, 꽹과리를 때려치며, 북, 바라를 요란스럽게 울려댔다. 괘불과 불경 영험이 있어야 할 테니까. 그래서——기도는 꽤 장시간, 경문이 늦은 고개 잦은 고개를 오르내린 다음에 마침내 엄숙한 긴장 속으로 들어갔다. 〈나무아미타불〉의 느린 합창 소리에 대응전 앞 넓은 뜰은, 모래알까지 소르르 떨리는 듯 싶었다.

5

최후로 믿었던 괘불조차 영험이 없고 가뭄은 끝끝내 계속됐다. 들판에는 반 이상 모가 뽑히고 메밀 등속의 댓곡식이 뿌려졌으나, 끓는 폭양 아래서는 싹도 잘 아니 날 뿐더러, 설령 났더라도 말라지기 바쁠 지경이었다.

빨리 쌀밥 맛 좀 보자고 심었던 올벼도 말라져 버리고, 남은 놈이래야 필 염도 안 먹고, 새벽마다 성동리 골목골목에는 보리 능기는 절구질 소리만 힘없이 들렸다. 학교라고 갔던 놈들은 수업료를 못 내서 메를 지어 쫓겨 왔다. 쫓겨 오지 않고 끌려 오기로서니 없는 돈이 어디서 나오랴! 부모들의 짜증이 무서워서 오다가 되돌아서는 놈은, 만일 탄로만 나고 보면, ——거짓말은 도둑놈 될 장본이라고, 여린 뺨이 터지도록 얻어 맞곤 하였다.

「없는 놈의 자식이 먹는 것도 강하지 학교는 무슨 학교야?」

이 집에서도 퇴학, 저 집에서도 퇴학이다. 이런 처지에는 추석도 도리어 원수다. 해마다 보광리 새 장터에서 열리는 소위 면민대운동회에 출장은커녕, 쇠다리주사댁이나 진수네집 사람, 그 밖에는 간애 바람 든 계집애나 나팔에 미친 불강아지 같은 애새끼들밖에는 성동리에서는 구경도 잘 아니 나갔다. 그러나, 그래도 명절이라 해서, 사내들은 낡은 두루마기들을 꺼내 입고서 이집 저집 늙은이들을 뵈러 다니면서, 오래간만에 시금털털한 밀주(密酒)잔이나 얻어 마시고는 아무데나 툭툭 나자빠져 갔다.

쇠다리주사 댁 안뜰에는 제법 널뛰기까지 벌어졌으나, 아낙네들은 별로 보이지 않고 거의 다 마을의 젊은 처녀들이었다. 들깨의 누이동생 덕아도 저녁에는 한바탕 뛰었다. 그러나 그들도 마치 무슨 의논이나 한 듯이 죄다 곧 흐지부지 흩어졌다. 중추 명월이야 옛날과 조금도 다를 바 없고, 네 활개를 활짝 펴고 높이 솟아 보는 아찔한 재미야 잊었을 리 만무하되, 원수의 가난과 흉년은 이 동네로부터 청춘의 기쁨과 풍속의 아름다움마저 빼앗아가고 말았다.

싱거운 추석이 지난 뒤, 성동리 사람들은 모두 산으로 올라가기 시작했다. 남자는 지게를 지고, 여자들은 바구니를 들고서.

그러한 어느날, 성동리 여자들은 보광사의 대사봉 중턱에서 버섯을 따고 있었다. 가동 늙은이를 비롯하여 화젯댁, 곰보네, 들깨마누라, 덕아 ……. 그중 제일 익숙한 것은 역시 가동댁이었다. 그는 어릴 적부터 까투리처럼 그 산을 싸다닌만큼, 어디는 어떻고, 어디는 무슨 버섯이 난다는 것을 환히 알기 때문에 언제든지 남의 앞장을 서 다니면서 값나가는 송이라든가, 참나무버섯 따위부터 쏙쏙 곧잘 뽑아 담았다. 다른 여자들은 부러운 듯이 그의 뒤를 따라다니며, 한 광주리 가득 채워 이고 이십 리나 넘어 걸어야 겨우 한 이십 전 받을 둥 말 둥한, 소케버섯 싸리버섯 등속을 딸 뿐이었다.

하늘을 가리운 소나무와 늙은 잡목 그늘은 음침하고도 축축하였다. 지나간 이백십일풍에 부러진 느티나무 가지는 위태롭게 머리 위에 달려 있고, 이따금 솔잎에서는 차디찬 물방울이 뚝뚝 떨어졌다. 억새랑 인동덩굴이 우거진 짬은 발 한번 잘못 들여놓다간 고놈의 독사 바람에 또 순남네처럼 억울하게 죽을 판. 하지만 가동 늙은이의 말이 옳지, 가뭄 탓으로 그해는 버섯조차 귀했다.

덕아와 같은 젊은 계집애들은 악착스럽게 무서운 절벽 끝에 붙어 있었다. 아찔아찔 내둘러서 밑을랑 내려다 보지도 못하고, 놀란 참새처럼 가슴만 볼록거렸다. 석양받은 단풍잎에 비쳐 얼굴은 한층 더 붉어 오나 밉도록 부지런히 썩어빠진 버섯만 보살피고 있는 것이었다. 재 너머 나무터에서는 초군들의 긴 노래가 구슬프게 들려 왔다──.

지리산천 가리 갈가마귀야,
이내 속 그 뉘 알꼬……!

낫을 들면 으레 나오는 노래다.

그러자 얼마 지나지 않아서, 여자들이 싸대던 비탈 위에서 갑자기 사람소리가 나고 조그마한 애새끼놈들이 까치집만큼씩한 삭정이를 해서 지고는, 선불맞은 산돼지 새끼처럼 혼을 잃고 쫓겨 왔다. 맨 처음에 선 놈이 차돌이, 그 다음은 개똥이…… 제일 꽁무니에 처져서 밑빠진 고무신을 벗어 들고 허둥대는 놈은 그해 가을에 퇴학당한 상한이란 놈이다.

「예끼 요놈의 새끼들! 가면 몇 발이나 갈 줄 아니?」

악치듯한 소리와 함께 보광사 산지기 수염쟁이가 뒤따라 나타났다.

「아이구머니!」

여자들도 겁을 먹고 도망질이다. 잡히면 버섯을 빼앗기고 혼이 날 판. 그루터기에 걸려서 넘어지는 이, 솔가지에 치마폭을 찢기는 이, 그러나 바구니만은 버리지 않고 내달린다.

화젯댁은 제 도망질보다 쫓겨가는 아이들의 뒤를 따르느라고, 몇 번이나 바구니를 내던질 뻔하면서 곤두박질을 쳤다.

「아이구 차돌아, 그만 잡히려무나!」

그래도 아이들은 돌아보지도 않고 달아만 난다. 자갈비탈에서 지게를 진 채 자빠지는 놈, 엎어지는 놈, 그러다가 갑자기 옴추리고 앉는 놈은 응당 날카로운 그루터기에 발바닥을 찔렸을 것이다.

산지기는 그 애의 나뭇짐을 공차듯이 차서 굴리어 버리고는, 다시 벗나무 몽둥이를 내두르며 앞엣놈을 쫓는다. 그러자 의상대사의 공부터라는 바위 밑으로 쫓겨가던 아이들은 갑자기 무춤하고 발을 멈췄다. ── 동무 하나가 헛 디디어 헌 누더기 날리듯 낭떠러지 아래로 떨어졌기 때문이다.

아이들이 놀라고 선 영문을 알게 된 산지기는 부릅떴던 눈을 별안간

가늘게 웃기며,

「에끼 이놈들, 왜 있으라니까 듣지 않고 자꾸만 달아나더니 결국 이런 변을 일으키지 않나?」

마치 그들이 동무를 밀어뜨리기나 한 듯이 나무랐다.

화젯댁이 미친 듯이 날아 왔다. 다행히 차돌이가 있는 것을 보고는 다소 마음이 놓이는 모양이었다.

「어머니, 상한이가 떨어졌어요!」

화젯댁은 대답도 않고서, 번개같이 비탈 아래로 미끄러지듯이 내려갔다. 모두 그의 뒤를 따랐다.

상한이는 망태기를 진 양으로 험한 바위 틈에 내려박혀 있었다. 화젯댁은 바구니를 내던지고서, 상한이를 안아 내었다. 숨은,──벌써 그쳐 있었다. 얼굴은 알아보지 못하게 부서져서 피투성이가 된 위에, 한쪽 광대뼈가 불쑥 튀어나와 있었다. 그리고 그가 죽은 자리에는, 이상하게도 그때까지 지니고 있었던 밑 빠진 고무신이 한 짝 엎어져 있었다.

화젯댁은 한동안 넋을 잃었다. 그러나 우두커니 서 있는 산지기의 얼굴을 노려본 그녀의 눈에는 점점 살기가 떠 올랐다.

「당신은 자식이 없소?」

칼로 찌르듯 뼈물었다.

「있든 없든 무슨 상관이야. 흐─! 참! 없다면 하나 낳아 줄 건가?」

산지기는 뻔뻔스럽게, 털에 싸인 입만 비쭉할 뿐이었다.

「뭐라구요? 액 여보, 절에 있다구 너무 하오. 아무리 산이 중하기로서니 남의 자식의 목숨을 그렇게 안단 말유?」

화젯댁은 그자의 거만스러운 상판대기에 똥이라도 집어 씌우고 싶었다.

「야, 이 여편네 좀 봐! 아아주 누굴 막 살인죄로 몰려구 드는군. 건방진 년 같으니, 천지를 모르고서 괜─히. 왜 이따위 새끼도둑놈들을 빠뜨렸느냐 말야? 이년이 저부터 요런 도둑질을 함부로 하면서 뻔뻔스럽게──」

산지기는 화젯댁의 버섯바구니를 힘대로 걷어찼다. 그리고는 어디론지 핑 가버렸다. 초동들의 죄는, 결코 그 산지기의 핑계말과 같이, 돈 주고 사지 않은 구역에서 땔나무를 한 것이 아니었다. 그들은 그 까치집만큼씩한 삭정이 한 꾸러미를 목표로, 식은 밥 한 덩어리씩을 싸들고는 어른들을 따라 이십 리도 더 되는, 동네서 사 놓은 나무터까지 정말 갔던 것이다. 구태여 트집을 잡는다면, 돌아오던 길에 철부지한 마음으

로 떨어진 밥을 주우려고 길가 잡목 숲속에 잠간 발을 들여놓은 것뿐
이었다.

얼마 뒤에 죽은 아이의 할머니가 파랗게 되어 달려 왔다. 가동할머니
다. 그녀는 곁엣사람은 본 체 만 체, 바보처럼 우두커니 서서, 늘어진 손
자만을 눈이 빠지도록 노려보더니, 그만 「하하하!」 웃어댔다.

「정말 죽었구나! 너가 정말 죽었구나! 죽인 중놈은 어딜 갔니…?」

그녀는 넋두리를 하는 무녀(巫女)처럼 한바탕 떠들더니 또 다시 「하
하하!」 한다.

가동늙은이는 완전히 실신을 하였다. 물건너로 품팔이간 아들은 죽었
는지 살았는지 십년이 가깝도록 이렇단 소식이 없고, 며느리조차 달아
난 뒤로는, 그 손자 하나만을 천금같이 믿고 살아온 것이었다.

이윽고 산지기는 보광사 파출소에서 순사 한 사람을 데리고 왔다.

가동할멈은 한참동안 산지기를 노려보더니, 「예끼 모진 놈!」하고
이를 덜덜 갈며 발악을 시작했다.

「고라 고라! 안 대겠소. 나무 산에 도둑지리 보낸 단신 자리 모냈소.
이 얀반 사라미 아니 주깃소!」

순사는 와락 덤벼드는 가동할멈을 우악스럽게 물리쳤다. 그러나 밀리
면서도,

「아이구 이 모진 놈아, 천벌을 맞을 놈아! 내 자식 살려내라, 살려
내――」

「고론 마리 하문 안 대겠소!」

순사는 눈을 잔뜩 부릅뜨고 노파를 막아 섰다.

「여보 나리 까지도 그러시우――?」

가동할멈은 장승같이 눈을 흘기더니 갑자기 또 「하하하!」 미친 웃음
을 친다.

「아이구 상한아! 상한아! 귀신도 모르게 죽은 내 새끼야――」하고
할머니는 마치 노래나 하는 듯이

「어허야 상사뒤여, 지리산 갈가마귀 그를 따라 너 갔느냐? 잘 죽었
다. 내 손자야, 명산 대지에서 너 잘 죽었구나――하하하……!」

이렇게 가동늙은이는 그만 영영 미쳐버리고 말았다.

6

은하수가 남북으로 돌아져도 성동들은 가을답지 않았다. 전 같으면 들

이 차게 익어가는 누른 곡식에, 농부들의 입에서도 저절로 너털웃음이 흘러나오고, 아낙네들은 가끔 햅쌀되나 마련해서 장·출입도 더러 할 것이로되, 그 해는 거친 들을 싱겁게 지키는 허수아비처럼 모두들 맥없이 말라빠졌다.

보광사로부터 산 멜나무터에도 인제는 더 할 것이 없고, 또 기한이 지나자, 사내들은 별반 할 일이 없었다. 간혹 도둑나무를 하러 다니는 사람이 있지만 붙잡히면 혼이 나곤 했다.

첫여름에 무단히 경찰서로 끌려간 고서방은, 남의 논두렁을 잘랐다는 얼토당토 않은 죄에 몰려 괜히 몇달간 헛고생을 하다가 추석 지난 뒤에 겨우 놓여 나왔으나, 분풀이는커녕 타고난 천성이라 도둑나무도 못 해 오고 꼬박꼬박 사방공사 품팔이나 다녔다. 길이 워낙 멀고 보니, 그나마 닭 울자 집을 나서야 되고, 삯이라곤 또 온종일 허둥대야 겨우 삼십 전 될락말락. 그러나 이렇게 다니는 것은 물론 고서방만이 아니었다.

아낙네들은 버섯철이 지나자 인젠 멧도라지나 캐고, 그렇지 않으면 콩잎 따기가 일이었다. 그것도 자기 산 없고, 자기 밭 적은 그들은 욕 얻어먹기가 일쑤였다.

마침내 군청에서 주사나리까지 출장을 나와서, 소위 가뭄으로 인한 피해상태의 실지조사를 하고 가더니, 달포가 지나도록 아무런 소식이 없고, 동네 안에는 다만 주림과 불안만이 떠돌 뿐이었다. 그래도 보광사에서는 갑자기 간평(看坪)을 나왔다. 고자쟁이 이 시봉과 본사 법무원(法務院)에서 셋——도합 네 사람이 나왔다.

간평! 소작료! 농민들에게는 이 말이 무엇보다도 무섭고 또 분했다. 그러나 그날 절논 소작인으로서는 물론 하나도 출타를 않고 기다렸다. 농사조합의 평의원이 되어 있는 진수도 그날은 면소 일을 제쳐놓고 중들을 맞이하였다.

그래서, 진수의 집 사랑에서는 일찍부터 술상이 벌어졌다. 미리 마련해 두었던 밀주와 술안주가 이내 모자랐든지, 머슴놈이 보광리 상점으로 종종걸음을 치고, 쇠고기 굽는 냄새가 흐뭇이 새어나오는 통에, 대문밖에 죄인처럼 쭈그러뜨리고 앉은 소작인들은, 괜히 헛침만 꿀떡꿀떡 삼키었다. 작인들은 간평원들의 미움이나 받을까 저어했음인지 차례로 안으로 들어가서는, 오시느라고 수고했다고 공손히 수인사를 하고 나왔다. 고서방은 지난 여름 당한 일을 생각하면 이가 절로 갈렸지만 그래도 시봉의 앞에 무릎을 꿇지 않을 수가 없었다.

「에헴, 에헴, 에―헴!」

치삼노인도, 듣는 사람의 가슴까지 걸릴 기침소리를 연거푸 뽑으면서 기다란 지팡이를 끌고 대문 안으로 들어갔다. 그리고 자식같은 사람들 앞에 절을 하고서는, 그러지 말라던 아들의 말을 듣지 않고서, 그예 자기집 농사 사정을 여쭈어 보려고 했다.

「여보 노인, 그런 소리는 할 필요 없소. 메밀을 갈았으면 메밀을 간 세만 내면 되지 않겠소?」

이 시봉은 거만스런 반말로써 사정없이 쏘았다.

치삼노인은 다시 말해 볼 여지가 없었다.

「여보, 그런 말은 이런 데서 하는 법이 아니오. 괜히 남 술맛 떨어지게!」

곁에 앉은 중 하나가 뒤를 따라 핀잔을 하는 바람에, 화가 더 치밀었으나 진수의 권하는 말에 치삼노인은 다행히(!) 무사하게 밖으로 나왔다. 그러나 「허 참, 복 받겠다고 멀쩡한 자기 논 시주해 놓고 저런 설움을 받다니 온!」 하는 젊은 사람들의 말도 들은 체 만 체, 뼈만 왈왈 떨리는 다리를 끌고 자기집으로 돌아갔다.

다른 사람들은 그래도 진수네집 대문밖에, 노 우거지상을 하고 앉아서 어서 술이 끝나기를 기다렸다. 그러다가 더러는 투덜거리며 돌아가고, 잡담이나 하고 고누나 두던 늙은 친구들도 나중에는 역시 불평이 나왔다.

「제에기, 간평을 나온 겐가, 술을 먹으러 나온 겐가? 아무 작정을 모르겠군.」

머리 끝이 희끔희끔한 친구가 이렇게 불퉁하니깐, 곁에 있던 까만딱지가,

「글쎄 말야. 이것들이 또 논을랑 둘러보지도 않고 앉아서만 소작료를 정할 것 아닌가?」

「제에기, 우, 우리 논에는 또 안―가겠군. 자―작년에도 앉아서 세만 자―자 잔뜩 매더니……」

봉구란 놈도 한 마디 보태었다.

「설마 자기들도 사람인 이상 금년만은 무슨 생각이 있을 테지!」

한 시절 보천교에 미쳐서 정감록이 어떠니 하고 다니던 최서방의 말이다. 삼십을 겨우 지난 놈이 아직도 상투를 달고, 거짓말 싱거운 소리라면 〈소진장의(蘇秦張儀)〉라도 못 따를 것이고, 한동안 보천교에 반했을

때는 〈육조판서〉가 곧 된다고 허풍을 치던 위인이다.

「이 사람 판서, 설마가 사람 죽이는 걸세. 생각은 무슨 생각! 자네 판서나 마찬가지지 뭐.」

톡 쏘는 놈은, 일본서 탄광밥 먹다 온 까만딱지 또쭐이었다.

이윽고 술이 끝났다. 모가지 짬까지 벌겋도록 취해서 나서는 간평원들! 금테 안경을 쓴 진수 아내가 사립밖까지 나와서 배웅을 하자, 그들은 인도하는 진수의 뒤를 따라서 단장과 함께 비틀거렸다. 그러한 그들의 뒤에는, 얼굴이 노랗고 여윈 소작인들이 마치 유형수(流刑囚)처럼 묵묵히 따랐다.

술취한 양반들에게 옳은 간평이 될 리 없었다.──그저 작인들의 말은 마이동풍격으로, 논두렁에도 바특이 들어서 보는 법도 없이 다만 진수하고만 알아듣지도 못할 왜말을 주절거리면서, 그야말로 처삼촌 산소 벌초하듯이 흐지부지 지나갈 뿐이었다. 그러면서도 짐짓 성실한 듯이 이따금 단장을 쳐들어 여기저기를 가리키기도 하고, 혹은 수첩에 무엇인가를 적어 넣으면서.

그렇게 허수아비처럼 흐느적거리며 들깨의 논 곁을 지날 때였다.

「왜 메밀을 갈았소?」

시봉은 들깨의 수인사 대답으로 이렇게 물었다.

「헐 수 있어야조. 마른 모포기 기다렸댔자 열음 않을 게고……」

들깨는 한 손에는 콩대, 한 손에는 낫을 든 채 열적게 대답했다.

「메밀은 잘 됐구먼.」

「뭘요, 이것도 늦게 뿌려서……」

들깨는 시봉의 다음 말을 두려워 하는 태도였다.

다른 사람들은 슬금슬금 앞두렁으로 걸어갔다. 거기서는 아기를 등에 엎은 들깨의 아내와 누이동생이 바쁘게 무렁콩을 베고 있었다. 덕아는 열일곱의 처녀로서는 놀랄 만큼 어깨죽지가 벌어지고, 돌아앉은 뒷모습이 한결 탐스러웠다. 자기 뒤에 가까이 낯설은 사내들이 와선 것을 깨닫자, 푹 눌러 쓴 수건밑으로 엿보이는 두 볼이 저으기 붉어진 듯은 하나, 낫을 든 손은 여전히 쉴 새가 없었다.

「오빠! 왜 암말도 못했소?」

간평꾼들이 물러 가자, 덕아는 시무룩해 가지고 돌아오는 들깨를 안타까운 듯이 쳐다보았다.

「말은 무슨 말을 해?」

「세 좀 매지 말라구……」

「그놈들 제 멋대로 매는 걸 어떻게.」

「그럼 오빠는 이까짓 메밀 간 세도 바치려네?」

덕아는 자못 서글퍼하는 말씨였다.

「글쎄, 먹고 남으면 바치지!」

들깨는 픽 웃었다. 그는 최근에 와서 갑자기 무던히 배짱이 커졌다.

덕아는 오빠의 말에 확실히 일종의 미더움을 느꼈다. 그러나 허리에 낫을 여전히 꽂은 채 담배만 빡빡 피우고 앉은 오빠의 마음 속은 결코 그리 후련한 것은 아니었다. 그렇다고 해서 메밀밭 위를 바삐 나는 고추잠자리처럼 조급하지도 않았지만.

이튿날 저녁, 동네 사람들은 진수의 집 사랑에 불려 가서, 진수의 입으로부터 제각기 소작료를 들어 알았다. 그리고 그 무서운 결정에 다들 놀랐다.

그러나 가장 현대적 마름인 소위 평의원 앞에서, 버릇없이 덤뻑 불평을 늘어놓다가는 어느 수작에 어떻게 될지 모르는 형편이라, 작인들은 내남없이

「허 참! 톡톡 다 떨어 봐두 그렇게 될등말등한데……?」 따위의 떡 심 풀린 걱정말이나 중얼거릴 뿐 모두 맥없이 돌아갔다.

들깨와 철한이들――이 동네 교풍회장인 쇠다리주사의 말을 빌리면 동네서 제일 콧등이 세고 어긋한 놈들은, 벌써 버릇이 되어서, 미리 의논이라도 한 듯이, 그날밤에도 진수의 집에서 나오자 슬슬 야학당으로 모여들었다. 어느새 왔는지 곰보 고서방도 작은 방 한쪽 구석에 다른 때보다 한풀 더 힘없이 쭈그리고 앉아 있었다. 이윽고 불강아지 새끼같은 야학생들을 죄 돌려 보내고는, 까만딱지 또쭐이가 큰 방으로부터 돌아왔다. 더펄더펄 자란 머릿털 위에 분필가루를 허옇게 쓰고. ―― 서른세살로서는 엄청 나게 늙어보이는 얼굴이었다.

이렇게 소위 콧등이 센 놈들은 저녁 마다 야학당에 모여서, 그날그날의 피로를 잊어가며 잡담도 하고 농담들도 하다가는, 또쭐이로부터 일본의 탄광 이야기도 듣고, 또 이곳저곳에서 일어나는 소작쟁의 얘기도 들었다. 더구나 소작쟁의에 관한 이야기는 마치 자기들의 일같이 눈을 끔벅거리며, 혹은 입을 다물고 들었다.

그날밤에도 그들은 이슥토록 거기 모여서 놀았다. 그러다가 마침내, 나올 곳 없는 그해 소작료를 어떻게 할까 하는 말이 누구의 입에선지

나오게 되었다.

<h2 style="text-align:center">7</h2>

쇠다리주사댁 감나무에 알감이 주렁주렁 달리고, 여물어진 박들이 희뜩희뜩 드러난 잿빛 지붕들에 고추가 발갛게 널리자 가을은 깊을 대로 깊었다.

그러나 농민들 생활은 서리맞은 나무잎같이 점점 오그러져서, 밤이면 야학당에 모여드는 친구가 부쩍 늘어갔다. 하룻밤에는 몇 사람이 쇠다리주사댁 감을 따 왔다.

「빨리들 먹게!」

또쭐이는 뒷 일이 떠름했지만, 다른 친구는 오히려 고소한 듯한 표정들을 하였다.

「아따, 개똥이 저놈, 나무재주는 아주 썩 잘 해! 그저 이 가지 저 가지 휘뚝휘뚝 타고 다니는 것이 꼭 귀신 같데.」

철한이는 먹기보다 감 따던 이야기를 더 재미있게 했다.

「먹고 싶어 먹었다. 체하지는 말어라!」

한 놈이 벌써부터 두 가슴을 두드린다. 그러면서도 또 한 개를 골라 든다. 사실, 퍼런 콩잎이랑 고추잎 따위에 물린 그들의 입에, 감은 확실히 일종의 별미였다.

「제에기, 또 연설 마디나 있겠지?」

또쭐이가 담배를 피워 물며 두덜대니깐, 바로 곁에 있던 고서방이,

「연설 아니라, 무릎을 꿇고 빌어도 허는 수 없지!」

자칫하면 동네 집회소──이 야학당에다 사람들을 모아 놓고, 소위 사상선도의 연설이 있곤 하였다. 그러나, 연설만으로써 어떻게 될 리는 만무하였다. 더구나, 속이 빤히 들여다보이는 교풍회장 쇠다리주사나 진흥회장 진수 따위가 씨부렁대는 설교에는 인제 속을 사람은 없었다.

지금은 누가 뭐라고 하더라도, 농민들은 결국 자기들대로 하는 수밖에 없었다. 소작료도, 빚도 인젠 전과 같이는 두렵지가 않았다. 그저 제가 지은 곡식이면 모조리 떨어다 먹었다. 뿐만 아니라 가다가는 남의 것에도 손이 갔다. ──그러할수록 동네의 소위 유산자인 쇠다리주사와 진수의 신경은 극도로 날카로와졌다.

이튿날 아침, 철한이는 안골 논에서 콧노래를 흥얼거리면서 바쁘게

낫을 휘둘렀다. 찬물내기가 되어서 거기만은 겨우 기룸을 덜 타고, 제법 벼이삭이 고개를 숙였다. 그는 잇달아 흥타령을 부르면서, 지난밤 어머니에게서 처음으로 들은 자기의 혼삿말을 문득 생각하였다. 상대자는 성동리에서 제일 얌전하다는 덕아였다. 한동안 치삼노인이 쇠다리주사의 꿀떡같은 말에 꾀였을 때는, 쇠다리의 첩으로 가게 되느니 어쩌느니 하는 소문이 퍼져서 울고 불고 하던 덕아가 결국 자기에게 오련다는 것이었다. 물론 그 이면에는 오빠 들깨의 숨은 힘이 크리라는 것을 생각하면, 오빠가 한없이도 고마웠다. 철한이의 머리속에는 자꾸만 덕아가 떠올랐다. 한동네에 살면서도 자기와 마주치면 곧잘 귀밑을 붉히며 지나가던 덕아! 또렷한 콧잔등에 무엇을 노 생각는 듯한 두 눈! 그리고 ……그렇다. 지난 봄 덕아가 바로 그 논에 모내기를 왔을 때 본 그 희고 건강한 팔 다리! —— 예까지 생각하다가 철한이는 혼자서 픽 웃으며 머리를 절절 흔들어 공상을 흩어 버리고는, 베어 둔 볏단을 주섬주섬 안아서 지게에 얹었다.

그걸 해 지고, 총총히 자기집 돌담을 돌아올 때, 그는 갑자기 발을 무춤 멈추었다.

안에서 뜻밖에 아버지의 고함소리가 새어 나왔기 때문이다.

「미친 소리 말어! 이런 영세판에 뭐 자식 장가?」

철한이는 그 말에, 일껏 가졌던 희망이 덜컥 무너지는 것 같았다. 그리고 그 자리에 서 있는 것이 행여 누가 볼까 부끄럽기도 했지만, 잠간 더 어름댔다.

「자식을 두었으면 으레 장가를 들여야지, 그럼 살기 딱하다고 언제까지나……」

어머니의 눈물겨운 대꾸가 들렸다.

「그래도 곧 잘했다는 게로군. 앙큼한 년 같으니!」

「어디 종년으로 아시우? 늙어가며 툭하면 이년 저년 하게.」

「저런 죽일 년 좀 봐!」

「죽일려든 죽여 줘요. 나도 임자에게 와서 스무 해가 넘도록 종노릇도 무던히 해주고 자식도 장가들 나인데, 인젠 이년 저년 하는 소린 더 듣기 싫어요.」

「저년이 누구 앞에서 곧장 대꾸를 종종거리는 거야! 예끼, 미친년, 죽어라 죽어!」

아버지의 벼락같은 호통과 함께 질그릇 부서지는 소리가 나더니, 이

내 어머니의 외마디소리까지 들렸다.

철한이는 부리나케 집으로 들어갔다. 아버지는 어느새 어머니의 머리채를 움켜 쥐고 있었다.

「제발, 이것 좀 놔요. 잘못 했소, 내 잘못 했소.」

어머니는 머리를 얼싸쥐고 빌었다.

「아버지! 이거 노세요. 아무리 짜증이 나시더라도 이게 무슨 꼴이여요. 이웃사람 웃으리다.」

아들이 뒤에서 안고 말리니까, 아버지는 못 이기는 듯이 떨어졌다. 허나 분을 못 참고서,

「이 죽일 년아, 나는 여태 누구 종노릇을 해 왔기에? 너희들이 들어서 내 빽다귀까지 깎아 먹기 않았나? 응, 이 소견머리 없는 년아!」

그러면서 부들부들 떨었다.

싸움바람에 식겁을 한 막내 아들놈은 아침밥도 얻어 먹지 못하고서 눈물만 그렁그렁 해가지고 학교로 떠났다.

어머니는 한참동안 넋잃은 사람처럼 되어서 뒤꼍 치자나무 앞에 앉아 있었다. 외양간 앞으로 돌아가 혼자 울가망하게 서서 홧담배만 피워대는 아버지의 손아귀에는, 바칠 기한이 지난 세금 고지서와 함께 농사조합에서 빌려 쓴 비료대금 독촉장이 꾸겨져 들려 있었다. 그는 문득 외양간 안으로 쑥 들어가더니, 순순히 서 있는 쇠등을 슬쩍 쓰다듬어 본다. 그것이 마치 악착한 생활에 함께 부대낀 자기의 아내나 되는 듯이……. 긴 눈썹 사이로 움푹 들어간 그의 눈에는 어느새 웬 눈물까지 고여 있었다.

철한이의 결혼은, 그리고 약 한달 뒤에 행례가 있었다.

8

「아이고, 어느 도둑놈이 그 벼를 베어 갔을까? 생벼락을 맞아죽을 놈! 그 벼를 먹구 제가 살 줄 알아……. 창자가 터질 꺼여 터져!」

하며 봉구어머니가 몽당치마 바람으로 이 골목 저 골목 외고 다니고, 호세징수를 나온 면서기가 그녀를 찾아 다니던 날, 성동리에서는 구장이의 고서방, 들깨, 또쭐이들 사오인이 대표가 되어 보광사 농사조합으로 나갔다. 그들의 하소연은, 자기들이 봄에 빌려 쓴 소위 저리자금(低利資金)의——대부분은 비료 대금이지만——지불 기한을 조금더 연기해 달

라는 것이었다.

보광사 소작인들은 해마다 소작료와 또 소작료 매석에 대해서 너 되씩이나 되는 조합비와 비료 대금과 그것에 따른 이자를 바쳐야만 되었다. 그리고 비료 대금은 갚는 기한이 해마다 호세와 같았다.

의젓하게 교의에 기댄 채 인사도 받는 양 마는 양하는 이사(理事)님은 빌 듯이 늘어 놓는 구장의 말을랑 귀밖으로, 한참 〈씨끼시마〉 껍데기에 낙서만 하고 있더니, 문득 정색을 하고는,

「그런 귀치 않은 논은 부치지 않는 게 어때요?」

해 던졌다.

「……」

「해마다 이게 무슨 짓들이요? 나두 인젠 그런 우는 소리는 듣기만이라도 귀찮소. 호세만 내고 버티겠거든 어디 한번 버티어들 보시구려!」

「누가 어디 조합돈은 안 내겠다는 겁니까. 조금만 연기를 해 달라는 거지요.」

이번에는 또쭐이가 말을 받았다.

「내든 안 내든 당신들 입맛대로 해보시오. 난 이 이상 더 당신들과는 이야기 않겠소.」

이사님은 살결 좋은 얼굴에 적이 노기를 떠우더니, 그들 틈에 끼여있는 곰보를 힐끗 보고는,

「고서방 당신은 또 뭘 하러 왔소? 작년 것도 못다 내고서 또 무슨 낯으로 여기 오우?」

매섭게 꼬집었다. 그리고 그는 다시 장부를 뒤적거리면서, 하던 일을 계속했다. 일행은 허탕을 치고 밖으로 나왔다.

그리고 며칠 뒤, 저수지 밑 고서방의 논을 비롯하여 여기저기에, 그예 입도차압(立稻差押)의 팻말이 붙기 시작했다.

농민들은 알아보지도 못하는 그 차압 팻말을 몇번이나 들여다 보고, 또 들여다보았다. —— 피땀을 흘려가면서 지은 곡식에 손도 못 대다니? 그들은 억울하고 분하기보다, 꼼짝없이 인젠 목숨을 빼앗긴다는 생각이 앞섰다.

고서방은 드디어 야간도주를 하고 말았다.

「이렇게 비가 오는데, 그 어린것들을 데리고 어디로 갔을까?」

이튿날 아침, 동네 사람들은 애터지는 말로써 그들의 뒤를 염려했다.

무심한 가을비는 진종일 고서방이 지어 두고 간 벼이삭과 차압 팻말을

휘두들겼다.

　무슨 불길한 징조인지 새벽마다 당산등에서 여우가 울어대고, 외상술
도 먹을 곳이 없어진 농민들은 저녁마다 야학당이 터지게 모여 들었다.

　그리하여 하루 아침, 깨어진 징소리와 함께, 성동리 농민들은 일제히
야학당 뜰로 모였다. 그들의 손에는, 열음 못한 빈 짚단이며 콩대,　메
밀대가 잡혀 있었다.

　이윽고 그들은 긴 줄을 지어 가지고 차압 취소와 소작료 면제를 탄원
해 보려고 묵묵히 마을을 떠났다. 아낙네들은 전장에나 보내는 듯이 돌
담 너머로 고개를 내가지고 남정들을 보냈다.　만약 보광사에서 들어주
지 않는다면……하고 뒷일을 염려했다.

　그러나 또쭐이, 들깨, 철한이, 봉구—— 이들 장정을 선두로 빈 짚단
을 든 무리들은 어느새 벌써 동네 뒤 산길을 더위잡았다.　철없는 아이
들도 행렬의 꽁무니에 붙어서 절 태우러 간다고 부산히 떠들어댔다.

〈1936 · 朝鮮日報〉

옥   심   이

1

봄은 고양이처럼 옥심의 귀천없는 마음 속에도 기어들었다. 시아버지의 말림도 듣지 않고 자진해서 나온 일이나마 도무지 낙이 붙지 않을뿐, 이따금 미친 피가 전신을 욱신욱신 쑤시고 두 귀가 절로 멍해지며 ──마음은 한층더 걷잡을 수 없이 뒤설레었다.

「후유──」

그녀는 자갈을 파다 말고 옹송그렸던 허리를 펴며 헛되이 긴 한숨을 뽑는다. 그리고 우두커니 서서 한참동안 내 아랫편을 바라보다가는 불시에 수줍은 생각이 들었든지 다시 그 자리에 움추리고 앉는다. 그러나 눈은 역시 흘금흘금 그 쪽으로만 끌렸다.

「어이경, 치영 치영, 웅차 차야……」

거기서는 소같은 사내들이 둘씩 둘씩 짝을 지어서 목도를 메고 지나간다. 비틀비틀 어설픈 다리들이 어지러운 돌 사이를 공교롭게 빠져 나간다. 낡은 참바로 느지막하게 얽매인 차돌이, 새로 깨뜨려진 시퍼런 모서리로써, 헤어진 감발에 가까스로 싸인 뼈 다리를 아찔하게 받아 줄 때마다, 목도 소리는 더욱 급해진다.

「아차 차, 차, 차양 차양……」

그들의 잦은 숨결이 마치 기관차의 피스톤처럼 헐떡인다. 황토물 든 옥양목 봄사리의 잔등이 땀기름에 흠뻑 젖고, 불쑥 두드러진 어깨 위에는 매끄럽게 달은 목도채가 삐걱삐걱──. 이리하여 그 한산인부들은 무거운 돌덩이와 함께 〈도로〉가 기다리는 곳으로 움직여 간다.

〈차양──놓고〉 소리가 바쁘게, 돌은 다시 실한 〈도로〉 위에 실리고

〈도로〉는 풀죽은 농민들의 손에 밀려, 끼익 소리를 길게 내며 냇가를 떠나 커어브진 비탈을 더위잡는다. 쑥대강이를 수그리고 뱃대기가 땅에 닿도록 안간힘을 쓰는 농민들의 넓적한 볼기짝들이 기름을 짜듯이 우습게 삐죽거렸다.

옥심이는, 아니 다른 여자들도 그 꼴을 보고는 한참 동안 킥킥거린다.

「그놈의 궁둥이들 참 아깝게 흔뎅거린다.」

다 늙은 만두할멈도 오그랑 쪽박상에 웃음을 담으며 봄다운 농담을 하였다. 그러나 그의 호미는 결코 쉬지를 않았다.

〈도로〉가 향해 가는 두미산 중턱——떠를 두른 듯이 황토가 벌겋게 드러난 곳이 백암사로 통하는 신작로 공사장이다. 거기서도 흰 옷을 입은 농민들이, 카아키 빛 양복의 감독과 십장들의 매에 쫓겨 물 만난 개미 떼처럼 이리저리 허덕인다.

「언제나 끝이 날 겐지 ?」

「누가 안담 ? 똥개한테나 물어보우.」

여자들은 다시 우물공사격으로 게걸거리며, 길바닥에 깔 자갈만 판다.

「에그 참, 이 바쁜 철에 무슨 짓일까 ?」

「글쎄 말야. 남 보리밭도 못 매게……」

그들은 모두 부역을 나온 백암사 소작인들의 아내와 어머니들이었다. 역사가 길고, 돈 많고 산수 좋기로 유명한 백암사에서는, 자동차의 통래가 자유롭도록 봄 들자 이 공사를 시작했다. 그래서 소작인들에게 무리한 부역을 통고하고 똥개란 별명을 가진 거머무트름한 청부업자에게 일을 맡겼던 것이다. 청부업자 측에서는 삯전 안 드는 이 순적백성들을 혹독한 물매로써 눈도 못뜨게 뒤볶아댔다.

　　바람이 불려거든 지전 바람이 불고
　　풍년이 지려거든 처자 풍년이 지거라.

아까 가던 〈도로〉가 어느새 애처로운 아리랑을 바꿔 싣고 화살같이 비탈길을 내려 쏜다.

「수복어머니 !」

만두할멈은 별안간 무슨 생각이 난 듯이 옥심이를 건너다 보았다.

「왜요 ?」

옥심이도 호미를 쥔 채 머리를 들었다. 여자 스물여섯이면 한창 사랑의 진미를 알 때이겠지만, 있어도 오히려 없는 것만 못한 사내 밑이라, 해말쑥한 얼굴에는 수심기만이 사무쳤다.

「글쎄, 수복어머니는 이대로 그만 늙고 말 텐가?」

만두할멈은 오그랑 쪽박상에 이상한 웃음을 담았다.

「왜요——?」

옥심이는 그녀의 뜻밖의 소리에도 어여쁜 보조개에 한갓 파리한 웃음만 담아 보일 따름이다.

「왜라니? 이 늙은 것도 봄철이 돌아오면 그저 공연히 마음이 뒤숭숭해지는 때가 많은데, 글쎄 젊은 청춘으로서 어떻게 한 해 두 해도 아니고 온……」

「그것 다 팔짠 걸 어떻게요!」

마지못해서 하는 옥심의 대답.

「……」

「흥 팔짜란 게 다 뭐유? 고치면 그것도 팔짜라우. 나 같은 바보가 못 고쳤지, 참 지낸 일 생각하면……」

하고, 만두할멈은 잠깐 한숨을 쉬고 나더니,

「수절이니 의리니, 그것 다 소용 없소. 쉬운 말로 누가 열여덟부터 오늘날까지 과부로 늙은 날 위해 열녀비 세워 줍디까? 그까짓 것 또 세워준들 뭘 하우. 비석에서 밥 아니 나올 바에야. 어쨌든 세상 따라 사는 게 제일이오. 백암사 주지 보시요. 계집이 몇이나 돼도 산중에선 그래도 산 부처님이니 뭐니 해서 떠받들고 주지 노릇만 땅땅 잘해 먹지 않수.」

옥심이가 연해 말이 없는 것을 보고 만두할멈은 짜장 갑갑한 듯이,

「이런 말 하는 것이 괜히 수복어머니의 마음만 더 어지럽게 하는 것 같소마는 수복어머니 일이 마치 지내온 내 일같이 앞이 감감해서 하는 말이오. 인생이 두번 있는 게 아니고, 또 여자 같이 어리석은 게 없소. 아니할 말로 수복어머니가 그렇게 되고 수복아버지가 성해 보슈만 여태 그냥 있었겠소? 아무리 속아 사는 인생이라 해도, 알고서 속는 건 어리석은 짓이지 뭐유?」

만두할멈의 쪼그라진 웃음 주름에는, 자기와 비슷한 길을 밟으려는 여인에게 대한 동정의 쓰디쓴 빛이, 깊이 아로새겨져 있었다.

옥심이는 그러지 않아도 울가망하던 속이 한결 산란해졌다. 대소쿠리에 자갈을 반남짓 담아 들고, 게다리걸음으로 타박타박 〈도로〉 곁으로

아기작거려 가는 만두할멈의 뒷모습을 바라보다가는 불현듯 몸서리를
친다. 고대 닥쳐올 자기의 신세같아서……. 이윽고 그녀는, 남모르게 손
등으로 눈물을 씻고, 수건을 더욱 숙게 내려썼다.

(만두할멈 말마따나 내가 참 어리석지 ! 속담에 젖먹이 두고 가는 년
은 자국마다 피가 맺힌다고 하지만 수복이도 인제 그만큼 자랐으니, 에
미 없어도……그것도 모두 제 팔짜,──그만 어제 그 안십장의 말을 들
을까……)

옥심이는 마침내 이런 생각에 사로잡혔다. 안십장이란 사람은 친정곳
사람으로서 일찌기 사방공사 품팔이를 다니더니, 그만 그 길로 나가서
한산인부가 되어 고향을 등진 발록구니다.

「야아, 이거 어찐 일이오 ? 당신이 여기 나와 있을 줄이야 ! 」

안십장이 아무 거리낌없이 놀랄 때, 옥심이는 어쩐지 부끄러우면서도
일변은 반가왔다.

「시집살이가 매우 고달프다지요 ? 소문은 풍편에 더러 들었소만──」

안십장은 마치 친오빠나 되는 듯이 위롯조로 말을 꺼냈으나 주체스럽
게 말끝을 이상하게 돌리고 돌아갔다.

(과연 그이가 정말 그런 생각을 가졌다면……)

옥심의 마음은 연방 들떴다. 부서진 뱃바닥에 물결이 스미어 들 듯이
옥심의 의지가지 없는 가슴에는, 안에게 대한 야릇한 생각이 점점 깊게
파고 들었다.

2

땡 땡 땡 땡 …… !

누미산 숭턱에 자리잡은, 흰 천막의 공사 사무소 앞에서 종소리가 요
란스럽게 울리자, 고대하던 점심 시간. 냇가의 깎아지른 듯한 언덕 위
에서, 안십장의 〈시마이 ! 〉소리가 떨어지기가 바쁘게, 석수장이들은 뚫
어 둔 바위 구멍에 화약을 집어넣고, 여자들은 부리나케 손발을 씻고는
사뿐사뿐 징검다리를 건너간다. 옥심이도 치맛자락을 걷어 쥐고, 유달
리 흰 종아리를 조심스럽게 끼우뚱거렸다.

「빨리들 피하시오 ! 」

하고, 석수장이들도 범불 본 사람처럼 돌아도 안 보고 내 건너편으로
달아난다.

여자들이 시내 이쪽 언덕 위에 피해 와서, 더러는 어린것을 받아서 젖을 빨리고, 더러는 굳어진 꽁보리밥 수건을 펴려할 때, 남포는 우람스럽게 터졌다.

꽝―! 꽝―!

벼락치듯한 소리를 내며 바위가 깨부숴진다. 산기슭 꿩새끼란 놈이, 장난하다가 들킨 남녀처럼 깜짝 놀라며 푸드득 꿩꿩, 어미 품에서 젖을 빨던 어린것도 금시에 빨간 혀끝을 떨며 놀란 소리를 삐― 지르고, 여자들은 일제히 눈을 두리번거린다. 아름이 넘는 돌덩이들이 사뭇 공중 제비를 넘어 철버덩 철버덩 냇물을 치고, 부서진 돌조각들이 놀란 종달새처럼 튀어 솟구치고 나면, 아지랑이 낀 먼 산이 한참씩 와르르 운다.

남포질이 끝난 다음에, 여자들은 비로소 안심하고 밥주머니를 끌렀다. 누르퉁퉁한 깡보리밥들! 그러나 그들은 맛나게 먹었다. 만두할멈은 이도 없는 입을 오물오물 오그랑 쪽박상을 우습게 실룩거렸다. 마치 얼굴로써 음식을 씹기나 하는 듯이. 옥심이도 꽁보리밥 먹기에는 아까울 만큼 흰 이빨로써, 술끝에 꿰든 장앗지를 진득진득 물어 떼었다.

그럴 때 마침, 신록이 자욱한 백암사 골짜구니에서 시커먼 귀신까마귀 너덧마리가 떼를 지어 날아나와 여자들의 머리 위를 빙― 한바퀴 돌더니, 다시 깊숙한 그 절골로 나래를 돌렸다. 어찌 보면 그들을 비웃는 것도 같고, 어찌 보면 그들로부터 그 엄청난 꽁보리밥 한 주먹조차 마저 뺏으려는 듯이.

「망할놈의 까마귀들! 오늘도 또 재수는 없어 났겠지.」

「글쎄 말야. 그 음흉한 놈의 짐승들이 왜 하필 남 밥 먹는 데 와서 그 요망을 떨고 간담!」

여자들은 입을 씻으며 웅알거렸다.

「산골에서 배웠을 테지.」

「참 그럴 말이 아니라, 난 정말 저놈의 짐승만 보면 이내 중 생각이 나겠지.」

「생각 나거든 살러 가지.」

만두할멈도 한마디 비쭉했다.

「애구 징글징글해! 누가 그 짓을 해요. 어떤 년들은 그래도 본서방을랑 다된 헌 신짝 차 던지듯이 차 버리고 중서방을 널름널름 잘도 얻어 갑디다만 그게 어디 사람일까요? 더러운 년들!」

「그래도 요즘 중 마누라만큼 편한 팔짜가 또 있다구요? 아주 바로 부처님보다 더 높게 떠받들어 주는 걸 뭐.」

「그야 그렇지요. 그러니 년들이 아주 기가 펄펄 허잖수.」

「그럴 말이 아니라, 세상이 아주 뒤집혔지. 내가 이 수복어머니만한 나일 때만 해도 중들이 그저 속인만 보면 허리가 동강이 나도록 굽신거렸고, 또 그때야 웬걸 중에게 논밭이란 것이 있었다구?」

만두할멈은 잠깐 생각에 잠기는 듯 하더니,

「……그렇던 것이 오늘날에 와서는, 두미산 밑 넓은 들판이 거의 다 중의 토지가 됐거든. 그나 그뿐인가, 요즘에는 되레 중을 보고 코가 땅에 닿도록 대강이를 숙여야만, 이 엄청난 보리밥 한 덩어리라도 겨우 얻어 먹을 둥 말 둥 한단 말야. 아주 영 처자 사타구니에 불알 나게 변했지. 수복어머니가 지금 내만 나이 될 때는 또 얼마나 변할는지?」

만두할멈은 힘없는 한숨을 길게 뽑으면서, 뼈만 남은 주먹을 뒤로 돌리더니, 꼬부라진 허릿통을 톡톡 쳐댔다.

옥심이는 곁사람의 말은 듣는 체 마는 체, 파란 잔디 위에 나른한 다리를 내던져 놓고, 우두커니 저편 보리밭 쪽만을 바라보았다. 그 사래 긴 밭에서는 자기와 같은 젊은 여인들이며 새파란 처녀들이 김을 매느라고 한창이다. 무럭무럭 자란 보리줄을 걸타고 버틴 그들의 건강한 다리들, 더구나 갈매빛 홑치마가 얇게 착 감긴 동그레한 엉덩이 위에 빨간 댕기가 아기자기하게 빛나는 광경은 그림과 같이 예뻤다. 그들은 아무 시름없는 자연의 딸처럼, 종달새같이 즐겁게 재잘거렸다. 더구나 처녀들의 거침없는 웃음은 하늘같이 맑고 깨끗하게 울렸다.

옥심이는 문득 지나간 자기 일이 생각났다. 자기에게도 그러한 황홀한 시절이 있었던 것이다. 가슴속에 야릇한 꿈을 품고, 피어나는 꽃을 보아도 수줍은 생각이 들던 시절이.——그렇다. 저렇게 동무들과 밭을 맬라치면, 안도령(지금의 안십장) 따위가 몇번이나 〈아이구 죽겠네!〉 하면서, 반도 못찬 모풀 바지게를 느직하게 끼우뚱거리며 **지나갔던 것** 이었다.

그렇던 것이 〈첫날 밤〉이란 하룻밤을 자고부터는 세상이 차차 달라지고, 한겹 두겹 꿈이 벗겨지고……그리하여 수복이를 낳은 뒤로는 지금과 같은 신세——봄도 도리어 원수, 산다는 낙이라고는 털끝만치도 없게 되었다.

생각에 잠긴 채, 옥심의 눈은 절로절로, 멀리 뵈는 자기 동네 앞, 냇가의 조그만 오막살이로 돌아갔다.

(어서 죽기나 했으면⋯⋯!)

문득 이런 생각이 들었다가, 그녀는 별안간 큰 죄나 지은 듯이 두 눈에 눈물을 그렁그렁 담았다. 그리고, 분홍 저고리의 옷고름을 들어 눈물을 씻으려니, 눈물이 제 먼저 남색 끝동에 뚜덕뚜덕 얼룩을 지었다.

3

옥심이가 그날 일을 마치고 집으로 돌아온 때는 벌써 날이 저문 뒤라, 물 한 동이도 반반히 못 이는 두 시누이가 저녁밥을 짓느라고 굴속 같은 부엌에서 꽹이 싸우듯이 앙알거리고 있었다. 옥심이는 부리나케 그 일을 안아 맡아서 밥을 잦힌다 쑥국 간을 본다 해서, 제 딴에는 있는 솜씨 없는 재주 다 내가며 정성껏 얼버무려, 앓는 시어머니께 상을 드리고, 철부지한 시뉘 동생들의 밥까지 낱낱이 날라 주고는, 겨우 마음이 놓이는 듯이 불도 아니 켠 부엌으로 돌아와서 몽당빗자루를 깔고 아궁이를 향해 앉았다. 그러나 밥술을 들 엄은 나지 않았다.

미상불 배도 고프고 목도 말랐으나 그것도 다 귀찮아, 바로 눈 앞에 있는 따뜻한 물 한 모금도 마시지 않고——그렇게 우거지상을 하고 앉아 있을 때에, 방 안에서는 그래도 서로 잘 먹고 살려고들 야단이다. ——간장에 밥티를 왜 넣었느니, 내 국을 왜 떠먹었느니, 저쪽으로 내켜 앉으라느니 어쩌느니, 그러다가 수복이가 또 빼—하고, 잇달아 시어머니의 〈아서라, 그 소리 듣기 싫다!〉하는 날카로운 핀잔소리가 들리자, 옥심의 썩다 남은 가슴속이 또 한번 대못을 처박듯이 쓰렸다.

이러한 난리를 겪은 옥심이는 밥 한술 입에 떠 넣지도 못하고, 남 먹은 그릇만 차곡차곡 가시어 뒤폐없이 살강에 설겆고 나니, 그제야 마침 사립 앞에서 시아버지의 기침소리가 어험 하고 들렸다.

「아버님 이제 돌아오십니까?」

어느덧 부엌에서 나선 인사였다.

「오냐. 넌 벌써 왔니? 고단허지?」

부드러운 말소리였다.

「삯 밭 매기보다 어때?」

「괜찮아요.」

「응 ——그런데, 왜 불도 안 켜 놓고 그러니? 인제 설겆이냐?」

「다 했읍니다.」

「자 이것 받아.」

시아버지는 무슨 종이 뭉텅이를 내 주며, 옥심의 귀에 입을 갖다 대더니, 나지막한 소리로써 살짝,

「약—약이다.」

하고는 방으로 들어갔다.

「수복이 오늘 잘 놀았냐?」

하는 소리가 뒤미처 들렸다.

옥심이는 아무리 속이 상하고 답답할 때라도, 이 시아버지의 말씀만 들으면 햇빛에 눈 녹듯이 그 자리에서 속이 고대 풀어지는 것 같았다. 그녀는 냉큼 시아버지의 밥상을 갖다 드리고 다시 부엌으로 돌아와서, 신문지로 두텁게 봉해 둔 바라지 문턱에 귀를 가지고 갔다.

「왜 인제 와요?」

시어머니의 꼬집는 듯한 소리가 들렸다. 시아버지는 젓가락 소리만 딸각거릴 뿐, 아무런 대답이 없다.

「어디서 놀았소?」

「……」

「왜 암말도 안 해요? 종일토록 뭘했소?」

「이거 왜 남 밥도 못 먹게 이 지랄이냐? 인젠 좀 살 만한가부다.」

시아버지는 마지못해 입을 뗀다.

「뭐가 살 만해요? 남 죽는 줄도 모르고, 어디를 그렇게 싸다니며 놀아요?」

「놀긴 누가 놀아? 임자가 밤낮없이 자빠져 누웠지!」

「안 놀면 그럼 무얼 했소? 이 어린것들을 모플 캐라고 내쫓아 놓고, 참 기가 막혀서 온!」

「……」

「대관절 어디 갔다 왔소?」

「약 지으러.」

「약은 어디 있나요?」

「쳇! 누가 임자 약 지어 왔을 줄 알어?」

「만첩 써야 안 낫는 그놈의 병에 또 무슨 약을 지었소? 돈이 곧 썩었지 썩어! 아이구, 그 놈 얼른 죽지도 않고……돈은 또 웬 돈이 있었소?」

시어머니는 연방 더 앙알거렸다.

「빚 냈지.」

「흥! 인젠 또 작은딸년을 마저 팔아 먹야겠군. 큰년은 공장에 팔더니 이것들은 어디 팔 겐고.」

「……」

「어쩌자구 빚은 자꾸 그리 내 쓰우? 어떤 눈 빠진 놈이 뭘 보구 또 빚은 주는지 온……」

「……」

「뭘 가지구 갚으려우?」

「인젠 못 갚지. 저승에 가서 혹 잘 살게 되면 몰라도……」

「참 속도 태평이다. 저러니까 사람들이 모두 순님금이라고들 놀리겠지. 그 빚 내느니 외상 비료나 좀 얻어 올 것 아니요.」

「아니, 참 그럴 말이 아니라, 오늘 백암사 농사조합에도 가 봤는데 나헌테는 비료 대부 못허겠다고 허더군. 무슨 심본지 온……」

「뭐요? 비료 대부를 못 하겠다구요. 왜 그럴까──?」

시어머니는 어지간히 놀란다.

「모르지. 중의 속 누가 안담?」

「또 논 메어 갈 심보가 아니겠소?」

「그럴는지도 모르지.」

시아버지는 남의 일같이 신풍스럽게 말했다.

「아이구, 그럴 게유, 그래요. 또 바위네도 논 메일 때 그리드라우. 인제 큰일 났소, 큰일 나!」

「……」

「아이구, 모두가 천수 그놈의 죄지. 병신 자식 둔 죄지. 그놈만 아니드면, 이집 살림이 이다지는 안 망했을 게고, 딸자식도 공장에는 안 보냈을 게고……그놈 한 놈 바람에 인제 이 집안이 씨도 손도 없이 다 망하고 말 거유. 아이구 더런 놈 얼른 죽지도 않고……원수 원수 그런 원수가 또 있을까……?」

「거 무슨 소리냐? 요망스럽게!」

시아버지는 끊일 줄 모르고 종종거리는 아내를 낯이 없게 퉁 쏘아 주고는, 쓴 혀를 두어번 끌끌 차더니 곰방대를 툭툭툭 떨어댔다. 숨을 죽여가며 듣고 있던 옥심이는 겨우 정신을 가다듬고 부엌을 나왔다. 그날 밤이 새도록 그녀는 잠 한숨을 이루지 못했다.

4

사흘날로써 옥심이의 집 부역은 마지막이었다. 그녀는 안십장의 호의로써 다행히 꾸지람 한 마디도 듣지 않고 일을 마쳤다. 물론 그 대신 그보다 못지않게 마음 괴로운 바야 있었지만. 그리고 그것이 옥심이로 하여금 일을 마쳤다는 것이 기쁘다기보다 오히려 저으기 섭섭한 생각까지 가지게 하였다.

(내가 응천이 아닐까……?)

옥심이는 무슨 말이 있기를 은근히 기다리는 듯한 안의 앞을 잠자코 떠났을 때, 이런 생각을 아니할 수가 없었다. 안의 그 적적한 눈매를 못 잊어 하면서. 그래서 그녀는 다시 꿩 잃은 매같이 되어, 그날 저녁에도 병든 남편에게 밥을 가져다 주고, 흐느적흐느적 집으로 돌아올 때였다. 막 동네 앞 돌다리를 건느려니,

「옥심이!」

하고, 뒤에서 누가 불렀다.

오랫동안 안 불리던 이름일 뿐더러, 때가 때요 또 장소가 장소인만큼, 옥심이는 도깨비나 만난 듯이 머리 끝이 쭈뼛하고, 등줄기가 선득하며 발이 땅에 붙었다. 그리고 가슴속이 쌍방망이를 치듯이 두근거렸다.

「옥심이! 놀랄 것 없소. 내요!」

두번째의 소리에 겨우 옥심이는 뒤를 돌아보았다. 목소리도 더러 듣던 소리거니와, 훌쭉한 키에 구겨진 〈나까오리〉를 푹 눌러 쓴 꼴이, 달빛에 얼핏 보아도 안십장이 분명했다. 그는 뚜벅뚜벅 옥심이의 곁에 가까이 오더니,

「놀랐죠?」

옥심이도 그제야 마음을 놓고,

「그럼요, 놀라잖구!」

「잠간 헐 말이 있어서——」

안은 바쁘게 눈짓을 하고서 서슴없이 돌아선다. 할 말이 어떠한 것인지 옥심이도 대강 짐작은 했지만, 망설일 새도 없는지라 못이기는 척하고 안을 따라섰다. 안은 도깨비처럼 아무 말도 없이 시내 윗쪽을 향해서 성큼성큼 발을 바삐 메어 놓았다. 옥심이 역시 귀신에게라도 홀린 듯

이 사박사박 모래를 밟으면서 잠자코 그의 뒤만 따라갔다.

그들은 한참 동안 밋밋한 포플라 그늘을 지나고, 자갈밭을 갸우뚱거리고, 큼직큼직한 돌 사이를 더듬어 나가서 마침내 높다란 낭떠러지 밑에 다다랐다. 그 가파른 절벽 밑에서, 냇물은 비로소 강물처럼 커다란 굽이를 지우며 빙 돌아 흐른다. 벌써 돌다리는 보이지 않고, 거기서는 비록 어떠한 일이 일어 나더라도 볼 사람, 들을 사람 있을 리 없었다.

「저기가 좋겠죠.」

안은 옥심이를 데리고 바로 절벽 밑으로 갔다. 그리고 그들은 겨우 무거운 짐을 벗은 듯이, 은가루 같은 세모래 위에 두 다리를 쭉 뻗고 나란히 앉았다. 그러나 옥심이의 가슴은 새삼스럽게 뛰기 시작했다. 하긴 여태 외간 남자와는 서로 말도 가까이 잘 못해본 그녀였던만큼 아무리 어릴 때 한동네에서 같이 자란 안이기로서니 그러한 곳에서, 더구나 아닌 밤중에 같이 앉게 되고서야 부끄러운 정과 두려운 생각이 북받치지 않을 수 없었다.

「옥심이 !」

안은 비로소 말소릴 높였다.

「나를 미친 사람으로 생각하실 테죠?」

안은 짐짓 예사로운 태도로 말을 꺼냈다. 옥심이는 여전히 침 먹은 지네처럼 말문이 열리지 않았다.

「옥심이도 잘 알 듯이 난 원래 배운 데 없는 만무방이고, 이놈의 팔뚝밖에는 아무 것도 가진 것 없는 맨털털이지만, 남을 속이거나 해치는 허룹숭이는 아니요.」

안은 상일로만 닦인 사람이라, 말씨는 그리 부드럽지는 못해도, 결코 우악스럽거나 음충맞지는 않았다. 그는 옥심이를 안심시키려는 듯이,

「당신도 물론 세상 일이란 것을 잘 짐작했을 테지만, 나도 거치른 일을 해 오면서 근 십년 동안이나 말 갈 데, 소 갈 데 다 찾아다니며, 입이 쓰도록 이놈의 세상 맛을 보아 왔소. 결코 장난으로 아무 주책없이 옥심씨를 성가시게 하는 게 아니요. 그리 생각하시고 옥심씨도 옛날 우리 커날 때 모양으로 거리낌없이 얘길 좀 해 봐요.」

안은 그제야 〈나까오리〉 앞전을 약간 밀어올리며 마음을 늦추었다. 그러나 옥심이는 연방 더 이마를 숙였다.

무거운 침묵이 시작되었다. 냇물은 달빛을 가득 실은 채 커다란 파문을 지으며 빙빙 감돌아 들고, 젊은 남녀의 가슴속은 가물에 물 잦아지듯

바작바작 졸려 들었다. 이따금 호젓한 밤바람이 화석같이 잠자코 앉은 그들을 마치 달래기나 하듯이 신선한 들 향기를 흐뭇이 뿜어 주며 스쳐가나, 겨우 옥심의 흰 목덜미 위에 처진 고수머리카락만이 잠깐 설레일 따름 침묵은 계속되었다.

이윽고 안은 무슨 결심을 한 듯이 물 위로부터 시선을 돌리며 침착한 어조로써,

「옥심이 ! 」

하고, 입을 먼저 떼었다.

「나를 따르기가 싫습니까? 싫거든 싫다고 말씀해 줘요. 우린 천성이긴 이야기는 할 줄 모르니까요.」

맺고 끊는 듯한 말조였다.

「생각은 있더라도……」

옥심이도 박부득이 모기만한 소리로 입을 떼긴 했으나 끝을 맺지 못했다. 안은 그 말에 힘을 얻은 듯이,

「생각은 있더라도……어떻단 말씀이오?」

둥달아 물었다.

「걸리는 게 많아서……」

「뭐가 그렇게 맘에 걸리우? 그 모양 돼서 누운 남편이?」

「그것도 그렇지만, 그보다 어린 걸 어떻게 떼 놓겠어요?」

옥심의 말은 어느덧 눈물에 젖기 시작했다.

「그야 그럴 거요. 나도 옥심이의 마음 속을 모르는 바는 아니오만, 당신의 처지가 하도 딱해서 하는 말이요. 초로 같은 한 평생을 어찌 그리 허무하게 내버리려 하오? 구구히 맘에 낄 필요가 없다고 생각해요. 당신같이 마음이 고운 사람이길래 여태 붙어 있었지, 웬만한 여자 같아 보시오. 벌써 누른 탈이 나잖았는가? 열녀니 뭐니 하는 것도 거 다 옛날 얘기지요. 지금 시대에 맞지 않는 소리. 그야 당신의 남편이 다른 병 같으면 당신이 꿈엔들 그러한 생각을 가지며, 낸들 또 감히 그러한 죄 될 엄두를 내겠어요.」

안은 토정을 시작하였다.

「──병이 병인만큼, 당신이 친가에 와 있던 그 해──아마 그러께였지요──그때부터 나는 이런 생각을 내 봤어요. 뭐 너무 그리 꼼꼼스럽게 생각할 필요는 없어요. 그야 옥심씨의 말과 같이 어린것 하나가 몹시 걸릴 게요마는, 그건 그래도 조부모가 있고 하니, 제대로 다 잘 자

라날 것 아니요?」

옥심이도 문득 안에게 손목을 잡힌 줄은 물론 알았지만, 구태여 빼려고 하지 않았다.

「따라가시겠죠?」

안은 처음으로 금니를 엿보이며 빙그레 웃었다. 그리고 옥심의 어깨 위에 고요히 손을 얹었다. 옥심이는 절에 간 색시처럼 사내가 하는 대로 그의 곁에 뽀듯이 다가앉았다. 그러나, 놀란 비둘기 같이 가슴의 고동은 갑자기 더 높아졌다.

어스름 봄 달은 그들의 등을 고요히 비쳐주고, 물결은 발 밑에서 한가롭게 철썩거렸다. 그리고 먼 성뚝 위에서는 뻐꾸기 소리가 구슬프게 뻐국뻐꾹 높았다 낮았다, 그들의 마음을 더욱 들쑤시었다. 시내 아랫쪽에는 커다란 바윗돌들이 마치 기괴한 짐승처럼 달빛에 조을고, 흰 구름 둥실 뜬 먼 하늘을 향하여 명매기도 짝을 지어 낄 낄 봄 밤을 못잊는 듯 울고 갔다.

그들은 밤이 꽤 이슥해서 그곳을 떠났다.

5

톡, 톡, 톡!

하루도 빠지 않고 새벽마다 떨어대는 시아버지의 담뱃대 소리에 옥심이는 깜짝 놀라 잠이 깨였다. 그러나 먼동이 트려면 아직 멀었다.

옥심이는 이불 밑에 옹송그렸던 몸을 주욱 뻗으며 기지개를 한번 쓰고는, 얇은 자리옷으로 반만큼 덮인 한쪽 다리를 들어 이불 위에 내던지고 돌아 누우면서, 곁에 자는 수복의 얼굴을 무심코 들여다보았다. 그리고 그의 맷국 얼룩이 진 얼굴을 고이 쓰다듬어 준 다음, 다시 몸을 반듯이 돌리고는 우두망찰하게 허공을 쳐다보았다.

몸은 풀 죽은 행주같이 늘어져 나른한데, 지난 밤 일이 꿈인 듯 또 머리를 쳐들었다. 병든 남편을 위해서 몇해 동안이나 꼿꼿이 과부와 같은 생활을 해오다가, 그만 우연한 동기로 말미암아 그렇게 허술히 정조를 무너뜨린 것이 저으기 안타깝기도 하였으나, 또 달리 생각해 볼 때에는 그까짓 쓸데없는 인정이니 의리니 하는 곰팡내 나는 인습에 얽매여서, 두번 없는 인생을 망치는 것보다는 오히려 그렇게 하는 것이 영리하다기보다 옳은 일 같기도 하였다. 그러나 옥심이는 과연 자기에게 선뜻

안을 따라 나설 용기가 있을까 의심하였다. 아니, 도저히 그런 행동이
취해질 것 같지 않았다.

　그날 낮, 옥심이는 뒤숭숭한 가슴을 안고 내 건너 남편의 움막을 찾
아갔다. 벌건 대낮에도 사립문을 꼭 닫아 두고서 등짐장수 밥 짓듯 시
커먼 뚝배기에 쓴 너삼 뿌리를 달이고 있던 천수는 아내가 그렇게 한
낮에 찾아 온 것을 의외로 알고, 또 덜 좋아하였다.
　「멀 하러 왔어?」
　온 사람 정도 모르고 퉁명스럽게 해 던졌다.
　「놀러 왔어요.」
　옥심이는 적적한 웃음을 띠었다.
　「흥, 팔자 좋군! 가서 밭이나 매라우.」
　천수는 귀찮은 듯이 코웃음을 치고는 쳐다보지도 않았다.
　「……」
　「어서 가!」
　천수는 약 화로에 부채질을 하면서, 연방 더 시무룩해졌다. 뚝배기에
서는 메슥메슥한 쓴 너삼 내음새가 모락모락 올라오는 김과 함께 풍겼다.
　옥심이는 남편의 그렇게 차디찬 태도가 다소 원망스럽지 않은 바도 아
니었지만, 그보다 불쌍한 생각이 앞서서 넋 잃은 사람처럼 우두커니 남
편의 하는 대로만 바라보고 있을 따름이었다.
　천수의 얼굴에는 아직도 지난 날의 그림자가 어렴풋이 남아 있었다.
그러나 빛깔은 무섭게도 검노르게 시들어졌다. 그는 문둥이다.
　옥심이가 그와 결혼을 한 것은 지금부터 칠 년 전. 그래서 지금 다섯
살 되는 수복이를 낳던 그 해 봄부터 천수는 앓기 시작했다. 처음에는,
어릴 때 논에 뜨거운 쇠죽을 지고 가다가 불행히 통 밑바닥이 빠져서 데
인 자리가 새삼스럽게 덧나더니, 그것이 꼬투리가 되어서 결국 무서운
병이 되고 말았다. 그리하여 그것이 동네 사람들에게 알려지자, 시대가
시댄지라, 그는 하는 수 없이 지금의 움막으로 쫓겨나듯이 옮겨온 것이
었다. 그러나 그는 이를 악물고 병만 고칠 생각이지, 아내까지도 만나
기를 싫어했다.
　「가라는데 왜 안 가고 있어?」
　그는 무섭게 눈을 흘기며 못마땅한 듯이 아내를 노려보았다.
　「저가 있으면 어때요?」

「안돼! 가, 어서!」

「글쎄요, 있으면 어때서 그래요. 저야 가나 오나 일반이죠.」

옥심이도 말끝이 약간 삐쭉해졌다.

「쳇! 집에서 또 무슨 속상한 일이 있었나부다. 그러지 말고 어서 가!」

천수는 그만 귀찮은 듯이 제 방으로 들어가버렸다. 옥심이가 화로에 숯을 두어 개 더 깨넣고 불을 보고 있으니까,

「어디, 여기 좀 와 봐.」

뜻밖에 소리를 낮춰서 불렀다. 옥심이는 무슨 영문인지도 모르고 방문 앞으로 가 보았다.

「왜 가라니 안가고 어름거려? 가기 싫거든 이리 좀 들어오게!」

옥심이는 남편의 눈치가 조금 수상스러웠으나, 설마 그러리 짐작하고 방안으로 들어갔다. 그리고 매캐한 냄새가 코를 푹푹 찌르는 우중충한 방안을 한번 빙 둘러보고는 자리에 앉았다. 그을음 앉은 서까래가 죽은 구렁이처럼 구불구불 드러나 있는 천정에는 어지럽게 거미줄이 얽히고, 거칠게 바른 흙벽조차 군데군데 헐어져서, 낡은 삿자리 위에 여기저기 매흙이 떨어져 있는 꼴이 아무리 보아도 사람이 사는 방 같지는 않았다.

천수는 오뚝하게 모으고 세운 두 정강이를 깍지 낀 팔로써 우겨 안고 아랫쪽에 우두커니 앉아 있을 뿐, 좀처럼 말이 없었다. 옥심이는 이윽고 그의 입에서 무슨 말이 나올는지 짜장 궁금히 여기다가, 마침내 자기가 먼저 입을 떼었다.

「인제 좀 나아요?」

천수는 잠자코 고개만 두어번 가로 흔들어 보였다.

「왜 그다지도 약효가 아니 날까요? 돈도 약도 없는 터전에 그만큼 썼거니와, 우선 아버님과 저가 캐다 드린 쓴 너삼 뿌리만 하더라도 짐으로 몇이나 될 텐데……」

「글세 말야.」

천수는 떡심 풀린 입맛을 다시었다.

「약도 약이지만, 그동안 당신이며 집안 사람들이 겪은 고생이며 설움인들 여북하겠어요. 모진 놈의 병도 있지!」

옥심이는 한쪽 정강이를 세우고 앉은 채, 비둘기같이 부드러운 소리로 중얼거렸다.

「아아니, 병이 모질다기보다 원수의 목숨이 모질어서 그렇지! 그만

뛰어졌으면 좋을 텐데.」

「무슨 말씀을 그러시오? 목숨이란 건 하늘에 매였다는데.」

「하늘 아니라, 그보다 더한 것에 매였다 하더라도 쓸데없는 목숨이면 살아서 뭘 해!」

하고, 남편은 뼈만 남은 주걱턱을 더디게 떠죽거리며 말소리를 저으기 높였다.

「——차라리 죽고 말 일이지! 이 이상 더 집안 사람들과 나 자신을 망신시키고, 설움 보이고, 고생시킬 낯이 또 어디 있겠어?」

「그렇지만……」

「그야 생각할수록 맘에 걸린다기보다 한 되는 것을 말하자면 이루 다 들 수가 없겠지만, 낫지 않을 병인 이상 살아서 그 공 못갚을 바에야 차라리 죽어서 걱정이나 덜어 주는 게 옳지.」

옥심이는 말문이 막힌 듯이 잠자코 남편의 입만 어이없게 바라보았다.

「그러나, 목숨이란 정말 모진 것이야.」

하고, 천수는 말을 계속하였다.

「나도 이놈의 병이 들기 전에는 문둥이를 볼 때마다 왜 죽지 못하는지 하고 욕을 했더니, 사실 내가 그런 병이 들고 보니, 그것들의 마음을 가히 알겠거든. 문둥이의 목숨도 성한 사람의 목숨과 마찬가지란 말야. 그리구 생각도 세상이 천대하면 할수록 살고 싶은 생각이 더 꿋꿋하게 나더구나…… 그야 나도 여러번 독약을 손에 쥐어도 보았지만, 그것 다 뜻대로 안되더군. 사람이란 내일에 속아 산다는 말이 있지만, 문둥이도 그래 오늘이나 나을까, 내일이나 덜할까 하는 사이에, 나도 어느덧 오년이란 긴 세월을 자개 속의 게 같이 살아오며, 결국 자네 신세까지 밍처 놓았지만, 지나고 보니 모두가 내 잘못. 모진 목숨의 탓이야. 그러나 인젠 그리 멀지 않을 거야.」

천수는 마치 사과나 하는 듯이 아내의 손목을 잡으며 한숨을 쉰다.

지긋지긋한 침묵——. 옥심이는 못 이기는 듯이 손을 잡힌 채 영세판을 겪어 오느라고 애면글면 터덕거린 자취가 앙상하게 남은 얼굴에 또 한 줄기의 눈물을 드리웠다.

「옥심이!」

이윽고 그를 쳐다보는 남편의 눈에는 별안간 이상한 빛이 얼른 지나갔다. 제 남편이면서도 옥심이는 불안한 생각이 불쑥 들었다.

천수는 약간 멸리는 듯한 팔에 점점 힘을 주면서 아내를 지긋이 **당겼**다. 옥심이는 당황히 물러앉으면서 손을 **빼**내려고 했다.

「싫으냐?」

천수의 숨소리는 불시에 커졌다. 마치 성낸 황소처럼 그리고, 옥심의 또 한 손을 마저 잡으려 할 즈음에, 공교히 수복이란 놈이 어디서 엉엉 울며 찾아왔다.

그것을 다행으로 옥심이는 겨우 손을 빼어가지고 밖으로 나갔다.

「왜 울어?」

옥심이는 아직도 두근거리는 가슴을 누르면서 수복의 곁으로 다가섰다.

「왜 우느냐 말야?」

「애들이 때려요.」

수복이는 울음 반, 말 반이다.

「왜?」

「문둥이 애라면서……」

옥심이는 그만 말은커녕 숨이 탁 막힐 듯했다.

「오냐, 그렇다! 네 아비는 문둥이고 여기는 문둥이가 사는 집이다. 냉큼 가거라! 다시는 모두 내 눈앞에 보이질 말아라!」

뜰에 있는 사람이 질겁을 하도록 문을 부서지라고 열어젖히며 남편은 고래고래 고함을 쳤다.

놀란 수복이는 갑자기 울음소리를 거두고 눈만 휘둥그레**지**며, 어미의 치맛자락을 덥석 거머쥐었다. 쑥대강이 같은 머리 밑까지 진땀이 배이고, 입가엔 콧물 눈물이 뒤엉킨 그의 때 묻은 옷고름에는 푸석푸석 마른 뻘기가 제 손으로 반 웅큼 가량 매달려 있었다.

「냉큼 다 가거라! 나는 문둥이다. 다시는 인제 내 곁에 오지들 말아라!」

천수는 화를 못 이기는 듯이 두꺼비처럼 배를 불룩거리며 흘겨 보았다. 옥심이는 남편이 화를 내는 원인을 모르는 바가 아니었지만, 그냥 모르는 척하고 수복이를 등에 업기가 바쁘게 그 곳을 물러 나왔다.

6

그 뒤부터, 옥심이는 남편에게 밥을 갖다 주는 것까지 주저하였다.

아니 저어하였다.

「제 사내 밥 심부름을 싫어하는 년이 있나 온? 그럼 누구더러 가져다 주란 말인가?」

시어머니는 방 구석에서 코 끝도 내 놓지 않고, 그저 옹알거리기만 했다. 그러나 시아버지는 옥심의 마음 속을 대강 눈치챘던지, 틈만 있으면 손수 가져다 주었다.

만약 옥심이가 가져갈 때에는, 반드시 수복이를 데리고 갔다. 그럴 때마다 천수는 애초부터 방문을 열어도 보지 않거나, 그렇지 않으면 옥심이가 돌아서기가 바쁘게 밥 함지를 마당으로 팽개쳐 엎었다.

그처럼 천수는 저번 날 그런 일이 있은 뒤부터는, 말이며 태도가 갑자기 거칠어졌다. 그리고 마침내 병에도 낙담이 되었던지, 전날처럼 약도 또박또박 쓰지 않았다. 천수의 그와같이 내던진 태도는 옥심이로 하여금 퍽으나 슬프게도 하였지만, 한편으로는 도리어 그의 흥뚱항뚱한 마음에 반사적으로 아주 딴 생각도 북돋우어 주게 되었다.

옥심이는 다시 신작로 공사장에 일을 하러 다니기 시작했다. 물론 이번에는 부역이 아니고 바로 돈벌이였다.

시아버지는 안심치 않아서 처음에는 몇 번쯤 말리어도 보았지만 며느리의 간청이라 혹시 그 편이 며느리의 마음에 조금이라도 위로되는 일인가보다 생각하고, 나중에는 구태여 말리지도 않았다. 옥심이는 아침 일찍부터 저녁 늦게까지 만두할머니와 함께 돌자갈을 팠다. 물론 삯이야 말도 아니되지만, 그까짓 것은 애초부터 문제가 아니었다. 어째도 좋았다. 그리하여 옥심이는 가끔 저녁이면 안심장을 따라서 냇가를 거닐었다. 미친 것처럼 이슬에 치맛자락이 젖는 줄도 모르고……. 물론 만두할머니도 눈치는 채었지만 알고도 모르는 체 하였다.

그러나 돌아오는 것이 늦으면 늦어질수록 집에서는 옥심이를 점점 의심하게 되었다.

「뭘하고 인제 와?」

시어머니가 꼬집고 뜯듯이 물으면,

「만두네 집에 들렀다 왔어요.」

옥심이는 대범하게 얼러맞추었다.

「만두네 집에는 무슨 볼 일이 그리 많은가? 무슨 금덩이라도 묻어 뒀나?」

시어머니가 끝내 앙칼지게 나가면, 옥심이는 그만 입을 다물고 새무룩해질 뿐이다. 그런 다음에야 시어머니야 뭐라고 게걸거리든, 그저 신청부같이 제 방에만 들어가버리면 그만이다. 시아버지는 원래 천성이 태평이라 며느리가 일찍 돌아오면 일찍 오는가보다, 늦도록 안 오면 아들의 밥이나 가져다 줄 따름이지, 아내처럼 미주알 고주알 캐지는 않았다.

그러나 세상 일을 누가 보증하랴? 싸고 싼 향내도 난다는 격으로, 옥심의 일도 그만 하룻저녁 사이에 탄로가 나고 말았다.

그가 역시 안십장의 뒤를 따라서 냇가를 더듬어 내릴 때였다. 공교히 그들의 뒤에 돌연히 사람 그림자가 하나 우뚝 나타났다. 찬물을 집어 쓴 듯이 놀란 그들은 서로 쳐다보기가 바쁘게 고양이처럼 허리를 웅크리고 바위 사이를 날렵하게 빠져 달아났다.

「에끼, 연놈들! 가긴 어딜 가니? 가만 게 있어!」

뒤에서 우람스런 호통소리가 터지고, 커다란 돌덩이가 그들의 발 앞에 버락치듯 떨어졌다.

「요오시 (어디 보자)!」

안은 순간 발을 멈추었으나,

「안돼요! 남편이여요.」

하고, 옥심이가 꿋꿋이 말리는 바람에, 그만 못 이기는 듯이 다시 달음질을 쳤다.

「에끼 연놈들! 정 거기 못 서겠니?」

뒤에서는 걸쌈스런 위협소리와 함께 연방 돌덩이가 날아 닥쳤다. 앞선 그들은 흘끔흘끔 뒤를 돌아보면서, 손을 맞잡고 내달렸다. 옥심이가 몇번이나 넘어질 뻔하는 것을 안은 손싸게 껴안아가며 바위 틈을 타내리고 여울목을 성큼성큼 뛰어 건넜다.

「아이구, 내 죽는다—.」

급기야 먼저 외마딧소리가 났다. 아마 돌 틈에 내꽂힌 모양이었다. 그러나 쫓기는 남녀는 들은 체 만 체 공교로히 냇가를 빠져나와서는 우묵한 보리밭 속으로 기어 들어갔다. 마치 선불 맞은 돼지새끼처럼. 그리고 한참 네 발걸음을 치다가, 드디어 보릿골 사이에 납작하게 앉아서 숨소리를 죽였다.

「죽일 연놈들, 어디로 사라졌나?」

다시 일어나서, 뒤를 밟는 천수의 미친 듯 헐떡거리는 숨소리가 선뜻하게 코 앞을 지나갔다.

이윽고, 그들이 보릿대 사이로 살며시 고개를 내밀었을 때,

「예끼 화냥년! 너가 가면 몇 발이나 갈 줄 아니?」

천수는 한 쪽 다리를 절룩거리면서, 으스름한 냇가를 잇달아 내쫓고 있었다. 역시 쓸데없이 돌을 내던져 풍덩풍덩 헛 물만 치면서.

남편의 그 우습고도 추근추근한 꼴이 보이지 않게 되었을 때, 옥심이는 겨우 마음을 가다듬고 안을 따라 일어섰다. 땀과 이슬에 옷은 함빡 젖어, 풀 죽은 치맛자락이 아직도 부들부들 떨리는 듯한 그의 종아리 짬에 징그럽게 휘감겼다.

「어쩌면 좋겠어요?」

옥심이는 걱정스럽게 물었다.

「뭐 어쩔 게 있나요? 언제라도 한번은 탄로가 나고야 말 것인데! 인젠 박부득이 이곳을 떠나야죠.」

안은 벌써 결심이 다 된 대답이다. 두 사람은 필 대로 다 핀 보릿대를 헤치고, 다시 으슥한 냇가로 나왔다.

옥심이가 안을 저만큼 뒤 세우고 자기 집 울타리 밖에 살짝 왔을 때는 밤도 이미 이슥한 뒤였지만, 허방을 짚은 남편의 분하게 퉁퉁거리는 소리가 아직도 야경스럽게 들렸다

「더러운 년 같으니! 난질을 해도 분수가 있지, 사지를 째어 놓을 년!」

삼 이웃이 다 알도록 떠들어댔다.

「난 처음부터 그년의 눈치를 대강 알아 봤어, 그년이 웬걸 일이 하고 싶어서 신작로 역사를 갔을 게라구? 그저 제 맘이 끌리니 제 길 제 닦으러 간 게지 뭐.」

시어머니도 기가 펄펄하게 둥달아 야단이다.

옥심이는 실인즉 어떻게 옷이니 갈아 입었으면 하고 의 본 것이지만, 판세가 판세라, 그렇지 않아도 데인 가슴에 도리어 겁만 더 집어먹고서 그만 입은 그대로 안을 따라 도망질을 나섰다.

7

옥심이가 떠난 뒤, 그의 시집은 걷잡을 수 없이 더 망해 들어갔다. 천수의 병은 될 대로 다 되어버리고, 시어머니는 줄곧 잔병 치례만 하고 누워서 세월을 보내니, 아무리 시아버지 허서방 혼자서 똥줄이 빠지

게 터덕거려 봐도 도무지 폭이 맞질 않았다.

게다가 설상가상으로 옥심이가 떠나고 닷새도 못 지나서, 근 십년이나 부쳐오던 절논——그 논 까닭으로 신작로 부역까지 나간 백암사 논이지만——너마지기까지 턱없이 중에게 떼이었으니, 뭐 도무지 말이 못되게 옹색해졌다. 그리 되고 보니, 논이라곤 인제 팔다 남은 별똥지기가 겨우 손바닥만하게 처졌을 뿐. 그것으로 많은 식구가 살아 나간다는 것은 철부지한 농촌 지도원들의 잠꼬대지, 아예 안될 말. 제아무리 물신선 같은 허서방일지라도 속이 졸리지 않을 수가 없었다.

그러나 허서방은 이렇게 두 발목에 무거운 쇠사슬을 얽맨 듯하고, 애면글면 억판을 허덕거리면서도 겉으로는 여전히 만고태평이다.

「이러다가 말경에 어떻게 허실 테요?」

마누라가 푸념을 시작하면 그는 으례

「사는 대로 살지 뭐. 설마 산 사람의 입에 거미줄 치겠어!」

「참, 속도 알 수 없다. 남자가 돼서 어찌 저렇게도 맘이 허무할꼬온!」

「허무 않으면 어떻게 해? 무슨 별 수가 있담? 이놈의 세상을 고치기 전에는 제에기, 한 동안은 제법 보천교니, 무슨 당이니, 갈라 먹는 세상이니 뭐니 하고 떠들썩하더니만…… 요즘은 그놈의 정감록도 아마 쓸 데가 없는 모양이지!」

허서방은 선하품만 할 따름이었다. 그리고 어쩌다가 남의 일이라도 가서 팔자에 없는 술잔이나 걸치고 오는 저녁이면, 그만 방이 비좁게 큰 댓자로 뻗치고 누워서, 불밤송이 같은 수염을 들썩거리며, 만고강산을 혼자 가느니 어쩌느니 하고 노래도 아닌 것을 한참 엉얼거리다가는 저도 모르게 그만 쿨쿨 쇠잠이 들어버린다. 그러나, 설령 그러한 때라도 먼동만 트이면 누구보다도 먼저 일어났다. 마치 그것이 근 오십년 동안을 하루도 빼지 않고 지켜 온 철칙(鐵則)이나 되는 듯이.

그는 안심장을 따라간 며느리를 구태여 원망하지도 않았다. 아무렇게나 차려다 들이미는 밥상을 대할 때마다, 떠나간 며느리의 그 찬찬한 솜씨가 새삼스럽게 생각 아니 나는 바도 아니었지만, 그렇다고 해서 안을 따라가 어느 공사장에서 밥 장사를 시작해서, 제법 재미를 보며 오붓하게 살아나간다는 며느리의 소식을 풍편에 들었을 때에도, 결코 아내처럼 박하게 미워하지는 않았다. 모든 것을 오히려 자기 자신의 불우한 팔자로만 돌렸다.

이렇게 해서 날이 가고 달이 바뀌고 하는 동안에, 천수는 마침내 양 갯물까지 먹어 보았으나, 불행히 죽어지지도 않고 가을철이 되었다. 그러나 금강산도 식후경이라고, 거둘 것 없는 천수의 집에는 가을이 와도 아무런 기쁨도 없었다. 아니 이미 보리 양식조차 떨어진 뒤라, 도리어 삼순구식의 잔인한 운명이 그들을 향하여 아가리를 벌렸을 뿐이다.

허서방은 자고 새면 남의 일을 다니고, 마누라는 밤낮 방구석에서만 고양이처럼 옹알거리기만 했다. 그리고 두 딸애는 아직 철도 채 안든 것들이 벌써 다라지게 땔 나무를 해온다 밥을 짓는다 해서, 집안 일을 안아 맡고, 수복이는 천하 천더기가 돼서, 옷도 헐벗었을 뿐더러 어쩌다가 끼니 때를 놓치면 으레 밥도 못 얻어 먹고서, 주린 개새끼처럼 할금할금 집안 사람들의 눈치만 엿보았다.

그러한 어느 날, 천만 뜻밖에 옥심이가 조그만 보퉁이 하나만 들고서 되돌아왔다. 천수의 집에 있을 때보다는 훨씬 얼굴이 푼더분하고 옷 꼴도 꽤 말쑥하였다.

옥심이는 보퉁이를 마당가에 내던지기가 바쁘게 주린 짐승같이 수복이를 와락 끌어안고는 미친 것처럼 느끼기 시작했다. 막혔던 홍수가 갑작스레 둑을 박차고 쏟아지듯이 오랫동안 눌러오던 감정이 불시에 터질 구멍을 찾은 것 같았다. 물론 옥심이에게는 벌써 곁에 누가 있든 없든, 또 남이야 비웃든 말든, 아랑곳할 바 아니었다. 다만 수복의 굴왕신 같은 낯바닥에 자기의 눈물 얼굴을 맞대고 비빌 뿐이었다. 수복이도 오래 떨어졌던 어머니라 반가운 정이야 여북 컸으랴마는 어머니의 우악스런 태도에 무슨 영문인지를 모르고 그저 얼떨한 채 어머니의 하는 대로만 맡겼다.

「수복아!」

옥심이는 꿈이나 아닌가, 아들의 얼굴을 보고 또 보았다. 그리고 목메인 소리로써,

「엄마 얄밉지?」

그러나 수복이는 그 말뜻랑 알아들을 수 없고, 갑자기 자기도 눈물을 글썽 담으며, 대답이라고 하는 것이,

「엄마! 인제 가지 마!」

하고, 도리질을 하였다.

그때야 마침내 안방 문이 탁 열리며, 시어머니가 새파란 걸굴을 내밀었다.

「이년아, 뭘 하려 이 집에 또 왔어?」

칼날 같은 말이 쏟아지기 시작했다.

「어서 나가거라, 뵈기 싫다! 이 돌팔이 같은 화냥잡년아!」

그러나 이보다 더한 것도 이미 각오하고 온 옥심이다.

「왜 안 나가니, 이년아? 어서 나가거라! 그만큼 이 집 망신을 시켰으면 됐지, 또 뭘하려 도로 왔어? 이 모진 벼락 맞아 죽을 년아!」

시어머니는 이를 아드득아드득 갈아 부치면서, 물 퍼붓듯이 후욕패설을 해 던졌다.

그래도 옥심이는 수복이를 품에 안은 채, 화석처럼 고개를 숙이고 가만히 서 있었다.

「저런 뻔뻔한 년 같으니, 그래도 썩 안 나갈 테야? 맞아 죽기 전에 냉큼 나가거라!」

시어머니는 짐짓 어른 틀거지를 내보이며 아주 쥐 잡듯이 닦아세더니 그만 기가 다 된 듯이, 이번엔 마루턱에 앉아 있는 딸년들을 내쫓으며

「이년들아, 너흰 무슨 구경삼아 보고 있니! 빨리 가서 네 오빠나 데리구 와!」

그러나 그 말이 미처 끝나기 전에 천수는 어디서 벌써 소문을 들었던지, 한쪽 다리를 질질 끌며 들이닥쳤다.

「그년 어디 있어요?」

하기가 바쁘게 천수는 옥심이를 향해서 게걸음을 쳤다. 그리고선 짚고 온 대막대기를 휘두르더니, 몰강스럽게 옥심의 아랫동아리를 후려갈겼다.

「에구머니!」

하고, 옥심이는 수복이를 안은 채 사정없이 넘어졌다.

「죽어라, 이년아!」

눈도 뜰 새 없이 개 잡듯한 몰매질이 연해 시작되었다. 낯반대기든 어디든, 옥심의 몸에는 순식간에 푸른 줄이 애처롭게 주욱죽 드러났다. 그러나 옥심이는 이를 악다물고 좋이 매를 받았다. 죽어도 좋다는 듯이. 그리하여 옥심이가 거의 죽었다시피 늘어졌을 때, 천수는 곁에 있는 보퉁이를 마저 걷어차버리고는 제바람에 부치어서 그만 뒤로 털썩 주저앉기까지 하였다. 그러나 그는 번개같이 일어나서 다시 매를 치켜들었다.

「백번 죽여도 아깝잖을 년! 그처럼 못 견뎌서 난질을 나간 년이 왜

또 들어왔어 ! 이 더러운 구렁이 같은 년 ! 나가거라 빨리 ! 」

천수의 독한 매는 또 한번 옥심의 늘어진 허구리를 끊어지라고 갈겼다.

「어서 그년 몰아내라 ! 남 부끄럽다. 뵈기 싫다 ! 」

시어머니는 말릴 줄은 모르고, 짜장 시원한 듯이 아들을 부추기었다. 겁을 먹은 수복이는 울타리 곁에서 경풍 앓는 애처럼 왈왈 떨며 울어대고, 옥심이는 늘어져 누운 채, 맞은 자리만 실룩거렸다.

사립문 밖에는 어느덧 철없는 애새끼들이 구경이라고 모여 서고, 솔가지로 얽맨 울타리 구멍으로는 온 동네 아낙네들이 서로 들여다보려고 야단이었다.

「나가거라, 이 망할 년아 ! 」

급기야 천수는 아내의 한 쪽 다리를 턱석 치켜 들고는 개 끌듯이 끌었다.

「아이고 수복아, 수복아 ! 」

옥심이는 그제야 외마디소리를 지르면서 끌리지 않으려고 두 손에 힘을 주어 땅바닥을 긁는다.

「너 여의곤 못살겠더라…… ! 」

그때 마침 산에 갔던 허서방이 집채 만한 나뭇짐을 해서 지고 사립문을 들어섰다. 그는 심상치 않은 뜰안 광경을 우두커니 바라보더니, 이내 낌새를 챈 듯이 아무렇게나 나뭇짐을 벗어 던지고는 뚜벅뚜벅 아들의 앞에 다가서며,

「그게 누구냐? 왜 그러니 ? 」

허서방은 부러 놀란 빛을 숨기며 대범하게 물었다.

「이년이 되돌아왔어요. 죽일 년 같으니 ! 」

「응, 수복어미로군 ! 」

허서방은 돌아온 며느리를 잠깐 굽어 보더니, 다시 아들을 향해서,

「너 그 손 얼른 떼렸다 ! 」

「못 놓겠어요. 」

아들은 연해 끌었다.

「떼라면 곧 떼어야지 ! 」

허서방의 뚜렷한 눈에 불 같은 것이 번쩍하였다. 그는 못마땅한 듯이 아들의 손을 확 뿌리쳐버리고서, 며느리를 안아 일으켰다. 그러나 옥심이는 다시 시아버지의 무릎 앞에 힘없이 쓰러지며,

「아버님! 죄많은 년을……」

옥심이는 말을 마치지 못하고 흑흑 흐느끼기만 하였다.

「왜 도로 왔어?」

허서방의 말은 너그러운 듯하면서도, 엄한 곳이 있었다.

「수복이를 못 잊겠어요…….」

옥심의 느낌은 더욱 커졌다. 길다란 한숨이 줄곧 터져올랐다.

허서방은 그렇게 되리라고 생각하던 것이 결국 그렇게 되었다는 듯이 고개만 두어번 끄먹거리고는, 다시 며느리를 추어 일으켰다.

「아이고 저런 웅천 좀 봐! 그만 또 속는구먼. 애도 곤도 없는 바보지 뭐야!」

마누라의 빈정거리는 소리가 들리자, 허서방은 곁에 있는 지게 작대기를 들어서 안방 쪽을 보고 핑 내던졌다.

「예끼 가살이 같은 년!」

작대기가 밀창살을 지끈 부수고 방안으로 튀어들어가자, 아내는 그만 쥐 죽은 것 같이 끽소리가 없어졌다.

그러나 천수는 참다 못해 아버지에게 와락 덤벼들며 옥심이를 몰아내려 했다.

「이놈이 미쳤나!」

허서방은 아들을 힘대로 떠밀어버렸다. 천수는 두어발이나 나가 자빠지면서,

「그 더런 잡년을 이 집에 또 두겠단 말씀요? 집안이 망하려니 참…안 되어요, 안 돼! 내가 죽었으면 죽었지 그년은 기어이 내쫓고 말거예요!」

천수는 연방 악담을 하며, 분에 받쳐서 전신을 와들와들 떨어댔다.

「너가 나가거라! 이 더러운 놈아! 그렇지 않으면 이 애비를 좋게 잡아 먹든지! 전라도 소록도가 그렇게도 무섭더냐? 이 소같은 놈아!」

평생 화를 잘 아니 내던 아버지의 커다란 눈에서 갑자기 시퍼런 불이 촬촬 떨어졌다. 그것을 본 천수는 그 팔팔하던 기가 금시에 탁 꺾이고 그만 뿔 빠진 쇠상이 되어서, 원망스러운 듯이 아버지를 잠깐 쳐다볼 뿐, 다시는 두 말도 못하고 그곳을 물러나갔다.

이윽고, 내 건너 천수의 움막에는 시뻘건 불이 활활 붙어올랐다.

옥심이는 그 말을 듣자, 별안간 미친 듯이 일어서다가 쓰러지고, 쓰러져서는 다시 일어나려고 애를 썼다. 그러다가 시아버지에게 손을 맡기고 간신히 울타리에 몸을 의지한 채, 내 건너편을 바라보았다. 막집은 벌써 불덩어리가 되어 있었다. 하늘을 찌르는 듯한 불길을 등지고 떠나가는 남편의 뒷모습을 보자, 그는 다시 그 자리에 쓰러졌다.

허서방은 괴나리봇짐도 없이 어기적거리는 아들의 뒷꼴을 끝까지 지켜보다가, 혼잣말조로,

「제에기, 나도 문둥이나 되었더면, 차라리 소록도에라도 갈 것을!」

옥심이는 처음으로 시아버지의 눈에서 눈물이 뚝뚝 떨어지는 것을 보았다. 그는 그러한 시아버지를 떠나간 남편보다 더욱 가엾게 생각하고 영원히 모시고 섬기리라고 굳게 마음 속에 맹세하였다.

〈1936・朝鮮日報〉

抗 進 記

쇄——, 쇄——.

밖에서는 작달비가 계속 내려붓는다. 게다가 때 아닌 샛바람까지 곁들여서 거센 빗발이 마룻바닥을 마구 엇때려 곰팡 슨 세살문을 사정없이 적신다. 여기 저기 구멍이 난 문종이가 사나운 비바람에 부대껴서 풀기 없이 펄럭인다. 방 안은 멀미가 나게 우중충하다.

「제一기, 아직 멀었나?」

두호는 기다리기가 지겨운 듯이 또 한번 문을 쳐다본다. 턱이 조금 빨고 갸름한 얼굴에 눈이 유난스레 뚜렷해 보인다. 어스름은 좀처럼 물러가지를 않았다.

두호는 눈자위를 찌푸린 채 다시 돌아누우며 기지개를 쓰노라고 다리를 내던졌다. 그러자 낡아빠진 방바닥에서 먼지가 풀썩 솟기라도 하는지 매캐한 냄새가 코에 물린다. 동시에 재채기가 엣켕— 나왔다.

「에끼 빌어먹을 놈의……!」

두호는 참다 못해 마침내 이렇게 구두덜거리면서, 거적으로 밖을 가리운 들창을 쥐어박기라도 할 듯이 일어나 앉았다. 그러나 종아리 짬을 두어 번 쓱쓱 긁어대다가 바삐 문을 차고 나간다.

바깥은 제법 훤했다. 그도 그럴 것이 여느때 같음 벌써 아침해가 솟을 무렵이었으니까.

두호는 장마에 씻겨 불어난 때가 마치 청돌에 낀 이끼처럼 매끄러운 마루 끝에 나섰다가, 느닷없이 빗방울이 얼굴을 스치는 바람에 부리나케 몸을 돌려 경중경중 봉당을 뛰어 건너 잠실 안으로 들어갔다. 그는 곧 초롱에 불을 켜들고서 조용히 잠박들을 들여다본다.

주림에 지친 누에들이 어느새 인기척을 알아챈 듯이, 일제히 대가리를 쳐들고 이리 저리 내혼든다. 오를 때가 며칠 남지 않은 누에들의, 먹이를 찾는 가댁질이다. 사람 같음 꼬빡 두 끼를 못먹은 셈이니까.

「제一기, 요것들도 이렇게 살려고들 야단인가!」

두호는 혼자서 중얼거리며 이 잠박 저 잠박을 차례로 꺼내 가며 살펴본다.

「에헴, 엣헴, 애 좀 어떠냐?」

아까부터 잠실 밖 의짓간에서 콜룩콜룩 쇠기침을 해대다 들어오는 아버지의 소리다. 그러나 두호는 돌아도 안 보고,

「아직은 괜찮은가봐요.──하지만 이걸 다 어떻게 하지요?」

「왜?」

「먹일 게 있어야죠. 한두 잠박도 아니고 원!」

「글쎄……」

아버지 박첨지는 입맛만 죽 다신다.

「인제 곧 한밥 받을 땐데……」

아들도 떡심 풀린 듯 혀를 찼다.

「더러 죽지는 않았나?」

박첨지는 걱정스럽게 묻는다.

「왜 죽은 게 없겠어요. 워낙 산 놈 수가 많으니까 잘 안 보이지요.」

「어디 좀 보자꾸나.」

하고 박첨지도 다가서더니,

「야, 이런 난리 좀 봐!」

「이대로 두면 나중엔 저희들끼리 서로 살이라도 뜯어먹겠지요?」

「글쎄……」

박첨지는 우두커니 누에들의 가댁질 광경만 바라볼 뿐이었다.

「어제보다 되레 가늘어졌죠?」

「그런가?──워낙 못 먹였으니 원……」

「잘 먹여도 이 장마철에 잘 되기가 어려울 텐데……이키, 이것 봐요. 요렇게 죽은 놈이 있잖아요? 이건 틀림없이 굶어서 죽었을 거예요.」

두호는 죽은 놈 하나를 꺼내 가지고 아버지에게 쑥 내밀었다.

박첨지는 죽은 누에를 받아 들고 초롱불에 비춰 보더니,

「며칠만 더 견딜 것 아닌가!」

하며, 못내 안타까운 듯이 얼른 내던지지를 못한다. 하긴 개구리 한

마리도 아직 죽여 본 일이 없고, 무릇 목숨을 가진 것이라면 쥐새끼라도 사랑하고 가긍히 여기는 그라 무리는 아니었다.

「날씨는 이렇게 연일 장마가 지는데 이 많은 걸 다 어떻게……」

아버지의 누긋한 태도에 비하면 두호는 성질이 자못 팔팔한 편이어서 말같은 것도 걱실걱실 거리낌없이 잘할 뿐더러, 어딘지 모르게 만만찮은 구석이 있어 보였다.

「낭패로구만. 날씨나 든다면 산뽕이라도 따 와서 구하는 대로나 구해 보겠지만.」

박첨지는 잠박 가로 기어 나오는 누에들을 꼼꼼스레 안으로 주워 넣으며 맥빠진 대답을 한다.

「산뽕인들 어디 그렇게 있나요? 죄다 따냈는데.」

두호의 말눈치는 짜증도 같고 핀잔도 같았다,

「애초부터 제가 조금만 치자고 하지 않았어요? 괜히 남의 떡 보고 김칫국 마신 격이었죠, 머. 고까짓 두어 때기 뽕을 가지고서 어떻게 끝 갈망을 하려고 원!」

〈산뽕〉이란 말에 두호는 한결 진저리가 났다. 그것도 그럴 것이 이번 누에를 치느라고 그놈의 산뽕을 찾아서 근 보름 동안이나 불피풍우하고 개새끼처럼 이 산 저 산을 헤매었으니까.

「나도 무리한 짓인 줄로 짐작은 했었지만……」

젊은 아들이 불쑥 쏘는 바람에 어차피 한풀 꺾인 박첨지는 말끝을 채 맺지 못하고서, 그만 적적한 웃음만 보일 뿐이었다. 어찌 보면 한숨 같기도 한 웃음을.

두호는 예전 같으면 나이 찬 아들에게도 매질을 했을 뿐 아니라, 자기가 옳다고 생각해서 한 일이면 누구 앞에도 허리를 굽히지 않던 아버지가 아직 그럴 나이도 아닐 텐데 그처럼 쉽사리 기가 죽어가는 걸 보고는 은근히 마음이 아팠다.

그는 이내 자기의 말이 지나친 것이나 아닐까 생각하고, 아버지에게 대한 불손을 속으로 뉘우쳤다. 그리고 응당 무리한 짓인 줄을 알면서도 그렇게 하지 않을 수 없었던 아버지의 심사를 촌탁하면 더욱 더 마음이 괴로와졌다.

잠깐 서로 말이 끊어진 뒤 아버지는 허릿말에서 장죽을 빼어 물며 잠실을 나갔다.

「허허, 이런 날씨 좀 봐. 기어이 병자년 값을 하고야 말 겐가 원!」

이윽고 아버지의 푸념 비슷한 소리가 들리자 두호는 문턱에 걸터앉으며,

「병자년,——아주 큰 흉년이 든 해운이라죠？」

말눈치가 아까보다 훨씬 부드러워졌다.

「흉년뿐인가！ 병자호란이라고, 큰 난리가 난 해도 있었지. 내가 알기로는 큰 비가 와서 홍수가 지고 흉년이 들어서 사람이 여러 수백명 죽었지만, 어쨌든 병자란 연호는 듣기만 해도 진절머리가 난단 말야.」

「그러실 테죠.」

두호는 짐짓 아버지의 이야기에 귀를 기울였다.

「생각할수록 징글징글하지 머. 어떻게 비가 많이 왔던지 뒷강 물이 벌이 차게 넘고, 날마다 집채가 떠내리고, 소가 떠내리고, 뱀이 칭칭 감겨 붙은 시체가 떠내리고……정말 목불인견이었지. 우린 그때 아직 철이 없었지만 어린 생각에도 참 하늘이 원망스럽더군.」

박첨지는 부엌 앞에서 빗발을 피하고 서서 옛일을 회상하고는 다시금 말을 잇는다.

「그런 난리판에도 부자들만은 흉년 덕을 톡톡히 보았거든.」

「흉년 덕이라뇨？」

「땅 값이 워낙 싸졌으니 그렇지. 당장 굶어 죽는 판에 논밭이 쓸 데 있는가！ 그저 지낼 만한 댁에 가서 흰 죽 한두 그릇 얻어먹고는 두서너 마지기씩 척척 바쳤거든. 실은 네 칠촌댁 재산도 거의 그때 결태질해 둔 것이지만 말야. 우리도 논마지기 좋이 갖다 바쳤지……」

박첨지는 입 가에 고스러져 붙은 수염을 들썩거리며, 억울한 표정을 지어 보였다.

（그러한 칠촌에게 빌붙어서 거지 공부를 하다니.）

두호는 생각이 딴 곳으로 빗나갔다.

——구리귀신이라고 불리는 칠촌의 발싸개 같은 돈에 군침을 흘리며 따르는, 형의 애도 곤도 없는 태도가 새삼스레 얄미워졌다.

아버지와 아들은 다시 말이 없다. 마치 서로 약속이라도 한 듯이.

비도 잠깐 그치고, 썩은새를 타 내리는 낙숫물 소리만이 들린다. 바람만은 여전히 사나와서, 산울타리의 호박 잎이랑 옥수숫대를 몰강스럽게 욱대겨댔다.

아버지는 문득 들일이 걱정스러웠던지 어느새 우장삿갓을 차려 가지고 사립문을 나서고 어머니는 조반을 짓노라고 물을 길어온다. 추진 삭

정이에 불을 붙인다 해서 혼자서 바쁘다. 그러나 두호는 엉덩이가 천
근이나 되는 듯이 내처 한자리에 걸터앉아 있었다.

(이놈의 누에들을 다 어쩌지……)

아무래도 살려낼 자신이 나지 않았다.

(그만 죄다 쓸어서……)

삥뽕 삥뽕하는 지지랑물 소리가 천리 밖에서나 들려 오는 듯, 머리가
휑했다.

다행히 조반 후에는 날이 조금 드는 것 같았다. 작달비가 슬금슬금
는개로 바뀌었다.

두호는 다시 아버지와 함께 대광주리를 둘러메고 집을 나섰다. 싫어
도 할 도리가 없다. 산뽕이라도 따 와야 했기 때문이다.

때마침 형 태호와 영애가 우산을 같이 받고, 무엇인지 웃고 지껄이며
집을 향해 걸어 오고 있었다.

두호는 별안간 속이 뭉클했다. 못본 체 지나려다 영애를 향해서,

「비도 오는데 미안하오.」

영애란 이 처녀는 거의 날마다 자기 집에 들르는 양잠 순회지도원이
다. 보통 누에 선생이라고 불리는 그녀는 해말쑥한 얼굴에, 날씬한 키
가 열아홉으로서는 숙성한 편이었다.

「뽕 따러 가세요?」

볼을 약간 붉히며 쏘아본다.

「네.」

「산뽕——?」

「그럼요. 밭뽕은 바닥이 났으니까요.」

「저런! 날씨도 이런데……」

영애는 숫제 동정하는 표정을 지어 보였다. 형은 아무 말이 없었다.
꽤섬했다. 그러나 두호는 아무런 내색도 않고 그저 아버지의 뒤만 따랐
다. 그러면서도 머리 속에는 이상한 감정이 점점 자리잡기 시작했다.
——암만해도 형과 영애의 사이가 수상스러워 보였다.

그러나 곧 부인했다.

(설마 그럴 리야 있을라고? 영애의 천성이 그럴 테지. 직업의 탓도
있겠지만 원래 어떤 남자를 대해서도 과히 내외를 하지 않을 뿐더러 조
금만 친해져도 숫기좋게 잘 지껄이는 편이니까. 그리고 형으로 말하더

라도 나와 영애의 사이를 바히 모를 리 없고……)

두호는 일단 이렇게 제 맘대로 판단을 하려고 해 보았지만, 그것으로 속이 시원할 리는 없었다. 이상한 생각은 연방 꼬리를 물고 일어났다. 그럴수록 그는 또 더욱 부정하려고 들었다.

「그럴 리 없지!」

두호는 부지중 이렇게 중얼거렸다.

「왜? 뭐가 어떻게 됐는데──?」

아버지가 의아스럽게 돌아보자, 그는 비로소 정신을 가다듬는다.

「암 것도 아네요.」

당황히 시치미는 떼었지만, 얼굴이 절로 화끈해졌다.

박첨지는 무슨 영문인지 알 배 없었으나 굳이 물으려고도 안 했다.

아버지와 아들은 다시 잠자코 휘휘한 산길을 더위잡았다. 두호는 물론 부질없는 생각을 거듭하면서.

미친 날씨는 이따금 개 오줌 싸듯 산돌림을 질끔거렸다. 그럴 때마다 그들은 흐느적거리는 삿갓을 더욱 내리숙였다.

이렇게 해서 한 시간 남짓 터덕거린 다음 그들은 겨우 안산이란 데에 이르렀다. 그 안산 열두 골짜기는 신라 때부터 누에를 많이 치던 고장이라 전해 오느니만큼, 지금도 산뽕이 비교적 흔했다. 거기서부터 그들은 바삐 일을 시작해야만 했다.

그러나 산뽕이란 놈은 그리 흔하게 있는 게 아니다. 기억을 더듬어 있을 만한 자리를 여남은 군데 찾아야만 그저 한두 포기 만날 둥 말 둥, 그러나 자칫하면 그마저 남이 먼저 훑어간 빈 가지이게 마련이다.

「이런, 여기도 벌써 다 따냈군!」

박첨지는 허방을 짚을 때마다 이렇게 중얼거리며 커다란 허위대를 웅크리고는 다시 가지 사이를 빠져 나간다.

「이런 제기랄!」

두호는 뽕나무도 제대로 찾지 못하고, 자칫하면 낯바닥에 거미줄만 뒤집어 쓰게 마련이었다. 그러니까 자연 화도 더 났다. 자나 깨나 빈둥빈둥 자빠져 놀기만 하는 형이 새삼스럽게 얄미웠다. 아무리 어정뱅이라 해도 병신 아닌 다음에야 요만 일쯤은 넉넉히 거들 수가 있을 텐데 백발이 다된 아버지가 저렇게 허둥대는 양을 뻔히 짐작하면서도 그까짓 일은 내 모른 체 방바닥에만 엎쳐 있다니? 게다가 오늘은 영애까지 데리고 그 엄청난, 사회니 인생이니 하며, 까치 뱃바닥같은 소리를 또 씨부렁거리지나 않을까 생각하면, 낯바닥에 침이라도 뱉아주고 싶었다.

그러나 화는 화요, 일은 일이다. 두호의 눈과 손과 발은 여전히 뽕만을 찾아 헤매었다.

이렇게 두 부자는 끈덕지게 산뽕을 찾아서 갈렸다가는 다시 만나고 마주쳤다간 다시 헤어져가며 억척같이 산을 더듬어 올랐다. 그러다가 마침내 그들은 한참동안 서로 길이 엇갈렸다.

악치듯한 작달비가 또 한줄기 지난 뒤 매지구름은 산꼭대기를 급히 감돌고 안개는 자꾸만 짙게 깔리기 시작했다. 한발짝 앞이 아득해졌다.

이윽고 두호의 귀에는 이상한 소리가 어렴풋이 들렸다. 순간 그는 귀를 쫑그렸다. 동시에 불길한 생각이 번개같이 머리 속을 지났다. 그러나 두번째의 소리도 분명하지를 않았다.

세번째 만인가,

「두호야——」

하는 소리가 분명했다. 꽤 멀리서 들려오는 듯한 아버지의 목소리였다.

「네——?」

두호는 부리나케 발듣움을 했다.

「어디 있니?」

「여깁니다. 너덜경 윕니다.」

두호는 겨우 마음을 놓았다.

그러고 얼마 뒤에 아버지가 머리위께 나타났다.

「저런! 왜 그런 데까지 내려갔니?」

박첨지는 질린 표정을 지어 보였다. 아들이 아주 뀌꿈스런 낭떠러지 끝에 가 붙어 있었던 것이다. 하긴 그런 곳이니까 다행히 사람의 손이 가지 않은 산뽕도 있었으리라. 그러나 보기만 해도 아찔한 벼랑 끝이었다.

「어서 그만 올라 오너라.」

박첨지는 차마 눈을 줄 수 없는 듯이 고개를 돌린다.

「격정 마세요.」

두호는 그래도 억척보두같이 남은 가지를 마저 휘어잡는다.

「아서라 애, 그만 올라오라니까!」

박첨지는 이맛살을 잔뜩 찌푸리면서 아들을 나무랬다.

두호는 하는 수 없이, 그러나 안타까운 듯이 잡았던 가지를 도로 놓고서 곰처럼 엉금엉금 낭을 기어 올랐다.

박첨지는 뽕이 제법 치면한 광주리를 진 채, 아랫배 짬에 넓적한 칡 잎을 서너 조각 눌러대고 있었다.

「배를 왜 그랬어요?」

두호는 별안간 가슴이 철렁했다.

「머, 아무렇지도 않아. 뽕나무 가지에 조금 긁혔지. 넌 참 많이 땄구나!」

박첨지는 되레 씩 웃으며, 아들의 광주리 속을 부러운 듯이 바라보았다.

「또 낡에서 떨어졌군요?」

두호는 칡 잎사귀에 묻은 핏자국을 노려보며 상을 연신 찌푸렸다.

두 부자의 광주리에는 뽕이 제법 그득했다.

「자, 인제 그만 가자고. 이만하면 한 이틀은 걱정 없겠지?」

박첨지는 자못 만족한 듯이 앞장을 섰다. 넓적한 얼굴에는 검버섯이 거뭇거뭇하고 젖은 뽕잎을 걸머진 잔등은 흡사 곱사등처럼 휘어들었다.

옷은 모두 속속들이 젖어 있었다. 산길은 내려오기가 힘들었다. 짐을 진 채 바위뿔이 쑥쑥 내민 안돌이 지돌이를 조심조심 돌아야 하고, 너덜을 건너야만 했다. 황톳길도 미끄러워 만만치가 않았다.

두호는 터덜거리는 아버지의 손목을 빠듯이 껴잡아 주었지만, 길이 워낙 미끄러워 몇 번이나 한꺼번에 궁둥떡을 쳤다. 삿갓도 몇 차례나 날렸다. 가뜩이나 젖어 있는 궁둥이 짬엔 벌겋게 황톳물이 들었다.

이렇게 허둥지둥 터득거리는 판에 얄미운 산돌림이 또 한 줄기 쏟아진다. 그들은 짐을 진 채 고슴도치처럼 몸을 웅송그리고는 언덕 밑에 쪼그려 앉았다.

「쳇! 네 형은 언제나 사람이 될는지……?」

박첨지는 참다 못해 한숨을 짓는다.

「글쎄요.」

두호는 열적게 받아 넘길 따름이다.

「그동안 집안 사정을 제 눈으로도 보았으니까 인젠 셈도 날 텐데…… 그놈의 전문학교란 데는 도대체 뭘 가르치는 덴지 원!」

「형님 말로는 머 인테리겐챠라든가 인충인가를 만들어 낸다더군요.」

두호의 머리속에는 형 태호에 대한 불만이 다시 부글거리기 시작했다.

(가산을 망친 형!)

이런 생각을 하지 않을 수가 없었다. 아닌 게 아니라, 태호는 중학을 마치느라고 원래 보드라운 살림을 여지없이 탁방을 내었던 것이다. 그리고 중학을 마치면 부모를 돕겠다던 것이, 마치는 그날부터 아버지의 말에는 도무지 귀를 기울이지 않고 가린주머니고 엉큼대왕인 칠촌 아저씨한테 어떻게 애걸복걸 매달려서 소위 전문학교란 데를 나왔으나, 이번에는 부모의 말을 안 듣기만이 아니라, 노박이로 일만 해 오고 부모에게 순종하는 두호까지를 봉건적이니 혹은 인식 부족이니 하며 곧잘 타박만 주었다. 물론 자기는——형의 말을 빌리면——적어도 전 인류의 행복을 위해 싸우는 주의자로 자처하면서.

(눈물 나는 투사여!)

두호는 입만으로 사회주의를 씨부렁거리고 다니는 형을 속으로 비웃었다.

(오늘만은 어쩌도 형을 한바탕 해 주리라!)

이렇게 그는 마음을 굳게 가다듬으며 일어섰다.

태호는 마침 집에 없었다.

「형은 어딜 갔어요?」

두호는 어머니를 보고 부루퉁했다. 마치 어머니가 그를 어디로 빼 돌리기라도 한 듯이.

「누에 선생하고 같이 나갔는데 아마 칠촌댁 사랑에라도 가 있겠지. 내 곧 데리고 올께, 어서 옷이나 갈아 입어. 에구 저런! 입술이 아주 시퍼렇구나.」

어머니는 숫제 무슨 잘못이라도 저지른 듯이 서성거린다.

박첨지와 두호가 겨우 옷을 갈아입고 나오자 어머니는 헛걸음을 하고서 돌아왔다.

「거기도 없더구만. 점심을 게서 먹었다는데……」

「없어?」

하고, 이번에는 아버지가 말을 받는다.

「그럼 또 건너마을에 간 것 아닌가? 어서 가 불러 와요. 에이 소같은 놈!」

「어이구 그놈은 왜 그리 철이 안나는지 온…!」

어머니는 다시 치맛자락을 걷어친다. 한국의 어머니들은 자식들의 잘못은 도통 자기의 잘못이나 〈철부지〉로만 돌리려 든다.

　어머니가 사립을 나가자 뒤미처 영애가 들어왔다.　순회 지도 시간이었던 것이다.　그녀는 곧장 두호가 있는 잠실로 들어갔다.　무명 등바대를 넓적하게 댄 등을 이 쪽으로 돌린 채 두호는 열심히 추진 뽕잎을 닦고 있었다.

　「산뽕을 많이 따 오셨다지요?」

　하고, 영애가 가까이 가도,

　「네 조끔——」

　할 뿐, 그는 돌아도 안 보고 하던 일만 계속했다.

　「왜, 화 나셨나요?　사람이 와도 못본 체 하고……」

　영애는 흰 이빨을 가지런히 드러내며 쏘아보았다.　짐짓 시틋한 표정이었다.

　「아니, 고맙소, 누에 선생님!」

　두호는 그제야 잠시 일손을 멈추고 이렇게 만만하게 응대를 하였다. 이미 그럴 정도로 두 사람은 서로 친숙해져 있었던 것이다.

　「많이 따셨구먼요.」

　영애는 이내 일을 돕기 시작했다.

　두호와 영애가 처음 안면을 익힌 것은 벌써 일년 전 일이었다.　지난 해 봄 영애가 이 구역의 양잠 지도원으로 왔을 때부터였다.　그러니까 이번으로써 두번째가 되는 셈이다.

　양잠 지도원이란 것은 뻐꾹새처럼 봄에만 왔다 가는 뜨내기다.　그것도 한번 오면 그저 한 달 소수 머물었다 갈 뿐이다.

　두호는 지난 해 봄 처음으로 그녀를 만났을 때부터 그녀의 명랑한 웃음과 쾌활한 성격에 마음이 끌렸다.　홀어머니의 무남독녀라고는 도저히 생각되지 않을 만큼 서글서글했다.　그래서 두호는 엉뚱스런 생각은 가지지 않으면서두 가까와졌다.　그러나 헤어지고 나서는 편지 한 장 내지 않은 그런 사이였다.

　그러던 것이 금년봄에 다시 만나게 되고부터는 한결 그녀에게 마음이 쏠렸다.　묻어 두었던 화롯불이 되살아나는 격이랄까.

　물론 영애도 지난 해보다는 한층 더 친숙해졌다.　마치 의오빠라도 대하듯이.　그래서 두호가

　「왜 시집을 안 갔소?」

　하면

　「왜 장가는 안 들었지요?」

하고 맞먹을 정도였다.

두호는 누에의 손질을 하다가 일부러 곁에 있는 영애의 목덜미에 그 놈을 슬쩍 한 마리 갖다 붙여 놓고는 〈에그머니!〉하고 놀라는 양을 보곤 웃기도 했다.——요컨대, 늙은 부모를 모시고 애면글면 영세판을 헤어 나가고 있는 두호의 모래를 깨무는 듯한 생활에 영애는 한 줄기의 위안을 안겨 주는 고마운 존재였던 것이다.

그러한 영애가 인제 얼마 안가서 또 떠난다. 누에만 오르면 제비같이 횡여케 떠나고 마는 거다. 두호는 자기를 도와서 잠박들에 재빨리 뽕을 떠주고 있는 영애의 그 누에를 닮은 토실토실한 손가락에 문득 일종의 애달픔같은 것을 느꼈다.

「영애씨!」

「네?」

영애는 무슨 낌새를 채었는지 돌아도 안 보고 대답만 했다.

「댁에는 언제쯤 가시겠소?.」

「누에만 다 오르면 곧 가야지요.」

「누에만 오르면——?」

「왜요——?」

영애가 쌩그레 돌아본다.

「아니, 며칠 쉬셨다 갔으면 싶어서. 이곳 산수도 구경하고……」

이번에는 두호가 외면을 한다.

「이렇게 장마에 찌들리고서 구경은 무슨 구경을 해요?」

「그럴수록 등산이라도 해서 울적한 마음을 풀어야죠. 미태암 절도 좋고, 냉정재란 데 올라가면 안골 열 두 동네랑 앞강물이 한눈에 확 들어오지요. 그리고 뻐꾹새도 많이 울거든요. 더구나 이런 봄철에는——」

두호는 말에 정신이 팔려서 닦은 뽕을 광주리에 넣다가 도로 꺼내기도 했다.

「하지만……」

영애가 망서리자

「왜요?」

하고, 두호는 정면으로 영애를 쏘아본다.

「어디 그런 팔자들이 되나요?」

「그럼 없는 사람들은 산 구경도 못하나요?」

팔자란 말에 두호는 뭉클한다.

「그래도……다음 기회로 미루지요.」

영애는 또 하나의 잠박을 내린다. 다른 잠박에서 모짝모짝 뽕을 먹어 들어가는 소리가 쏴—하고 들리자, 미처 먹이를 못 받은 놈들이 고갤 쳐들고 환장을 한다.

「다음 기회라……?」

두호는 먹심 풀린 소리를 중얼대며 뽕을 다 준 잠박을랑 시렁 위에 도로 얹는다. 오를 때가 다 돼 가는 잠박은 제법 묵직했다.

「내년도 있고……왜 여름에는 안 치세요?」

영애는 한참 있다 말을 잇는다. 사실은 조용한 잠실 안에서 젊은 남녀가 말 없이 있다는 것은 거북스러웠으니까.

영애도 두호의 심정을 짐작 못하는 바가 아니었다. 두호가 자기를 생각하는 정도까지는 못 가더라도 자기도 두호의 그 썩썩하고 현실적인 태도에는 어딘지 모르게 사내다운 힘미더움을 느꼈던 것이다. 그러나 쥐면 터질까, 불면 날까 하면서 자기를 길러 온 어머니의 생각이 과연 어떨는지, 그리고 또, 아니 그보다 두호의 가정 형편을 생각할 때는 어떻게 태도를 결정해야 좋을지 몰랐다.

게다가 또 한 가지 마음에 걸리는 것은 두호의 형 태호였다. 그는 그즈음 서울서 돌아온 이후 거의 밤낮을 가리지 않고, 영애가 기식하고 있는 자기의 칠촌아저씨 댁을 드나들면서 기회가 있는 대로 영애와 가까와지려고 애를 썼다. 얼핏 생각하면 찰거머리같이 추근추근한 태도가 싫기도 했지만 그래도 사회에 대한 커다란 불만을 안은 채, 주위의 멸시와 몰이해 속에서도 꾸준히 자기를 지켜나가려고 애쓰는 지조랄까——, 아뭏든 그런 세속적이 아닌 점에 동정이 가지 않을 수가 없었던 것이다.

두 사람 사이에는 잠시 말이 또 멎었다. 주렸던 누에들이 급히 뽕을 먹어대는 소리가 마치 소낙비 소리처럼 들릴 뿐이었다.

별안간 안방 지겟문 열리는 소리가 덜거덕 하더니 박첨지의 헛기침 소리가 들린다. 태호가 돌아온 모양이었다.

「너 또 건너마을에 갔었지?」

첫말부터 심상찮게 나왔다.

「…………」

태호는 여느때와 같이 대답이 없다.

「그놈의 건너마을에는 밤낮 뭣하러 다니니? 두삼이가 네 뭐나 되느냐?」

아버지의 언성은 점점 높아졌다. 그러나 태호는 역시 아무말도 없이, 그저 시무룩한 표정을 지은 채 잠실안으로 들어왔다. 물론 두호를 보고 영애를 보고도 말이 없다. 오히려 영애가 거기에 있었기 때문에 더욱 창피를 느끼는 듯한 그런 표정이었다. 아버지의 성화는 계속되었다──

「집안 형편을 뻔히 알면서……에이 소같은 놈! 나이 스물다섯이나 되는 놈이 소견머리가 온 그뿐이란 말인가?」

아버지는 욹하는 불뚱이를 참지 못하고 마루 끝에 나 앉는 기색이다.

「일자리를 구해 보라고 그렇게 입이 닳도록 타일러도 도무지 그럴 생각은 않지, 그렇다고 국으로 집안 일이나 거드느냐 하면 그것도 싫다하고 밤낮 펀둥펀둥 자빠져 놀면서, 그저 남보기가 부끄러우니 괜히 두삼이나 찾아다니며 무슨 주의니 뭐니 하고 시시덕거리니 그게 어디 될 말인가? 애닯지 애닯아. 괜히 두삼이 본을 받아 가지고서……이놈아, 그래 두삼이가 무슨 사회주의를 하더냐? 술이나 처먹고, 한숨이나 쉬고, 네 말마따나 기생집에 누워서 축음기 소리에 눈물이나 흘리는 그게 사회주인가? 개 오줌같은 눈물이지! 그냥 놀고 지내려니 남부끄러워서 하는 부잣집 자식들의 그 엄청난 잠꼬대──어느 놈이 그런 것을 사회주의라고 하더냐? 정말 사회주의자가 들으면 배를 안고 나자빠질 거다.」

박첨지는 아니꼽다는 듯이 가래침을 탁 뱉는다. 태호는 침먹은 지네처럼 아무 말이 없다.

박첨지의 불뚱이는 더 계속되었다──.

「다시는 인제 두삼이에게 가지 말아라. 그리고 기어이 사회주의를 하고 싶거든 우리 집에서부터 해 보자꾸나. 노는 놈은 먹지 말라는 그 좋은 말을 다른 데 가서만 하지 말고 우리집에서도 더러 해 봐. 왜 하필 늙은 부모하고 네 동생만을 그렇게 부려먹으려 드니? 너는 왜 그 좋은 걸 하지 않고 병든 놈처럼 밤낮 자빠져 놀기만 하느냐 말이다. 그게 소위 너희들의 사회주의란 거냐? 콜록콜록……」

박첨지는 잇달아 나오는 쇠기침 바람에 말이 뚝 끊긴다. 그 틈을 타서 어머니의 목소리가 들린다. ──

「인제 그만 진정해요. 저도 이담부터는 무슨 셈이 안 들겠어요?」

속으로는 겁을 내면서도 하는 말눈치 같았다.

「뭐, 셈이 들어?」

박첨지는 마누라에게로 화살을 돌린다.

「그래, 셈 들 놈이 저러고 있겠소? 그놈이 지금 내가 하는 말을 한 마디나 귀담아 듣고 있는 줄로 아요? 천만에! 허위대는 아주 씻은 배추줄기같지만 속은 딴판이라오. 아무리 내가 빌 듯이 타일러도 쇠가죽 무릅쓴 놈같이 그저 똥구멍으로만 숨을 쉬었지, 듣긴 뭘 들어! 할멈이 들어서 저 자식을 저렇게 만들었잖소? 공연히 그놈의 복에 없는 전문학교는 보내 가지고……글쎄, 저놈 공부시키느라고 즈 아저씨 댁을 찾아다니면서 갖은 눈총을 무릅쓰고 애걸복걸한 보람이 뭐란 말요? 어쨌든 자식의 말이라면 너무나 달게 듣거든!」

남편의 성깔을 알았음인지 어머니는 더 말이 없다.

박첨지는 다시 잠실 쪽을 향하여,

「너도 사람의 자식이거든 좀 생각을 해 보려무나. 나도 같은 말을 몇 번이나 되풀이하려니 사람만 괜히 싫없어질 뿐 아니라, 인제 그만 진저리가 난다. 줄곧 이러고서야 어떻게 부자의 윤긴들 남을 것이며 또 한 울타리 안에 살 수가 있겠니? 차라리 그만둘 일이지.」

핀잔 겸 자탄 겸, 그는 이렇게 한심한 말을 남겨 두고는 그만 어디로 핑 나가 버린다.

주먹 맞은 감투같이 쑥 들어가 끽소리도 못하고 지르퉁하고만 서 있던 태호는 그제야 겨우 숨을 크게 내쉬며 입을 삐쭉한다.

「아이 골 아퍼.」

그러나 영애나 두호가 모두 누에 가리기에만 정신이 팔리고, 자긴 본체 만 체하니까 새삼 굴욕을 느끼는 듯이,

「농민이란 건 원래 쌈도 없이 고집통이만 세거든!」

하고, 혼자서 투덜거린다.

「그래도 태호씨는 아주 수양이 대단하신데요.」

다행히 영애가 한 마디 받아 주니까, 겨우 상을 펴면서,

「그럼, 그만 걸 못 참아 가지고서야 어떻게요?――강철의 신경을 가져야죠!」

또 레닌의 말을 들먹이려 든다.

「왜 취직은 안 하세요?」

영애의 말이 떨어지기가 바쁘게,

「취직? 흥!」

태호는 콧방귀를 뀌면서,

「먹기 위해서 살아야 되나요, 일을 위해서 살아야 되나요?」

「그런 게야 우리가 압니까마는.」

하고, 영애는 약간 샐쭉해지며,

「취직을 해 가지고는 일을 못 하나요?」

「뭐 못 할 건 없지만, 사람이란 건 누구나 다 편한 생활에 취하기가 쉽고 헐한 상식에 빠지기가 쉬우니까요……그리고 또 적당한 자리가 쉽게 있어야죠.」

태호는 길게 처진 머리카락을 손으로 한번 쓸어 올리고는 담배를 한 개비 꺼내 문다. 머리털을 거추장스럽게 기르는 것이 소위 〈주의자〉들의 틀거지였다. 두호는 더 참을 수가 없는 듯이——,

「안 찾으니까 없지요. 그리고 꼭 자기맘에 드는 일자리만을 구하려는 게 벌써 무리지요.」

하고 서슴없이 쏘아 주었다.

「어째서 무리냐?」

태호도 불쑥하며,

「그럼 아무 직업이라도 상관이 없다는 말인가?.」

「그렇지요. 형이 싫어하는 관공서 같은 데 말고 말에요.」

「다시 말하면, 취직을 위한 취직——즉, 자기란 것은 죽여도 좋다는 말이겠지?」

태호는 같잖다는 듯이 입을 비쭉했다.

「그건 또 그렇잖죠. 속담에 호랑이한테 물려 가도 제 정신만 있으면 죽지 않는다고, 어떠한 일을 하더라도 제 마음만 단단하고 보면 반드시 자기를 살릴 수가 있지요. 만약 자기를 죽인다면 그것은 오로지 제 의지가 박약한 탓이겠지요. 반드시 그렇지요!」

두호는 암팡지게 꼬집어 준다.

「그게 억설이란 거여!」

태호는 연방 눈에 쌍십지를 올린다.

「너는 꼭 아버지를 닮아서 고집통이 농민 근성을 그대로 가졌거든. 무슨 말이라도 끝에 가선 꼭 억보같은 소리를 한단 말야. 결국은 인식 부족과 사회적 훈련 부족의 탓이겠지만……」

「쳇, 형은 얼마나 인식이 풍부하며 사회적 훈련인가 뭔가는 얼마나 받았어요? 입만 떼면, 그저 인식 부족, 사회적 훈련!」

두호도 지지 않는다. 그는 계속해서——,

「글쎄, 이제 내가 무슨 억보 소릴 했어요? 의지만 굳세면 자기를 죽이지 않는다는, 그게 억보 소릴까요?」

「너 누굴 데리고 싸우려 드니?」

태호는 마침내 눈을 흘긴다. 날카로운 콧날 위에는 가는 땀이 반지르르 솟았다.

「형제간에 괜히 왜들 이러시우?」

보다 못해 영애가 말린다. 그러나 두호는 들은 체 만 체,

「누가 먼저 싸우려 들었소?」

하고 형을 마주 노려보았다.

「애들아, 이게 무슨 꼴인가, 형제간에……?」

급기야 어머니까지 들어와서 둘을 따끔하게 나무래 부치자, 그제야 겨우 형이 먼저 어성을 낮추며,

「너는 그 태도부터가 틀렸어! 토론을 하려면 좋게 할 일이지, 왜 그 쓸데 없는 뿔뚝이는 내느냐 말야?」

하고 짐짓 형된 값을 하려 했다.

「하여튼 나는 버릇없는 만무방이요. 형처럼 배우지도 못했고요. 그러나 형도, 농민 근성이니 뭐니 하는 소리만은 함부로 하지 말아요. 형의 그 꿈만 꾸는 근성보다는 그래도 나은 편이니까요.」

「꿈만 꾸는 근성──?」

태호는 가소롭다는 듯이 그저 입만 비쭉했다.

「암, 그렇지요. 형은 매양 꿈만 꾸고 있지요. 그렇지 않거든 그렇지 않은 실례를 들어봐요. 뭘 한 가지 실행한 일이 있나요? 우린 그래도 형에게 기대를 걸어 봤었는데……」

「…………」

태호는 신청부같이 담배 연기만 후— 불어 낸다.

「레닌인가 하는 사람의 조직론만 읽으면 만사가 해결되는 줄 아오? 조직 없이는 아무 일도 못한다고 노상 한탄만 했지, 이 고장을 위해서 무슨 조직체 하나 만들어나 봤어요?」

두호는 형과 성질이 아주 달라서, 무슨 일이든 말이든 시작하기가 어렵지 시작하기만 하면 꼭 끝을 내고야 만다.

「그것도 무리한 억설이지! 시방 정세가 어떻다고 그런 소릴 해?」

태호는 내처 쓴웃음을 짓고 있었으나 확실히 궁지에 몰린 눈치였다.

「정세라고요?」

두호도 입을 비쭉하면서,

「보천교(普天敎)군들 만승천자 기다리는 것과 마찬가지로군요. 그래서 우리 야학 후원회에도 책만 두어 권 던져 주고 말았군요.」

「마, 그만 두세. 두구 보세. 모든 것은 장차 사실이 우리들에게 증명해 보일 테니까.」

태호는 더 이상 얘기하기가 귀찮은 듯이 말을 뚝 끊는다.

「좋습니다. 두구 봅시다. 부디……」

두호도 욧짝 가르듯 해던졌다.

장마에 찌들리던 누에들도 어머니의 말따나 사람과 더불어 고생고생하다가 겨우 올랐다. 그러나 누에만 오르면 떠나기가 바쁘던 누에선생은 웬일인지 쉬 떠나지 않았다.

그래서 한 때는 누에가 오른 뒤에도 영애가 좀더 남아 있어 주었으면 싶어하던, 또 그렇게 권해도 보던 두호는, 이번에는 그녀가 쉬 떠나지 않는 것을 보자 도리어 마음이 뒤숭숭해졌다.

(어느 집 없이 누에들이 다 올랐는데 왜 돌아가지 않을까?)

하루 이틀, 날이 갈수록 두호는 영애가 떠나지 않는 것을 더욱 수상쩍게 여기고, 동시에 그녀가 묵고 있는 칠촌 아저씨 택에 형이 더욱 잦게 드나드는 것을 못마땅하게 생각했다.

한편 영애로서는 두호의 그러한 심정은 아예 헤아려 주지 않고서 되레 얼굴만 해반들하게 다듬어 가지곤 날마다 태호와, 매팔자 타고난 그의 칠촌 아저씨를 따라 앞강에 나가 뱃놀이를 한다, 낚시질을 한다 해서 무던히 멋지게 흥청거렸다.

그 반면, 두호는 자고 새면 늙은 아버지와 함께 장마통에 쓰러져 누운 보리를 거두어 들이노라고, 그야말로 혀를 빼물고 허둥대었다.

그러한 어느날의 오후였다. 두호가 아버지 어머니와 함께 벼랑 위 밭에서 일을 하고 있자니까, 공교롭게도 그들의 일행이 웬만한 야거리를 하나 빌어 타고 바로 벼랑 밑을 지나갔다. 그날은 어쩐 영문인지 건너 마을 두삼이까지 끼여 있었다. 그리고 모두 술들이 얼근히 된 셈인지 어슷비슷 뱃전에 기대고서, 무언가를 시시덕거리고 있었다. 벼랑 위는 쳐다보지도 않고서.

이윽고 노래소리가 들려왔다.

　부여성 거친 터 쓸쓸히 잠자니

초목도 회포에 잠겼구나……

태호와 두삼이의 굵다란 바리톤에 영애의 청승맞은 소프라노가 섞여 떨린다.

낙화암 낙화암 천년 꿈을
너는 아느냐, 꿈은 흘러……

후렴은 소리가 더욱 높아지고, 곡이 점점 애달파진다. 두호의 칠촌 아저씨는 노래는 몰라도 흥을 못이기는 듯, 망석중이처럼 고개를 끄덕이며 뱃전을 두드려댔다. 그러고는 자기도, 적어도 농촌지도원으로서 어느 연회석에는 충분히 참석할 자격이 있다는 것을 마치 증명이라도 하듯이, 어디서 춧어 왼 〈오―롯고부시〉(압록강노래란 일본 노래) 부스러기를 제법 두어 마디 웅얼거려서 좌중을 흥겹게 한다.

「우마이, 우마잇!」(잘한다, 잘햇!)

태호와 두삼이는 손뼉을 쳐 주고서, 다시 다른 노래로 돌아간다.

단따란따라 다라단따라……

그들이 즐겨 부르는 ××가의 곡조다. 두 사람은 과연 젊은 혁명가인 듯이 두팔을 힘차게 내저으며 의기양양했다.

「아니꼬와 못보겠네!」

두호는 보다 못해 뭉클하고 일어선다. 그러나 아버지는 만사가 귀치 않은 듯이 새우등을 해 가지고 낫질만 재촉하고, 어머니는 베어 둔 보릿단을 바쁘게 주워 모으노라고 헝크러진 머리카락이 한결 흉하게 보였다.

하늘에는 검은 매지구름이 자꾸만 모여들고, 별안간 마파람까지 일어나서 날씨가 또 수상해졌다. 한 번만 더 비를 맞히는 날이면 보리는 영낙없이 밭에서 싹이 날 판이다. 두호는 이것 저것 생각할수록 화가 더욱 치밀었다.

「형――」

그는 마침내 벼랑 밑을 내려다 보고 소리를 내질렀다.

그러나 흥결에 들리지 않았던지 배에서는 아무런 반응이 없었다.

「형――」

두호는 다시 소리를 쳤다. 그제야 부처님들은 겨우 벼랑 위를 쳐다보았다.

「형, 냉큼 좀 와 줘요. 곧 빗방울이 떨어지려는데 왜 그러고만 있어요. 보릴 빨리 치워야 됩니다.」

애원하듯한 두호의 말에 형은 대답이 없었다. 그저 배 위에서는 이쪽에서 무슨 쌩이질이라도 한 듯이 잠깐 서로들 쳐다보기만 하더니, 이내 웃음 소리만 딱따그르르 일어날 뿐이었다.

「에잇 더런 것들!」

두호는 당장 달려가서 그들이 타고 있는 배를 확 뒤엎어 버렸으면 싶었다.

「얘 그만두어라. 오늘은 강 위에서 사회주의 하는가보다.」

등 뒤에서 아버지가 맥풀린 소리를 했다. 박첨지는 저번날 그런 일이 있은 후로는 큰아들 태호에게 대해선 도무지 입을 떼지 않았다. 참견하기가 싫었다.

두호는 불뚝이를 참고 다시 일을 시작했다. 그도 물론, 형이 쉬 말을 들어 주리라곤 생각지 않았지만 속이 연방 부글거렸다.

그러나 짐만은 힘대로, 아니 오히려 힘에 겨울 정도로 무덕지게 졌다. 박첨지도 나이를 생각지 않고 억척스럽게 졌다.

날씨는 우기가 짙어 왔다. 먼산 기슭이 차츰 어둑어둑해졌다. 빨리 서둘러야지! 두호와 아버지 박첨지는 힘에 겨운 보릿짐을 지고 발을 빨리 떼 놓았다. 장마에 흙이 씻긴 자갈길이라 걷기가 한결 힘들었다. 그들은 저름 난 소같이 기우뚱거리다간 주춤 서 가며 걸어야만 했다. 자칫하면 밤싯골 송생원처럼 지게 밑에 깔려 그 길로 나무아미타불이 되고 마는 거다!

두호는 앞서가는 아버지의 겨릅대같이 마른 다리가 애처롭게 보였다. 혹시 저러다가 정강이가 뒤집히지나 않을까 가슴이 두근거리기까지 했다.

「아버지, 너무 많이 지신 모양인데, 그러지 마시고 제게 몇 단 더 얹어주세요.」

두호는 자기도 어깨가 사뭇 내려앉을 듯 아픈 것을 잊어버리기나 한 듯이 말했다.

「괜찮다 얘! 오십 여년을 줄곧 노동으로 다진 뼉다귄데 요까짓 보리 몇단 더 얹었다고 간대로 휘겠니?」

박첨지는 돌아보지도 않았다. 그러나 숨은 더욱 헐떡였다. 둘은 지겟다리를 잠시 논둑에 빗대어 세우고 숨을 돌렸다.

「제기, 날씨가 오늘만은 참아 줘얄 텐데……」

두호가 걱정스럽게 하늘을 쳐다본다.

「오늘만?……등너머 논보리는 어쩌게?」

박첨지는 목덜미의 땀을 손으로 훔치며 돌아본다.

「그게야 나중 모낼 때 베지요. 지금 미리 치워 놓음 그놈이 먼저 갈아버리게요?」

「그럴려다가 논도 잃고 보리까지 버리게 되면 어쩌려고.」

「버렸음 버렸지, 기왕 논이 떨어지려는 판에 그까짓 보리 몇 집 챙겨서 뭘하겠어요.」

「그래도……」

박첨지는 갈피를 못 잡는다.

「괜찮아요. 논을 내놓으란다고 고스란히 내놓을 수야 있나요? 끝까지 해 봐야지요. 결국 턱없이 논을 뗄려는 놈이 틀렸다고 생각해요.」

두호는 숫제 무슨 자신이라도 있는 듯이 뻐무렸다.

「허지만 이놈의 세상이 어디 그러냐? 약한 사람만 죽기 마련이지.」

「그렇다고 도나개나 세상만 따라갈 필욘 없다고 생각해요. 싸울 만한 일은 싸워 봐야지요.」

두호는 말이 거칠어졌다.

「몰라, 잘 될까……?」

박첨지는 다시 안간힘을 쓰고 일어선다.

「하여튼 해 보겠어요.」

두호도 따라 일어섰다. 밀삐가 어깨를 파고 드는 것 같았다.

문제의 등너머 논이란 건, 읍내에 사는 어떤 부자의 토지로서, 박첨지가 벌써 십여년이나 까딱없이 지어 오던 터인데, 뜻밖에 대밭골 손가란 사음녀석이 나서서, 전부터 지주와 무슨 약속이 되어 있었느니 어쩌느니 하면서 금년부터는 자기가 짓겠다는 것이었다. 그래서 박첨지는 부랴부랴 지주를 찾아갔으나 잘 만나 주지도 않고 사람을 시켜 하는 말이 그저 사음과 잘 의논하라는 투로 책임을 회피할 따름이었고, 소위 그런 일을 중재해 준다는 군청이란 델 찾아가 보아도, 역시 그런 건 당자들끼리 해결하라는 식으로 아예 거들떠보지도 않았다. 그러니까 논은 지주와 주재소(경찰관)를 업고 사는 손가녀석에게 꼽다시 뺏기게 될 판이었다.

두호는 이 일만 생각하면 불현듯이 화가 치밀었다. 그리고 벌써부터 사음놈이 보리를 빨리 치워 달라고 조르는 것을 일부러 늦추고 있는 터이었다.

「죽일 놈!」

두호는 둔탁한 소리가 나도록 지겟작대기로써 땅을 쿡쿡 내질렀다. 벌써 그의 머리 속에는 영애에 대한 지질한 생각이라든가 조금 전 벼랑 밑을 보고 침을 내뱉던 불쾌감 같은 것은 남아있지 않았다. 오직 어떻게 해서 사음놈을 이겨내느냐 하는 일념뿐이었다.

두호는 그날밤에도 잠을 못 청해 끙끙거렸다. 저녁 늦도록 보리를 져 나르노라고 몸이 온통 파김치같이 되었었지만, 그래도 잠이 좀처럼 청해지지 않았다.

전같으면 저녁 밥술을 놓고 나면 으례 잠들기가 바빴고 한번 잠이 들면 날이 새어야만 겨우 눈이 떨어지던 것이, 웬일인지 요즘은 아무리 낮일이 고달파도 잠을 부르기가 힘들었다. 용케 잠이 들어도 노루잠이 되어 곧 눈이 뜨이곤 하였다. 게다가 잘 안 꾸던 꿈까지 자주 꾸게 된다. 꿈은 대개 영애와 관계되는 일들이었다.

더러는 꿈인지 생신지 분간을 못할 때조차 있었다. 반 꿈, 반 망상이랄까. 아니 그보다 꿈과 현실의 비빔밥 같은 때가 많았다. ——때로는 영애가 방실방실 아양을 떨며 모든 것을 허락이라도 할 듯이 두 팔을 벌리고 다가오는가 하면 어떤 때는, 암 말도 없이 샐쭉해가지고 그만 돌아서기도 했다. 그렇게 돌아설 때는, 대개 멀찌막이 서 있는 형의 그림자가 희미하게 얼씬하기도 했다.

「에잇, 빌어먹을!」

그날 밤에도 두호는 비슷한 악몽을 뿌리치고 돌아누웠다. 그와 동시에 잠이 든 줄로만 알았던 태호도 저쪽으로 휙 돌아눕는다.

(형도 안 잤던 게로군……?)

두호는 태호의 장구대가리 같은 뒤통수를 물끄러미 바라보았다. 형이 숨소리를 죽이고 있는 것을 눈치채고는, 그도 무슨 이유인가로써 잠을 제대로 이루지 못하는가보다 싶었다. 그러나 그러한 형이 수상쩍다거나 얄밉다기보다, 어쩐지 그날 밤은——낮에 앞강에서 그러저러한 일이 있었는 데도 불구하고——갑자기 가엾게 보였다. 더구나 형의, 그 쥐면 꺼질 듯 가늘고도 앙상한 뒷목줄기가 볼수록 애처롭게 느껴졌다.

두호는 어릴 때 할머니에게서 들은 방식을 떠올리곤 숨을 자주 쉬어
도 보았다. 그러나 역시 잠은 안왔다. 금방 비가 올 듯하던 날씨가 비
는 오지 않고 그저 물쿠기만 하는 바람에 더욱 그런 것 같았다. 게다가
그런 밤일수록 물것은 더 덤빈다. 두호는 자꾸만 스멀거리는 허리춤이
며 사타구니께를 몇번이나 썩썩 긁어댔다.

「요 망할놈의 것!」

두호는 용케 한 놈을 잡아 내 가지고는 희미한 남포 불에 비쳐 본다.

「빈대지?」

갑작스레 형이 물었다. 역시 안 잤던 모양이다.

「그럼. 요놈의 게 들어서 사람을 자게 해야지 온!」

두호는 그놈을 이내 뜨거운 등피 안으로 떨어뜨렸다.

「나도 물것 때문에 도무지 못 자겠는 걸.」

형은 적당히 얼버무렸다. 그리고 둘은 동시에 기지개를 죽 켰다. 마
치 약속이라도 한 듯이.

이렇게 해서 자는 둥 마는 둥 하는 사이에 어느덧 밖이 희붐해지고,
어머니의 절구질 소리가 쿵쿵 들려 왔다. 벌써 그날의 출발 신호다.

두호는 선하품을 깨물면서 자리에 일어나 앉았다.

(천하 못난이! 다시는 그런 생각은 않으리라!)

그는 악몽에 시달린 정신을 가다듬으며 새로운 결심을 하였다. 그리
곤 바삐 옷을 갈아입었다.

그처럼 물쿠던 밤이었지만, 하늘은 거짓말같이 개어 있었다. 이웃 집
에서는 이미 타작 준비를 하는 모양이다. 두호도 바삐 마당비를 찾아
들었다. 그의 집에서도 밭보리는 그날 안으로 타작을 끝내야 할 형편이
었다. 그러니까 조반 전에 우선 흰 마딩 헤치워야만 했다.

마당을 깨끗이 쓸고 보릿단을 한 마당 퍼 널고 나니, 태호도 그제야
부스스 일어나 밖으로 나왔다. 막무가내리라. 서투른 도리깨질로 두호
와 마주 서서 진땀을 뺐다. 열보다 먼저 도리깨꼭지가 가끔 땅을 쿡
쿡 찍는 것이 우스웠지만, 두호는 오히려 동정을 하였다. 미안스런 생
각까지 들었다.

그렇게 일을 거들어 주던 형이 아침을 먹고 나더니, 간다 온다 말도
없이 그만 자취를 감추었다. ──설마? 싶었으나, 두호는 다시 보릿단
을 퍼 널다 말고, 칠촌 아저씨 댁으로 찾아갔다. 그러나 이미 때가 늦

있었다. 아저씨 댁 대문 앞에 웬 자동차가 한 대 멈춰 있고, 형은 벌써 그 안에 타고 있었다. 뿐 아니라, 차도 이미 움직이기 시작했다.

태호는 동생이 오는 것을 응당 보았을 테지만, 신청부같이 얼굴을 돌리고 있었고, 영애와 칠촌 아저씨는 더욱 본 체 만 체 하였다.

철부지한 동네 아이들만이 차를 처음 보기나 한 듯이 앞을 다투며 한참 따라갔다. 가다가 넘어져서 삐― 우는 고의 벗은 놈도 있었다. 아닌 게 아니라, 그 부락에 〈가시끼리〉(대절차)가 들어오는 일은 거의 없었으니까.

두호는 닭 쫓던 개 상이 되어 형과 영애와 그리고 칠촌 아저씨의 그 냉정한 태도에 새삼스런 굴욕을 느끼며 돌아섰다. 형의 매정스런 옆얼굴이 그의 뇌리에 깊이 새겨졌다.

그러한 형을 찾아갔던 것이 바보같이 생각되어, 두호는 집에 돌아와서도 형에 대한 말은 일체 입밖에 내지 않았다.

나중에 가서야 알았지만, 그날 형과 영애는 칠촌 아저씨를 따라서 (일설에는 그들이 꾀였다고도 했다.) 거기서 자그마치 구십리나 떨어져 있는 어느 그윽한 절간에까지 복분자를 먹으러 갔던 모양이었다. 그러고 그날은 모두 돌아오지를 않았었다. 이튿날 저녁나절이 돼서야 칠촌 아저씨와 영애만이 돌아오고, 태호는 나타나지 않았다.

아저씨 댁을 다녀 온 어머니의 표정은 내처 을씨년스럽기만 했다.

「뭐라고 하던고――?」

박첨지는 신경질을 냈다. 그러나 그러한 신경질적인 언성에는 어딘지 모르게 어떤 불안한 예감 같은 게 내비치는 것도 같았다.

「머 읍내 볼일이 있어 간다더라나요.」

어머니의 대답은 분명치가 않았다.

「읍내――?」

박첨지는 할멈 쪽을 흘끗하고는,

「그럼 또 두삼이하고 같이 간 게로군……」

「두삼이는 바로 오고, 혼자 갔대요.」

영감의 성깔을 알기 때문에 어머니는 미리 찌르퉁해 보였다. 박첨지는 더 말이 없이 그저 담배만 북북 빨아댔다.

결국 태호는 그길로 돌아오지 않았다. 어디 가 있다는 소식도 없었다. 별로 갈 만한 데도, 짚이는 데도 없었다.

부엌으로 들어간 어머니는 밥도 인제 뜸이 들었을 텐데 좀처럼 밖으

로 나오지 않았다. 두호가 푸석푸석 마른 보릿짚을 한아름 안고 들어
가자, 〈아직 멜 게 남아 있는데?〉하는 눈치로 잠깐 쳐다볼 뿐, 내쳐
아궁이 앞에 쭈그리고 앉아 있었다. 그녀의 힘없이 늘어진 아랫 눈거죽
에는 눈석임 같은 눈물이 배어 있었다. 두호는 보릿짚을랑 삭정이 옆에
꼭꼭 재어 놓고 어머니 옆에 바특이 앉았다.

「형의 일이 염려돼서 그렇지요?」

그는 어머니의 얼굴을 똑바로 쳐다보았다. 어머니는 고개만 끄덕해
보였다.

「곧 돌아올 건데 멀……」

「…………」

어머니는 머리를 썰레썰레 저었다. 영 돌아오지 않을 것을 믿기나 하
는 듯이.

「돌아올 거예요. 어디 있을 데가 있겠어요? 하루 이틀도 아니고 누
가 좋아하겠어요.」

「왜 있을 데가 없어? 너도 그렇게 형을 업신여기니?」

어머니는 못마땅한 듯이 아들을 쏘아보았다. 두호는 어머니를 마주볼
낯이 없었다. 그러자 별안간 마루 쪽에서 또 아버지의 푸념소리가 들려
왔다. 내내 자식을 원망하는 소리였다. 마룻턱을 거칠게 두드리는 담뱃
대 소리가 그의 불뚝거리는 감정을 알려 주는 것 같았다. 어머니는 마
루 쪽 널바라지를(대개는 닫겨 있다) 흘끗하고는 말을 계속했다.

「네 아버지는 죄가 많을 거다. 자식을 어쩜 저렇게까지 원망을 한단
말고? 네 형이 집을 나간 건 바로 아버지 때문이지. 하고 싶어서 공부
좀 더 한 것, 세상이 더러우니 딴 생각도 내 보고, 왜놈들에게 의심도
받고……그래, 그게 무슨 큰 잘못이라고 자나 깨나 들볶아만 댔으니 젠
들 이찌……니무아미타불!」

어머니는 이렇게 웅얼웅얼 뇌다가, 아궁이 가를 쓸어 넣고 일어선다.

두호는 별안간 송구스러운 생각이 들어서 어찌할 줄을 몰랐다.——어
머니의 깊은 이해와 자식들에 대한 무한한 사랑에 새삼 고개가 숙여졌
다. 그는 즉각 아버지나 자기는 어머니의 백분의 일도 형의 입장을 촌
탁해 주지 못했다는 것을 뉘우쳤다. 도리깨질이 서툴러서 곧잘 도리깨
꼭대기로써 땅을 쿡쿡 적던 일, 자기를 찾아오는 줄을 응당 짐작하면서
도 끝내 신청부같이 차창을 통해 먼산만 바라보던 형의 그 옆얼굴……
이런 것들이 차례차례 머리에 떠올랐다. 차 안에 비스듬히 기대서 먼산

만 바라보던 그 얄밉던 표정이, 실은 고향을 떠나야 하는 안타까움과 그러한 결심을 담은 것이었을는지도 모른다고 생각하면, 더욱 마음이 아파 왔다.

저녁 밥상에 모여 앉았을 때는 아무도 형의 말을 꺼내지 않았다. 다른 말들도 없었다. 그러곤 죽 그랬다.

두호는 언젠가 무심코 어머니의 농 서랍을 열었다가, 전에 안 보이던 새로운 수저 주머니 속에 형의 백통 수저가 (어머니는 가난한 가운데서도 누에를 쳐서 자식들의 수저만은 백통으로 된 것을 마련했던 것이다) 말끔이 닦여 들어 있는 것을 보고서, 별안간 눈시울이 뜨거워 오는 것을 느꼈다. 그렇게 하신 어머니의 안타까움이라든가, 또 남몰래 그것을 내어 보실 때의 (충분히 그러실 어머니라고 두호는 생각했다) 심정이 과연 어떠하실까?——두호는 얼른 서랍을 닫지 못했던 것이다.

태호는 내처 소식이 없고, 영애도 철새처럼 제 갈 길을 가고——두호는 허전하고 시원섭섭함을 동시에 느꼈다. 그러나 그러한 내색은 조금도 하지 않았다. 그것은 부모님을 위해서도 그랬고, 또 자기 자신의 성격으로서도 그랬다.

그 동안 손가란 사음은 또 한번 다녀갔다. 시무룩해 있는 박첨지에게 큰아들이 간 데 온 데 없이 된 것을 짐짓 위로하듯 얼버무리고(그는 어디서 그런 말을 들은 모양이었다), 빨리 보리를 치워 달라는 것이었다.

「형 떠난 게 당신에게 무슨 상관이란 말요?」

잠자코 있는 아버지 대신 두호는 그의 말눈치가 형이 떠난 것을 숫제 고소하게 여기고 있는 것 같아서, 이렇게 쏘아붙였다.

「아니, 머 상관이 있어서 한 말은 아닐세.」

사음도 괜히 남의 상처를 섣불리 건드렸다는 생각이 들었던지 약간 얼굴을 붉혔다.

두호는 형을 꿈만 꾸는 사람이라고 면박했던 기억이 문득 되살아나서 마음이 한결 빳빳해졌다.

드디어 망종철이 지나고, 모내기의 막판인 하지에 접어들었다. 소를 가지지 못한 두호의 집은 언제나 모내기가 늦었다. 그저 품앗이 이외에 소 품앗이까지 해야만 되는 두호는, 몸이 온통 파김치같이 되었다. 농군들의 우스갯말로 〈떡〉이 되었다. 원래 팔초한 얼굴이 더욱 팔초하게 타들어 갔다.

그렇게까지 해도, 소작권을 뺏기느냐 마느냐 하는 박첨지의 등너머 논은 모내기가 마지막판까지 늦어졌다. 아니 늦추어졌다. 마지막판이 되어야 동네 일손도 나고, 또 여럿이 우 달라붙어야만 후닥닥 해 치울 수가 있다. 두호는 그날을 위해서 만반의 준비를 갖추었다. 앗은 품 이외에 물론 놉도 녁녁하게 대었다.

드디어 그날이 다가왔다. 박첨지의 집에서는 무슨 큰 대사를 치르는 듯이 달구리부터 서둘렀다. 잽싸게 새벽 동자를 마친 어머니가 먼저 집을 나섰다. 박첨지 부자는 쟁기, 써레, 낫, 심지어 숫돌까지 챙겨 지고는 부랴부랴 등너머 보릿논으로 갔다. 다행히 날씨가 좋아서 골 안이 이내 환해졌다. 어머니는 어느새 모판에 가 엎쳤다. 뜸북이가 놀라 후닥닥하고 날아간다.

마을 사람들도 무슨 사발통문이라도 받은 듯이 모두 일찌감치 모여들었다. 보통 때 같으면 한 이십 명 정도로써 족할 일거린데 그럭저럭 삼십명 가까이 되었다. 그중에는 자진해 나온 사람도 있었다. 그런 사람들은 박첨지나 두호와 연분이 짙다든가, 그렇지 않으면 손가란 마름의 농간질에 논을 떼였거나 혹은 그의 악착같은 말벗김에 속이 틀린 사람들이었다. 말들은 잘 안 해도 모두 꽤 긴장된 얼굴들을 하였다.

모잡이 아낙네들은 오는 족족 모를 찌기 시작했다. 아직 이슬도 채 걷히기 전이었다. 사내들은 곧 보리를 거두기 시작했다. 성급한 친구는 어느새 베어 둔 보리를 치우고 갈기를 시작했다. 말하자면 순식간에 온 논배미가 북새판같이 되었다. 그렇도록 모두가 설운 사람들이었던 것이다. 아낙들의 모심기 노래는 어디서나 처량했다.

　한강에 모를 부어
　그 모 찌기도 난감하다.

　이렇게 매기는가 하면,

　모야 모야 노랑 모야
　너 언제 자라 열음할꼬?

라고, 받는 내림이, 마치 대를 거듭해 가난에 시달려 온 그들의 슬픈 하소연 같기도 했다.

아침나절이 채 못 되어 벌써 한편에선 써레질이 끝나고 모내기가 시작되었다. 급히 물이 잡힌 논에는 여기저기 못춤이 철썩철썩 던져지고, 줄을 따라 늘어선 삼십여명의 모잡이의 손은 날쌔게 모를 꽂아나갔다. 철은 비록 늦었지만 모가 과히 자라지 않은 것이 일하기엔 오히려 수월했다. 이러한 기세에 쫓기듯, 논일을 맡은 사람들은 마른갈이, 물갈이에, 써레질이 바쁘다. 써레채를 움켜잡은 두호는 얼굴에까지 흙탕물이 튕겨서 사람의 꼴 같지 않았다. 사람의 꼴이 아니면서도, 〈이러 이러!〉 하는, 소 모는 소리만은 연발했다. 유월의 태양은 그들의 머리위에 찬란히 빛났다.

쉴 참도 아껴가며 일은 잦추려졌다. 곁두리를 막 끝내고 난 저녁나절이었다. 어디서 소문을 들었는지, 그제야 데밭골 손가란 마름이 흡사 말몰잇군처럼 갓을 잔뜩 제쳐 쓰고는 헐레벌떡 뛰어 왔다. 일꾼들은 오리떼처럼 다시 무논으로 들어갔다.

손가란 마름은 다짜고짜로, 논두렁을 바르고 있는 박첨지에게로 다가갔다.

「여보 박첨지, 어쩌자고 이러오? 그만큼 말해 두었음 알 텐데 이게 무슨 짓이오? 억지로 이런다고 안 될 일이 될 줄 아오?」

음충맞은 표정과는 달리 말은 제법 조를 빼었다. 박첨지는 아무런 대꾸도 않고 하던 일만 계속했다.

「내 말을 못 알아듣겠소——?」

마름은 더욱 얼굴을 붉혔다. 박첨지는 끝내 벙어리처럼 입을 다물었다.

숨통이 터진 마름은 천둥에 개 뛰어들 듯, 모내는 곳으로 달려갔다. 그러나 아무도 거들떠보는 사람이 없다. 잽싸게 모만 심을 따름이다. 그들을 보고 불호령을 해 보았자 소용이 없을 것을 눈치챈 그는 마침내 미치광이같이 아랫도리를 둥둥 걷어 올리고는 철버덕 철버덕 무논을 써려 두호에게로 다가갔다.

「너 기어이 이럴 텐가?」

마름은 써레질을 하고 있는 두호의 손목을 덜렁 잡았다.

「보시면서 왜 물어요?」

두호는 대담하게 상대방의 손을 뿌리치며 일을 계속했다.

「기어이 이러겠단 말이지?」

마름은 이번에는 써레채를 검잡았다.

「글쎄, 보시면서 왜 이 야단입니까?」

「왜 이 야단이라? 너 세상이 어떤 세상인 줄은 알지?」

마름은 써레채를 쥐긴 했지만 질질 끌려가며 발악을 계속했다.

「알기 때문에 이러잖소?」

「이러다간 못 살지!」

못 산다! 는 으름장에 두호도 더욱 골딱지가 터졌다.

「이래 못 사나, 저래 못 사나 못 살긴 일반 아뇨. 그런데 도대체 당신은 뭐건대 툭하면 남을 보고 사느니 못 사느니 하고 다니오?」

두호는 써레를 획 돌렸다. 그 바람에 써레채를 잡고 놓지 않던 마름이 끼우뚱하고 넘어지다가 간신히 몸을 가누며,

「이놈, 너 정말 이렸겠다?」

마름은 도끼눈을 해 가지고 두호를 쏘아보았다.

「녜, 정말로! 확실히! 그러니까 그리 알고 그만 돌아가시오!」

「음—— 가겠네, 가. 나중 후회나 말게.」

마름은 이를 부드득 부드득 갈며 돌아섰다.

「녜—, 알겠소이다. 그러나 갈 데나 똑똑히 알고 가시오!」

두호는 마름의 으름장이 아니꼬운 듯이 그의 등에 대고 이렇게 퍼부었다.

이윽고, 남정들의 너털웃음 소리가 일어났다. 그러나 일손들은 한결 잽싸졌다.

〈1937 · 朝鮮日報〉

岐　路

1

이번에는 또 어떠한 운명이 우리들을 기다리고 있을까?——은파는 어린것을 업은 채 우두커니 먼 하늘만 바라보았다. 아무리 막다른 영세판에서 엄두를 낸 길이지만 어쩐지 언 발에 오줌 누기와 같이 어설펐다.

그러나 은파는 그런 소리를 또 꼼꼼하게 꺼내는 것이 곁사람 보기에도 쑥스러울 뿐더러, 아무리 해 보았자 부질없는 짓이라 그만 잠자코 있을 뿐이다. 두보도 그저 덤덤히 서서 멀뚱멀뚱 강물만 내려다보았다.

그들이 탄 배는 그다지 크지 않은 목선이었으므로 바람은 순풍이라도 이따금 물결따라 제법 끼우뚱거렸다. 그럴 적마다 등에 업힌 일남이는 무슨 영문인지 모르고, 마치 누가 부라질이나 해주는 듯이 엄마 엄마 하면서, 고사리같은 손으로써 은파의 어깨부들기를 덥석덥석 검잡았다. 어제 아침 갈아입은 어미의 회색 저고리가 어느덧 그의 콧물 침물에 구접스럽게 젖었다.

그 배를 탄 다른 손님들도 모두 은파나 두보와 같은 사정으로 두메를 찾아가는 것처럼 아무도 서로 말이 없고, 늙은 사공의 노질을 따라 배만이 삐걱삐걱 흘러갔다.

가을이 이미 반이나 지난 뒤라, 강 기슭에는 갈대꽃이 허옇게 피어 있고, 목매지 조으는 언덕 위의 솔새도 짜장 가을 바람을 즐기는 듯 흐느적흐느적 강물을 굽어 보았다. 군데군데 나룻가에는 경성드뭇하게 늘어선 포플라나무에서, 노랗게 물든 잎사귀들이 바람이 스쳐갈 적마다 나비떼처럼 나부껴 떨어지고 그 잎이 가득히 몰린 자리에는 빨래하는 마을 아낙네와 무우 씻는 아가씨들이 그림같이 둘러앉아 있었다. 그리고 그녀들은 은파의 지나치게 해말쑥한 얼굴을 질투에 가까운 듯한 눈으로 할끔할끔 엿보았다. 은파는 속이 더욱 뒤설레었다.

그리하여 가을 해가 뉘엿뉘엿 서산 마루에 걸리려 할 무렵에 그들은 배에서 내렸다. 나룻가에는 물론 그들을 마중 나올 아무도 없었다. 짐꾼도 하나 구할 수 없었으므로 두보는 사공에게 부탁하여 보따리며 고리짝 따위 짐이라곤 거의 다 나룻가 주막집에 맡겨 두고, 〈개골〉 가는 길을 물은 다음, 은파로부터 일남이를 받아 안았다.

이윽고 낯설은 천지에는 황혼이 짙어 오고, 그들은 복사뼈가 시도록 정강말을 달렸다. 딴은 제법 신작로 같은 게 있긴 했으나 생긴 지가 아직 얼마 되지 않은 셈인지 금방 산에서 무너낸 듯한 조약돌들이 어지럽게 깔려 있기 때문에, 그들은 일부러 길 옆을 가려 걸었으나 그 길 옆이란 것도 사람 자취가 흔하지 않았던 탓인지 수크령 암크령이니 비노리 왕바랭이쯤은 말할 나위도 없고, 하다못해 달기씨깨비며 강아지풀 따위까지 꼬장꼬장 대구릴 처들고 발길에 걸리기 때문에 도무지 말이 못 되게 힘이 들었다. 그래서 처음에는 제법 날렵하게 떼어 놓던 발걸음이 갈수록 차차 떡심이 풀리고, 제물에 발이 터덜거리게 되어, 두보의 낡은 구두코는 그만 진흙 묻은 메기 주둥이처럼 먼지를 뒤집어 쓰고, 은파의 말쑥하던 옥양목 버선도 단번에 꾀죄하게 망해 버렸다. 게다가 어린것까지 두 내외가 차례로 바꿔 가며 업는다 안는다 해 줘도 얌치없이 아무데나 오줌을 내깔기고 서두를 여가 없이 칭얼거리는 통에 저녁 바람은 한결 싸늘했지만 등골에 진땀이 사뭇 주룩주룩 흘렀다.

배에서부터 마렵던 소마를 오래도록 참아 오던 은파는 마침내 어린걸 남편에게 맡기고 길가의 덩그런 바위 뒤로 돌아갔다. 거긴 벌써 언제 누가 내놨는지 엄청나게 커다란 덩어리가 거무죽죽하게 마른 채 꼴 사납게 풀을 깔고 누워 있었다. 은파는 다른 델 가고 싶었지만 제 일이 워낙 급했으므로 그만 그 곁에 자리를 잡고 엉거주춤 앉았다.

길 두덕에 다리를 뻗고 앉아서 아들에게 별같이 핀 쑥부장이꽃을 이것저것 꺾어 주고 있던 두보는 은파를 보고 몹시 기다렸다는 듯이,

「무슨 소마를 그렇게 오래 봐!」

나무란다는 것보다 오히려 장난말조였다.

「그럼, 얼마나 참았다구.」

은파는 다시 일남이를 받아 업으며,

「개골인가 쇠골인간 아직 멀었소?」

「누가 안담, 가 봐야지.」

그들은 다시 낯설은 길을 재촉했다.

이윽고 황혼은 달밤으로 바뀌었다. 길은 연방 강 가를 떠나서 산 속을 더위잡고, 언덕 위는 고구마밭들인지 여기저기 희끄므레한 허수아비들이 어슷비슷 서 있는데, 간혹 보이는 등불 걸린 막집에서는 이따금 짐승을 쫓는 사람소리가 무시무시하게 나고, 깨어진 양철 소리조차 요란스럽게 울렸다. 그럴 때마다 은파는 무춤하는 남편 곁에 바특이 붙어서며 진저리를 내었다.

그러다가 어느 외진 산 모퉁이에서 마침내 그들은 과연 짐승을 만났다.

「이키! 이―야, 이―야!」

두보는 엉겁결에 그만 발이 땅에 딱 붙고, 생고함만 내질렀다. 다행히 산돼지떼였다. 어민 듯한 마치 웬만한 소같은 놈이 앞장을 섰는데 나이가 들어서 귓구멍이 막힌 셈인지 여간 소리를 쳐도 그다지 놀라지도 않고 중강아지만큼씩한 새끼를 예닐곱 마리나 죽 거느리고 늠실늠실 그들의 코 앞을 지나갔다.

두보는 등에 식은 땀을 흘리고, 은파는 어떻게 혼이 났던지 그만 눈앞이 캄캄해지고, 일남이는 영문도 모르고 그저 애비의 고함소리에만 놀라서 불에 데인 듯이 울어댔다.

두보는 어미 등에서 우는 일남이를 도로 받아서 제 품에 안고 자기의 양복저고리를 벗어 가지고 어린것의 머리 위까지 폭 둘러 싸고는, 「오―냐, 오―냐」하고 달래었다.

은파가 정신을 가다듬는 것을 보아서 두보는 다시 걸음을 재촉하였으나, 불 있는 막집이 보일 때마다 그저 몇번이나 〈개골〉이 얼마나 남았느냐고 물었다. 그리하여 그들이 〈개골〉이란 두메에 들어간 것은, 아마 밤도 열시가 훨씬 지났을 무렵일 것이다.

〈개골〉이란 예상한 대로 두메에는 틀림없었으나 김군의 말과 같이 과연 골 얼안이 제법 널찍하고, 군데군데 산기슭에도 인가가 더러 있다는 것은 희미한 등불을 보아서도 짐작할 수도 있을 뿐 아니라, 그들이 처음 찾은 주막거리도 날림으로 된 집들이 많았지만 여기저기서 제법 장고 소리가 들리고 하는 것이 꽤 세월이 좋은 모양이었다.

두보는 조용한 주막집을 찾노라고 애를 썼다. 그러나 문간방 미닫이

를 반만큼 열고서 해반들한 얼굴을 내미는 안주인의 어깨 너머로 흘금
흘금 이쪽——또렷이 말하면 은파의 차림새를 훑어보려는 만무방패의
눈초리들을 눈치챈 두보는 불현듯이 속이 뭉클해 졌다. 미친놈들! 그
는 다짜고짜로, 김군——만식의 숙소가 어디냐고부터 물었다.

「김 만식!」

하면서도 안주인이 얼른 알아채질 못하기에, 두보는 다시,

「청주서 온 김감독 말이요.」

「네ㅡ, 가네꼬쌍 말씀이군요. 아까도 우리 집에서 놀다 가셨는데…저
바로 이 동네에 계셔요.」

가네꼬쌍이란 말에, 끼룩끼룩 밉살스럽게 내다보던 대가리들이 어느
새 죄다 들어가 버렸다.

두보 일행은 그 집에서 머물기로 작정하였다. 안주인은 숫제 무슨 귀
한 손님이라도 만난 듯이 술방 친굴랑 그대로 내버려두고 나와서, 그들
을 비교적 아늑한 방으로 인도하더니 부리나케 머슴을 불러서, 방에 불
을 더 때게 하고, 손수 비질을 한다, 걸레질을 한다, 한참 부산하게 서
둘다가 저녁상을 보러 나갔다.

「가네꼬쌍이라구? 흥! 그것도 무방할 테지…….」

두보는 이렇게 중얼거리면서 모자를 벗어 내던지듯 못걸이에 덜렁 걸
었다.

저녁을 먹고 나서 두보는 조금 망설이다가, 그래도 만식이란 친구에게
쪽지를 적어 보내었다.

이윽고 만식이가 찾아왔다. 그는 마치 자기 집처럼 만만하게 대문을
열어 젖뜨리며 「박군!」 하고선, 두보가 방문을 열기가 바쁘게,

「야아 이거 어쩐 일이냐!」

고 뛰어 들더니, 무덕지게 술냄새를 내뿜으면서,

「글쎄, 기별이나 하구 온단 말이지 온!」

하며, 짜장 감개무량한 듯이 두보의 손을 아프도록 반갑게 쥐었다.

아무렇게나 갈라 붙인 머리라든가 면도 자취가 반듯한 얼굴이 개자하
기는 전과 다름이 없었으나 실상은 막걸리 살인지는 모르되 몸집이 좀
뚱뚱해지고 나이에 어울리지 않게 제법 코밑 수염을 다 기르고 한 품이
얼마쯤 감독 틀거지 같긴 하였다.

만식이는 두보를 대하여서 이런 얘기 저런 얘기 혼자서만 한참 왁달

박달해대더니, 그제야 문득 생각이 난 듯이 아랫목에 웅크리고 앉아 있는 은파에게도 비로소 수인사를 하였다.

「전 박군의 동뭅니다.」

하고, 두보가 해야 할 소개를 제가 죽 마치고는,

「참 이런놈 따라 다니느라고 수고하십니다. 허허!」

그리곤 두보를 보고,

「오래 간만이니 한잔 하세.」

「오늘은 곤해서 못하겠네! 내일이라도 하지.」

두보가 군이 사양을 해도,

「괜찮어. 피로할수록 한잔 해야지.」

「아냐.」

「아냐가 뭐야 이사람. 그런 사양을랑 말고 어서 안방으로 가세.」

그는 우격으로 두보를 안방으로 끌고 갔다.

은파는 겨우 무거운 짐을 벗어버린 듯이 고단한 다리를 마음껏 쭉 내뻗었다. 그러곤 짜장 안방 애기가 궁금해서 안방께로 귀를 잠깐 기울였으나, 퍼붓는 듯한 졸음에 정신이 연방 혼혼해져서 엿듣긴커녕 곤드라지기가 바빴다.

2

다음날 아침 은파는 오랫동안 버릇이 된 늦잠을 억지로 일찍 깨느라고 어지간히 힘이 들었다. 그러나 두보는 어느새 일어났던지, 방안이 그득하게 담배 연기를 메워 놓고서 눈이 말똥말똥한 채 도사리고 있었다.

「고단하지?」

「괜찮아요.」

「이제 막 만식이가 다녀 갔어.」

「에꾸나! 뭐라구 하던가요!」

「다행히 비어 있는 집이 하나 있대.」

「마침 잘 됐군요. 일자린—?」

「그야 어떻게 되겠지. 오늘 주임하구 잘 의논해 보겠다구 했으니까.」

그들은 조반상을 물리기가 바쁘게, 그러나 어느 정도 불안을 가지면서, 만식이가 주선해 준 집 구경을 하기 위하여 안동네——〈개골〉 본마을로 들어갔다.

그들이 찾아간 집은 바로 동네 어귀에 있는, 옛날 글방이었다. 뒤로

는 제법 참대밭이 주욱 에워서고, 체목 같은 것도 굵직한 통나무기둥만
보더라도 지을 땐 꽤 좋은 놈들만을 골라 쓴 모양이었으나, 세운 지가
아주 오래 됐을 뿐더러 게다가 자주 손도 안 보고 제대로 내버려 두었
던 탓인지, 두엄 가리처럼 썩어서 움푹움푹 내려 꺼진 지붕에는 여기저
기 왕강아지풀들이 나다 나다 못해 결국에는 버섯까지 더러 솟아 있었
다. 그리고 비도 아마 많이 새는 모양일 테지, 노랗게 지지랑물이 든 섬
돌을 올라서니, 엄부렁한 청마루 위에는 매흙이 어지럽게 떨어져 널렸
는데, 벽이란 벽은 하나 성한 게 없고 문이란 문은 죄다 벌집보다 더 영
성하였다. 그러니까 그들은 집을 보러 왔다기보다 차라리 옛날 이야기
에 나오는 도깨비집에 홀려온 듯한 기분이었다. 그러나 그들은 그것으
로 만족하였다.

　두보는 만식의 말대로 곧 동네 구장님을 찾아가서는 수인사를 하고
돌아오는 길에 어디서 장작을 한 짐 사가지고 왔다. 그리고는 부리나케
일꾼을 한사람 얻어 데리고 어제 나룻가에 맡겨둔 짐을 찾으러 떠났다.

　은파는 애길 등에 매단 채 거미줄이 뒤얽힌 축축한 부엌으로 들어가
서 겨우 아궁이를 찾아가지곤 불을 지폈다. 그러나 도대체 방고래가 있
는지 없는지 의심스러울 만큼 불은 조금도 들이지 않고 생연기만 빽빽
하게 났다. 그러자니 자연 일남이는 숨이 곧 넘어가는 듯이 울어대고,
자기도 눈에 눈물을 그렁그렁해 가지고 줄곧 쇠기침을 콩콩거리며 몇
번이나 부엌 밖으로 뛰어 나오곤 하였다. 그리하여 겨우 모락모락 불이
일어나는 것을 보고는 다시 곰팡내가 코를 찌르는 방으로 들어갔다. 방
안에도 어느새 매운 연기가 자욱하였다. 굽도리가 사뭇 헐어졌기 때문
이다. 은파는 여나마나한 문을 그래도 턱 열어젖뜨리고 마침 한쪽 구석
에 떨어져 있는 몽당 짚비를 주워들었다. 그러나 총총들이 흙이 드러난
방바닥이니 아무리 깎듯이 쓴들 쓰나마나.

　그래도 제 방이라고 마음 놓고 퍼드리고 앉아서 칭얼거리는 어린애를
내뤄 안고 겨우 젖을 물리며 생각하니, 그 방이야말로 은파에게는 하느
님보다도 낫고 땅덩이보다도 든든하였다.

　그럴 때 마침 설주만 남은 사립문 밖에서 아이들의 숙덕거리는 소리
가 들렸다.

「문둥인가?」

「아―냐.」

「그저 거지?」

「아주 하이칼라쌍이다, 얘.」

「뭐, 하이칼라?」

「정말—?」

언제 벌써 모여들었는지 동네 장난꾸러기들이 옹기옹기 다박머리를 맞대고 끼룩끼룩 들여다보는 것이었다.

그러다가 나중에는 죄다 마당으로 들어오더니 그 중 낫살이나 먹은 듯한 놈이 앞으로 한 걸음 썩 나서며,

「왜 거기 앉아 있소, 빨리 나가시오!」

하였다. 이마빼기가 반질반질한 놈이 짐짓 어기차게 시작하는 틀거지가 일찌기 거지깨나 쫓아낸 모양 같았으나, 은파는 하도 어이가 없어서 뭐라고 얼른 말이 나오질 않았다.

「왜 암말도 안 해요?」

「글쎄 얘들아……」

은파는 하는 수 없이 피익 웃으면서,

「너희들 모두 이 마을에 사니?」

「아무데 살면 왜요?」

아이들은 말이 연방 엇나갔다.

「글쎄, 우리도 오늘부터 이 마을에 살게 됐으니까 말야. 착한 애들은 그렇게 장난을 하는 법이 아냐. 어서들 돌아가서 놀아, 응.」

은파는 마치 어진 어머니가 말 아니 듣는 자식을 훈계하듯 좋게 타일렀으나,

「안 돼요. 어서 여길 나가요!」

개구장이들은 더욱 다가섰다.

「왜 그래?」

「동네 어른들이 거진 들여놓지 말랬어요.」

「거지? 호호호……」

은파는 기가 막히는 듯이 웃으면서.

「얘들아, 우린 거지가 아니란다.」

「문둥이도 안돼요.」

이건 아주 맨발장이의 호령이다.

은파는 하도 어이가 없어서 수수께끼라도 하듯이 싱글벙글 웃으면서

「문둥이도 아니고.」

「그럼 뭐애요?」

「그만 사람이지.」
「사람도 안 돼요!」
「그럼 너희들은?」
「우린 이 동네 사람이지 뭐.」
「우리도 이 동네에 왔으니까 이 동네 사람이지 뭐야.」
「그래도 안 돼요!」
「왜 그래?」
「그저 그래요.」
「그저 그래라니?」
「그건 몰라요. 나가요 어서!」
「호호호! 애들아, 인제 농담을랑 그만 두고.」
은파는 비로소 정색을 하고서,
「오늘부터 우리도 이 동네에 살게 됐으니까 자주 놀러들 와 응! 그리고 저 거시키, 구장님 댁에 가서 미안하지만 마당비 잠깐만 빌려 달란다구 여쭙고 좀 얻어다 줘 응.」
「구장님 댁에요?」
아이들은 그제야 무슨 알음이나 난 듯이 동글동글한 눈으로 서로 둘레둘레 처다보더니 앞을 다투듯 우— 떠나갔다.

얼마 뒤에 그들은, 대비를 한 자루만이 아니라 어떤 놈은 제 집 것까지 둘러메고 죽 모여들었다. 그리하여 그들은 시키지도 않았는데 지저분한 마당을 말끔하게 쓸어 주더니, 웬걸 술레잡기를 하느라고 되레 먼지를 더 일으켰다. 그러나 은파는 조금도 떠름하게 여기지 않고 어지러운 집안을 치워 놓고는 해가 한나절이 넘은 뒤에야 비로소 어제 저녁에 잔 수막집으로 나갔다.
그날 오후 두보와 은파는 다시금 그 집으로 들어 와서 보잘 것 없는 오두막 살림을 차렸다. 어정잡이의 서투른 솜씨로써 창쭐히 오가리솥을 건다, 도배를 한다, 문을 바른다——이렇게 부랴부랴 장도감을 치고 나니, 어느새 벌써 날도 저물고 눈 앞이 그만 어둑어둑해졌다.
그래도 은파는 꼭 제 고집대로 등불도 없는 부엌에서 그예 저녁밥까지 지었다. 그래서 굴왕신같은 옷도 미처 갈아입기 전에 만식이가 찾아왔다.
「야아 이런 난리 좀 봐! 벌써 살림을 시작했군 그래.」

만식이는 눈을 둥그렇게 해 가지고서 방안을 한번 휘둘러 보더니, 미리 사 가지고 온 성냥통을 두보에게 내밀었다.

「성냥은 또 뭘하게 사왔어?」

「아직 모르니? 자네 살림이 불같이 막 일어나라구.」

하며 그는 두보의 어깨등을 툭 쳤다.

「불같이? 흥! 고맙네. 이리 앉게. 이거 온 방이 도무지--」

「괜찮아. 자네 아주 사교적이 됐군 그래.」

「그래야만 살 수가 있잖나.」

「하지만 우리 사이에선 그까짓 건 다 빼 버리자구 그렇잖아요, 아주머니?」

만식이는 은파의 동의를 구해가며,

「어떻게 살림 준빈 다 됐나?」

「응, 솥만은 그저 걸어 났지. 그런데 일자린 어찌 됐어?」

두보에게는 그게 퍽 궁금했던 모양이다.

「일자리야 있네만 이쪽 뜻대루 안 돼서 탈인걸.」

「왜?」

「주임의 말이, 자네 기술도 보지 않고 얼른 십장을 맡기기가 무엇하다나. 그런데 저 자네 돌일에는 꽤 자신이 있지 왜?」

「자신 까지는 못 가. 하지만 축항(築港)일을 몇 달간 해 봤으니 그저 경험만은 있는 정도지.」

「축항일이면 돌은 많이 쌓아 보았겠군 그래?」

만식이가 캐물으니까 두보는 곧은불림으로,

「쌓는 일은 별로 못해 봤어. 그 놈은 돌을 일일이 제 손으로 들어 올려야 되니까 기술보다도 우선 소같은 떡심이 있어야 되거든.」

「그럴테지.」

만식의 대답에 다소 실망한 구석이 있는 것을 눈치 챈 두보는,

「하지만, 돌을 깨는 것만은 아닌 게 아니라 자신이 있다면 있네 그려. 그건 작은 놈보다 큼직한 놈일수록 더 좋거든. 그런 게라야만 통쾌하기도 하고一.」

「역시 자네 성밀 따라서……그러나 아뭏든 얼마동안은 우선 실지로 석수쟁이 노릇을 좀 해야 될 형편이니 그렇게 알게.」

「에구, 그런 일을 어떻게 또 하겠소?」

은파가 걱정스럽게 쳐다보니까, 두보는 염려 말라는 듯이,

「고까짓 걸 못해! 적어도 사내 대장부가……」

하며, 허허 웃었다.

3

다음날부터 두보는 만식이가 일을 보고 있는 수도(水道) 저수지 공사장에 품팔이를 나갔다. 먼동 트자 뚝배기 물에 세수를 하고, 해 돋기 전에 집을 나서도, 울타리 속 참새소리가 죄다 끊어진 뒤라야만 터벅터벅 집으로 돌아왔다.

그렇게 하길 열흘이 못 가서 두보의 말갛던 호드기바지가 앞 정강 짬이 어느새 사뭇 헤어지고, 구멍난 실장갑 끄트머리에는 게발톱처럼 열 손가락이 쑥쑥 내다보였다.

동지가 가까와 올수록 두메의 해는 더욱 짧아져서, 두보는 연방 더 늦게 돌아왔다. 없는 재료로써 그래도 남편의 구미에 맞도록 제딴은 정성껏 차려둔 끼니가 행여 식어버릴세라, 은파는 짜장 마음을 조릿거리며 그가 돌아오기를 기다렸다. 남편이 돌아와야 자기도 저녁을 먹었다.

그러나 두보는 아내의 그러한 마음 차림을 말 한마디로써도 아근자근히 위로해 주는 법도 없이, 그저 밥상을 물리기가 바쁘게 그 자리에서 뒤로 휘뚝 드러누우면, 파김치같이 된 사지를 큰 댓자로 좍 내던지고는, 어서 문질러 달라고, 이건 또 젖먹이보다 더 급하게 졸라대는 것이었다.

은파는 속으로는 적이 야속한 생각도 들었지만, 제 마음 몰라준다고서 설혹 뽀르통해 본댔자 별로 신통스런 대접도 못 받을 처지라, 그저 잠자코 어깨부터 팔, 다리, 발목까지를 네댓번 죽 어루만져 준다.

그래도 두보는 한에 못 차는 듯이,

「좀 더 팔에 힘을 주어서 문질러 봐.」

「누굴 쇠고음을 해 먹였나요. 다른 사람은 아주 장산 줄 아시는구먼요.」

은파가 싫다면,

「쇠고긴 못 먹여도 아직 핏죽은 안 먹어 왔지 그래?」

「그럼 꽁보리밥 먹은 힘이라도 내야겠군요.」

하고 허벅살 짬을 꼭 꼬집어 놀라치면,

「앗따따따……그러지 말고 인젠 살금살금 좀 두드려 줘.」

그러나 또 아무리 쌍다드미질을 해 주어도, 좀 더, 조금만 더 세게,

하곤 졸라댔다.

「이래도 아프잖으우?」

「응. 더 힘을 넣어서 두드려!」

「아주 그만 통나무같이 됐구먼요. 인제 팔이 아파서 못 하겠어요.」

「그럼 또 방망이라도 가져 오라우.」

「또 방망일─?」

「응.」

「정말?」

「응.」

결국 빨래 방망이가 들어와야만 되었다.

처음에 만식이가 말하던 〈우선 얼맛동안〉이란 것이 도대체 얼마 정도인지 두보는 좀처럼 십장이 되질 않았다. 되려 일만 더 벅차지고, 따라서 몸만 더 축이 났다. 그렇다고 삯전이나 나으냐하면 그렇지도 못하고 오히려 시국이 시국이라고 애국 애족이니 뭐니 해서 이것저것 떼이는 것만 늘어나갔다.

그리하여 그는 차츰 막벌이꾼답게 성질까지 거칠어졌다. 이따금 이겨내지도 못하는 소줏잔도 걸치고, 간혹 그러한 동무들도 데리고 와선 괜히 은파를 괴롭게 되었다. 물론 만식이도 자주 놀러 왔다. 만식이는 올 때마다 반드시 과자 부스러기라도 사 와서 은파를 위로하기를 잊지 않았다. 한번은 두보가 없을 때 왔다가,

「객지 살림이 돼서 옹색한 점이 많으실 테죠. 혹 딱하시거든 조금도 어렵게 마시고 제게 살짝 귀띔만 해 줘요. 두보란 친구는 천성이 남에게 머리 숙이기를 싫어하는 편이 돼서……」

하며, 은파의 처지를 자못 측은히 여겨 주었다.

아닌게 아니라 은파는 처지가 퍽 딱했었다. 고향을 떠나올 때, 기생 퇴물로 있는 늙은 논나니 어머니의 덕덕꿍의 소출을 얼마쯤 얻어오긴 했지만 고까짓 것 며칠 보태어 쓸 것도 못 되고 갈수록 살기가 딱해졌다. 그러나 은파는 아무리 궁한 영세판이라도 만식에게 그런 말은 하지 않았다. 부득이 〈간춧날〉만 기다려, 일남이를 등에 매달고 남편의 전표를 손에 들고서 아침 일찍부터 공사 사무소 앞을 찾아갔다. 은파는 추워서 보채는 애기를 업은 채 어르면서 〈시마이〉종이 울리기를 기다리는 것이었다. 그럴 때마다 은파는, 만식이는 더 말할 것도 없거니와 혹 얼굴 아는 사람이 지나가면 으레 외면을 하였다.

남의 그러한 속도 모르고 한번은 이웃에 사는 개똥이가 말을 걸었다.

「추, 춘데 버, 벌써 왔어요. 〈시마이〉 종 칠 때는 아직 가, 가, 가만 메요.」

개똥 어머니의 천치 비슷한 외아들이었다. 은파는 대답 대신 열적게 웃어만 보였다. 그리고는 어깨가 내려앉도록 자갈을 지고 어둔한 다리를 어쩍거리는 개똥이의 뒤꼴을 한참이나 바라보았다.

개똥이가 제일 저수지 뒤의 가풀막을 올라가렬 무렵이었다. 점은 벅차고 다린 자꾸 왈왈 떨려서 어찌할 줄을 모르는 듯이 잠깐 어름어름하고 있자니까, 저만큼 떨어져 있던 만식이가 급히 도와 주기나 하려는 듯이 달려오더니 웬걸 짚고 있던 작대기로써 개똥이의 엉덩이 짬을 쿡 찔러 버린다.

「어, 억!」

개똥이는 자갈과 함께 앞으로 납작하게 곤두박이를 쳤다. 하마트면 은파는 그리로 달려갈 뻔하였다.

「일어나 이자식! 사흘에 핏죽 한 그릇도 못 처먹었나!」

만식이는 구두 신은 발을 줄곧 들먹 들먹하였다.

그래도 개똥이가 몸을 얼른 일으키지 못하니까 그는 작대기를 휘뚝후려들고선 사천왕(四天王) 같이 눈을 부릅뜨며,

「이녀석이 누구 앞에서 엄살을 부리려는 거야?」

「아니, 아니, 나, 나, 나, 나리! 제一발 사, 살려줌—」

개똥이는 손을 겨우 빼어 들고 당황히 애원을 하였으나, 결국 몰강스런 매를 서너대 얻어맞고서 간신히 일어났다.

은파는 제 일같이 소름이 끼치고 한숨이 나왔다. 무의식중에 자기 남편의 일터를 바라다 보았다. 물론 거기도 누런 바지를 입은 감독들이 바삐 왔나 갔나 하였다. 은파는 부리 나게 두보에게로 날려가서 그를 십으로 데리고 가고 싶은 생각이 불같이 일어났다. 그러나 그것도 잠깐이었다.

「제一기 우리 부모가 하룻저녁만 참았더라면 내가 이런 고생은 면했을 텐데!」

역시 자갈을 잔뜩 진 한 녀석이 이런 푸념을 하면서, 더벅머리를 숙이고 엎질러진 자갈을 다시 주워 모으고 있는 개똥이의 곁을 지나갔다.

하늘을 가로막은 앞산 너머서 거무스름한 매지구름이 꼬리를 물고 슬슬 넘어오더니, 바람세가 갑자기 더 매워진다. 은파는 흩날리는 치맛자

락을 눌러 여미기에 힘이 들었다. 〈시마이〉 종은 좀처럼 울리지 않았다.

수도 사무소 문앞에는 전표를 한 주먹씩 가진 밥장수 패들이 앞을 다투며 다가섰다. 은파는 처음에는 제 자리에서 곧잘 밀려 나왔으나 요즘은 꼭 앞자리를 빼앗기지 않았다.

시간이 어지간히 되었는지, 돌배처럼 생긴 사무원 하나가 비로소 창문을 열고 내다보았다. 안에서는 난로의 더운 김이 화끈 넘쳐 나왔다. 돌배상은 맨 앞에 서 있는 은파를 보고,

「단신사라미 오데 살아하소? 만나리 만나리 이루등(一等)하소?」

하고 늠실늠실 은파의 매무시를 훑어보았다.

은파가 외면을 하며 대답이 없는 걸 보고는,

「단신 수리잔수 아니오?」

은파는 얼굴을 붉혔다. 곁에 있던 사람이 보기가 딱한 듯이 아니라고 대신 대답을 해 주니까,

「오루고리 이쁘소, 수리잔수 하소 우리 사라미 마니 갔소. 돈이 마—니 줏소.」

돌배상은 음충맞게 웃었다.

은파는 낯에 모닥불을 놓은 듯하였다. 구멍이라고 있으면 곧 들어가고 싶었다. 당연히 받을 것을 받는 게지만 그 자의 앞에 손을 내밀기는 죽기보다 싫었다. 그러나 종이 울고, 돈 치르는 창문이 열리자 은파는 남 먼저 전표를 쑥 내밀었다. 전표와 돈을 바꾼 은파는 돌아도 아니 보고 그 곳을 떠났다.

(더런 놈의 돈!)

은파는 이렇게 중얼거리면서 그 곳을 떠났으나 그래도 그 돈을 허리춤에 찬 빨간 밥주머니 속에 단단히 넣고선 주막 거리를 향해서 기우듬한 신작로를 재빨리 걸어갔다.

낡은 고무신짝이 자칫하면 벗어지곤 했다. 그리하여 한 손에는 안남미(安南米) 서 되, 한 손에는 바싹 마른 북어 두어 마리를 사 들고서, 바삐 집으로 돌아왔다.

물론 두보는 좀처럼 돌아오질 않았었다. 은파는 팔뚝이 결리도록 들고 온 짐을 마루턱에 부딪뜨려 놓기가 바쁘게 방으로 들어갔다.

오래 비워 두었던 집같이 싸늘한 방바닥이었지만, 그래도 아랫목이라고 찾아가서, 등에서 울다 잠이 든 일남이를 내려 눕힌 다음, 넋 잃은 사람처럼 한참동안 어두침침한 방 가운데 멍—하니 펄쳐앉아 있었다.

4

밤이 꽤 이슥한 뒤였다.

「으, 으, 거긴 시궁창이야.」

「응, 괜찮아. 그, 그러나 이거 부인께 미안한 걸.」

「천만에 !」

울 밖에서 혀 꼬부라진 소리가 잠깐 들려오더니, 잇달아,

「대감 들어가신다 !」

하는 소리가 분명 남편이었다.

막 잠이 들려는 은파는 등잔 불을 돋운 다음 마루 끝에 오뚝 나섰다. 마당 가운데 거무스름한 그림자가 송장같이 꼼짝 않고 서 있었다. 어찌 보면 하나도 같고 혹은 둘도 같고.

「허허허허 ! 어떤가 이 사람, 가정훈련이 상당하지 !」

남편은 너털웃음을 웃으며, 어깨동무를 한 친구의 잔등을 탁 쳤다. 그리곤 둘이서 한 덩어리가 돼 가지고 갈짓자로 비틀거리며 축대 앞에 썩 다가선다.

「웬 술을 이렇게 많이—」

하는 은파의 말을 가로막아서,

「허어 이거 가풍 떨어질 소리 작작하고, 어서 이거나 받어.」

하고 두보는, 아니 두 사내는 무얼 쑥 내밀었다. 술 안주—— 그렇다.

그러나 은파는 그걸 받기 전에, 같이 온 사람의 얼굴부터 살피려는 눈치였다.

「미안합니다. 밤중에 이렇게…」

하고 만식이가 고갤 꾸뻑해 보이니까

「에구, 선생님이었었군요 !」

하면서 억지로 상을 풀었다.

「암 그래야지. 유붕 자원방래면 불역 락호아—거든. 어서 술이나 데워 오라구.」

두보는 만식이를 떠밀고 방으로 들어갔다.

「미안합니다.」

만식이는 또 한번 꾸뻑해 보였다. 두보는 발로써 이불을 한 쪽으로 밀어부치고 만식이와 마주 앉았다.

은파는 부엌에서 술을 데우면서 아마 남편이 인제 겨우 십장이 되었

나부다 생각하고, 속으로 은근히 기뻐했다. 그래서 빨리 그걸 알고 싶
어서 부랴부랴 술상을 차려 가지고 방으로 들어갔다.

그러나 팔을 고아 베고서 비스듬히 마주 누워 있다가 일어나는 남편과
만식이 사이의 공기는, 은파의 예측과는 천리나 어그러져서 은파에겐
아까 막 그들이 비틀거리며 하던 농담에 의심이 생길 만큼 빳빳한 데가
있었다. 만식이는 받은 술이라 그저 하는 수 없는 듯이 잔 귀만 한번
할작거리고는 다시 상 위에 내려놓고, 두보는 또 두보대로 큰잔의 술
을 한숨에 훌쩍 들이키기까지는 무방했지만 으례 안주를 집으러 가야 할
손이 흐트러진 머리카락만 휘휘 감아 당기는 것이 탈이었다. 은파는 물
론 무슨 영문인지 알 수가 없었으나, 그저 그들 사이의 어떤 틈이 한치
라도 더 벌어지기 전에 얼른 막아 버리려는 듯이 먼저 만식이를 향해
서,

「왜 술 안 드세요.」

권해 보았다. 허나, 아까 같으면 「미안합니다.」하고 꾸뻑할 만식이었
지만, 이번에는 그렇질 않았다.

「겟고오데스!」(좋습니다)

턱만 끄떡하였다.

은파는 말이 연방 궁해져서, 인젠 남편을 대해서 불평 비슷하게,

「자— 어서 술 드세요. 아까 그처럼 졸라 놓고서 왜들 이러고만 계서
요?」

하면서 주전자를 들이밀었다.

「그만 두어. 내가 부어 먹을 테니.」

두보는 손을 내저으며,

「계집이 뭘 안담! 그저 강 건너 꽃이나 바라보면 되지, 괜히 사내들
의 속도 모르고서—」

「계집이 뭐예요? 툭하면 그저 계집년 계집년 하게.」

은파는, 옳다 인제 됐다는 듯이 남편을 걸어 앙탈을 시작했다.

「뭐? 계집소리가 듣기 싫은가?」

두보는 괜히 은파에게 화를 울컥 더 내었다.

「그럼요! 누굴 종년으로 알으시우?」

「종년이 아니면 계집년이라구 못하나?」

「제 집 종년을 보구두 함부로 그렇겐 못 하는 법예요!」

은파는 짐짓 앙칼지게 서둘렀다.

「그것도 자리 봐서지요.」

「야아 참, 그말 아주 만점이로군. 같은 값이면 남편을 꾸짖어도 자리 봐서 좀 꾸짖지 그래?」

새벽 호랑이 중이나 개를 가리지 않는다는 격으로, 두보는 실상 아까부터 시무룩거리던 울화까지를 괜히 은파에게 죄다 집어씌울 모양으로 본을 더 사납게 떴다.

일이 그렇게 돌아가고 보니 은파는 제 처지가 갑자기 빼도 박도 못하게 궁해져서, 그만 주먹 맞은 감투상이 되어 가지고는 덤덤하게 남편의 얼굴만 쳐다볼 뿐이었다. 응당 자기 속을 좀 알아달라는 듯한 안타까운 눈매였다.

그러나 옹천인 남편은 그런 눈치는 도무지 채지 못하고서,

「앙큼스럽게 보긴 왜 노려봐?」

그리고 이내 들이미는 주먹을 만식이가 냉큼 가로막았다.

「왜 이래, 이 사람! 점잖지 못하게!」

만식은 냉소에 가까운 너털웃음을 껄껄 쳤다.

그 바람에 두보는 더욱 뭉클하면서, 어느새 손을 빼 가지고는 아내의 오른 쪽 뺨을 철썩 갈겼다.

「망할년 같으니!」

「아이구 망측해라!」

은파도 결국 정말 약을 버럭 올리며,

「왜 때려요, 왜? 내가 무얼 잘못했다구?」

「이게 곧 그래도 제 잘했다고 악담인가?」

「잘못한 게 뭐얘요? 괜히 술만 먹고 오면 이 짓이니 온.」

은파는 그만 목이 탁 맺히고, 눈물이 주루룩 쏟아졌다.

아내의 얼굴에서 눈물을 본 두보는 되려 더 불똥이를 내면서,

「죽거라 죽어!」

하고 다시 손질을 시작했다.

「에그, 참, 더러운 밥 한 술 얻어 먹으려구… 자 어서 죽여 줘요. 어서 더 쳐요, 쳐 봐요.」

은파는 미친 듯이 아드등거렸다.

「엄마ー」

하며, 일남이마저 선잠을 깨어 울기 시작하였다.

「이게 왜 또 방해를 놀아?」

　두보는 벌떡 일어나서 발로써 어린걸 구석 쪽으로 밀어부치다가 공교
롭게 오줌을 철썩 밟더니,

「어 차거워!」

하면서, 이내 그 발로 은파를 겨누는 것이었다.

「이 사람이 아주 미쳤나, 왜 이래?」

　만식이는 우선 두보의 발부터 잡아 놓고는 은파를 향해서,

「아주머니가 좀 피해야겠어요. 어서 아기나 데리고 밖으로 잠깐 나가
주세요.」

　은파는 못 이기는 듯이 밖으로 나갔다. 하늘에는 새파란 별들이 총총
들이 꽉꽉 박혀 있었지만, 아무리 홍두깨를 들이밀어도 맞기 전에는 도
무지 알아 챌 수가 없을 만큼 캄캄한 부엌으로 들어가서 겨우 절구통을
더듬어 거기다 몸을 의지하고서 어린것에게 젖을 빨리려니, 원망스럽고
섧은 생각이 여간 아니었지만, 그보다도 은파는 역시 딴 생각이 앞서서
귀가 줄곧 방으로만 쏠렸다. ──무엇 때문에 남편과 만식이 사이에 그
러한 틈이 났을까?

　두보와 만식이──듣건대 그들은 말놀음질을 배울 때부터의 동무라 한
다. 하기는 같이 소학을 마친 뒤 만식이는 곧 서울로 유학을 떠났고
두보는 일본으로 고학을 하러 간다고 한동안 서로 갈려 있었기 때문에,
아니 그보다 좀더 똑똑히 말하자면 하나는 있는 집 자제요, 하나는 없는
집 자제였기 때문에, 자연히 서로 정이·멀어진 때는 있었겠지만 요즘 세
상에서는 비록 약발이패의 웃음거리에 지나지 못할 일일는지는 모르되,
그래도 사회에 대한 인간적인 불평과 정의감은 하마트면 끊어질 뻔한 그
들의 사이를 다시금 이어 주었던 그러한 사이가 아니었던가!

　(그러한 그들이 새삼스럽게 무슨 꼬투리로써…?)

　은파의 의심은 구름처럼 걷잡을 수 없이 피어 올랐다. 어지러운 생각
에 혼이라도 나간 듯, 바로 머리 위 다락을 달리는 쥐소리조차, 아주
멀리서 들리는 것 같았다.

「결국 그건 생활이 아니야!」

　방안의 오랜 침묵이 겨우 깨어지는 모양이었다. 남편의 목소리였다.

　은파는 귀를 쫑긋하며 만식의 대답을 기다렸다.

「생활이 아니면 그럼 죽음이란 말인가?」

「암 그렇지!」

「그럼, 자넨 지금 귀신이 돼서 말하는 셈이로군?」

「귀신이야 아니지만 바로 노동기계지. 인간으로서는 이미 죽은 셈이고, 그저 기계로서만 살아있는 셈이지 뭐야!」

「그걸로써 족하지 않을까? 지금 우리들의 경우로선…」

「천만에! 그건 바로 〈니이체〉가 지적한 바와 같이 현실 회피의 비겁한 노예주의거든. 아무리 경우가 딱하기로서니 인간성까지야 버릴 수 있나, 온!」

「자넨 곧잘 〈니이체〉니 뭐니 하지만 거 다 실상은 현실을 모르고서 그저 책상 위에서만 따져 낸 위대한 잠꼬댈세. 자네도 그따위 〈니이체〉니 인간성이니 하는 것을 어서 버리고서 절박한 목전의 현실부터 먼저 이해해야 될 걸세. 그럴 용기는 없는가?……〈플다아크〉의 영웅전이라도 한번 읽어보지 그래?」

「영웅전을—?」

방안의 공기는 점점 더 긴장되어 가는 듯이, 두 사내의 주고 받는 말에는 연신 서슬이 났다. 그러다가 나중에는 쓰디쓴 웃음소리까지 들렸다.

은파는 행여 불이나 터지지 않을까 저어하며 어쩔까 하고 망설이다가 마침내 용기를 내어서 부엌을 나섰다. 그러나 공교롭게도 때가 벌써 늦었다. ——두보와 만식이는 어느새 마루턱을 내려서고 있었다.

「나가세!」

만식이는 두보의 팔을 끌었다. 은파는 무슨 말을 하려고 입을 여짓여짓하다가 가뜩이나 단 데 괜히 부채질을 하는 것 같기도 해서 그만 잠자코 속으로만 조를 비비었다.

그들이 밖으로 나간 지 거의 한 시간이나 지났을 때, 남편은 얼굴에 피칠을 해 가지고 활등같은 입을 악다물고 돌아왔다.

5

「어디서 이랬어요?」

상한 남편의 머리맡에 앉아서 남은 밤을 마저 새운 은파는 묻기를 조마조마하면서도 울울한 생각을 어찌 할 도리가 없었다.

그러나 두보는 멍청이처럼 들은 체도 않고 물론 눈도 안 떠 보았다.

「역시 만식이하구 싸웠지요?」

은파는 혼자서 조급증을 내었다. 두보는 역시 아무런 대답이 없고 다만 괴로워선지 혹은 분해선지, 이를 으썩 악물면서 숨만 한번 크게 내

쉴 뿐이었다.

은파는 결국 더 물어볼 용기가 없어서 안타까운 눈매로써 남편의 상한 얼굴만 물끄러미 내려다 보았다. 그러고는 다시금 화롯불에 달걀을 덥혀 가지고 남편의 시퍼렇게 멍든 눈언저리를 쓰다듬어 주었다. 언젠가 자기 어머니가 아버지에게 해 주듯이.

은파는 달걀이 식으면 몇 번이라도 다시 덥혔다. 그러다가 문득 남편이 그 화로를 만들 때의 기억이 머리에 떠 올랐다. 저녁 늦게 일터로부터 돌아와서 손이 쓰라린다고, 그날밤이 이슥하도록 방 한구석에 웅크리고 앉아서 깨어진 질그릇에 철사태를 감아서 만든 그 화로……들기 쉬우라고 두 귀에 달아 둔 걀죽한 나무손잡이를 노려보던 은파의 눈에는 별안간 구슬같은 눈물이 고였다.

이튿날 해가 반나절이나 되어도 두보는 자리에서 쉬 일어나지를 않았다. 그러나 누구의 입에선지 소문이 퍼졌다. 두보가 공사장 삯전문제로 만식이와 싸우다가 만식이에게 실컷 언어 맞았다고. 맞고서 누웠다고. 그리고 공사장에서는 삯전들이 깎였다고 그리하여 모두들 걱정이라고.

은파는 남편이 만식이와 싸운 원인을 제 마음대로 대강 추측해 보았으나 두보는 그러한 소문을 듣고서도 역시 내전보살이었다. 곁에서 보는 사람이 더 갑갑할 정도로 눈을 �꽉 감고만 배겼다.

밤이 되자, 예의 소주친구——자기와 같은 일깐의 석수장이가 두 사람 찾아왔다. 거칠이와 양서방. 그들은 다짜고짜로,

「뭐, 자네 지난밤에 만식이란 놈하고 삯전문제로써 싸웠다지 ?」

눈을 끔벅끔벅한 건 거칠이었다.

두보는 부은 눈을 억지로 떴다. 양서방은 넙적한 손으로써 두보의 이마를 짚어 보면서,

「아주 많이 상했군 그래. 그런 처죽일 놈이……」

두 사람은 분해하였다. 그들은 더 할 말이 없는 듯이 한참 두보의 얼굴만 물끄러미 내려다보더니만, 거칠이가 먼저

「가세 ! 」

하고 벌떡 일어나섰다.

양서방이 무슨 뜻인지 잘 몰라서 힐끗 쳐다보니까, 거칠이는 그 주걱턱을 약간 떠는 듯이,

「이 꼴을 보고 글쎄 가만히 있겠담 ?」

「응……」

양서방이 얼른 눈치를 채고 따라서자 두보는 당황히 말렸다.

「가긴 어딜 간단 말인가？」

「글쎄, 자네 분풀이부터 해놓고…」

두보는 양서방에게 비하면 훨씬 더 팔팔하게 설치는 거칠이의 바짓가랑이를 잡아 당기며,

「이 사람이 온. 급하기는 우물에서 숭늉 달라기보다 더하군. 어서 거기 앉아서 오늘 공사장 얘기나 좀 해보라구.」

「공사장 얘기？ 안 듣는 게 되려 좋지！」

하면서도 거칠이는 다시 도사리고 앉더니,

「만식의 일장 훈화가 있고, 삯전이 내리고, 저녁에는 소주 값이 올라가고…… 그저 그뿐일세.」

「아니 그리고 또 있어.」

이번에는 양서방이 보탰다.

「아마 자넬 두구 한 말인지 모르지만, "어제 어떤 사람을 만나봤더니 삯전은 깎아서는 도저히 안 될 게라구 한단 말야, 그러나 그런 끔찍한 실력을 가진 사람은 한시 바삐 좋은 델 찾아 가도록 해！ 여기서는 결코 붙잡지 않을 뿐아니라, 그런 분자는 이쪽에서도 오히려 일터에 나오지 말라구 할 작정이야！" 하고는 아주 의기양양하게 장비호통을 치겠지.」

「죽일 놈！」

두보가 마침 뭐라구 하렬 때 방문이 슬며시 열리고 뜻밖에 구장댁 마나님이 쑥 들어왔다.

「어디 몸이 편찮다구요？」

두보를 보고 하는 소린지, 은파를 보고 하는 소린지, 그저 어리벙벙하게 한마디 얼버무리고는, 내외도 없이 아무데나 펄쩍 앉는다.

상대방이 말괄량인만큼, 두보도 처음에는 그대로 누워 배기려다가, 자기의 상한 꼬락서니를 빤히 보이기가 싫었던지, 그보다 저 쪽이 만식이와 사이가 아주 친근한 구장의 마누라니까 반드시 또 무슨 아리수가 숨어 있을 것으로 알았든지 부리나케 거칠이에게 눈짓을 하고서 억지로 몸을 일으켰다. 그리고 세 사내는 곧 밖으로 핑 나가 버렸다.

「왜들 그럴까요？」

구장부인은 짜장 의아스러운 듯이 은파를 쳐다보았다.

「글쎄요……」

사실 은파도 무슨 곡절인지 잘 알 수가 없었다. 그러나 구장부인은 뱀눈을 더욱 반들거리면서 마치 은파의 얼굴에 그들이 갑작스레 밖으로 나간 이유가 곧 드러나기나 할듯이 할끗할끗 처다보았다.

「누구허구 싸웠다지요?」

뻔히 알고서 묻는 말눈치다.

「그런 모양이여요.」

마지못해 하는 은파의 대답이다.

「상처가 많이 났다지요?」

「네.」

은파는 마음을랑 딴 데 두고 묻는 말이나 겨우 대답했다. 그것도 귀찮을 땐 그저 선웃음이나 지어 보일 따름이었다.

그런 눈치를 바이 모르지는 않았겠지만, 아니 알수록 더욱 그러는지도 모르나, 구장부인은 좀처럼 돌아가지를 않았다.

은파는 구장부인의 찰거머리같은 태도에 멀미가 나다 못해, 급기야 할끔한 눈가죽이 자꾸만 가슴츠레하게 내려 덮였다. 그러나 그렇다고 얼른 쉽게 떠날 구장부인도 아니었다. 구장부인은 두보가 돌아오는 걸 보고서야 비로소 일어섰다.

「무슨 얘기가 그렇게 길었어?」

두보는 묻기만 했지 대답을랑 별로이 귀주어 듣지도 않고서 일남이만 꼭 껴안고 누웠다.

그러자 이윽고, 아닌밤중에 「꽝! 꽝!」하고 남포 터지는 소리가 공사장 쪽에서 연거푸 들려 왔다.

「에끄나, 저게 무슨 소릴까요?」

「글쎄……」

은파와 두보는 한꺼번에 고개를 들고 귀를 쫑긋했다. 은파는 어쩐지 놀란 참새처럼 가슴이 와들와들 뛰놀았다. 그러나 남편은 그다지 놀라는 표도 없이,

「어느 놈이 그예 탈을 내는 모양이로군……!」

하고는, 다시 베개를 고쳐 베었다. 그러나 거무하게 뜰에서 자국소리가 자박자박 들리더니 바로 문턱까지 와서,

「이 사람 자는가?」

하였다. 두보는 일부러 자는 체하고서 대답이 없다가 다시 부를 때,

「거 누구요?」

하고 거짓부리로 눈을 썩썩 비비며 문을 덜컥 열었다. 캄캄한 마루턱에 옴두꺼비처럼 두 손을 짚고서 흘끗 방안을 살펴 보는 건 그 마을 김 구장이었다.

「이 사람, 뭐 그리 놀랄 건 없네 그려.」

구장은 짜장 침착한 태도로 기둥을 등대고 앉더니 개화주머니에서 궐련 동강을 꺼내 물며,

「자네 조금 전 그 소리 들었나?」

「네, 잠결에 잘은 못 들었어도…… 남포 소리 같은 것 말씀이죠?」

「응, 그게 무슨 소릴까?」

「글쎄요, 무슨 소린지.」

두보는 약간 떠름했다. 왜 하필 내게 와서 묻느냐는 듯이.

「어떻게 놀랐는지 온!」 ·

구장은 싱겁게 말을 마치고 돌아갔다.

다음날 아침 주재소에서 뜻밖에 순사가 들이닥쳤을 때, 은파는 가슴이 덜컥 내려앉았다. 그리고 조반 전에 돌아오리라면서 순사를 따라간 남편이 결국 돌아오지 않게 되자 은파는 몹시 불안을 느꼈다. 당장 눈앞이 캄캄해졌다.

6

수도 공사장에서는 삼년이나 걸려서 쌓아 올린 저수지 언막이가 하룻밤 사이에 죄다 무너졌다고 소동이 물끓듯이 일어났다. 그리고 그 파괴 혐의자로서 평소 남포질을 하던 석수장이들이 모조리 경찰에 끌려갔다. 그 가운데서도 두보를 비롯하여 거칠이와 양서방을 제일 먼저 처넣은 것은 물론 만식의 위대한 공로라고 은파도 쉬 짐작하였다.

그런데 남편이 끌려가던 날 저녁, 바로 그날 저녁에 만식이가 은파를 찾아왔다.

「퍽 놀랐었지요?」

그는 짐짓 위로하는 듯이 말했다. 하기야 중이 밉다고 가사까지야 미울 리 없을 테니까.

「놀란 말이야 어떻게 다……」

은파는 쓴웃음을 지어 보였다.

「하지만 그리 염려 마세요. 죄만 짓지 않았다면 별 일은 없을 테니까.」

「그야 그렇겠지요만―」

「곧 나올 테지요. 공교히 돌일을 했기 때문에 그저 그렇게 불린 게 지…….세상이 다 그런 게 아니요.」

그는 일언반구도 저번날 밤에 두보와 싸운 일에 대해서는 말이 없었다.

은파는 그의 쇠가죽 무릅쓴 듯한 수작에 한없이 속이 뭉클거렸지만 잘못 꼬집다간 되려 폐를 볼까도 싶어서 그대로 꾹 참기로 했다. 만식이는 꽤 만족한 듯한 얼굴로써 돌아갔다.

두보는 열흘이 지나도 스무 날이 지나도, 다른 사람들은 다 나와도, 양서방과 거칠이와 함께― 오직 세 사람만은 돌아오지 못했다. 그래서 은파는 그만 다시 고향으로 돌아갈까 하고 몇번이나 망설이기도 해보았으나, 그대도록 만류하던 어머니의 말씀을 기어이 듣지 않고서 두보를 따라나선 자기로서 새삼스레 그럴 수도 없고, 남편이 없는 동안 별별 일을 다 해가며 혼자서만 애를 태웠다. 그러는 동안 이집 저집 양식되나 꿔다 먹을 만한 데는 죄 꿔다 먹고, 나중엔 신용이 몽땅 떨어져서 연방 막다른 영세판으로 몰려들었을 때, 원수의 설이 다가왔다. 그러나 은파는 더욱 이를 악다물고, 마른 일 진 일 가릴 것 없이 그저 나는 대로 안아 맡았다.

하루는 눈이 자가 넘게 쌓인데도 불구하고, 은파는 구장댁 빨래를 무겁도록 한 통 이고 조심조심 냇가로 나갔다. 물이나 흔한가, 꽁꽁 얼어붙은 돌을 발 뒤축이 터지라고 차 일으켜서 겨우 얼음판에 구멍을 뚫어 놓고 생각하니, 일남이만 없다면야 아무것도 돌아볼 것 없이 그만 그 구멍으로 빠져버려도 좋을 것 같았다. 그러나 그도 저도 못해서 눈물을 삼켜 가며 빨래를 시작하니 손 발만이 아니라 온 몸뚱어리가 마치 통나무처럼 뻣뻣해지는 것만 같았다. 그래도 악을 써가며 마친 빨래를 담아 이고 마침 자기 집 앞을 지나가려니 염려하던 대로, 재워 두고 간 일남의 울음소리가 가느다랗게 들려 나왔다. 번개같이 사립문을 들어선 그는 벼락치듯이 빨래통을 땅바닥에 엎질러 버리고서 미친 듯이 일남이에게로 달려갔다.

「에구머니! 이게 웬일일까?」

일남이가 개새끼처럼 눈구렁 진창에 빠져서 섬돌을 부둥켜 안고, 겨우 모기만한 소리로써 애처롭게 울고 있었다. 기진맥진 하여 숨은 극도로 할딱거리고 몸뚱아린 물론 얼음장 같았다. 그래도 이마에는 아직 더운 피가 솟아 오르며, 섬돌 모서리에도 피가 묻었고, 어미를 찾아서 엉금 엉금 기어다닌 듯한 눈위에도 새빨간 피가 방울방울 맺혀 있었다. —— 아마 잠이 깨이자 그는 이내 어미를 찾노라고 머리로써 문을 밀어 열고 마루턱에서 뜰 아래로 곤두박이를 치고는, 온 뜰을 헤매다 헤매다 다시 섬돌을 찾아온 모양이었다.

「에그 불쌍해! 이놈의 동네에는 사람도 없는가? 내가 죄많은 년이 지……」

은파는 미친 듯이 일남이를 부둥켜 안고 방으로 뛰어 들어가서, 옷고름을 뚝뚝 떼어 던지고 젖가슴을 풀어 헤치고는 부랴부랴 일남이를 품었다. 처음에는 마치 얼음덩이를 안는 듯이 가슴이 시리고 전신에 소름이 솟았다.

일남이는 목도 마르고 배도 몹시 고팠을 테지만, 진작은 어미 품인 줄도 깨닫지 못하는 듯이 젖꼭지도 찾지 않고 그저 가까스로 느끼기만 하였다.

(이대로 잃어 버리지나 않을까……?)

은파는 억지로라도 이런 방정맞은 생각을 하지 않으려고 했으나, 실상 그런 걱정이 생기지 않을 수 없었다. 그럴수록 더욱 가슴이 뛰고 괴로웠다.

(가난이란 이렇게까지 무서운 것일까?)

은파는 새삼스레 자기의 기박한 팔자를 슬퍼하였다. 꾀죄죄하게 젖은 치마를 걷어 올리고 하얀 단속곳 자락을 더듬어서 일남의 피 묻은 낯바닥을 가만히 닦아 주면서, 맘속으로 몇번이나 일남이에게 사과를 하였다. 동시에 없는 남편을 원망도 하였다.

그러한 시간이 얼마쯤 지나는 동안에 깔딱깔딱 애처로운 숨을 겨우 색색거리고 있던 일남이가 다행히 어미의 체온을 앗아 가지고, 얼었던 맥이 다시 풀리어 마침내 젖꼭지를 더듬었다. 은파는 그제야 겨우 마음을 놓았다. 그의 젖가슴에는 피 얼룩이 졌다.

그러자 공교롭게 구장부인이 찾아왔다.

「아이구 망측해라! 왜 이랬을까?」

그는 빨래통이 엎쳐진 걸 보고서 어지간히 놀란 소리를 치더니,

「일남엄니 게 있나?」

뾰죽하게 쏘는 것이었다.

은파는 송구하고 미안해서 대할 낯도 없고, 대답도 아니 나왔다. 그

저 가슴만 두근거렸다.

「벌건 대낮에 난질을 나갔나, 어떤 놈을 안고 누웠나……?」

구장부인은 혼자서 아드둥거리면서 방 앞으로 달려왔다.

은파는 그 이상 더 배길 수가 없어서 어린걸 안은 채 문을 슬며시 밀면서,

「늦어서 미안하외다.」

파리발을 드렸다. 그러나 구장부인은 은파를 보자 불현듯 화가 더 치미는 듯이,

「늦어서 미안하다구? 빨래통은 왜 엎쳤어?」

하고는 그 뱀눈 같은 눈에 쌍심지를 벌컥 올렸다.

「애기가 낙상을 해서……」

「애기? 제 집 애기만 알았지, 남의 집 빨래는 망쳐도 좋단 말인가?」

구장부인은 은파의 말을랑 끝까지 듣지도 않고서, 앙칼지게 몰아세울 뿐이다.

「무슨 그럴 리야 있겠어요.」

「그럼 왜 빨래통은 내엎쳤어?」

구장부인은 파랗게 약이 올랐다. 약이 오른 입술을 발발 떨어대며,

「옷이 아니고, 개가죽으로 여겼던가?」

「죄송합니다. 놀라는 바람에……」

「아무리 놀랐기로서니.」

구장부인은 모자를 매섭게 흘겨보더니,

「그까짓 것 죽음 어때서!」

「무슨 말씀을 그렇게 하세요? 다 같은 목숨인데.」

「다 같은 목숨? 쳇!」

구장부인은 시쁘다는 듯이 혀를 끌끌 차가며,

「그처럼 대단한 걸 두고서 어떻게 남의 일을 다녀. 자나 깨나 차고만 앉았지 그래.」

「…………」

구장부인의 너무나 지나친 태도와 말에 은파도 미상불 화가 꼭지까지 치밀었으나, 아서라 싶어서 그만 꾹 참았다.

「살다 살다 참 별 꼴을 다 보겠네.」

구장부인은 화풀이가 어지간히 된 듯이 마당 한가운데까지 나가더니만, 또 무슨 생각이 났던지 다시 되돌아서며,

「그래, 꼭 잘 했단 말이지—?」

다짐을 받듯 했다.

「누가 어디 잘 했다구 그러나요? 그만 돌아가세요. 내 다시 빨아다 드릴께.」

이렇게 흔연대접을 해 주어도 구장부인은 아던 정 보던 정 없이,

「그만 두어! 인제부턴 네깐년의 손은 안 빌릴 테니.」

하였다. 그리고 부인은 손수 엎질러진 빨래를 주섬주섬 통에 주워 담더니, 아주 바로 제 힘으로 이기기나 할 듯이 앙바틈하게 발리고 앉아서 악을 한번 쓰다가, 그만 제물에 털썩 궁둥떡을 치고 말았다.

「이년 어디 두구 보자!」

구장부인은 궁둥이에 흙도배를 해가지고 암캐처럼 웅알거리며 돌아갔다. 물론 빨래는 그대로 내버려 두고서.

은파는 무우밑둥같이 을씨년스럽게 펼쳐앉아서, 뒷일을 염려하지 않을 수가 없었다.

7

설이 내일모레로 박두해 왔으나, 골병 든 일남이는 콜룩콜룩 기침만 더해가고, 게다가 돈이라곤 인제 척푼도 없어, 양식 떨어져, 그렇다고 돌보아줄 일가친척도 없어——이렇게 막다른 구렁에 빠진 두 모자는 인젠 하다못해 모든 것을 운명에 맡겨버리는 수밖에 다시 어찌할 도리가 없었다.

불개미떼같은 동네 아이들이 넙적넙적 설떡 부스러기들을 서로 나누어 먹으면서 은파의 집 뜰에서 눈장난을 하고 돌아간 뒤였다. 날이 이미 어둑어둑한데 뜻밖에 가마니 짐 하나가 들어왔다.

「어기가 두보씨 대이지요?」

하는 짐꾼의 얼굴을 은파는 의심스럽게 내다보았다.

짐꾼도 수상스러운 눈으로 흘끗 은파를 쳐다보았다.

덜컥하고 마룻턱에 내려놓이는 소리만 들어도 그 안에 든 것이 무엇인가를 은파는 대강 짐작은 했지만 그래도,

「뭔가요?」

해보았다.

「쌀인가 보오.」

「쌀이라구요?」

은파는 되 물어보지 않을 수 없었다. 그녀는 쌀이란 말을 듣고는 무턱대고 속이 후련해졌다.

「어디서 오셨나요?」

은파는 몹시 궁금했던 것이다.

그러나 다음 순간, 뜻밖에 굴러 든 그 쌀가마니가 만식으로부터 부쳐 왔다는 것을 알게 되자 은파의 콜콜히 여윈 얼굴에 모처럼 떠올랐던 한 줄기의 기쁜 빛도 무지개같이 헤프게 사라져 들며, 받을까 말까, 별안간 마음이 흥둥항둥하여졌다. 그러나 일껏 보내온 걸 굳이 사양하는 것도 짐꾼 뵈기에 되려 수상할 것 같고 해서, 은파는 속으론 떠름한 구석이 있으면서도 우선 받아 두었다. 그리고 그는 받은 걸 잘했다고 생각했다.

(남편의 원수로부터⋯⋯?)

한편 치사스러운 생각도 없지는 않았지만, 지금의 형편으로서는 그런 걸 일일이 가릴 처지가 못 되었다. 쌀이 생긴 것만은 어째도 반가운 일이었다.

그날 밤 만식이가 또 일부러 찾아왔다. 이번에는 손수 술과, 감자 한 궤짝까지를 들고 왔다.

「쌀을 보내 줘서 고맙게 받았읍니다만 웬걸 그렇게 한 가마니나―」

은파는 얼굴을 붉히며 수인사를 했다.

「천만에요! 몹시 딱하실 줄은 일찍부터 생각은 했었지만⋯⋯」

만식이는 늦어서 오히려 미안하다는 말쪼였다.

「술은 웬걸 또⋯⋯ 먹을 사람도 없는데 온.」

은파가 짐짓 감지덕지 하니까,

「객지에서 설 쇠기가 매우 적적할 것 같아서⋯⋯」

「적적한 게야 이루 다 말할 수 있겠어요.」

은파도 말이 점점 수월하게 나갔다.

「저도 그래서 혼자서 한 잔 하려다 그만 이리로 왔지요. 친구 생각도 몹시 나고 해서⋯⋯」

「고맙습니다.」

그렁저렁 하다가 그들은 술상을 가운데 두고 마주 앉았다.

애면글면 아무리 곤경에서 헤매어도 누구 하나 들여다보아 줄 사람이 없던 은파의 처지인지라, 싫으나 좋으나 그래도 자기를 찾아와 준 만식이었던만큼 은파는 그와 마주 앉은 것이 어쩐지 마음 든든한 생각까지 들었다. 그래서 은파는 만식이가 권하는 대로 이기지도 못하는 술을 날름날름 몇 잔 받았다. 자기도 만식이에게 잔을 권했다.

만식이는 술을 따르는 은파의 손을 자못 유심히 바라보더니만,

「술에는 꽤 경험이 있지요?」

하고는 넉가래같은 얼굴을 숫제 다정스럽게 웃겼다.

「네?」

은파는 시침을 떼려다, 자기의 과거를 아마 남편에게서 들어 안 게로구나 생각하고,

「어떻게 알아요?」

「두보에게 들었지요.」

「네―?」

은파는 더할 말이 없었다. 그녀는 일찌기 기생이었고 이 〈개골〉에 오기 전까지는 술장수 노릇도 해 보았던 것이다. 그럴 땐 세월도 꽤 좋았다. 그러나 그녀의 용모가 유달리 반반한 것을 탈잡은 남편은 그러한 생활을 청산하고 과거의 소위 동지인 만식이를 힘믿고 아내를 이 두메로 데리고 왔던 것이다. 물론 은파 자신도 두메의 생활에 대한 여러 가지 꿈도 가져 보았다. 그러나… 과거는 그렇듯 시틋하고 현재는 이렇듯 괴로웠다.

「결국 인생은 항해와 마찬가지지요. 아무래도 바람과 물결을 따르는 수밖에……」

만식이는 제법 그럴듯하게 엉너리를 쳤다. 은파는 어느새 술이 흠뻑 되어 가지고 그만 정신이 횡해졌다.

(이러다가 이자한테 괜히 맘이라도 내게 되잖을까?)

속으로 저어는 하면서도 오랫동안 남편을 못 만난 탓인지 만식이가 그다지 미워 보이지도 않았다. 만식이는 눈알이 점점 더 붉어가며 뭐라고 허롱허롱 시시덕거렸다. 그리고 은파에게 부득부득 술을 또 권했다.

「자, 한잔만 더 드시죠.」

「아녜요, 인젠 아주 가뜩 취했어요.」

은파가 괴로운 듯이 도리질을 하니까,

「취함 어때요? 인제 밤도 이슥하고 주무실 텐데……」

만식이는 는실난실 은파의 얼굴을 노려보며 이상야릇한 웃음을 던졌다.

「그래두……」

「괜찮아요, 염려 마세요. 그런데 저──」

만식이는 급기야 벙거지 시울만지는 소리를 하더니 별안간 은파의 손목을 잡았다.

「에구 왜 이러세요?」

은파는 그제야 정신을 차리고서 만식의 손을 뿌리치려고 해 보았으나 남자의 억센 숨결은 어느새 그녀의 얼굴에 화끈 닥쳤다.

다음날 꼭두새벽 은파는 만식이를 냉큼 돌려 보냈다. 다시는 오지 말라고 신신부탁을 하고서, 뜰 밑부터 사립문 밖까지 눈 위에 남아 있는 만식의 장화 자국을 가뭇없이 쓸어 버렸다.

그러나 만식이는 사과를 핑계로 그날 저녁에도 뻔뻔스럽게, 그 담날 저녁에도 귀치않게 은파를 찾아왔다. 은파는 덕택으로 설은 무사히 쇠었다. 일남이에게 탕약첩도 썼다.

그렇게 하루 이틀 날이 갈수록 만식이의 발은 잦아지고, 은파도 그만 엎지른 물이라고 작정할 뿐 아니라 열번 찍히면 아니 넘어가는 나무가 없다는 격으로 처음의 진 날 개 사귀는 듯한 생각도 차차 사라져 버렸다. 그리고 허출한 것보다는 배부른 게 훨씬 낫다는 것을 다시 깨닫게 되자 만식이가 사흘 저녁만 거푸 안 와도 그만 궁금한 생각이 들게까지 되었다. 은파는 그러한 자기 자신을 의심도 해 보았다. 그러나 하는 수 없는 일이라고 생각했다. 처음에는 미상불 소문이 날까 두려워도 하였지만 싸고 싼 향내도 난다는 격으로 결국 은파는 동네 사람들의 입에 오르내리게까지 되었다. 그러나 그녀는 벌써 그런 것쯤 그다지 개의할 정도가 아니었다.

그렁저렁 몇 달이 무사히 지나가고 무더운 남풍이 보리 베는 두메 아낙네들의 검둥치맛자락을 들추어 그들의 불그레한 종아리를 펄렁펄렁 희롱하는 유월 어느 날이었다. 오랫동안 미결로 옥에 갇혀 있던 남편이 공판의 결과 무죄석방이 되어 바로 그날 아침에 출옥을 한다는 소식을, 당황히 찾아온 만식이를 통해서 알게 된 은파는 갑자기 하늘이 노랗게 보이고 가슴이 와르르 무너지듯 뛰놀았다.

(어떻거면 좋을까……?)

은파는 남편을 대할 낯이 없다기보다 대하기가 두려웠다. 금방 넋 잃은 사람처럼 어쩔 줄을 모르고 허둥대었다. 벌써 그녀에게는 앞뒷일을 일일이 돌아보며 느긋이 궁리할 마음과 시간의 여유조차 없었다. 그저 흥뚱항뚱하다가 결국 곁에서 직신거리는 만식의 말을 좇기로 했다.

만식이가 돌아가자 은파는 곧 개똥어머니를 찾아가서는 급한 볼 일이 생겨서 읍내까지 좀 다녀오겠다고 거짓을 꾸며대어 일남이를 맡겨 놓고는 부슬비를 사뭇 맞아가며 부리나케 만식이와 약속한 산모퉁이로 뺑소니를 쳤다.

거무하게 만식이는 자동차로 들이닥쳤다. 은파는 뒤를 한번 홀끗 돌아다 보고는 게눈 감추듯 차 안으로 사라졌다. 그러나 부르르하고 떠나는 차소리를 따라, 가슴은 더욱 우둔거렸다.

(일남이! 일남이가 어찌 될 것인가……?)

은파는 광대뼈가 아프도록 차창에다 얼굴을 들이대고 〈개골〉산천이 보이지 않을 때까지 돌아보고 또 돌아보았다. 때마침 악치듯 쏟아지기 시작하는 억수는 혼자 남은 일남의 눈물인 듯 싶었다. 은파는 폭풍우에 시달리는 장미꽃처럼 해쓱한 두 볼이 눈물에 젖었다. 기구한 자기의 반생이 창밖의 어지러운 풍경처럼 머리속을 지나갔다. 그러나 만식이는 짜장 마음이 놓이는 듯이 쿨쿨 곤드러져 조을기만 했다.

그러자 모진 빗속을 화살같이 달아나는 차창밖에 잠깐 무춤하고 서는 사나이의 그림자를 본 은파는 하마트면 악! 소리를 칠 뻔하였다. 두보! 그는 틀림없이 남편 두보였던 것이다. 게서부터 은파는 어떻게 자기가 읍내까지 들어갔는지 그 뒤에도 잘 기억이 나질 않았다.

읍에 당도한 것은 저녁 다섯시 즈음. 만식이가 기차표를 사러 정거장으로 나갔을 때 한갓 자기 가책이 아니고 훨씬 직접적인 것—— 돌아온 남편과 버리고 온 일남이가 갑자기 미칠 듯이 그리워진 은파는 그만 부랴부랴 여관을 빠져나와서 감쪽같이 왔던 길로 다시 뺑소니를 치고 말았다. 그리하여 은파가 아주 미치광이처럼 비에 젖어 가지고 다시 〈개골〉로 찾아왔을 때는, 자기 집에는 이미 불빛이 없었다.

그는 허둥지둥 개똥이네 집으로 뛰어가 보았다. 그러나 거기에는 벌써 일남이도 있질 않았다.

「즈 아버지가 아까 데리구 갔다우!」

개똥어머니의 맺고끊는 듯한 대답에 은파는 그만 눈 앞이 캄캄했다.

그녀는 등불을 빌려 들고서 다시 집으로 돌아와 보았으나, 눈물에 얼룩진 일남의 노리개와 자기의 헌 고무신짝만이 서글프게 방 한 가운데 내던져져 있을 뿐 집은 이미 빈 집이 되어 있었다.

〈1938·朝鮮日報〉

秋山堂과 곁 사 람 들

　추산당이 애첩(愛妾) 묘련의 집에서 오랫동안 시난고난하다가 말판에 가마에 실려가지고 절로 올라간 지가 벌써 두달이 넘었으니까 그가 병으로 눕기 시작하고부터는 거의 반년이 다 되었다. 의사는 뭐라고 진단을 내렸는지 모르겠으나, 그를 보고 온 사람들은 혹은 위장병이라고도 하고 혹은 신경쇠약이라고도 하고 혹은 또 횟병이라고도 하되, 아뭏든 연로하니 살아나기는 어려울 것이라는 말이 많았다. 애초부터 기도 불공 등도 많이 해보고, 신장대도 잡아보고, 또 약도 쓸 만큼은 다 써 보았으나, 아마 신통한 효과가 없었던 모양이었다.

　그래서 승속간 안면 많은 사람들은 누구나 다 그를 찾아 보고 위로도 하고, 더우기 속가의 일가친척들은 끊일 새 없이 문안을 드나들었으되, 오직 강첨지 부자만은 공연히 그러질 않았다. 그것이 유달리 표가 나고 소문이 떠돈 것은 비록 가진 것은 없더라도 문중에선 그래도 제일 고집이 셀 뿐 아니라 또 경위를 따져 말마디나 한다는 강첨지의 지위 탓도 있긴 하지만, 그것보다도 강첨지의 아들 명호가 많았든 적었든 간에 추산당의 그렇게 아끼는 돈으로써 몇해 동안 소위 일본 유학을 했다는 데 더욱 깊은 유래가 관계되어 있었다. 그러나 남들이 그렁성저렁성 꼬집는다든가 말썽을 부린다든가 하는 것이 두려워서 이러구저러구 할 강첨지도 명호도 아니었다.

　물론 애비가 아들을 그렇게 시킨 것도 아니고, 아들이 애비에게 그렇게 하기를 권한 것도 아니고, 그렇다고 해서 또 부자간에 의논을 해서 한 일도 아니었다. 그저 결과가 공교롭게 그렇게 되었다는 것이지, 아버지 강첨지와 아들 명호의 사이가 결코 그렇듯 잘 어울리는 새가 못 되었다.

이렇게 부자의 사이가 벌룩하게 된 것을, 강첨지는 오로지 추산당의 뒤넘스러운 탓으로 돌리려 하였다. 그것도 그럴상 싶은 것은, 명호가 군청 고원으로 있었을 때는 아닌 게 아니라 자기의 말을 꽤 잘 듣던 것이 추산당의 원조로 그놈의 유학인가 뭔가를 시작하고부터는 아주 영 딴판이 되어서 자기의 뜻에는 필경 거역까지 하게끔 어긋났는데, 그나마 그길로 다행히 성공이나 했다면 혹 모르겠으되, 그것조차 추산당의 변덕으로 인해서 어중간히 중둥이 나서 죽도 밥도 되지 않고 공연히 속에 화만 남아서 되레 집안 사람들에게 신세만 끼치게 되고 말았기 때문이다.

그러나 명호로서는 그렇게 간단히 생각하지를 않았다. 물론 그것도 한 가지 이유가 아니 되는 것은 아니지만, 그보다도 그는 아버지와 자기 사이에는 근본적으로 서로 용납되지 않는 갭이 개재해 있다고 생각하였다. 그리고 그것이 불화의 가장 큰 꼬투리라고 명호는 일찍부터 믿어왔다.

그건 여하튼, 부자의 사이로서는 너무나 서로 의사가 맞질 못했다. 하는 수가 없어서 한집에 산다는 것이지 심지어 자리를 같이하는 것까지 서로 꺼리는 눈치였으며, 어쩌다가 마주치면 피차간 으레 시무룩하기 아니면 아버지는 아버지대로 짜증을 내고, 아들은 아들대로 또 딴 생각을 하는 그러한 처지였다.

그러니까 명호는, 설혹 추산당에게 대한 자기로서의 감정 문제는 고사하고라도 아버지가 어서 병 문안을 가보라고 해 보았댔자 얼른 쉽게에 하지 않았을 터인데, 아버지 역시 추산당에게 대해서는 아들 명호를 그 모양으로 만들었다는 까닭만이 아니고 그밖에 자기네들은 또 자기네들끼리 서로 틀어진 곳이 있어서 이녁도 다른 조카들처럼 잘 들여다보질 않을 뿐더러, 게다가 명호에게는 여태 한번도 그런 수인사를 전해 본 적이 없었기 때문에 병석에 누운 지가 석달이 넘도록 명호는 재종조인 추산당의 병문안을 끝내 한번두 가지를 않았다. 하기야 추산당이 팔정도(八正道)는 능히 못 닦았더라도 승가오계중 하불실 단 한가지나마 지켰다든가 그렇지 않으면 다행히 가난하기나 했더라면 그저 불쌍해서라도 조카된 강첨지거나 재종손된 명호거나 그렇듯 몰인정하지는 않았을는지도 모른다.

처음에는 넓은 문중이, 지내던 정이야 좋든 궂든 간에 불각시 앞을 다투어 가며 아침 저녁으로 병문안을 드나들던 터이라, 하필 명호네 집에서만 안 가보는 것도 미상불 너무 모가 나 보일 뿐 아니라 다소 이웃 체면에도 걸리었으나 실상은 누운이의 덕망으로써가 아니고 오로지 그

126

가 개미 금답 모으듯이 요행히 땅마지기나 톡톡하게 장만한 데에다가 공교히 또 고스란히 물려줄 제 낳은 자식조차 없다는 것이 누가 보더라도 빤한 엉너릴 텐데, 꿍심을랑 바로 그런 데다 두면서 딴은 일가 친척의 정분이란 겉탈을 뒤집어 쓰고서는 늘어진 지렁이에 불개미떼 모여들 듯이 장도감을 치게 되니 그부로 더욱 거만스러워질 병인의 태도도 보기 싫겠거니와, 인제는 또 그를 에워싸고서 눈알맹이가 잔뜩 뒤집혀진 그런 축들 사이에 섞이기가 생각만 해도 진저리가 나도록 더럽다는 감정까지 더해진 것은 강첨지나 명호나 매일반이었다.

그러나 추산당의 병세가 아주 더 위독하다는 소문이 나돌고부터는 강첨지도 가끔 문안을 다니기 시작했다. 물론 명호에게는 자진해서 가자고도 안 했고, 명호 역시 아직 그럴 생각도 없었다.

「다들 문안을 가는데 자넨 왜 안가나?」

혹 친구들이 이렇게 물으면 그는 으례,

「글쎄, 한번 들여다봐얄 텐데……」

할 뿐이고,

「한번이 뭐냐 이사람! 발이 닳도록 다녀야만 논마지기나 타잖나?」

하고 권하면

「그것도 그럴 상 싶네그려.」

하고 픽 웃을 따름이었다.

병세가 극도로 악화되어 추산당도 결국 회복을 단념하고 재산처분을 고려한다는 소문이 활짝 퍼지고, 친구들의 권유를 들은 날 저녁에는 아닌 게 아니라 명호도 다소간 어떤 야심이 바히 나지 않는 바도 아니었다. 하지만 역시 또 그 밤만 자고 나면 식전부터 문안을 올라가는 아버지의 뒷꼴이 얄밉고도 가련스러웠다.

병문안을 갔다 오는 사람들은 별별 얘기를 다 퍼뜨리었다. ——모르지 오늘 해나 넘길까라는 둥, 아니 정신이 말끔한 걸 보니 아직 열흘은 더 살겠더라는 둥…… 그러나 그런 건 으례 하는 소리겠고, 역시 재산처분 문제가 그들의 흥미의 중심이었다. 아무개 집에는 논을 몇 마지기 줄 것이라는 둥, 아무에겐 단 몇 마지기밖엔 안 줄 게라는 둥——그저 이따위 뒤넘스런 억측들이었다.

물론 명호에게 관계된 말을 퍼뜨리는 사람도 있었다. —— 어떤 분은 추산당이 명호의 공부를 중도에 파의시킨 것을 꽤 뉘우치는 듯한 말눈치를 보고는 적어도 논을 한 이십 마지기 정도는 물려 줄 것 같더라고

말하고, 또 어떤 사람은 소문을 내기를 추산당이 아주 영 화를 내가지
고「명호 고놈 고얀놈! 내가 이 지경이 되어도 안 와 봐? 망할 놈 같
으니!」라고 하더란 둥, 이건 아마 보탠 말일 테지만「논? 논? 아아나
논!」하더라는 둥 하는 따위였다.

앞의 말을 들을 때는 그럴 상싶어서 명호도 뒤퉁스럽게 맘이 조금 쏠
렸고 뒷말을 들을 때는 그 역시 그럴 것이라고 생각되면서도 속은 잔뜩
뭉클하였다. 그러나 앞사람은 자기와 사이가 나쁘지 않은 분이고 뒷사
람은 자기를 싫어하는 분이니깐, 어느 것이 사실인지 명호도 알 수 없었
으나 공교히 두 편의 말이 모두 논을 주고 안 주는 데 관한 것인만큼 명
호는 은연중 어떤 약점을 잡힌 것처럼 되어서 자못 마음이 불쾌하였다.
그럴수록 그는 연방 더 재종조 추산당의 존재를 자기의 마음속으로부터
송두리째 씻어 버리려고 애썼다. 마치 죄악의 씨앗이나 되는 듯이.

곧 죽겠다는 소문만 자꾸 났지 추산당은 좀처럼 죽지를 않았다. 영락
없이 곧 숨이 넘어갈 것 같은데 그것 참 이상한 일이더라고, 보고 오는
사람마다 말을 하게 되었다. 두구 봐라마는 그리 얼른 죽지 않을 것이라
고 하던 명호의 할머니의 말이 꼭 들어맞은 셈이었다.

「재물이 그리도 아깝고 맘에 걸려서……나무아미타불!」

할머니는 이렇게 안타까와 했다. 할머니의 말마따나 확실히 그래서
추산당은 쉬 숨을 거두지 못하는지도 모르겠다고 명호는 생각하였다.
그러고 보니 명호는 재종조 추산당의 그렇게 지루한 죽음에 대하여 갑
작스레 어떤 호기심을 가지게 되었다. 그리고 언젠가 읽은 죠셉 글랜빌
의 〈불멸의 의지〉란 것을 연상해 보았다. ── 사람은 그 의지만 군셀
것 같으면 결단코 악마에게도, 죽음에도 굴복되지 않는다고 한 구절이
있었다.

명호는 물론 이 신학자의 말을 전적으로 믿지는 않았다. 그러나 반드
시 아무 엉터리없는 소리는 아니라고 생각하였다. 십칠세기의 영국의
신학자와 오늘날의 할머니의 관념이 우연히 비슷한 것을 알고서 명호는
오히려 미소를 지었다.

「왜 웃니? 그럴 상 싶지 않은가?」

백발마저 민숭민숭 모지라진 할머니는 단지 한 개밖에 남지 않은 앞니
를 들썩거리며, 짜장 동의를 구하려는 듯이 물었다.

「글쎄요……」

명호는 할머니의 무섭게 들어간 눈을 물끄러미 쳐다보았다. 목정이에

힘줄이 앙상하게 딸려 드러난 것이며 깊다란 주름들이 얼굴을 덮은 모습들이 벌써 널감이 늦어 보이기는 하나, 조금도 구지레한 빛이 없이 개자할 뿐 아니라, 더구나 그녀의 구슬같이 맑고 파아란 눈은 조촐하게 늙었음을 알리는 듯 빛났다.

「너도 논 얻구 싶으냐?」

「천만에요!」

「잘 생각했다. 그래야지!」

할머니는 자못 만족한 듯이 고개를 끄덕끄덕하겄다.

「왜 그럴까요?」

명호는 여지껏 이처럼 깍듯이 할머니의 의견을 들으려 한 적이 없었다.

「논이면 그저 논인 줄 아니? 귀신이 붙었어, 귀신이.」

「논에 무슨 귀신이 다 붙어요?」

「어디면 안 붙어!」

「무슨 귀신인데요?」

「추산당 귀신이지, 추산당의…….」

할머니는 자칫하면 귀신을 잘 들먹거렸다.

「아무리 그렇다구 해도 온 논에 무슨 귀신이 붙겠어요.」

「붙구말구! 두구 보지, 그 논 탄 사람이 어떻게 되는가.」

명호는 그 이상 더 귀신 얘기는 듣고 싶지 않아서,

「죽으면 곧 극락 가실 텐데 뭐!」

하고 썩 웃었다.

「부처 팔아먹은 중이 어떻게 극락엘 가! 몸은 구렁이, 욕심은 귀신이 되는거야.」

할머니는 혀를 끌끌 찼다.

그러나 결국 추산당에게도 죽을 날이 닥쳐왔다. 그가 절로 실려간 지 네댓 달이나 되었을 때였다.

그날은 아침부터 이슬비가 부슬부슬 내리었다. 명호는 그때까지도 병문안을 가지 않고서 버티어 왔는데, 그날 아침에는 무슨 영문인지 뜻밖에 추산당의 양자이며 속가의 촌수로서 명호의 칠촌뻘인 구롱아저씨가 약간 찌르퉁해가지고 일부러 찾아와서 추산당이 명호를 꼭 좀 보고 싶어

한다는 말을 하고 갔다.

물론 명호는 구룡아저씨를 보고는 가겠다고도 아니 가겠다고도 하지 않았다. 하기가 싫었다. 그건 구룡아저씨의 마음속을 미리부터 잘 알고 있었기 때문이다. 구룡이 역시 명호에게 대해서는 다짐을 받을 권리도 또 필요도 없는 사람이기 때문에, 그저 그렇다는 말만을 전달하고 돌아서기가 바빴다.

그러나 명호는 구룡아저씨를 보내놓고는 곧 생각했다. ——무슨 일로 재종조 추산당이 나를 꼭 보자는 걸까? 그리고 어째서 하필 또 구룡아저씨가 왔을까? 그 두꺼비같은 상판대기를 해가지고서.

운명을 목전에 둔 추산당이 갑자기 자기를 꼭 만나고 싶어하는 것과, 또 달리 사환도 많을 텐데 병부의 머리맡에 있어야 할 구룡아저씨가 일부러 그렇게 심부름을 온 걸 보면 필연코 어떤 중대한 까닭이 있는 듯이 명호에겐 생각되었다. 그와 동시에 그는 자기가 여지껏 병문안을 가지 않은 것이 오히려 좋은 것 같기도 했고, 저쪽에서 머리를 굽힌 것이 내심으로는 통쾌하기까지 하였다. 그는 오랫만에 추산당의 파리해졌을 모습을 상상하여 보았다.

그럴 즈음에, 방문이 다시 삐꺽 열리고, 이번에는 아버지가,

「너도 오늘은 가보지—?」

하였다. 명호는 울컥 나는 마음으로 망설일 것도 없이 모자를 쓰고는 아버지를 따라 나섰다.

바깥에는 이슬같은 빗방울이 철 늦은 샛바람에 바쁘게 흩날리고 있었다. 비는 비록 봄비나마, 가끔 얼굴에 부딪힐 때는 소름이 오싹 끼치도록 차가왔다. 강첨지와 명호는 다같이 우산을 앞으로 푸욱 숙여 받고 좁은 돌담 사잇골목을 빠져나와서, 산길을 더위잡았다.

이렇게 두 부자가 같이 길을 걷는 것도 퍽이나 오래고 또 드문 일이었지만, 앞에 선 강첨지나 뒤를 따르는 명호나 모두 애가 터지게도 묵묵하였다. 강첨지는 추레한 바지가랑이를 단출하게 말아 올리고는, 행여 어설피 돌멩이 하나라도 헛디디는 법이 없게끔 날렵하게 발을 또박또박 옮겨놓았다. 명호는 아버지의 그 겨릅대같이 여위면서도 민첩한 장단지에서 눈을 떼지 않고, 제딴은 숨이 가쁘게 따라부쳤다. 그러나 강첨지는 돌아도 안 보고 자꾸만 더 빨리 걸었다. 명호는 연방 더 발이 터덕거려지고 숨이 가빠졌다.

(무슨 턱으로 온 저렇게 바삐 날뛸까?)

명호는 참다 못해 말경에는 짜증이 슬며시 났다. 그럴수록 더욱 돌이 밟히고 발이 헛놓였다. 이윽고 그들은 겨우 어떤 언덕 위에 올라섰다. 그제야 강첨지는 비로소 발을 멈추고선 혼잣말삼아,

「아이구 되알지다 그놈의 길!」

한숨을 후유 내쉬면서 지나온 데를 우두커니 내려다보았다. 명호도 잠자코 따라 보았다. 물론 그들이 지나온 길은 또렷하지 않았다. 다만 보리가 파릇파릇한 언덕밭과 약간 길편한 들판과 산기슭에 까마득한 마을들이 빗발 속에 희미하게 보일 따름이었다.

이 단순한 전망(展望)에 곧 싫증이 난 명호는 포옥포옥 다라지게 고개를 숙인 할미꽃을 몇 떨기 툭툭 차 떨어뜨리고는 다시 아버지의 뒤를 따라갔다.

거기서부터야 바야흐로 정말 산길이었다. 좌우에 으쓱한 나무들이 에워서고 안개조차 자욱하게 끼었는데, 게다가 길바닥까지 오랜 풍우에 패이기만 해서 길이라고 하기보다는 어떤 데는 바로 물 끊어진 개골창 같았다. 그래도 강첨지는 곧잘 걸었다. 오히려 아까보다 더 빠른 듯 싶었다.

(무슨 일이 온, 저리도 바쁠꼬!)

명호는 또 이런 생각을 가지게 되었다. 그러나 웬일인지 아까처럼 그리 짜증은 나지 않았다. 그는 허덕허덕 아버지의 뒤를 따르면서 한동안 야릇한 생각에 잠겼다. 그리고 아버지가 그렇게 바쁘게 날뛰는 까닭은 물론 추산당이 숨을 거두기 전에 가야 되겠다는 생각 때문이겠지만, 그러면 그렇게 하는 꿍꿍이셈은? ——명호는 그걸 추궁하고 싶었다.

물론 일가로서의 체면관계도 있을 것이다. 그리고 또 그처럼 죽기를 싫어한다는 병인의 심상치 않은 운명(殞命)과, 그를 에워싸고 둘러앉았을 수많은 일가친족들이며 승가측 상좌들의 단대목 동정(動靜)에도 필연코 어떤 관심을 가졌을 것이다. 그러나 그보다도——오랫동안 수수께끼가 되어오던 소위 그 유산처분에 관한 유언을 듣고 싶어하는 것이 가장 큰 이유에 어김이 없으리라고 명호는 생각하였다. 그러자 그는 별안간 아버지의 뒷모습이 애닯고도 가련하게 보였다.

(결국은 논에 대한 욕심인가……?)

명호는 별안간 멸시의 쓴 웃음에 입이 절로 비죽해졌다. 그러나 이그러진 입가가 미처 어울리기 전에 그는 아주 뜻밖에 어떤 자조(自嘲)에 가까운 감정을 느꼈다.

(대관절 나는 뭘 보구 가는 건가? 뭘 생각하고 있는가……?)

명호는 이상한 표정을 하였다. 얼굴이 점점 더워졌다. 아버지에 대한 불쾌감이 그대로 제 자신에게도 돌아졌기 때문이다. 같은 때에 같은 길을 재촉하는 그들은 결국 마찬가지의 의도로써 움직이고 있는 듯 싶었다. 아니, 자기의 야심이 더욱 얼토당토 않게 크지나 않았을까?

명호는 한동안, 아버지와 자기의 태도를 구별하기 위하여, 자기 자신의 심산을, 죽어가는 추산당이 그날 일부러 구룡아저씨를 보내가지고 꼭 좀 와달라고 한 그 부탁을 표면상의 좋은 핑계로 삼으려 했다.

그러나 그러한 것은 다 자기의 어스레한 야심을 되려 더 엄청나게 부추길 따름이지, 자기의 행동을 옹호할 아무런 의미도 가지지 않았다. ——추산당이 그만한 재력이 있음에도 불구하고 구룡아저씨와 짜고 자기의 공부를 중단시킨 것이며, 또 귀국의 여비도 보내주지 않았던 것이 꽤 마음에 걸린 모양이니 아마 남보다는 땅마지기나 더 물려주실 테지? ——하는, 제 맘대로의 예감이 또렷이 마음 한 구석을 차지하고 있었다. 말하자면 추산당이 만나고 싶어한다고서 간다는 것은, 결국 가장 영리한 자기기만(自己欺瞞)에 지나지 않는 아리수다.

아버지도 그러한 낌새를 못 알아챌 리 없을 테지 생각하면, 명호는 더욱 더 제 자신이 엉큼스러워 보이고, 말경에는 그러한 자기자신이 그지없이 분하기도 하였다. 같은 비극이면서도, 자식들의 행복을 위하여 추산당 같은 이의 땅을 탐내는 아버지의 경우가 오히려 동정하고 싶었다.

수풀이 연방 짙어오고, 갈수록 길은 험해졌다.

「가기 전에 죽지나 않았는지?」

아버지는 혼잣말처럼 중얼거렸다. 물론 돌아도 아니보고.

(죽으면 어때!)

명호는 또 자기의 감정을 속이려 하였다.

「넌 가서 뭐라구 할 텐가?」

절이 가까와오니, 아버지는 짜장 궁금한 모양이었다.

「글쎄요…….」

명호는 사실 그런 수인사에 대해서는 궁리해 본 적이 없었다.

「다른 소릴랑 말고, 어이쿠!」

아버지는 징검다리를 헛디디고서 무릎까지 오는 냇물을 한번 철썩 밟고 나더니,

「……오래도록 문안 못 드린 사과나 해.」

「뭐랄까요？」

「그야 너가 알아서 할 일이지.」

「글쎄요, 너무, 아니, 한번도 못 가 뵈서……」

「그런 변통성이 없으니까 너를 아직 덜 됐다는거야. 취직운동을 다니
노라고 집에 잘 안 붙어 있었다구라도 하려무나.」

아버지는 핀잔을 준다기보다는 오히려 꼬이는 편이었다.

명호는 그러한 아버지의 태도가 한편은 다랍기도 하고, 한편은 가련
ㅎ기도 하였다. 물론 자기 자신에게 대해서도 그러하였다.

아버지 강첨지와 아들 명호 사이에는 다시금 말이 끊어졌다. 우거진
수풀 밑이라 보슬비쯤은 오는 듯 마는 듯, 가끔 솔잎에서 떨어지는 물
방울이 우산을 툭 때릴 따름, 지극히 우중충하고 휘휘하였다.

그들은 마침내, 제법 평평한 행길에 나섰으나, 역시 잠자코 걸었다.
물론 그 길에도 사람 그림자는 보이지 않았다. 별안간 화닥닥하고 짐승
이라도 뛰어나올 듯이, 길 옆에는 왕대숲까지 자욱하게 짜고 섰다. 이
윽고 그들은, 이름조차 그럴듯한 세진교(洗塵橋)란 돌다리를 넘어섰다.

이미 절의 어귀라, 길가엔는 이름자라도 남기고자 애타던 사람들의
수많은 이름들이 어슷비슷한 반석 면에 도록도록 빨갛게 새겨져 있고,
울창한 고목사이로 이끼 낀 기와지붕들이 푸뜩푸뜩 엿보이기 시작했다.
그와 함께, 이상하게도 명호의 머리 속에는 어릴 적 할머니에게서 들은
재종조 추산당의 이야기가, 오랜 고담(古譚)처럼 안개 풀리듯 떠올랐다.

「……집안이 가난하던 차에 농사 일이 하기 싫고 하니깐, 열두살 때
에 그만 절로 달아났겠지. 나무하러 갔다가 지게는 산에 벗어 던지고
…… 그러나 불도를 배우기는커녕, 부처 불자도 모르고서 그만 또 이내
바랑을 지고 동냥질을 나섰지. ──〈동냥 왔소. 나무아미타불 관세음보
살〉을 십여년 해서 논도 사고 돈도 모았지 그래. 허기야 그동안 마을 사
람들에게 고깔도 많이 부쉬고 배도 무척 곯았다더라만…….」

하던 할머니의 구수한 이야기가 그대로 기억에 떠올랐다. 시대가 시
대인만큼, 인제는 중도 제맘대로 취처를 해가지고 여염 살림을 할 뿐더
러, 어중이떠중이 모두 돈, 돈, 하고 날뛰는 세상이 되고 보니, 절안에
들어서도 역시 사람 그림자를 잘 볼 수가 없었다. 물론 진심으로 불도
를 닦는 분도 없진 않겠지만 그런 분들은 함부로 싸낼 리 만무하고──
절안은 지극히 한적하였다.

　그러나 강첨지는 걸음이 더욱 빨라지고, 명호는 마음이 한결　뒤설레었다.

　추산당이 몸져 누운 백련암(白蓮庵)은 본당(本堂)에서 그리 멀지　않았으나 본당보다는 훨씬 깊숙하고 적적한 곳이었다. 앞에는 잔잔한　시내가 숲 속으로 흐르고 뒤에는 층암절벽이 회색 병풍을 두른 듯한데, 해묵은 이끼가 굳게 덮힌 기와지붕! 그 아래 죽어가는 추산당이 누워 있을 것은 사실이나, 너무나 조용한 데 명호는 놀라지 않을 수가 없었다.
　(벌써 탈이 난 게 아닐까? 하지만 그렇다면, 곡성이라도 들릴 텐데…)
　명호는 대중을 잡을 수가 없었다. 아버지도 심상치　않게 여기었던지 부리나케 대문턱을 넘어섰다. 그러나 명호는 〈백련암〉이라고 파랗게 쓴 현판(懸板)을 일부러 물끄러미 쳐다본 다음 짐짓 천연스럽게　아버지의 뒤를 따라 들어갔다.
　과연 안에는 문병객이 수두룩하였다.　마루가 비좁도록 짜고 앉아 있었다. 어떤 사람은 미처 자리를 잡지 못하여 한쪽 구석에 서서　어름거리고 있었다. 그리고 그들은 눈을 일제히 명호 부자에게로　돌렸다. 더구나 명호에게는 날카로운 눈총들이 쏠리는 듯 싶었다.
　그 바람에 명호는 되레 더 야릇한 용기를 얻어 가지고, 지질한 그 일가 친척들을 헤치고서 아버지와 함께 비좁은 방 안으로　비비고 들어갔다.
　방 안에도 추산당을 한쪽에 눕혀 놓고서 울가망한　얼굴에 파리한 빛이 떠도는 애첩 묘련과 어느새 이미 돌아와 머리맡을 지키는 양자 구룡이를 비롯하여 승속간의 수많은 친족들이 떼관음보살처럼 빽빽하게 둘러앉아 있었다.　그들의 얼굴은 확실히　밖에 있는 사람들보다 훨씬 더 긴장되어 있었다. 총중에는 방금 눈물이 빙 돌 듯한 얼굴도 있고, 이미 눈물 흔적이 면상에 또렷이 남은 이도 있었다.　그러나 방 안은 지극히 조용하였다.
　물론 추산당도 아주 영 죽은 듯이 늘어져 있었다.　그처럼 동글고 기름기까지 번들거리던 얼굴이 광대뼈가 불쑥　드러나도록 싯퍼러죽죽한 껍데기만 남아 있고 언제 봐도 찬 김이 나게 꼬옥 다물고 지나던 그 야멸친 입술조차 인제는 하는 수 없이 헤벌어져 있었다. 물론 눈도 꽈악 봉해져 있었다.

명호는 이러한 방안 공기에 그만 갑갑증이 나기 시작했다. 어쩐지 속이 자꾸만 뭉클뭉클해졌다. 무슨 까닭으로 자기가 거기 앉아 있는지 알 수가 없었다. 만약 끝내 추산당이 그러고만 있었더라면 그는 곧 거기를 나왔을 것이다. 그러나 다행히 추산당이 이상한 몸부림을 시작하였다.

「이놈들!」

그는 마침내 허공을 흘기며, 고함을 질렀다.

「에끼 도적놈들 같으니!」

병인으로서는 놀라울 만큼 빽 소리를 치며, 전신을 부들부들 떨기 시작했다.

「스님, 왜 또 이러십니까?」

곁에 있던 수상좌(首上佐)가 부리나케 그의 두 손을 꽉 눌렀다. 그러자 추산당은 또 깜쪽같이 발악을 그치고, 본래대로 늘어져 버렸다.

「나무아미타불!」

수상좌는 겨우 마음을 놓은 듯이 웅얼거렸다. 그리고 스님의 좋은 열반(涅槃)을 축원하는 듯이 가만히 눈을 감았다.

명호는 추산당의 이러한 발악을 볼 때 하마트면 킥킥 웃음이 터질 뻔하였다. 그러나 그는 곧 그렇게 웃어 버리고 말 희극이 아니라고 생각하였다. 그는 그 발악의 현상에서 어떤 깊은 의미를 찾으려 하였다.

(도적놈들이라니 대관절 누굴 보구 하는 소릴까…?)

명호는 갑자기 일종의 흥미를 느꼈다.

(쳇, 저승차사가 눈에 보였던가?)

여태껏 적선 보시(布施)를 안 하고 지냈으니 최판관(崔判官)이 무섭기도 할 것이다. 그러나 입으로만 관세음보살이니 대자대비(大慈大悲)니 하여왔지, 그렇듯 재물만 알고 허욕에만 철저하던 그가 비록 파리목숨이 되었을망정 새삼스레 그리 쉽게 저승의 단죄(斷罪)를 두려워하게 될 것 같지도 않았다. 그렇다면? 명호는 추산당의 넓적한 안장코를 물끄러미 바라보았다.

마침 그때였다. 그 콧구멍이 성낸 말코처럼 한참 벌름벌름하더니,

「명호, 그놈은 아직 안 왔나?」

추산당은 불각시 또 눈을 번쩍 떴다.

「벌써부터 와 있어요!」

하는 묘련의 대답을 뒤이어,

「접니다.」

명호는 무슨 좋은 소리나 들을 듯이 고개를 쳐들어 보였다.

추산당은 명호의 얼굴을 힐끗 보자마자,

「이놈―, 고얀놈!」

눈에서 그만 불이 떨어질 듯이 소리를 내질렀다. 명호는 추산당의 앙심이 사무친 눈을 피하듯, 외면을 하였으나 속은 극도로 뭉클거렸다.

「에―끼, 도둑놈! 망측한 놈!」

추산당은 악치듯 후욕패설을 늘어놓으면서, 주먹까지 들먹들먹 냅다 떨었다.

「왜 갑자기 이러세요 온!」

묘련이와 수상좌는 추산당을 진정시키기에 바빴고, 구룡이는 짜장 당황한 듯이,

「너가 밖으로 나가게!」

하며, 명호에게 눈짓을 하였다.

추산당의 뒤퉁스럽게 아드득거리는 꼬락서니도 가관이었거니와, 그걸 마치 명호의 탓이나 되는 듯이 능글능글하게 구는 구룡이의 뒤넘스런 엄펑소니에 눈꼴이 틀린 명호는, 아랫입술을 무겁게 비쭉할 뿐 간대로 썩 물러서지는 않았다.

「이놈, 너 뭘하러 왔어?」

추산당은 눈을 더욱 날카롭게 떴다.

「논 타런 안 왔어요!」

명호는 배앝듯이 해던졌다.

「논? 논? 아아나 논! 주제넘은 놈 같으니…!」

「글쎄요, 누가 어디 논 보구 왔답니까? 그까짓 논 반두락 줘도 싫어요!」

명호도 너 참을 수가 없었나.

「뭐, 뭐? 예끼 거지가 되어 죽을 놈!」

추산당은 분을 못 참고서 이를 아드득 갈아부쳤다. 바깥 사람들도 무슨 구경거리나 되는 듯이 끼웃끼웃 방 안을 들여다보았다.

「명호 너 썩 저리 나가거라!」

보다못해서 아버지 강첨지가 나선다.

「……」

명호는 암말도 않고, 통해 가지고 앉아 있었다.

「그래도 썩 못 물러가겠니?」

「…………」

「예끼 더러운 놈 같으니 ! 」

강첨지는 불현듯 일어나서더니 아들의 뺨을 몰강스럽게 한번 갈기고는 그만 자기가 먼저 밖으로 핑 나가버린다.

「아아 내가 이게 무슨 짓인가 ! 」

추산당은 그제야 겨우 자기를 반성한 듯이 중얼거렸다.

「그 사람 어서 이리 들오라게. 냉큼 좀 불러오게 ! 」

추산당은 수상좌를 보고 분부하였다.

갑자기 기진한 소리로써, 마치 애원이라도 하는 듯이.

그러나 강첨지는 이미 백련암의 사립을 나섰을 뿐만 아니라, 되돌아설 사람은 아니었다.

헛걸음만 하고 돌아온 수상좌는 할 말이 없었다.

「그 사람은 왜 안 와— ? 」

추산당은 기다린 듯이 물었다.

「글쎄요, 그 새 어딜 가셨는지, 잘 안 보입니다. 」

수상좌는 이렇게 얼버무리는 수밖에 도리가 없었다.

「그만 가버렸나봐……. 」

추산당은 가는 한숨만 길게 뽑았다. 그는 확실히 실망을 한 모양이었다.

「명호야 ! 」

이윽고 그는 명호를 멀뚱멀뚱 쳐다보더니 무슨 말을 할듯 할듯하다가 다시 눈을 감아버렸다. 방안은 다시금 잠잠하여졌다. 적어도 반 시간을 그러하였다. 그동안 추산당의 숨은 연방 깔딱깔딱 가빠졌다.

「이놈들— ! 」

그는 다시금 눈을 번쩍 떴다.

그의 눈은 아까보다 훨씬 더 커 보였다. 그리고 이상한 광채까지 떠돌았다. 그는 악을 한번 바락 쓰더니 머리맡에 두었던 토지대장(土地臺帳)을 덥석 꺼내 쥐고는 눈을 무섭게 희번덕거리며 경풍 든 사람처럼 별안간 전신을 덜덜 떨어댄다. 아무도, 그리고 어떠한 일도, 인젠 그를 진정시킬 수는 없을 듯하였다. 모두 잠자코 보고만 있을 따름이었다. 묘련이는 눈물만 흘리고, 수상좌는 눈을 감은 채 가만히 염주만 헬 뿐이었다.

추산당은 토지대장을 마치 누가 뺏아가려고나 하는 듯이 연방 더 꽉

악 거머쥐었다. 그리고 방금 숨이 끊어질 듯이 깔딱거리면서도 발악은 더욱 심해졌다.

「이놈들! 이 도둑놈들!」

그는 누런 이뿌리까지 꺽 물고 떨어댔다.

명호는 이렇게 처절한 단말고(斷末苦)를 보는 것은 물론 이것이 처음 이었다. 그는 커다란 흥미를 가지고서 추산당의 일동 일정을 하나도 놓치지 않고 일일이 살피었다. 추산당의 안색은 볼 동안에 자꾸 푸르러져 갔다. 극히 짧은 시간이매도 불구하고, 그 변화의 미묘한 경로라든가 정도까지를, 또렷이 인지할 수가 있는 듯 싶었다.

「읽…! 읽…!」

추산당은 급기야 마지막 숨을 모으는 모양이었다.

「아이구 여보세요, 이게 웬일이세요?」

묘련이는 미칠 듯이 영감의 어깨를 잡아흔들었다. 그러나 인젠 아무도 그걸 말리려고 하지 않았다.

「읽— 읽으르르……!」

하는, 소름 끼치는 소리와 함께 추산당의 입에서는 누르끼한 거품이 무덕지게 불쑥 솟아 엉키고는 그만 사지가 좌악 뻗어지기 시작했다. 눈이 허옇게 뒤집혔다.

명호는 드디어 그의 얼굴에서 외면을 하였다. 그러나 토지대장을 쥐고서 떨어대는 그의 뼉다귀손만은 아주 영 동작이 그칠 때까지 꼬옥 지켜 보았다. 추산당은 숨이 끊어진 뒤에도 그 토지대장만은 결국 놓질 않았다.

마치 기다리기나 한 듯이 곡성이 한바탕 벌어졌다. 그러나 어쩐 일인지 명호만은 눈물이 나지를 않았다.

「나무아비타불!」

수상좌는 추산당의 손아귀에서 토지대장을 빼내면서 비참한 표정을 하였다. 물론 구룡이는 흐들갑스럽게 엉엉거렸다. 곡성이 그치자, 잇달아 상좌들의 청승스런 독경 소리가 일어났다. 스님은 비록 돌중이었으나 제자들은 그래도 불경마다나 외우는 모양이었다.

「諸行無常, 是生滅法, 生滅滅已, 寂滅爲樂, ——南無阿彌陀佛, 極樂淨土涅槃……」

시체의 머리맡에 놓인 향로에서는 파르스름한 향연이 쌍(雙)으로 뽑혀 올라가고, 독경 소리 처량하게 끊일 줄을 모르는데, 장단인 듯 처마

끝 풍경 소리조차 한가롭게 딩그렁—뎅 울려왔다. 이윽고 큰 절에서 우렁찬 종소리가 꽈앙—꽝 추산당의 열반을 아뢰자, 가사 장삼을 걸친 노소중들이 끊일 새 없이 문상들을 왔으나, 저녁 안개 깊숙이 싸인 백련암은 어딘지 무한한 적멸이 깃들이고 있었다.

　유산 처분에 관한 유서 개봉은 장례를 죄다 치른 뒤에 하다는 유언만 있었고, 장례에 대해서는 아무런 분부도 없었기 때문에, 승속간의 관계자들은 대부분 장례를 빨리 치르고만 싶었던 겐지, 한이틀 더 두어도 괜찮을 텐데 죽은 지 사흘만에 비조차 무릅쓰고, 결국 장례를 시작했다. 수상좌와 강첨지는 못마땅하게 여겼지만, 결국 대세에 끌리고 말았다.
　그리고 그 장례를 치르는 데 대해서, 누구보다도 골머리를 앓은 것은 역시 양자인 구룡이었다. 절에서도 말이 그랬고, 친척들의 의사도 모두 망령(亡靈)의 명예를 위하여 장례만큼은 돈 가졌던 보람이 있게스리 그럴 듯하게 하여드리자는 터이었으므로, 만약 그렇게 하고 보면 장비가 수월찮게 들 모양이며, 그건 또 으레 체면상이라도 자기가 안아 맡아야 될 형편이었기 때문이다. 그래서 늘 그는 시무룩해가지고 옴두꺼비상을 하고서는 말도 잘 아니하였다.
　결국 불은 장례날 아침부터 터지기 시작했다. 상웃(喪服)이 고르지 못했기 때문이다. 누구는 광목으로 해 주고 누구는 북포로 해 주고 또 누군 왜삼베로 해 주었다는 불평들이었다. 재종손들만 해도 어중이 떠중이 모여든 게 삼십명이 휘딱 넘는데 먹진놈 섬진놈 모두 합쳐 놓으면 승속간 남녀 친족이 근 백명 되는 걸 그걸 죄다 꼭 같이 해 주려면 그것도 여간 일이 아니다. 물론 이런 때의 불평은 으레 여자들의 입에서부터 시작되는 법이다.
　「왜 다 같은 손잣뻘인데, 내 자식은 왜삼베로 해 줘?」
　이렇게 앙탈을 쓰면서 입고 있는 상웃을 확 벗겨 던지고는,
　「옷도 남같이 못 얻어 입을 녀석이 오긴 뭘 하러 왔어!」
　하며 뺨따구니까지 갈겨서 도로 집으로 돌려 보내는 걸쌈스런 에미가 있는가 하면, 주는 치마를 입지도 않고서 내던지는 고집쟁이도 있었다. 게다가 말경에는 사내들 가운데서도 데되게 부추기는 치들이 있었다.
　「도대체 그게 무슨 짓들이여?」
　하고 강첨지가 만약 나서지 않았던들 가문 망신이 이만저만이 아니었을 것이다. 이런 경우의 강첨지의 말은 특별히 위엄이 있었다. 아무도

불평을 못 한다. 물론 자질구레한 불평이야 많았겠지만——.

 그래도 상여의 뒤를 따르는 속가의 친척들은 모두 엉엉 목을 놓아가 며 울었다. 화장터에 당도했을 때는, 광목 옷이고 왜삼베 옷이고 모조 리 행주처럼 비에 흠뻑 젖었다.

 절간의 불목한이들과 허드렛군들은 어느새 화장 준비를 말끔이 해놓 고 기다리고 있었다. 이윽고 시체를 담은 관(棺)이 화장대 위에 놓이었 다. 서까래만큼씩한 소나무로써 짠 화장틀 위에 관이 올려 놓이자, 곡성 은 산중이 터져 나가게 일어났다. 볼 동안에 관은 장작 속에 묻히고, 장 작 위에는 푸석푸석 마른 솔가지가 무덕지게 덮이고 솔가지에는 석유가 흐뭇하게 끼얹히었다.

 목탁과 바라를 두드리며 청승스럽게 경문을 외우는 젊은 수도승(修道 僧)들을 선두로 승속간의 수많은 관계자들이 화장대를 에워싸고 줄을 지어 돌기 시작하였다.

 마침내 수상좌의 구슬픈 독경 소리와 함께 그의 떨리는 손에서 불이 옮기어졌다. 그와 동시에 속가 친족들의 입에서는 별안간 울음소리가 또 터졌다. 절 측에서는 그걸 매우 기(忌)하면서 곧 말리었다.

「나무아미타불만 부르세요, 나무아미타불만.」

 여기저기서 말이 많았다. 그러나 묘련이만은 좀처럼 울음이 들어가질 않는 모양이었다. 연승 눈물을 흘리면서 힘없이 행렬의 뒤를 따랐다.

「나—무아미타불—!」

 수많은 목청이 한꺼번에 뭉쳐서 얼맛동안 망령의 극락세계 발원을 읊 조릴 때, 어느덧 벌써 관에까지 불길이 들어갔는지 갑자기 연기 빛이 달 라졌다. 그러자 부슬비를 맞아가며 화장터를 돌던 행렬은 곧 헤어지고, 노장들을 비롯하여 승속간의 친족 친지들도 흐지부지 흩어졌다. 원원이 말하면, 수상좌와 구룡이는 좀 더 남아 있어야겠지만 웬일인지 그들까 지 새어버리고, 결국 남은 건 명호와 인부 세 사람뿐이었다.

 명호만은 좀처럼 떠나지를 않았다. 그는 꽤 오래도록 현장에 남아서 인부들의 하는 일을 재미있는 듯이 보고만 있었다. 그는 화장 구경이 처음이었던 것이다.

 상제들이 떠나자말자 인부들은 곧 대창을 하나씩 찾아들고서 피— 피 소리를 내며 타는 시체를 사정없이 쿠우 쿡 들쑤셨다. 시체에서는 이따 금 뼈가 튀는 듯한 소리가 탁 탁 하고, 시퍼런 불꽃이 확 확 내밀었다. 인부들은 상을 찌푸려가며 대창질을 더욱 빨리 하였다. 그러한 일에는

픽으나 익숙한 모양들이었다. 물론 그들은 〈나무아미타불〉도 부르지 않
았다.

명호는, 이번에는 화장 그것보다도 그 인부들의 하는 일에 더욱 흥미
를 느끼기 시작했다. 그래서 그는 더욱 그들의 곁에 가까이 가 보았다.

「왜 안 가고 계시요?」

인부 중에서 명호와 안면이 있는 노인이 수상스러운 듯이 물었다.

「화장 구경을 좀 할까 해서……」

「구경? 이게 무슨 구경이 되오?」

「그래도 첨 보는 게 돼서……」

「글쎄요, 그만 돌아가시죠. 여간 비위 가지곤 못 봅니다.」

하며, 그는 일부러 이걸 보라는 듯이 손에 든 대창으로써, 시퍼런 불
덩이가 되어 있는 시체를 한번 혼들어 보였다.

「그렇게 대창질을 안 하면 안 되나요?」

명호가 얼굴을 찌푸리니까,

「그냥 두면 언제까지 탈지 아나요, 더구나 비도 오는데——.」

그리고는 싱긋 웃으며,

「어디 한번 해보려우?」

하였다.

명호는 차마 그럴 용기까지는 나지 않았다. 미구에 명호는 그 곳을
떠났다. 그러나 몇발짝 안 가서 갑자기 이상한 웃음소리가 들려 오기에
무슨 일일까 하고 그는 이내 돌아가서 슬그머니 화장터 안을 엿보았다.

「저런!」

명호는 놀라서 소리를 지를 뻔하였다. 인부들은 추산당의 두골을 대
창으로써 이리저리 굴리고 있지 않은가! 그러면서 허허야 하고 웃어댔
다. 장난으로 보아 넘기기에는 너무나 몰강스런 그들의 태도에, 명호는
별안간 노기가 뭉클 치밀어서 우산을 덜컥 접어 들었다. 만약 그들이
곧 그 두골을 에워싸고 조용히 머리를 맞대고 둘러앉지 않았더라면 틀
림없이 명호는 그 곳으로 뛰어 갔을 것이다. 그러나, 세 사람이 다 이젠
소리를 내서 웃지도 않고 가만히 그 두골에 손을 대는 것을 본 명호는
그만 머리끝부터 발끝까지 소름이 쭉 끼치는 것 같았다.

(말로만 들었더니, 정말 금니를 빼는구나!)

명호는 인간의 더러움에 갑자기 정신이 아찔하였다. 그는 보아서 아니
될 것을 보기나 한 듯이 두번 돌아볼 생각도 않고 산을 내려 쏘았다.

절 어귀에서 명호는 뜻밖에 아버지와 마주쳤다.

「넌 어디 있다 인제 오니?」

아버지도 그런 장소에서 아들을 만난 것이 이상스러운 듯이 물었다.

「화장터에 있었어요.」

명호는 그런 데서 홀로 돌아오는 아버지를 대하자, 이상한 생각을 하였다.

「절엔 들어갈 필요 없어! 바로 집으로 가자.」

아버지는 앞장을 서면서 명령하듯 말했다. 명호도 두말없이 발을 돌렸다.

「진작 왔으면 그 좋은 구경을 좀 했지 그래.」

아버지는 돌아도 안 보고 밑도 끝도 없는 말을 하였다.

「또 무슨 굿이 벌어졌던가요?」

명호는 오래간만에 아버지의 말에 흥미를 느꼈다.

「굿이면 이만저만한 굿이게? 백련암에서는 아주 큰 쌈이 벌어졌지.」

「왜요—?」

「유산 처분 문제로써.」

「유서 개봉을 했던가요?」

「개봉은 커녕 그 유서란 것이 송두리째 간 곳이 없어졌잖아! 영감의 도장도 없어지고……」

강첨지는 잠깐 돌아보며 웃다가 이내 발을 빨리 메어놓았다.

「원랜 누가 맡아 있었는데요?」

명호도 한결 호기심이 더 났다.

「둘다 구룡이가 가졌던 모양이지.」

「그럼 구룡아저씨의 수작일 테죠 뭐.」

「그런데 그 사람이 아주 딱 잡아떼거든. 자긴 모른다고…… 어제 저녁 때까지는 확실히 자기 호주머니 속에 들어 있었는데, 밤새 누가 주머니째 메어갔다고 되려 제 쪽에서 떠들잖느냐 말야.」

「그따위 꾀에 누가 어디 속아 넘어 가겠어요?」

「그러니까 제가 얻어맞았지. 아마 대리가 하나는 부러진 모양이야. 그만하면 만행이겠지만, 여러 사람들 성난 손길에 모르지, 오늘밤이나 무사히 새울는지…… 에이, 억척같은 놈! 그렇게 복날 개맞듯이 얻어맞고서도……」

「아주 환장이 되었구먼요!」

「환장도 되고, 술도 어디서 그렇게 처먹었는지 아주 인사불성이지!」

「일부러 인사불성이 되어 있는지도 모르잖아요?」

명호는 우중충한 절방 구석에 엎드려서 주리를 당코 있을 구룡아저씨가 어쩐지 갑자기 불쌍하게 생각되었다. 그리고 그가 부디 그날밤을 무사히 새우고 돌아오기를 축원하고 싶었다. 왜냐하면, 그렇게 되는 것이 무엇보다도 결국은 양부인 추산당의 뜻을 그대로 이어가는 것이겠고, 따라서 그것도 한가지의 효도가 되기 때문에.

〈1940 · 文 章〉

모 래 톱 이 야 기

이십년이 넘도록 내처 붓을 꺾어 오던 내가 새삼 이런 글을 끼적거리게 된 건 별안간 무슨 기발한 생각이 떠올라서가 아니다. 오랫동안 교원 노릇을 해오던 탓으로 우연히 알게 된 한 소년과, 그의 젊은 홀어머니, 할아버지, 그리고 그들이 살아 오던 낙동강 하류의 어떤 외진 모래톱——이들에 관한 그 기막힌 사연들조차, 마치 지나가는 남의 땅 이야기나, 아득한 옛날 이야기처럼 세상에서 버려져 있는 데 대해서까지는 차마 묵묵할 도리가 없었기 때문이다.

건우란 소년은 내가 직접 담임했던 제자다. 당시 나는 K라는 소위 일류 중학에서 교편을 잡고 있었다. 비가 억수로 내리던 날 첫시간의 일이었다. 지각생이 많았다. 지각생이 많으면 교사는 짜증이 나게 마련이다. 그럴 때 유독 닦이는 놈은 으레 그런 일이 잦은 놈들이다.

「넌 또 지각이로군? 도대체 어찌된 일이냐?」

건우의 차례였다. 다른 애와 달리 그는 옷이 비에 흠뻑 젖어 있다. 아래 웃도리 옷깃에서 물이 사뭇 교실 바닥에 뚝뚝 떨어지고 있지 않는가!

「나릿배 통학생임더.」

낮고 가는 목소리가 그의 가냘픈 입술 사이에서 새어 나오듯 했다. 그리고 이내 울상이 된 얼굴을 아래로 떨구었다. 차라리 무엇인가를 하소하는 듯이 느껴졌다.

「나릿배 통학생?」

이쪽으로선 처음 듣는 술어였다.

「맹지면에서 나릿배로 댕기는 아입니더.」

지각생 아닌 다른 애가 대신 대답했다. 맹지면(鳴旨面)이라면 김해땅이다. 낙동강 하류. 강을 건너야만 부산으로 나올 수 있는 곳이다.

「나룻배 통학생이라……」

나는 건우의 비에 젖은 옷을 바라보면서 자리에 들어 가라고 했다.

이런 일이 있고부터 나는 건우란 소년에게 은근히 동정이 가게 되었다. 더더구나 아버지가 없다는 걸 알고부터는. 동무들끼리 어울려 놀 때 그를 곧잘 〈거무〉(거미)라고 놀려대던 이상한 별명의 유래도 곧 알게 되었다. 그의 고향 친구들의 말에 의하면 거미란 짐승은 물에 날쌘 놈이라 해서 즈 할아버지가 지어준 아명이었다는 거다. 거미! 강가에 사는 사람들의 자식 아끼는 심정을 가히 짐작할 수가 있었다. 호적에 올릴 때는 부득이 건우로 했으리라. 그것도 아마 누구의 지혜를 빌어서.

두 번째로 내가 건우란 소년에게 대해서 관심을 더욱 가지게 된 것은 학기 초 가정방문을 나가기 전에 그가 써 낸 작문을 읽고부터였다(나는 가정 방문을 나가기 전 가끔 학생들에게 자기 자신에 관한 글을 써 오라고 하였다).

〈섬 얘기〉란 제목의 그의 글은 결코 미문은 아니었다. 그러나 내용은 끔찍한 것이라 생각했다. 자기가 사는 고장——복숭아꽃도, 살구꽃도, 아기진달래도 피지 않는 조마이섬은, 몇 백년, 아니 몇 천년 갖은 풍상과 홍수를 겪어오는 동안에 모래가 밀려서 된 나라 땅인데, 일제 때는 억울하게도 일본사람의 소유가 되어 있다가 해방 후부터는 어떤 국회의원의 명의로 둔갑이 되었는가 하면, 그 뒤는 또 그 조마이섬 앞강의 매립허가를 얻은 어떤 다른 유력자의 앞으로 넘어가 있다든가 하는 ——말하자면 선조 때부터 거기에 발을 붙이고 살아오던 사람들과는 무관하게 소유자가 도깨비처럼 뒤바뀌고 있다는, 섬의 내력을 적은 글이었다. 그저 그런 정도의 얘기를 솔직히 적었을 따름인데, 어딘지 모르게 무엇인가를 저주하는 듯한, 소년의 날카롭고 냉랭한 심사가 글 밑바닥에 깔려 있었다. 나는 나 자신이 갑자기 무슨 고발이라도 당한 심정으로 그 글발을 따로 제쳐서 책상 서랍 속에 넣어 두었다.

가정 방문이 있는 주간은 대개 오전 수업뿐이다. 점심시간이 시작될 무렵 나는 건우를 교무실로 불렀다.

「오늘 명지로 갈까 하는데, 너 외에 몇이나 있지?」

「A반 학생은 저 하나뿐입니더.」

건우의 노르께한 얼굴에는 순간적인 그늘이 얼씬 지나가는 것 같았다.

「그래? 그럼 한 시 반쯤 해서 현관 앞으로 다시 오게.」

명지 같음 어둡기 전에 돌아 오기가 힘들는지 모른다. 나는 부랴부랴 점심을 마치고서 교무실을 나섰다.

건우는 벌써 현관께로 와 있었다. 역시 약간 어둔 얼굴을 하고. 아마 미리 어머니에게 알리지 않고서 가는 것이 약간 켕겼던 모양이었다.

「가 볼까!」

내가 앞장을 서듯 했다. 버스 요금도 제것까지 내가 얼른 내는 걸 보고는 아주 송구스러운 듯한 표정을 지었다. 명지로 가는 하단나루까지는 사오십분이면 족했다. 그러나 한 척밖에 없다는 그 나룻배가 좀처럼 나타나지 않았다.

「집이 저 쪽 나루터에서 먼가?」

나는 갈대 그림자가 그림처럼 고요히 잠겨 있는 강물을 내려다 보며 물었다.

「예 제북(제법) 갑니더.」

그는 민망스런 듯이 나를 잠깐 쳐다보더니 눈을 역시 물 위로 떨어뜨렸다.

「얼마나?」

「반 시간 좀더 걸립니더.」

「그럼 학교까지 오려면 시간이 꽤 걸리겠는걸?」

「나룻배만 진작 타지고 빠른 날은 두어 시간만 하면 됩더.」

「그래? 그래서 지각을 자주 하는군.」

나는 환경조사표의 코피를 펴 보았으나, 곁에 사람들이 있기에 더묻지 않았다. 아니, 설사 곁에 다른 사람들이 없다 하더라도, 아직 열다섯 살밖에 안 되는 소년에게 물어도 좋을 만한 그런 가정 형편이 못 되었다.

아버지는 없고,
어머니　　33세 농업
할아버지　62세 어업
삼　촌　　32세 선원
재산 정도　하(下)

끼우뚱거리는 나룻배 위에서도 건우의 행복하지 못할 가정 환경이 자꾸만 내 머리속에 확대되어 갔다.

나룻배를 내려서자, 갈밭 속을 뚫고 나간 좁고 긴 길이 있었다. 우리는 반시간 남짓 그길을 걸어 가면서도 별반 얘기가 없었다.

「아버진 언제 돌아가셨지?」

해 놓고도 오히려 후회할 정도였으니까.

「육이오 때라 캅디더만……」

건우의 말눈치가 확실치 않았다.

「어쩌다가?」

「군에 나갔다가 그랬다 캅디더.」

「언제 어디서 돌아 가셨는지도 잘 모른단 말인가?」

「야, 그래도 살아 온 사람들 말이 암마 〈워카 라인〉인가 하는 데서 그랬을 끼라 카데요.」

생각했던 바와는 달리, 건우의 이야기는 비교적 담담하였다.

「그래, 아버지의 얼굴은 기억하나?」

나는 속으로 그의 나이를 손꼽아 보았던 것이다.

「잘 모릅니다. 저가 두 살 때 군에 나갔다 카니…… 그라곤 통 안 돌아 왔거던요.」

나를 쳐다보는 동그스럼한 얼굴, 더구나 그린 듯이 짙은 양미간에는 미처 숨기지 못한 을씨년스런 빛이 내비쳤다. 순간 나는 그의 노르께한 얼굴에서 문득 해바라기꽃을 환각했다.

삼사월 긴긴 해라더니, 보릿고개는 오후 세시가 훨씬 지나도 해가 아직 메끝과는 멀었다.

길가 수렁과 축축한 둑에는 빈틈없이 갈대가 우거져 있었다. 쑥쑥 보기 좋게 순과 잎을 뽑아 올리는 갈대청은, 그곳을 오가는 사람들과는 판이하게 하늘과 땅과 계절의 혜택을 흐뭇이 받고 있는 듯, 한결 싱싱해 보였다.

「저 갈대들이 다 자라면 지나다니기가 무서울 테지? 사람의 길이 훨씬 넘을 테니까.」

나는 무료에 지쳐 건우를 돌아보았다.

「괜찮십더, 산도 아인데요.」

그는 간단히 대답할 뿐이었다. 아직도 짐승보다 인간이 더 무섭다는 것을 미처 모르는 모양이었다.

길바닥까지 몰려 나왔던 갈게들이, 둔탁한 사람들의 발자국 소리에

놀라 이리저리 황급히 구멍을 찾아 흩어지는가 하면, 어느 하늘에선지
종달새가 재잘재잘 쉴 새 없이 재잘거리고 있었다. 잔등에 땀을 느낄 정
도로 발을 재게 떼놓아, 건우가 사는 조마이섬에 닿았을 때는 해가 얼
마만큼 기운 뒤였다.

　섬의 생김새가 길쭉한 주머니 같다 해서 조마이섬이라고 불려 온다
는 건우의 고장에는, 보리가 거의 자랄대로 자라 있었다.   강바람이 불
어올 때마다 푸른 물결이 제법 넘실거리곤 했다.
　낙동강 하류의 삼각주 일대가 대개 그러하듯이, 이 조마이섬이란 데
도 사람들이 부락을 이루고 사는 것이 아니라 그저 한 집 두 집 띄엄띄
엄 땅을 물고 있을 따름이었다.
　건우네 집은 조마이섬 윗쪽에서 그리 멀지 않았다. 역시 외따로 떨어
진 집이었다. 마침 뒤꼍 사래 긴 남새밭에 가 있던 어머니가 무슨 낌새
를 차렸던지 우리가 당도하기 전에 어느새 사립께로 달려 와 있었다.
　「인자 오나?」
　아들에게부터 먼저 말을 건네고 나서 내게도 수인사를 하였다.
　「우리 건우 선생인가배요?」
　상냥하게 웃었다. 가정 조사표에 적혀 있는 서른 세 살의 나이보다는
훨씬 핼쓱해 보였으나, 외간남자를 대하는 붉은 빛이 연하게 감도는 볼
에는 그래도 시골 색시다운 숫기가 내비쳤다.
　「수고하십니더.」
하고 나는 사립을 들어섰다.
　물론 집은 그저 그러했다. 체목은 과히 오래 되지 않았지만, 바깥 일
손이 모자라는 탓인지, 갈대로 엮어 두른 울타리에는 몇 군데 개구멍이
나 있었다.
　「좀 들어 가입시더. 촌 집이 돼서 누추합니더만……」
　건우 어머니는 나를 곧 안으로 인도했다. 걸레질을 안 해도 청은 말
끔했다. 굳이 방으로 모시겠다는 것을 나는 굳이 사양하고 마루끝에 걸
쳤다.
　「어머니 혼자 힘으로 공부시키기가 여간 힘들지 않으실 텐데……」
　건우가 잠깐 자리를 비키는 것을 보고 나는 으례 하는 식으로 가정
사정부터 물어 보았다. 할아버지와 아저씨와 그리고 재산 따위에 대해
서.

——할아버지는 개깃배를 타시고, 재산이랄 끼사 머 있읍니껴. 선조 때부터 물려 받은 밭떼기들은 나라 땅이라 캤다가, 국회의원 땅이라 캤다가……우리싸 머 압니껴—— 이렇게 대략 건우군의 글에서 알았을 정도의 얘기였고, 건우의 삼촌에 대해서는 웬일인지 일체 말이 없었다. 대신, 길이 먼데다 나룻배까지 타야 되기 때문에 건우가 지각이 많아서 죄송스럽다는 얘기와, 아버지가 없으니 그런 점을 생각해서 잘 도와 달라는 부탁이 고작이었다.

생활은 어떻게 무사히 꾸려 나가느냐고 했더니, 시아버님이 고깃배를 타기 때문에 가끔 어려운 돈을 기백원씩 가져온다는 것과, 먹고 입는 것은 보리농사와 채소로써 그럭저럭 치대어 간다는 얘기였다.

「재첩은 더러 안 건지세요?」

강마을 일이라 이렇게 물었더니,

「그건 남자들이라야 안됩니껴. 또 배도 있어야 하고요.」

할 뿐, 그러나 이쪽에서 덤덤하니까,

「물 빠질 땐 개발이싸 늘 안 나가는기요. 조개새끼도 파고 재첩도 줏지만 그런기사 어데 돈이 댑니껴.」

이렇게 덧붙였다.

잠시 안보이던 건우가 어디서 다섯 홉 짜리 정종을 한 병 들고 왔다. 이마에 땀이 번질번질한 걸 보면 필시 뛰어 온 게 틀림 없다. 아마 어머니가 시킨 일이려니 싶었다.

나는 미안스런 생각으로 건우 어머니가 따라 주는 술잔을 받았다. 손이 유달리 작아 보였다. 유달리 자그마한 손이 상일에 거칠어 있는 양이 보기에 더욱 안타까울 정도였다.

기어이 저녁까지 대접하겠다고 부엌으로 가 버린 뒤, 나는 건우를 앞에 두고 잔을 들면서, 그녀의 칠칠한 인사법절에 새삼 생각되는 바가 있었다.

나는 모든 것을 다시 보았다. 농사집 치고는 유난히도 말끔한 마루청, 먼지를 뒤집어 쓰고 있지 않은 장독대, 울타리 너머로 보이는 길찬 장다리꽃들……그 어느 것 하나에도 그녀의 손이 안 간 곳이 없으리라 싶었다. 이러한 집 안팎 광경들을 통해서 나는 건우 어머니가 꽤 부지런하고 친절한 여성이라는 것을 고대 짐작할 수가 있었다. 젊음이 한창인 열 아홉부터 악지세게 혼자서 살아 왔다는 것과, 어려운 가운데서도 외아들 건우를 나룻배를 태워 가면서까지 먼 일류 중학에 보내고 있다는 사실, 그리고 농촌 아이라고는 믿어지지 않을 만큼 건우의 입성이 항시 깨끗했다는 사실들이 어련히 안 그러리 싶어지기도 했다. 얼핏 보아서는 어리무던한 여인 같기도 하지만 유난히 볼가진 듯한 이마라든가, 역시 건우처럼 짙은 눈썹 같은 데선 그녀의 심상치 않을 의지랄까, 정열 같은 것을 읽을 수가 있었다.

나는 술상을 물리고서, 건우의 공부방을——어머니의 방일 테지만—— 잠깐 들여다 보았다. 사과 궤짝 같은 것에 종이를 발라 쓰는 책상 위에 는 몇 권 안 되는 책들이 나란히 꽂혀 있었다. 그 가운데서 〈섬 얘기〉라 고, 잉크로써 굵직하게 등마루에 씌어진 두툼한 책 한 권이 특별히 눈 에 띄었다.

「섬 얘기? 저건 무슨 책이지?」

나는 건우를 돌아보고 물었다.

「암 것도 아입니더.」

「소설?」

「아입니더.」

「어디 가져 와 봐!」

건우는 싫어도 무가내라 뽑아 오면서,

「일기랑 또 책 같은 거 보고 적은 김더.」

부끄러운 내색을 하였다.

「일기는 남의 비밀이니까 읽을 수가 없고, 어디 책 읽은 소감이나 뵈 주게.」

나는 책을 도로 돌렸다. 건우는 마지 못해 여기저길 뒤적거리다가 한 군데를 펴주었다. 또박또박 깨알같이 박아 쓴 글씨였다.

×××어시는 이미니처럼 혼자 사시는 분이라 그런지 그분의 글에는 한결 감동되는 바가 있었다. 〈내가 본 국도〉 속의 한 귀절——

〈그래도 선거 때가 되면 소속 육지에서 똑딱선을 가지고 섬 백성을 모시러 오는 알뜰한 정당이 있어, 이들은 다만, 그 배로 실려 가서 실 상 자기네 실생활과는 무연한 정치를 위하여 지정해 주는 기호 밑에 도 장을 찍어 주고 그 배에 실려 돌아 온다는 것입니다.

현대 문명의 혜택이라곤 아직 받아 보지 못한 그들의 생활 속에도 현 대 문명인이 행사하는 선거란 상식이 깃들게 되고, 어느 정당이나 정치 의 영향도 알뜰히 받아보지 못한 그네들에게도 투표하는 임무만은 지워

져야 하고 조국의 사랑이라곤 받아본 일이 없이 헐벗고 배우지 못한 그들의 아들들이 먼저 조국을 수호해야 할 책임을 지고 훈련을 받고 총을 메고 군인이 되어 갔다는 것……〉

우리 아버지도 응당 이러한 군인 중의 한 사람이었으리라. 그래서 언제 어디서 쓰러졌는지도 모르고, 따라서 국군묘지에도 묻히지 못하고, 우리에겐 연금도 없고……

내 눈이 미처 젖기 전에 건우는 부끄러운 듯이 그 노우트를 내게서 뺏아 갔다.

「건우야!」

나는 노우트 대신 건우의 손을 꽉 쥐었다.

「이 땅이 이곳 사람들의 땅이 아니랬지? 멀쩡한 남의 농토까지 함께 매립허가를 얻은 어떤 유력자의 것이라고 하잖았어? 그러나 두고 봐. 언젠가는 너희들이 이땅의 주인이 될 거야. 우선은 어떠한 괴로움이 있더라도, 억울하더라도 희망을 잃지 말고 꾹 참고 살아 가야 해.」

어조가 어떻게 아까 그 노우트를 읽을 때와 같은 것을 깨닫고 나는 잠깐 말을 끊었다. 건우는 내처 묵연해 있었다.

「나라땅, 남의 땅을 함부로 먹다니! 그건 땅을 먹는 게 아니라, 바로 〈시한 폭탄〉을 먹는 거나 다름 없다. 제 생전이 아니면 자손대에 가서라도 터지고 말거든! 그리고 제아무리 떵떵거려대도 어른들은 다 가는 거다. 죽고 마는 거야. 어디 땅을 떼 짊어지고 갈 수야 있나. 결국 다음 이 나라 주인인 너희들의 거란 말야. 알겠어?」

나는 말이 절로 격해지는 것을 깨달았다. 저녁상이 들어왔다.

부엌에서 바깥 동정을 죄다 엿들었는지 건우 어머니는 저녁상을 물리기가 바쁘게 손을 닦으며 청 끝에 와 걸치더니,

「선생님 이야기는 우리 건우한테서 잘 듣고 있십더. 그라고 이 섬 저 웃바지에 사는 윤샌도 선생님 말을 곧잘 하데요. 우리 건우가 존 담임 선생님 만났다면서……」

해가 막 떨어진 뒤라 그런지 그녀의 웃음이 적이 붉게 보였다.

「윤샌이라뇨?」

윤생원이라는 말인 줄은 알았지만, 그가 누군지 미처 생각이 안났다.

「성은 윤씨고, 이름은 머라 카더라——」

건우를 홀끔 돌아보며,

「수딕이 할배 이름이 멋고?」

「춘삼이 아잉기요.」

건우의 말이 떨어지자,

「내 정신 보래. 그래 춘삼씨다.」

그녀는 다시 나를 돌아보며,

「춘삼이란 어른인데 와 선생님을 잘 알데요. 부산에도 가끔 나갑니더. 쬐깐 포도밭도 가꾸고 있고요……」

「윤 춘삼?……네, 이제 알겠읍니다.」

비로소 생각이 났다.

「그분 하고는 어데서도 같이 지냈담서요?」

건우 어머니는 「세상은 넓고도 좁지요?」하는 듯한 눈매로 웃어 보였다.

「네」

아닌 게 아니라, 나는 적이 놀랐다. 어디서든 나쁜 짓 하고는 못 배기리라는 생각이 문득 들기까지 했다. 그와 동시에, 지난 날 어떤 어두컴컴한 곳에서 그 윤 춘삼이란 사람을 처음으로 만났던 일, 그리고 다시 소위 큰집이란 데서 한때 같이 고생을 하던 갖가지 일들이 마치 구름 피어오르듯 기억에 떠올랐다.

——〈육이오〉 때의 일이었다. 나는 어떤 혐의로 몇몇 사람의 당시 대학교수들과 함께 육군 특무대란 데 갇혀 있었다. 거기서 윤생원을 처음 만났다. 물론 그 땐 그가 이곳 사람인 줄도 몰랐다. 무슨 혐의로 들어왔느냐고 물어도 그는 얼른 대답을 하지 않았다. 곧 나갈 거라고만 했다. 곧 나갈 거라고 장담을 하던 사람이 얼마 뒤 역시 우리의 뒤를 따라 감옥으로 넘어왔다. 감옥에서는 그도 제법 사상범으로 통해 있었다. 누가 붙였는지는 모르되, 〈송아지 뺄갱이〉라는 별명이 붙어있었다. 그의 말에 의하면 이유는 간단했다. —— 한창 무슨 청년단인가 하는 패들이 마구 설칠 땐데, 남에게 배내를 주었던 그의 송아지를 그들이 잡아먹은 게 분해서, 배내먹이던 사람에게 송아지를 물어내라고 화풀이를 한것이 동기의 하나였다고 한다. 그 바보 같은 사람이 뒤퉁스럽게 그 청년단을 찾아 가서 그런 고자질을 한 것이 꼬투리가 되어, 「이 새끼 맛 좀 볼 테야?」하는 식으로 잡혀 왔다는 이야기였다. 그 밖에 또 하나 주목 받을 이유가 될 만한 것은, 자기 고향인 조마이섬에 문둥이떼가 이주해 왔을 때(물론 정부의 방침이었지만) 그들을 몰아내기 위해 싸우다가 결

국 경찰 신세를 졌던 일이라 했다. 그러면서도 그 자신 무슨 영문인지를 확실히 모르고서 옥살이를 했다. 다만 〈송아지 빨갱이〉라는 별명으로서.

어쩌다가 세수터에서라도 마주칠 때, 「송아지 빨갱이!」할라치면, 텁수룩한 머리를 끄덕대며 사람좋게 웃던 윤 춘삼씨의 그 때 얼굴이 눈에 선해 왔다.

「좋은 사람이었지요.」

「그라문니요! 지금도 우리집에 가끔 옵니더.」

건우 어머니도 맞장구를 쳤다.

이야깃군들이 곧잘 쓰는 〈우연성〉이란 것을 아주 싫어하는 나지만, 그날 저녁 일만은 사실대로 적지 않을 수가 없다.

어둡기 전에 건우의 집을 나서서 하단쪽 나루터로 되돌아 오던 길목에서 뜻밖에 이제 얘기하던 바로 그 윤 춘삼이란 사람과 마주치게 되었으니 말이다.

「야——이거 ×선생 아니요! 이런 섬에 우짠 일로?」

송아지 빨갱이, 아니 윤 춘삼씨는 덥썩 내 손을 잡으며 반가와 했다.

「아이들 가정 방문을 왔다 가는 길이죠. 참 오랫만이군요.」

「가정 방문?」

그는 수인사는 제쳐 놓고,

「그럼 건우 집에도 들렸겠네요?」

「네, 이 섬에는 건우 한 애뿐입니다. 내가 맡아 있는 애로서는——」

「마침 잘 됐다. 허허 참 세상에는 이런 수도 다 있다 카이! 인자 막 선생 이바구를 하고 오던 참인데……」

윤 춘삼씨는 뒤에 따라오던 웬 성큼한 털보영감을 돌아보며,

「자 인사 드리시오. 당신 손자 〈거무〉란 놈 선생이요.」

하며 내처 허허 하고 웃어댔다. 벌써 약간 주기가 있어 보였다. 두 사람이 인사를 채 나누기 전에 윤 춘삼씨는,

「허허, 노상에서 이럴 수가 있나. 나도 여러 해만이고……」

하며 털보영감더러 하단으로 되돌아가자는 것이었다. 아니 바로 떠밀 듯 했다.

「암 그래야지. 나도 언제 한 분 꼭 찾아 볼라 켔는데, 바래다드릴 겸 마침 잘됐구만.」

멀쩡한 날에 고무장화를 신은 품이 누가 보나 뱃사람이 완연한 건우 할아버지도 약간 약주가 된 데다 역시 같은 메거리였다.

윤 춘삼씨는 만나자 덥석 잡았던 내 손을 내처 아플 정도로 쥔 채 놓지 않았고, 건우 할아버지도 나란히 서게 되어 셋은 가뜩이나 좁은 들길을 좁으라 걸어댔다. 땅거미를 받아선지, 건우 할아버지의 갯바람에 그을린 얼굴이 거의 검둥이에 가까울 정도로 검어 보였다.

「갈밭새 영감, 오늘 참 재수 좋네. 내가 술 샀지, 또 이런 훌륭한 선생님을 만났지……. 그러나 이분에는 영감이 사야 돼오.」

윤 춘삼씨의 말이 떨어지기가 바쁘게,

「암 내가 사야지. 이분에는 정종이다. 고놈의 따끈한!」

아마 〈갈밭새〉가 별명인 듯한 건우 할아버지는, 그 억세고 구부정한 어깨를 건들거리며 숫제 신을 내듯 했다.

하단 나룻가의 술집은 모두가 그들의 단골인 모양이었다.

「어이 또 왔쇠이!」

건우 할아버지가 구부정한 어깨를 먼저 어느 목로집으로 들이밀었다. 다시 술자리가 벌어졌다. 술자리랬자 술상 대신 쓰이는 네 발 달린 널빤지를 사이에 두고 역시 네 발 달린 널빤지 걸상에 마주 앉은 것이었지만.

「술은 정종! 따끈한 놈으로. 응이, 알겠소? 우리 거무 선생님이란 말이어!」

갈밭새 영감은 자기와 비슷하게 예순 고개를 넘어 보이는 주인 할머니더러 일렀다.

그가 소원인 듯 말하던 〈따끈한 정종〉은 그와 윤 춘삼씨보다 나를 먼저 취하게 했다. 그러나 좀처럼 놓아 줄 눈치들이 아니었다.

「한 잔만 더——」

이번에는 건우 할아버지의 커다란 손이 연신 내 손을 덥쌌다.

「비록 개깃배를 타고 있지만 나도 과히 나쁜 놈은 아임데이. 내, 선생이 바구 다 듣고 있소. 이 송아지 빨갱이(섬에까지 그런 별명이 퍼졌던 모양이다) 한테도 여러 분 들었고 우리 손잣놈한테도 듣고 있소. 정말 정말 훌륭한 선생님이라고. 그까진 국회의원이 다 먼교? 돈만 있음 × 라도 다 되는 기고, 되문 나랏땅이나 훑이고 팔아 묵고 그런 놈들이 안 많던기요? 왜, 내 말이 어데 틀맀입니꺼?」

갈밭새 영감은 말이 차츰 엇나가기 시작했다.

자기로선 취중 진담일지 모르나 듣기만 해도 섬뜩한 소리를 함부로
뇌까렸다.

그런 얘길랑 그만두고 술이나 들라 해도 갈밭새 영감은 물론 이번엔
윤 춘삼씨까지 되레 가세를 하고 나섰다.

「촌사람이라꼬 바본 줄 알지 마소. 여간 답답해서 그런 소릴 하겠소.」

전깃불이 들어왔다. 불빛에 비친 갈밭새 영감의 얼굴은 한층 더 인상
적이었다. 우악스럽게 앞으로 굽어진 두 어깨 가운데 짤막한 목줄기로
박혀 있는 듯한 텁석부리 얼굴! 얼굴 전체는 키를 닮아 길쭉했으나,
무엇에 짓눌려 억지로 우그러뜨려진 듯이 납작해진 이마에는, 껍데기가
안으로 밀려 들기나 한 듯한 깊은 주름이 두어 줄 뚜렷하게 그어져 있
었다. 게다가 구레나룻에 둘러싸인 얼굴 전면이 검붉은 구리빛이 아닌
가! 통틀어 원시인이라도 연상케 하는 조금 무서운 면상이었다.

「와 빤히 보능기요? 내 안주(아직) 술 안 취했음데이. 염려 마이소.」

갈밭새 영감은 기름이 절은 수건을 꺼내더니 이마를 한번 훔치고서,

「인자 딴 말은 안 하지요. 언제 또 만날지 모르이칸에 이왕 만낸 짐에
저 송아지 뺄갱이나 이 갈밭새가 사는 조마이섬 이바구나 좀 하지요.」

그리곤 정신을 가다듬기나 하듯이 앞에 놓인 술잔을 훌쩍 비웠다.

건우 할아버지와 윤 춘삼씨가 들려준 조마이섬 이야기는 어젠가 건우
가 써 냈던 〈섬 얘기〉에 몇 가지 기막히는 일화가 붙은 것이었다.

「우리 조마이섬 사람들은 지 땅이 없는 사람들이요. 와 처음부터 없
기싸 없었겠소마는 죄다 뺏기고 말았지요. 엣적부터 이 고장 사람들이
젖줄 같이 믿어 오는 낙동강물이 맨들어 준 우리 조마이섬은――」

건우 할아버지는 처음부터 개탄조로 나왔다. 선조로부터 물려받은 땅,
자기들 것이라고 믿어 오던 땅이 자기들이 겨우 철 들락말락할 무렵에
별안간 왜놈의 동척 명의로 둔갑을 했더란 것이었다.

「이 완용이란 놈이 〈을사 보호조약〉이란 걸 맨들어 낸 뒤라 카더만!」

윤 춘삼씨의 퉁방울 같은 눈에도 증오의 빛이 이글거리기 시작했다.

1905년――을사년 겨울, 일본 군대의 포위 속에서 맺어진 〈을사 보호
조약〉이란 매국조약을 계기로, 소위 〈조선 토지사업〉이란 것이 전국적으
로 실시되던 일, 그리고 이태후인 정미년에 가서는 〈한국정부는 시정개
선에 관하여 통감의 지도를 수할 사〉란 치욕적인 조목으로 시작된 〈한
일 신 협약〉에 따라, 더욱 그 사업을 강행하고 역둔토(驛屯土)의 대부분

과 삼림원야(森林原野)들을 모조리 국유로 편입시키는 등 교묘한 구실
과 방법으로써 농민들로부터 빼앗은 뒤, 다시 불하하는 형식으로 동척
과 일인 수중에 옮겨 놓던 그 해괴망측한 처사들이 문득 내 머리속에도
떠올랐다.

「죽일 놈들.」

건우 할아버지는 그렇게 해서 다시 국회의원, 다음은 하천부지의 매
립허가를 얻은 유력자……이런 식으로 소유자가 둔갑되어 간 사연들을
죽 들먹거리더니,

「이꼴이 되고 보니 선조 때부터 둑을 맨들고 물과 싸워가며 살아온
우리들은 대관절 우찌 되는기요?」

그의 꺽꺽한 목소리에는, 건우가 지각을 하고 꾸중을 듣던 날「나릿
배 통학생임더」하던 때의, 그 무엇인가를 저주하듯한 감정이 꿈틀거리고
있는 것 같았다. 얼마나 그들의 땅에 대한 원한이 컸던가를 가히 짐작
할 수가 있었다.

「섬사람들도 한 번 뻗대 보시지요?」

이렇게 쓸쩍 건드려 봤더니, 이번엔 윤 춘삼씨가 얼른 그 말을 받았
다.

「선생님은 그런 걸 잘 알면서 그러네요. 우리 겉은 기 멀 알며, 무슨
힘이 있입니꺼. 하도 하는 짓들이 심해서 한분 해보기는 해 봤지요. 그
문딩이떼를 싣고 왔일 때 말입더……」

윤 춘삼씨는 그 때의 화가 아직도 사라지지 않는 듯이 남은 술을 꿀
꺽 들이켰다.

「죽일 놈들!」

마치 그들의 입버릇인 듯 되어 있는 이 말을 안주처럼 되섶으며 윤춘
삼씨는 무둥이들과 싸우 얘기를 꺼냈다.

──큰 도둑질은 언제나 정치하는 놈들이 도맡아 놓고 한다는 게 서
두였다. 그러면서도 겉으로는 동포애니 우리들의 현실정이 어떠니를 앞
세우겠다! 그 때만 해도 불쌍한 문둥이들에게 살 곳과 일거리를 마련
해 준다면서 관청에서 뜻밖에 웬 문둥이들을 몇 배 해 싣고 그 조마이
섬을 찾아왔더란 거다. 그야말로 섬 사람들에게는 아닌 밤중에 홍두깨
내미는 격으로── 옳아, 이건 어느 놈의 엉큼순지는 몰라도 필연 이섬
을 송두리째 집어 삼킬 꿍심으로 우릴 몰아내기 위해서 한 때 문둥이를
이용하는 거라고……누군가의 입에서부터 이런 말이 퍼지기 시작하고,

그래서 그 섬사람들뿐 아니라 이웃 섬사람들까지 한둥치가 되어 그 문 둥이떼를 당장 내쫓기로 했더란 거다.

상대방은 자다가 호박을 주운 격인 병신들인데 오자마자 그 꼴을 당 하고 보니 어리둥절은 하였지만, 그렇다고 호락호락 떠나 갈 배짱들은 아니었다. 결국 나가라니 못 나가겠느니 싸움이 벌어졌다.

「그때 바로 이 갈밭새 부자가 앞장을 안 섰능기요. 어데, 그때 문둥 이한데 물린 자리 한분 봅시더――.」

윤 춘삼씨는 하던 말을 별안간 멈추고, 건우 할아버지 쪽을 처다보았 다. 그리고는 골동품 같은 마도로스 파이프를 뻑뻑 빨고만 있는 건우 할아버지의 왼쪽팔을 억지로 걷어 올렸다. 나이에 관계 없이 아직도 우 악스러워 보이는 어깻죽지 바로 밑에 커다란 흉터가 하나 남아 있었다.

「한 놈이 영감 여길 어설피 물고 늘어지다가 그만 터졌거든!」

윤 춘삼씨는 자랑삼아 이야기를 이었다.

――그렇게 악을 쓰는 문둥이들에 대해서, 몽둥이, 괭이, 쇠스랑 할 것 없이 마구 들이대고 싸웠노라고. 그래서 이쪽에서도 물론 부상자가 났지만, 괜히 문둥이들이 많이 상하고, 덕택에 자기와 건우 할아버지를 비롯해서 많은 섬사람들이 그야말로 문둥이떼처럼 줄줄이 경찰에 붙들 려가고……그러나 뒷일이 더 켱겼던지 관청에서는 그 〈기막힌 동포애〉 를 포기하고 그 문둥이들을 도로 싣고 갔다는 얘기였다.

「그 바람에 저 사람은 육이오 때 감옥살이 또 안했능기요. 머 예비 검거라 카드나……」 건우 할아버지가 이렇게 한마디 끼우니.

「그거는 송아지 때문이라 캐도……」

「누명을 써도 문딩이 빨갱이는 되기 싫은 모양이제? 송아지 빨갱이 는 좋고.」

건우 할아버지의 이런 농에는 탓하지 않고서,

「그런 짓들 하다가 결국 그것들이 안 망했나」

윤 춘삼씨는 지금도 고소한 듯이 웃었다.

「다른 패들이 나와도 머 벨 수 있다나?」

건우 할아버지는 내처 같은 표정을 하였다.

「그놈이 그놈이란 말이지? 입으로만 머니머니 해댔지, 밭 맨드라 카 니 제우(겨우) 맨들어 논 강둑이나 파헤치고, 나리(나루) 막는다 카면 서 또 섭이나 둘러마실라카이……」

윤 춘삼씨도 그리 밝은 표정은 아니었다.

「×선생님!」

건우 할아버지가 별안간 그 그로테스크한 얼굴을 내게로 돌렸다.

「우리 거무란 놈 말을 들으니 선생님은 글을 잘 선다카데요?우리 섶에 대한 글 한 분 써 보이소. 멋지기! 재밌실 낍데이. 지발 그 썩어빠진 글을랑 말고……」

「썩어빠진 글이라노?」

가끔 잡문 나부랑이를 써 오던 나는 지레 찌릿해졌다.

「와 그 신문같은 데도 그런 기 수타(많이) 난다 카데요. 남은 보릿고개를 못 넹기서 솔가지에 모가지들을 매다는 판인데, 낙동강 물이 파아랗니 푸르니 어쩌니……하는 것들 말임더」

갈밭새 영감이 이렇게 열을 내기 시작하자, 곁에 있던 윤 춘삼씨가,

「허허이 우리 선생님이 오늘 잘못 걸렸네요. 이 영감이 보통이 아임데이. 그래도 선배의 씨라꼬……」

핀잔 비슷이 말했지만, 건우 할아버지는 벌인 춤이 되어버렸다.

「하기싸 시인들이니칸에 훌륭하겠지요. 머리도 좋고……선생도 시인 아입니꺼. 그런데 와 우리 농삿군이나 뱃놈들의 이바구는 통 안 씨는기요? 추접다꼬? 글 베린다꼬 그라능기요?」

입이 말을 한다기보다 차라리 수염이 떨어댄다고 느껴질 정도로, 건우 할아버지는 열을 냈다.

「그만 하소. 영감이 머 글이나 이르능기요. 밤낮 한다는 기 〈곡구롱 우는 소리〉지. 어데 그기나 한 분 해 보소.」

윤 춘삼씨가 또 참견을 했다.

「곡구롱 우는 소리라노?」

나도 윤씨의 그 말에 귀가 쏠렸다. 어떤 고시조가 문득 생각났기 때문이다.

「어데, 해 보소, 모처럼 선생님을 모신 자리니.」

하는 윤 춘삼씨의 말에, 그는 괜한 소리를 했구나 하는 표정을 지으며, 그 꺽꺽한 목청에 느린 가락을 넣기 시작했다——.

곡구롱 우는 소리에 낮잠 깨어 니러보니
작은 아들 글 이르고 며늘아기 베 짜는데 어린 손자는 꽃 놀이한다.
마초아 지어미 술 거르며 맛보라 하더라.

건우 할아버지는 갑자기 침착해진 채 눈을 노 지그시 감고 불렀다. 땀에 번지르르한 관자놀이 짬에 가득이나 굵은 맥이 한 줄 불쑥 드러나 보이기까지 하였다. 가락은 육자배기에 가까왔으나, 내용은 역시 내가 생각했던 오(吳) 아무개의 고시조였다.

「이 노래 하나만은 정말 멸어지게 잘 한다 카이 ! 」

윤 춘삼씨는 나 못지않게 감탄을 하면서 그가 그 노래를 즐겨 부르는 사연을 대강 이렇게 말했다. ――그러니까, 그의 증조부 되는 분이 옛날 서울에서 무슨 벼슬깨나 하다가 그놈의 당파 싸움에 휘말려서 억울하게 그곳 조마이섬으로 귀양인지 피신인지를 해 와 살았는데, 그 분이 살아 계실 때 즐겨 읊던 시조란 것이었다.

사연을 듣고 보니, 새삼 생각되는 바가 있었다. 그 노래를 부를 때의 갈밭새 영감의 표정에, 은근히 누군가를 사모하는 듯한 빛이 엿보였을 뿐 아니라, 그 꺽꺽한 목청에도 무엇인가를 원망하는 듯, 혹은 하소하는 듯한 가락이 확실히 떨리고 있었기 때문이다. 착각이 아니리라 ! 동시에 나는 아까 본 건우군의 집 사립 밖에 해묵은 수양버들 몇 그루가 서 있던 광경이 새삼 기억에 떠오르고, 건우 어머니의 수인사 태도나 집안을 다스리는 범절이 어딘지 모르게 체통이 있는 선비 가문의 후예 같이 짚어졌다.

「아드님은 육이오 때 잃으셨다지요 ? 」

내가 술을 한 잔 더 권하며 위로삼아 물으니까,

「야……큰놈은 그래서 빼도 못 찾기 되고 작은놈은 머 사모아 섬이라 카던기요, 그 곳 바다 속에 너어(넣어)버렸지요. 」

「사모아 섬 ? 」

나는 그의 기구한 운명을 생각했다.

「야, 삼치잡이 배를 탔거던요…… 」

이러고 한숨을 쉬는 건우 할아버지의 뒤를 곁에 있던 윤 춘삼이가 또 받아 이었다.

「와 언젠가 신문에도 짜다라(많에) 안 났던기요. 〈허리켄〉인가 먼가 하는 폭풍을 만내 시운찮은 우리 삼칫배들이 마구 결단이 난 일 말입더. 」

나도 건우 할아버지도 더 말이 없는데, 윤 춘삼씨가 혼자 화를 내듯,

「낙동강 잉어가 띠이 정지(부엌) 바닥에 있던 부지깽이도 띤다 카듯이 배도 남 씨다가 베린 걸 사가주고 제북(제법) 원양어업인가 먼가 숭

(흥)내를 낼라 카다가 배만 카이는 사람들까지 떼죽음을 안 시킸능거요. 거에다가(게다가) 머 시체도 몬 찾았거이와 회사가 워낙 시원찮아 노오 니 위자료란 기나 어디 지떼로 나왔능기요. 택도앙이지 택도 앙이라!

「없는 놈이 할 수 있나. 그저 이래 죽고 저래 죽는 기지머!」

갈밭새 영감은 이렇게 내뱉듯에 해 던지고선, 아까부터 손 안에서 만지작거리고 있던 두 알의 가래 열매를 별안간 세차게 달가닥대기 시작했다. 마치 그렇게라도 함으로써 세상의 모든 근심 걱정을 잊어 버리기나 하려는 듯이. 어찌 들으면 남의 신경을 곤두서게 하는 그 딱딱한 소리가, 실은 어떤 깊은 분노의 분출을 억제하는 그의 마음의 울부짖음 같기도 했다.

그러나 나는 이내, 따그르르 따그르르 하는 그 소리가, 바로 나룻가 갈밭에서 요란스럽게 들려 오는 진짜 갈밭새들의 약간 처량스런 울음소리와 흡사하다 느꼈다. 한편 또 조마이섬의 갈밭 속에서 나고 늙어 간다는 데서 지어졌으리라 믿어 왔던 갈밭새란 별명에, 어쩜 그가 즐겨 굴리는 그 가래 소리가 갈밭새의 울음소리와 비슷한데 연유되지나 않았을까 하는 생각이 들기도 했다.

세 사람은 한참 동안 말이 없었다. 갓나온 듯한 흰 부나비 두 마리가 갈팡질팡 희미한 전등에 부딪칠 뿐이었다. 파닥거리는 소리도 없이.

그러고 두어 달이 지났다.

낙동강 물이 몇 차례 불었다 줄었다 하는 동안에 그 해 여름도 어느덧 막바지에 접어 들었다. 갈대도 이젠 길길이 자라서, 가뜩이나 섬 사람들의 눈에도 잘 띄지 않는 갈밭새들이, 더욱 깃들기 좋을 만큼 우거진 무렵이었다. 아침 저녁 그 속에서 갈밭새들이 한결 신나게 따그르르 따그르르 지저귀어대면 멀잖아 갈목도 빠져 나온다 한다. 물론 학교도 방학이 끝날 무렵이다.

건우는 그동안 그 지긋지긋한 지각 걱정을 안 해도 좋았다. 한나절이면 그야말로 물거미처럼 물 위를 둥둥 떠다녀도 무방했다.

아닌게 아니라 한여름 동안 얼마나 물과 볕에 그을었는지, 마지막 소집날에 나타난 건우의 얼굴은, 사시장춘 바다에서 산다는 즈 할아버지 못잖게 검둥이가 되어 있었다.

「어지간히 그을었구나. 할아버지와 어머니도 잘 계시니?」

늦게까지 어름거리는 그를 보고 일부러 물어 봤더니,

「예, 수박 자시러 오시라 캅디더.」

어머니의 전갈일 테지, 딴소리까지 했다. 까막딱지가 묻힐 정도로 새까매진 얼굴이라 이빨이 유난히 희게 빛났다.

「집에서 수박을 심었던가?」

「예, 언제쯤 오실랍니꺼?」

숫제 다그쳐 묻는 것이었다.

「글쎄 언제 한 번 가지.」

「꼭 모시고 오라 카던데요?」

「그래, 오늘은 안 되고, 여가 봐서 한 번 갈 테니까.」

나는 그의 좁다란 어깨를 툭 쳐 주며 돌려 보냈다. 처서가 낼 모레니까 수박도 한물 갈 때리라. 이왕이면 처서께쯤 한 번 가 볼까 싶었다.

그런데 공교히도 그 처서날에 비가 내리기 시작했다. 처서에 비가 오면 독 안의 곡식도 준다는 하필 그날에 추적추적 비가 내리기 시작했으니, 내가 건네 집으로 가고 안 가고가 문제가 아니라, 그러한 경험과 속담 속에 살아온 농촌 사람들의 찌푸려질 얼굴들이 먼저 눈에 떠올랐다.

게다가 이건 이른바 칠팔월 긴 장마가 아니라, 하루 이틀, 그러다가 사흘째부터는 바로 억수로 변해 가더니 마침내 광풍까지 겹쳐서 온통 폭풍우로 바뀌고 말았다. 육십년이래 처음이니 뭐니 하고 떠드는 라디오나 신문들의 신나는 듯한 표현들은 나중에 있은 얘기고, 아무든 그날 새벽에는 하늘이 내려 앉고 땅이 뒤흔들리기나 하듯이 우뢰 번개가 잦고 비바람이 사나왔다.

이렇게 되면 속담 말로 〈칠월 더부살이 주인 마누라 속곳 걱정〉 정도의 장마 경황이 아니다. 더부살이도 우선 제 살 구멍 찾기가 급하다. 반면 제 한몸이나 제 집구석에 별탈만 없으면 남의 불행쯤은 오히려 구경 삼아 보아넘기는 게 도회지 사람들의 버릇이다.

한창 천지가 진동하던 몇 시간 동안은 옴쭉달싹도 않던 사람들이, 비가 좀 뜨음하니까 사립 밖으로 꾸역꾸역 기어 나오기가 바빴다. 늙은이나 어린애들은 하불실 가까운 개울가쯤 나가면 족하지만, 어른들은 그 정도로서는 한에 차질 않는다.

「낙동강이 넘는다지?」

「구포 다리가 우투룹단다!」

가납사니 같은 도시 사람들은 제멋대로 그럴싸한 소문을 퍼뜨리며, 소위 물구경에 미쳐서 낙동강이 내려다 보이는 언덕으로, 산으로 올라들

갔다.

내가 집을 나선 것은 반드시 그런 호기심에서만은 아니었다. 다행히 하단 방면으로 가는 버스가 통한다기 얼른 그것을 집어탔다. 군데군데 시뻘건 뻘물이 개울을 이루고 있는 길을, 차는 철버덕 철버덕 기어가듯 했다. 대티 고개서부터 내 눈은 벌써 김해 들을 더듬었다.

(저런……!)

건우네 집이 있는 조마이섬 일대는 어느덧 벌건 홍수에 잠겨가고 있지 않은가! 수박이 문제가 아니다. 다시 흩날리기 시작하는 차창 밖의 빗속을 뚫고서, 내 시선은 잘 보이지도 않는 조마이섬 쪽으로 얼어붙었다. 동시에 「나릿배 통학생임더!」하던 건우군의 가냘픈 목소리가 갑자기 귀에 쟁쟁 되살아나는 것 같았다.

고개 너머서부터 차는 더욱 끼우뚱거렸다. 논두렁을 밀고 넘어 오는 물살이 숫제 쏴하는 소리까지 내면서 길을 사뭇 덮었다. 때로는 길과 논밭이 얼른 분간이 안 되어, 가로수를 어림해서 달리기도 했다. 그럴 때마다 차 안의 손님들은 한층더 떠들어댔다. 대부분이 무슨 사연들이 있어서 가는 사람들이었겠지만, 그러한사연들보다 우선 눈앞의 사정에 더욱 정신을 파는 것 같았다.

하단 나루께는 이미 발목물이 넘었다. 〈사라호〉에 메인 경험이 있는 그곳 주민들은, 잽싸게 이불이랑 세간부스러기를 산으로 말끔 옮겨 놓았고, 부랴부랴 끌어 올린 목선들이 여기저기 나둥그러져 있는 길 위에는, 볼멘 소리를 내지르는 아낙네와 넋잃은 듯한 사내들이 경황 없이 서성거릴 뿐이었다. 물론 나룻배가 있을 리 없었다. 예측 안한 바는 아니지만, 행여나 싶었던 마음에도 실망은 컸다.

배 없는 나루터를 비롯해서 가까운 강가에는, 경비를 나온 듯한 소방대원 같은 복장의 사람들과 순경 한 사람이 버티고 있었다. 아무리 가까이 오지 말라, 혹은 가지 말라 외대도 사람들은 들은 체 만 체 했다. 물이 점점 더 붇고 있는 모양이었다.

나는 닭 쫓던 개 지붕 쳐다보듯이 밀려 오는 강물만 맥없이 바라보았다. 어느 산이라도 뒤엎었는지 황토로 물든 물굽이가 강이 차게 밀려 내렸다. 웬만한 모래톱이고 갈밭이고 남겨 두지 않았다. 닥치는 대로 뭉개고 삼킬 따름이었다. 그러고도 모자라는 듯 우르르 하는 강울림 소리는 더욱 무엇을 노리는 것같이 으르렁댔다.

둑이 넘을 정도로 그악스럽게 밀려 내리는 것은 벌건 물굽이만이 아니었다. 얼마나 많은 들녘들을 휩쓸었는지, 보릿대랑 두엄더미들이 무더기 무더기로 흘러내리는가 하면, 수박이랑, 외, 호박 따위까지 끼리끼리 줄을 지어 떠내려 왔다. 이상스런 것은 그러한 것들이 마치 서로 약속이라도 한 듯이 모두 강 한가운데로만 줄을 지어 지나가는 것이었다.

「쳇, 용케도 피해 간다!」

저만큼 멀어진 데서 장대 끝에 접낫을 해 단 억척보두들이 둥글둥글한 수박의 행렬을 향해 군침들을 삼켰다.

「그까진 수박은 껀지서 머할라꼬? 하불실 돼지새끼라도 아담아 내야지?」

이런 농짓거리도 들렸다. 역시 접낫을 해 든 주제에. 이들은 그저 물구경을 나온 것이 아니라, 그런 가운데서도 엄연히 생활을 계산하고 있는 것이었다.

나는 그들의 대담한 태도와 농담에 잠깐 정신을 팔다가, 다시 조마이섬이 있는 쪽으로 눈을 돌렸다. 부슬비가 계속 광풍에 흩날리고 있었다. 얼핏 홍적기(洪積期)를 연상케 하는 몽롱한 안개비 속이라, 어디가 어딘지 분별할 도리가 없었다.

(건우네 집은 벌써 홍수에 잠기지나 않았을까?)

불안한, 그리고 불길한 예감이 자꾸 들기 시작했다.

「물이 이 정도로 불어나면 건너편 조마이섬께는 어찌 되지오?」

생면부지한 접낫패들에게 불쑥 묻기까지 하였다.

「조마이섬?」

돼지새끼를 안아 내겠다던 키다리가 나를 훌끗 쳐다보더니,

「맹지면에서는 땅이 조금 높은 편이라카지만, 물이 이래 불으면 마찬가지지요. 만약 어제 그런 소동이 안 일어났이문 밤새 무슨 탈이 났을지도 모를 끼요」

「어제 무슨 일이라도 있었던가요?」

나는 신경이 별안간 딴 곳으로 쏠렸다.

「있다 뿐이라요? 문딩이 쫓아낼 때보다는 덜했겠지만 매립(埋立)인강 먼강 한답시고 밀가리만 잔뜩 띠이 처먹고 그저 눈가림으로 해 놓은 둘(둑)을 섬 사람들이 우 대들어서 막 파헤쳐 버리고, 본대대로 물길을 티났다 카드만요. 글 안 했으문……」

키다리는 혼자서 신을 내가며 떠들었다.

「쓸데없는 소리 말게. 괜히 혼날라꼬.」

곁에 있던 약삭빠른 얼굴의 사내가 이렇게 불쑥 쏘아 붙이듯 하더니, 마침 저만큼 떠내려 오는 널빤지를 향해 잽싸게 접낫을 던졌다. 그러나 걸리진 않았다. 그렇게 허탕을 친 게 마치 이쪽의 잘못이나 되는 듯,

「조마이섬에 누가 있소?」

내뱉듯한 소리가 짐짓 퉁명스러웠다.

「건우란 학생이 있어서……」

나는 일부러 학생의 이름까지 대보았다. 약삭빠른 눈초리가 다시 물굽이만 쏘아 보고 말이 없으니까, 또 키다리가,

「그 아이 아배가 누군교?」

하고 나를 새삼 쳐다보았다.

「아버진 없고, 즈 할아버지 별명이 갈밭새 영감이라더군요」

나는 건우 할아버지의 이름이 얼른 생각나지 않았다.

「아, 그렇기요? 좋은 노인임더.」

키다리는 접낫대를 세워 들더니,

「조마이섬의 인물 아잉기요. 어지(어제) 아침 이곳을 지내갔는데, 그 뒤 대강 알아 봤거든……가고 난 뒤 얼마 안돼서 그일이 났단 말이여」

말머리가 어느덧 자기들끼리로 돌아갔다. 나는 굳이 파고 묻지 않았다.

그때 마침 판자집 용마루 비슷한 길다란 나무가 잠겼다떴다 하며 떠내려 가자, 조금 떨어진 신신바위 짬에서 별안간 쬐깐 쪽배 하나가 쏜살같이 나타나더니, 기어코 그놈에게 달라 붙어서 한참 파도와 싸우며 흐르다가 마침내 저 아랫쪽 기슭에 용케 밀어다 붙였다. 박수를 치기보다는 모두 숨을 죽이고 바라보기만 했다. 용감하다기보다 차라리 처참한 광경이었다. 나는 거기서 누구에게도 보장을 받아 오지 못한 절박한 생활을 읽었다. 한 표의 값어치로서가 아니라, 다만 살기 위해서 스스로 죽을 모험을 무릅쓰는 그러한 행위는, 부질없이 그것을 경계하거나 방해하는 힘을 물리침으로써만 오히려 목숨 그 자체를 이어갈 수 있다는 산 증거 같기도 했다.

(갈밭새 영감이나 송아지 뻘갱이도 그냥 있지는 않았으리라!)

나는 조마이섬의 일이 불현듯 더 궁금해져서 이내 구포가는 버스를 잡아탔다. 다리만 건너면 조마이섬 가까이까지 갈 수 있으리라 믿었다.

구포 다릿목에서 차를 내렸으나 물은 이미 위험 수위를 훨씬 돌파해

서, 다리는 통금이 돼 있었다. 비상경계의 붉은 깃발이 찢어질 듯 폭풍 우에 펄럭이고, 다릿목을 건너지른 인줄 곁에는 한국인 순경과 미군이 버티고 있었다. 무거워 보이는 고무 비웃에 철로를 폭 눌러 쓰고 방망 이를 해 든 포음이 여간 엄중해 뵈지 않았다.

그런데도 무슨 핑계들을 꾸며대고 용케 건너가는 사람들이 있었다. 더러는 다리 위에서 유유히 물구경을 하는 사람들도. 나도 간신히 그들 틈에 끼었다. 우르르르 하는 강울림은 다리 위에서 듣기가 한결 우람스 러웠다.

통행 금지의 팻말이 서 있어도, 수해 시찰을 나온 듯한 새까만 관용 차만은 사뭇 물을 튀기며 지나갔다. 바람이 휘몰아칠 때는 거기에 날리 기나 하듯이 더욱 빨리 지나갔다. 요컨대 일종의 모험이기도 했으리라. 안에 타고 있는 얼굴들은 알 길이 없었지만 어련히 심각한 표정들을 했 으랴 싶었다.

내려다 봄으로 해서 한결 사나운 물굽이가 숫제 강을 주름잡듯 둘둘 말려 오다간, 거의 같은 지점에서 쏴아하고 부서졌다. 그럴 때마다 구 슬, 아니 통방울 같은 물거품이 강위를 휘덮고 때로는 바람결을 따라서 다리 위까지 사뭇 뭉겼다. 그러한 강 한가운데를 잇달아 줄을 지어 떠 내려오는 수박이랑 두엄더미들이, 하단서 볼 때보다 훨씬 많았다. 말하 자면 일종의 장관에 가까왔다.

「아까 그 송아지는 정말 아깝던데……」

이런 동딴지 같은 소리도 푸득 귓가를 스쳐 갔다.

조마이섬이 있는 먼 명지면 짬은 완전히 물바다로 보였다. 구름을 이 고 한가하던 원두막들은 다시 찾아볼 길이 없고, 길찬 포플라나무들도 겨우 대공이만은 남은 듯, 바람에 누웠다 일어났다 했다.

지루하게 긴 다리를 지루하게 건너, 물구경 나온 인파를 헤치고 강둑 길을 얼마 못 갔을 때였다. 뜻밖에 거기서 윤 춘삼씨와 마주쳤다. 헐레 벌떡 빗속을 뛰어 오던 송아지 빨갱이——, 아니 윤 춘삼씨는, 머리끝 에서 발끝까지 온통 물에서 막 건져 올린 사람처럼 젖어 있었다. 하긴 내 꼴도 그랬을 테지만.

「우짠 일인기요?」

하고 덥석 내손을 검잡는 윤 춘삼씨는, 그저 반갑다기보다 숫제 고마 와하는 기색까지 보였다.

「조마이섬은 어찌 됐소?」

수인사란 게 이랬더니

「말 마이소. 자, 저리 가서 이야기나 합시더. ……」

그는 나를 도로 다릿목 쪽으로 끌었다.

「아니, 섬 쪽으로 가 보려 했는데요?」

「가야 아무것도 없소. 모두 피난소로 옮기고, 남은 건 물바다뿐임더. 우짤라꼬 이놈의 하늘까지 ! ……」

별안간 또 한 줄기 쏟아지는 비도 피할 겸 윤 춘삼씨는 나를 다릿목 어떤 가겟집으로 안내했다. 언젠가 하단서 같이 들렀던 집과 거의 비슷한 차림의 주막집이었다.

둘 사이에는 한참 동안 말이 없었다. 너무나 다급하고 또 수다한 말들이 두 사람의 입을 한꺼번에 봉해 버렸다 할까!

「건우네 가족도 무사히 피난했겠지요?」

먼저 내 입에서 아까부터 미뤄 오던 말이 나왔다.

「야……」

해 놓고도 어쩐지 말끝이 석연치 않았다.

「집들은 물론 결단이 났겠지만, 사람은 더러 상하진 않았던가요?」

나는 이런 질문을 해 놓고, 이내 후회했다. 으레 하는 빈겨정 같아서.

「집이고 농사고 머 있능기요. 다행히 목숨들만은 건졌지만, 그 바람에 갈밭새 영감이 또 안 끌려갔능기요」

윤 춘삼씨는 가슴이 내려앉는 듯한 무거운 한숨을 내쉬었다.

「건우 할아버지가?」

나는 하단서 그 접낫패에게 얼핏 들은 얘기를 상기했다.

「그래서 내가 지금 경찰서꺼정 갔다 오는 길인데, 마침 잘 만냈임더. 글 안해도……」

기진매진한 탓인지, 그는 내가 권하는 술잔도 들지 않고 하던 이야기만 계속했다.

바로 어제 있은 일이었다. 하단서 들은 대로 소위 배짱들이 만들어 둔 엉터리 둑을 허물어 버린 얘기였다.

——비는 연 사흘 억수로 쏟아지지, 실하지도 않은 둑을 그대로 두었다가 물이 더 불었을 때 갑자기 터진다면 영락없이 온 섬이 떼죽음을 했을 텐데, 마침 배에서 돌아온 갈밭새 영감이 설두를 해서 미리 무너뜨렸기 때문에 다행히 인명에는 피해가 없었다는 것이다.

「그런데 와 건우 할아버진 끌고 갔느냐고요?」

윤 춘삼씨는 그제야 소주를 한 잔 훅 들이키고 다음을 계속했다——
섬사람들이 한창 둑을 파헤치고 있을 무렵이었다 한다. 좀더 똑똑히 말
한다면, 조마이섬 서쪽 강둑길에 검정 지이프차가 한 대 와 닿은 뒤라
한다. 웬 깡패같이 생긴 청년 두 명이 불쑥 현장에 나타나더니, 둑을
허물어드리는 광경을 보자, 이내 노발대발 방해를 하기 시작하더라고.
엉터리 둑을 막아 놓고 섬을 통째로 집어 삼키려던 소위 유력자의 앞잡
인지 뭔지는 모르되, 아무리 타일러도, 「여보, 당신들도 보다시피 물이
안팎으로 이렇게 불어나는데 섬 사람들은 어떻게 하란 말이오?」해 봐
도, 들어주긴커녕 그 중 힘깨나 있어 보이는, 눈이 약간 치째진 친구가
되레 갈밭새 영감의 팽이를 와락 뺐더니 물속으로 핑 집어 던졌다는 거
다.
　그리곤 누굴 믿고 하는 수작일 테지만 후욕패설을 함부로 뇌까리자,
순간 화가 머리끝까지 치밀었을 갈밭새 영감도,
　「이 개같은 놈아, 사람의 목숨이 중하냐, 네놈들의 욕심이 중하냐?」
　말도 채 끝내기 전에 덜렁 그자를 들어 물 속에 태질을 해 버렸다는
것이다. 상대방은 「아이고」소리도 못해보고 탁류에 휘말려 가고, 지레
달아난 녀석의 고자질에 의해선지 이내 경찰이 둘이나 달려 왔더라고.
　「내가 그랬소!」
　갈밭새 영감은 서슴지 않고 두 손을 내밀었다는 거다. 다행히도 벌써
그때는 둑이 완전히 뭉개지고, 섬을 치덮던 탁류도 빙 에워 돌며 뭉그
적뭉그적 빠져나가고 있었다는 것이다.
　「정말 우리 조마이섬을 지키다시피 해온 영감인데…… 살인죄라니 우
짜문 좋겠능기요?」
　게까지 말하고 나를 쳐다보는 윤 춘삼씨의 벌건 눈에서는 어느덧 닭
똥 같은 눈물이 뚝뚝 떨어지기 시작했다.
　법과 유력자의 배짱과 선량한 다수의 목숨……. 나는 이방인(異邦人)
처럼 윤 춘삼씨의 캉캉한 얼굴을 건너다보았다.

　폭풍우는 끝났다. 60년래 처음이니 뭐니 하고 수다를 떨던 라디오와
신문들도 이젠 거기에 대해선 감쪽같이 말이 없었다. 그저 몇몇 일간신
문의 수해 구제 의연란에 다소의 금액과 옷가지들이 늘어 갈 뿐이었다.
　섬 사람들의 애절한 하소연에도 불구하고 육십이 넘는 갈밭새 영감은
결국 기약 없는 감옥살이로 넘어 갔다.

그리고 9월 새 학기가 되어도 건우군은 학교에 나타나지 않았다. 끝 내 돌아 오지 않았다. 그의 일기장에는 어떠한 글이 적힐는지.

황폐한 모래톱——조마이섬을 군대가 정지를 하고 있다는 소문이 들 렸다.

〈1966 · 文 學〉

第 三 病 棟

국립 ×대학 부속병원 제3병동——

　제3 병동이라 하면, 새로 선 현대식 고층건물인 1, 2병동의 북쪽 뒷구석에 남아 있는 낡은 구식 건물로서, 의사들뿐만 아니라 간호원들까지도 들어 가기를 꺼리는 곳이다. 현재 헐려 가고는 있지만 남쪽에 있는 역시 낡은 보일러실과 소독실을 겸한 2층 건물에 가리어, 햇빛조차 제대로 들어오지 않는 아래층은 더욱 그러했다.

　아마 2층 세면소가 있는 쌈이리라. 천장에서 무시로 물이 뚝뚝 새어 떨어지게 마련인, 어둠침침한 골마루부터가 그렇다. 게다가 밟으면 삐걱삐걱 소리가 나는, 시커먼 마룻바닥! 대체로, 축축한 그 청 밑에 미이라같이 말라 붙은 시체라도 누워 있어서, 날씨가 덜 좋은 밤중이면 도깨비라도 불쑥 튀어 나와서 저켠에서 어슬렁어슬렁 걸어 올 듯한—— 그런, 묵고 퀴퀴한 집이다.

　또 하나 질색인 것은 귀곡성 같은 인간의 울음소리가 들리게 마련인 시체 안치소가 가깝다는 거다. 그런데다 전등마저 밝은 걸 달아 주지 않았다.

　이러한 조건들만으로도, 의사나 간호원들이 들어 가기를 꺼리는 것은 지극히 당연하다. 그러나 그보다 더 큰 이유는 이 제3병동이란 데가 바로 전염병 환자들만을 수용하는 곳이란 데 있다. 그래서 거기를 드나드는 의사나 간호원들은 언제나 커다란 마스크로 코와 입짬을 덮싸고 있다. 수간호원은 간호원실에 앉아 있을 때도 좀처럼 마스크를 떼지 않았다.

그 제3 병동의 5호실에 새로운 환자가 한 사람 들어오고부터 인턴 코오스를 갓 마친 젊은 의사 김 종우씨는 갑자기 사람이 변하기라도 한 듯이 내처 침통한 표정을 짓게 마련이었다.

(늘밭골이라……오롱댁──본명은 심 작은둘……?)

우선 환자의 주소나 택호나 본명이 모두 그의 경험이나 상식에는 생소한 것들이었다.

(묵은 폐결핵에, 장질부사……장천공──? 체온이 41도3부에다가 혈압이 58─88……)

김의사는 새로 들어온 5호실 환자의 진료 일지에서 눈을 메지 않은 채 연방 심각한 표정을 하였다. ── 때를 놓쳤기 때문에 복막염을 일으킬 가능성이 충분하고 결핵도 중증이거니와, 그보다 환자의 연령이 노령인 데다가 혈압 기타의 건강 상태가 도저히 필요한 수술을 견디어 낼 형편이 못되었다. 요컨대 농촌에서 이리저리 그슬리다가 마지막에 가서 〈죽어도 한이나 없게!〉 식으로 찾아 오는 환자들에게 으례 있게 마련인 엉망진창의 상태다.

(그러나 우선 수혈이라도 해서……?)

이렇게 뼈무리고 있을 때 마침 전화가 걸려왔다.

「김선생님, 3병동입니다. 심노인의 따님이 또 이상하대요!」

「머 따님이──?」

김의사는 청진기를 찾아 들기가 바쁘게 의국을 뛰쳐 나갔다.

처음 어머니를 부축해 왔을 때 환자의 이름을 묻자 「오롱댁이라 쿱니더」하던 그 숫되디 숫된 얼굴이 와락 닥쳐 왔다. 그는 간호원실에는 들를 필요도 없이 바른총으로 5호실의 문을 밀었다.

환자가 꽉꽉 차 있는 여섯 개의 침대의 왼편 줄 맨 끝찌, 그러니까, 들어 가면 문턱 왼쪽 침대가 오롱댁 심 작은둘 노파의 병상이다.

환자들은 의사만 들어 가면 더욱 바르작거린다.

김의사는 그런 데는 눈을 줄 필요 없이 오롱댁 심 작은둘 노파의 병상 곁 청바닥에 마치 무슨 짐덩어리처럼 낡은 군용 담요를 두르고 앉아 있는 그녀의 딸만을 보았다. 담요를 들추자 우선 입술이 새파란 **것이 심**상치 않다. 조금 볼가진 듯한 이마가 불덩이 같다. 거기서는 어찌할 도리가 없다.

(처음부터 빈혈기가 있어 보이더니……)

김의사는 어떤 불길한 예감을 느끼면서 담요를 되덮어 주고 잠깐 그의 어머니를 돌아보았다. 어머니는 인제 가르랑거릴 힘도 거의 다하기나 한 듯 눈을 꽉 감고 있었다. 눈두덩이가 무섭게 꺼져 있었다.

순간, 김의사의 머리엔 어릴 때 읽은 어떤 외국 소설의 한 장면이 얼핏 떠올랐다. 아마〈수선화〉란 제목이리라. —— 넓고 아득한 눈들을 지나가던 모녀가 밀어닥치는 눈보라에 시달리다 시달리다가 누구의 구원도 받지 못하고서 꽉 껴안은 채 드디어 그 눈속에 묻혀서 싸늘하게 식어가는 어느 북국의 이야기였다. 그때는 소년의 생각으로서, 그저 자연의 폭력 앞에 무참히 쓰러져 간 인간의 운명을 슬퍼했지만 과학자를 자처하는 지금의 김 종우씨로서는 단순히 그렇게만 생각할 수가 없었다. 그러한 결과를 가져 오게 된 근본 원인이 문제였다.

그러나 지금은 그런 것에 정신을 쓸 겨를이 없다. 부랴부랴 돌아 오면서 간호원실의 문을 열고,

「5호실 처녀, 빨리 냇과로 데리고 와요. 진찰을 해 봐야겠으니……」

김의사는 그 길로 본관 4층에 자리잡고 있는 냇과 과장실로 올라갔다 김의사의 보고를 받고 난 과장은,

「Maybe Typhoid fever. (아마 역시 장질부사일 테지)……. 환자와 같은 침대에서 잔다고 들었는데, 왜 그걸 진작부터 말리지 않았지요? 난 지금 곧 찾아 올 손님도 있고, 또 조금 바쁘니까 적당히 보아 알아서 하시오!」

항상 하는 입버릇처럼 영어를 섞어 가며 이렇게 지시를 하고는 담배를 쑥 그어 무는 것이었다.

김의사는 과장실을 물러 나오면서 생각했다. 인턴 코오스도 피로왔지만 레지던트 팔자도 그저 그런 거라고.

——전염병 환잔데, 왜 가족을 한 침대에 그냥 재웠느냐고? 하긴 그렇다. 그러나 3등실에는 간호하는 가족들이 누울 침대라고는 없다. 차디찬 청바닥——모두 신을 신은 채 다니는 먼지투성이의 청바닥뿐이다. 물론 3등실에 입원하는 사람들은 3등 인간이란 건지 모른다. 그들의 가족들도 따라서 3등 인간이기 때문에 병상 결 청바닥서 노다지 자야 하고.

오롱댁 심 작은둘 노파의 딸에게도, 어머니가 중증 폐결핵에 장질부사까지 겹쳤으니, 같은 침대에 자서는 안 된다고 분명히 당부를 해두었던 것이다. 그것도 한두 번이 아니다. 그런데도 불구하고 그녀는 기어코 어머니 곁에만 꼭 붙어서 잤다. 숫제 자기는 3등 인간이 아니라고 고집이라도 하듯이. 그런 것까지도 의사가 책임을 져야 하나!

계단을 내려 오면서, 김의사는 그러한 그녀를 나무라던 일을 생각했다.

「어머님 곁에 가지 말랬는데, 왜 자꾸만 그러지요——?」

「…………」

그녀는 고개를 숙인 채 답이 없었다.

「그렇게 말귀를 못 알아 들어요?」

역시 마찬가지다. 마치 귀머거리나 이방인 같다.

「무식이란 것이 무섭다는 걸 알아야 해요!」

의사 김 종우씨는 거의 신경질적으로 뇌까렸다.

그제야 겨우 고개를 들고 이쪽을 쳐다보는 그녀의 차디찬 눈초리에는 심상치 않은 의미가 새겨져 있는 것 같았다.

——(그런 것쯤은 알아요! 그러나 우짜란 말입니껴!) 이런 뜻으로도 해석되었다. 어머니와 같이 죽어도 좋다는 거라고.

더구나 의사 김 종우씨를 놀라게 한 것은, 그녀가 어머니에게 미음을 떠먹일 때 자기도 그 숟가락으로 먹어대는 태연한 광경이었다. 물론 그런 건 더욱 엄하게 주의를 시켜 주었던 것이다. 그러나 그녀는 그런 명령까지도 아예 개의치 않았다. 그렇게 명령한, 바로 그 의사가 보는 데서 예사로 그것을 거역하고 있는 것이었다.

(바보 같은 계집애!)

돼져라 싶었다.

그러나 이상하게도 그 순간 이후, 의사 김 종우씨는 엉뚱한 회의에 사로잡히기 시작했던 것이다.——병을 겁내지 않는 애! 죽음까지도!

그저 얌전하고 착실한 의사의 아들로서 이른바 일류의 중학, 고등학교를 마치고, 대학까지 일류란 데를 나온 레지던트 코오스의 젊은 의사 김 종우씨의 단순한 생각으로서는 얼른 이해가 가지 않았다. 사람의 명과 생명을 대상으로 하는 의학……눈깔까지 해 넣고 심장 이식까지 할 수 있게 된 놀라운 현대 의학이론으로써도 그러한 인간 행위만은 진단할 길이 없었다.——효도니 뭐니 하는 그런 너절한 것이 아니다! 훨씬 본질적인 것, 어쩜 과학 따위에 의해서, 혹은 현대인의 그 약삭빠른 비굴성이랄까, 거짓 이기주의……아뭏든 눈에 보이지 않는 그런 것들에 의해서 말살되어 가고 있는, 그런 무엇이 아닐까?

요컨대 병과 세균과, 그런 것에서 오는 불행들만을 두려워 해오던 젊은 의사 김 종우씨는 어떤 막연한 정신적인 회의 내지 불안감에 사로잡히기 시작했던 것이다. 여태까지 지녀오던 자기, 또는 자기의 일에 대한 보람이라든가 긍지 따위가 여지없이 무너져가는 듯했다. 말하자면 무식 하다고만 여겼던 시골 계집애에게 별안간 한 대, 얻어 맞은 것 같았다.

그러한 계집애의 핼쑥한 얼굴을 머릿속에서 떨어버리지 못하면서 내처 계단을 밟아 내리던 김의사는 자기가 엉뚱스럽게 수납계의 문을 열었던 것을 뉘우쳤다. 그것도 수납계의 여직원이 「선생님 여길 어떻게…」 해 올 때였다.

아뿔사! 하고 돌아서서 화장실에 들어 갔다. 거기서도 실패를 했다. 여자용 화장실이었던 것이다. 공교롭게도 그것도 이제 그 수납계 여직원과 도어를 마주 밀다가 더 탄로가 났다. 수납계 여직원은 이번엔 암말도 안 했지만, 제기, 또 망신이로군 싶었다.

(하필 또 그녀와 마주쳤을까!)

김의사는 짜장 마음을 가다듬듯 점잖게 소피를 보면서 혼자서 킥킥거렸다. 틀림 없이 수납계의 그 여직원도 쉬를 하면서 나를 웃고 있으리라 싶었다.

오룡댁 십 작은둘 노파의 딸은 냇과 진찰실 앞 대기 벤치에 앉아 있었다. 귀뒤를 돌아 턱밑께로 흘러 내린 두 가닥의 새앙머리채에 허름한 한복차림을 하고서 무릎이 쑥쑥 드러나는 미니 스커어트와 긴 치마틈새기에 맥없이 끼어앉아 있는 몰골이, 얼른 시골 처녀란 것을 짐작케 했다.

「많이 기다렸지요?」

김의사는 그녀에게 이렇게 말하고서, 답은 기다릴 필요가 없는 듯이 이내 안으로 들어가 버렸다.

미리 귀띔이 되어 있던 외래 담당 간호원으로부터 그녀의 임시 차트를 받아 든 김의사는, 냉큼 그녀를 들어 오게 하라 하고 우선 차트 내용부터 훑어 보았다.

──강 남옥, 19세, 우, 미혼…체온이 39도 9부……

김의사는 이내 차트를 던져 놓고서, 그녀가 안내된 안쪽 진찰실로 들어 갔다. 먼저 그의 눈에 뜨인 것은 바닥이 얄팍하게 닳은 분홍빛 고무신이었다.

침대 위에 누운 강 남옥 처녀는, 간호원이 풀어 둔 옷가슴을 되움켜

쥐고 있었다. 물론 얼굴은 새빨개져 있었다.

「이래선 안 됩니다.」

김 종우 의사는 조심스럽게 그녀의 손을 떼어 놓고, 청진기를 가슴에 갖다 대었다. 그녀는 곱다시 눈을 감았다.

쿵, 쿵, 쿵……

고동이 상당히 빠르다. 열의 원인을 알아야 한다. 청진기의 하얀 꼭지는 그녀의 흰 가슴패기를 여기저기 더듬는다. 아직 총각 의사인 김 종우씨의 눈은 데되게 강 남옥 처녀의 토실토실한 젖통이와, 달 무리 같은 젖꽃판과, 약간 가무스름한 젖꼭지에 자꾸만 머뭇거리게 마련이었다.

다행히 흉부에는 아무런 이상이 없는 것 같았다.

김 의사는 그와 같은 처녀의 젖가슴에는 너무나 어울리지 않는 허름하게 낡고 늘어진 런닝샤쓰의 앞가슴을 도로 내려 주고, 이번에는 더욱 조심스럽게 손이 배 위로 갔다.

「아픈 데가 있거든 말해 줘요. ──」

여기저길 짚어 내린다.

「아무 데도 안 아픔더!」

귀찮고 부끄러운 듯이 눈을 꽉 감아 붙이는 강 남옥 처녀의 얼굴은 더욱 붉어져 갔다. 간호원이 에사스럽게 밀어내리는 속옷 허릿말 쯤을 한사코 검잡아 당기는 그녀의 야위디 야윈 두 손가락은 소스라치듯 가볍게 떨리고 있었다.

영양 실조의 탓이겠지, 탄력이 모자라는 살갗이 조심스런 김 의사의 손에 와 닿는다. 가슴의 고동이 분명히 아랫배쯤에서도 잡혔다. 비록 탄력과 윤기가 모자라는 뱃살이지만, 그래도 생리의 연륜은 찰 대로 찬 듯, 배꼽 노리와 자궁이 들어 앉은 부위에는 안맞게 지방이 모여 있는 것 같았다. 순간, 총각 의사 김 종우씨는 야릇한 충격을 느꼈다.

그러나 어련히 일어날 만한 그러한 충격마저 바로 그의 눈이 강 남옥 처녀의 야위디 야윈 손가락들과, 그것에 꼭 잡혀져 있는 후줄근한 속옷 허릿말의 해어진 구멍들에서 내비치는 검고 뻣뻣한 고무줄에 가 부딪치는 순간 여지없이 사라지고 말았다. 그래도 옛날의 허리띠에 비하면 고무줄은 근사하다는 걸까? 김 종우 의사는 뜻하지 않고, 엉뚱스런 생각으로 건너 뛰었다.

「좋습니다.」

진찰을 마친 그는 데스크로 돌아 와서, 강 남옥 처녀의 임시 치트에 진찰 소견을 기입하여 자기의 서랍 속에 넣은 다음 우선 필요한 처방전과 몇 군데 체크를 한 검사 의뢰서를 외래 담당 간호원에게 넘겼다.

「다른 수속은 어쩌구요?」

담당 간호원은 잠깐 어리둥절하였다. 입원 수속을 하지 않으면 약이 나오지 않는다. 혈액 기타의 급한 검사도 되지 않는다. 그러나 어머니의 약값도 못내어 말썽이 돼있는데 그러한 여유가 있을 리 만무한 강남옥 처녀란 것을 그녀도 잘 알고 있다.

「그러니까 우리 나이팅게일 선생의 지혜를 빌리자는 거죠. 부탁합니다. 제가 뒷 책임은 지겠어요!」

김의사는 자기보다 나이가 훨씬 위일 뿐만 아니라 또 고참이기도 한 그녀를 늘 누님처럼 만만하게 대해 왔다. 사실 또 그는 그러한 부탁을 하고서 책임을 지지 않은 적이 없었다. 그렇게 나오는 데는 할 도리가 없는 듯이, 담당 간호원은 강 남옥 처녀를 곧 주사실로 데리고 갔다.

수줍게 아미를 숙여 보이고서, 간호원을 따라 나가는 강 남옥 처녀의 달랑한 수박색 통치마자락과, 어딘지 모르게 순진한 티가 있어 보이는 버선 신은 발목이, 한참 동안 김의사의 망막에 어른거렸다.

의사와 간호원의 호의로써, 강 남옥 처녀는 주사도 맞고 약도 이틀치를 받았다. 채혈도 무사히 마치고 소변도 받아서 넘겨 주었다.

그러나 입원수속을 할 형편이 못되는 강 남옥 처녀는 병상만은 얻어 걸릴 도리가 없었다. 레지던트 코오스의 김 종우씨나 간호원의 힘은 그런 데까지는 미치지 못하는 모양이었다. 그들이 보여 준 최대의 편의는 ——물론 그것도 병원의 체면이나 규칙에 어긋나는 일이었지만——침대가 딸리지 않은 그저 매트만을 하나 구해다 준 것이었다.

「조심해서 써야 해요!」

그때 김 종우 의사가 이렇게 말한 뜻은, 나중 그곳 수간호원의 주의에 의하면, 병원 측 사무직원이나 나이 많은 고참 의사들이 보아서는 안된다는 것이었다.

그러면서도 그들은 곧 펴고 누우라고 이르고 돌아 갔다.

강 남옥 처녀는, 노랑 비닐 커버가 씌워져 있는 매트를, 어머니의 병상 곁 마룻바닥에 바특이 펴고 그 위에 누웠다. 우선 폭신한 것이 좋았다. 그녀는 그 대견스런 낡은 군용담요를 턱밑까지 끌어 덮었다. 옹크리고 앉아 있기보다는 편했고 또 주사 먹인지 열도 훨씬 내리는 것 같았다.

오롱댁 심 작은둘 노파는, 자기는 줄곧 가르랑거리면서도 그러한 딸을 더욱 을씨년스럽게 내려다 보았다. 담요를 보면 군에 가서 죽은 아들 생각이 절로 치밀고, 그놈만 살았더라면 그것도 금년 가을쯤은 어떻게 짝을 지어 주었을 텐데……싶었던지 잘 떠지지도 않은 쪼그라진 눈귀에 말간 이슬을 맺어보였다. 처음에는 자기가 거기에 내려눕겠다고 하였다. 그러나 강 남옥 처녀도 그러한 어머니 못지 않게 고집이 센 데가 있었다.

밤이 되어도 전염병 환자의 수용소인 제3병동, 더구나 3등 병실은 조용하지를 못했다. 반드시 어디선가 낑낑거리는 소리가 나는가 하면 나타나 주지도 않는 의사를 찾아대기도 한다. 병상이 여섯 개나 되는 5호실은 더욱 그러했다.

그런데 한 가지 이상한 것은, 환자들이란 자기들 집에서 가령 곁에서 누가 떠든다든가 하는 그러한 남의 일에 곧잘 신경질을 내게 마련이지만, 그렇게 환자들만이 수용되어 있는——물론 간호하는 가족들이 있긴 해도—— 곳에서는 그런 티를 별반 보이지 않는다. 같은 처지의 환자들끼리 서로 동정한다는 그런 단순한 이유에서가 아니라, 어쩌면 그렇게 못견디게 신음하는 사람들보다는 자기는 오래 살 수 있다는 얼토당토 않은 망상 때문일지도 모를 일이었다. 바로 오롱댁 심작은둘 노파의 경우만 보더라도 그렇다. 자기는 줄곧 가르랑거리면서도 곁방에서 무슨 신음 소리가 들려 오면,

「저 사람은 암매 암 대겠제……?」

하고 한숨을 쉬는 것이었다.

그러나 강 남옥 처녀는 어머니의 그러한 한숨을 바로 어머니 자신의 것으로 듣게 마련이었다. 그럴 만한 이유의 하나로는 어머니는 그러고서 눈을 힘없이 감았기 때문이다.

강 남옥 처녀가 몸져 누운 날 밤은 이상하게도 오래까지 그 몸서리나는 불도저 소리가 부르릉거렸다.

헐려 가고 있던 남쪽 창가의 건물이 절반쯤 그날 낮에 넘어가더니 필연 그 흙더미들을 급히 치우느라고 그러는지도 모른다.

부르릉부르릉 하는 둔탁한 기계소리가 가까와질 때마다, 창문이 다르르 하며 울렸다.

강 남옥 처녀는 내리던 열이 다시 오르는 것 같았다. 담요 한장으로 써는 견디기 힘들 것만 같았다. 벌써 추석을 지낸 지도 오래니까 무리가 아니었다. 가뜩이나 청바닥 위가 아닌가!

어머니도 잠을 이루지 못하고 있었다. 아마 고통이 더 심해 오는지, 불도저도 멎고 자정이 넘어도 내처 그대로였다.

「물 디리끼요?」

강 남옥 처녀는 누운 채 어머니의 병상을 쳐다보았다.

「괜찮다. 니는 좀 어떻노?」

어머니는 고개를 돌려 딸을 내려다 보았다. 희미한 형광등 밑이라 얼굴만 보아서는 어떤지 알 도리가 없다.

「괜찮십더.」

물론 거짓말이다.

「그래……? 날 좀 또 데리고 가야겠다. 묵은 것도 없는데 와 그런지……」

소화가 안 되는 모양이다. 자기 집에서 같으면 그런 기운으로는 으레 요강에서 일을 볼 것이지만 워낙 성미가 까다로운 편이 돼서 남의 앞에서는 도저히 그러질 못한다.

휘휘하고 긴 마루를, 딸이 어머니를 부축한다기보다 어머니와 딸이 서로 부축해 가면서 비쓱거리는 모습은, 어쩌면 인생의 형장으로 가는 듯한 느낌을 주는 것이었다.

「불 좀 찌고(쬐고) 가까(갈까)?」

화장실을 나서자, 어머니는 딸더러 묻는다.

「야………」

강 남옥 처녀도 미상불 그런 생각이 문득 났던 참이다.

두 모녀는 화장실 곁에 있는 부엌으로 들어 갔다. 환자나 간호하는 가족들이 쓰는 공동 부엌(병원에서는 취사장이라고도 부른다)으로, 무연탄 화로가 둘이나 있다. 낮에는 역시 중증 결핵환자인 할아버지 한 분이 곧잘 그 앞에 서 있다가 남의 눈치를 사곤 한다.

자정이 지난 뒤라, 다행히 아무도 불을 쓰고 있지 않았다. 나란히 놓인 화로를 향하여 두 모녀는 나란히 섰다. 손들이 절로 불 위로 퍼져 갔다.

「침제?」

어머니가 말한다.

「응」

딸이 대답한다.

두 사람의 말소리가 모두 추워 보인다. 고슬어진 머리털이 닮았고, 까진 이마가 닮았고, 갈죽스름한 얼굴이 닮았고, 심지어는 손에 살이 빠진 것까지 꼭 닮았다. 그래서 그들은 다 같은 천더기고 병까지 같이 하는지도 모른다.

「늑 아배(네 아버지)는 혼자서 우짜고 있는지 몰라……」

어머니는 그러한 가운데서도 성한 남편이 걱정이 되는 모양이었다.

딸은 말이 없다.

「팥밭골 밭 깨나 치앗는가(치웠는가) 몰라. 그양 두문 밭에서 다 떨어지고 말 낀데……아랫 잣나무골 미영(목화)도 그렇고……」

「그런 기싸 알아서 안 하겠능기요.」

강 남옥 처녀의 대답은 약간 퉁명스럽게 들렸다. 자나깨나 집일 농사 일을 노닥이는 게 얄밉기도 했으리라.

그러다가 어머니는 갑자기 또 마른 기침을 콩콩거리기 시작한다.

강 남옥 처녀는 어머니의 얼굴을 화롯께에서 와락 떼 내었다. 그녀는 추위를 지나치게 타는 성미로서 화롯가에만 오면 얼굴을 곧잘 불 가까이 갖다 대는 버릇이 있었다. 독한 연탄불이든 뭐든 상관할 바 없다. 그러다간 내처 또 콩콩거리는 것이었다.

「갑시더, 방으로.」

강 남옥 처녀는 어머니를 껴안듯 하고 돌아섰다

「내가 어서 죽우야지……」

어머니는 가슴을 움켜쥔 채 딸의 부축을 받고 부엌을 나오면서 이렇게 중얼거렸다. 다리가 몹시 와들거리는지 발이 제대로 따라오지 못한다.

강 남옥 처녀는 별안간 불쌍한 생각이 더해진다. —— 진해도 무엇힐 텐데, 오롱골이란 이 산 저산 사이가 간짓대 하나 겨우 가로 걸처질 만하다고 일러오는 외지고 좁다란 두멧골에서 태어나, 60평생을 하루도 드음한 날이 없이 별똥지기 산밭에 끌엎드려서 고된 농사일로만, 그래서 씻은 듯한 가난과 고생 속에서만 살아온 어머니의 마지막 소원이 고작 그런가 생각하면 그러한 어머니를 위해서 하루빨리 같이 죽고 싶었다.

두더지처럼 노 흙에만 묻혀 살다가 처음으로 도회지란 데 나와 본 강 남옥 처녀는, 자기들은 완전히 딴 나라 사람들 같이 느껴졌다.

실은 기적소리도 들리지 않는 늘밭골에서 기차를 타러 나올 때부터 차츰차츰 그런 생각이 들기 시작했었다. 우선 사람들의 옷차림부터가 달라져 갔다. 정거장이 가까와질수록 무명이나 베로 지은 옷이 줄어져가는 것이었다.

「흥, 귀한 양반들이 지나가는 곳이라고 저랬구마!」

차 안에서도 누가 이렇게 내뱉았다.

첫길이라 얼떨떨 하고 있던 강 남옥 처녀도 창밖을 유심히 내다보았다, 아닌게아니라 세상 물정을 모르는 그녀로서는 조금 이상한 생각이 들었다.──멀리 뵈는 들 끝 초가집들은 내처 게딱지처럼 다닥다닥 땅에 붙어 있는데, 차에서 이내 내다보이는 가까운 철길가 집들은 거의 일률적으로, 그것도 부락 따라 시멘트 기와 혹은 슬레이트로써 고쳐 이어졌고, 이쪽을 향한 벽들도 흰 횟가루 도배가 되어 있었다. 가끔 그녀에게도 미소를 자아내게 하는 것은 어떤 집들은 차창에서 보이는 부분만이 기와나 슬레이트고 나머지는 찌그러져 가는 초가 그대로 남겨 두었는가 하면 벽도 역시 보이는 쪽만이 회칠이 되어 있는 광경들이었다.

이번에는 지붕들에 새파란 뺑끼칠이 시작되고 있다. 군데군데 순경 나리가 팔에 무슨 뱃조각을 붙이고 서서 지도라도 하고 있는 듯한 모습이 눈에 띄었다. 강 남옥 처녀의 생각에는 다른 건 몰라도, 오래된 기와집들은 차라리 그대로 두는 게 좋을 듯한데, 왜 저렇게 새파란 칠들을 하는가 싶었다. 어쩐지 천하고 안타까운 생각까지 들었다.

그러나 귀한 손님들, 우리들을 도와 줄 수 있는 외국 손님들을 맞이하기 위해서 천한 꼴을 보이지 않으려고 그렇게 지붕들이며 벽돌을 고치고 닦고 하는 것이 나쁜 일은 아니라고 생각했다. 다만 강 남옥 처녀가 원하고 싶은 것은 기차가 다니는 길 변두리들만 그러지 말고 자기네들이 사는 늘밭골 같은 농사곳에도 그렇게 좀 해 주었으면 하는 것이었다. 어서 그러할 날이 왔음 싶었다. 시골에도 큰 병원과 의사들이 있고 하는…….

도회지에 와서 첫째 놀란 것은 4층이니 5층이니 하는 큰 집들을 보았을 때였다. 유리라고는 등장에 진사(辰砂)칠을 해 놓은 쬐깐 색경(거울)밖에 모르던 그녀에게 고층건물의 그 번쩍거리는 유리창들은 그야말로 눈이 부실 정도였다. 현재 그녀가 들어 있는 3병동의 앞 집도, 자기의 외가 곳인 오롱골의 앞산처럼 바로 하늘을 반이나 가리고 있지 않은가! 3병동은 비록 낮고 허물어져 가는 데지만, 그래도 거기 오는 의사는 역시 다락 같은 앞 건물에도 드나드는 사람이다. 보기만 해도 훌륭하고 친절한 의사선생님이다.

「이런 좋은 병원에서 와 죽어요? 외삼촌이 돈 보내주신 보람도 없구로요──?」

강 남옥 처녀는 쓰러질 듯 비쓱거리는 어머니를 바특이 껴잡았다. 사실 그녀의 집에는, 어머니를 그런 데 데리고 올 돈이 있을 리 없었다. 「누님 전 상서라……저승에 가더라도 한이나 없도록……」하고 써 내린 편지와 함께, 일본에 가 있는 외삼촌이 보내 준 그 정도 목돈이라도 없었더라면 꿈에도 엄두를 못낼 일이었다.

그래도 어머니는 그 돈이 쓰기가 아까와서 병원에는 가지 않겠다고 뻐물다가 결국 아버지의 호통에 못이겨 오고야 말았던 것이다.

(동생이 부쳐 준 그러한 돈이니, 빙이나 어서 나아야지……)

오룡댁 심 작은돌 노파는, 처음에는 제법 희망을 가져 보았다. 그러나 병이란 놈은 그와 같은 인간의 정의라든가 소원을 알아 주지 않았다.

무엇에 빨려 들어 가기라도 하듯이 5호실 문을 여는 두 모녀의 생각은 처음 올 때와는 아주 딴판이었다.

잠이 오지 않는다. 어머니는 어쩌다가 잠이 들었는가 생각하면 이내 헛소리를 하며 깨곤 하였다.

「깨, 깨, 다 멸어진다 카이.」

이러다간 또,

「미영 땄능기요? 알, 알 아랫 잣나뭇골……」

깨었을 때 하던 걱정을 꿈에서도 되풀이하는 모양이다.

강 남옥처녀는 깨우다 지쳐 그만둔다. 어머니도 반벙어리 소리로 잠꼬대를 하다가 다시 주용해지곤 했다.

강 남옥 처녀는 그처럼 오던 잠이 그날 밤에는 도무지 오질 않았다. 자꾸만 앞머리가 빠개지는 것 같고, 입안이 말라 오고 마른 기침까지 나기 시작했다. 이러다간 어머니처럼 피를 토할 것이나 아닌가 싶어 손바닥에 침을 묻혀 보았다. 붉지는 않다. 몇 차례나 일어나서 물을 마셨다. 다시 몸이 불덩이가 되는 것 같았다. 담요를 머리 위까지 뒤집어 썼다. 써도 소용이 없었다. 어서 날이나 새었으면 싶었다.

앞집에 살던 귀뚜라미까지 집이 무너짐으로 해서 한데 몰려 들었는지 한결 사납게 귀뚜르르 울어댔다. 차라리 그러한 귀뚜라미들이 부럽기도 하였다.

　강 남옥 처녀의 진찰 결과가 나타났다.　역시 장질부사로 볼 수밖에 없었다. 열형(熱型) 기타의 증세로 미루어 보아도 그랬거니와 특히 현저한 백혈구 감소증이 그것을 뒷받침하기에 우선 충분하였다.

　그녀는 내처 마룻바닥에 펴진, 시이트도 없는 베드 위에 누워 있었다.

　「아파요——?」

　그녀의 왼쪽 젖가슴 밑배짬을 눌러 보며 김 종우 의사는 고개를 약간 돌렸다. 수줍어하는 얼굴을 차마 볼 수가 없었던 것이다.

　혀를 내 보랐을 때도 역시 그랬다. 혓바닥 위에는 백태가 어제보다 더 희게 나타나 있었다. 틀림 없으리라싶었다.

　「좀 어떤기요?」

　밤새 더 캉캉해진 얼굴을 돌리며, 심 작은둘 노파는 딸과 의사를 번갈아 보았다.

　「괜찮아요, 걱정할 건 못돼요.」

　그러면서도, 김 종우씨는 강 남옥 처녀의 팔에 주사를 찌르면서 물었다.

　「댁에서 누가 와 줄 분이 없어요?」

　「없임더, 아부지빡에 없이니깐에요.」

　강 남옥 처녀는 이를 반만큼 희게 내 보이며 을씨년스런 얼굴을 지어 보였다. 김 종우씨는 무어라 할 말이 없었다. 사실 그녀는 남을 간호할 처지가 아니라, 도리어 간호를 받아야 할 처지였으니까.

　「일어나면 안 돼요. 절대 안정이 필요하니까요.」

　그러고서 김 종우씨는 어머니 쪽으로 갔다.

　「난 괜찮소.」

　어머니는 비로소 고개를 바로 돌리며 말했다. 그러나 실은 조금도 괜찮지가 않다. 간호원이 보여 준 혈압 결과가 거짓말이 아니었다.

　아주 말이 아니게 떨어져 있지 않은가!

　김 종우 의사가 자못 당황한 빛을 하면서 병실을 나갔다.

　이윽고 수간호원이 딸의 약만을 가져 왔다.

　「무슨 빙이라 쿱디꺼?」

　강 남옥 처녀는 못내 궁금한 듯이 물었다.

　「어머니와 같대요.」

　수간호원은 언제 보아도 무표정한 얼굴이다.

　「그럼, 나도 가심(가슴)이……?」

「아니, 그저 장질부사란 거지요.」

그러곤 역시 의사가 말하듯 절대 안정을 취해야 한다면서 돌아 갔다.

그러나 강 남옥 처녀는 소위 〈절대 안정〉을 취할 처지가 못되었다. 어머니를 굶겨 둘 수는 없기 때문이다. 의사는 그러한 환자들에게는 반드시 미음이나 무른 죽을 먹여야 된다고 했지만(사실 환자들도 그럴 수밖에 도리가 없었다), 웬일인지 병원측에서는 꼬박꼬박 흰밥만 갖다 주었다. 그래서 대개는 간호하는 가족들이 그걸 먹고 환자들에겐 미음이나 죽을 쑤어 주게 돼 있었다. 그러기 위해서 부엌도 꽤 널찍한 게 있는 것 같고.

강 남옥 처녀는 악을 써서 일어났다. 쇠불알만한 남비에 쌀을 조금 담아 가지고 터덕터덕 부엌으로 갔다. 절대 안정도 필요했겠지만 절대로 죽은 쑤어야 되니까.

둘밖에 없는 무연탄 화로는 벌써 만원이 아니라, 몇 개의 남비가 더 차례를 기다리고 있었다. 쌀을 씻으려니 찬물이 우선 몸에 딱 거슬리었다. 오싹 추워지는 것 같았다. 강 남옥처녀는 이를 악물었다.

「아가 이리 도고. 니도 아푸면서 그래 가 대나!」

얼굴이 알금알금한 중늙은이가 강 남옥 처녀로부터 남비를 뺏듯이 받는다. 같은 병실에서 폐앓이 딸 구완을 하고 있는 시골 사람이다. 마침 차례를 기다리고 있던 참이었다.

「방에 가 누웃거라. 내 것하고 같이 해 가꾸마.」

사양하는 강 남옥 처녀를 억지로 돌려 보낸다. 아직도 시골 사람들에게서는 볼 수 있는 호의요, 고집이었다.

그 아주머니가 있는 동안은, 강 남옥 처녀도 여러 가지 도움을 받았다. 거의 절망 상태에 빠져 있는 딸을 위하여 하루에도 몇 십차례 간호원실 문에 가 붙어 있던 아주머니였지만, 끼니 때는 강 남옥 처녀를 대신해서 곧잘 죽을 쑤어 주곤 하였다.

그러한 아주머니가 드디어 병원을 떠났다. 그것도 여러번 벼르던 뒤였다. ──원래, 그야말로 죽더라도 한이나 없도록 싶어 데리고 온 딸이었던 만큼 오는 그날부터 산소 호흡을 시켰으나 병보다 돈이 지탱할 수가 없는 형편이었다.

잠자코 있던 딸이 어머니가 짐을 챙기는 걸 보자 이내 울기 시작했다. 나가기가 싫다는 것이었다. 산소란 걸 넣어 주니 우선 숨쉬기가 수월했을 게고, 또 병원을 나가면 곧 죽을 것을 미리 짐작했을 것이다. 죽기가 싫었으리라. 살고 싶었으리라.

짐을 챙겨 두던 날 밤, 그녀는 내처 울었다. 어머니는 넋없이 울고만 있었다.

날이 새자 어머니는 꾸렸던 짐을 도로 끌렀다. 그러나 겨우 하루를 더 견디다 그들은 결국 퇴원을 하고 말았다. 더 견딜 돈이 없었던 것이다. 3등 인간이었으니까.

「잘 가이소이.」

강 남옥 처녀는, 와들와들 떨리는 다리를 끌고 3병동의 입구까지 따라와서 그들 모녀를 보냈다.

「오냐, 우리 순이도 낫고, 너도 얼른 나아서 그때 서리 찾아보고…… 그래라이……!」

알금알금한, 마음씨 좋은 아주머니 눈에는 눈물이 그득히 고여 있었다. 강 남옥 처녀는 별안간 목이 꽉 메어 왔다.

그러나 강 남옥 처녀 이외에 그들을 배웅하는 사람은 아무도 없었다. 몹시 찌푸렸던 하늘에서 이내 빗방울이 뚝뚝 떨어졌다.

(우짜겠노, 전찻길까지나 가겠나……?)

강 남옥 처녀는 한동안 멍하니 서 있었다.

「여기서 멀하고 있소? 어머니가 위독하다잖아요?」

간호원의 연락을 받고 뛰어 오던 김 종우 의사는 제3병동 어귀에 우두커니 서 있는 강 남옥 처녀를 스쳐 보며 들어 갔다. 또〈바보 같은 계집애, 뛰져라!〉싶었을지도 모른다. 키가 설명한 김 종우 의사는 걸음이 빨랐다.

위독이란 처음으로 듣는 말이었지만, 강 남옥 처녀도 대강 눈치를 채고 급히 따라 갔다.

어머니는 내처 눈을 감고 있었다. 어머니의 맥을 짚어 보고 눈까풀을 뒤집어 본 김 종우 의사는 담담한 표정을 하였다. 면도 자리가 파르슴한 그의 지적인 얼굴에도 드디어 올 것이 왔다는 기색이 감돌았다.

사실 모든 조건이 어쩔 도리가 없다고 생각해 오던 터였으니까.

「복막이겠죠?」

곁에 있던 간호원도 어두운 표정을 지어 보였다.

「예스.……그러나 우선 수혈이라도 해 두고 봅시다. 좀 갔다 오세요.」

김 종우 의사의 손은 다시 환자의 손목으로 갔다. 환자는 내처 눈을 감고 있다. 말도 없다.

「어떤기요?」

강 남옥 처녀의 새까만 눈동자는 의사의 얼굴만을 쳐다보았다.

「글쎄요……맥이 아주 약해졌구먼요.」

「와 각중에 그런기요?」

「각중에라니? 벌써부터 그런 걸……왜 처녀는 누웠으람 가만히 누웠잖고, 자꾸 그리 일어나 움직이지요?」

김 종우 의사는 귀찮은 듯이 말머리를 날카롭게 올렸다.

수간호원이 허탕을 치고 돌아왔다. 약값이 너무 밀려서 병원에선 피를 줄 수가 없다는 모양이었다.

「저가 책임을 진다고 그러시오! 내가 언제 떼먹었던가요?」

나이가 젊은 탓인지 그런 덴 성미가 급한 편이었다. 수간호원도 그런 걸 이해하는 모양인지 싱그레 웃으며 되돌아섰다. 김 종우씨도 뒤미처 따라 왔다.

「옴마!」

강 남옥 처녀는 두 손으로 어머니의 손을 껴잡았다.

오롱댁 심 작은둘 노파는 입술을 따들싹하다 말고, 눈만 간신히 떴다. 희멀건 시선이 대중을 잡지 못한다.

「와 각중에 이라노?」

「개 갠찮다. 옥아이……!」

빨려 들어가는 듯한 목소리로 딸의 이름만 불러 놓고 말이 없다. 두 손을 힘없이 들었다 놓는다. 어쩌면 그것이 말인것도 같고, 시골부인네들이 억울하고 답답할 때 곧잘 하는 탄식의 표현인 것도 같았다.

강 남옥 처녀는 어머니의 입에 물을 조금씩 떠 넣었다. 그녀, 아니 시골 사람들에게는 그렇게 하는 것이, 위독한 환자에게 대한 유일한 예의요, 방법인 것이다. 그런 짓밖에는 못하는, 또 모르는 것이다.

김 종우 의사는 그러는 그녀에게 대해서 이젠 더 말이 없다. 해도 소용 없다. 잠자코 환자의 팔에 수혈만 서둘렀다. 소매를 일부러 걷어 올릴 필요가 없었다. 그저 가볍게 밀어 올리면 된다. 가볍게 밀어 올리기만 하면 드러나는 오롱댁 심 작은둘 노파의 팔은 그야말로 마른 명태를 연상케 했다. 일에 찌들고 병에 시달린 자취가 역연했다.

그 명태같이 마른 팔구비에 주사바늘을 꽂아 놓고, 김 종우 의사는 환자의 반응을 살피었다. 주사를 놓을 때마다 그렇게 찡그리던 얼굴을 이젠 쩡그리지도 않았다.

옷가슴을 헤쳐 보았다. 누르다 못해 거무스름한 껍데기가 엿가락 같은 뼈들을 싸고 있다. 골이 죽죽 진 가슴패기! 탄력을 잃은 피부가 간신히 갈그랑거리는 호흡과 더불어 그녀의 비참한 최후를 예고하는 것 같았다. 김 종우 의사는 조심스럽게 피죄죄한 옷자락을 되덮어 주었다.

강 남옥 처녀는 아무런 낌새도 채지 못한 듯 그저 우두커니 지켜 보고만 있었다. 바보같이!

「처녀는 저리 가 누워 있어요! 일어나 움직이면 안 된다고 하잖았어요?」

김 종우 의사는 또 신경질을 내기 시작했다.

그러나 강 남옥 처녀는 김 종우 의사의 그러한 말일랑 귀밖으로 흘리고 내처 물신선 같이 어머니만 지켜보고 있을 따름이었다.

김 종우 의사는 간호원만 남겨 두고 그곳을 물러갔다. 굳이 시무룩한 표정을 지어 보이지는 않았지만, 역시 〈바보 같은 딸애!〉란 기색이 내비치는 것 같았다.

수혈이 미처 끝나기 전이었다.

뜻밖에 수납계의 고참 직원 한 분이 어디서 마스크를 얻어 쓰곤 아무런 예고도 없이 바로 그 5호실에 불쑥 나타났다. 이런 일은 좀체로 없는 일이다. 환자에 일이 있으면 간호원을 통할 일이지, 아무리 고참이라 하더라도 의사도 아닌 사무실 직원이 그렇게 함부로 입원실에 들어온다는 것은 실례다. 더구나 그만 사리를 모를 리 없는 그가.

병실 문을 열고 두릿두릿하던 고참 직원은, 이내 수혈을 지켜보고 있는 간호원 쪽으로 쪼작쪼작 걸어 왔다.

「응, 여기 계셨구먼요.」

여느 때처럼 무슨 뜻인지 잘 못 알아 먹을 히죽웃음을 눈가에 띄운다. 히죽웃음 위에는 언제나 변함없는 대머리였다.

「이거 너무 밀려서……」

그가 내민 것은, 오롱댁 심 작은둘 노파의 밀린 치료비 계산서였다.

수간호원은 그저 받아들일 따름이다. 할 말이 있으나 하지 않는 눈치다. 사무직원도 거기에 대해서는 더 할 말이 없다.

「응, 이분이 심 작은둘씨로구먼요?」

이번엔 엉뚱한 참견이다. 그러면서도 그의 능청스런 눈초리는 노파곁의 병상에 펴져 있는 매트를 놓치지 않았다.

「저건?」

얼굴은 역시 히죽거리는 얼굴이다.

「따님 겁니다. 별안간 열이 많이 나서……」

아뿔사! 수간호원은 효과 없을 발명을 한다. 그렇게 된 건 물론 규칙 위반이고, 한편 그녀의 책임이기도 했다.

「네.」

하면서도, 그는 다음과 같은 말을 잊지 않았다.

「담당 의사가 어느 선생님이시죠?」

듣기에 따라서는 숫제 심문 비슷한 말눈치였다. 그것도 물론 알고서 하는 소리다. 피 때문에, 조금 전 김 종우 의사가 직접 뛰어 가서 말썽을 부리는 것을 곁에서 듣고 있었으니까.

「김 종우 선생님입니다만……」

수간호원의 약간 퉁명스런 듯한 대답이 채 끝나기도 전에 바로 그 김 종우 의사가 넷과 과장을 모시고 들어 왔다.

제법 고참 투를 보이던 수납계 직원은, 막무가내란듯 과장 앞에 대머리를 꾸뻑해 보이고는 싱겁게 물러 갔다.

과장은 수혈을 받고 있는 오롱댁 심 작은둘 노파의 눈까풀을 뒤집어 보았다. 맥도 짚어 보고, 가슴도 짚어 보았다. 그리고 김 의사에게 영어로 무어라고 말했지만 강 남옥 처녀는 알아 챌 도리가 없다. 다만 눈치로 미루어서는 심상치 않다는 것 만을 느꼈다.

「처녀는 좀 어떻소?」

과장은 강 남옥 처녀를 돌아 보았다.

「누워 보시오.」

김 종우 의사는 강 남옥 처녀를 매트 위에 눕게 했다.

시이트도 없는 매트 위에 누운 강 남옥 처녀는 얼굴이 더욱 달아 올랐다. 간호원은, 땀에 젖은 채 축축하고 허름한 그녀의 런닝샤스를 걷어 올렸다.

「숨을 크게!」

과장의 마스크는 한결 높게 들썩했다. 청진기의 꼭지가 처녀의 가슴과 등을 휘뚜루 더듬었다. 퉁퉁한 손이 그녀의 젖 아래 위를 짚어 본다. 톡톡 두드릴 때는 젖통이가 따라서 흔들흔들했다.

「누워 있어야 해요. 일어나 움직이면 안 돼요.」

역시 이렇게 타일렀다. 의사는 마찬가지다. 왜 환자에게는 무슨 병이니, 어떤 약을 쓰라거니 하는 말을 도무지 하지 않을까? 강 남옥 처녀는 박부득이 또 후줄근한 군인 담요를 끌어 덮었다.

다행히 냇과 과장은 그녀가 누운 매트에 대해서는 수납계 직원처럼 그리 수상쩍게, 또 못마땅하게 여기진 않았다.

오히려 그런 사정이 있으려니 하는 눈짓으로 싱긋이 웃고만 돌아 갔다.

냇과 과장이 떠나자 이내 서무과 급사가 들어 오더니 수간호원을 보고서,

「수혈 끝나는 대로 서무과장이 좀 오시래요.」

「왜?」

수간호원은 급사의 표정을 훑었다.

「글쎄요……」

급사는 그저 그럴 내기다.

(쳇, 매트 애길 테지! 그 여우 같은 늙정이가……)

일러 바친 게로군 싶었다.

멀리서 하늘 울리는 소리가 들려 오고, 극성스럽게 쏟아지는 폭우가, 허물어져 가는 제3병동의 유리창을 마구 때렸다. 헐렁한 창문 틈바구니마다 빗물이 새어 들어 유리를 타 내리고, 강 남옥 처녀가 누워 있는 쪽 천정 구석도 차츰 젖어 들기 시작했다. 그러한 빗속에서도 불도저는 내처 부르릉거렸다. 운전사는 필시 물에 빠진 생쥐 꼴이 됐을 테지. 명령, 아니 인간의 강하고 약함이 한꺼번에 실감되는 그러한 경황이랄까?

그러나 이상하게도 그날만은 그 둔탁스런 불도저 소리도 환자들에게는 그다지 거슬리지 않는 모양이었다. 한결같이 희멀건 눈들이, 쏟아지는 빗발을 심심치 않게 내다 보는가 하면, 그 속에서 부르릉대는 불도저의 극성맞은 소리에도 내처 귀를 기울이고 있는 것 같았다.

요컨대 그들은 병원생활이 무척 괴롭고 지루했던 것이다. 가뜩이나 전염병 환자만이 늘어져 있는 허물어져 가는 3등병실에서, 그저 치료비 독촉장이나 받을 뿐, 누구하나 꽃이라도 들고 깍듯이 찾아 주는 사람도 없는 3등 인간인 그들에게는!

그러니까 때로는 비도 반가왔고 불도저 소리도 거슬리지는 않았다. 뿐만 아니라 이따금 우르릉 하는 먼 천둥소리에, 숫제 살아 있는 하늘의 방향이라도 잡아 보려는 듯, 눈을 번쩍 뜨는 환자도 있었다. 말하자

면 누에가 잠을 잘 때 고개만은 치켜 들고 있듯 빗소리에 한결 조용해진 병실 안 사람들도 신경은 내처 날카롭기만 했던 것이다.

다만, 넓적한 마스크를 한 간호원이 가끔 와서 보고 가는 오롱댁 심 작은둘 노파만이, 또닥또닥 떨어져 들어 가는 피를 받으면서 그러한 반응을 보이지 않을 뿐이었다.

강 남옥 처녀는 시종 일관 모든 것을 샅샅이 눈여겨 보았다. 매트 위에 누웠을 때도, 천정을 향해 있는 그녀의 핏발 선 커다란 눈은 마치 병실 안 전체를 삼키고 있는 것 같았다. 그리고 꽉 다문 입은 헤일 수 없는 말들을 !

……더구나 수납계의 고참 직원이 불쑥 나타났을 때의 일, 서무과 급사로부터 출두 연락을 받았을 때의 수간호원의 심상치 않은 표정…….
이러한 것들과, 그로 말미암아 덩달아 일어나는 여러 가지 추측이며 생각들이 한때 어머니에 대한 걱정까지도 밀어 버리고 그녀의 망막과 머릿속을 점령했다. 천정에 맺혔던 물방울이 툭 하고 머리맡에 떨어질 때 그런 의식에서 일단 단절된다. 그러나 다시 덮친다. 다시 덮치다간, 결국 이것도 저것도 갈피를 잡지 못한다. 머리가 몽롱해 온다. 머리가 몽롱해 오며 의식마저 허물어진다. 결국 그녀의 의식은 고열로 인해서 녹아진 것이다.

강 남옥 처녀가 다시 의식을 되찾은 것은 그녀의 몸뚱이가 김 종우 의사와 간호원들에 의해서 그녀의 어머니 곁으로 옮겨졌을 순간이었다. 날카로운 소리에 눈이 번쩍 띄었다.

「그저 보고만 하고 말 것이 아니라……」

김 종우 의사가 그녀가 누워 있던 빈 매트를 발로써 냅다 밀어 버리며 괜히 죄도 없는 간호생을 보고 투덜대고 있었다.

「인부 시켜, 수납계 그 늙다리한테 딱 갖다 보이고서 치워 두래 ! 알았어 ? 」

아직 경험이 없는, 실습 간호생은 어리둥절하고 있다.

「빨리 그러라니까 ! 」

김 종우씨의 말소리는 더욱 날카로와진다. 수간호원이 간호생더러 뭐라고 타일러 보낸다. 강 남옥 처녀는 팔구비에 따끔한 것을 느낀다. 링겔 방울이 눈물처럼 눈에 아른거린다. 김 종우 의사는 그것을 조절하면서 또 씨부렸다.

「즈이들은 턱도 아닌 것들을 데리고 와서 관비 치료니 뭐니 하면서…」

「그러기 말예요――」

수간호원이 맞장구를 치듯 받는다.

「그 말을 듣고 화를 내는 원장님도 원장님이지 뭐예요.」

좁은 병상 위에서, 한 쪽은 피 주사를, 한 쪽은 링겔――다행히 몸피가 여윈 3등 인간이라 좋았다.

그러나 그와 같은 구차스런 꼬락서니도 오래 가지는 못했다. 이튿날 저녁 오롱댁 십 작은둘 노파의 몸뚱이는 드디어 병상에서 내려졌다. 뺄어진 것이다.

오롱댁 십 작은둘 노파의 시체는 사흘 동안이나 시체 안치소에 놓여져 있었다.

병원에서는 사람이 죽더라도 입원비를 다 내지 않으면 시체를 간대로 내어 주지 않는다. 「누님 전 상사라……」하고 보내준 외삼촌의 돈도 벌써 다 써버리고 밀린 약 값만 해도 수월찮았거니와 설사 그런 걸 다 무사히 치른다 하더라도, 강 남옥 처녀 혼자로서는 어찌할 도리가 없었다.

아니, 그보다 우선 자기의 처신이 문제였다. 첫째 어머니의 명단이 5호실에서 지워진 이상 거처할 곳이 없어졌다. 그녀는 입원 수속이 되어 있는 환자가 아니다. 그러니까 이젠 매트 위는커녕 병원 마룻바닥에도 누울 자격이 없었다. 게다가 그녀 자신의 병세도 만만치가 않았다. 어머니의 무리한 구완으로 말미암아 전염까지 된 병이, 어머니의 죽음을 보자 갑자기 더 악화되었다. 그녀는 아무것도 먹지를 않았다. 말하자면 한때 식음을 전폐하였다. 하긴 제손으로 죽이라도 끓이지 않으면 먹을 것도 없었다. 그러나 그럴 생각도 경황도 없었다.

물론 병원에서는 입원 수속이 돼 있지 않은 그녀에게 밥이고 죽이고 또 약이고를 내어 줄 리 만무하였다. 그녀에게 던져진 것은 오직 어머니의 입원 치료비 계산서뿐이었다.

그녀는 울었다. 돈이 없어서가 아니다. 자기가 불쌍해서가 아니라 군에 가 죽은 오빠가 생각났다. 그리고 마지막엔 일만 죽도록 하다가 고생만 바가지로 하다가, 하루도 편한 끝을 보지 못하고 돌아 간 어머니가 불쌍했다. 가엾었다. 분했다.

이젠 누구의 동정도 받기가 싫었다. 떳떳하게 치료를 받지 못할 바엔 김 종우 의사나 간호원들의 친절도 거북스러웠다. 결국 3등 인간이란 자학밖에 남지 않았다.

「처녀는 계속 치료를 받아야 해요!」

김 종우 의사는 무슨 요량으론지, 수차 이런 말을 했지만, 강 남옥 처녀는 결국 모든 걸 마다하고, 어머니를 따라 시체 안치소로 갔다.

시체 안치소란 데는 결국 사람이 아닌 시체만을 버려두는 곳이라 그런지, 사람이 거처할 곳은 못되었다. 그저 먼지라기보다 흙발이 사뭇 밟아 놓은, 흙이 풀썩거리는 마룻 바닥이었다. 다행히 누가 쓰고서 버려둔 듯한 가마니떼기가 두어 장 아무렇게나 널려 있을 뿐이었다.

「좀 잘 나아(놓아) 주이소이……」

강 남옥 처녀는 쇠로 된 구루마에 실려 온 어머니의 시체를 인부들과 함께 내려 놓으면서, 자칫하면 그 위에 쓰러질 뻔하였다. 벌써 그녀는 울음을 그치고 있었다. 다만 핏발이 벌겋게 선 눈망울만이 눈물에 둥둥 떠 있을따름이었다.

시체를 조심스럽게 다루는 것은 시골 사람일수록 더했다. 인부들도 역시 시골 출신이라 그런지, 그런 걸 잘 이해해 주었다.

「오라버님이 군에 가 죽었다 카지요? 오라범만 살아 있더라도.」

어디서 듣고 알았는지, 인부 한사람은 숫제 이런 목메이는 소리까지 하였다. 물론 그들은 중환자의 운반이라든가 병원 허드렛일들을 맡아 하면서도, 마스크란 것을 온통 쓰지 않았다. 아니 그보다 돈만 낫게 준다면 호열자나 흑사병 환자와도 같이 잘 위인도 있었다. 무지막지한 3등 인간이라기보다, 염병이니 호열자니 하는 것들보다 더 무서운 가난이란 병에 걸려 있는 사람들이었다. 그러니까 그들에게는 세상이 바로 병원과 같은 것이기도 했다. 거추장스럽게 마스크 따윈 필요 없었다.

인부들이 돌아 간 뒤, 강 남옥 처녀는 다시 어머니의 시체에 매달려서 흐느끼기 시작했다. 남의 사정도 헤아려야만 하는 병실에서와는 달리 본격적인 울음이 시작된 것이다. 그저 훌쩍거리고 어깨를 추스릴 뿐이 아니다. 소리를 내 가며 울었다.

휘휘한 방안을, 천정에 댕그라니 달린 바알간 전등 하나가 지켜보고 있었다. 바깥은 여전히 빗소리다. 불도저 소리도 여전히 멀리서 부르릉거렸다. 허물어져 가는 제3병동의 한 귀퉁이라도 무너뜨리려는지 우찌끈 하는 소리가 한 번 들렸다. 다행히 시체 안치소의 유리창만은 흔들리지 않았다. 그러나 이럴 때 누가 문틈으로라도 엿보았더라면, 죽어 있는 시체보다 을씨년스럽게 울어대는 처녀의 모습에 더욱 질렸을 것이다.

이젠 간호원들도 그녀의 열을 재러 오지 않았다. 의사들도 나타나지 않았다. 아무도 그녀의 울음을 방해할 사람은 없었다.

이윽고, 널빤지로 된 문짝에서 인기척이 나더니 아까 그 인부 두 사람이 되나타났다. 약간 주기가 있는 듯한 얼굴들로서 손에 무언가 들고 있었다.

「처녀가 혼자서 울고 있는 걸 보니……」

위로차 온 모양이다.

「그냥 올 수도 없고, 암매(아마) 향불도 미처 못 구했지 싶어서……」

그들은 어머니의 시체에 매달려 있는 강 남옥 처녀를 떼놓듯이 하고 향을 피워 주었다. 한 사람은 축 늘어진 포키트 속에서 조그만 초까지 꺼내어 촛불까지 밝혀 주었다. 손등에는 빗물들이 번질거리고 있었다. 그들에 대한 흔감한 정까지 겹쳤음인지 강 남옥 처녀의 울음소리는 더욱 구슬퍼졌다.

나이 늙수그레한 인부 한 사람은 병원 구내에 살았던 모양으로 아침 일찍 부인을 시켜 죽까지 한 그릇 치면하게 갖다 주었다. 우격에 못이겨 그걸 받아 마시는 강 남옥 처녀의 눈에서는 눈물이 샘솟듯했다. 죽위에 사뭇 떨어졌다. 3등 인간도 끝내 외롭지는 않았던 것이다.

강 남옥 처녀의 아버지(늘밭골서는 그저 강노인이라고 부른다)가 겨우 연락을 받고 달려온 것은 사흘째 되는 날의 저녁나절이었다. 다행히 비가 개어 있었다. 언제 비가 왔더냐는 듯이 하늘은 한결 짙푸르렀고, 햇살은 그를 인도라도 하듯이 시체 안치소의 입구를 지그시 비치고 있었다.

시체 안치소에 들어 선 강노인은 그저 어리벙벙할 뿐 그다지 당황하지는 않았다. 강 남옥 처녀는 아버지의 얼굴을 보자 갑자기 설움이 더북받쳐 오르는 듯 울어댔지만, 그는 그러한 딸처럼 호들갑스럽게 흐느끼지는 않았다. 입도 다문 거나 마찬가지였다. 이미 모든 걸 체념한 듯이, 다만 돌 같은 표정을 지었을 따름이다.

강노인은 누르퉁퉁한 베옷을 미리 상복처럼 입고 왔었다. 두건만은 호주머니에서 꺼내 썼다.

그렇게 상복차림을 갖춘 다음, 그는 마누라 오롱댁 심 작은둘 노파의 시체 앞에 나아가 공손히 무릎을 꿇었다. 역시 호주머니에서 향촉을 꺼내어 불을 붙였다. 술과 잔은 없으니 도리가 없었다. 송구스러웠다. 박부득이, 있는 향촉만 밝혀 놓고 다시 몸을 일으켜 정중히 절을 하였다.
두 번째의 절을 하고는 그대로 조아린 채 일어나지를 못했다.

「오룡댁아……!」

목쉰 소리로 이렇게 한 번 울컥하더니, 강노인은 계속 어깨만 추스렸
다. 풀 죽은 두건 끝이 사시나무처럼 떨어댔다.

〈1966 · 新東亞〉

畜 生 道

　1968년은 남한 일대에 큰 한재가 있었다. 대보름 달 뜨는 걸 보면 그 해 시절을 점칠 수 있다는 소위 노농들의 달점은 어떠했는지 몰라도, 청명 곡우에도 비가 오지 않아서 못자리조차 못한 데가 많았다. 뿐만 아니라 모내기의 한고비라는 하지께도 그랬고, 소서 지나 대서가 가까와 와도 비 같은 비 한줄기 비쳐 주지 않고 날은 사뭇 쪄내리기만 했다.

　옛날 같음 나랏님을 원망도 할 만하다. 지금은 그럴 수는 없다. 먼뎃 물을 끌려고 보도 만들어 보고, 우물도 파고, 양수기도 써 보았지만 워낙 천수 지하수가 딸리고 보니 막무가내였다. 그래서 어거지가 센 농민들은 또 기우제다 뭐다, 더러는 어처구니없는 미신을 좇아 남의 무덤까지 마구 파 헤쳤다.

　이렇게까지 해서도 허방을 짚고 나니, 수리조합의 혜택을 못 받는 곳의 농민들은 거의 기진맥진해서 늘어졌다.

　모내기를 단념하고 대파를 권장하던 관청 사람들의 말을 좇아 대파를 서두른 사람들이나, 끝까지 대파를 않고 버틴 사람들이나 결국 마찬가지가 되었다. 대파를 해도 싹이 트지 않은 전답과 빨갛게 타 죽은 모판이 결국은 같은 꼴이 되었으니까.

　별똥지기 전답에 매달려 사는 도둑골 사람들에게는 그러한 가뭄이 더욱 원수였다. 다행히 생수전 못자리만은 더디 타들어 간다 해도, 그 모를 내야 할 논이 거북등처럼 갈라졌기 때문에 분통이네 집에서도 모 한 포기 꽂아보지 못한채 하늘만 쳐다보았다. 뙤약볕에 타들어가는 모포기처럼 사람들은 애만 타고 짜증만 늘어 났다.

　시절이 이 꼴이 되면, 미신이 발붙이기 쉬운 두멧골에는 엉뚱한 불행이 겹치게 마련이다. 새로 들어온 사람이 백줘 말썽거리가 되기 쉬운 것도 그 일례다. 마침 분통이가 시집 온 지 이태인데 공교롭게도 이태 동안 줄곧 가뭄이 계속되니 사사스럽기로 이름난 시어머니부터가 꺼림칙하게 여기었다.

「이상도 하지, 우째 저 아아 오고부터 이래 숭년(흉년)이 드는공…」

이런 뚱딴지 같은 소리를 함부로 했다. 사실은 며느리를 싫어했던 것이다.

남도 그래 못할 텐데! 분통이는 속으로만 그렇게 생각했지 남편에게 대해서도 그런 푸념은 감히 입밖에 내지 못했다.

게다가 또 한 가지 분통이의 약점(?)은 애를 빨리 밴 것이었다. 시어머니가 마흔 다섯에 애를 밴 것은 어쩔 수 없다는 거다. 그러나 인제 겨우 열 아홉 살 난 계집애가 서방 보자마자 이내 애를 배다니!

「야아 니 어는 달고?」

시어머니는 자기의 불룩한 배를 내밀고 며느리더러 묻는 것이었다.

「야아?」

분통인 처음엔 무슨 말인지 몰랐다.

「니는 언제 놓노 말이다?」

(얼른 말귀도 못 알아듣는 년!)

시어머니의 눈은 매서웠다.

「사월잉강 오월잉강……」

분통이는 얼굴이 붉어졌다.

(축구 같은 년! 아아 든 달도 똑똑히 모르는가배!)

시어머니는 안방으로 들어가며 소리가 나도록 문을 닫았다. 순산 달이 자기와 비슷했기 때문이다. 한 해 한 용마루 밑에서 애를 낳으면 하나가 반드시 덜 좋다는 미신을 철저히 믿어 오던 시어머니였던 것이다.

시어머니의 날카로운 눈초리가 무서워서 분통이는 괜히 뱃속에 든 것을 원망도 하고, 슬퍼도 하였다. 배가 절로 불러 오르는 것도 걱정이었다.

촌에서 자란 며느리가 살결이 흰 것도 그러한 시어머니에게는 좋게 보이지를 않았다. 자기 얼굴이 유달리 감둥인 데 비해서 며느리는 어디다 내놓더라도 눈에 뜨일 정도로 희게 생겨먹었으니 괜히 용심이 나는 모양이었다.

그런 말만은 차마 입밖에 내지는 못했지만 며느리가 밉게 보일 때는 그 흰 귀밑대기까지가 괜히 눈에 거슬리었다. 물론 분통이도 그것을 눈치채고는 있었다.

그런데다 시아버지는 물귀신같이 세상 물정은 모르고 지내는 사람이고, 남편이란 사람은 아직 그러한 어머니 앞에서는 끽 소리 못하는 숙맥이고 보니, 집안의 조그마한 불행은 말할 나위도 없고 세상이 다 겪는 가뭄까지 숫제 자기의 탓인 듯 뒤말리어도 어쩔 도리가 없는 분통이었다. 그야말로 분통이 터질 노릇이었다.

그녀는 몇 번이나 어쩜 죽을 수 있을까 생각해 보았다. 아무래도 그 집에서는 오래 살아 갈 수 없을 것만 같았다. 왜 여자로 태어났을까 슬퍼도 했다. 남들은 가뭄 걱정에 여념이 없어도, 분통이는 자신의 앞길이 감감해서 밤이면 소리 없는 울음을 터뜨릴 때가 많았다.

딸 많은 집의 네째 딸로 태어나 이름마저 매정스런 내림을 따라 〈분통이〉가 되었더랬으나, 할머니께서 말하듯 전화위복인지 분결같이 살결이 희다 해서 자랄 때는 그래도 부모의 귀염을 받아 왔던 터인데, 끝이 이렇게 풀리고 마는가 생각하니 금방 눈물이 쏟아질 지경이었다.

드디어 분통이의 비극은 본격적으로 시작되었다. —— 뱃속에 든 것이 움직이기 시작했던 것이다. 진통이다! 저녁을 먹고 나니 별안간 아랫배가 뻗질리기 시작했다. 이마에 진땀 방울이 솟기 시작하고 숨이 절로 가빠졌다.

눈치를 챈 시어머니가 재빠르게 방문을 열어 보더니,

「니가 우짤라고 이라노? 친정에 가라가라 캤는데 앙큼스럽게 안 가고 있디이, 이기 무슨 짓고? 누 집 망칠라꼬 이라노, 엉이 이년아!」

한 용마루 밑에선 도저히 못 낳는다는 호통이었다.

「바, 밖에 가겠임더……」

분통이는 뻗질리는 배를 움켜 안고 밖으로 나왔다. 더듬더듬 신발을 찾아 신자마자 그 길로 사립문을 나섰다. 우거지상을 해 가지고 동구 앞 연자매의 헛간으로 기어 들려는 순간, 마침 지나가던 쇤네할머니가 봤기 다행이었다.

「시상(세상)에 이게 무슨 짓고? 남의 ×은 ×아잉강!」

팔순이 가까운 쇤네할머니가 되레 그녀를 부축해 가며 자기 집으로 데리고 갔다.

분통이는 그날 밤 쇤네할머니 곁에서 〈아이고 오매!〉 소리를 지르다 지르다 겨우 몸을 풀었다. 다행히도 옥동자였다.

「아이구 아가, 고치가 달렸네!」

해산 바라지를 하던 쉰네할머니는 자기 손자나 본 것처럼 반가와하며 분통이를 위로했다.

기적이라 할 만큼 이상한 것은 분통이가 애기를 틀 때부터, 멀정던 하늘에 별안간 매지 구름이 모여 들더니, 순산을 하기가 바쁘게 창대 같은 비가 쏟아지기 시작했다.

며느리가 무거운 배를 안고 사립문을 나서자마자, 지레 겁을 먹은 시어머니는 번개같이 자기 방 윗문턱 위에 빨간부적(符籍)을 붙였다. 마 귀와 액운을 쫓는다는 부적이었다. 실은 벌써 준비했던 것인데, 왜 여태 안 붙였던고, 큰 일 날 뻔했다고 뉘우치기까지 했던 것이다.

저녁 마을을 나갔다가 늦게 집에 돌아 왔고, 빗소리를 듣자 이내 아 들을 깨워 가지고 들로 나갔던 시아버지는 아침까지 며느리가 순산을 한것도 모르고 있었다.

「허허이 인자 굶어 죽지는 않겠다. 물을 대다 보니 자꾸 비가 안 오 나!」

물에 빠진 쥐새끼처럼 해 가지고도 웃으며 돌아온 그였고, 마누라로 부터 며느리가 순산을 했다는 소식을 듣고는 더욱 기쁨을 감추지 못하 였다.

「바우야 어서 궁구(금줄)를 꼬아라! 왼쪽으로 꼰대잇!」

첫애를 본 바우는 약간 쑥스럽기는 했으나, 굵직하게 금줄을 꼬았다. 그동안 아버지는 뒤안으로 돌아가 빨강 고추랑 숯동강을 찾아 왔다. 고추와 숯동강이 꽂혀진 금줄을, 두 부자는 빗속에 맞잡고 사립짝도 없 는 사립문에 건너 질러 매었다. 인부정을 막기 위함이다.

그러나 분통이는 애기의 첫 이레가 지나도록 집에 돌아오지를 못했 다. 무당의 지시라는 시어머니의 분부를 지켜서였다. 갓난애 없는 집에 헛 금줄만이 비바람에 흔들거릴 뿐이었다.

고약한 무당년도 있다고 생각했지만, 쉰네할머니는 자기집에서 해산 구완을 하는 것을 그리 귀치 않게 여기지는 않았다. 오히려 귀한 비를 가져온 옥동자라고 이웃 아낙네들이, 나며 들며 경사삼아 찾아 와서 수 고를 치하해 주는데 쉰네 할머니는 도리어 어깨가 으쓱해지기도 하였다.

「우쩨 그날 저녁 그때싸 내가 용케 연자매께로 나갔던고 몰라! 그때 내가 미차(미처)안 봤이문……」

어쨌겠느냐는 듯이 고개를 쩔레쩔레 흔들어 보였다.

분통이가 낳은 애기는 쇤네할머니 집에서 숫제 아명(?)까지 얻게 되었다. 찾아오는 사람마다 복비를 가져 왔다, 혹은 복구름을 타고 왔다해서 에멜무지로 주고 받던 말이 그대로 〈용〉이란 아명이 되어 버렸던 것이다.

「새빠질 년들! 남의 아아 이름꺼정 즈그 보고 정라라 캤던강.」

분통이의 시어머니는 그것마저 몹시 마뜩잖게 여겼다.

그러나 그럴수록 도둑골 사람들은 마치 무슨 의논이라도 한듯이 분통이를 용이엄마라고 불렀고, 그녀의 시아버지를 용이할배라고들 불렀다. 다만 시어머니만은 용이할매라고 불러주지 않았는데, 그것은 반드시 그러한 시어머니의 뜻을 존경해서 그러는 것 같지도 않았다. 그런 수작들이 어쩜 시어머니를 더욱 불쾌하게 만들었는지,

「손자 보이 좋지요?」

할라치면,

「그럼 지 손잔데 안 좋아!」

하는 말 끝이 송곳 같았다.

그러나 물신선 같은 시아버지만은 마누라의 속도 모르고 마을 사람들이 용이할배, 용이할배 하면, 그저 좋아서 싱글벙글 웃으며 지나가는 것이었다.

분통이의 시부모가 첫손자의 얼굴을 구경한 것은, 분통이가 쇤네할머니의 집에서 애기의 첫이레를 보내고 돌아온 날이었다.

「아가 수고했다!」

시어머니는 우선, 그러나 멋적게, 집안어른으로서의 위로부터 했다.

분통이는 약간 몸이 부어 있었다. 그러한 며느리가 강보에 싸인 애기를 안고 건너방으로 들어가자, 시아버지는 비로소 반색을 하면서 마누라를 돌아 보았다.

「콧날이 사나아답게 생겼제? 늬도 저런 것 놓겠나?」

「칫! 몬 노오몬 내 탓이건데……?」

마누라는 속눈을 해끗 뒤집으며 흘겼다.

용이가 나던 즉시로 내리기 시작한 비는 이삼일을 연거푸 억수로 따르더니, 드디어 장마 비슷하게 여러 날을 질금거렸다. 만 사람의 얼굴이 한꺼번에 펴졌다. 모가 없어 탈이지 모만 있으면 얼마든지 모내기를할 수 있는 비였다. 하고도 남을 정도였다.

다 타 죽었다던 모가 여기저기서 나오기 시작했다. 먼 아랫 마을에서
도 가져 오고 더 먼 수리조합 구역에서도 날라 왔다. 대파를 했던 사람
들도 다시 갈아 엎치고서 모를 내기 시작했다. 철은 늦었지만, 입추가
낼 모레라 해도 역시 벼가 수확이 낫다는 것이었다. 더구나 이 해는 음
력으로 윤칠월이 있으니 까딱 없다는 것이었다.

어느 곳 없이 들이란 들에는 온통 북새판이 벌어졌다. 개도 따라 나
설 판이었다. 그저 일손이 모자라고, 소가 모자라고, 모가 모자라서 일
이 뜻대로 되지 않을 뿐이었다. 사위가 맞지 않으면 서둔다고 되는 것
이 아니었다.

(인제 물 걱정은 없어졌으니……)

바우는 마음을 눅이고 며칠 동안 꾸벅꾸벅 소품앗이만 하였다. 아내
분통이도 애기의 두이레가 지나자 모 품앗이를 다녔다. 아직 부석부석
부어 있었지만 누워서 조리할 환경이 못되었다. 산로(産勞)가 미처 풀
리지 않은 데다 비를 맞아가며 모를 심자니, 허리며 엉치짬이 마구 내
려앉는 것 같고, 때로는 한기까지 겹쳐서 전신이 오싹오싹 떨리기도 했
다.

「용이 엄마 그만 집에 가거라!」

곁에서 보던 아낙네가 눈치를 채고 권해 봐도 그저 꾹 참았고,

「보래, 늬 너무 그러다가 큰일 난대잇!」

이렇게 경험자가 타일러 보아도 마찬가지였다. 아주 억척보두였다.

애기 젖 빨릴 시간이 지나 젖이 지다지다 퉁퉁 부어 올라도, 그러면
인젠 애기가 울다 목이 말라서 울음소리조차 잘 안 나오리라 불쌍케 여
겨지더라도, 분통이는 인정도 눈물도 없는 소 같이 참고 일만 꿍꿍 했
다. 아니 차라리 짐승보다 못한 인생이란 것을 그녀는 입술을 깨물며
받아 들이고 있는지도 모를 일이었다.

그러나 쉴 참이 되어, 무거운 다리를 마음만으로는 날을 듯 끌고 집으
로 달려가느라면, 가끔 천네할머니 같은 늙은이들이 길에서 보곤,

「저런! 남의 몸뎅이는 몸뎅이가 아인강? 첫아아 놓고 세 칠(이레)
도 안 갔는데 온!」

누굴 들으란 건지 이렇게 중얼거리며 연방 혀를 끌끌 차는 소리가 귀
에 와 잡히기도 했다. 그렇다고 돌아볼 분통이가 아니었다.

「와 인자 오노?」

하는 시어머니의 으레 하는 말을 들으면 그래도 조심스럽게 시치미를

떼는 격으로 일부러 천천히 애기가 있는 방으로 들어가는 것이었다.

자기 집 모내기가 시작되었을 때는, 분통이는 더욱 고달팠다. 해산 조리도 미처 못한 몸이 첫새벽부터 들에 나가 모를 찔레, 또 심을레, 게다가 참음식이며 점심밥까지 지어서 먼 데까지 여나르려면 정말 죽기보다 괴로운 삶이란 것이 파김치가 된 몸으로 느껴졌다. 그럴 때마다 그녀는 어머니를 생각했다. 저는 애 하나 낳고도 이런데 어머니는 칠남매나 기르면서 많은 상일들을 해 가며 어떻게 살아 왔을까? 그렇게 어머니는 분통이에게 사랑의 등불인 동시에, 어려운 고비를 이겨 나가게 하는, 눈에 보이지 않는 힘도 되었다.

그러나 무리에도 한도가 있었다. 결국 탈이 나고야 말았다. 때를 넘겨 지고지고 하던 젖이 어쩐지 뿌듯해지는가 싶더니 왼쪽 젖뿌리가 쑤시고 젖통이가 자꾸만 부어 올랐다. 용이가 별안간 설사를 시작한 것도 그 탓이라 싶었다.

그래도 모내기를 끝내고 부라퀴처럼 두렁콩을 심겠다고 고개가 아프도록 무거운 잿둥우리를 이고 갈라치면, 머리 위에 인 축축한 재보다 젖부들기가 도리어 더 무겁고 쓰라리었다. 가뜩이나 두멧골 별똥지기는 두렁도 많았다. 급기야 분통이는 두렁콩 심기를 끝내지 못한 채 몸져 누웠다. 드디어 두 젖이 다 앓기 시작했던 것이다. 오뉴월에 핫이불을 뒤집어 써도 오한이 계속되고 젖부들기는 연방 부어 올랐다.

지황도 다려 먹어 보고, 시아버지가 갖다 주는 넓적한 담배 잎사귀를 오줌에 축여서 붙여도 보았지만 별무 효과였다. 인제는 절로 터지거나 낫기를 기다리는 수밖에 도리가 없다. 이러고서도 시골 사람들은, 사람이 죽으면 으례 백약이 무효라 한다.

「벨일도 다 있제? 나는 아이를 열이나 낳았건만 젖 한번 앓아 본 일이 없는데.」

어쩌다 들여다본 시어머니는 이런 푸념만 하고 돌아섰다.

멀개져 가는 젖이나마 잘 나오지도 않아, 애기는 밤낮없이 보채기만 하는데, 닷새가 가고 열흘이 지나도 낫기는커녕 연방 깊이 곪아만 들어 갔다. 게다가 비는 거의 매일같이 질금거렸다. 읍에라도 들어가지 않으면 의사도 병원도 없는 곳이다.

분통이는 갈수록 몸이 불덩이가 되고 얼굴이 사뭇 캉캉해져 들어 갔다.

바우는 드디어 화를 냈다. 분했다. 며느리를 그렇게 내버려두는 아버지가 원망스러웠고, 어머니가 얄미웠고, 세상이 노여웠다.

그는 창대 같은 비를 맞으며 아랫마을로 뛰어갔다. 개똥이네 달구지를 빌렸다. 여기저기서 돈도 얼마만큼 마련했다.

그는 집으로 돌아오기가 바쁘게 아내를 둘쳐 업었다. 헌 가빠를 뒤집어 씌웠다.

아버지 어머니에게는 일부러 암말도 하지 않았다. 한 필요가 없다고 생각했다.

낌새를 챈 아버지가 문을 열고 내다봤다.

「야야 니가 우짤라고 그라노?」

「어데 가 물어볼람더!」

(이냥 두고 죽이서야 되겠능기요?)

까지는 차마 말이 나오지 않았다.

바우는 연자방아 모퉁이에서 아내를 고쳐 업었다. 그새 이렇게까지 축이 났을까 놀랄 정도로 가벼웠다.

「니 까딱했음 여기서 꼽다시 죽을 뻔했제?」

꼭 아내더러 들으란 게 아니라, 그저 혼자서 이렇게 소리를 내질러 보았다. 그렇게라도 하지 않으면 참을 수 없는 무엇이 머리끝까지 치밀어 올라 왔기 때문이었다. 얼굴을 타내려 입으로 배어드는 빗물이 사뭇 짜져 갔다.

아내를 업은 채 쏜살같이 아랫마을로 달려간 바우는 개똥이네 달구지에 그녀를 내려 실었다. 가빠 한 장을 빌어 한 겹 더 덮어 주었다. 얼핏 보기에 꼭 무슨 짐짝 같은 느낌이 들어서 서글픈 생각이 한결 더했다.

읍내까지는 줄잡아도 삼십리가 실하다. 게다가 비는 그치지 않았다. 바우는 비를 노 맞으며 그 삼십리가 신한 길을 한 번도 쉬지 않고 딜구지를 냅다 끌었다. 자기가 생각해도 믿어지지 않을 만큼 겨우 한 시간 남짓 밖에 걸리지 않은 것 같았다. 다행히 옛날 장작을 팔러 다녔기 때문에 읍내의 지리엔 비교적 밝았다. 바우는 용기를 내가지고 두 세 곳 되는 병원을 휘뚜루 찾아갔다. 그러나 결과는 탐탁치 않았다. 탐탁치 않았다기보다 가는 곳마다 완전히 실망했다.

간호원인가 조수인가 싶은 사람들은 우선 바우의 비에 젖은 몰골부터 보고 심상치 않은 눈치들을 하였다. 한 군데서는 숫제 바깥에 있는 달구지까지 삐꿈 내다보고도 그러했다.

「제발 좀 보아 주십시오! 삼십 리 길이나 끌고 왔는데……」

바우는 동정을 구하기 위해 몇 번이나 머리를 숙여보았다. 행여나 싶어 말씨까지 소위 읍내 사람 식으로 하느라 조심했다.

「글쎄요, 선생님이 안에 계시는지……」

간호원인가 조수인가 싶은 사람들은 한결같이 이렇게 던져 놓곤 일단 안으로 들어갔다. 요컨대 훈련이 잘 돼 있다는 증거일까? 돌아와서 하는 수작은 마찬가지였다.

「안에도 안 계시는 모양입니다. 비도 오고 손님도 없고 하니 아마 어디 가신 모양입니다.」

바우는 더 애걸해 볼 정나미가 떨어졌다. 가끔 들어오던 바와 같다고 짐작되었다.

×××놈들!

분했다. 만약 어떠한 일이 있다면 이런 놈들부터 어떻게 하리란 되지도 않을 앙심을 품으며, 바우는 병원 앞을 떠났다. 달구지채를 휘어 잡은 팔이 자꾸만 떨려 왔다.

마지막으로 바우가 찾아 간 곳은, 옛날 나뭇전 거리에 있는 무슨 가축병원이란 데였다. 아랫마을 누구도 둥창이 났을 때 거기서 약을 얻어다 쓰고 나았다는 이야기를 들은 기억이 났다. 없는 놈들은 그저 그렇지! 싶은 생각마저 들었다.

가축병원이란 데는 소위 일반 병원과는 달라서, 까다로운 문간도 없고, 그저 허름한 갈대발만이 드리워져 있을 뿐이었다. 아마 개나 돼지 같은 짐승을 끌고 들어가기 쉽게 하기 위함이리라 싶었다.

바우는 잠깐 망설이다가 얼른 발을 들치고 들어갔다. 다행히 수의사란 사람만은 있었다. 나이는 그다지 많지 않았지만 제법 코밑 수염까지 기르고 있는 품이 꽤 믿음직하게 보였다.

「저——특별한 부탁이……」

해 놓곤, 바우가 얼른 말을 못 잇고 어름대니까, 그는 갑갑한 듯이 발틈으로 바깥 달구지 쪽을 흘끗 내다보며,

「돼집니까?」

하였다. 대답 대신, 바우의 눈에서는 느닷없이 눈물이 핑 쏟아져 내렸다

「왜 그러시요?」

주인인 수의사가 더 당황했다.

「머라캐도 좋심더. 빨리 좀 봐 주이소!」

바우는 매달리는 소리를 했다.

「아니 뭔데 그러시오?」

수의사는 신발을 끌고 나오더니 발을 들치고 내다 보았다. 가빠 밑에서 「아이고!」하는 신음소리가 들렸다.

「사람 아니오?」

수의사는 눈이 휘둥그레 가지고 바우 쪽을 뒤돌아 보았다.

「사람은 병원엘 가야 합니다. 여기서는 개나 돼지 같은 짐승밖에 보지 않습니다. 알겠어요? 어서 병원으로 데리고 가 보시오!」

「다 가 보았임더. 그러나 아무 데서도……」

바우의 말은 사람이 사람을 위해 사람에게 하는 마지막 하소연같이 들렸다.

수의사의 얼굴에는 어떤 감동의 빛이 얼씬하는 것 같았다. 그는 잠깐──아니, 이삼초 쯤 무엇을 생각하는 듯하더니 고개를 끄떡해 보이며,

「하옇든 안으로 옮기시오! 비도 오고 하니……」

침대가 아닌 짐승을 다루는 거칠은 널빤지 위에 누인 분통이의 앞가슴을 풀어본 수의사는 갑자기 안색을 달리했다. 오른쪽 입 언저리에 실룩실룩 가벼운 경련까지 일으켰다.

「사람이 이 모양이 되게 놔 둬서 되나!」

그는 바우를 심히 못마땅하게 노려보았다. 그러나 그렇게 책임만 추궁하고 있을 때가 아니었다.

「방으로 데리고 갑시다!」

분통이는 곧 방으로 옮겨졌다. 반은 죽은 몸 같았다.

수의사는 부리나케, 발이 드리워져 있는 나들잇문을 닫아 걸곤, 숫돌을 꺼내 칼을 썩썩 갈기 시작했다. 물론 동물에게 쓰던 칼이었다.

드디어 분통이는 수의사의 손에 수술을 받았다. 엄청나게 부어 오른 그녀의 두 젖통이에서 누런 고름이 엄청나게 흘러 내렸다. 아주 깊은 데까지 곪아 들어가 있었던 것이다.

임시 조수 구실을 하고 있던 바우는 아내의 젖통이에서 흘러 내리는 농즙을 닦아내며 소리 없는 울음을 울었다.

마취제의 탓만은 아니었다. 수술을 받고 난 분통이는 우선 숨소리부터 훨씬 수월해 보였다.

「큰일 날 뻔했지! 그대로 두었음……」

손을 씻고 돌아온 수의사는 환자의 얼굴을 내려다보며 이렇게 중얼거

렸다. 그 자신도 퍽 기쁜 모양이었다. ——소위 병소부위(病巢部位)가
아주 깊이 자리잡았던 젖앓이로서 무서운 농혈증 내지 패혈증을 병발할
직전에 있었던 만큼 때를 놓쳤더라면 십중 팔구는 생명이 위험했을지도
모른다는 것이었다.

바우는 몇 번이나 고맙다는 인사를 하였다. 더구나 그 수의사의 호의
로 하룻밤을 수의사의 집에서 묵은 바우 내외는 그러한 은혜를 어쩌면
좋을지 몰랐다.

그러나 일은 그것으로써 끝난 것이 아니었다. 물론 분통이의 병은 그
길로 좋게 회복이 되어갔다. 그녀는 이틀 내지 사흘에 한 번씩 수의사
를 찾아 왔다.

그러나 하루는 가축병원이란 간판이 떨어지고 없었다. 갈대발도 드리
워져 있지 않았다.

(웬일일까? ……)

분통이는 서먹한 얼굴을 하고 안으로 들어갔다. 수의사 선생은 없고
부인만이 나왔다.

「어서 오소. 좀 낫는기요?」

역시 친절하기는 여느 때와 마찬가지였다.

「선생님은?」

「어디 좀 갔임더. 곧 올낍니더.」

부인은 경상도 사투리였다. 경상도 사투리의 부인은 기다리는 동안
다음과 같은 이야기를 하였다.

수의사가 분통이의 젖 수술을 해 준 며칠 뒤 뜻밖에 경찰에서 젊은
경관 한 사람이 찾아왔더란 것이었다.

「저——댁에서 며칠 전 사람 수술을 했다지요?」

하는 품이 이상하더라고.

그래서 수의사는 경찰에 불려 갔다. —— 왜 수의사인 주제에 사람 수
술을 했냐는, 말하자면 국민 의료법 위반을 들고 나왔다.

다행히 취조를 맡은 사람이 학사순경이었기 때문에, 환자가 긴급을
요하는 상태였다 해서 〈위법성의 저각(阻却)〉이란 조목에 해당시켜 주
어서 벌은 받지 않게 되었지만, 보건소에서는 그건 그거지만 영업은 할
수 없다면서 그예 간판을 떼어 갔다. 말하자면 밥줄을 뗀 셈이다.

「그래요?」

분통이는 놀라움과 미안함을 한꺼번에 느꼈다. 의사들이 안 고쳐 주

는 걸 수의사가 고쳐 주는 게 무엇이 나쁜고! 법도 법도 이상한 법이 있다, 싶었다.

「공연히 지 때문에……그런데 우째 알았을까요?」

분통이는 미안해서 어찌할 줄을 몰랐다.

「그기사 다 아는 길이 안 있겠능기요. 어떤 사람들이라꼬! 학사순 경이란 사람의 말을 들으이 어떤 의사가 그랬다 카네요. 빙도 옳기 몬 보는 기 무슨 감투에다 이 학교 저 학교 ××란 거꺼정 도맡아 가지고 있 고, 지따나 정치꺼정 한다고 껴떡거리는 사람인데 그기 경찰에까지 찾아와 서 와 그런 사람을 그대로 나아 두느냐고 막 지랄을 하더라 안카능기요. 하기사 이 양반이사 어데 그런 데에 잘 나가능기요. 오라 캐도 잘 안 나가고 하니 밉기 비이가 있었겠지요. 그러니 이런 탈도 당하는 기지 요. 머!」

수의사의 부인은 이러면서 싱긋이 웃었다. 그러한 남편에 대해서 요 만치도 불평을 가지는 눈치라곤 보이지 않았다.

그럴 때 마침 수의사가 돌아왔다. 역시 코밑 수염을 텁수룩하게 기르 고 있는 그의 얼굴에도, 간판을 떼이었다든가 폐업을 당했다든가 하는 불쾌한 기색은 찾아 볼 수가 없다.

「어떻습니까, 인제 많이 좋아졌지요?」

그는 수인사 겸 이러고서. 약을 고쳐 발라주었다.

「와서 들으이 지 때문에……」

분통이가 사과 비슷한 말을 꺼내자,

「천만에요! 그러는 그놈들이 나쁘지!」

하며, 시쁘다는 듯이 웃었다. 그러고선 마도로스 파이프에 담배를 재면 서 아내더러 하는 말이,

「보건소 눔들의 말이 또 걸작이지. 머 저기들의 의사가 아니니 어쩌 니 하면서, 모모씨들하고 잘 사귀라는 둥, 소장님을 따로 만나 보라는 둥…… 미친 자식들! 내가 누구처럼 싸들고 찾아 다닐 줄 알았던 모양 이지! 차라리 어디로 이사를 가겠다고 해 두었어!」

수의사는 허허하고 너털웃음을 웃어댔다. 그러면서 성냥을 쓱 그어 파이프에 가져 가다가 잘못 대어서 수염 끝을 짜지작 태웠다. 부인이 웃고 분통이도 그도 웃었다. 갈대밭이 걷힌 쪽, 비 갠 뒤의 아스팔트 거리가 한결 상쾌하게 그들의 눈에 안겨 왔다.

<1968 · 世代>

204

修 羅 道

「저 애씨는 시집 못 갈까 봐 불공 드리러 왔나? 이 비좁은 방에 온!」
「와 그라노, 우리 부체새끼를……. 그라지 마라, 내 손지다.」
아직 불당답게 채 꾸며지지도 않은 방안 벽받이에 안치된 커다란 돌부처 곁에 빠듯이 끼어 앉아 있는 소녀는, 겨우 여남은 살 될까말까하는 아이다. 소복차림의 보살할머니들이 웅성대는 양을 눈여겨 보고 있던 소녀는 별안간 자기를 놀려주는 핀잔 소리에 눈이 오끔해지다가 할머니 가야부인의 감싸 주는 말이 떨어지자 모두들 딱다그르하고 웃는 바람에, 못내 수줍어진다. 소녀의 얼굴보다 더 붉게 물들여진, 수박처럼 둥글둥글한 종이등들이 천장이며 뜰 안을 온통 메우고 있다. 관등절의 오후였다.
……분이는 이러한 어릴 때의 기억을 더듬으며, 할머니 가야부인의 장엄한 (그녀는 장엄이란 형용사를 떠올리고 있었다) 임종을 지켜 보고 있다. 벌써 그녀는 소녀가 아니다. 낭자가 반듯한 색시다.
덩치가 큼직큼직한 아들들이 할머니의 곁을 떠나지 않고 있다. 참기 어려운 마지막 고통인 듯 가야부인의 넓은 이마에 잇달아 맺히는 땀방울을 차례로 닦아준다. 눈같이 희고 곱슬곱슬한 머리카락이 땀기로 인해 이맛살에 착 들어붙어 있다.
멀리서 적을 가상한 훈련 포성이 쿵, 쿵, 일정한 간격을 두고 울려왔다. 아주 정나미가 떨어지는 포성이다. 그 포성이 갑자기 커질 때마다 가야부인은 눈을 힘없이 떠보기도 한다. 그러나 시선은 내처 방향을 못 잡는다
그러나 이상한 것은, 눈이라든가 이마에는 그렇게 열반의 고통이 뚜

렷한데도 불구하고, 굳게 다물린 입 언저리만은 여느 때와 조금도 다름
이 없다. 금방 미소라도 떠오를 듯한 부드러운 모습 그대로다.

「관자재 보살 행심반야바라밀다시……」

그녀의 머리맡에서 반야심경을 읽고 있는 안면 있는 스님의 나지막한
목청은, 분이의 생각을 줄곧 아기소녀 시절로 이끌어 갔다. 할머니의
얼굴에 미륵불의 얼굴이 자꾸만 겹쳐져 보였다. 할머니가 미륵불로도 보
이고 미륵불이 할머니로도 보이고…….

할머니가 아직 젊었을 때의 일이었다. 강 건너 고암산이 이쪽 미륵당
아래의 강 구부렁이로, 그 웅장한 그림자를 쑥 내밀고 있었다. 벌써 해
가 뉘엿뉘엿 넘어가고 있다. 물빛이 한결 시퍼런 강 구부렁이 쪽으로 사
타구니처럼 벌어져 간 골짜기의 오목한 부분에, 미륵당이란 절이 납작하
게 앉아 있다. 그래서, 모신 미륵불은 어지간히 크기는 해도 절이름을 미
륵암이라 부르지 않고 보살할머니들은 그저 미륵당이라고만 불렀다. 그
마저 선 지가 얼마 되지 않았기 때문에 둘레에 아직 커다란 수목들도
없고 해서 절같은 맛이 나지 않고, 웬만한 집 제실만도 못한 당집인데,
그것을 에워싼 청룡이니 백호니 하는 산등성이에 철따라 핀 진달래 꽃
들이 어쩜 석가여래의 탄생일을 축하하는, 사월 초파일 같은 기분을 느
끼게도 했다.

분이는 좁은 길섶에까지 피어 있는 진달래꽃을 조갑지 같은 손에 꺾
어들고 할머니 가야부인을 따라 갔던 것이다.

「저 새가 암매 서천 서역국에서 오는 샌지도 모르지. 꼭 이때가 되면
와서 저렇게 울어 쌓거든!」

할머니는 혼잣말처럼 중얼거렸다. 분이는 무슨 뜻인지 잘 못 알아채
고 그저 뻐꾹 뻐꾹 하는 소리만 들었다. 이쪽 산에서도 울고, 강 건너
고암산 쪽에서두 울어댔다. 어떤 소리는 아주 더 먼 데서 들려 오는 것
같기도 했다. 그건 아마 할머니가 가끔 말씀하시던 고암산 저쪽 백운암
인가 하는 절이 있는 무척산에서 들려 오는 건지도 모른다고 분이는 생
각했다. 가뜩이나 큰 키에 언덕길을 올라오는 할머니를 돌아보았을 때,
분이는 우리 할머니가 제일이다 싶었다. 다른 집 할머니들보다 얼굴도
희고 키도 훤칠할 뿐더러, 남들이 잘 안 쓰는 처네까지 꼬박꼬박 쓰고
다녔다. 자줏빛 천에 이마를 반듯하게 가로 지른 새하얀 처네 동정이
한결 의젓하고 깨끗해 보였다.

그러한 할머니가 미륵당 문간을 들어서자, 안에 있던 할머니들과 스

님은 모두 일어서며 반기었다.

「가야마님 오십니꺼!」

「설판제자 오시네요!」

그녀들은 할머니의 친가가 김해라 해서 가야마님이라고 불렀다.

「아이고 모두 일찍 오신네요!」

할머니는 분이의 손을 놓고 그녀들의 손을 두 손으로 쥐었다. 아는 사람을 대할 때 그러는 것이 할머니의 버릇이었던 것이다. 할머니는 처네를 벗기가 바쁘게 미륵불 앞으로 나아갔다. 물론 분이의 손을 다시잡고.

「알제. 부체님 앞에서는 절을 세 분 한데잇!」

이렇게 시켜 가며, 예배를 마친 뒤, 여럿이 있는 곳으로 돌아와 앉자, 좌중은 다시 웃음과 이야기판이 되었다. 그래서 사월 초파일은 석가여래의 탄생을 축하하는 날이라기 보다 시골 할머니들의 환담의 날인 것 같기도 했다. 그런 할머니들의 이야기며 웃음들이 시종 자기 할머니를 중심으로 진행되는 것 같아 분이는 한결 흐뭇한 생각이 들었다.

할머니 가야부인이 남들로부터 그러한 추킴을 받게 될 만한 원 내력을 알게 된 것은 분이가 훨씬 더 자라서의 일이었다. 분이는 제법 처녀티가 날 때까지도 곧잘 공양미를 머리에 이고 할머니를 따라서 미륵당을 찾아 갔던 것이다. 할머니는 원래부터 불교에 대한 신심이 대단하였다. 실은 그 미륵석불만 해도 수백년 동안 땅 속에 깊이 묻혀 있던 것이 그와 같은 신심의 공덕으로 가야부인의 눈에 처음으로 뜨인 것이라고 사람들은 말했고, 그 미륵당이란 암자도 실은 할머니의 설두로 세워진 절이었다. 분이가 알기에도 할머니는 꼬박 십년을 불교식 일종이란 걸 마쳤던 것이다. 할머니는 분이에게 여러 가지 이야기를 들려 주었다. 불교에 관한 것 이외에도 할머니는 구수한 이야기들을 곧잘 하였다. 그러나 분이가 할머니를 특별히 따르고 좋아하게 된 것은 흔히 보살할머니들이 추켜 세우는 그러한 이유에서만이 아니었다. 물론 그런 것도 중대한 이유의 하나임에는 틀림 없겠지만 분이에게는 그보다 할머니가 하시는 모든 일들, 즉 할머니의 전생애가 대견스럽고 우러러보였던 것이다.

사실 분이는 할머니의 얘기라면 어디서부터 시작해야 좋을지 모를 판이었다. 그만큼 할머니는 다른집 할머니들과는 달리 생애의 폭이 넓고 깊었던 것이다. 괴로운 과거와 의젓한 처신들이 많았다. 할머니가 시집을 온 것은 한일합방이 있은 다음 해라고 한다.

「시집 올 때는 꼬박 사흘이나 안 걸렸디이나!」

할머니는 이 이야기를 아마 열 번도 더 하였을 것이다. 이녁 동서끼리는 물론 장가를 들어서 애까지 둔 아들들도, 모여 앉으면 그런 얘기를 묻고 또 묻곤 하였다. 몇 번 들어도 싫지 않은 얘기라고 분이도 오는 잠을 참아 가면서 귀를 기울였던 것이다.

「철이 애비(큰아들)는 그때 배에다 꽉 댕이(동여)매고 배를 안 탔디이나……」

할머니의 얼굴에는 그 당시의 결심 비슷한 빛이 푸뜩 지나갔다. ——옛날 〈가야국〉의 자리인 김해가 안태본이라 해서 가야부인이라고 불리게 되었다지만, 할머니의 친정 곳은 김해 고을에서도 저 남쪽 끝에 가 붙은 명호란 소금 곳이었다.

할머니의 친가에서도 소금을 구웠다고 한다.

「신도란 섬에 가면 우리 염전이 제일 컸지!」

할머니는 고향 얘기를 할 때는 염전 얘기를 빼 놓지는 않았다. 그러니까 미륵당 골목인 태고란 나룻터에 그곳 소금배가 와 닿아 있는 걸 보면, 할머니는 길잘 달려가서 아무개 무쇠가마에 불 들었든가, 떠밭등 아무개 잘 있는가 하고 친정 소식을 깎듯이 묻곤 하였다. 그럴 때마다 「그러이더, 그러이더」하고 대답하던 뱃사람들의 우스꽝스런 사투리를 분이는 재밌다고 생각했다.

아뭏든 그런 먼 곳에서 차도 발동선도 없던 옛날에 바다 같은 강까지 건너가며 시집을 오자니 사흘이 걸렸다는 것도 거짓말은 아니었다. 할머니의 말로는 하늘이 안 보일 정도로 길길이 자란 갈밭 속을 십리도 더 빠져 나와야 되는데, 그 갈밭 속 길이란 게 또 예사로 미끄럽지가 않은데다, 돐 이 지난 첫아이까지 달고서 가마를 탔으니까, 네 사람이 메는 가마라 하지만 교군군들이 땀을 팥죽같이 흘렸더란 거다. 게다가 강 기슭에 나와서도, 하필 시위가 내린 위에 바람까지 어떻게 사나왔던지, 배끌기(배에 줄을 매어 어깨로 끄는 사람들)의 어깨가 뭉개질 정도가 되어도 어찌할 도리가 없어서, 두 차례나 팻자를 놓았다고 한다. 이러다간 아무 일도 되지 않으리란 공론이 돌아서 결국 시위나불을 무릅쓰고 강을 건너는 판인데, 만약에 파선이 되거나 한다면 아기와 함께 죽을 작정으로 신부(할머니)는 젖먹이를 자기의 앞배에다 친친 동여매었더란 거다. 그때만 해도 할머니의 집안은 명호서도 울리던 집안이라, 배도 예사 크지 않은 고물대 이물대가 다 갖춰진 큰 배였지만, 덩그런 사인교에다, 상객, 몸종, 하인, 교군군들까지 합쳐서 자그만치 일행이 열다섯도 넘는데, 오라범이 타신 청노새를 비롯해서 말까지 세 필이나 실어 놓았으니, 그런 난리가 어디 있었겠느냐는 할머니의 이야기였다.

「나불이 딜이닥칠 때마다 하님들은 상이 새파래 가지고 떨어대지, 말은 하늘을 치다보고 홍호야 하고 울어대지——」

할머니는 이렇게 이야기에 집을 내다가,

「제우(겨우) 황산 앞벌에 배가 밀쳐 닿자, 인자는 살았다싶으디구만!」

하고 숫제 그때의 기쁨을 얼굴에 되살리는 것 같았다.

「할매는 그때 안 무섭던기요?」

듣고 있던 분이가 한 마디 끼우면,

「와 안 무섭아! 간이 콩낱 같았지. 큰 머리를 해노니 고개는 아프고
……그러자 황산 장터로부터 시갓댁 마중군들이 달려 오는데——」

할머니는 어젯 일같이 눈에 선한 모양이었다.

「양편 종년들이 우리 애써 내 모시겠다 하고 싸움들이 벌어지고……」

이 대문에 가서는 언제나 감개무량한 표정을 지었다.

비록 서울로 빠지는 국도라고는 해도 그 당시의 〈황산 베리끝〉하면 좁기로 이름난 벼릇길로서, 시가 측에서 마중나온 사람만 보태도 서른 명이 넘었을 텐데, 구경군까지 합치면 줄잡아도 오륙십명 가까운 사람들이 외줄로 사뭇 늘어 섰다고 하니 과연 얼마나 볼만 했을까, 분이는 늘 자랑스럽게 생각했고 또 못내 부럽기도 했다,

그러나 그와같이 거추장스럽고 흐들감스럽던 우귀 행렬이었건만, 정작 가야부인이 실려간 허진사댁은 그때만 해도 여간 까다로운 유교 가문이 아니었다. 게다가 한때 요부하던 가산마저 거의 탁방이 난 무렵이었다. 물론 이런 정도의 사정은 친정 오라범으로부터 미리 듣고는 있었다.

칠보화관의 구슬잠이 떨리는 대례를 마친 뒤에도 고풍을 따라 삼년을 친정에서 묵는 동안 한 해 두어 번씩은 으례 찾아와 주시던 시아버지의 얼굴은 익혀 알았지만, 우귓날 그앞에서 새삼 큰절을 드릴 때는 어련히 내립떠보실 눈이 더욱 두렵게 느껴졌다.

「오냐, 수로에 고생이 많았겠구나. 시할아범이 못 오셨으니 절은 내가 먼저 받게 됐다마는……」

시아버지 오봉선생(오봉산 밑으로 오고부터 부른 호라 한다)은 점잖게 닦인 말씨에 약간 울적한 표정을 짓다 말았다. 역시 고풍따라 시집

온 사흘째 되는 아침부터 가얏댁은 부엌으로 들어갔다. 우선 훤칠한 키
가 사람들의 눈에 띄었다. 데리고 온 몸종 이외에도 삼월이니 구월이니
하는 부엌 식구들이 있긴 했었지만, 가얏댁은 부엌일을 그녀들에게만
맡기지는 않았다. 어른들의 식성을 알고부터는 더욱 그러했다.

「시어머님은 내가 간을 본 국맛을 용키도 알더이라.」

할머니는 이런 말을 자랑삼아 하였다. 고을에서 알려져 있는 명문이
라고는 해도 시할아버님이 왜놈들의 등쌀에 못이겨 늘그막에 서간돈가 북
간돈가로 떠나고 시아버님이 북정이란 데서 그곳으로 이사를 온 뒤는 집
도 그저 그렇고 해서 돌담을 사이로 한 이웃과 별반 다를 바가 없었다.
생각했던 것과는 달리 중문 대문이 없는 그런 집이었지만 가얏댁은 요
만치도 꺼림칙하게 여기지는 않았다.

「그러이칸에 우리 분이의 고조할배나 징조할배는 참 훌륭했지. 더구
나 고조할배는 진사급제꺼정 해서도 베실을랑 하시지 않고서……」

오히려 그렇게 된 것을 자랑인 양 이야기한 적도 있었다.

「고조할배는 머한다고 간도란 데로 갔있덩강요?」

「그건 니가 좀더 크아 안다.」

해 놓고서도, 이내 덧붙였다.

「왜놈들이 우리 나라를 뺏고서 미안세김 겸 입이라도 틀어막아 보겠
다고 베실아치나 이름 있는 양반네들에게 〈합방은사금〉이란 걸 내 주었
는데 그 고조할배는 그 돈을 더럽다고 그 자리에서 되돌려 주었더란다.
그러니 그놈들이 좋다 캤겠나. 그걸로 밋비이다가 할 수 없이 그만 조
선 땅을 떠나싰다고 안하나!」

아직 철이 안 든 분이는 간도란 데가 어딘지, 또 무슨 뜻인지 자세히
는 몰랐었지만, 아뭏든 고조할아버지는 조금 무서운 어른이었나 보다
생각하였다.

시아버지 오봉선생은 그러한 아버지를 찾기 위해 몇 번이나 만주땅을
헤매었다지만 찾은 뒤에도 결국 모셔오지는 못하고 돈만 작살을 내었
다고 한다. 요컨대 이것이 일본의 식민지가 됨으로 해서 허진사 집이 겪
은 첫번 째 수난이었다.

「하지만 그란다고 누구 하나 감히 참견할 사람도 없었지!」

할머니의 말을 들으면, 할머니의 시아버지── 그러니까 분이의 증조
할아버지 오봉선생도 고조할아버지 못지 않게 무서운 어른이라고 느껴
졌다. 아닌 게 아니라 분이의 아득한 어릴 적 기억 속에도 증조할아버지

의 파르스름한 눈빛이 유달리 얼어붙어 있었다.

그러한 오봉선생이 되고 보니, 왜놈들이나 그들의 앞잡이들의 비위에 맞을 리 없었다. 게다가 소위 합방 이후 낙동강 연안 일대의 그 질펀한 갈밭들이 모조리 동척의 손아귀에 들어가고, 이내 그들의 논밭이 되어 가는 꼴을 보고는, 당신은 당신대로 더욱 참을 수가 없는 듯이, 툭하면 구두덜거리며 어디론지 핑 떠나기가 일쑤였다. 그러자니 사실 살림이라고는 깍듯이 돌아 볼 경황도 생각도 없었던 것이다. 따라서 집안 식구들도 자연 그렇게 된 어른에게 기댈 도리가 없어지고 도리어 세상을 등진 듯 새침하게 세월을 보내는 그의 비위나 거슬릴까 조마조마할 따름이었다.

「우짜다가 화를 내실 때는 꼭 벼락이라도 떨어지는 것 같더이라. 목소리나 비미이(예사로) 큿나! 〈못난 것들!〉하고 호통을 치실 때는 그저 온 집이 쩌렁쩌렁 울리더이라.」

할머니는 이런 표현을 하였다.

그러나 그렇게 두려운 반면 자기에게는 이를 수 없이 고마운 시아버님이었다는 말도 잊지는 않았다.

「야야, 춥다. 어서 방에 들어 가거라. 와 부엌사람들한테 일을 맡기지 않고서……」저녁 일이 늦을 때는 이렇게 나무람 겸 위로를 해 주시더란 것이다. 그러면서 때로는 가벼운 한숨을 쉬곤 하였다고 한다.

그러나 그렇다고 며느리 가얏댁은 일을 덜하지는 않았다. 그 당시만 해도 웬만한 가문의 부녀자들은 비록 굶는 한이 있더라도 손끝 하나 꼼짝하지 않는 것을 무슨 자랑처럼 여기었지마는, 그녀는 타고난 천성이 그러질 못했다. 집안 형편을 따라서 진일 마른일 할 것 없이 닥치는 대로 해 내었다. 일을 하는 것을 조금도 부끄럽게 여긴다거나 꺼리지는 않았다. 그래서 일찍 배우지 못한 일이라도 이내 손에 익숙해졌다. 머슴이나 부엌식구들이 도리어 송구스럽게 여길 정도로 부지런했다. 벌써 그녀는 한다한 양반의 집 며느리가 아니라 흔해 빠진 농삿군의 마누라처럼 되어갔다.

남편인 명호양반은 그저 미안스런 눈치만 보였다. 그는 소위 양반의 집 맏아들로서 층층 시하에 눌려 살아 온 처지라 대소사를 막론하고 어른들의 눈치나 살필 일이지 이러쿵저러쿵하지는 않았다. 게다가 사실 그는 부인 가얏댁보다 나이도 두어 살 아래였을 뿐 아니라 이력 할아버지나 아버지 오봉선생에 비하면, 위인이 그저 순하기만 했지, 아직은 무슨 일을 이래라 저래라 할 처지가 못 되었다.

시아버지 오봉선생이 멀리 출타를 할 때는 마누라보다 자부인 가야부
인을 꼭 불렀다.

「야야, 내 옷좀 챙겨 오너라. 여분이 한 불쯤 더 있었음 좋겠다.」

애당초 어디로 간다는 말을 하지 않았다. 언제 오겠다는 말도. 누가
따르기는커녕 배웅도 멀리 못나오게 했다.

「아부이 잘 다녀 오이소.」

대문밖에서 그저 이럴라치면,

「오냐, 집 잘 지켜라.」

하고는 돌아도 안 보고 횡 떠나는 것이었다.

그렇게 해서 시아버지가 안 계시면 가야부인이 실제 주인 구실을 하
였다. 그럴 수밖에 없는 것이, 명호양반은 아직 글만 읽는 서생인데다
시할머니는 일찍 돌아가셨고 시어머니는 워낙 눌려서만 살아오던 분이
돼서 매사에 자기의 의견이라고는 내세우는 일이 거의 없었기 때문이
다. 그래도 시어머니라고 의향을 물으면,

「내가 머 아나, 니가 알아서 해라.」

고작 이런 투였다.

이러한 환경 속에서 가야부인은 온갖 집안 살림살이를 도맡듯이 되어
버렸다.

그러면서도 그녀는 데리고 온 몸종을 이녁 딸처럼 아꼈다. 삼월이도
빨리 제 갈길을 가야 된다고 하였다. 그녀는 종이라 해서 그녀들을 맘
대로 부리거나 하시하지는 않았다. 원래 마음이 너그러운 데다 신심의
탓도 있었으리라. 길쌈철이 되면 그녀들과 한자리에 어울려서 일을 거
들었다. 무릎 위까지 살을 드러내 놓고 모시나 삼을 흠빨아 가며 뱌비
러 이을 떼는, 시어머니의 눈이 퉁그레지기도 했지만, 가야부인은 샌님
들이 타고 다닐 마필이 없어진 처지에 상일이면 어쩌며, 종이 무슨 소
용이 있겠느냐는 말눈치를 일부러 비치기도 했다.

「나무——아미타불!」

시어머니의 입에서 이런 탄성이 자주 새어 나왔다.

그러나 허진사댁의 불행은 이것으로써 끝나지는 않았다. 가야부인이
시집 온 지 만 구년째 되는 해였다. 만주땅에 가 계신다던 시할아버지
가 거기서 무슨 강습소를 꾸몄다든가 독립 운동을 한다든가 하는 소문

이 들리더니, 결국 일년 전에 서간도에서 유골이 되어 돌아오고, 시아
버지 오봉선생이 그 유골을 안고 온 다음 해에는 삼일 만세사건이 일어
났다. 이 만세사건에 오봉선생은 둘째 아들—— 그러니까 가야부인에게
는 바로 손 아래 시숙인 밀양양반을 잃었다. 왜놈들의 총질에 생죽음을
당한 것이었다.

이태를 연거푸 이런 참변을 당하고 나자 허진사댁은 문자 그대로 쑥
밭같이 되었다. 온 가족이 죽은 상이 되었다기보다, 분노를 머금은 슬
픔이 얼굴마다 사무쳤던 것이다. 그리고 그것은 허씨 일문만의 슬픔이
아니라, 보다 많은 사람들의 슬픔이기도 했다. 적어도 오봉선생의 예와
다른 태도에는 그런티가 뚜렷이 엿보였다.

그래서, 만주 눈벌에서 시할아버지의 유골을 찾아 왔을 때나, 읍내
장터에서 피투성이가 된 시숙의 시체를 모셔 왔을 땐 일제의 날카로운
감시속에서 내용만은 고을이 떠들썩하게 소위 사회장이란 게 치러지긴
했지만, 그런 정도로써 유족들의 원한이 풀릴 리는 없었다.

「왜놈들의 총질과 미쳐 날뛰는 칼날에 무참하게 터지고 찢긴 아드님의
시체를 보시자마자 시어머님은 그대로 넋을 잃었더니라. 이놈들아 나라
를 뺏음 좋기 뺏지, 와 금덩어리 같은 내 자식을 이렇게 쥑였노? 하고
그만 그 자리에서 안 자물시(까무러쳐)버리나!」

가야부인은 그때 일을 이야기할 때는 언제나 목맺히는 소리로 눈물까
지 끌썽거리었다. 분이도 나이 들어서 그 이야기를 들을 때는 자기도
모르게 할머니를 따라 눈물을 지우곤 하였던 것이다. 그러고부터 시어
머니는 식음을 전폐하다가 결국 종신 속병을 얻게 되고, 시아버지 오봉
선생은 돌부처처럼 입을 다물었다. 가야부인은 서른도 채 못되는 나이
에 그러한 시부모를 모시고 연방 기울어져 가는 집안을 거의 혼자서 다
스려 나가야만 했던 것이다.

이미 기울어진 가세에 권속만 웅성거릴 필요가 없었다. 어려운 가운
데서도 삼월이는 곧 짝을 지어 내보내고 구월이는——육순이 넘도록 부
려 온 종이라 아쉰 대로 평생 입을 옷가지까지 지어서 제 아들에게로
돌려 보냈다. 많찮은 농사에 머슴도 여럿을 둘 필요가 없었다. 가야부
인은 직접 안내던 모도 내고 길쌈도 하였다. 길쌈은 집안식구들의 입성
을 마련하는 데만 그치지 않고, 그것으로써 아이들의 학비에까지 보태
었다. 이렇게, 손아 날 살려라 하고 애면글면 영세판을 허둥거리는 동
안에 다시금 십여년의 세월이 흘러갔다. 그녀는 〈가얏댁〉에서 〈가야부

인〉으로 칭호가 바뀌고, 어느덧 육남매의 어머니일 뿐 아니라, 자부도 몇이나 거느린 버젓한 시어머니가 되었다. 손자녀도 분이를 비롯해서 여럿이 났다.

「여자 한평생은 그저 그런 기란다. 지내고 보문 잠깐이지만……」

결국 허씨 가문에서의 이십년 남짓한 세월은, 그녀의 이마에 세 개의 긴 주름을 파놓고 갔다. 희번드르하던 살결은 누르퉁퉁하게 탄력을 잃게 되고, 귀밑에는 서릿발이 희끗희끗 드러났다.

허구한 풍상과 세월은 시아버지 오봉선생께도 놀랄 만한 변화를 가져오게 했다. 우선 옛날처럼 집이 쩌렁쩌렁하게 울리도록 호통을 치는 일은 거의 없어졌다. 소위 양반의 티도 줄어지고, 다만 옛날보다 더 잦게 출타를 할 뿐이었다.

한 번은 이런 일이 있었다.──표연히 집을 나선 뒤 근 두달이나 지나서 돌아오던 참인데, 때가 공교히 한밤중인데도 불구하고 대문이 활짝 열려 있는 자기집 뜰안 광경에 깜짝 놀라 발을 멈추었다.

(어찌된 셈일까?……)

달이 찢어지게 밝은 밤이었다. 그렇게 달이 밝은 안마당에 웬 사람들이 멍석을 펴 놓고 버릇없이 줄느런히 누워 자고 있지들 않는가! 모기불까지 희부연 연기를 모락거리고. 옛날엔 없던 상스런 풍경이었다.

「어험!」

하는 오봉선생의 기침소리에 맨먼저 뛰어 나온 사람은 며느리 가야부인이었다. 마당에 누워 있는 사람들은 여전히 움직이지 않는다. 옛날 같으면 불호령이 떨어질 일이다. 양반의 집 뜰에 이게 무슨 꼴이냐고!

그러나

「웬 사람들이지──?」

오봉선생의 밀은 생각 밖으로 부드럽게 나왔다.

「저 윗녘에 삼 받으러 갔다가 오는 아랫네 부인네들입니더. 잘 데가 없다캐서……」

가야부인은 가슴이 철렁한 채 이렇게 일러 바치다가, 상대편에서 얼른 무슨 말이 없자 저녁 진지 걱정으로 수인사를 돌렸다.

「저녁은 묵고 왔으니, 술이나 한 잔 들까? 있는강?」

「농주뿐이옵니더.」

시아버님이 좋아하시는 약주나 구기자술을 유념해 두지 못한 것이 죄송스러웠다.

「농가에 농주면 족하지. 어디 조금만 가져 오게.」

그러고는 곧장 사랑으로 들어 갔다.

마나님을 비롯해서 늘어섰던 가족들은 약간 싱거워졌다. 어디를 다녀 왔는지 궁금하기도 했다.

그러나 당신이 사랑에 있을 때는 이녁이 부르기 전에는 아무도 맘대로 들어 가지를 못한다. 그것이 당신의 체통이고 또 가풍이기도 했다.

며느리 가야부인이 술상을 보아 갔을 때 그는 며느리를 일부러 들어오라 했다. 이러한 일은 그녀가 시집 온 뒤 처음 있는 일이었다. 가뜩이나 조마조마 하던 차에 가야부인은 약간 섬뜩해졌다. 그러나 나들이 갔을 관으로 바꿔 쓰고 정좌한 시아버지의 말은 역시 예상 외로 부드러웠다.

「게 앉게.」

가야부인이 술을 따라 올리자 첫말이,

「윗녘에 삼 받으러 갔다 오는 부인네들이라고?」

「네 그렇습니다.」

「응 그래, 어렵게 사는 사람들이구만. 잘했소. 황혼 축객이 인사의 도리가 아니거든!」

시아버지 오봉선생은 잔을 한숨에 죽 비우고 나더니,

「이왕이면 저녁 대접까지 해드리지 그래?」

「그렇게 했읍니다. 어머니께서도 그러라 하시고 해서……」

「착한 일들을 했구먼!」

오봉선생은 모든 걸 너그럽게 촌탁해 주면서,

「그새 별일은 없었는지?」

집안 사정을랑 맨 나중에 물었다.

「네.」

웬만한 일쯤은 있어도 있다 할 며느리가 아니었다. 고등계 형사들이 몇 번인가 다녀간 일은 있었지만, 그런 건 전부터 내처 있어 온 일이고 해서 새삼 아뢸 필요를 느끼지 않았다. 오봉선생은 더 말이 없었다. 그가 물러가라 할 때 그의 장죽에 성냥을 그어 대주던 가야부인은, 그때야 비로소 시아버지의 얼굴이 한결 초췌해져 있음을 발견하고 갑자기 송구스런 생각이 들었다. 단순히 노독의 탓만이 아니라는 생각이 들자, 무언지 모르게 처결한 것이 느껴졌다.

오봉선생은 외로웠다. 가다가 무엇이 마뜩찮거나 몹시 울적해 보이는 날은 곧잘 아버지와 아들의 무덤이 있는 산으로 올라 갔다. 그밖에는 대개 문을 굳게 닫고 사랑방에 접치고 있었다. 그리고는 때묻은 고서들을 뒤적거리거나 혼자서 골패를 달그락거리는 것이 거의 일과처럼 되어 있었다. 원래 말이 적은 데다 웃어 본적이 별로 없는 그는 더욱 말이 없었고 웃음이란 건 아주 잊어버린 듯했다. 아직 철부지인 분이는, 찬기운이 사무친 듯한 파르스름한 눈을 하고 집안식구들에게까지 말을 잘 안하던 그를, 증조할아버지라기보다 냉담한 사랑손님처럼 두렵고 서먹하게 여기었다. 그래서 그 사랑앞에 모란이니 영산홍이니 하는 꽃들이 아무리 탐스럽게 피어 있어도 그가 방에 있을 때는 좀처럼 가까이 가지 않았다.

이렇게 스스로 세상을 멀리하고 또 가정에서까지 외돌토리가 된 듯한 오봉선생은 그저 친구와 술로써 시름을 잊는 것 같기도 했다. 그래서인지 멀리서 친한 선비들이 찾아오는 것을 무척 반가와 했다. 옛날 같은 펄펄한 기상은 찾으려 해도 찾아볼 수 없었지만 그래도 용기를 내어 술이야 밥이야 하고 서슴지 않고 분부를 내렸다. 여유가 있고 없고는 알 바 아니다. 그러한 유생들일수록 또 오래 머물기가 일쑤였다. 하루 이틀에 뜨지 않는 경우가 많았다. 사흘도 좋고 닷새도 좋고, 때로는 달포 가까이 치대는 유생도 없지 않았다. 그렇게 되면 먹는 것만이 아니라 빨래까지 해당해야 한다. 경우에 따라서는 새 입성도 해드려야 하고 또 그런 분일수록 떠날 때는 노자돈도 쥐어주어야 한다.

다행히 가야부인은 일찌기 그러한 가정에서 자라났기 때문에 아무런 불평이 없이 이리 공대를 해갔다. 옛날처럼 나라에서 빌려주는 환자(還子)도 없어진 세월이라 쌀이 떨어지면 여기저기서 꾸어와야 했고, 닭도 돈도 그렇게 해서 구해 와야만 했다.

「말 말아라, 그렇다고 궁한 표를 보일 수도 없고……한번은 할 수 없이 어른들 몰래 친정 오라범에게까지 사람을 안 보냈디이나.」

할머니는 그 무렵의 고충을 이렇게 회고하기도 했다.

이러한 일들로 해서 가야부인은, 나이 많은 시어머니가 있어도, 동서나 시숙들로부터 자연 가모의 대접을 받게 되었다.

「인물이나 키만 보아서가 아니라, 제반 범절이 방가워 의관의 집 맏며누리감이지.」

남의 말을 잘 안 하는 오봉선생이었지만 며느리 가야부인에 대해서는 언젠가 친척들이 모인 자리에서 이런 칭찬을 하였다고 한다.

한편 시어머니는 둘째 아들 밀양아이를 잃은 뒤로 정신나간 사람처럼 되어 버렸다. 이녁 말마따나 모진 목숨이 죽어지진 않고서 시나브로 말라만 들어갔다. 남자들 같으면 다른 일에 머리를 쓴다거나 술로써 한때의 시름을 잊기도 하겠지만, 가뜩이나 얌전하기만 한 시어머니라 그저 한숨과 〈나무아비타불〉로만 세월을 보냈다.

그러던 시어머니가 어느덧 천수를 치기 시작했다. 물론 바깥어른들이 안 듣는 데서만이었다. 어디서 얻어 왔는지 가야부인도 모르는 얄팍한 불경책의 노란 책가위가 말려들어 갈 정도로 손때가 묻었다. 아주 열심이었다. 〈정구업 진언 수리수리 마하수리 수수리 사바하〉를 처음 마듬작거릴 때는 저 책을 언제 다 외우리 싶었지만, 시어머니는 실로 놀라울 정도로 빨리 나아갔다. 그리고 다행히도 그렇게 불도에 낙을 붙이게 된 것을 가야부인은 고맙게 생각하였다. 다만 그렇게 불경을 열심히 외우면서도 가 보고 싶은 절에 남들처럼 마음놓고 가 보지 못하는 시어머니의 심정이 못내 안타까왔다. 그녀들의 시가는 워낙 완고한 유교의 집안이었던 것이다. 그러던 어느날——바람이 몹시 불던 밤이었다. 집 뒤를 에워싼 참대 숲이 워석워석 울어댔다. 그렇게 대숲이 워석거리는 밤이면 가야부인은 곧잘 고향인 명호 앞바다가 생각나고, 처녀 때 읽은 〈사씨남정기〉란 고대소설의 한 대목이 잇달아 머리에 떠 오르는 것이었다.——〈하늬바람에 대숲은 일렁이는데, 창창한 바다는 만리나 펼쳤도다〉라고 하는 관세음보살의 화상을 칭송한 부분이었다. 그날 밤에는 이상하게도 죽은 딸까지 생각나서(가야부인은 시집까지 간 고명딸을 달포 전에 잃었던 것이다) 더욱 잠을 이루지 못하고 늦게까지 분이의 버선을 꺼내놓고 뜨게질을 하던 참인데, 뜻밖에 시어머니의 방에서 염불 외는 소리가 나지막하게 들려왔다.

「……옴 아라남 아라다. 천수 천안 관자재보살——」

또 시작이구나 싶었다.

나무대비 관세음
원아 속지 일체법
나무 대비 관세음
원아 조득 지혜선
나무대비 관세음

원아 속도 일체중
나무대비 관세음
원아 조득 선방편
나무대비 관세음
원아 속승 반야선
나무대비 관세음
원아 조득 원고해……

　빨리 대지·대비하신 관세음보살의 불법을 익혀 이 사바의 고해를 건너
고 싶다는 절절한 하소연이었다. 나직나직한 목청이 언제까지나 낭랑히
계속될 것만 같았다.
　가야부인은 뜨게질을 하던 손을 멈춘 채 가만히 귀를 기울이고 있다
가, 자기도 모르는 사이에 눈시울이 뜨거워졌다.　틀림없이 시어머니는
또 죽은 밀양양반을 생각하고 있으리라 싶었던 것이다.
　가야부인은 곧 시어머니에게로 건너갔다.　그냥 있을 수가 없었던 것
이다. 그러나 그때 무슨 말을 여쭈었는지는 기억에 확실치 않았다.　다
만.──어머님 내일이라도 어느 절에 좀 다녀오이소! 통도사도 좋고,
밀양 표충사도 안 좋겠능기요. 밀양 같음 밀양 동시를 데리고…… 밀양
동시도 저래 외롭게 지내이 칸에! …… 아마 이러한 내용이 아니었던가
짐작되었다. 또렷이 생각나는 것은 그때 시어머께서 눈이 오끔해 가지
고서 자기를 뚫어지게 건너다보았다는 사실이다.　그러고 하신 말씀이
다.
　「오냐, 늬가 내 눈엔 꼭 관세음보살 같구나! 」
　느껴웠던 탓인지 말소리조차 약간 떨렸었다. 그렇게 말하는 입가에는
난데없이 미소까시 떠올라 있었다. 이튿날 아침 가야부인은 서둘러서,
시어머니에게 시주돈을 쥐어 주었다.
　「오냐, 곧 돌아오꾸마! 」
　홀로 사는 며느리의 손을 잡고 처음으로 집안이 알게 절구경을 나서
는 시어머니의 눈에는 이슬 같은 것이 맺혀있었다. 마치 그것이, 오래
도록 그녀의 넋을 억누르고 있던 두터운 안개가 가시어지는 듯한 해방
감의 표시인 듯이.
　다행히 오봉선생이 출타를 하고 없을 때의 일이었다.

천연스런 얼굴로 시어머니를 배웅하던 가야부인은 이미 마음 속에 어떤 각오가 되어 있었다기보다, 밤마다 혼자서 천수경을 소곤거리는 시어머니를 위해서는 그 길 밖에 도리가 없다고 믿었던 것이다. 그리고 그것을 결행했을 뿐이었다. 물론 시아버지 오봉선생이 안다면 그저 벼락 정도가 아니리라는 것을 모르는 바 아니었다. 그러나 그것은 그때의 일이라고 생각했다.

나중에 가서는 결국 드러나고야 말았지만, 사실은 가야부인 자신이 불교에 대한 신심이 여간한 분이 아니었다. 뿐만 아니라 그것이 또 여간 뿌리 깊게 박힌 것이 아니었다. 결국 그로 인해 시아버지의 격분을 샀지만, 그것은 신라때의 유풍으로 그저 여염집 부인네들이 절나들이를 한다든가 수박 겉핥기식으로 불교에 미치는 그런 것과는 달리 자기나름의 깊은 이유가 있었던 것이다. 게다가 가야부인의 그러한 정체가 드러나게 된 동기가 또한 심상치 않았던 것이다.

「나는 그때 그만 머리를 깎고 영 이 가문을 떠날라꼬꺼정 안 했더나.」

시아버지 오봉선생의 삼년상을 치른 파젯날, 가야부인은 그 당시의 각오를 이렇게 말하며 이야기했다.

서간도에서 돌아간 시할아버지 허진사의 입젯날의 일이었다고 한다. 어떻게 그날은 강추위였던지, 낙동강 물이 꽉 잡혀서 강건너 상동 방면 사람들은 이쪽 황산장까지 등빙을 했을 정도였다. 제삿장을 보아서 머리에 이고 그놈의 베리끝을 돌아오자니, 언덕 위에 쌓였던 눈까지 휘몰아쳐 부치는 바람결에 인제 곱다시 얼어서 쓰러질 것만 같아서 우선 폭풍이나 잠깐 피할까 싶어 지금 미륵당이 서 있는 바람의지로 들어간 것이 꼬투리라고 했다.

「장작개비 같이 언 팔에 힘을 주어서 머리에 였던 장바굼지를 겨우 내려 놓고 막 웅크리고 앉일라카니 발끝에 수상한 기 안 비이나! 거기만은 이상스럽게도 눈이 녹아 땅이 푸석푸석한데 반들반들한 돌뿌리가 하나 쑥 볼가져 있더라카이. 그래서 조금 굵적거리 보았더이……」

가야부인은 그때의 신비감을 만면에 되살렸다. —— 그것이 바로 한쪽 귀퉁머리가 이지러진 돌부처——지금 미륵당에 모셔져 있는 돌부처의 정수리였다는 것이다.

마침 산에 눈이 무덕지게 덮여 있던 때라, 그녀의 머리에는 석가여래가 눈을 맞아 가며 수도를 했다는 설산 생각이 문득 떠오르고, 그때까지 오장육부가 다 어는 듯싶던 추위가 금시에 가시어지는 것 같더라고 했다. 그래서 다시 흙으로 덮어 두고 돌아 왔지만, 가야부인의 머리에는 그것이 떠날 날이 없게 되었다.——틀림 없이 불교를 배척할 당시의 가혹한 손들에 의해서 절이 불태워지고, 내동댕이쳐진 불상이라 싶었다. 그렇게 큰 것이 물결에 밀릴 이는 만무했지만 가야부인의 생각에는 아주 먼 데서 물결에 밀려 온 것 같이 느껴졌다. 그리고 그걸 안 보았다면 모르되, 직접 눈으로 보고 난 이상 차마 그냥 내버려 둘 수는 없었다.

가야부인은 여러 날 여러 밤을 그것만을 생각하다 생각하다 결국 시어머니에게 자기의 마음 먹은 바를 아뢰었다.—— 그곳에 조그만 절을 짓고 모셔 주자는 것이었다. 불교라면 펄펄 뛰는 완고한 오봉선생 밑에서 눌려 살아온 얌전하기만 한 시어머니의 처지로서 얼른 대답이 나올리가 만무했다. 시어머니도 여러 날을 두고 생각하고 또 생각했다. 그러나 아버지의 성 하나 타 가지고 남의 가문에 와서 〈삼종지례〉니 〈칠거지악〉이니 하는 무쇠 같은 유교의 계율에만 억눌려 사는 멀쩡한 노예인 그녀들에게는 뚫고 나갈 구멍이라고는 까마득했다.

결국 가야부인은 그 일로 말미암아 마음에 병이 생겼다——하필 그 부처님이 자기의 눈에 뜨인 것은 정녕 무슨 심상치 않은 인연의 탓이리라, 그냥 모른 척하고 내버려 둔다는 것은 그야말로 억겁의 죄를 짓는 것만 같았다. 그녀는 잠을 제대로 이루지 못하게끔 되었다. 어쩌다 어렴풋이 잠이 들었다가도 꿈에 그 돌부처의 머리가 불쑥 나타나서 소스라쳐 일어나곤 하였다. 물론 음식도 잘 먹히질 않았다. 먹어도 삭여 내질 못했다. 시름시름 자꾸만 말라 들어갔다. 까닭을 아는 시어머니는 벙어리 냉가슴 앓듯 밤마다 그녀를 위해 천수만 쳤다. 얼었던 강이 풀리고 기러기 떠나가는 봄이 와도 마찬가지였다. 분이가 대여섯 살쯤 되었을 무렵의 일이다. 밭두덕 같은 데 파릇파릇 새싹이 돋으면 곧잘 이웃 조무래기들과 어울려서 쑥이랑 그 밖에 이름도 모르는 풀잎들을 나물이라 해서 쬐깐 노리개 같은 바구니에 캐어 오곤 했다. 어머니는 어서 갖다 버리라고 야단을 했고 그럼 할머니는 「와 그걸 베리! 그 조갑지 같은 손으로 캐온 것을……아가 이리 가져 오너라.」 하며 감싸 주었던 것이다. 그러시던 할머니가 인제는 그럴 낙조차 없을이만큼 구겨져 있는 것을 보고 분이는 슬퍼졌다.

「할매, 어데가 아푸요?」

하면,

「오냐 괜찮다, 내 새끼야! 우째 니는 요렇게도 꼭 부체새끼 겉노(같노)?」

하고 가야부인은 분이의 곱슬곱슬한 머리를 쓰다듬어 줄 따름이었다.

옛날 같음 저녁 늦게까지 곧잘 모여 앉아서 일도 하고 정담들도 하고 가던 아이들이랑 며느리들이 늦게까지 모여 앉아서 걱정들만 하였다.

가야부인은 기회만 있으면 형제간에 우애 있게 지내야 된다고 가르쳤고, 그래서 자기가 주장해서 지차 아들들의 살림집들도 큰백 곁 터밭에 줄느런히 짓게 했던 것이다. 그러고서도 부족한 듯이 한집 같이 죽 사잇담을 티워서 서로 마음대로 나들게 했었는데, 아이들이 안 보일 때는 이녁이 직접 이집 저집 돌아보는 것이 또한 낙이기도 했었다.

「어무이, 지가 제일 손해 봅니데이.」

오 동서 중 막내 며느리가 이런 우스운 소릴 잘 했다. 집이 맨 끝에 붙어 있으니까 「아지부이 편히 쉬이소, 성님 잘 가이소.」 하는 수인사를 죄다 해야 되니 그렇다는 거였다.

「그럼 니가 시집을 먼저 올 거 앙이가.」

가야부인은 이렇게 웃음으로 받아 넘겼던 것이다. 그렇게 서글서글하던 가야부인이 인제는 그러할 기력과 웃음조차 점점 잃어 가게 되었다.

천수만 치던 분이의 노할머니——가야부인의 시어머님도 드디어 어떤 결심을 하였더라고.——워낙 얌전하기만 한 그녀는 죽을 셈 치고(?) 남편 오봉선생을 사랑방으로 찾아 갔다. 그녀가 사랑방으로 찾아간 것은 칠십 평생을 통해서 그것이 처음이요, 마지막이었다. 물론 며느리 가야부인에 대한 사연을 자초지종 사뢨다. 그리고 이렇게 말끝을 맺었다,——

「영감님도 아시리다. 가야메누리야말로 지가 할 일을 다했입니더. 형제며 일가 친척간에 우애 있고, 그 몬 배운 상일꺼정 해 가며 이 집을 남 불케(부럽게) 안 해 놨능기요. 사람 하나 살리는 심(셈) 치고……」

소원을 들어 줍시사는 것이었다. 오봉선생을 쳐다보는 노부인의 얼굴에는 눈물이 비오듯 쏟아져 내렸다.

「나가요!」

오봉선생의 무서운 호통소리와 함께 벼락치듯 열리는 장지문 밖으로 마나님은 사정없이 쫓겨 나왔다. 그 길로 윗방으로 돌아와서 입을 봉했다. 식음을 전폐하려고 들었다. 가야부인이 중이 되려고 결심한 것은 바로 그날 밤의 일이었다.

밤중에 온 집안이 발칵 뒤집히었다. 가뜩이나 시름시름 앓던 가야부인이 별안간 간데온데가 없어졌기 때문이었다. 안방에 노 데리고 자던 손녀 분이와 어미 여읜 어린 외손자만이 콜콜 잠이 들었을 뿐이었다. 그들을 깨워 본들 알 턱이 없었다. 분이는 눈만 썩썩 부비더니,

「아까 할매 울었데이.」

하면서 도리어 울상을 지어 보일 뿐이었다.

불이 없던 사랑방 문이 별안간 털커덕 열리더니,

「또 거기 간 거 앙이가?」

어둠을 찢듯한 오봉선생의 날카로운 말소리가 튀어 나왔다.

가족들은 쥐죽은 듯이 말이 없었다. 서로 얼굴만 쳐다 볼 뿐이었다. 그러고는 비로소 모두 냉거랑 건너 대밭각단 쪽으로 시선을 보냈다. 아니나 다를까, 그 대밭각단이란 부락 아랫쪽 솔밭 속에 희미한 불빛이 가물거리고 있었다.

「또 저게 갔는갑다!」

누군가가 이렇게 말했다.

「바보 같은 것들! 냉큼 가 봐라!」

오봉선생은 다시 꽥 소리를 치고 는 문을 덜컥 닫았다.

대밭각단 아랫쪽 솔밭 속에는 가야부인의 죽은 고명딸의 체봉(假葬)이 있었다. 마마에 죽은 어린것들의 시체를 오쟁이에 넣어서 나뭇가지에 주렁주렁 달아 두듯이, 그녀의 딸도 괴질에 죽었다 해서 괜스레 악령의 소멸을 빈다는 버릇으로 그렇게 솔밭 속에 빈소를 얽어 놓고 이른바 물이 빠지기를 기다렸던 것이다. 악질에 비명으로 죽은 것도 원통한데, 시체마저 흙 속에 곧 묻히지 못하고 있는 것이 더욱 원통하여, 가야부인은 생각만 나면 밤중이라도 그 먼 데까지 우루루 달려 가서 흐느끼는 것이었다. 그즘은 몸도 불편하고 해서 한동안 뜨음했던 깃인네?
……

이윽고 가야부인은 가족들에게 부축을 받으며 돌아왔다. 징검다리를 헛디디었든지 아니면 사뭇 물을 밟고 갔든지, 아랫도리가 온통 물에 젖어 있었다. 물론 오봉선생은 그녀가 돌아오는 줄을 알면서도 일부러 내다보지도 않았다.

가야부인은 내처 입을 열지 않았다. 분이는 그러한 할머니를 보고 울기만 했던 것이다.

이튿날 아침 가야부인은 사랑으로 불려 나갔다. 바깥양반 명호사람

이 먼저 부옇게 부대끼고 나온 직후였다.

「무당과 중을 멀리하는 것이 선비 집안의 체통인 줄 알 터인데——」

오봉선생의 그 푸른빛이 감도는 날카로운 눈이, 곱게 앉은 며느리 가야부인의 정수리를 매섭게 쏘아보았다. 필연코 마나님으로부터 그녀에 대한 최근의 일들을 샅샅이 들어 안 모양이었다.

「어째서 자네는 그 요사스런 불교를 버리지 못하겠다는 건고?」

말소리는 한결 떨리고 높아졌다. 가야부인은 이미 각오한 바는 있었지만, 감당해 내기 어려운 위엄에 질려 얼른 무어라고 대답이 나오질 않았다.

「기어코 생각을 고치지 못하겠는가?」

흰 수염이 부들부들 떨기 시작했다.

「………」

가야부인은 내처 말이 없었다.

「기어이 불도를 버리지 못하겠다면——」

시아버지는 담배에 성냥을 좌르륵 그어 대며,

「그 까닭을 말해 보라!」

「죄송하옵니다……」

모기만한 소리와 함께 가야부인은 더욱 정수리를 숙였다. 신앙중인데도 불구하고 칼날같이 가지런하게 다듬어진 가르마는, 벌써 참을 수 없는 결심을 의미하는 듯이 보였다. 어느 앞이라고, 감히 거들떠보지는 못했지만 소신대로 실토를 하지 않을 도리가 없었다.

「저희 집도 유교가문이기는 했지만 친정할무니는 지가 애릴 때부터 불법을 소중히 여겼사옵니다——」

이렇게 꺼낸 가야부인의 이야기는 대충 다음과 같은 것이었다. ——그러한 할머니 밑에서 자랐기 때문에 자연 불법을 대견스럽게 알게 되었고, 또 할머니의 가르침으로 공자님의 인(仁)이나 석가모니의 자비심이 근본에 있어서 다를 바 없다고 믿어 왔으며, 그보다 더욱 불도를 업신여기지 못하게 된 것은, 임란 당시 왜병이 쳐들어 왔을 때 소위 관군이란 것들은 지레 겁을 먹고 죄다 도망질을 했었지만, 사명대사가 지휘한 승병들이 끝까지 싸워서 자기들의 고향땅을 지켜 주었다는 이야기를 어른들로부터 들어 왔기 때문이라 하였다. 그러고서는 불교에서 말하는 〈인과응보〉란 걸 억지로라도 믿지 않고서는 어떻게 요즘 세상인들 살아 가겠느냐는 현재의 심경까지 당돌하게 덧붙였다.

이러한 며느리의 말 가운데서, 공자님과 석가를 함부로 겨누는 소행이라든가, 승병이 어쩌고저쩌고 했다는 따위는 듣기에 심히 거슬리기도 했지만 점잖은 시아버지의 입장에서 그런 걸 가지고 이러쿵저러쿵 힐란을 할 수도 없을 뿐더러, 이미 중년 나이를 훨씬 넘어선 며느리의 그렇게까지 굳어진 신심을 어떻게 할 도리가 없을 것 같았다.

「승병이 거기도 왔다던가?」

오봉선생의 입김은 예상 외로 빨리 누그러졌다.

「예, 어른들의 이야기로서는……」

가야부인은 그제야 비로소 얼굴을 한 번 들었다가 이내 시선을 되 깔았다. 오봉선생은 문득 여러 가지 생각되는 바도 있고 해서, 막무가내란 표정으로 고개를 끄덕였지만, 다행히 가야부인의 눈에는 뜨이지 않았다.

「물러가 있거라.」

한 말만 들렸다.

「머라쿠데?」

가야부인이 사랑에서 돌아오자, 시어머니는 못내 궁금한 듯이 물었다

「우짠 일인지 별로 다른 말씀은 안 하시데요. 와 불도를 못 버리겠느냐고만 하시고.」

가야부인은 한시름 놓은 듯이 시어머니와 마주 앉았다. 우거지상을 하고서 청 끝에서 담배만 태우고 있던 바깥양반이, 고부가 마주 앉은 방안을 한 번 힐끗 돌아보았다.

시어머니도 얼굴을 펴며,

「그래 말이다. 그 성질에 또 불벼락이 떨어질 줄 알았는데, 뜻밖에 목소리가 낮아지기 그런가 했지.」

인제 무얼 보나 피차 그럴 나이가 아닌가 하는 이녁의 생각도 곁들은 말눈치였다.

가야부인이 덤덤하고 있자,

「그래 절에 대한 말은 안 하던강?」

「야.」

가야부인은 고개를 저어 보였다. 시어머니는 혀를 쯧쯧 찼다.

그러는 동안에 오봉선생은 어느새 입던 의관을 정제하고 무슨 급한 일이나 생긴 듯이 바삐 대문을 나갔다. 미처 누가 배웅을 나갈 새도 없

었다.

「저런!」

시어머니는, 무슨 결말도 내지 않고서 그냥 핑 나가 버리는 남편을 닭 쫓던 개처럼 어이없이 내다 볼 뿐이었다. 가야부인 역시 같은 심사였다.

고부는 서로 얼굴만 쳐다 보았다. 「물러가 있거라」한 말은 틀림 없이 무슨 하달이 있으리란 뜻이었다. 그런데 아무런 말이 없이 오봉선생은 나가 버렸다. 야속했다. 가야부인은 생각해 보았다. 응당 무슨 말이 있 어야 할 터인데, 또 그것을 기다리고 있었는데 아무런 말이 없다는 것 은 두 가지 이유로써 밖에 추측되지 않았다. 즉 하나는 이쪽 말이 타당 성이 없다는 경우와, 또 하나는 충분히 타당성이 있다고 생각되더라도 일부러 묵살하겠다는 경우다. 가야부인은 이 두 번째의 이유로써 시아버 지 오봉선생의 태도를 판단했다.

「나무——아미타불……」

시어머니는 떡심 풀린 한숨만 내쉬었다.

「우짜겠는기요. 워낙 꼿꼿한 아부님이 되고 보니!」

가야부인은 막무가내란 표정을 지으면서 자리를 털고 일어섰다. 잠깐 자기 방으로 건너가더니, 이내 외손자의 손을 이끌고 나왔다. 같이 놀 던 분이가 따라나서자,

「분이 너는 여깄거라!」

하고, 외손자만 데리고 청을 내려선다.

「와, 어데 갈라꼬?」

시어머니가 눈이 둥그래가지고 쳐다보았다.

「즈그 집에 데려다 조오야죠.」

「와 하필 오늘이싸?——」

청 끝에 걸터앉아 있던 남편이 수상해 하자,

「제 갈 데로 가야지요!」

가야부인은 어느새 축대로 내려섰다.

「할매, 나도 윤이 집에 같이 갈래.」

분이가 또 따르려니까,

「너는 집에 있거라, 내 곧 오꾸마.」

말리려 해도 듣지 않을 눈치였거니와, 그럴 새도 없이 가야부인은 외 손자를 이끌고 대문밖을 나섰다. 속도 시끌시끌하고 할 테니, 딸 없는

딸네집에라도 다녀오려나 보다하고 더 이상 아무도 개의치 않았다.

해가 져도 돌아 오지 않았다. 그럭저럭 밤이 되었다. 행여나 싶어 에의 대밭각단 아랫녘을 바라보아도 딸의 빈소가 있는 쯤에는 불빛이 보이지 않았다. 그래서, 기다리고 있던 식구들은, 아마 오랫만에 사위하고 이런저런 얘기를 하다가 거기서 자는가 보다 생각했다. 그런 일이 과거에도 더러 있었으니까.

이튿날도 가야부인은 쉬 돌아 오지 않았다. 오후가 되자 뜻밖에 딸의 체봉(假葬)이 있던 곳에서 시커먼 연기가 뭉게뭉게 피어 올랐다. 이내 벌건 불꽃이 치솟았다. 심상치 않은 일이었다.

마침 집에 있던 명호양반은 부리나케 뛰어갔다. 그저 난 불이 아니라, 바로 이녁딸의 시체를 화장하고 있었다. 친정이 지척인데, 알리지도 않고 그러는 것이 괘씸했다. 게다가 선산을 버젓이 두고도, 화장이라니! 괘씸하기가 이만저만이 아니었다. 그러나 이상한 일은 어련히 있어야 할 사돈어른이 현장에 없었다. 사위만이 가까이 와서 수인사를 했다.

「와 이런 짓을 하는고?」

하고 물었으나, 사위는 고개만 푹 숙이고 대답은 마누라 가야부인이 했다.

「죄송합니더. 아직 물도 덜 빠진 것을 내가 그러라고 시켰십더.」

불가의 방식이란 말은 구태여 덧붙이지 않았다. 구태여 덧붙이지 않더라도 능히 짐작하리라고 생각했기 때문이다.

눈물과 그을음이 함께 짓기어져 있는 아내의 얼굴을 보자, 명호양반은 더 말이 나오지 않았다. 오히려 그렇게 서두르는 아내의 배포가 무언지 두려웠다. 멍청하면서도 어딘지 모르게 맺힌 데가 있어 보이는 얼굴이었다. 그러한 아내의 얼굴을 물끄러미 들여다보다가 비스듬한 바윗돌 위에 돌아 앉아서 담배민 대우고 있는 명호양반의 심정은 별안간 무엇에 꽉 눌린 듯한 기분이었다.

화장이 끝나고 습골까지 마치자, 가야부인은 바깥양반을 집으로 따돌려 보내고 자기는 사위와 단둘이서 그 유골가루를 보자기에 싸들고 강가로 나갔다. 강물에 뿌리자는 것이었다.

그러나 철둑 하나만 넘으면 곧 강기슭인 데까지 와서, 가야부인은 뜻밖에 왼편 언덕 쪽을 더위잡았다.

「와 그리 갑니꺼?」

뒤따르던 사위가 수상해 하니까,

「그저 따라와 보게.」

할 뿐이었다. 그녀가 사위를 데리고 간 곳은 바로 저번날 돌부처의 머리가 보인 곳이었다.

「엊지녁에 말한 것이 바로——」

가야부인은 역시 푸석푸석한 흙바닥을 긁적거리더니, 흙칠갑이 되어 있는 돌부처의 얼굴을 드러내고, 그 앞에 딸의 유골을 잠깐 놓았다. 그러고는 합장을 하였다.

나무 상주 시방불
나무 상주 시방법
나무 상주 시방승

이런 소리를 한참 중얼대고는 머리를 드는 것이었다.

「이 사람아, 자네 처는 인자 부체님한테 영 매꼈데잇!」

말은 수월했지만, 한숨은 길었다.

가야부인은 딸의 유해 꾸러미를 다시 사위에게 안겨 가지고 강기슭으로 데리고 갔다. 유해는 이내 어머니의 손에 의해서 세 번 강물 위에 날려 흩어졌다. 마침 그 혼령을 받기나 하려는 듯이 이상하게도 난데없는 성에 한 장이 강심에서 둥실둥실 기슭쪽으로 향해 왔다.

미륵당의 터가 닦이기 시작한 것은 바로 그 이튿날의 일이었다. 가야부인은 딸의 시체를 화장하던 날 밤에도 집에는 돌아가지 않았다. 내처 사위집에 눌러 있었다. 며느리들이 모시러 왔었지마는 허탕이었다. 「가거라」 한마디에 모든 것이 끝났다.

며느리들은 울었다. 울어도 소용이 없었다. 며느리들은 놀랐다. —— 그렇게 어질던 시어머니의 어디에 그런 굳센 곳이 있었을까! 자기들은 흉내도 못낼 어려운 일, 어려운 고비들을 겪어는 왔다지마는 이번 일에 대해서는 그렇게까지 대담하고 꿋꿋이 나올 줄은 미처 생각지 못했던 것이다. 그야말로 태산부동이었다. 그녀는 벌써 어떤 각오가 되어 있었던 것이다.

가야부인은 집을 나올 때 정말 머리를 깎으려고 했다. 늙으막까지의 시집살이가 고되어서가 아니었다. 그런 건 오히려 아무렇지도 않았다. 오직 신심의 탓이었다. 허씨 가문을 위해서는 자기로선 할 만큼은 했다

고 생각했다. 그런데도 불구하고 그녀의 마지막 조그만 소원——땅에 묻
혀있는 부처 하나 꺼내는 일까지 허락하지 않는다는 것은 억울한 일이었
다. 여지껏 애써 살아온 보람, 그리고 자신의 존재가 고작 그것뿐인가
생각하면 어떤 의미로는 분하기까지 하였다. 게다가 그 이상 더 자기의
신념을 묵살한다든가 하는 것은 정말 스스로 억겁의 죄를 범하는 것이
라고 느꼈다.

장모로부터 비로소 이와 같은 심정의 술회를 듣고 난 사위는, 푸뜩
어떤 생각이 떠올랐다.

「그렇게꺼정 염려하실 건 없을 것 같은데요?」

그는 아주 수월스럽게 말했다.

「어째서?」

「절은 어데 꼭 장모님이 지어야 하능기요. 누라도 절만 지어서 부체만
오시문 안 대겠능기요. 지가 짓겠심더. 죽은 처를 위해서라도……」

사위는 불각시 떠오른 자기의 생각에 슷제 자부라도 하듯이 벙긋거렸다.

「그래? 자네 처를……불쌍한 내 딸을 위해서 말이지?」

가야부인은 별안간 깊은 감동에 까지 젖으며 새삼 사위를 건너다보았
다. 풍모만이 헌헌장부가 아니라 생각마저 과연 내 사위로구나 하는 표
정이었다. 왜 자기는 미처 그런 생각을 못했을까 앵하기도 했다. 오랫
동안 수심으로 그늘져 있던 그녀의 얼굴에는 거짓말같이 흐뭇한 웃음이
떠올랐다. 그녀는 급히 화제를 바꾸었다.

「이 사람아, 자네도 인자 삼년 거상이니 머니하는 거 다 그만두고,
어서 새 사람을 맞도록 하게.」

「그기싸 안주 바뿌잖심더. 절이나 지아 놓고 천천히 생각해보겠심더.」

「와 바뿌잖아? 우선 밥 묵으러 댕기는 것만 해도 안 귀찮나.」

유이 아버지는 상처 후 밥을랑 줄끈 큰딕에 가서 먹고 삼만 자기집에
서 자는 군색한 살림을 하고 있었던 것이다.

「그런 건 지한테 매끼 놓이소.」

말이 이럴 수 없이 서글서글했다.

「그래?……」

장모도 더 권하지는 않았다. 사위 사랑은 장모라고, 홀로 있는 사위
가 애처롭기도 하고 그날 밤에는 더욱 고맙기도 해서 도리어 잠이 얼른
오지 않았다.

「꼬꼬——」

어느새 해를 치는 첫닭 소리가 어쩌면 그렇게도 맑게 들릴꼬! 가야 부인에게는 여느 때와 다른 새로운 날이 밝아오는 것 같았다. 아니 정말 그날부터 그녀에게는 새로운 일이 시작되었다. 홀로 있는 사위를 위해서 밥을 지어주기로 했던 것이다. 사위는 물론 매일같이 절 세우는 일에 매달렸다. 손수 터를 닦고 이것저것 어려운 주선도 하고……

일은 빨리 나아갔다. 굳이 절 일에 경험이 있는 목수를 부를 필요가 없었다. 비용도 비용이거니와, 우선 부처 하나 아쉽잖게 모실 만한 당집이면 족하니, 가야부인의 친정에서 부리던 텁석부리로써 무방했다. 그것이 되려 만만하기도 하고. 그녀는 곧 친정으로 사람을 보냈다.

「허허이, 애씨께서(그는 옛날 주인택 따님에 대해서 하던 말공대를 그때도 했다) 땅 속에 묻힌 부체를 찾아냈다고요? 인자(인제) 절꺼정 지우문(세우면) 극락도 상극락을 가시리더!」

텁석부리는 언제나 변함이 없는 털털한 사람이었다.

「욕 좀 보겠구만! 부대 잘 좀 해 주시게, 부체님 모실 곳이니깐에…」

가야부인도 그를 외간남자 같이 생각지 않았다.

「그러믄요! 부체님 모실 집인데 여부가 있능기요. 다른 시주는 몬 해도 정성 시주는 힘껏 해야 나도 극락에 가겠지요……」

하면서 허허야고 웃어댔다. 그는 가야부인의 사위 박서방네 집에서 같이 묵으면서 새벽부터 연장을 갈고, 밤이 어둘 때까지 일을 서둘렀다. 절이 거의 다 서 갈 무렵이었다. 오봉선생이 집을 비운 지 그럭저럭 달포가 가까왔을 땐데, 뜻밖에 형사들이 또 가택수색을 나왔었다. 허둥지둥달려온 막내 며느리의 말을 들으면 온 가족들을 옴쭉달싹 못하게 하고는 사랑방이랑 책이 있는 안방을 마구 뒤졌다고 한다. 무슨 일이냐고 물어도 그저 나쁜 짓을 했으니 이러지 않느냐고 으르기만 하고 돌아갔다는 것이다.

가야부인은 가슴이 철렁 내려앉은 채, 막내 며느리를 따라 집으로 돌아왔다. 온 집안이 흡사 초상당한 듯한 기색이었다.

(밖에만 안 나갔이문 이런 일은 없었을는지?……)

가야부인은 지레 질려서 아무말도 나오지 않았다. 시어머니며 바깥양반의 얼굴을 쳐다보기가 송구스러웠다.

『애비는 간도에 가 죽더니 영감도 옳은 죽음하기는 어려울 걸!』하고 안 가나……」

이러면서 시어머니는 눈물을 닦았다. 가야부인도 어느새 눈알이 벌겅

게 되어 있었다. 백짓장 같은 얼굴들이었다. 속수무책인 듯 마주앉아 있는 그녀들의 겉늙은 모습——더구나 나이 아직 오십 미만인데도 벌써 귀밑이 허연 가야부인의 울먹거리는 표정에는 그러한 가문에서 남 안 겪는 그러한 일들을 줄곧 겪어 온 빛이 완연히 드러나 보였다.

뒤미처 집을 나선 명호양반을 비롯한 아들둘의 수소문에 의해서, 오봉선생의 거취가 겨우 알려졌다. 도 경찰국에 붙들려 가 있다는 것이었다. 물론 왜놈들의 눈에 난 소위 〈후데이 센진〉(不逞鮮人)들에게 맘대로 죄를 꾸며 뒤집어 씌우는, 예의 고등계란 데였다.

거기는 오봉선생만이 아니라, 육십이 훨씬 넘은 늙은 유생들이 수두룩하게 갇혀 있었다. 역시 왜경과 그 앞잡이들이, 충성심이 한도를 넘은 나머지 제 맘대로 조작해 낸 소위 〈한산도 사건〉이란 데 관련된 노인네들이었다. 사건이라고 일부러 어마어마한 이름을 뒤집어 씌워 그렇지 실은 사건이 될 턱이 없는 어줍잖은 일이었다. 그 당시만 해도 오봉선생같은 유생들은 한 해 한두 번쯤은 향교라든가 산수가 좋은 곳에 모여서 고풍 따라 시회(詩會)를 열고 하루를 즐기던 것인데, 마침 이 순신 장군의 유적지인 한산도에서 그런 놀이가 있자, 어디 보자하는 식으로 현장을 덮쳐서 압수한 글들을 조사한 결과 내용이 불온했다는 것이었다. 대부분이 그들의 내림을 따라 〈산천은 예와 같으나 인물은 간 곳이 없구나〉식으로 인생의 허무함을 읊었을 뿐인데, 장소가 장소였던 만큼 개중에는 자연 이 순신 장군을 추모하게 되고, 나라를 잃은 원한이 나오고 왜적이니 해적 무리니 하는 귀절이 없을 리 없다. 물론 오봉선생의 글은 그런 점에 있어서 남 뒤떨어지지 않았다. 요컨대 왜경과 그 앞잡이들은 늙은 선비들의 그와 같은 어줍잖은 일들까지 마치 무슨 비밀결사라도 만든 것처럼 서둘러서 일부러 〈중대시〉했던 것이다. 게다가 공교롭게도 시기가 또 불리했던 것이다.

2차대전이 끝나기 이태 전이었다. 한창 중국 대륙을 밀고 내려갔던 왜군이 연합군의 반격에 되밀리자, 중국 국내에서 맹렬한 항일투쟁이 벌어지고 덩달아 우리 독립군까지 거기에 가담했다는 소문이 쫙 퍼졌을 무렵이었다. 그러니 우리들의 동태를 살피는 왜경과 앞잡이들의 눈깔이 한창 피를 물고 있을 때였다. 말하자면 잘못 걸린 셈이었다.

그러니까 물론 면회도 들어 주지 않았다. 가까이 오지도 못하게 했다. 아버지가 만주서 그렇게 되고, 또 아들이 만세사건으로 그렇게 되고 한 오봉선생의 경우는 더욱 그러했다.

(죽는 한이 있어도 잘못했다고 굽히지는 않으실 성민데……)

가족과 가까운 일가 친척들은 밤이 되면 으례 한자리에 모여 앉아서 오봉선생의 안위(安危)를 걱정했다. 그러나 결국 속수무책이었다. 가야부인은 혼자서 생각한 나머지, 마지막 한 가지 방법을 궁리했다. 만약 시아버지 오봉선생이 알게 된다면 그야말로 벼락이 떨어지고도 남을 일이었지만, 지금과 같은 처지로서는 막무가내라고 생각했다. 그것은 눈 질끈 감고 이와모도 참봉네(원래는 이참봉이었지만 창씨를 하고부터 그렇게 불리었다) 집을 찾아가는 길이었다.

(오히려 이런 경우인 만큼 쉬 들어 줄는지도 모르지! …)

가야부인은 옷을 갈아 입으면서 한 가닥이 아니라 두 가닥 세 가닥의 희망을 걸어 보는 것이었다. 물론 누구하고 상의한 것도 아니었다. 그녀의 독단이었다.

너무 앞을 서두르느라고 미처 얘길 못했지만, 오봉선생에게는 먼데서 찾아 오는 유생들 이외에, 인근동에는 글이나 나이로 보아서 벗 될 만한 사람이 바이 없는 것은 아니었다. 양접장만 하더라도 그랬다. 그는 〈냉거랑〉이라고 불리우는 시내 저쪽 대밭각단이란 마을의 글방 접장으로서, 그곳 주산인 오봉산 발치의 질편한 들녁을 에워싼 열 두 부락에서는 오봉선생의 유일한 글친구요, 또 바둑친구였다. 오봉선생은 속이 울적할 때는 곤잘 그를 찾아갔다.

이 양접장 이외에 웬만큼 알 뿐 아니라 나이로 보아 벗 벌이 될 만한 사람으로 그 일대에서 가장 살림도 넉넉하고 거드름깨나 빼는 이가 바로 가야부인이 찾아가려는 이와모도 참봉이었다. 오봉선생은 머잖은 이웃에 있으면서도 거기만은 잘 가질 않았다. 자기만 그러는 것이 아니라, 자녀들까지도 가는 것을 원치 않았다.

「거기 가면 할배, 이놈——한데잇!」

분이가 철 들기 시작할 무렵부터 할머니 가야부인으로부터 이런 당부를 받은 것도 이 때문이었다. 집도 덩그렇고, 그보다 분이에겐 같은 나이의 숙이란 애가 있고 해서 자꾸만 가 놀고 싶었던 것이다.

「돈 주고 산 참봉이라 카이……」

가야부인도 그 가문을 대견스럽게 여기지는 않았다. 그러한 할머니의 이야기로서는 이녁 시아버지 오봉선생이 그집 앞을 지날 때는 괜히 침을 퉤퉤 뱉기도 했다는 것이다. 그 엄청난 참봉을 지내면서 그렇게 치부를 했다는 것도 심히 수상스런 일이었지만 그보다 오봉선생에게는 그가 합방을 계기로 해서 왜왕이 내주는 소위 그 〈합방 은사금〉이란 걸 받고서도 숫제 양반인 체하는 꼴이 못내 아니꼬왔다는 것이다. 그 당시만 해도 지금과는 아주 딴판으로 그 댁에 무슨 대사나 모꼬지 같은 게 있으면 그 무시무시한 순사나 면서기들이 언제나 상손님이었고, 그다음에는 그저 물덤벙 술덤벙 하는 치들이나, 그의 소작인과 동네 머슴들이 판을 쳤다. 오봉선생이나 양접장 같은 분은 그저 이웃 이목이 무엇해서 잠시 다녀 갈 정도였다. 분이가 이웃 조무래기들과 어울려서 떡부스러기 같은 것을 얻어 오면, 가야부인은 언제나 떠름하게 웃던 것이다.

그렇게 사이가 서먹한 집을 가야부인이 새삼 뼈물고 찾아 가야겠다는 데는 그럴 만한 이유가 있었다. ——바로 그 이와모도 참봉의 큰아들이 (지금은 국회의원이란 보다 훌륭한 감투를 쓰고 있지만) 그때 시아버지 오봉선생이 갇혀 있는 도경 고등계에 경부보로 있었기 때문이었다.

가야부인은 먼저 이와모도 참봉의 며느리를 뵙고, 다음 마누라를 뵙고. 그러고는 이와모도 참봉이 있는 방으로 안내되었다.

귀밑이 허연 가야부인이 공손스럽게 수인사를 마친 뒤, 시아버님이 그렇게 되었다는 얘기로부터, 어떻게 해서 아드님의 덕분으로 쉬 풀려 나올 수 있겠는가, 또 우선 면회라도 할 수 없겠는가, 나이도 나이고 입고 가신 옷도 다 헐었을 텐데……하고, 그야말로 있는 정성을 다해서 사정을 드렸다.

이와모도 참봉은 첫말에 그래 보마고 수월스럽게 승낙을 했다.

「다른 건 몰라도 면회쯤은 안 시켜 주겠소?」

짜장 가야부인의 효성심에 감동이라도 한 듯이 미소를 지으며, 어서 떠날 채비를 해 오라고 하였다. 고맙게도 같이 가자는 것이었다. 물에 빠진 놈에게 썩은 새끼기 이니라 바로 실직한 맛줄이라노 얻은 듯한 기분으로 가야부인은 집으로 돌아왔다. 마침 바깥양반은 집에 없고 해서, 지쳐 누워 있는 시어머니에게만 통사정을 하고서 가야부인은 부랴부랴 나들이 옷을 갈아 입었다. 아직 신양이 덜 풀리긴 했지만 그렇게 길 떠날 채비를 하고 나서니 훤칠한 키에 옛날의 인물이 되살아 나는 듯 엄전해 보였다.

그러한 가야부인이 뜻밖에도 외간남자인 이와모도 참봉을 따라 동구 앞을 떠나는 걸 보고, 사람들은 이상하게 여기었다. 기찻간에 나란히 앉았을 때는, 누구라도 시아버지와 며느리로 곧이 먹겠지 싶어, 가야부인은 겉으로는 조금도 어색한 내색을 하지 않았다. 기차에서 내려 곧장 전차를 갈아 탔을 때도 그랬고, 도청이란 벌건 벽돌집으로 들어갈 때도 마찬가지였다. 그녀는 오히려 그런 일에 익숙하고 대담한 이와모도 참봉의 태도에 은근히 놀랄 뿐이었다. 고등계란 데는 역시 무시무시한 곳인가, 벽돌집의 이층 가운데서도 저 뒷쪽 구석에 자리잡고 있었다.

이와모도 참봉은 가야부인을 골마루에 세워 놓고, 자기 아들이 있다는 방으로 들어갔다. 제발 일이 뜻대로 되었으면 하고, 가야부인은 이와모도 참봉이 들어간 방 창께로 신경을 곤두세웠다.

그러나 일은 간단히, 아주 간단히 끝났다. 이와모도 참봉이 들어가고 채 오분도 안 지나서다. 안에서 느닷없이 불손한(적어도 가야부인은 그렇게 생각했다) 소리가 복도에까지 울려 나왔다.

「실데없는 짓하고 댕기지 마소! 어서 돌아가소!」

가야부인도 잘 기억하고 있는 이와모도 참봉 아들의 꺽껵한 목소리였다. 쫓겨 나오듯 혼자 나오는 이와모도 참봉은 그야말로 뿔 빠진 쇠꼴이 되어 있었다.

「그만 갑시더.」

이와모도 참봉은 이 말밖에 하지 않았다. 가야부인은 남의 일에까지 속이 뭉클해졌다. 소위 〈합방 은사금〉까지 받은 두툼한 목덜미가 온 저렇게 초라할 수 있을까 보냐 생각하면서 그녀는 이와모도 참봉을 따라 층계를 밟고 내렸다.

「애비의 친구를 애비가 만나보고 싶다고 해도 안 들으니 온!」

돌아 오는 기차 안에서도 이와모도 참봉은 이렇게 한 마디만 하고서 이내 창밖으로 눈을 보냈다. 그렇다고 해서 뭐 특별히 아지랭이 낀 먼 산들을 보는 것 같지도 않고, 들을 덮기 시작하는 봄을 유심히 보는 것 같지도 않았다. 창문 유리에 어슴푸레하게 비쳐 있는 그의 표정은, 올 때와는 달리 꽤 복잡한 데가 있어 보였다. 가야부인도 멍청하게 앉아 있을 뿐이었다. 더욱 실의에 찬 얼굴이었다. 차라리 안 온것만 같지 못했다고 생각했다.

──바보같이! 행여나 하고, 그러한 아들을 가진 이와모도 참봉한테 섣불리 빌붙기까지 한 것이 도리어 후회 막심이었다. 창피스러워서 누구 앞에 얼굴도 들지 못할 것만 같았다. 이러한 기분을 실은 채, 낙동강을 가까이 끼고 달리는 거친 차바퀴 소리는 자꾸만 그녀를 어느 어둔 구렁 속으로만 끌고 가는 것 같았다. 우악스런 차 소리에 놀란 물오리

들이 무덕무덕 떼를 지어 날아가도 이미 가야부인에게는 아무런 느낌도, 흥미도 없는 일이었다.

창 밖에는 봄이 한결 다가서고 있었다. 군데군데 벌써 평지꽃이 노랗게 피어 있고, 풀빛이 짙어가는 강둑 비탈에는 새까만 염소들이 여기저기 악착스럽게 붙어 있는가 하면, 어스럭송아지들은 길 위에서 숫제 춤이라도 추는 듯 겅충 겅충 뛰놀기도 했다. 역시 인간은 부지런해야 사는 것인지, 사래 긴 보리밭 들에 엎치고 있는 아낙네들은 차가 지나가도 고개도 들려고 하지 않았다.

어느새 차 안을 어슬렁거리던 이동 형사가 가야부인이 타고 있는 앞줄에서 학생풍의 청년 한 사람을 데리고 나간다. 청년은 영양 실조인 탓인지 얼굴에 노란꽃이 피어 있었다. 가야부인은 독립만세를 부르다 죽은 시숙 생각이 문득 머리에 떠올랐다.

오봉선생은 피검된 지 한 달이 되어도 풀려 나오질 못했다. 또 한 달을 썩었다. 석달째 접어들어서 겨우 송청이 되었다. 소위 치안유지법 위반이란 거였다. 감옥 앞뜰에 있는 벚나무들은 꽃이 핀 지가 오랜지 잎만 시퍼렇게 무성해 있었다. 새벽마다 뻐꾹새 소리가 들려 왔다. 그는 무릎을 곤두세우고 버릇 없는 마루바닥에 누운 채 가끔 〈자규(子規)〉란 옛시구를 읊조렸다.

　나라 잃은 한은 천년이 지나도 남는 것인가?
　철쭉은 피를 뿜는 자규의 울음인 듯……
　(蜀魂千年尙怨誰 聲聲啼血染花枝)

천년이 지나도 변치 않는다고 한 작자의 그 기백이 좋았던 것이다.

송청이 된 뒤에도 공판까지는 상당한 시일을 끌었다. 딴은 생사람 잡는 국사(國事)들에, 그 비단 같은 말처럼 다망했으리라! 그래서 석 달이 꽉 찼을 때에 겨우 공판에 회부 되었다.

소위 이 같은 〈한산도 사건〉이란 것의 공판날에는 재판소를 찾아드는 진객들이 많았다. 이와모도 참봉의 아들이 고등계의 일을 보고 있는 바로 그 도청과 나란히 선 재판소 앞뜰에는 아침 일찍부터 피고들의 가족들이, 어떤 시인의 표현을 빌리면 〈구데기처럼!〉 꾸역꾸역 모여 들었다. 절 일을랑 사위에게 맡겨 두고 시아버지의 옥바라지에 매달려 있던 가야부인을 비롯해서 오봉선생의 가족들도 물론 와 있었다.

가야부인의 훤칠한 키가 그들을 쉬 눈에 뜨이게 했다. 방청석은 이내 초만원을 이루었다. 피고들이 입장할 때는 조용히 앉아 있으란 간수들의 명령이 있었음에도 불구하고, 방청객들은 와 일어섰다. 오래 못 보았던 자기들의 할아버지, 아버지, 혹은 남편들의 얼굴이라도 빨리 보자는 것이었다.

용케도 모두 백발을 떠 인 피고들이 청어처럼 줄느런히 포승에 묶여 들어왔다. 언제 배웠는지 젊은 죄수처럼 제법 방청석을 흘깃거릴 줄을 안다. 모두 껍데기만 남은 듯한 핏기 없는 얼굴에 퀭한 눈들을 박고 있었다.

「아구메!」

하면서, 가야부인이 별안간 앞으로 비비대기를 치고 나갔다. 그녀는 날쌔게, 포승에 묶인 시아버지의 두 손을 꽉 쥐며 마구 울었다. 오봉선생의 이마에 시퍼런 멍이 커다랗게 들어 있었던 것이다.

「고라고라! (야 이것아!)」

앞문 쪽에 서 있던 간수가 꽥 소리를 치며 달려 왔다.

가야부인은 내처 시아버지의 손을 쥔 채 설움과 분함에 사무쳐 흐느끼기만 했다.

「요놈의 요보가 요! (요 조선년이!)」

간수는 우격으로 가야부인을 떼내고는 뒷자리로 우악스럽게 밀어 버린다.

「간수는 부모도 없소?」

가야부인이 넘어질 듯하다 돌아보며, 무슨 더러운 것이라도 몸에 닿은 듯이 악을 쓰자,

「니기미 시바라다!」

이런 욕지거리와 함께 숫제 걷어차기라도 할 듯이 다리를 움쭐하며 간수는 퉁방울같은 눈알을 굴렸다.

일을 맡은 재판관들이 앞 벽쪽에 달린 육중한 흑단빛 널빤지 문을 밀고 들어와 앉자, 소란하던 장내는 물을 뿌린 듯이 조용해졌다. 모두 신경이 그리로 쏠렸던 것이다.

곧 재판장의 인정심문이 시작되었다. 일인 재판장은 서류를 받아 들더니,

「허?——」

하다 말고 잠깐 머뭇거렸다. 그리곤 이내 입술을 날카롭게 모았다. 아

마 여태 일본식으로 창씨개명을 안한 것이 몹시 비위에 거슬렸던 모양
이었다.

「웅——허웅 나왓!」

오봉선생이 두목격인지 맨 먼저 이름을 불렀다. 그는 수갑을 찬 채
앞으로 한 걸음 나섰다.

「성명은?」

경어를 쓰지 않았다. 상대가 〈조센진〉(朝鮮人)이니까!

「인자 막 부른 대로요.」

오봉선생은 반말을 썼다. 그것이 괘씸한 듯이 재판장은 처음부터 눈
에 쌍심지를 올렸다.

「이쪽에서 묻는 대로 대답해! 나이는?」

「무진생이요.」

「무진생? 무신 소리고? 나이가 몇이냐 말이다?」

육갑법을 모르는 모양이다. 딱할 노릇이다.

「글씨(글쎄) 무진생이라고 하지 않았소.」

상대방의 하는 태도가 얄미워서 오봉선생은 일부러 이렇게 버티었다.
가뜩이나 푸른, 재판장의 면돗자리가 더욱 푸르러졌다. 말소리도 높아
졌다.

「이루미(이름)따라 곰이 한 가지로구나! 한 살이 두살이 하는 고곳
도 몰랏? 메이지(明治) 몇 년에 났어?」

「명치가 아니요. 고종 오년이요.」

오봉선생은 내처, 침착한 표정으로 우리 연호를 쓰며, 고개를 들고
맞서듯 했다.

「고론 말이 하니, 나쁜 짓이 하지!」

재판장은 서슬이 시퍼래지며 테이블을 탁탁 쳤다.

「여쉰 여덟이요.」

누군가가 뒤에서 나이를 대주었다.

「누가 너보고 말이 하라 캤나? 오놀이 재판이 고마니 한다!」

약이 오를 대로 올랐던지, 재판장은 퍼 놓았던 서류를 확 뒤덮고서 일
어섰다. 그리곤 휴정에 들어 갔다.

오봉선생은 동지들이나 가족들에게 미안한 듯이 뒤를 잠깐 돌아보았
다. 놈들의 하는 짓이 그저 이렇고 이렇다는 것을 알리기라도 하듯이.
정말 싱겁고도 분한 일이었다.

이런 식으로 질질 끈 재판이 거의 한 달이나 걸린 뒤 오봉선생은 집행유예 삼년이란 억울한 판결을 언도받고, 동지 유생들과 함께 그 지긋지긋한 감옥에서 풀려 나왔다. 그러나 칠십이 가까운 노령으로서 겪은 억울한 고문과 옥고는 오봉선생에게 치명적인 타격을 주었다. ──그는 출옥하던 그날부터 누운 채 결국 일어나지를 못했었다. 가야부인은 마치 그것이 자기의 책임이나 되는 듯이 갖은 간호를 다했으나 결국 백약이 무효였다.

쇠약할 대로 쇠약해진 오봉선생은 마지막 숨을 거두기 직전, 모여앉은 가족들에게 다음과 같은 말을 했다.

「다들 듣거라, 명호 메누리가 이 집안에서는 제일 큰 어른이네잇! 그 어른의 말을 잘 들어야 한다.」

그러고는 점점 멀어져 가는 의식을 억지로 잡아매기라도 하듯, 눈까풀에 힘을 주어 가야부인 쪽을 쏘아 보면서,

「공자의 인(仁)이나 석가의 자비심이…… 근본에 있어서 같다고 했─제?」

겨우 이렇게 더듬거리고 눈을 감은 것이 결국 최후가 되고 말았다. 그만큼 그는 유교사상에 무서운 집념을 가졌던 것이었다. 감옥에서 받은 앞이마의 푸렁덩이가 이내 시커매져 갔다.

가야부인은 오봉선생이 마지막 눈을 감았을 때 비로소 합장기도를 올렸다. 그녀의 곱게 감은 눈 속에는 사랑 앞 모란 꽃이 소리 없이 뚝뚝 떨어지기 시작했다. 그렇게 떨어지는 꽃잎들이 흡사 시아버지 오봉선생의 이승에서 이루지 못한 소원들 같이 느껴질 때, 그녀의 눈귀에 이슬 같은 눈물이 불쑥 솟아 올랐다. 그것이 가야부인이 시집 온 이후 허 씨 가문에 있어진 세 번째의 비극이었다.

오봉선생의 장례가 집행된 것은 칠월 초순경이었다. 당신의 아버지와 아들의 뒤를 이어 모두 비명이라 할 수 있는 세 번째의 비극이었지만, 장례식만은 시골 치고는 좀처럼 볼 수 없는 성대한 장례식이었다.

오봉선생의 장지는 그의 호가 유래된 바로 그 오봉산의 주봉이 흘러내리는 중턱 〈싸릿등〉이라고 불리는 등성이었다. 벌써 거기는 비명으로 객사한 이녁 아버님과 독립만세를 부르다 참살된 아들이 앞서 묻힌 자리니까, 새로 마련된 선영이라 할 수 있다.

칠월 초순이라면 첫 더위가 만만찮을 무렵이다. 그렇게 만만찮은 더윈데도 불구하고, 오봉선생의 장례에는 제법 〈인산인해〉란 말을 써도

무방할 만큼 조객들이 많이 모여 들었다. 게다가 유별나게 눈에 뜨이는 것은 비록 〈유림장〉은 아니었지만, 고인과 교분이 있는 각처의 유생들이 만만찮게 모여든 사실이었다. 더위를 무릅쓰고 천릭(天翼)에 장죽을 든 모습이라든가, 유복(儒服)을 정제한 풍도며, 전이 흐들갑스럽게 큰 갓에 중치막을 입고 태극선을 흔드는 광경들은 아마 그 지방으로서는 처음인 듯, 어린애들뿐 아니라 어른들까지도 숫제 무슨 구경삼아 처다들 보았다. 또 그들이 마련해 온 큼직큼직한 만장들!

堂堂大義生前業　烈烈精神死後明
千秋寃恨憑誰問　寂寞荒陵白日明
(살아 하시던 일은 당당한 대의였고,
열렬한 정신은 사후 더욱 빛나리.
천추의 원한을랑 뉘더러 풀어 볼까,
적막한 무덤 위엔 햇빛만 밝고녀!)

침통한 분위기 속에서 발인제가 끝나자, 운아(雲亞)와 명정, 그리고 공포(功布)를 앞세우고, 이러한 내용들의 만장이 하늘을 뒤덮듯 했다.
동신(洞神)을 모신 〈거릿대〉가 있는 곳을 피해서, 견전(遣奠)이 하필 동구 오른편 늙은 느티나무가 서 있는, 이와모도 참봉의 문전 가까이서 베풀어졌다. 송죽을 그대로 찍어 붙인 듯한 커다란 병풍이 둘려진 재상 위에서, 서리 같은 눈씨를 한 오봉선생의 사진이, 그의 유택의 자리인 오봉산 중턱을 건너다보듯 놓여졌다.
「오호 통재(嗚呼 痛哉)로다!」
하고 시작한 양접장의 추도문 낭독이 동민들의 흐느낌 속에서 끝나자, 읍에서 달려온 청년단체의 한 대표가 숫제 울면서 또 조사를 읽었다. 그러곤 모인 유생들의 정중한 분향이 시작되었다. 그들은 울지는 않았다. 그저 침통스런 표정들만 지녔다. 오봉선생처럼 눈동자가 파르스름한 할아버지들이 많았다. 그러한 유생들이 분향을 하고 절을 울릴 때는, 구경하던 개구장이들까지 고개를 수그렸다. 가야부인은 그러한 유생들 가운데, 전번날 고인과 함께 재판을 받던 얼굴들이 섞여 있음을 보자, 설움에 어깨가 더욱 흔들리었다.
물론 이와모도 참봉도 분향을 하였다. 유생들처럼 제법 점잖게 자리에 나아갔으나, 동네 사람들은 대개 그로부터 얼굴을 돌렸다. 하필 거기

서 노전을 차린 것이 눈꼴 틀리기나 한 듯이 그는 자기집 대문쪽을 흘
끗거리기도 했다.

구슬픈 만가와 더불어 장렬은 이내 산길을 더위잡았다. 분홍색 메꽃
이 군데군데 두렁을 수놓고 있는 천수답 비탈을 지나자, 길은 드디어
거칠은 풀과 오금드리 잡목으로 덮이고 말았다. 그처럼 곱게 피던 진달
래도 꽃지고 나니 엉성한 덤불, 인동(忍冬), 왕머루 덩굴쯤은 그래도
나은 편, 가시돋친 찔레나무나 청미래덩굴은 옷자락을 사뭇 찢거나 이
치게 하게 마련이었다. 남자들은 걸타고 넘기도 하였지만 안상주들은
그리도 못하고 피해 가자니 더욱 힘이 들었다.

「그렇기 봐라, 오지 마라 카이.」

가야부인은, 계집아이로서는 그래도 장손이라고 요질(腰絰)을 두르고
따라 오는 분이의 손목을 끌고 가느라고 안 해도 될 수고까지 했다.

길이 그러고 보니 상도군과 상주 이외의 조객들은 자연 이리 저리 흩
어져 올라갔다. 거기서도 이색진 것은 역시 유생들이었다. 아무리 더워
도 복장을 헐지 않고 줄느런히 줄을 지어 올라 갔다. 상여가 도중에서
머물러 쉴 때에도 그들은 장지를 향해서 곧장 나아갔다. 장지인 〈싸릿
등〉까지 가서도 허진사와 그의 손자의 무덤을 돌아본 뒤에야 비로소 옷
가슴을 헤치고 땀을 가시었다. 이와모도 참봉도 양접장의 뒤를 따라서
유생들과 행동을 같이 했다. 그는 수월찮은 나이에 몸이 워낙 육중했기
때문에 내쳐 비지땀을 흘렸다.

유생들 가운데서 풍수깨나 아는 선비가 있었던지 자연 그런 얘기가 오
갔다.──과연 명당이 그럴 듯하다든가, 바로 〈와우형〉(臥牛形)이 아니
냐느니, 혹은 주산에서 흘러 내린 소위 〈용래〉(龍來)란 걸 훑어보고는 〈혈
(穴)〉을 잘 맞췄다느니, 더러는 먼산만 보고는 〈조산〉(朝山)이 되었다느
니 해서, 〈좌청룡 우백호〉 하는 정도를 훨씬 넘어선 얘기들을 하였다.

태연스럽게 그러한 얘기들을 나누던 유생들도, 오봉선생의 관이 땅속
으로 들어 가자, 상가 가족들 못지 않게 비통한 표정들을 하였다. 오봉
선생의 옥중 동지였던 한 선비는 일부러 가야부인을 찾아와서 흐느끼는
부인의 어깨를 두드리며 위로까지 하였다. (그는 재판정에서 그녀의 얼
굴을 기억했던 것이다.)

「오, 효부였더군! 내 까막소에서 오봉으로부터 잘 들었소. 친정이
김해라 했지요? 나는 창원이요. 창원 김진사라면 다 아요.」

이러고는 다시,

「억울하지! 만약 우리 오봉과 가야부인 같은 이들만 이땅에 살았더 람……」

이렇게 혼잣말처럼 중얼거리면서 선비들이 모여 앉은 잔디밭께로 돌아갔다. 위엄이 있는 말씨라든가, 자가 넘게 자란 흰 수염을 바람에 날리며 돌아 가는 모습이 과연 기백이 대단한 어른같이 보였다. 결국 이 창원 김진사란 선비가 그냥 있지를 않았다. 평토제가 끝나고 해반과 아울러 으레 있는 식사와 주찬이 나돌 무렵이었다. 술도 얼마 돌지 않았을 땐데, 별안간 선비들이 모여 앉은 자리에서 호통소리가 일어났다.

「이놈——개 같은 놈!」

소리의 주인공은 아까 그 창원 김진사란 늙은 선비였다. 그는 계속 수염을 부들부들 떨며,

「오봉은 바로 네 자식이 적있단「말여! 알겠나, 이 개 같은 놈아? 알았음 썩 물러가거라! 뻔뻔스럽게……」

「이놈이 무슨 소릴 대에 놓고(함부로)하노?」

상대방은 역시 이와모도 참봉이었다. 이와모도도 같이 수염을 떨어댔다. 얼굴이 넓적해 그런지 꼭 삽살개가 으르대는 것 같았다. 아무래도 그는 처음부터 자릴 잘못 잡았던 것이다. 애당초 그런 데 온것부터가 그렇고…….

그러나 그도 지기는 싫었다. 지다니!

「이놈아, 안 가라 캐도 갈끼닷! 버릇 없는 니놈과 자리를 같이 하다니…….」

이와모도 참봉은 벌써 자리에서 일어서 있었다. 상주들이 달려가 말리었으나, 이와모도 참봉은 들을 리 만무했다. 그는 화를 머리끝까지 올려가지고 어기적어기적 산을 내려 갔다.

「서턴!」

상가측에서 백관 한 사람이 급히 그를 뒤따라 갔다.

(쥑일 놈들!……)

이와모도 참봉은 집에 돌아와서도 화를 냈다. 생각할수록 분해서 치가 떨렸다.

웃옷을 훌쩍 벗어 사랑방 앞 청 기둥에 걸기가 무섭게 안 뜰을 향해 소리를 쳤다.

「어서 세숫물 내 오너라!」

푸더덕푸더덕 세수를 하고, 뒤미처 마누라가 등까지 닦아 주어도 속이 시원치를 않았다. 꿀냉수를 두 그릇이나 연거푸 들이켜도 그저 그랬다. 사실 그래서 풀릴 일이 아니었다. 그렇다고 속이라도 시원하게 누구에게 말할 수도 없는 일이고. 생각할수록 속이 달아 올랐다. 그는 헛가래를 몇번이나 내리뺄았다.

「머어 한다고 산에꺼정 따라 갔덩기요. 그만 노전에나 얼굴을 내고 말 일이지.」

마누라는 자세한 영문도 모르고 이런다.

「글씨……」

영감 역시 이럴 내기다. 속으로만 〈죽일놈들!〉을 되섭었지, 어떻단 내색을 할 수도 없었다.

「안으로 들어 가게!」

이와모도 참봉은 등 뒤에서 부채질을 해주는 마누라의 손에서 부채를 뺏듯 받아 들었다. 혼자 있고 싶었다. 마누라까지 귀찮았던 것이다.

마누라는 수상타 생각하면서도 그의 비위를 거슬리기 싫어서 안으로 들어가 버렸다.

홀로 앉은 이와모도 참봉의 눈은 싫으면서도 〈싸릿등〉께로 가지 않을 수가 없었다. 역시 그렇다! 아직도 오봉의 장지에는 사람이 허옇게 모여 있었다.

(빌어먹을 놈들, 하필 장지를 저게다 정할끼 멋꼬!)

그는 가라앉던 불둥이가 다시 치솟았다. 맘대로 할 수만 있다면 당장 사람을 보내서 싹 쓸어 버리고 싶었다.

그는 불룩한 배에다 대고 부치던 부채마저 던져 버리고 방으로 기어 들어갔다. 빳빳한 등 등거리도 빼내고 맘받이 하나 바람으로 서늘한 장판 바닥에 등을 붙였다. 역시 그편이 시원했다. 머리도 조금 식어 가는 것 같았다.

그러나 똑바로 쳐다보이는 천장지의 무늬가 또 마음에 거슬렸다. —— 그놈의 포도 이파리들이 꼭 그 창원 김진사란 놈의 수염 달린 상판대기 같았다.

「엑 이놈——」

괜히 그는 잠꼬대 같은 소리를 치면서 천장을 쳐다보고 눈을 부릅떴다. 중의 벗고 환도 차는 격이랄까. 천장에다 대고 가래라도 탁 뱉아 붙이고 싶었다. 그러나 순간, 여기 저기 엉겨붙은 동글동글한 포도알들이 마치 그러한 자기를 비웃는 눈깔들 같기도 했다.

이와모도 참봉이 그러한 자신을 냉정히 반성하게 될 때까지는 그다지 많은 시간이 필요치가 않았다. 이십분도 채 지나지 않았을 거다. 그리고 그것이 모두 경부보로 있는 큰 아들 천석이의 죄라고 생각했다.

물론 창원 김진사란 놈도 사람이 덜 돼 먹었다. 하필 만인 중시리에 그렇게까지 할 게 뭐냐 말이다! 그러나 그것도 따지고 보면, 놈이 어쩜 천석이한테 호되게 당했을는지도 모를 일이었다. 하긴 자식놈이 조금 우락부락하니까. 아무리 고등계 밥을 먹고 있기로서니, 애비가 일부러 찾아 갔는데도 불구하고, 왜놈들이 그래도 무엇할 텐데 되려 제가 나서서 애비 친구의 면회까지 안 시켜줄 정도니까…… 아뭏든 좀 지나친 놈이라, 자기까지 그런 봉변을 당한 거라고 풀 수밖에 없었다. 그러나 역시 그날 당한 것만은 분했다. 놈들이 아직 자기에게 대한 말들을 하고 있으리라 생각하면 느닷없이 또 불뚱이가 치솟았다.

「쥑일 놈들!」

그는 다시 천장에다 대고 구두덜거렸다. 반응 없는 발악이었다. 아무리 고쳐 보아도 천장지에 그려진 포도잎 무늬가, 그 창원 김가란 놈의 광대뼈가 쑥 불거지고 구레나룻이 곧게 빠진 상판대기를 닮아 보였다. 당장 확 걷어내고 다른 것으로 갈아 발랐으면 싶었다. 그러나 도배를 한 지가 얼마 되지 않는 것을 다시 그러기도 우스꽝스럽고 해서 괜히 짜증만 더 났다.

그러나 일은 짜증 정도로써 끝이 나지를 않았다. 그날 저녁은 우선 분한 나머지라 그랬다 하더라도, 그 이튿날도 사흘날도 잠을 달게 잘 수가 없게 되었으니 탈이었다. 그리고 그런 증세가 내처 계속되었다. 불면증에 걸린 것이었다. 물론 모기장을 치고 잤지만 어쩌다가 한 군데쯤 물린 사리가 더욱 잠을 앗아갔다. 미칠 지경이었다. 아니 정말 때로는 미친 사람처럼 날뛰었다.

인제 그 창원 김진사란 사람을 생각지 않더라도 신경이 곤두섰다. 천장만 쳐다보면 이내 속이 뭉클거렸다. 포도무늬만 봐도 이가 갈리었다. 캄캄한 밤중에 천장이 있다고만 생각해도 참을 수가 없었다. 결국 밤중에 일어나 장죽을 더듬어 들고 천장을 아무데나 꽉 뚫어 버리기도 했다. 자다가 「이놈들!」 하는 잠꼬대가 곁방에 자는 사람들에게까지 들릴 정도로 증세가 악화되었다.

물론 입맛도 떨어졌다. 아무리 먹음직한 진미가 상에 놓여 와도 저가 갈 가질 않았다. 별 먹는 것이 없는데도 변비증이 잦았다. 그것도 미칠 지경이었다. 한번 뒷간에 가면 수식경석 앉아 있어야 되고, 어쩌다가 나오는 거란 꼭 염소의 그것처럼 새까맣게 탄 것이었다. 그러다간 말경 엔 치질까지 심해져서 피가 사뭇 쏟아지고 미주알이 빠졌다. 마누라가 그놈을 밀어 넣느라고 땀을 뺐다. 약도 무던히 썼으나 소용이 없었다. 걷잡을 수 없이 말라만 들어갔다. 그래서 마누라는 생각한 나머지 그게 그저 병이 아니라 죽은 오봉의 혼신이 덮친 것이라고 믿었다. 그렇게 약을 써도 안나으니 틀림 없다는 것이었다.

「바아라, 내 말이 옳을 끼데잇 !」

마누라는 아이들에게 이런 장담을 하고서, 태고 나룻께로 내려 갔다. 명도를 부리는 천금새란 무당을 찾아간 것이었다.

천금새는 그 무렵 절 때문에 애살과 앙심이 가슴에 차 있었다. 몇 해 나 데리고 살던 서방까지 구기박질러 가면서, 매일 같이 술을 마시지 않으면 부글거리는 불뚱이를 참을 도리가 없었다.

이유는 단순했다. 자기의 신주를 모신 곳에서 엎어지면 코라도 닿을 자리에 그놈의 미륵당인가 쥐뿔인가 하는 쬐깐 절이 섰기 때문이었다. 그리고부터는 자기에게 〈삼신풀이〉라도 능히 청해 올 만한 사람들이 생 남불공이니 뭐니해서 자연 그길로 빠져 나가게 마련이었으니 말이다.

으레 그렇게 될 것을 미리 짐작했던 터이라, 천금새 부부는 절터를 닦을 때부터, 오고 가는 사람들을 붙들고는 넌지시 반대 의사를 표시했 었다.

「땅에서 부채가 나왔이문 나왔지, 그기 머 대단한 기라고 !」

천금새는 이렇게 빈정거렸고,

「절을 지을라면 널찍한 데 가 지을 일이지, 와 해필(하필) 남의 신주 모신 곁에다 지을라 카노?」

남편 박수는 이렇게 투덜거렸다. 말하자면 일종의 텃세와 같은 것이 었다.

그러나 결국 드러내 놓고 크게 못 나오고 또 막지 못한 것은, 그 일 을 원체 설두한 분이 바로 가야부인이었기 때문이다. 가야부인은 보리 날 철, 나락 날 철이 되면 으레 계면을 도는 천금새에게 꼬박꼬박 곡식 몇 말석은 순순히 내어 주던 은인일 뿐더러, 또 그 일을 맡아서 하던 그 분의 사위인, 홀로 있는 박서방이란 젊은이가 워낙 대가 찬 사람이기 때문이었다.

「죽은 내 마누라를 위해서 내가 절을 짓는데 누가 무슨 말을 할낀고?」

박서방은 처음부터 이런 쪼로 나왔다. 그렇게 죽은 처를 들고 나오는 데는 아무도 섣불리 건드릴 사람이 없었다. 사실 완고한 유교 내림의 집안인 처가에서도 그것을 묵인하고 있는 터이었으니까.

천금새는 벙어리 냉가슴 앓듯 자기 집 방안에 차려 둔 〈신주상〉 앞에서 〈비손〉이나 〈푸념〉을 하는 것이 고작이었다.

　　　강남서 나온 무학이 결령쇠 띄어 놓고
　　　팔도 강산을 역력히 살펴 보니
　　　경상도 태백산은 낙동강이 둘러 있고
　　　그 강 하나 건너 뭐면
　　　남북 해동 조선국의
　　　영산 대산 오봉이라
　　　수국 용왕 노는 곳에
　　　터를 받은 신씨 내외분……

이렇게 서두를 꺼내 놓고는, 사시나무처럼 전신을 떨어대며, 엎어 놓은 징을 더욱 잦게 두들겼다.

　　　대월은 서른 날이요, 소월은 이십 구일이요.
　　　금년은 열 두달, 좌우 삼백 예순날이 내내 돌아갈지라도.
　　　안과 태평하게 치성이올시다……

그러나 이렇게 축원으로만 끝나는 것이 아니었다. 별안간 눈이 상스럽게 빛나며, 푸념의 곡절이 갈팡질팡해졌다.

　　　미륵이면 미륵이지
　　　무슨 죄를 지었건대
　　　도솔천 내원궁에
　　　들지를 못하고서
　　　수로 만리 떠돌다가
　　　흑간지옥 진흙 속에

생매장이 되었다가……

이러고는 미친듯이 일어나서, 소반 위에 있던 물그릇을 덜렁 들어, 미륵당이 서고 있는 쪽을 향해 그 물을 확뿌리며,

「엇쇠, 썩 물러가거라! 미련한 미륵신아!」

그리고는 대개 집을 핑 나가 버리는 것이었다.

그래도 절은 제 설 대로 서 갔다. 겉일이 거의 끝나고 안수장에 들어갈 무렵이었다. 그럴 때 마침 오봉선생이 객지에서 구속이 되었다는 소문이 퍼졌다.

한창 구겨져 있던 천금새에게는 그 소식이 은근히 반가왔다. 속으로 〈잘코사니!〉를 외쳤다. 그날부터 그녀는, 한동안 잘 나타나지 않던 안동네에도 곧잘 나타났다. 열 두 부락을 팔랑개비처럼 돌아다녔다.

「진사영감이 갇힛다 카지요?」

가는 곳마다 능청을 떨며 이런 질문을 하였다. 물론 〈이상하지요?〉하는 표정을 지으면서.

그리고는 뒤미처, 가야부인이 설두를 해서 미륵당이란 절을 세우더니 웬일인지 멀쩡하던 그녀의 시아버지가 갑작스레 그런 날벼락을 당하게 되었다는 소문이 떠돌았다. 〈이상한 일이제〉하는 표정은, 벌써 엉덩이를 촐싹거리는 천금새에게만 한한 것이 아니었다. 〈냉거랑〉빨래터에는 한동안 그런 얘기가 판을 쳤다. 촉새 같은 부리들은 천금새가 모시는 용신님의 동티라고까지 오도방정을 떨기도 했다.

그런 말들이 가야부인의 귀에 들어가자, 가야부인은 같잖다는 듯이 웃으면서,

「미친 것들! 만주 가 돌아가신 시할아버님도 절을 지어서 그렇고, 만세 부르다 생죽음을 당한 우리 밀양 시숙도 절 때문에 그랬던강?」

애당초 상대도 하지 않았다. 천금새는 그러고부터 지레 질렸음인지 그처럼 만만하게 드나들던 가야부인의 집에는 발을 뚝 끊었다. 가야부인은 도리어 자기가 뭘 섭섭하게 한 일이나 없었던가 궁금했다. 그녀는 그런 경우 대개 자기가 인간에 덕이 없는 탓이라고 느끼는 성미였다.

일부러 찾아온 이와모도 마나님의 말을 듣자, 천금새는 금새 반색을 하며,

「옳고 말고요! 그 말이 적실합니데잇!」

영락없이 이와모도 참봉에게 죽은 오봉의 혼신이 덮였으리란 것이었

다. 그리고 그런 귀신은 보통으로써는 떨어지지 않는다는 것이었다. 천금새는 그것을 미리부터 알기라도 하는 듯이, 용수같이 생긴 상판을 일부러 절레절레 흔들어 보였다.

「어이구, 우선 살았을 때의 그 고집 보지, 어떤 고집이라고요！」

이와모도 참봉의 집에 기돗굿이 벌어진 것은 그러고 며칠 뒤의 일이었다.

이왕이면 복덕일(福德日)이 좋았다.

이틀 전부터 마을 어귀에 있는 〈거릿대〉와 해묵은 느티나무에는 금줄이 둘리고, 그 언저리에는 붉은 황토흙이 뿌려져 있었다. 이와모도 참봉집 솟을대문 주추께도 부정을 막기 위한 황토가 놓여 있었다. 부잣집에서 하는 굿이니 볼만할 거라고, 열 두 부락 아낙네들이 아침 일찍부터, 오색깃발이 늘어져 있는 이와모도 참봉집 안뜰로 모여 들었다.

안채의 처마에 잇대어서 마당 한가운데까지 높이 쳐진 포장 밑에는 백설기를 비롯한 몇 가지 제물로써 제격대로 차려진 신주마다의 진설상(陣設床)들이 죽 늘어 놓이고, 쾌자 위에 노랑 목도리를 걸친 원무당 천금새를 중심으로 얼굴에 분칠을 한 화랑이들과, 풍악을 맡은 기무(技巫)와 악수(樂手)와 전악(典樂)들이 자리를 잡고 둘러 앉은 품이 아닌 게 아니라 부잣집 굿 같은 기분이 났다.

우선 부정을 물리치는 굿의 첫마당부터 천금새의 눈은 숫제 이상한 광채를 나타내었다. 소위 강신을 위한 〈가망〉으로부터 신탁(神託)과 무악(舞樂)으로 진행되는 〈산마누라〉에 접어 들면서 굿은 점점 무르익어 갔다. 닐닐이 덩더쿵의 풍악에 맞춰 쾌자 자락을 흩날리며 무녀들의 춤은 멋드러지게 덩실거렸다.

녕 더꿍, 덩더꿍！

제 장고 소리에 흥이 나서 갓이 젖혀진 기무들도 어깨가 절로 우쭐우쭐했다.

백의 승복(白衣僧服)을 바꿔 입고 제석(帝釋)을 청배(請拜)하는 장면이 나오자 구경을 하고 있던 보살할머니들까지 갑자기 덩실거리기 시작했다.

이와모도 참봉의 병세가 심상치 않은지라 바삐 한다고 해도 〈열두거리〉의 전반이 끝났을 때는 해가 이미 낙동강 저편 고암산 위에 뉘엿뉘엿, 이상스런 까마귀떼의 나래를 물들이고 있었다.

굿의 후반에 들어가기 전에, 몸져 누운 이와모도 참봉이 마당 가운데로 들려 나왔다. 곧 〈오귀〉가 시작되는 것이다. 땀을 팥죽같이 흘리는 무배들과는 정반대로, 팔월 염천인 데도 한기가 들이치는 판이라, 이와모도 참봉은 앉은 채 목 위만 빼꼼 내놓고는 온통 핫이불에 둘러싸였다.

「남북 조선 해동국에, 갑술생 전주 이씨……」

사연 풀이를 시작하는 천금새의 목청은 한결 청승스럽게 떨렸다. 그리고 쾌자 소매를 나붓거리며 사뿐사뿐 춤을 추는 발짓도 가벼워졌다.

「어이, 이와모도야잇!」

되풀이되는 천금새의 아양에,

「워우 워우 워우, 구웃이야!」

오동장고를 부둥켜 안은 기무는 이런 후렴을 먹이면서 덩더꿍거리는 두 어깨를 흡사 용수철처럼 떨었다.

「어이, 이와모도야잇!」 하고 이름이 불릴 때마다, 병자가 눈을 번쩍 떠본다든가, 자라처럼 움츠렸던 목을 쑥 빼고 두리번거리는 끝이 또 가관이었다. 거기에 용기를 얻은 듯이 천금새는 더욱 고개를 히뜩거리며,

「그래 그래 그 넋인가?」

덩 더꿍, 덩더꿍!

「난데없이 떠들온 몸이——」

덩 더꿍, 덩더꿍!

「저언생에 무슨 일이——」

「워우 워우 워우, 구웃이야!」

「지독히도 맺혔던가배?」

덩 더꿍 덩더꿍!

이렇게 해서 푸념의 화살이 별안간, 죽은 오봉선생에게 넌지시 돌아가자, 그것을 눈치 챈 구경군들은 서로 얼굴을 쳐다보며 긴장된 표정들을 하였다.

한결 숨이 가빠진 천금새는 과연 신령님의 위력에 억눌리기라도 하는 듯이 얼굴빛이 점점 파르족족해 갔다. 눈의 흰창도 요란스럽게 희번덕거리고.

「아이고 저 늙은이들 보래! 키가 크이 뒤에 서 있어도 구경하기가 얼매나 좋겠노?」

남들이 이렇게 부러워하던 가야부인이 곁에 있는 밀양동서의 옆구리를 쿡 찔러서 나란히 자리를 뜬 것은 바로 그때였다. 워낙 두붓이 다

훤칠한 키라 그것이 또 남의 눈에 유달리 띄었다. 물론 천금새도 그것을 보았다. 그러나 그녀의 악지센 목소리는 잡귀 잡신을 대접하는 뒷풀이로 들어갔다.

상청은 서른 여덜 수비
중청은 수물 여덜 수비
하청은 열 여덜 수비
우중간 남수비, 좌중간 여수비
베루 잡던 수비, 책 잡던 수비
많이 묵고 가거라.
군웅왕신 수비 왔거든 많이 묵고 가거라.
손실 병상 수비 왔거든 많이 묵고 네 가거라.
해산영산에 간 수비 오거든 많이 묵고 네 가거라.
수살영산 간 수비 왔거든 많이 묵고 네 가거라.
먼 길 객사 간 수비 왔거든 많이 묵고 네가거라.
언덕 아래 낙상 수비 많이 묵고 네 가거라.
염병 질병 돌아간 수비 많이 묵고 네 가거라.
여러 각항 수비들아 많이 묵고 네 가거라.

덩 더꿍 덩더꿍, 덩 더꿍 덩더꿍!…뒷풀이의 장단이 잦은고비를 한참 넘고는 마침내 화랑이가 들고 있던 넋대가 덜덜덜 떨며 이와모도 참봉집 대문을 나섰다. 중추 명월이 벌써 하늘에 떠 있었다

달이 밝아서 좋았다, 돌담을 끼고 도는 좁은 골목길로 넋대는 스룩스룩 소리를 내면서 나아 갔다. 넋대를 잡은 화랑이 뒤에는 천금새, 그리고 그 뒤엔 동네 애들이 우 따랐다.

물론 이와모도 참봉은 이불에 싸인 채 방안으로 들려 들어 가고, 마당에는 굿잔치가 벌어졌다. 굿떡은 복이 많다 해서 앞을 다투듯 손들을 내밀었다.

넋대는 가야부인의 집 앞까지 가더니 담벼락을 두어 번 툭툭 치고는 이내 돌아섰다. 동네 어귀에 있는 해묵은 느티나무의 밑둥을 한 바퀴 돌고선 계속 널찍한 들길로 빠졌다.

빨랐다. 들길에 나서자 거의 달리듯 나아갔다. 흔히 그러듯 용왕님이 계신다는 태고 앞 시퍼런 강굽이께로 가는가 했더니 도중에서 느닷없이

산길을 더위잡았다. 산길 가 산밭들에는 메밀꽃이 한창이었다. 바람 한 점 없는 밤에 눈처럼 얼어붙은 것 같이 메밀밭들은 그 숱한 풀벌레 소리도 멎고 그저 그림같이 고요하기만 했다.

그러한 메밀밭들이 있는 언덕을 넘어서자, 넋대는 곧장 불이 빤한 미륵당 쪽을 향해 갔다. 이윽고 넋대는 미륵당 문전에 다다랐다. 서성거렸다. 더 나아가를 못했다. 그날 따라 절 문이 굳게 닫겨 있었다.

넋대는 이와모도 참봉을 덮친 악귀의 꼬투리가 바로 그 안에 있기나 한듯이, 미륵당(마침 죽은 오봉선생의 망령을 위한 재가 거기에 붙여져 있었다) 대문구틀 짬 땅바닥만 툭툭툭 쳐댔다. 천금새는 무슨 주문을 중얼중얼하고는 거기에다 〈물밥〉을 철썩 엎질러 버렸다.

그러고 돌아선 지 얼마 되지 않았을 때였다. 삽 같은 데 뜨인 물밥과 흙더미가 느닷없이 천금새를 비롯한 일행의 머리 위에 마구 덮씌워졌다.

「아이구메!」

도리어 물밥과 흙더미를 뒤집어 쓴 일행은 마치 범불이라도 만난 듯 사산분주를 해 버렸다. 굿으로서는 영망이었다. 가장 긴요한 뒷풀이가 그 모양이 됐으니까!

천금새는 질겁을 해서 간이 콩낟같이 움츠러들었으나 원무당으로서 어쩔 수 없이 이와모도 참봉의 집까지 돌아가지 않을 도리가 없었다. 이와모도네 가족들과 구경군들은 말이 없는 천금새와, 넋대조차 내던지고 돌아온 화랑이의 새파랗게 질린 표정보다 우선 물밥과 흙을 뒤집어쓴 그녀 들의 쾌자 꼴을 보고서 심상치 않은 일이 있었던 것을 짐작했다.

천금새는 새전(賽錢)을 챙길 정나미도 없이 싱겁게 이와모도 참봉의 집을 물러 나왔다. 오동장고를 울러 멘 그녀의 남편이랑 다른 굿패들도 얼떨떨한, 더러는 불만스런 얼굴들을 하고 그녀의 뒤를 따라 나섰다.

누가 물어도 미륵당 중은 모른다고 하였다. 결국 동네 사람들은 제멋대로의 억측들을 하였다.──그날 저녁에 가야부인의 사위 박서방이 절에 가 있는 걸 누가 보았다느니, 혹은 오봉선생의 혼신이 화를 내서 그랬으리라느니, 〈아니 산신령님이 그랬대!〉하는 식으로, 그저 구구한 억측과 소문들만 나돌았다. 아뭏든 용왕님을 모시고 있는 천금새가 말을 하지 않았으니까 사실 마을 사람들은 확실한 것을 알 길이 없었다. 한 가지 확실한 것은 천금새가 그처럼 많이 들춘 신들이며, 심지어 〈물밥〉에 술까지 대접한 오봉선생의 혼신조차 그녀의 소원을 들어주지 않았다는 사실이다. 그 증거로는, 굿을 하면 나을 줄을 알고, 「어이 이와모도야잇!」

할 때마다 눈을 끔벅끔벅 하던 그 이와모도 참봉이 웬일인지 그날 저녁
부터 더욱 병세가 악화되어 단 사흘도 채 못 넘기고, 「이놈들아」하며
뒤집었던 눈을 결국 감지 못했다는 것이다. 거짓말같이 가고 말았다.
그가 마지막 숨을 거둔 안방 천장지에는 다행히 그 창원 김진사란 사람
의 얼굴을 닮은 포도잎 무늬가 없었다. 또 한 가지는 여태까지 영검이
대단타고 믿어왔던 천금새에게 비손이나 푸닥거리를 청해오는 사람들이
거의 없을 정도로 줄어진 사실이었다.

「물밥을 되덮어 썼다문서!」

태고 나루를 지나가는 소금배의 조군들까지 이렇게들 빈정거렸다.

그래도 천금새는 악지세게, 허물어져 가는 자기집 방구석에 모셔 둔
신주상 앞에서 새벽마다 징을 뚜들겨냈다. 푸념은 사시장춘 하는 것이지
만 용왕님과 조왕님을 달래는 이외에 〈혹간 지옥에 묻혔던 미륵……〉운
운하는 것은 틀림없이 미륵당을 저주하는 것이라는 이웃 사람들의 얘기
였다.

그러나 아무리 미친 듯이 징을 두드리고 빌고 해도 〈물밥〉을 뒤덮어
쓴 창피는 씻을 길이 없고 미륵당을 찾아가는 할머니 어머니들이랑 젊
은 아낙네들의 수효는 날이 갈수록 늘어만 갔다. 결국 천금새의 그따위
처방으로서는 어찌 할 도리가 없는 일들이 줄곧 일어났기 때문이었다.

죽은 이와모도 참봉의 아들 이와모도 경부보 같은 위인들이 목에 핏
대를 올려가며 그들의 〈제국〉이 단박 이길 듯 떠들어대던 소위 대동아
전쟁이 얼른 끝장이 나긴커녕, 해가 갈수록 무슨 공출이다, 보국대다,
징용이다 해서 온갖 영장들만 내려, 식민지 백성들을 도리어 들볶기만
했다. 그리고 그것은 〈제국〉의 빛나는 승리를 위해서 불가피한 일이라
고들 했다.

몰강스런 식량 공출을 위시하여 유기 제기의 강제 공출, 송탄유와 조
선(造船) 목재 헌납을 위한 각종 부역과 근로 징용은 그래도 좋았다.
조상 때부터 길러 오던 안산 바깥산들의 소나무들까지 마구 찍혀 쓰러
진 다음엔 사람 공출이 시작되었다. 〈전력 증강〉이란 이유로 영장 받은
남정들은 탄광과 전장으로, 처녀들은 공장과 위안부로 사정없이 끌려나
갔다. 그러한 오봉산 발치 열 두 부락의 가난한 집 처녀 총각과 젊은
사내들도 곧잘 이마를 〈히노마루〉에 동여매인 채, 울고불고 하는 가
족들의 손에서 떨어져, 태고 나루에서 짐덩이처럼 떼를 지어 짐배에

실렸다. (물금까지 나가면 기차편도 있었지만 차는 위데에서 오는 그러한 사람들로 항상 만원이었다) 손자녀를, 자식을, 남편을, 딸을 그렇게 빼앗긴 할머니, 어머니, 아버지, 아내들은 태고 나루에서 눈물을 짓다 가까운 미륵당을 찾기가 일쑤였다. 「명천 하느님요!」하고 땅을 치던 그들은 말없는 미륵불 앞에 엎드리어 떠난 아들 딸들이 무사히 살아 돌아오기를 빌고 또 비는 것이었다.

「시줏돈을랑 그만 두이소! 내가 대신 다 내 놓았임데잇……」

돌아간 시할아버지와 시아버지, 그리고 만세 통에 총 맞아 죽은 시숙과 딸의 영가를 거기에 모셔 둔 가야부인은 오면 가면 그러한 분들을 위로하기에 바빴다.

「억울한 말이싸 우째 다 하겠능기요. 나도 이렇게 안 살아 있능기요.」

흐느끼는 아낙네들의 손을 잡아주며 조용히 〈관세음보살〉을 염하는 것이었다. 먼 데서 온 분은 기어이 재워 보내기도 했다. 그것은 가야부인 자신에게도 필요한 공덕이었다. 선심이라고는 생각하지 않았다.

가야부인은 결코 남들에게 절에 와 달라고 권하지는 않았다. 절을 맡아주는 스님에게도 그렇게 시켰다. 시주는 더욱 권하지를 않았다.

「촌사람들이 무슨 여유가 있다고! 오다가다 찾아 주는 것만 해도 고맙지.」

늘 이런 투로 말했다. 염전을 하는 친정오라범이 막내동생인 그녀와 그절을 위해서 강건너 대동면에 사준 논 열 두마지기의 수입으로 미륵당의 유지는 가능했기 때문이다. 절을 세울 때부터 그런 생각을 했거니와 그야말로 가야부인 자신을 위한 절이요, 불행한 아낙네들을 위한 사랑 같은 곳이었다. 무슨 기도를 드려 소원성취를 한다기보다 아들, 딸, 남편, 손자녀들을 억울하게 빼앗긴 그녀들은 거기서 어떤 마음의 위안을 얻곤 하였던 것이다. 그래서 특별한 불사가 없는 날에도 할머니들은 곧잘 모여 들었다. 대밭각단 양접장의 할머니도 손자가 학병에 끌려가 죽은 뒤부터는 역시 미륵당에 나왔다.

어떤 일이 있어도 유독 나오지 않는 것은, 죽은 이와모도 참봉의 가족들뿐이었다. 그러나 이와모도 참봉의 가족들이 미륵당에 얼굴을 내놓지 않는다고 해서 아무도 서운하게 여기지는 않았다.

「잘 안 나오지. 그럴 낯짝도 없겠지만, 나와 덕될 끼 멋고!」

오히려 나오지 않는 것을 다행한 일인 것 같이 말하는 사람도 있었다. 이와모도 참봉의 아들이 고등계의 경부보로 있었기 때문이리라. 그녀들은 속에 있는 말을 마음대로 지껄이고 싶었던 것이다.

「왜놈들이 얼른 망해야 살지, 이래 가주고싸……」

「그 독한 놈들이 얼른 망하겠나.」

「왜놈이 망하문 끌려 간 사람들은 다 죽구로?」

이건 〈보르네오〉댁이란 부인의 말이다. 그녀의 남편은 〈보르네오〉란 섬에 징용을 나가 있었다. 남자들이 징용 간 곳을 따라 〈보르네오〉댁이니 〈뉴기니야〉댁이니 하는 새로운 택호들이 유행되고 있었던 것이다.

「벌써 죽었는지 살아 있는지 누가 아나?」

이미 송금(送金)이 끊어진 사람도 없지 않았다. 〈보르네오〉도 소식이 끊어진 지가 꽤 오래였었다.

「그래도……」

양접장네 손자처럼 〈명예의 전사〉 통지가 오기 전에는 역시 희망을 가지는 그녀들이었다.

「나무아미타불!」

가야부인은 내처 이런 한숨만 내쉬었다. 그녀도 하도 억울한 일들만 겪어온 탓인지, 남의 이야기에만 귀를 기울일 뿐, 자기 이야기는 잘 하지 않았다. 그렇다고 새로운 걱정이 없는 것은 아니었다. 학병에 나가기가 싫어서 도망질을 떠난 막내아들의 일만 해도 그랬다.

「무슨 소식이나 있능기요?」

하고 누가 물으면,

「소식은 무슨 소식! 오는 편지 가는 편지 낱낱이 조사하는 판인데, 그런 어리석은 짓이싸 하겠나.」

그러곤, 「산 놈이싸 어딜 몬 댕기겠노. 고생이 말할 수 없겠지!」할 따름이었다. 그러한 막내아들의 일보다 가야부인에게는 우선 더 다급한 걱정거리가 있었다.

「이번에는 할 수 없임데잇! 그래 아이소.」

애국반장이란 사람이 하고 간 말.

「너무 그래 버투지 마소. 그란이라도 의심을 받고 있는 집에서……」

이건 이와모도 참봉의 조카 뻘인 구장이 와서 하고 간, 반 협박조의 소리다. 그 옴두꺼비 같은 구장이 언제 옥이의 징용영장을 들고 올는지 모를 일이었다. 속칭 〈처녀 공출〉이란 것으로서 마치 물건처럼 지방별로 할당이 되어 있다. 저희들 말로는 전력 증강을 위한 〈여자 정신대원〉

(女子挺身隊員)이란 것인데, 일본 〈시즈오까〉라든가 어딘가에 있는 비행기 낙하산 만드는 공장과 또 무슨 군수공장에 취직을 시킨다고 했었지만 막상 간 사람들로 부터 새어 나온 소식에 의하면 모조리 일본병정들의 위안부로 중국 남쪽지방으로 끌려갔다는 것이었다. 말하자면 기만과 강제에 의한 그들의 전쟁 희생물이었다. 어리석고 가난하고 힘 없는 식민지 농민들의 딸들은 그렇게 끌려가게 마련이었다.

옥이도 바로 그러한 운명의 직전에 있었다. 더구나 그녀는 미천한 종의 딸이었다. 가야부인이 애초 시집 올 때 데리고 왔던 몸종은 이미 커서 짝을 지어 내보내고 역시 친정에서 부리던 종의 딸을 대신 데리고 왔던 것인데 가야부인은 그 옥이를 식모라기보다 차라리 양딸처럼 귀하게 길러왔었다.

그러한 옥이가 벌써 나이 열 아홉 살이다. 게다가 인품도 얼굴도 반반했지만 워낙 근본이 그런지라 얼른 적당한 자리가 나지 않아서 미처 작배를 시켜 주지 못하고 있는 형편이었다. 그래서 벌써 애국반장으로 부터 몇 번인가 해당자가 되었다는 말을 들었거니와, 그럴 때마다 혼처가 이미 작정되어 행례날을 기다리고 있는 형편이니 제발 덕분 빼 달라고 애원을 하듯 해서 미뤄온 참이었다. 그러니 사실 인제 더 버티기도 어려운 꼴이 됐다.

물론 옥이 자신도 그걸 눈치 채었다. 그녀는 반장이나 구장이 무슨 일로 찾아 오면 으례 부엌 문틈으로 바깥 동정을 살피었고, 밤에는 곧잘 가야부인의 발치에서 소리 없는 울음을 울었다.

「옥아 바로 눕거라. 와 요새는 늘 발치에 그래 있노?」

가야부인이 이렇게 타일러도 옥이는 발치가 좋았다. 종의 딸이라기보다 울기에 편리했다.

가야부인도 벌써 며칠째 잠을 잘 자지 못했다. 딸과 같은 옥이를 놈들에게 빼앗길 수도 없거니와 그보다 또 한 가지 다른 걱정이 있었다. 그것은 홀로 있는 사위 박서방의 일이었다.

「빙모님, 옥인 지가 데리고 가겠임더, 누구보담도 우리 운이를 잘 키아 줄 끼고……」

박서방은 옥이의 다급한 사정 얘기를 듣자, 대뜸 이런 소리를 했던 것이다.

「머? 그기 무슨 소리고?」

가야부인은 벌어진 입이 닫혀지질 않았었다. 아무리 무엇하기로서니

종의 딸과……싶었다.

「신분이 그럼 어때요? 마음씨나 일 솜씨나 얼굴 생김이 어데 한 군데 나무랠 데가 있던기요. 그보다 또 당돌한 소릴는지는 몰라도 빙모님이 꼭 이녁 딸같이 키운 아이가 앙잉기요! 그러이 칸에……」

누구보다도 믿고 처를 삼을 수 있다는 것이었다.

(옳지!)

가야부인은 선뜻 지피는 데가 있었다. 인제 보니, 누가 무슨 혼삿말이라도 하면 「그까짓 요새 양반인 체하는 것들의 딸?」하던 그의 말이 실은 알속이 있었던 게로구나 싶었다.

가야부인은 생각했다.——아마 미륵당을 세울 무렵에 정이 들었으리라고. 그녀의 친정 곳에서 온 텁석부리란 목수가 사위 박서방네 집에서 같이 묵고 있을 때, 그들의 조석동자를 시키기 위해서 한동안 옥일 데리고 갔던 것인데 그게 바로 꼬투리가 됐고나 싶었다.

「아이구, 옥이가 벌써 시집 갈 나가 됐구나!」

옥이를 잘 아는 텁석부리가 일부러 이렇게 반가와하자, 유달리 얼굴을 붉히던 그때의 옥이를 가야부인은 새삼 머리에 떠올려 보았다. 아닌 게 아니라 사위의 말마따나, 인물이며 마음씨며 어디 하나 버릴 데가 있어! 그런 게 내처 조석 수종을 들어주고 또 그 먼 미륵당 자리까지 참으며 점심을 해 날랐으니 젊은 나이에 혼자 있는 사위로서 응당 정이 들만도 했으리라 촌탁되었다. 사실 어느 쪽도 나무랄 수 없을 것 같았다. 요컨대 서로의 신분만 떼 놓는다면 그야말로 좋은 배필이 될 수도 있었다. 문제는 그 신분이었다. 박서방이 그래도 시골 양반의 후엔데 비해서 옥이는 기껏 종의 딸이 아닌가! 그러나 사위 박서방이 정말 그렇게까지 절실히 원한다면……? 가야부인으로서는 얼른 판단을 내리기가 어려워졌다. 시어머니에게 물어 봐도 내내 그랬다.

「씨가 그래서……그러나 알아서 하게.」

모든 걸 자기에게만 맡기는 성미였다. 바깥양반 역시 마뜩찮게 여기었다.

「인품이싸 그만함 됐지. 그렇지만 내림이 온천(워낙)……」

정상은 가련하나 어떻게 그렇게까지야 할 수 있겠느냐는 말눈치였다.

「그렇기요. 그래서 사돈 어른들도 그 소릴 듣고는 펄쩍 머(뭐)더라 캅디더만……」

가야부인은 인정에만 끌려 사실 어째야 할지를 몰랐다.

그러고만 어름거릴 때, 결국 옥이에게 붉은 딱지가 나오고야 말았다.
역시 그놈이었다. 여자 정신대원! 일본 병정의 위안부!

「내일 아침 아홉 시꺼정 꼭 동사에 내보내 주소!」

그 옴두꺼비 같은 구장은 그저 이 말만 하고 돌아갔다. 옥이가 마침
냉거랑에 빨래를 가고 없는 새라 대신 쪽지를 받은 가야부인은 정말 가
슴이 철렁 내려앉는 것 같았다. 왜놈들에 대한, 눌러 오던 증오감이 다
시금 불붙기 시작했다.

옥이가 담뱃진을 먹고 죽기를 작정한 것은 바로 그날 밤이었다.

추위에 얼굴을 빨갛게 해가지고 돌아온 그녀는 빨랫통을 내려놓기가
바쁘게 가야부인에게 불려 들어가서 〈정신대〉(挺身隊)의 영장이 나왔다
는 소리를 들었다. 물론 가야부인은 그녀의 눈치를 유심히 살피었다.
옥이는 그 자리에선 아무 말도 하지 않고 부엌으로 물러 나왔다. 별안
간 얼굴에 핏기가 한낱도 없었다. 공포와 저주에 굳어지기나 한 듯이.

그녀는 여느 때와 같이 저녁준비를 하였다. 파를 가늘게 저미어 장도
제대로 끓이고 상도 제대로 날랐다. 다만 얼굴에 핏기가 없고 말이 없을
따름이었다.

「와 니 밥은 안 가주 왔노?」

안식구들도 언제나 방에서 같이 먹는 버릇이었는데 그날은 그녀의 밥
그릇이 나와 있지 않았었다.

「정지(부엌)에서 묵을람더.」

그저 이러고만 돌아 갔다. 식사가 끝날 때까지 옥이는 부엌에서 나타
나지 않았다. 부엌에서도 밥을 먹는 것 같지는 않았다. 그런 기색이 통
없었다.

가야부인은 밥이 잘 넘어가질 않았다. 물도 목에 메이는 것 같았다.

「내 저 건너 좀 갔다 오꾸마!」

가야부인은 밥술을 놓기가 바쁘게, 옥이에게도 들릴 정도로 이런 말
을해 놓고서, 집을 나갔다. 저 건너란 건 언제나 사위의 집을 말하는 것
이었다. 그리고 나간 가야부인이 웬일인지 이슥토록 돌아오지를 않았다.

옥이는 저녁 설겆이를 마친 뒤에도 한참 동안 우두커니 아궁이 앞에
앉아 있었다. 부엌 안은 바깥보다 어둠이 한결 빨랐다. 어둠침침한 부엌
에서 불도 켜지 않고 옥이는 또 생각했다. 그리고 울었다. 그러나 아무
리 생각해 보아도 피할 길은 없고, 울어 봐도 한이 없었다. 그녀는 가

슴 밑 허리춤에 쑤셔 넣었던 〈정신대〉의 징용영장을 꺼내어 아궁이 속에 던져버리고 자리를 털고 일어섰다. 영장쪽지는 발간 혓바닥을 날름거리며 사라졌다.

뒷문으로 빠져 나온 옥이는 냉거랑 건너 박서방의 집이 있는 곳을 넋 없이 바라보았다. 다닥다닥 붙은 초가지붕들이 어스름에 싸여 분명치가 않다. 옥이는 별안간 머리가 아찔해졌다. 그녀는 쓰러지듯 차디찬 툇마루에 걸터 앉았다. 꼭뒤를 기둥에 들이댔다. 어수선한 생각과 기억들이 가득이나 멍청한 그녀의 머릿속을 휘저었다.

(정말 윤이 아버지가 그런 생각을 가졌을까?……)

박서방을 두고서다. 그녀는 달포 남짓 그의 집에서 그와 텁석부리의 조석 시중을 들었다. 빨래도 해주었다. 그러나 자기에게 이상한 내색 한번 해본 적도 없는 박서방이었다. 그러한 그가 이쪽이 〈여자 정신대〉에 나가게 된다는 말을 듣고는 별안간 그런 소리를 했다고 하지 않는가? 물론 그로부터 직접 들은 것은 아니다. 자매처럼 사귀어 오던 분이가 일부러 그런 귀띔을 해주었기에 비로소 알았고, 또 요 며칠 사이 집안 어른들끼리 오고가는 말눈치라든가 그밖의 태도들이 어림짐작의 탓인지 역시 그렇게 보였다.

(정말 그런 생각을 조금이라도 가졌었다면?)

옥이는 윤이 아버지가 갑작스레 그리워졌다. 당장 달려가서 그의 커다란 손에 매달려 보고 싶었다. 울고 싶었다.

(아니!)

옥이는 하던 생각을 뚝 끊었다. 이제 막 그런 생각이 떠오른 것이 아니라는 걸 깨달았다. 실은 벌써부터, 미륵당의 터를 닦을 무렵——그녀가 가야부인을 따라 그의 집에 가 수종을 들 그때 벌써 그에게 대해서, 어떤 존경심과 더불어 아릇한 감정을 느꼈던 것이다. 장모인 가야마님이 항상 자랑삼아 말하던 그 헌헌장부의 풍모와 대찬 성미! 그러나 내려오는 풍속과 예절은 그녀에게 존경심만 남게 하고 그밖의 모든 감정은 모조리 거세시켜 버렸던 것이다. 그러니까 속으로 사랑했다는 말도 되지 않는다.

그러나 지금은 다르다. 저쪽에서 먼저 그런 말을 꺼냈다지 않는가… 옥이는 버티어 보았다. 하지만……역시 마찬가지였다. 그녀는 결국 종의 딸이었다. 이젠 눈물도 나오지 않았다. 도리어 정신이 말끔하게 돌아오는 것 같았다.

옥이는 불현듯이 일어나, 낮에 주워다 두었던 헌 담배 설대를 그 뒷마루 밑에서 꺼냈다. 다시 부엌으로 들어 갔다. 잠시 호롱불을 켜 놓고 설대를 칼로 짜갰다. 독한 담뱃진 내가 코를 쿡 찔렀다. 됐다! 그녀는 바삐 담뱃진을 긁어 내어 환약처럼 만들었다. 넘기기 좋을 만한 게 열 개도 더되었다. 어머니에게서 들은 방법이었다. 그녀는 그것을 대견스럽게 종이에 싸서 옷가슴에 쑥 밀어 넣었다.

가야부인은 늦게야 돌아왔다.

「우짠 일인지 박서방이 오늘도 늦게 안 돌아오네. 갑자기 머가 급한지 온……」

가야부인은 이러면서 곧장 방으로 들어 갔다. 쩨 추워보였다.

한밤중이었다. 「웩 웩」하는 이상스런 소리에 온 가족이 놀라 깨었다. 소리는 뒤안에서 났다. 가야부인은 불을 켤 새도 없이 뒷문을 드르륵 열었다. 등불이 켜졌다. 뒷마루 앞 땅바닥에 누군가가 쓰러져 있었다.

「아이고 옥이 앙이가?」

가야부인은 번개같이 뛰어내렸다. 그러고 덜렁 안았다. 상반신을.

「아이고 우리 옥이다!」

가야부인은 불빛에 옥이의 얼굴을 돌려 댔다. 입가에 누런 침이 엉겨 있다.

「야들아, 어서 소금물 해 오너라. 이기 멀 묵웃구나!」

옥이는 눈알을 희멀거니 해 가지고 잇달아 딸꾹질을 해댔다.

「어서 이 입 좀 벌기라!」

가야부인은 옥이의 입에다 소금물을 주룩주룩 부었다. 다행으로 물이 꼴깍꼴깍 넘어 갔다.

「아이고 진내야! 많이도 넘겼구나」

가야부인은 손가락을 옥이의 입에다 쑥쑥 집어 넣었다. 어서 토하란 것이다. 옥이가 다시 「웩 웩」하기 시작한 것은 오분도 채 안 지나서였다.

옥이의 몸뚱이가 방으로 옮겨지고, 주인을 쳐다보는 그녀의 입에서 「어머니!……」란 말이 송구스런 목청으로 떨려 나왔을 때 가야부인은 비로소 마음을 놓았다.

옥이는 그러고서도 이튿날은 일찍이 일어났다. 분이가 그만 두라고 해도 그녀는 곧장 부엌으로 들어갔다.

지난밤 그런 일이 있은 때문인지 옥이의 얼굴에는 더욱 핏기가 없었다. 뿐만 아니라 하룻밤 사이에 십년은 더 늙은 듯 눈이 아주 퀭해져 있었다. 아랫도리가 휘둘리는 모양인지 부엌에서 재 소쿠리를 들고 갯간으로 가는 걸음걸이가 몹시 어설퍼 보였다.

(저런……)

가야부인은 그러는 옥이의 뒷모습을 바라보며, 가슴을 에이듯한 슬픔과 더불어 한편 이상한 감동같은 것을 느꼈다. 하필이면 〈정신대〉에 끌려가는 날 아침에 아궁이의 재를 치다니! 이 집에 대한 마지막 봉사를 하겠다는 걸까……? 가야부인의 입에서는 〈나무아미타불!〉보다 한숨이 먼저 나왔다. 건너방에서는 세벽녘부터 나직나직 천수를 치는 시어머니의 경 외는 소리가 그저 멎지 않고 있었다.

아침 식사가 여느 때보다 빨리 끝나자마자 별안간 검둥이가 컹컹 사납게 짖어댔다 구장 이와모도가 건들건들 찾아온 것이었다. 다른 사람들을 보고는 잘 짖지도 않는 검둥이가 웬일인지 이 이와모도만 보면 죽자하고 짖어댄다. 개눈에도 뭐가 좀 달라 보이는지?

「이놈의 개가 와 내만 보문 이 지랄이고?」

말은 안 해도 시무룩하다. 아마 동정을 살피러 온 모양이었다. 그는 전투모를 숙게 쓴 채, 군대식으로 각반까지 다부지게 치고, 팔에는 검정바탕에 〈국민 총력연맹〉이란 여섯 글자가 하얗게 새겨진 완장을 두르고 있었다.

가야부인은 청 끝에 나와 앉으면서 개만 불러 들였다. 검둥이는 약간 물러서긴 했지만, 짖는 것만은 그치지 않았다.

「미안합니다」 하는 그의 입에 발린 수인사에, 「수고합니더」란 말 한마디조차 시원스럽게 해 주지 않는 가야부인이 딴은 언짢았던지, 이와모도는 부엌과 안청 쪽만 한 번 흘끗하고는 이내 돌아섰더. 물론 「꼭 부탁합니데잇!」란 말은 잊지 않았다. 말하자면 그의 〈제국〉에 대한 〈봉공정신〉이 아주 투철했던 것이다.

옥이는 아침도 제대로 먹지 않았었다. 두어 술 뜨다 말고 물만 후룩후룩 들이마셨다. 그것조차 잘 안 넘어가는 것 같았다. 그러나 머리만은 새벽동자를 하기 전에 벌써 말끔하게 빗고 있었다. 죽어도 머리만은 마무려야 한다는 여자의 마음가짐이랄까.

이와모도가 돌아간 뒤 십분도 채 안 지나서였다. 마을 어귀에 있는 동사의 종소리가 요란스럽게 울려왔다. 집합 신호다.

그렇게 징용소집이 있는 날, 더구나 처녀 징용이 있는 날은, 자식을 빼앗기는 집안은 흡사 초상 만난 집과 같았다. 아무리 싫더라도 안 갈 수 없고 또 안 뺏길 수 없기 때문이다. 옥이는 비록 이녀 딸이 아니었지만 가야부인은 이녀 딸을 빼앗기는 것과 꼭 같은 기분이었다. 가족들 역시 그러했다. 그래서 조그마한 보퉁이를 들고 나서는 옥이는 가는 설움도 설움이었거니와, 그러한 가족들과의 작별이 슬퍼 더욱 흐느꼈다. 그러나 그녀는 결국 새침해졌다.

「갔다 오겠임더.」

갔다 오겠다는 그 말이 듣는 사람에겐 더욱 뼈아프게 느껴졌다. 대문간에서 눈물을 씻는 사람은 가야부인의 가족들만이 아니었다. 이웃 사람들도 다 옥이를 보내며 슬퍼했다. 가야부인은 일단 방으로 들어 갔다가 이내 옥이를 뒤쫓아 나섰다.

〈히노마루〉가 높다랗게 강바람을 맞아 펄럭이는 동사 앞뜰에는 옥이 말고도 여섯명의 처녀가 나와 있었다. 배를 타야 할 태고 나루에서 가장 가까운 곳이라, 오봉산 밑 열 두부락의 해당자들이 모두 거기에 모였던 것이다. 그들 도합 일곱명을 위한 전송군과 구경군이 줄잡아도 사오십명은 되어 보였다. 그 열 두 부락의 대표이기나 한 듯이 이와모도 구장이 시종 앞장을 서서 서둘렀다. 숫제 학교선생님처럼, 고작 일곱사람을 앞에 두고 줄을 지어 서라느니, 면서기가 나누어 준 〈히노마루〉가 박힌 수건을 어서 이마에 동이라느니, 혼자서 야단을 빼듯 했다. 그것을 지극히 만족스럽게 바라보고 있던, 긴 칼을 허리에 찬 순사부장이 드디어 출발에 즈음한 인사말을 했다.

「여러분은 오늘부터 우리 제국을 위해 일하게 되는 것입니다. 그것은 비단 여러분만의 명예가 아니라, 한편 이 지방의 자랑입니다……!」

그러고는 이와모도 구장을 선두로 일곱 처녀와 그녀들의 가족, 거기에 모였던 대부분의 사람들은 강가를 향해 나아갔다.

무당 천금새의 집 앞인 나룻터에는, 벌써 소금배 비슷한 수송선 한 척이 준비되어 있었다. 거기서는 꾸무럭거릴 필요가 없다. 짐덩어리처럼 태우기만 하면 그만이다. 그리고 배편이 좋은 것은 도중에서 도망칠 우려가 전연 없다. 처녀들이 연방 실리고 있을 무렵이었다. 별안간 철둑 위를 달려오던 사내가 이쪽을 향해 손을 흔들면서 소리를 내질렀다.

「어어잇, 잠깐만 기다리소. 이것 가주가욧!」

모두 소리 나는 쪽을 돌아보았다. 쏜살 같이 뛰어오는 사나이는 바로 가야부인의 사위였다. 지난 밤새 돌아오지 않던 박서방이었다. 가야부인은 옥이의 손을 꽉 붙들었다. 그녀가 배에 오를 차례였다.

헐레벌떡 뛰어 온 박서방은 옥이의 팔을 덜렁 잡았다.

「가지마라!」

그러곤 쓰러지듯 주저앉았다. 옥이의 팔을 잡은 채 숨소리가 흡사 기관차의 피스톤 소리처럼 거칠었다.

「와 이라노 이 사람이? 각중에 미쳤나?」

이와모도가 옥이를 배에 밀어 올리려했다.

「머? 내가 미쳐?」

박서방은 연방 숨을 헐떡거리며 일어나더니,

「그 손 떠이라(떼라), 내 처다!」

「머? 이 사람이 정말 돌았는가베.」

이와모도가 어이없는 듯이 웃다 말고 눈을 흘긴다.

「미쳤다문 니가 미친 길(걸)세. 징거를 비이(보여) 조야(줘야) 알겠나?」

박서방도 마주 눈을 흘겼다. 가야부인은 어리둥절했다. 옥이도.

「고라 고라!(이 자식) 니가 무신 소리 하노?」

칼을 찬 순사부장이 두 사람 사이를 막아 섰다.

「무신 소리? 내 처라 캤소!」

박서방은 분명히 말했다.

「내 처라?」

「그렇소! 처녀가 아닌데 와 데리고 갈라 카요? 징명을 비이(보여) 줄까요?」

박서방은 가슴에서 두툼한 봉투 하나를 꺼내 보였다. 호적등본이었다. 분명히 옥이가 그의 호적에 처로 올려 있지 않는가! 면장의 도상도 찍혀 있다.

「오까시이네?(이상찮나?)」

순사부장도 그런 데는 할 도리가 없었다.

「오까시이가 아니오. 똑똑히 보고 말 하시오!」

박서방은 이렇게 말하고서 이와모도 쪽을 쳐다보았다.

「인자(인제)알겠나? 괜히 똑똑히 알지도 몬하고 댐비지 마라 말이여!」

그러곤 옥이의 팔을 잡고 있던 이와모도의 손을 사정없이 퉁겨 버렸다.

「보소────」

옥이는 그제야 박서방의 가슴에 얼굴을 묻으며 흐느꼈다. 그것은 물론 넘쳐 흐르는 감격의 흐느낌이었다.

「어서 가자!」

가야부인은 뭔가 속에 집히는 게 있었다. 그녀는 옥이의 덜덜거리는 손을 풀었다.

저만치서 면서기가 빙긋이 웃고 있었다.

관중들은 마치 도깨비에게 홀리기라도 한 듯이 어리둥절한 표정들을 하고서, 총총히 떠나가는 세 사람의 뒷모습을 바라보았다.

나룻터를 떠난 그들은 어느덧 미륵당이 있는 쪽 언덕을 더위잡고 있었다.

박서방과 옥이가 가야부인의 인도로 미륵불과, 거기에 모신 가야부인의 시할아버지와 시아버지 오봉선생, 삼일운동 때 희생된 밀양 시숙, 그리고 박서방의 전처인 딸의 영전에서 백년가약을 맺은 것은 바로 그날이었다.

또 하나 그날의 일로서 그곳 사람들의 기억 속에서 영원히 사라지지 않는 것은 처녀 여섯 명을 제물처럼 데려다 주고 그날 밤으로 돌아오던 이와모도 구장이, 카키색 전투모에 각반을 다부지게 치고, 〈국민 총력 연맹〉이란 완장을 두른 채, 이튿날 아침 그 아찔아찔한 〈베리끝〉낭떠러지 밑 강물에 시체가 되어 떠 있었다는 것이다. 그리고 이른바 그의 〈제국〉 경찰은 웬 일인지 그 어처구니 없는 일을 그다지 중요시 하지 않은 듯, 그저 술에 취해서 실족을 했을 것이라고만 소문을 퍼뜨렸다. 그래서 그의 죽음은 천금새도 못 알아맞출 영원의 수수께끼가 되고 말았다.

고생한 보람 없이 원통하게도 오봉선생이 마지막 숨을 거둔, 또 다른 의미로는 절통하게도 이와모도 참봉과 그의 조카 이와모도 구장이 세상을 지레 떠난 다음 해에, 식민지 조국은 이와모도의 이른바 〈제국〉으로부터 해방이 되었다.

「인자 가야마님은 큰 소리 하기 안 됐능기요. 자손들도 다 베실 할 끼고……!」

이웃 아니, 인근동 사람들은 모두 이렇게들 말했다. 부러워들 했다. 곧 서울 아니면 적어도 읍내로라도 이사를 갈 거라고들 믿었다. 그러나 해방 일년이 지나고, 이년 아니 삼년이 지나 독립정부가 수립되어도 내 처 그곳에 머물러 있었을 뿐 아니라, 별 수가 없었다. 해방의 덕을 못본 셈이었다. 물론 일본까지 가서 대학을 다니다가 학병을 피해 도망질을 하고 다닌다던 막내아들도 집에 돌아왔었다. 그러나 그는 벼슬이라도 할 궁리는 않고 농민조합인가 뭔가를 만든다고, 자식 징용 보냈던 사람 의 집을 찾아 다니기나 하고, 아버지 명호양반은 나라가 통일 되지 못 한 것만 한탄하고 있었다.

이런 꼴로 가야부인의 시댁뿐 아니라 부락 자체들도 아직 신통한 해 방덕을 못보았다. 첫째 징용에 끌려간 사람들이 제대로 돌아오질 않았 다. 어쩌다가 돌아오는 사람은 거지가 되어 오거나 병신이 되어 왔다. 더구나 〈여자 정신대〉에 나간 처녀들은 한 사람들도 돌아오질 않았다. 〈설마?〉하고 기다리는 판이었다. 그래서 부락들은 역시 걱정에 싸여있 는 셈이었다. 그러나 한편 불행하리라 믿었던 이와모도참봉의 집은 반 대로 활짝 꽃이 피어 갔다. 고등계 경부보로 있었던 맏아들은 해방 직 후엔 코끝도 안 보이고 어디에 숨어 있느니 어쩌느니 하는 소문만 떠돌 더니, 뜻밖에 다시 경찰 간부가 되었다고 했다. 그리고 몇 해 뒤엔 어 마어마하게도 국회의원으로 뽑혔다.

명호양반은 아버지 오봉선생을 닮아서 다시 두문불출을 하다시피 구 겨지고, 아들 가운데서 제일 똑똑하다고 하던 막내도 결국 반거충이가 되어 어딜 돌아다니기만 했다.

「애닯기도 하제, 즈그 할배나 징조할배가 그렇기 훌륭하고 독립운동 도 많이 했다는데……」

마을 사람들은 이렇게들 안타까와 했다. 양접장이 살아있었더람 뭐라 고 할는지, 사람들은 이렇게 궁금하게도 여겼다. 가야부인의 머리에 흰 털이 부쩍 늘어난 것도 이 막내때문이라고들 했다. 그러나 가야부인은 아무런 내색도 하지 않고, 집에 있을 땐 돌아 가신 시어머님처럼 천수 나 치고 미륵당에 나가면 미륵불 앞에 앉아서 가만히 눈을 감았다. 그럴 때마다 그녀의 머릿속에는 곧잘 자줏빛 모란꽃잎이 뚝뚝 떨어지곤 하 였다.

「석이 안 왔나?」

가야부인은 겨우 눈을 또 뜨곤 막내아들의 이름을 불렀다. 벌써 몇 번 째인지 모른다.

멀리서 또 포성이 쿵! 울려 왔다. —— 왜 사람들은 싸우지 않음 안 될까? 가야부인은 무슨 말이라도 할 듯이 입을 약간 우물하다 만다. 이마에서 잇달아 솟는 땀이 드디어 그녀의 열반을 알리는 것 같았다.

〈1969・月刊文學〉

뒷 기 미 나 루

P교도소의 젊은 간수들 사이에 미인으로 알려져 있는 심 속득이는 한편 모범 죄수이기도 했다.

「속눈섭이 긴 고놈의 눈두덩만 보아도 사내 몇 놈 좋이 골병 들이겠던데.」

「게다가 새침데기라……」

「여러 여자 사릴 게 있나, 한 번 그러고 그랬더라도――」

「어느 놈처럼 죽어도 좋다는 게지?」

「죽은 넋도 그리 후회는 안 할 걸 아마.」

젊은 간수들은 그녀를 두고 곧잘 이런 농지거리를 하였다.

〈뒷기미 나루 살인 사건〉이란, 검사의 기록에 의하면, 심 속득이란 여인은 밀양 땅꼴이 원적지고, 낙동강 상류쯤에 있는 뒷기미 나룻가가 현주소로 되어 있다. 나이는 스물 다섯.

그녀가 결혼을 한 것은 겨우 열 여섯이란 어린 때였다. 집이 가난했던 것이다. 그러나 뒷기미가 고향인 그녀의 남편은 그때 벌써 나이가 서른이 넘었었다. 게다가 직업이 뱃사공이라 얼굴이 몹시 검붉고 몸집도 장대한 편이었다.

이런 경우 시골 사람들은 곧잘 〈암매 못 배기 닐구로…… 좀 더 키와야지〉 한다. 그건 어찌 됐든, 속득이는 어미소를 따라 가는 애송아지처럼 나이 든 신랑 춘식이를 따라서 고향인 땅꼴을 떠났다. 얼굴을 발갛게 해 가지고. 물론 어머니는 울었다.

시가에는 그들 부부 외에는 칠십이 가까운 시아버지 한 분뿐이었다. 시아버지는 멋있게 자란 은빛 수염만 보아도 마음이 너그러워 보였다.

강가 사람들로부터 박노인이라고 불리는 시아버지는 그곳을 근거로 해서 벌써 삼 대째나 강가에 살아 왔다. 할아버지와 아버지의 뒤를 이어 내처 배를 부리면서.

박노인이 고향인 뒷기미로 돌아 온 것은 아들 춘식이가 나던 다음 해였다. 그 해 여름의 큰물에, 뒷기미 나룻배를 부리던 춘식이 할아버지가 불행히도 떠내려 갔기 때문이었다. 그래서 그 때까지 김해에서 뱃머슴을 살고 있던 춘식이 아버지 박노인이 뒤를 이어 받지 않을 수 없었다. 그리고 어느덧 삼십년이란 세월이 흘렀다. 그러나 그의 집은 그의 고달픈 칠십 평생을 설명해 주듯 내처 헐고 빈한 태가 지르르 흐르는 초가 삼간이었다.

한때는 박노인도 제법 밭마지기나 가지고 있었다. 그랬던 것이 외아들 춘식이를 소위 대동아전쟁 때 징용 안 보내기 위해서 죄다 팔아 넣고, 남은 거라곤 겨우 모래톱 밭떼기 하나뿐이었다.

강 건너 사람들이 나룻배를 부를 때 〈춘식이〉하고부터, 박노인은 그 모래톱에 가서 채소를 가꾸는 것이 거의 일과처럼 되어 있었다. 아들 춘식이가 벌써 훌륭한 사공 노릇을 했으니까.── 이렇게 해서 두 부자는 오래도록 홀아비 생활을 계속했다. 그러다가 속득이가 들어 오고부터는 우선 밥을 짓지 않게 된 것만 해도 한숨 놓였다.

나룻배를 타는 손님이 많은 삼랑진 장날 이외에는 박노인과 춘식이 그리고 속득이, 이 세 식구가 모두 그 모래톱에 가 살 듯했다. 그러다가 〈춘식이〉하는 소리가 들리면 춘식이는 곧 나룻터로 뛰어 가곤 하였다.

아들 춘식이와 며느리 속득이는 겉으로 보아서는 금슬이 좋은 것도, 안 좋은 것도 같지 않았다. 원체 둘 다 말이 적은 편이었으니까. 그저 모래톱에서 무우 배추 따위를 가져올 때, 춘식이 쪽이 바지게가 철철 넘도록 무겁게 해 지는 대신, 아내 속득이에겐 조그맣게 뭉쳐 이우고 뒤따르게 하는 걸 보면 말은 안 해도 사이가 무척 좋아 보이기도 했다.

시아버지 박노인은 자식들이 그러는 걸 보고는 어지간히 마음이 흐뭇했던지 곧잘 그 은빛 수염을 쓰다듬었다.

그러나 타작이 끝날 때까지는 언제나 궁한 살림살이였다. 그 당시는 대개 어느 곳 나룻배라도 그러했지만, 같은 고장 사람에겐 뱃삯을 그때그때 받지 않고, 보리 타작이나 추수가 끝난 다음에야 한 집에서 얼마씩 농사 형편 따라 곡식으로 받았다. 그러니까 낯선 손님이라도 지나가는 날은 땡을 잡는 셈이 된다. 배에서 현금 수입이라고는 그럴 **때뿐**

이니까.

(흥, 오늘은 한건 한 모양이지……?)

뱃머리에서 돌아 보는 아들의 얼굴에 미소 같은 게 떠 있으면, 박 노인은 으례 이렇게 중얼거리기가 일쑤였고, 자기가 그런 땡을 잡았을 때는 암말 않고 번 것을 며느리에게 내주었다. 기껏 십원 정도를 가지고도

「아부이 가지시소.」

며느리 속득이가 황송해 하면,

「그만 받아 도라. 내가 어데 돈 쓸 데가 있어야제.」

이러한 박노인이었다.

그러나 이러한 경우는 극히 드문 일이었다. 그 때만 해도 현금이 들어 오는 것은 열흘에 몇 번 있을 둥 말 둥 하였으니까.

춘식이 역시 그러한 가욋돈이 생기면 단돈 오원이라도 꼬박꼬박 아내에게 갖다 맡기는 성미였다. 또 쓸 일이 있어도 어디 가 빌렸음 빌렸지 아내에게 맡긴 돈은 좀처럼 달라고 하지 않았다.

시집 온 그해 가을에 속득이는 그렇게 모인 돈으로써 중병아리 몇 마리를 샀다. 이듬해 봄, 암탉 두 마리가 병아리를 깠다. 첫물에 서른 마리에 가까왔다. 며칠 닭가리에 가두어 가르다가 이내 놓아 먹였다. 짐승도 터수를 알아챘던지 모이 같은 걸 주지 않더라도 들을 쏘다니며 곧잘 자랐다. 어느새 노란 장다리밭 저쪽까지 멀리 싸다니기도 했다.

해가 지면 병아리를 부르는 것이 숫제 박 노인의 즐거운 일거리같이 되었다.

「구 구구구, 구 구구구!」

박노인은 은빛 수염 속의 입술을 쫑긋하게 오무라뜨렸다. 그의 기다란 수염을 흩날리는 강바람은 〈구구〉 소리를 멀리까지 싣고 갔다.

삐악삐악 하면서 어미탉을 따라 오는 햇병아리들을 하나하나 세는 것이 박노인에겐 성가시면서도 즐거운 일이었다.

길길이 자란, 강 두덕 포플라나무 그늘이 강심에 박히는 그 해 늦여름엔 춘식이가 또 돼지새끼 한 마리를 사왔다. 그놈은 곧잘 꿀꿀거렸다.

이래서 뒷기미 나룻가 외딴 집에는 나 어린 며느리가 들어 온 뒤부터 집짐승까지 늘어나서 한결 사는 맛이 났다. 게다가 갈대를 엮어 울타리까지 두르고 보니, 제법 더운 김이 나도는 듯도 했다.

이태 만에 처음으로 딸네 집에 들렸던 속득이 어머니도 이젠 울지 않고 돌아 갔다. 오히려 올 때보다 숙성해지고 영글은 딸이 어머니를 울

며 보냈다.

속득이가 첫 애를 낳은 것은 시집온 지 삼년만이었다. 머슴애였다. 아기가 생긴 걸 기뻐한 것은 속득이보다, 남편 춘식이보다 시아버지 박노인이 훨씬 더했다. 그는 벌써 칠십 고개였으니까. 칠십 고개에 첫 손자를 본 박노인은 잽싸게 꽤 떨어진 낙동이란 곳까지 가서 아는 집들을 두루 찾아 다니며 이내 소문을 퍼뜨렸다. 그리고는 쌀과 쇠고기를 사왔다.

좋아서 어쩔 줄을 모르는 박노인은, 부엌에까지 들어가서 아들을 타이르는 것이었다.

「야야, 첫밥은 아주 푹 무르게 짓는기대이 ！」

춘식이는 암말도 않고, 아궁이 앞에 두 다리를 쩍 벌려 꺾고 앉은 채 밥솥에 불을 지피고 있었다. 밥을 짓는 기술은 그나 아버지나 오랫동안 홀아비 생활을 해 왔던만큼 아낙네 못지 않게 능숙하였다.

「고래 구녕까지 쑥쑥 짚이(깊이) 밀어 여(넣)어라. 산모가 있는 방은 쩔쩔 끓어야 좋단다. 너 에미가 너를 낳았을 때도 내가 그랬니라 ！」

박노인은 이렇게 당부를 하고서 병아리를 찾으러 나갔다. 벌써 땅거미가 내릴 무렵이었다. 그는 어느새 또 돼지 우리께로 와 있었다.

「이놈의 꿀돼지, 오늘부터는 꿀꿀거리문 안 댄다이 ！」

돼지에게 먹이를 주면서 그는 연신 안방 쪽으로 귀를 기울이는 것이었다. 아기가 한 번 더 울어 줬으면 싶었는지도 모른다. 그러고는 별로 한 일도 없으면서 괜히 혼자 바쁜 듯이 사립을 나갔다 들어 왔다 하였다.

아기의 이름은 칠손이라고 지었다. 박노인은 처음엔 건너 마을 훈장을 찾아 가서 물어 볼까 하다가, (엣다, 내 손자 이름을 내가 와 못 붙여? 칠십 줄에 본 손자니 그만 칠손이라 카자 ！)하는 욕심으로 이름까지 지었다.

그 칠손이가 애송아지처럼 무럭무럭 자라났다. 칠손이가 나고부터 할아버지 박노인이나, 아버지가 된 춘식이나, 며느리 속득이는 더욱 더 악바리같이 일을 해댔다.

칠손이는 할아버지의 가슴에 안긴 채 그 고사리 같은 손으로 곧잘 할아버지의 수염을 덥석덥석 움키었다. 때로는 따가울 정도로 잡아 당겼다. 그러면 박노인은 그 고사리손을 오무라뜨려, 커다랗게 벌린 자기의 입에 갖다 넣을 듯 말 듯 하면서 가짓불로 으르대는 것이었다.

「요놈, 할배 쉐미(수염)를 땡기다니? 또 그랄레? 또 그랄레? 응? 응?」

하며 고개까지 절레절레 흔들어댔다. 그야말로 불면 날까 쥐면 꺼질까 하는 격이었다.

그러다가도 며느리가 하는 일이 고되어 보이면, 부리나케 아기를 며느리에게 떠맡기고 자기가 대신 하곤 하였다. 물론 상일일 경우다.

여태 며느리를 나무라 본 적이 없던 그였지만, 손자 칠손이로 해서 더러 나무라기도 했다.

「야야, 애기가 울믄 얼른 젖을 믹이야지.」

라든가,

「젖먹이를 두고 들에 가서 그래 오래 있음 우짜노.」

따위.

물론 이런 꾸지람은 속득이에게도 그리 언짢은 것은 아니었다.

칠손이는 제 아비를 닮았던지 순타가도 고집을 내면 대단했다. 그럴 땐 얼른 안고 밖으로 나가는 것이 상책이다. 강물을 보면 곧잘 울음을 그치었다. 그래도 잘 안 그치면 박노인은 자장가 대신 엉뚱스런 뱃노래를 흥얼거리기도 했다. 입에 익은 탓이렷다.

    배 떠난다 배 떠난다
    만경 창파 배 떠난다
    새벽 서리 찬 바람에
    이제 가면 언제 오나

강 두덕 길에서 이렇게 손자를 달래다가 청승스런 자기 목소리에 문득 돌아 간 사기 마누라의 생각이 되살아 나서 패꽝스럽게 눈물이 핑 돌기도 했다. 그녀는 춘식이가 겨우 세 살 때 세상을 버렸던 것이다. 그러니까 벌써 서른 해가 넘어 되는 셈이다. 칙살맞게 일만 하다가 가 버린 년!……박노인은 갈밭 속 길로 휙 돌아 서며, 그런 생각을랑 아예 말자는 듯이 〈이력샤 이력샤 이력샤!〉노 젓는 소리를 하면서 칠손이를 들썩들썩 추스르곤 하였다.

춘식이도 나이가 나이라 아들 칠손이를 속으로 무척 귀여워했다. 놈이 앳된 어미의 불어 오른 젖꼭지를 물고 있는 걸 보면 어딘지 모르게 든든한 생각이 들어 넙죽한 입가에 웃음이 절로 떠올랐다.

「자아식!」

입이 차게 베물고 있는 젖꼭지를 백제 쏙 빼버릴라치면,

「그라지 마이소. 또 울릴라꼬!」

속득이는 어쩌다 하는 남편의 장난마저 꾸짖는 것이었다. 숫제 어미 태를 보여 가며.

그러한 칠손이가 세 살이 되었을 때였다. 칠손이 아버지, 춘식이는 자기를 징용에 안 보내기 위해 아버지 박노인이 헐값으로 팔아 넘긴 모래톱 채마밭 닷마지기를 강 건너 방앗간 젊은 주인으로부터 사정사정해서 되 사들였다. 물론 땅 값은 시세대로 다 쳐 준 셈이지만 방앗간의 젊은 주인은 특별한 호의라도 보이듯이 말했다.

「돌아 가신 아버님도 헐케 사셨다니까…….」

그러나 그 연자방아의 젊은 주인이 사실은 놓기 싫은 땅을 춘식이에게 쉬 넘겨 준 이면에는 다른 이유도 있었다. ──그는 춘식이의 색시 속득에게 늘 특별한 호의를 보이고 싶었던 것이다. 말하자면 마침 그런 기회가 온 셈이었다. 그는 일찍부터 속득이의 만만찮은 미모에 만만찮은 관심을 가지고 있었던 것이다.

허나 그건 어찌 됐든, 춘식이로서는 자기 때문에 팔렸던 땅을 자기 손으로 되 사들인 것이 여간 기쁘지가 않았다. 게다가 아버지가 늘 맘에 끼고 있던 것을 풀어드린 것도 같아 한결 후련한 생각이 들었다. 아버지 박노인도 물론 기뻐했다.

(흥, 자식된 구실을 하는구만……)

입 밖으로 내지는 않아도, 되돌아 온 모래톱 언저리를 빙 돌아 보는 박노인의 그 숱한 주름 속에는 만족한 빛이 아로새겨져 있었다.

강가 사람들이나 강 건너 사람들은 일러 오는 말대로, 그러한 것이 다 박노인이 며느리 잘 본 덕이라고들 말했다. 물론 박노인 자신도 그렇게 생각하고 싶었다. 사실 며느리 땅꼴댁은 인물이 무던한 데다, 솜씨가 칠칠하고, 부지런하기가 거의 쉴 틈이 없을 정도였다.

모래톱 밭떼기를 되 사들이고부터 춘식이 내외는 더욱 일손이 바빠졌다. 게다가 강가는 산중보다 봄이 빨랐다.

뒷기미 나루는 삼랑진을 더 거슬러 올라 간 낙동강 상류께, 지류인 밀양강이 본류에 굽어드는 짬이라, 다른 곳보다 물이 한결 맑았다. 물이 맑아 초가을부터 기러기떼며 오리떼가 많이 모여들었다. 그렇게 많이 모이던 기러기며 오리 등이 간다 온다 말도 없이 훨훨 날아 가기 시

작하면, 뒷기미의 하늘에 별안간 아지랑이가 짙어 오고, 모래톱 밭들에는 보리 빛이 한결 파릇파릇 놀랄 만큼 싱싱해진다.

춘식이 내외는 더 어름거릴 수가 없다. 날만 새면 호미와 삽을 들고 밭에 가 엎딘다. 춘식이는 나룻배를 부리는 것도 귀찮아졌다. 장날은 하는 수 없었지만, 그밖엣 날은 오히려 성가셨다. 손님이 적을 때는 더욱 그러했다.

「배 떠나요. 어서 오이소——」

낡은 뱃전에 낡은 장대를 짚고 서서 저쪽 벼룻길을 돌아오는 사람들을 보고는 고래고래 소리를 지른다. 한 번이라도 오가는 횟수를 줄이자는 것이었다.

「이 사람이 오늘은 와 이리 급하노?」

헐레벌떡 달려 온 손님들은 배에 올라서도 연방 씩씩거렸다.

춘식이는 한 시가 바쁜 것이다. 되돌아 오기가 바쁘게 모래톱으로 달려 갔다. 그날은 보리밭 애벌매기도 끝내야 했고, 감자도 심어야 했으니까. 하늘에선 종다리의 우짖음이 요란스러웠지만, 그런 것에는 도무지 귀를 기울일 겨를이 없다. 묵묵히 밭을 매고 있는 속득이에게 지지 않겠다는 듯이 서격서격 밭고랑을 파 뒤져댔다.

웬만큼 자란 보리들이 건듯바람에 물결처럼 일렁거렸다. 지나가던 구름조각이 멀리서 그들을 내려다 보다가, 강심에 흰 그림자를 머무르게 해도 알 바 없었다.

칠손이는 벌써 할아버지의 손에 매달리기 시작했다. 할아버지에게 손을 잡힌 채 서투르게 모래톱을 아장거리는 그는 제법 말을 익힌다.

「엄마 엄마!」

제 어미가 눈에 뜨인 모양이다.

「오냐 오냐. 에미 저겼나.」

박노인은 말동무가 생겨서 좋았다. 그는 정말 너무나 오랫동안 말동무가 아쉬웠다. 그래서 사람들이 쓰는 말을 점점 잊어먹어 가고 있었던 것이다.

엄마를 찾던 놈이 금방 길가에 쪼그리려고 한다. 발 끝에 민들레가 노랗게 피어 있다. 고사리 같은 손이 그예 그놈을 잡아당긴다. 어미를 닮아서 제비초리 짬이 유난히 희다. 꽃을 문질러 들곤 제법 좋아라 한다. 뒤뚱뒤뚱 대여섯 걸음 마음대로 달려 갔다. 할아버지 박노인은 일부러 허리를 굽히고서 따라 가기가 바쁘다.

「꼬 꼬끼오ㅡ!」

주인 없는 그들의 빈 집에서 닭이 한나절을 유창하게 알렸다.

「꼬 꼬끼오ㅡ?」

이쪽에서 아랑곳하지 않는 것이 짜장 안타깝기라도 한듯이 그렇게 〈꼬끼오〉를 연거푸 울어댔다.

그 해는 보리 수확이 엄청나게 좋았다. 땅이 댓 마지기 끌이라는 때문만이 아니었다. 돼지를 치고부터 두엄이 몇 배나 많아졌고, 가꾸기도 잘 가꾸었고, 게다가 박노인의 말마따나 우순풍조로 시절이 좋았기 때문이었다.

저녁 늦게까지 타작일을 하고는, 춘식이 내외는 함께 강가로 나갔다. 땀과 먼지로 온통 굴왕신같이 되어 있었다. 행여 철딱서니 없는 사람이 배를 타러 올까 싶어서 일부러 나룻터에서 훨씬 떨어진 위쪽으로 찾아 갔다. 커다란 느티나무가 서 있는 언덕 밑이다.

먼저 물 속에 풍덩 뛰어든 춘식이는 이내 속득이를 돌아보았다.

「어서 들오나라.」

그러나 속득이는 내처 기슭에서 어물쩍거렸다. 달빛이 희부여 그런지 옷을 벗을 때도 돌아서서 벗었다. 검푸른 갈수풀을 배경으로 동그스름한 엉덩머리 쯤이 한결 뿌옇게 드러나 보인다. 그러나 감히 저쪽을 보라는 말은 못하고, 손으로 앞을 가린 채 조심조심 물 속으로 걸어 들어왔다. 으례 저만치 떨어진 곳으로 목에서부터 젖가슴께로 바삐 씻어 내렸다.

춘식이는 저만치서 자맥질을 하다간 속득이 곁으로 가까이 왔다.

「등 좀 밀어 주라.」

늘 하는 버릇이다. 그러면서 서두를 새 없이 어린 아내의 두 손을 늘름 낚아채고는 깊은 데로 끌어 들인다.

「칩다카이!」

속득이는 마다 한다. 해도 소용없다. 뭉그적뭉그적 연방 깊이 빨려 들어갔다. 발이 바닥에 닿지 않는다.

「아이구, 와이카능기요!」

박부득이 매달릴 수밖에 없다. 꽉 다붙는다. 뿌드득 소리가 날 정도로 춘식은 아내를 거세게 껴안았다. 그리고선 다시 얕은 곳으로 나왔다.

달이 느티나무 가지 속에 숨어서 그들의 〈제7 천국〉을 빠끔히 엿보고 있었다.

아내를 집으로 돌려 보낸 뒤에도 춘식이는 머리를 몇 번이나 감았댔다. 아무래도 더부룩한 머리털 속에 그놈의 꺼끄러기가 많이 박혀 있는 것만 같았다.

보리 농사를 따라 감자도 불었다. 점심과 참요기에 아쉽잖을 정도로. 칠손이는 악지 세게 제 주먹 세 갑절이나 되는 놈을 해 쥐고는 울타리 가에서 낟알을 줍고 있는 할아버지께로 곧잘 뒤뚱거렸다.

아뭏든 그 해 봄 농사는 속득이가 시집 온 뒤로 처음으로 흐뭇한 편이었다. 게다가 시절이 좋았던만큼 나룻배 삯으로 인근동 사람들로부터 거둬들이는 보리는 되밑이 좋았다. 축대 위에 알보리가 몇 가마니 포개지고 하니 우선 됫박질만 안 하게 된 것만도 흐뭇한 일이었다.

물가 사람들은 이러한 것을 다 용왕님의 덕택이라고들 생각하게 마련이다. 시절이 나쁘거나 큰물이 지는 것이 이무기의 용심이라고 생각하듯이. 그래서 그 해 백중날 춘식이의 집에서는 정말 자진해서 용왕님을 깍듯이 대접하려고 들었다. 강아지 한 마리와 보리쌀 한 말쯤을 용왕님이 쉬신다는 푸른 강심에 갖다 넣는 것이 그러한 내림이었다.

그럴 요량으로 속득이는 미리부터 강아지를 사다 길렀다. 누른 강아지였다. 하루 이틀 달라 보일 정도로 무럭무럭 잘 자랐다. 그놈은 또 칠손이의 좋은 동무가 되었다. 쬐깐 꼬리를 율랑거리며 곧잘 칠손이를 따랐다.

「좋은 황구가 되겠건만……황구는 복개란기라.」

칠손이 할아버지 박노인도 황구새끼를 무척 귀여워했다. 목에 조그만 방울까지 달아 주어 칠손이와 함께 재롱을 떨게 했다. 가끔 강아지의 잔등을 쓸어 주는 박노인의 표정이 어딘지 모르게 어두워 보일 때가 있었다.

그러는 것을 보고 또 (좋은 황구가 되겠건만……) 하던 아버지의 말을 생각한 춘식이는 언젠가 아내를 보고,

「보래, 저 강아지 말이다……」

「야?」

감자를 씻고 있던 속득이는 무슨 뜻인지 얼른 못 알아채고 춘식이를 돌아 보았다.

「칠손이가 저래 좋아라 카고, 아부이도 쥑이기 싫은 모양이제?」

272

춘식이는 이렇게 아내의 맘을 떠 보는 것이었다.

「그렇지만……」

속득이는 그러고만 말았다.

그러한 속득이가 다음 삼랑진 장에서 백중날에 쓸 초와 명태, 그리고 뜻밖에 강아지 한 마리를 더 사 왔다. 이건 누구에게도 의논하지 않은 것이었다. 그러나 속득이가 강아지를 한 마리 더 사 온 데 대해서는 시아버지 박노인도 남편 춘식이도 아무 말이 없었다.

「아부이 이걸 용왕님께 바치고 저 누렁이를 집에 두고 키웁시더.」

속득이가 먼저 말을 꺼냈다.

「그래? 응, 그라지.」

박노인은 알았노라는 듯이 고개를 끄떡였다. 그러고는,

「이놈도 밥을 많이 조야지.」

하였다.

먼저 있던 누렁이가 제법 텃세를 하느라고 첨에는 콩콩하고 짖어대더니 이내 어울려 놀았다.

백중이 가까왔다. 속득이는 용왕님께 바칠 보리쌀을 대끼러 강 건너 방앗간으로 갔다.

연자매의 젊은 주인 김씨는 머슴을 불러대지 않고 자기 손수 일손을 보았다. 일찍부터 속득이의 긴 속눈썹과 해사한 얼굴에 반색을 한 그는 속득이가 방아일을 올 때마다 그러기를 좋아하는 눈치였다. 말하자면 특별한 호의를 보이려는 속셈이리라. 속득이도 그걸 대강 짐작은 하고 있었다.

「흥, 용왕님은 복도 많은 모양이죠!」

그는 숫제, 수건을 깊숙이 내려 쓰고 있는 속득이의 얼굴을 넌지시 들여다 보는 것이었다.

속득이는 그걸 느꼈지만, 둥우리에 보리쌀을 퍼담기가 바빴다. 하얗게 대낀 보리쌀이 쌀보다 매끄러웠다.

김씨는 방아삯을 기어이 받지 않았다. 용왕님께 바칠 것인데 그럴 수가 있느냐는 것이었다. 사실은 그것도 속득이에게 대한 특별한 호의의 하나리라. 그는 속득이에게 무거운 둥우리를 이워 줄 때 이상야릇한 충동을 느꼈다. 앙바틈하게 버틴 무릎을 펴며 일어서는 순간, 자기에게 바싹 다가오는 듯한 불그레한 얼굴!

「백중날 놀러 오이소이!」

속득이는 둥우리를 이자마자 이렇게 수인사를 하고서 패나케 나룻께로 향해 갔다.

　백중날 박노인의 집에선 어둑새벽부터 바빴다.　모두　목욕재계를 했다. 속득이는 정화수에 머리를 깨끗이 감아 빗었다.　옷도 말끔하게 빨아 다린 것들을 입었다.

　박노인은 며느리가 내어 주는 풀이 빳빳한 두루마기까지 걸쳤다.　소싯적부터 내려 오는 거라 단이 무릎에 다붙는데다 등바대쫌을 비롯해서 군데군데 해진 곳을 꿰매 붙인 것이었다. 물론 머리엔 양태가 우그러진 갓이 얹혔다.

　이런 몰골로써 정신을 가다듬는 듯 헛기침을　두어 번 어험어험 하고는 강아지를 품에 안았다. 영문을 모르는 강아지는 그의 손등을 핥기만 했다. 누렁이가 따라 오는 걸 일변 되쫓아 가며, 박노인은 보리쌀 자루를 둘러 멘 아들과 함께 나룻터로 내려 갔다.　아직 이른 아침이었다.

　배는 고요히 금을 긋듯 강심을 향했다.

　드디어 배 앞머리 덕판에 촛불이 켜지고, 춘식이가 든 자루에서 허연 보리쌀이 주르르 물 속으로 쏟아졌다.

　「이키!」

　하며, 박노인은 눈 딱 감고 강아지를 저만큼 던져 버렸다.

　그러고 두 부자는 무슨 못할 짓이라도 한 것처럼 이내 배를 돌렸다.

　아득한 물 아랫쪽에 불그레한 동살이 잡히기 시작했다.

　그날 저녁 나절, 박노인의 집에서는 간소한 술잔치가 벌어졌다. 일년에 한 번씩 용왕을 먹이는 날에는 으례 그러는 것이었다.

　춘식이는 강 건너 노인들까지 모셔 왔다.　노인이 아닌 자기　또래도 더러 왔다. 연자매의 젊은 주인 김씨도 물론 끼어 왔다. 이렇게 뒷기미 나룻가 사람들은 일년에 한번 있는 백중날, 춘식이네 집에 모여서 술을 마시고 노는 것이 하나의 관례처럼 되어 있었다.

　감나무 밑 멍석에 둘러앉은 노인들은 술이　몇 순배 돌자 이야기들이 많아졌다. 이럴 때는 대개 음식 이야기부터 시작되는 법이다.　으례 칭찬이다. 그게 시골 사람들의 수인사로 되어 있다. 그러나 이 날은 정말 칭찬을 들을 만큼 술이며 안주가 입에 맞았던 모양이다.

　「박첨지, 이거 찹쌀술은 아이지를?」

　찹쌀술을 빚을 터수가 아니다. 그처럼 입에 맞고 잔이 그득해서 좋다는 거다.

「솜씨지, 솜씨라──.」

잔을 받아드는 턱석부리의 맞장구다.

「명태지짐도 그렇고…….」

턱석부리는 무르게 부친 북어지짐이 이가 실찮은 자기에게 꼭 안성마춤인 듯이 우물거리며 덧붙였다.

「그기 다 이놈 에미 덕분이지!」

참쌀술 같다고 하던 눈이 좀 튀어나온 노인이, 박노인의 무릎 위에 안긴 칠손이의 턱을 슬쩍 치켜 올리면서 속득이더러도 들으란 듯이 큰 소리를 쳤다.

「이 사람들, 술 모지래거든 이거 더 가주 가게.」

쬐깐 상투를 붙인 노인이 젊은 사람들 쪽을 보고 말했다. 젊은치들은 울타리 곁 가마때기에 모여 앉아서 술을 들고 있었다.

「여기도 있임더.」

연자매의 김씨다. 그러나 사양하는 말인 줄로 들었던지 속득이는 옹배기에 치면하게 술을 더 가지고 왔다.

「술은 많이 있임데이.」

속득이는 벌써 내외를 안 해도 좋을 정도로 그들과 낯이 익어 있었다.

그러구러 술이 여러 순배 돌았다. 저녁 곁들이 삼아 감자 삶은 것이 나왔지만, 거긴 손들이 잘 가지 않았다. 역시 술이 좋았고, 그래서 이내 거나하게들 되었다.

시골 노인네들은 취하면 더욱 어린애같이 된다. 입을 모아 박노인의 늦복을 추켜 세우고 또 노래를 청하곤 하였다. 박노인은 기분 좋게 부대끼다가 드디어 노래를 부르기 시작했다.

　　뒷기미 사공아 뱃머리 돌려라
　　우리님 오시는 데 마중 갈까나
　　아이고 데고 성화가 났네.

옛날의 구성진 가락이 용케도 그대로 흘러 나왔다. 한쪽으로 갸우듬하게 기울인 고개가 목청따라 청승맞게 떨어대는가 하면 가락에 맞춰 무릎까지 툭 치는 품이 어쩜 그러한 옛날이 그리운 것 같기도 했다.

그러자 이번에는 눈이 좀 튀어나온 노인이 뒤미처 받는다.

뒷기미 나리는 눈물의 나리
임을랑 보내고 난 어찌 살리노
아이고 데고 성화가 났네.

징용에 끌려 간 뒤 소위 대동아 전쟁이 끝나도 돌아 오지 않는 아들을 기다리다 지쳐 눈이 더 비어졌을 게란 이 눈딱부리란 노인은, 마치 자기의 신세 타령이라도 하듯 가락이 한결 구슬프게 들렸다.

그래선지 노인석은 별안간 잠잠해졌다. 일제의 사슬에 허덕이던 강 건너 동산·백상·명례·오산 등지의 순한 백성들과 그들의 아들 딸들이 징용이다, 혹은 실상은 왜군의 위안부인 여자 정신대(挺身隊)다 해서 짐승처럼 끌려서 뒷기미 나루를 울며 건너던 억울한 사연들이 문득 머리에들 떠올랐는지도 모른다.

그러나 젊은 치들은 노래에 맞추어 치던 소반 장단을 그치지 않았다. 방앗간(그들은 연자매의 주인을 그렇게도 불렀다)은 재빠르게 부엌 앞 기둥에 걸려 있는 꽹과리를 들고 왔다. 뱃손님을 모을 때 치는 꽹과리다.

방앗간의 손에 잡힌 꽹과리는 마침내 느린 굿거리를 울렸다. 거기 따라 젊은치들은 한꺼번에 일어나서 덩실덩실 춤을 추기 시작했다. 그러다가 꽹과리가 제물에 급한 장단으로 바뀌자 춤도 굿거리에서 되롱춤으로 나아갔다.

「얼씨구 좋다! 타!……타!」

망석중이처럼 어깨들을 까불어댄다.

「잘— 한다!」

노인들은 거의들 이가 없는 벌건 잇몸이 드러나도록 허허야고 웃어댔다.

부엌 문턱에서 칠손이를 앞세운 채 보고 있던 속득이는 만면에 웃음을 담았다. 얼굴이 함박꽃처럼 밝았다.

젊은이들의 마당놀이는 좀처럼 끝나지를 않았다. 나룻배를 타려고 모여들었던 손님들도 구경에 더 정신이 팔렸던지 별로 잡죄지도 않았다.

꽹꽹 꽹꽹 꽹그랑 꽹꽹!

꽹과리는 마침내 마당밟이 가락으로 변한다.

「여루 여루 지신(地神)아!」

꽹과리를 치는 방앗간이 앞소리를 메긴다. 그러면 꽹과리에 맞추어

복창이 나오고, 손바닥과 양철, 사발 따위가 한꺼번에 울려댄다. 춘식이는 부엌에서 금이 간 이남박까지 들고 나와 두들겨댔다.

「잡귀 잡신은 물 알(아래)로—」

팽팽 툭탁 팽그랑 팽팽!

「만복은 이리로—」

통통 땅을 밟아대는 다리에 더욱 힘들을 준다.

이렇게 신나게 마당을 밟아 주는 것이 그 댁의 복을 비는 것이라 해서 술 값을 하는 거다. 그러는 것이 이 고장 사람들의 오랜 내림이요, 또 예의이기도 했다. 허구한 세월 누구의 덕은커녕 몸서리나게 설움만을 받아 온 그들이었기 버릇된 마음들이었다.

이마마다 번질거리는 땀국은, 그래서 그들만이 서로 이해할 수 있고 〈만복은 이리로〉라고 빌어 주는 성의의 표시인 것이다.

강 언덕 포플라나무에서 극성스럽게 울어대던 매미 소리는 어느덧 멎고 저녁 그늘이 깔려 오는 뒷기미 뒷산 위에는 곧 백중달이 솟으려는지 다시 노을이 일기 시작했다.

백중날 달무리가 둘려서 그러리라 바랐던 대로, 그 해는 가을걷이도 푸짐했다. 큰물이 나지 않은 덕분으로 밭벼도 제대로 영글고 채소도 길차게 자랐다.

그래서 나룻배는 사람 이외에 짐도 훨씬 불어 나고 또 자주 다녀야 했기 때문에 춘식이네 집은 일손이 모두 모자랐다. 춘식이는 진종일 노 젓기에 지쳐서 밤이 되면 어깨팔이 빠지는 것 같고, 속득이는 또 속득이대로 무거운 볏단이며 채소를 여나르느라고 목이 온통 들어 가는 것 같았다. 그러나 그들 부부는 그런 일이 요만치도 싫지가 않았다. 한창 바쁠때는 박노인도, 며느리가 마다 해도 바지게를 졌고, 손자 칠손이란 놈도 무청을 한 포기 질질 끌며 그러한 할아버지의 뒤를 따르기도 했다. 요컨대 그들에게는 풍년이 기뻤을 따름이지 노동이 조금도 싫지는 않았다.

나룻터에는 춘식이네 배만이 머무르지는 않았다. 두루 시절이 좋았기 때문에 가을철엔 낙동강 상하류를 오르내리는 돛단 배들이 부쩍 늘었다. 그러한 뜨내기 배들은 대개 소금이랑, 미역, 남비 기타 일용품 등속을 싣고 다니며 강가사람들과 물물교환을 해 가는 것이 일이었다. 속득이도 그 해만은 소금을 가마니째 샀다. 처음으로 백철솥이란 것도 샀다. 보기부터 맨나무가 덜 들어 좋으리라 생각되었다.

벗가리 곁에서 둥글둥글한 박을 타고 있는 박노인은, 정신이 곁에 앉아 재깔거리는 손자놈에게 가게 마련이었다.

「다치겠다. 이놈아!」

칠손이는 자꾸만 톱 등을 붙들려고 했다. 딴은 거들어 보겠다는 것이리라.

「안에 머 있노?」

이렇게 묻기도 한다.

「암 것도 없다.」

「그럼 와 이러노!」

「바가치 할라꼬.」

「두나 바가치?」

뭘 묻기 시작하면 끝이 없다. 꼬치꼬치 파고 드는 통에 그만 진력이 날 판이다.

「응 응!」

박노인은 일부러 고개를 크게 끄떡끄떡해 보이며, 서걱서걱 톱을 느리게 메꼈다 당겼다 했다. 그러느라고 지나치게 허리를 굽혔다 폈다 하는 것이 딴은 우스웠던지 칠손이는 이내 할아버지의 등에 와 붙었다. 업히듯 목에 매달리는 것이었다. 그런 대로 박노인은 내처 톱질을 계속하였다. 빨래에 풀을 먹이고 있던 속득이가 보다 못해 말을 건넨다.

「칠손아, 할배 된 데 와 그러노?」

그러나 칠손이는 들은 체도 안 했다. 어머니는 약간 큰 소리로,

「그라지(그러지) 마라!」

해도 그만이다. 칠손이는 할아버지의 등에 더욱 매달렸다. 그네라도 타듯 좋았던 모양이다.

「그만 놔도라. 앞에 와서 성가시는 것보다 낫다.」

박노인은 도리어 손자를 두둔하는 말눈치였다. 그는 문득 황금의 박을 탔다는 그 흥부의 얘기라도 생각난 듯이 설거렁설거렁 톱질에 신이 났다.

풍년이 든 것은 낙동강 유역만이 아니었다. 중부 이남은 두루 시절이 좋았다. 곡창으로 알려진 호남지방은 심지어 몇 십년만에 처음이라고들까지 하였다.

그런데 이상한 것은 아무리 어거리 풍년이 들어도 살아가기가 점점 고되다는 소문들이었다. 물건 값이 다락같이 올라 가기 때문이라고들 하였다. 아닌게 아니라 그놈의〈증석불 사건〉인가 뭔가 때문에 비료 값이 무턱대고 올랐고, 그런 걸 따라 다른 물가는 껑충껑충 뛰었으니까. 뒷기미 나루터의 사람들도 뜨내기 배들이 싣고 오는 물건 값들을 보아서 그리리라 짐작이 갔다. 우선 소금 값 하나만 보더라도 능히 알 수가 있었다.

반면 오르지 않는 것은 곡가뿐이었다. 아니 채소 값도 그랬다. 채소 따위는 도시에 가져 가더라도 운임을 빼고나면 별로 남는 게 없다는 얘기들이었다. 요컨대 농민들이 지은 물건들만이 유독 값이 헐했다.

그러나 아무리 헐값이라 하더라도 안 낼 도리가 없었다. 가을되면 으레 덮쳐오게 마련인 비료대며 영농자금, 그리고 그 무서운 고리채를 안 갚고 배겨 낼 재간이 없는 그들이었다. 제때 안 내면 마구 차압 딱지가 붙고 현물을 싣고 가는 판국이었으니까. 춘식이네 나룻배에도 그런 일을 하러 다니는 양복장이가 하루에도 몇 패씩 지나갔다. 행여 가을철을 놓칠세라 바삐 서두르는 것 같았다.

한 번은 농사 빚 받이에 소를 차압해 가는 패도 있었다. 명례 마을에 사는 건들바우란 노인이 나룻가까지 그러한 사람들을 따라와서 사정사정 하여도 양복장이들은 끝내 들어 주질 않았다.

「조합 돈이 나랏돈인데 그걸 안 갚고 되겠소?」

양복장이들은 소를 억지로 배에 끌어 올렸다.

춘식에게도 안면이 많은 건들바우 영감은, 그만 땅바닥에 털썩 주저 앉으며 어린애처럼 흐느끼기 시작했다. 춘식이도 속이 뭉클했지만 어찌 할 도리가 없었다.

「저 영감 옛날에는 아이(애)징용 보내면서 저렇게들 울어쌓더니…!」

배 위에 있던 한 노인이 누굴 들으란 것도 없이 이렇게 중얼거렸다. 춘식이는 노를 젓는 팔에 별안간 힘이 빠지는 것 같았다.

소는 소랄까, 무슨 영문인지는 모른 채 낯선 사람에게 끌려 가면서도 눈은 여전히 표정 없는 통방울 같기도 했다. 다만 강심을 지날 때만은 시퍼런 물이 만은 무서웠던지 축 늘어뜨린 얼굴에 박힌 눈알 빛이 번쩍 번쩍 물빛을 닮아 갔다.

그런 일을 하고 다니는 양복장이라 해서 모두 그 의기 당당하다든가 명랑한 표정만은 아니었다. 터놓고 말은 안했지만.

「지—기랄, 나도 사공질이라도 했음 좋겠다.」

이런 치도 있었다. 죄밑이 돼서리라.

이것저것 다 메이고 난 농촌에는 옛날엔 없던 〈풍년 기근〉이란 묘한 말이 유행했다. 그러나 살아 가기가 어려운 것은 결코 농촌 사람들만이 아니었다. 살기 좋다는 도시에서도 못 살겠다고 투덜거리는 사람들이 많아졌다는 소문들이었다. 정치가 어떠니 어떠니 하고……

농촌에서는 그렇게 값이 폭락하고 또 흔하게 나도는 쌀도, 잇속을 노리는 장사치들이 재빠르게 손을 뻗쳐서 어둔 데로만 사 재는 바람에 도시에는 물건도 흔찮을 뿐 아니라, 시세도 그다지 내리진 않았다. 반대로 식성에 맞지도 않는 밀가루는 그럴수록 제 세월인 듯이 값이 올라갔다.

「세상은 요지경 속이라 카이!」

나루를 건너는 사람들의 입에서 이런 말이 불쑥불쑥 튀어 나왔다. 인구가 많은 도시 같은 데서는 벌써 인심이 이상하게 돌아 가고 있다는 흉흉한 소문도 들렸다.

그러한 어느 날. ——

비까지 퍼붓는 오밤중에 별안간 춘식이네 집 사립문을 흔들어대는 사람이 있었다. 웅성거리는 기색이 한두 사람이 아닌 것 같았다.

「누고——?」

박노인과 춘식이는 한꺼번에 고함을 내질렀다. 바깥은 억수였다.

「어서 좀 나오소! 배 좀 타야겠소.」

난데없는 밤손님들은 벌써 봉당에까지 와 있었다. 비를 맞으며,

「무슨 일인데 온……」

춘식이는 잠결에 얼떨한 채 웃도리를 더듬어 입었다. 우장도 걸쳤다.

「빨리 좀 갑시더.」

밤손님들은 춘식을 제촉해서 부랴부랴 배가 있는 곳으로 데리고 갔다.

배 위에는 어느덧 스무 명도 더 올라 있었다. 폭우와 어둠 속에서 얼굴들은 알 수 없어도 웅성거리는 소리가 젊은 사람들인 것 같다.

「빨리 좀 저어 주소!」

하는 통에, 춘식이는 무슨 영문인가를 물어 볼 엄두도 안 났다. 짐작에 한 사오 분 지났을까?

「이 새끼들 배 세워라!」

벼락 같은 소리가 그들의 뒷통수를 때렸다. 거짓말이 아니었다. 배가 겨우 강심께쯤 이르렀을 때였을까?

춘식이는 질겁을 했었지만 자기로선 어찌할 바를 몰랐다. 그저 어리둥절한 뿐 굽도 접도 못할 판국이었다.

「빨리 빨리 저어소！」

밤손님들은 도리어 독촉이 성화 같았다. 말소리는 비록 낮았지만.

그러자, 춘식이가 이제 막 배를 떼내 온 나룻터에서는 여러 개의 앙칼진 목소리가 뒤섞여 울려 왔다.

「배 안 세울 테야？」

「안 돌리면 쏜다！」

「쏜다！」

드디어 총소리가 두어방 꽝꽝 났다.

필유 곡절이리라. 춘식이는 주춤했으나, 밤손님들은 계속 재촉을 했다.

「그대로 저으소. 서면 다 죽는다.」

춘식이는 연신 정신을 잃었다. 그가 잡은 노에는 다른 손이 덥석 와붙었다. 어름어름하다가는 그들 말대로 자기도 영락없이 죽을 것만 같았다.

급기야 총성이 콩 뒤듯 울려 왔다. 어둠을 짜개는 총알 소리가 핑핑 머리 위를 스쳐 갔다. 더러는 뱃전 가까이 픽픽 떨어지기도 했다.

「앍！」

바로 곁에서 다급한 비명 소리가 나며 배가 기우뚱 하는가 싶더니, 이내 철버덩 물을 치는 소리가 들렸다. 뱃전에 앉았던 누군가가 총알을 맞은 모양이었다.

그러자 겁들을 먹고 지레 물속으로 풍덩풍덩 뛰어 드는 사람도 있었다. 옷을 입은 채 과연 어느 정도 헤엄에 자신이 있는지 모를 일이었다.

「빨리 저어. 빨리！」

춘식이 곁에 지켜 선 사내는 내처 우악스런 소리를 내질렀다. 그러나 그 소리가 춘식이의 귀에 제대로 들어 올 리 만무하였다. 그는 벌써 정신을 잃고 있었으니까. 노를 잡고 있는 건 사실이지만, 대견한 배가 어떻게 나아가고 있는 가는 알 턱이 없었다.

그러다가 픽！ 소리와 함께 춘식이도 제 자리에 쓰러졌다. 비록 어둠속이라 해도 노를 잡은 채 내처 서 있는 것이 총알받이가 되게 마련이었으리라. 어깻죽지가 떨어져 나가는 것 같고, 이내 의식을 잃어 버렸다.

그러고부터 배는 억수 속을 더욱 지향없이 흘렀다. 한결 물굽이가 사나와지는 강하류 쪽으로 이내 뒤집힐 듯 맞모금을 긋기 시작했다.

정신없이 나루터에 쓰러져 있는 박노인의 귀에는 이상한 소리가 울려왔다.

「이놈의 영감, 아까 뭐랬지? 총질을 말아 달라고? 사공이 무슨 죄가 있느냐고? 그래 폭도를 도망시키는 놈이 폭도와 뭐가 다르단 말이냐? 이따 너희 집에 불을 놓아 줄 테니, 어디 두구 봐라!」

노인은 폭도가 뭔지 알 턱이 없었다.

탕, 탕, 탕!

다시금 총소리가 뒷기미 뒷산에 메아리쳤다.

「명천 하느님뇨, 지발 우리 칠손이 아부지 살리 주소!」

아까부터 물이 오금에 닿는 강기슭까지 들어 가서 가슴을 할딱거리던 속득이는, 비가 쏟아지는 캄캄한 하늘을 향해, 시종 두 손을 모으는 것이었다. 몇 번이나 몇 번이나……

아튿날 아침.

씻은 듯이 개인 뒷기미 나루터에는 인근동 사람들이 꾸역꾸역 모여들었다. 모두들 지난 밤 일이 궁금해서 눈이 휘둥그레 가지고 이야기를 주고 받았다. 더구나 박노인의 집이 텅 비어 있었기 때문에 더욱 궁금증들을 내었다.

「우쨰 댔노, 배도 사람도 말카 다 없어졌이니?」

「그리키 말이지……?」

이러는 사람들은 그 콩 볶듯한 총소리를 들은 사람들이고,

「무슨 일이 있었소?」

하는 건, 먼 데서 나룻배를 타러 온 사람들이었다.

강 건너 둑 위에도 마치 시위 구경할 때처럼 사람들이 허옇게 모여 있었다. 그들은 나룻배가 없어졌으니까 이쪽으로 오지는 못하고 그저 소리만 내질렀다.

「대간절 어째 댔소? 사람들은 있소, 없소ㅡ?」

이쪽 사람들은 대답 대신 손만 내저어 보였다. 그리고는 모두들 멀리 강 아래 쪽만 바라다 보았다.

위에서 내려 오는 뜨내기 장사치 배들에게 물어도 까닭을 알 수 없었

다. 그저 쉬쉬하고 손을 내젓거나, 더러는 기껏 한다는 소리가,

「우대에 난리가 났대요!」

하는 정도였다.

사람들은 아래서 올라 오는 소금배를 기다렸다.   소금배는 애가 타게 더디었다. 된 하늬를 거슬러 오자니 그럴 수 밖에 없었다.

소금배는 강 건너편에 먼저 대었다가 이쪽으로 왔다. 그 배에 나룻배를 타려던 손님이랑, 별일도 없이 연자방아 주인 김씨며 몇몇 젊은 사람들도 얹혀 왔다.

「우째 댔(됐)능기요?」

연자방아 주인 김씨가 맨먼저 이런 말을 하며 둘러 보았으나, 누구 하나 시원스런 대답을 해 주는 사람이 없었다. 도리어 궁금해 하는 이쪽 사람들에게 뱃사람들이 저쪽에서 하던 말을 되풀이할 따름이었다.

「저 물 아래쪽 삼랑진 어구께 웬 사공 없는 목선이 한 척 떠내려 와 있더구만, 그기 암매(아마) 여기 뺀지도 모르지……」

소문이란 게 기껏 이런 정도였다.

연자매의 김씨는 춘식이네 집 울 안을 휘두루 살펴 보았다. 사람이 없어진 것밖에는 아무런 다른 점이 없었다. 우리에 갇힌 돼지가 전과 같이 꿀꿀거리는가 하면 황구 새끼는 천연스럽게 축대 끝에 누워 있고, 누가 닭의 장문을 열어 주었는지 닭들도 어제처럼 울타리 밖 빈 채마밭을 쏘대고 있었다.

(짐승이란 건 역시 무정지물인 모양이지!)

연자매의 김씨는 가벼운 한숨을 지으면서 사립문을 도로 밀어 붙였다.

박노인과 소득이가 소금배에 실려서 뒷기미로 돌아 온 것은 한나절이 거의 되었을 무렵이었다. 물론 칠손이도 속득이의 허리에 매달려 있었다. 그리고 그 소금배의 꽁무니에는 춘식이가 부리던 나룻배가 빈 채로 끌려 왔다.

그 때까지 남아 있던 강 마을 사람들은 그들을 보고 반색을 하거나 어떠한 수인사도 선뜻 하지 못했다. 그런 건 아예 주저하면서 묵묵히 그들을 맞이했다.

박노인은 하룻밤 사이에 십년이나 더 늙은 듯 움푹 들어간 눈을 하고는 아무 말 없이 배에서 내렸다. 허리가 늘어지게 칠손이를 업은 속득이의 얼굴도 문자 그대로 백짓장처럼 창백했다. 그들은 벌써 표정을 잃은, 죽은 사람 같은 얼굴들이었다. 사람들은 묵묵히 그들의 관념만을

쳐다볼 뿐이었다.

나중에 알려진 이야긴즉, 춘식이가 부리던 나룻배는 삼랑진 아래께까지 흘러 가 밀려 있었고 총을 맞은 시체도 두 구 그 근처에서 발견되었다는 거다. 물살 따라 더러는 더 떠내려 갔으리라는 소문도 있었다고 했다.

박노인과 속득이는 밤새 배를 찾아 가느라 허둥댔지만 배가 어떻게 흘러 갔는지, 또 탔던 사람들이 어찌 되었는지 알 턱이 없었다. 물론 춘식이도 죽었는지 살았는지 알 재간이 없었다. 강가에 꺼내 놓은 시체가 다행히 춘식이가 아닌 것을 알았을 때, 속득이는 그래도 일루의 희망을 가지고 싶었다. 그러나 믿을 수 없는 희망이었다.

가뜩이나 급작스레 밀어 닥친 불행인데 엎친 데 덮친다는 격으로, 이웃 사람이 와서 지어주는 아침 겸 점심 식사도 채 끝나기 전에, 난데 없는 청년 두명이 불쑥 들이닥쳤다.

「박 춘식이 집이죠? 춘식이는 어디 갔소?」

어느 기관에서 왔다는 말도 없이 그들은 첫말부터 위협조였다. 이 첫말부터 그렇게 나오는 사람들에게 무슨 변명인들 통할 리가 없었다.

「이리 나와요……」

뒤미처 호통을 치듯 했다. 박노인과 속득이는 어리둥절한 채 불려 나갔다. 무슨 영문인지 똑똑히 알지도 못했다. 물어 볼 용기조차 없었다. 그저 떨리기만 할 뿐이었다.

박노인은 벌써 말을 잊은 채 멍청이처럼 돼 있었다. 며느리 속득이도 마찬가지였다. 순적백성인 그들은 그저 끄는 대로 끌려 갈 따름이었다. 다만 속득이의 잔등에 업힌 칠손이만 악을 쓰며 울어댔다. 그것이 마치 그들 가족의 하소연이라도 되는 듯이.

박노인 일속은 마을 뒷산 후미진 모롱이 짬에서 검정 지이프 차에 실렸다. 검정 차라면 웬일인지 보기만 해도 무시무시한데, 그 안에 갇히듯 하고 보니, 속득이는 더욱 가슴이 철렁했다.

벼룻길은 자갈이 많고 위험했다. 자갈이 많고 위험한 벼룻길을 차는 줄곧 기우뚱거리며 내달렸다. 강물에 반사된 저녁 햇빛이 가끔 차 안에까지 비쳐왔다. 강 건너 먼 산 위에서는 이런 것과는 관계 없이 햇님이 뉘엿뉘엿 졸고만 있었다.

그러나 속득이는, 그러한 벼룻길이고, 강물이고, 햇님이고를, 아니 그보다 이내 자기 몸에 닥쳐올 듯한 어떠한 두려움마저 잊어 버린 채,

오직 한 가닥 간 곳이 없어진 춘식이의 일만을 걱정하고 있었다. 골똘히, 골똘히.

차는 이윽고 소란스런 번화가로 들어 섰다. 그러나 박노인의 식구가 끌려 간 곳은, 어지간히 낡은 검은 무슨 창고 비슷한 집이었다. 그들은 무슨 창고 비슷한 집의 어두컴컴하고 널찍한 방으로 안내되었다.

그들을 데리고 간 청년 하나가 자기의 윗사람인 듯한 키다리 앞에 나아가 무어라고 지껄이고 돌아 오더니,

「바른 대로들 불어 ! 거짓말 하면 죽어 나가니까…….」

이런 말을 남기고는 어디론지 사라져 버렸다.

그 어두컴컴하고 널찍한 방안에는 박노인의 식구 외에도 벌써 여러 사람이 붙들려 와 있었다. 아주 험악한 공기였다.

조사관으로 보이는 사람들이 방 안쪽을 등지고 몇 개의 테이블에 버티고 있는 품이 흡사 염라대왕같이 느껴졌다. 더러는 그들에게 조사를 받고 있고 대부분은 차례를 기다리고 있었다. 모두 중죄를 지은 사람들처럼 얼굴이 파랗게 질려 있었다.

박노인의 차례는 비교적 빨랐다. 속득이는, 훨씬 떨어진 곳에서 조사관을 향해 돌아 서 있는 시아버지의 초라한 뒷모습을 보았을 때 목이 메이는 것 같았다. 후줄근한 입성, 허옇게 이고 있는 백발, 그리고 힘없이 늘어져 있는 허연 구레나룻……. 며느리의 눈에는 눈물이 방울방울 맺혔다.

키다리는 나이 대접을 함인지 처음에는 조용조용히 묻는 것 같았다. 그러나 오분도 채 못가서 호통 소리가 터지고……박노인의 몸은 픽! 쓰러졌다.

「아이고——」

속득이는 칠손이를 밀어 버리듯 하고 시아버지께로 달려갔다.

「이××」

불은 속득이의 뺨으로 옮았다. 속득이는 이를 악물었다. 우르르 어미에게로 울며 달려 오는 칠손이를 곁에 있던 사람이 얼른 안고 나갔다.

키다리의 호통은 대단했다.

「그 늙은이를 딴 방으로 옮겨 ! 요……닦달을 해야겠다. 바로 서 !」

키다리는 속득이를 쏘아 보았다. 그러나 속득이가 얼굴을 들지 않으니까 결국 그녀의 정수리를 쏘아 본 셈이다.

「서방님은 어디 있지 ?」

「모릅니더. 죽었는지 살았는지조차…….」

속득이는 분해선지 슬퍼선지 몸을 와들와들 떨어댔다.

「뭐, 죽었는지 살았는지조차 모른다고? 그래, 집에 나쁜 놈들이 자주 찾아 왔지?」

상대방은 언성을 약간 낮추었다. 속득이는 그제야 말눈치를 대강 알아채었지만, 사실 그러한 일은 전연 없었던 것이다.

「나릿배 손님밖에는 온 일이 없임더.」

그녀는 명백히 말했다.

「뭐, 나룻배 손님밖엔 온 일이 없다고?」

묻는 쪽의 대답은 다시 높아졌다. 그 몸서리나는 소리로써만은 아니었다. ……속득이는 이내 정신을 잃었다.

「갖다 ×넣어!」

이 말도 잘 들리지 않았다. 그녀도 시아버지가 끌려나간 방으로 나갔다. 칠손이는 울며 그녀를 따라 갔다.

다음날도 같은 내용의 심문이 있었다. 박노인에게는 그다지 심하게 대하진 않았지만, 속득이에게는 역시 가혹했다, 견디기가 어려웠다. 나무 밑에 섰다가 날벼락 맞는 격이랄까. 그녀의 〈인간〉은 여지없이 짓밟혔다. 그러나 역시 모르는 일은 모르는 일이고, 없는 것은 없다고 할 수밖에 없었다.

그녀가 문초를 당한 내용은 (박노인도 마찬가지였지만) 죽었는지 살았는지조차 모르는 남편 춘식이의 행방과, 가까운 곳에서 일어났다는 어떤 폭동사건에 관한 일이었다. 비 오던 날 밤의 그 공칙스런 일로 미루어, 춘식이가 필연 그 일에 관련이 있지 않을까 하는 지나친 억측들을 하는 모양이었다. 하긴 춘식이가 없어진 것이 심히 미심쩍고 메스껍기는 했을 것이다. 하지만 설사 그렇다 하더라도, 어쩜 마구 뒤집어 씌울 듯한 수작은 억울하고 분했다. 그러나 속득이로서는 별 도리가 없었다. 참을 수밖에. 그녀는 마음속으로 남편의 이름만을 몇 번이고 계속 불렀다. 그리고 이겨냈다.

박노인의 식구들은 꼬박 나흘만에 풀려 나왔다. 뭐라고 적은지도 모르는 서류에 박노인과 속득이는 지장을 눌렀다.

「춘식이가 나타나면 곧 알려야 돼!」

하는 걸 보아서는, 아마 그런 내용의 서약서인 것 같기도 했다.

시아버지와 며느리는 칠손이를 차례로 업어 가며, 넋 잃은 얼굴들을 하고 걸었다. 얼굴이나 걸음걸이가 모두 몹쓸 중병이라도 겪고 난 사람들 같았다. 그렇게 진종일 걸었다.

뒷기미 나루터 가까이 왔을 때, 뜻밖에도 친정 어머니가 와르르 달려오는 걸 보자, 속득이는 뛰어지진 않고 그만 울어 버렸다.

「아이고 내 새끼야…….」

딸을 와락 껴안는 어머니는 딸보다 더 흐느꼈다. (그녀는 그런 변고가 있은 다음날부터 소문을 듣고 부랴부랴 뛰어 와 있었던 것이다).

속득이는 그날부터 자리에 누웠다. 어머니는 딸의…… 까무러질 듯했다.

「분하고도 답답해라! 난리를 일으킨 놈들이 잘못이지, 밤낮 없이 나룻배나 부리는 느그들(너희들)에게 무슨 죄가 있일끼라고…….」

병든 새끼를 핥는 짐승처럼 어머니는 딸의 전신을 쓰다듬더니,

「늬 사내가 냉캄 돌아 와서 이 원수를 갚아 얄낀데……」

어머니의 주름 덮인 표정은, 옛이야기에 나오는 고수레할멈처럼 굳어져 갔다.

「원수싸 갚든지 우짜든지 살아나 돌아 왔으문!」

속득이는 가늠 없는 시선을 허공으로 보냈다. 핏발 선 눈알이 한결 커 보였다.

박노인은 드디어 말을 잊어 먹은 사람이 되어 버렸다. 이웃마을 사람들이 일부러 찾아와서 위로를 해줘도 그저 정신나간 사람처럼 덤덤할 뿐이었다. 며느리 속득이 이상으로, 그의 긴 일생의 꿈이 하루 아침에 깡그리 무너진 듯한 표정 없는 표정을 하고 있었다. 기껏 한다는 소리가 〈글씨(글쎄)……〉였다.

그러면서도 그는 아침만 먹으면 곧잘 어디론지 나갔다. 나가면 으레 밤이 되서 들어왔다. 주로 강쪽으로 많이 가는 모양이었다.

나룻배는 연자매 김씨네 머슴이 임시로 부리고 있었다. 박노인이 끌려간 뒤 곧 압수가 되었던 것을 그곳 유력자인 연자매 김씨가 일부러 당국에 찾아 가서 강가 사람들의 불편을 말하고 사정사정해서 각서인가 뭔가를 써 바치고 되부리게 되었다는 것이었다. 나룻가 사람들은 물론, 박노인을 위해서도 여간 다행한 일이 아니었다.

「오늘도 어데 가시네요?」

김씨네 머슴은 박노인이 배에 오를 적마다 이렇게 물었다.

「집에 있임 소용이 있나.」

입을 다문 듯한 박노인도 이 김씨네 머슴한테만은 가끔 그런 대답을 하였다. 밤늦게 혼자 건널 때는,

「미안하구마!」

하고 먼저 말을 건네기도 하였다.

「영감님 매일 어데 가시는지 내 알아 맞히 보끼요? 칠손이 아부지 찾아 가시지요? 금덩어리 같은……」

김씨네 머슴은, 박노인의 집에서는 온 가족이 서로 그렇게 여긴다고 소문이 퍼져 있는 〈금덩어리〉란 말까지 일부러 써 가며 슬쩍 넘겨 짚어도 보았다.

「글씨……있는 데나 알아야 말이지, 죽었는지 살았는지 온!」

박노인은 이러다가도 때로는,

「자넨 무슨 소리 더러 몬 들었능강?」

하기도 했다. 물론 혼자서 그러고 다니자니 애가 타서 하는 말이었다.

춘식이는 내처 소식이 없었다. 생사조차 감감했다. 물길이라든가 그 날밤의 사정으로 보아서 대개 어디쯤에 배가 갔으리란 억측들도 있었지만, 확실하지가 않았다. 몇 사람이나 죽고 몇 사람이나 살았는지도 알수가 없었다. 춘식이가 살았더라도 배를 내 준 죄밑이 돼서 아마 같이 따라 갔으리란 희망적인 말을 하는 사람도 있었으나, 그것도 믿을 수가 없는 일이었다. 그 콩 볶듯 한 총질과 물결에 죽은 사람이 우선 시체가 드러난 두사람만이 아닐 게고 또 살아서 달아난 놈들도 가까운 곳에 숨어 있을 리 만무하니 그야말로 함흥차사나 마찬가지였다.

무던히 찾아 다녔지만 결국 도로에 끝나자, 박노인은 드디어 문을 걸고 들어 앉았다. 거의 매일같이 나타나던 기관원들도 발이 뜸해졌다. 아마 자기네들도 기진맥신했던 노양이다.

그러구러 한 달이 지나고 또 한 달이 지났다. 그래도 감감 무소식이었다.

(암만해도 죽었는 갑다……)

속득이는 생각다 생각다 거의 절망의 구렁텅이에 빠져들어 갔다. —— 죽지 않고서야 무슨 꾀를 부리더라도 이날 이때까지 그냥 있을라고? 그렇게 그녀는 믿어왔다.

그러나 도저히 단념만은 할 수가 없었다.

(천만에, 칠손이 아부지가 죽다니!)

　그녀는 줄곧 마음을 내리덮는 불길한 생각을 떨어 버리기라도 하듯,
하루에도 몇 번씩이나 머리를 저었다. 때로는 기나긴 겨울 밤을 곤추앉
아 새우기도 하였다. 요컨대 날이 갈수록 춘식이가 사무치게 그리웠던
것이다. 그 어질디 어진 눈매가 미칠 듯이 보고 싶었다.

　(못 오더라도 좋으니 제발 어데서라도 살아만 있었으문…….)

　속득이는 꿈 속에서도 이렇게 빌었다.

　칠손이도 늘 아버지를 찾았다.

　「아빠 오데 갔노?」

　아직 말은 서투르다.

　「저 먼 데 갔다.」

　「와 안 오노?」

　「설 대문(되면) 올끼다. 니 고까신 사 가주고.」

　「설이 뭐고?」

　「설? 고까옷 입고 고까신 신는 날이다.」

　「엄마 신도 사오나?」

　엉뚱스런 소견도 낸다.

　「응, 엄마 신도 사올끼다.」

　속득이는 속으로는 울면서도 그러한 칠손이로 하여 시름을 잊기도 하
였다. 세상 살 정이 없다가도 칠손이를 위해서는 굳세게 살아야만 되겠
다고 다짐했다. 그래서 연자방아 주인 김씨가 굳이 말리는 데도 불구하
고 자기가 나루질을 하기로 결심했다. 그러나 약한 여자의 힘으로써는
여간 고된 일이 아니었다. 그렇게 고된 일을 그녀는 이를 악물고 해냈다.

　인근동 사람들이나 손님들은 모두 그녀의 용기에 놀랐다. 대신 더러
노를 저어 주는 이도 있었다. 방앗간 일이 없고 뱃손님이 많은 날은 김
씨가 곧잘 머슴을 보내서 그녀를 도와 주었다. 속득이는 김씨의 그러한
호의가 고맙기도 하고 한편 괴롭기도 했다.

　그러나 연자매의 김씨는 속득이를 대하는 태도가 이전과는 많이 달라
졌다. 옛날처럼 어색하게 슬금슬금 쏘아 보는 티는 거의 없었다. 아마
남편이 없어진 뒤의 속득이의 생활 태도가 더욱 의젓하고 앙칼진 데 감
복을 한 탓인지도 모를 일이었다.

　김씨는 춘식이가 있을 때보다 비교적 그의 집에 자주 들렀다. 그러나
속득이를 대하기를 더욱 어려워하고, 농 같은 말은 씻은 듯이 없어졌다.
박노인을 위로하고 돌아서다가 속득이와 마주치면,

「바쁜 날은 뱃일을랑 우리 머슴한테 시키이소.」

라든가,

「아직 소식 없지요? 나도 이리저리 알아는 봅니더만……. 그러나 너무 걱정 마이소. 워낙 날래기도 날래거니와 힘이 장산데 어데…….」

이렇게 위로하는 것이 고작이었다.

설이 가까와도 춘식이는 돌아오지 않았다. 아니 못 했는지도 모른다. 내내 소식조차 없었다. 칠손이의 고까신도 속득이가 사왔다. 그녀는 먼 장에서 제사에 쓸 물건들을 사오면서 생각했다. —— 명절이 돼도 아무 기별이 없는 걸 보면? 정신이 아찔해졌다. 아득히서 흰 나불을 물고 번득이는 강물을 보면 더욱 불길한 생각이 들었다. 강물을 보면 눈물이 절로 나오고, 그 눈물 속에 춘식의 얼굴이 떠오르곤 했다. 그러나 그녀는 이내 눈물을 거두며 부정했다. —— 물에서도 그렇게 날래고 또 힘이 세다고 일러 주던 연자매 김씨의 말을 억지로라도 믿으려 했다.

설날 차례는 박노인 혼자서 모셨다. 그래도 예의범절을 갖추느라고 풀 죽은 도포까지 걸치고서, 젯상 앞에 구부정하게 선 박노인의 코 끝에는 말간 콧물이 눈물처럼 댕그라니 달렸다. 집사 겸 제주가 된 그는 혼자서 초헌에서부터 종헌까지 올리면서 오래도록 머리를 들지 않았다. 춘식이가 곁에 있으면 으레 또, —— 혈혈단신으로 그곳에 들어 와서 나루질을 해서 없던 집도 마련하고 배도 모아 부리다가 시위에 휩쓸려 간 이녁 아버님의 고생담을 할 법했지만(그는 그러면서 곧잘 울었다.) 그날은 시종 한 마디의 말도 없었다.

속득이도 철상을 하기 전에 술을 한 잔 따라 놓고는 마룻바닥에 이마를 대고 조아렸다. 역시 약간 시간이 걸렸다. 그녀는 설날 조상 앞에서도 남편 춘식이가 무사하기를 빌었다.

차례가 막 끝났을 무렵이었다. 한동안 뜸했던 사복 두 사람이 갑자기 나타났다. 사복이라 해도 특별한 표시가 없는, 그저 미군 잠바니까 그것만 보아서는 확실한 것을 알 도리가 없었다. 그리고 내처 돌아다니기만 하니까, 어떤 사람은 그저 무슨 기관의 앞잡이라고도 하고, 더러는 땃벌떼라는가 뭔가 하는 어마어마한 단체의 간부급들일 게라고도 했다. 그러나 아뭏든 보통 국민 이상의 힘을 가진 것만은 사실이었다. (속득이는 바로 그것을 경험하였으니까.)

속득이는 육감에, 설이고 하니 필시 또 무슨 눈치를 살피러 온 게로구나 싶었다. 아니나 다를까, 잠깐 어설프게 울 안을 기웃거리는 듯하더니, 대뜸 춘식이의 소식부터 묻는 게 아닌가. 그러고는 핑 가 버렸다.

이틀 후 그들 중 얼굴이 길쭉한 편이 이번에는 혼자서 불쑥 나타났다. 속득이가 구룻간이란 데 들어 앉아 있을 때, 같이 있던 사람들이 말대가리라고 일컫던 중년 가까운 말상을 한 사내였다.

「어떻소, 설 쉰다고 걱정이 많았겠지요?」

그는 뜻밖에 이런 뚱딴지 같은 말을 얼버무리면서, 앉으란 말이 없는데도 청 끝에 시부적이 걸쳤다. 역시 능글능글하게 웃었다.

속득이는 이내 속이 뭉클했다. 동시에 두 볼이 확 달아오르는 것 같았다. …… 속옷을 무작하게 잡아 찢길 때의 분함과 알몸뚱이를 마구 드러냈을 때의 부끄러움 같은 것이 한꺼번에 되살아 났기 때문이다.

「고생이 많으신 모양이죠?」

무슨 수작을 하려는 건지 말대가리는 이런 말공대까지 했다.

속득이는 거들떠 보지도 않았다. 아무런 반응이 없어도 그는 혼자서 지껄여 댔다.

「그럴 테죠. 약한 여자의 몸으로 나룻배 까지 부리면서…….」

이렇게 자문 자답을 해 가면서 그는 줄곧 베거리를 하려고 들었다.

그러면서도 홀끔홀끔 남의 귀밑대기를 이상스럽게 엿보는 것 같아서 속득이는 더욱 기분이 나빴다.

그러다가 자리를 뜰 때, 말대가리는 뜻밖에 칠손이에게 십원짜리를 몇 장 쥐어 주면서,

「이놈 아버지야 무슨 죄가 있겠오. 괜히 그놈의 폭도들 바람에 온….」

그는 칠손이에게 〈안녕!〉까지 해 보이며 일어섰다.

속득이는 세뱃길을 다니는 다른 사람들과 함께 그를 강건너까지 실어다 주었다. 그녀에게는 설도 설 같잖았다. 세배 손님들을 실어 나르느라고 오히려 더 바빴다.

바로 그날 밤의 일이었다.

아무리 명절이라고는 해도 밤이 너무 늦었는데 강 건너 상남면 쪽에서 뜻밖에 나룻배를 부르는 소리가 야경스럽게 들려왔다. 속득이가 문을 열고 나가 보니까.

「칠손아——, 배 좀 돌려라——!」

하는 소리가, 정녕 연자매의 김씨의 목청이었다.

〈오밤중에 무슨 일이꼬……?〉

속득이는 사립 밖까지 나가서 누구시냐고, 다짐 삼아 맞소리를 쳐 보았다.

「내요──. 방앗간 김이요!」

김씨가 틀림없었다.

속득이는 다소 불안스런 생각도 들긴 했지만── 설마 그이가…… 그보다 무슨 긴한 소식이나 곡절이 있으려니 싶어서 서둘러서 배를 저어갔다.

강 건너 나루터에 나와 있는 것은 연자매의 김씨만이 아니었다. 어둠 속에서,

「미안합니다!」

한 건, 분명히 김씨가 아닌 다른 목소리였다.

「자, 그럼 들어 가시오. 수고했소.」

이렇게 김씨를 따돌려 보내며, 비슬비슬 배에 오른 건 뜻밖에도 낮에 자기가 건네 준 그 말대가리란 사내가 아닌가!

속득이는 댓바람에 가슴이 섬뜩했다. 연자매 김씨에게 들렀을 것은 짐작이 되나 도대체 진종일 어딜 돌아 다니다가 이 밤중에 또 어디로 질벅거릴 작정일가? 아무리 따져봐도 꺼림칙했다. 게다가 술냄새가 뭉클거리지 않는가?

「조심해 가이소이!」

누굴 보고 했는지 김씨의 이 말이, 속득이의 귀에는 마치 자기에게 대한 당부인 듯이 들렸다.

「염려 마시오!」

말대가리는 또 자기에게 하는 수인사로만 들은 모양이었다. 그러고는

「아지메(아주머니), 미안합니대이, 빨리 좀 갑시더.」

밉다 하니, 그곳 말 흉내까지 내었다. 그러지 않아도 속득이는 잽싸게 노를 저었다. 배가 기슭에서 멀어질수록 속득이는 마음이 더욱 초조하고 불안스러웠다.

사내는 담배에 불을 붙이려는지, 등 뒤에서 계속 성냥을 그어댔다. 속득이는 더욱 신경이 날카로와졌다. 배는 어느새 강심께 와 있었다.

「아지메, 배 좀 시(세)우소. 다, 담뱃불 좀 붙이게.」

등 뒤에서 별안간 혀꼬부라진 소리가 들렸다. 그러나 속득이는 못 들은 척하고 계속 노만 바삐 저었다.

「그렇게 바쁘다면 내가 좀 거, 거들어 드리지.」

말대가리는 어설픈 걸음으로 비틀비틀 속득이의 곁으로 다가왔다. 위태로우니 말라 해도 듣지 않았다. 결국 속득이에게 몸이 닿을 정도로 바투 다가 섰다.

「내가 도와 준다는데 왜……」

시큼한 막걸리내가 속득이의 코에까지 와 닿았다. 그녀는 정신을 바짝 차렸다.

순간, 말대가리는 속득이가 젓고 있는 노를 덥석 덮치려고 했다.

(노를 주었다간 큰일 난다!)

속득이는 날쌔게 사내의 손을 뿌리쳤다. 허방을 짚은 사내의 손은 숫제 허공을 더듬듯 하더니, 속득이의 가슴께를 뒤에서 얼른 껴안았다.

「이 양반이!」

속득이는 질겁을 하면서 한 손으로 그걸 뿌리치려 했지만, 사내의 팔은 거머리같이 더 죄어 들었다.

「개 같은 놈!」

속득이는 반사적으로 고개를 한껏 꼬꾸라뜨리며 사내의 징그러운 팔오금짬을 끊어져라 물었다.

흥감스런 비명을 치며 사내는 일단 떨어졌다. 그러나 이내 다시 희광이처럼 덥쳐 왔다.

겁결에도 정신을 가다듬고 있던 속득이는 날렵하게 몸을 피했다. 반동으로 배는 끼우뚱하고 발을 헛디딘 사내는 제물에 풍덩 배 밖으로 나가 떨어졌다.

잘코사니! 미처 따라 올 새도 없었거니와, 속득이는 노야 날 살려라 하고 자기 집 쪽으로 바삐 저어 갔다. 말대가리의 생사 따위 알 바 아니었다.

그러나 집으로 돌아 온 속득이는 자꾸만 커지는 불안 속에서 뜬눈으로 그 밤을 새웠다.

다음날 아침, 그녀는 시아버지에게 사연을 얘기하고서, 제 발로 삼랑진까지 걸어 가서 경찰에 자수를 했다. 그러고는 내처 돌아 오질 못했다. 말대가리란 사내의 시체가 용케 낙동 다리 부근에서 떠 올랐다는 이야기도 구룻간 안에서 들었다. 그리고 시체 검증을 할 때 그것을 보고 놀랐다.

그녀에 대한 조사는 간단했다. 이실직고를 했으니까. 그런데 웬일인지 그 일과는 아무런 관계도 없는 남편 춘식이의 행방을 새삼스레 자꾸

캐묻는 것이 이상스러웠다. (그때까지도 아직 춘식이의 생사가 알려지지 않았었다.)

박노인이 뒷기미 뒷산 소나무 가지에 목을 매달아 죽은 것은, 속득이가 억울하게 살인죄로 몰려 가혹한 형을 받게 된 사오일 뒤의 일이었다.

사위도 딸도 없는 딸네 집에 와 있던 속득이의 친정 어머니는 칠손이를 업은 채 그 자리에 주저앉았다.

「이기 무슨 일고……! 」

그러나 그녀의 눈에는 벌써 나올 눈물이 없었다.

박노인의 늘어진 시체를 직접 보고 온 사람들의 말에 의하면, 그의 커다랗게 열린 채 뒤집힌 눈이 나룻터 쪽을 무섭게 내려다보고 있더란 거다. 그래서 사람들은 그가 죽으면서도 필시 그의 엄청난 오막살이를 그렇게 지켜 보았으리라는 둥, 혹은 벌써 몇 달이 되어도 생사조차 모르는 아들과, 백 번 사람 구실을 하고서도 죄인이 되어 옥에서 썩어야 하는 며느리 속득이를 그렇게 기다리며 못 잊었으리란 얘기들이다.

게다가 또 하나 기적 같은 사실은, 목을 매달아 죽은 사람은 열이면 열이 다 혀를 빼물고 있는 법인데, 이상스럽게도 박노인은 입을 꽉 다물고 있었다는 것이다. 그래서 동네 사람들은, 약방 노인도 거짓말이리라는 이 사실을, 그만큼 그가 어쩜 세상을 저주했으리라고들 해석하기도 했다.

박노인이 그렇게 목을 매달아 죽은 날도, 위에서 밀려 내리는 낙동강 물만은 여느 때와 다름없이 검푸르기만 했다.

〈1969 · 創作과批評〉

地　獄　變

　차돌이는 한결 용기를 가다듬어 가지고 ××일보사의 문을 밀었다. 신문사란 곳은 미끈한 겉보기보다 안이 온통 구지레했다.　그리고 시끄러웠다.　사람을 잘 거들떠보지도 않고, 여길 가라 저길 가라, 불친절하기도 했다. 차돌이는 한참 서먹거리다가 겨우 사회부장이란 중년신사의 데스크 앞에 나아가 꾸뻑했다. 명함 같은 게 있을 턱이 없었다.
　「지는 구두닦입니더ㅡ」
　이렇게 어릿거리면서, 모서리가 거의 이지러진 두툼한 봉투 하나를 대견스럽게 품에서 꺼내 들었다. 아닌게 아니라 후줄근한 입성에, 그을린 얼굴이나 거무칙칙하게 빛나는 조그만 손이 누가 보더라도 영락없는 구두닦이ㅡ 유식한 말로〈슈사인 보이〉였다.
　「뭔데?」
　사회부장이란 사람은 탐탁찮은 듯한 표정으로 소년을 흘끗 건너다보았다.
　「통장임더.」
　소년은 눈썹이 짙은 눈으로 조심스럽게 상대방을 쳐다보았다. 내처 봉투를 들고 있는 소년의 손끝이 약간 떨리듯 했다.
　「줏었나?」
　「아임더. 우리 아부지 낍니더.」
　차돌이는 더욱 당황했다.
　「아버지 꺼라?」
　사회부장은 그제야 무슨 곡절이 있나 보다 싶었던지, 차돌이가 들고 있는 제 아버지 명의의 예금통장과 그밖에 몇장의, 〈전시〉니 〈보국〉이니 하는 명목이 붙어 있는 채권증서들을 받아서 대강 짐작으로 훑어보았다. 모두 지난 2차대전— 일본인들이 말하는 소위 대동아전쟁 당시 일본 〈권업은행〉에서 발행한 것들이었다.

「아버지는—?」

사회부장의 태도는 약간 달라져 보였으나 역시 사무적이었다.

「돌아갔임더.」

이러고서 차돌이는 신문사를 찾아온 의도를 대충 비쳐 보였다. — 자기 아버지가 2차대전 때 일본군의 징용 노무자로 끌려갔다 돌아온 후 곧장, 그리고 몸져 누워서는 더더구나, 통장에 든 돈을 찾으려고 애를 쓰다쓰다 결국 한 푼도 찾지 못한 채 돌아갔는데, 어떻게 찾을 방도가 없겠느냐는 것이었다.

마침 일본 정부에 매여 있을 때의 한국인의 예금 문제를 둘러싸고 패전 일본이 취하는 오만스런 태도와, 명색 우리 정부의 저자세에 대해서 우리 신문들이 제법 통렬한 비판을 가하고 있을 무렵이라, 신문사에 부탁하면 행여나 무슨 뾰죽한 수라도 있을까 했던 것이다.

「고향은 어디지?」

사회부장은 이쪽 말을랑 흘려 버렸는지 뚱딴지 같은 소리를 했다. 그러나 차돌이는 그런 내색을 할 수는 없었다.

「전라돕니더.」

「전라도……?」

「에, 와 〈국기 아래서 나는 죽으리〉란 노인이 안 있었능교? 신문에도 대기(매우) 크기 났다카데요. 그기 바로 우리 고향임더.」

차돌이는 눈을 약간 짜부당하게 떴다.

「〈국기 아래서 나는 죽으리!〉—? 그래, 그런 괴팍스런 노인이 있었지.」

사회부장이란 사람은 그제야 다소 흥미를 느낀 듯이 계속했다.

「그러고서 가까이 있는 어느 국민학교를 찾아가서 왜놈의 국기 게양대 앞에 꿇어앉아서 죽었던가…… 그런데 넌 어떻게 경상도 사투리를 쓰지?」

「맞심더. 그러나 지는 경상도에 있는 외가에서 오래 자랐거든요.」

차돌이의 눈은 다시 동그랗게 깜박거렸다. 일찍부터 야박한 현실 속에서 시달려 온 애처럼 열여섯이란 나이 깜냥으로는 어딘지 모르게 옹골차고 영리한 데가 있어 보였다.

애기가 본론으로 되돌아가자, 일껏 동정을 보여주던 사회부장의 대답이 그만 흐리멍덩해졌다.

「글쎄……」

하고는, ―일본 정부와 우리 정부 사이에 어떤 협상이 이루어져야만 된다는 것이었다. 싱겁기 짝이 없는 대답이었다.

「당연히 받을 거 받는데 무슨 협상이란 기 필요합니꺼?」

차돌이는 이같이 자깝스럽게 내뱉다가 오히려 울상을 하였다. 아니 정말 눈물을 머금고 말았다.

(어딜 가도 마찬가지다!)

소년은 신문사를 나오자마자 잘 알지도 못하는 골목자기로 발을 돌렸다. 넓은 길에는 나서기조차 싫어졌다. 골목자기를 내처 걷는 것이다. 어디로 가겠다는 목적도 없이.

선창가로 통한 골목자기는 꽤 많은 행인들로 붐비었으나, 자기는 완전히 이방인 같은 소외감을 느꼈다.

문득 선창 너머 바다가 보이기 시작하자, 그는 아버지의 손에 이끌리어 처음으로 그곳에서 배를 내리던 일, 또 거기에 오기 전 시골에서 겪었던 여러가지 일들이 밀물처럼 그의 뇌리를 휩쓸었다.

―차돌이는 의지가지 없는 고아였다. 일찌기 부모가 있을 때부터 그는 고아처럼 자랐다. 철도 미처 들기 전에 아버지는 불칼이란 별명의 순사에게 붙들려 일본군의 징용 노무자로 끌려 가고, 그를 데리고 친정살이를 해 오던 어머니마저 전쟁이 끝난 뒤 이태가 되어도 아버지가 돌아오지 않자 결국 어딘가로 개가를 해 갔기 때문에 줄곧 어머니 없는 외가에서 눌러 자랐었다. 그러다가 외할머니마저 세상을 떠난 뒤는, 다시 아버지의 고향인 전라도 넛할아버지 집으로 가서 꼴머슴 노릇을 해 가며 몸을 의지했다. 그가 잘난 국민학교라도 조금 다닌 것은 그때의 일이었다.

그의 이러한 유년 시절과 더불어 소년 시절, 그나마 몇 해 안되는 국민학교 시절마저 그에겐 요만치도 즐겁지 못했다. 일학년에 들자마자 일본말(어른들은 그것을 국어라고 우겨댔다)을 안 쓰고 우리말을 쓴다고 해서 걸핏하면 뺨이랑 목덜미를 꼬집히고 벌을 서곤 했다. 아무리 아파도 〈아얏〉 소리조차 제대로 못했었다. 물론 그런 건 차돌이에게만 한한 것은 아니었다.

그는 학교를 그만둘 때까지 내처 그와 같은 벌을 받아야만 했다. 학교가 파한 뒤에도 벌을 서느라고 소 먹이러 가는 시간이 늦어서 돌아오면 집에서도 꾸중을 듣는 것이 일쑤였다. 뿐만 아니라 보호자가 되어 있는 녓할아버지도 그런 일들로 해서 학교에까지 불려갔다. 교장선생이 화를 냈던 것이다.

「어쩌자고 날까지 오라는 것이여?」

녓할아버지도 이렇게 지천을 했다.

차돌이가 다닌 곳은, 분교장으로부터 승격을 한 조그만 시골 국민학교였지만 목조로 된 길쭉한 단층 건물의 정면에는 그래도 어느 큰 학교 못지않게 〈국체명징(國體明徵)〉에다, 〈내선일체(內鮮一體)〉, 〈인고단련(忍苦鍛鍊)〉이란 소위 일제의 식민지 교육의 3대방침이 뚜렷이 나붙어 있는 깔축 없는 곳이었다.

비록 도시에서 멀리 떨어져 있긴 해도 식민지 백성으로서는 언어 걸리기가 하늘의 별 따기 같다는 교장 자리에 의젓이 앉아 있는 권동준— 일본식으로 〈곤도오 와다노스께〉라고 창씨개명한 교장선생은, 겉으로는 가끔 빙그레 웃기는 했지만 어딘지 모르게 냉혹한 데가 있어 보였다. 그래서 어떤 학부형들은 그의 빙글 웃음을 능글맞다고 했고, 일부 상급생들은 그를 〈히틀러〉라고 부르기도 했는데, 그건 곤도오 교장이 약간 도드라진 코밑에 히틀러 비슷한 수염을 달고 있기 때문만은 아니었다.

「도오시데 고꾸고 쓰까와 나갓다노(왜 국어를 안 썼어)?」

곤도오 교장은 그 독특한 금속성 목소리로써 이렇게 으르면서 차돌이의 눈을 쏘아보았다. 만약 그 갸름하고 깽깽 마른 용모에 그런 코밑수염이라도 없었더라면 영락없이 승냥이였다.

차돌이는 일본말— 교장이 말하는 소위 국어를 안 쓴 데 대한 꾸지람이라고만 여겼지, 무슨 뜻인지 모르고 겁에 질려 낯만 붉어졌다.

「나베가 소오세또 잇다노(누가 그러라고 시켰지)?」

곤도오 교장은 그 히틀러 수염을 신경질적으로 움직였다.

「소오지 시마스(소제하겠임더)!」

차돌이는 〈소오세또〉란 일본말을 겁결에 〈소제〉란 뜻으로 꼽새겼던 것이다. 우리말을 쓰다가 들키면 곧잘 그런 벌 소제들을 해왔기 때문이었다.

「나니(뭐라고)?」

교장선생의 금속성 목소리는 직원실이 울릴 정도로 높아졌다.

차돌이는 붉었던 얼굴빛이 별안간 파래졌다. 그러고서 교장선생 뒤에

298

꿇어앉아 있을 때, 마침 그의 넛할아버지가 들어왔다. 차돌이는 두려운 생각이 울컥 치밀어 얼굴을 들지 못했다.

곤도오 교장은 곧 교감을 불러서, 자긴 애당초 우리말을 모르는 체 일부러 통역을 시켜가며 수인사를 받고 또 나무랄 건 나무랐다.

―차돌이로 말하자면 아버지가 제국(帝國)을 위해 징용까지 나가 있기 때문에 학교로 봐선 물론이고, 나아가선 지방 전체의 명예로 여기고서, 항상 특별한 보호와 관심을 베풀어 오는 터인데, 왜 댁에선 학교측의 그런 호의도 모르고 애에게 국어를 상용(常用)시키지 않느냐는, 훈계를 겸한 꾸지람 말씀이었다.

「그기야 일본말, 아니 국어를 안다면야 어쩐다고 안 씨겠어요. 깜깜한 구석지에 살다 본께 몰라서 그런 거 아니겠소?」

노인이 사과 겸 이렇게 말했다. 그게 핑게로만 들렸던지 곤도오씨의 히틀러 수염은 한결 성급하게 떨기 시작했다―.

「당찮은 소리! 다른 애들은 다 같은 일학년이고, 또 다같이 벽지에 살면서도 어떻게 꼬박꼬박 국어만 쓰지요? 도대체 차돌이란 애는 소갈머리부터가 틀려 먹었단 말이오. 누가 조사를 안 해 보고 그러는 줄 아시오? 천만에! 뻔히 아는 말도 안 쓴다니까요……」

곤도오 교장은 패씸한 듯이 쏘아붙였다.

그러한 교장선생의 위엄이나 기분을 애써 살리기라도 하겠다는 듯이, 통역을 하고 있던 교감선생까지 얼굴에 약간의 노기를 떠어 보였다.

자리가 그런지라 노인은 그저 당황할 따름이었다. 아무도 그에게 의자를 권하지 않았기 때문에 내처 선 그대로였다. 그는 무슨 말을 어떻게 해야 좋을지 덤덤하고만 있었다.

「간꼬(頑固)나 야쓰다!」

곤도오 교장은 이렇게 중얼거렸지만, 교감도 차마 그 말만은 바른대로 〈억척보두 같은 늙다리〉라고 통역을 해주지 않았으므로 노인은 그저 무슨 뜻인지 모르고 눈만 끔벅끔벅 하였다.

「잘못된 걸 알았음 좋게 사과를 해야 되잖겠어요? 이제부턴 주의를 시키겠다고……」

교감이 되려 갑갑한 듯이 이렇게 일러주었다. 노인은 무엇이 잘못인지는 알 수는 없었지만, 만부득이 절에 간 색시처럼 그가 시키는 대로 사과를 하고 물러나왔다. 물론 차돌이는 함께 돌려보내 주지 않았다.

(조선 사람이 조선말 쓰는 게 어째서 나쁠까? 왜 교장선생님은 조선

사람인데도 조선말을 쓰지 않고 일부러 일본말을 써놓고서　구차스럽게 통역을 시킬까……)

곤도오 교장의 의자 뒤에 꿇어 앉아서 마음을 죄던 차돌이는 좀더 이런 의문을 되새기며 벌을 받아야 했다. 이것은 그가 겨우 아홉 살 때의 일이었다.

차돌이에게 그러한 의문이 풀리기까지는　더 많은 시간이 필요했다. 소위 2차 대전이 일본군의 뜻대로 진척되어 왜군, 아니　교장선생의 말을 좇자면 〈충용무쌍한 황군〉이 태평양을 건너 멀리 인도양까지 쳐들어 가서 자바니 수마트라니 하는 섬들을 점차로 점령하고, 차돌이의 고향에 〈산바 가라스〉란 새로운 말이 유행하기 시작하고부터　차돌이는 조금씩 짐작이 갔었다.

〈산바 가라스〉란 권동준, 아니 곤도오 교장을 비롯해서　그곳 주재소의 차석으로 있던 불칼이란 별명의 보꾸모도(본성은 박씨)순사와, 소위 황민화(皇民化＝日本臣民化) 운동의 앞장을 서던 〈녹기연맹〉(綠旣聯盟)이란 친일 단체의 대의원인 동시에, 반일사상을 가진 동포를 마구 조지던 〈경방단(警防團)〉 단장으로서 소위 생필품(生必品) 배급소까지 경영하던 하세가와(본성은 윤가였지만 하세가와란 일본인의 양자로　들어갔다던가)—이 세 사람을 가리키는 말이었다.

「야마데와 가라스가 까아까아또(산에서는 까마귀가 까아옥까아옥)…」

차돌이는 학교에서 이런 창가를 배웠기 때문에 〈산바 가라스〉란 말은 〈세 마리의 까마귀〉란 뜻으로 짐작은 했었지만, 어째서 사람에게—더구나 그 지방의 소위 명사로서 행세하는 그들에게 그와 같은 불순한 말이 쓰이는지 얼른 이해가 가질 않았다. 게다가 까마귀는 우리 나라에선 흉물로 치지 않는가 !

「선생님, 왜 우리 교장선생님이랑 보꾸모도 순사랑 배급소　하세가와 상을 〈산바 가라스〉라 하지요?」

차돌이는 언젠가 담임선생에게 이렇게 물어 보았다.

「응, 그런 건 잘 몰랐을 테지. 그건 말야, 뜻이 잘 통하는 세 분이란 말일세. 말하자면 세 사람이 손발이 꼭 맞아들어간다는 거지.」

담임선생은 그저 이렇게만 말했다.

「예……」

차돌이는 그 세 사람이 창씨개명이다, 전쟁을 위한 공출이다, 징용

보국대다, 그래도 모자라서 〈여자 정신대〉란 미명하에 일본 군인의 위안부로 처녀 몰아내는 일에까지 눈에 불을 켜고 날뛰던 일을 생각하고선 비로소 〈산바 가라스〉의 진의를 알게 됐다. 또 그들끼린 꼭 일본말만 쓰는 걸 보아서 학생들에게 조선말을 못 쓰게 하는 이유도 알 만했다.

〈산바 가라스〉는 저녁이면 곧잘 면사무소 앞 술집에서 같이 술을 들면서 〈갓데 구루조(이겨 돌아오리)〉 따위 일본 군가를 높이 부르곤 했다. 그들의 집 문패 위엔 한결같이 〈고꾸고노 이에(국어의 집)라고 쓰인 함석 조각이 붙어 있었고, 누구라도 그들의 눈에 나면 부지를 할 수가 없었다. 일찌기 독립운동자의 유족들을 그 고장에서 쫓아낸 것도 사실 그들의 숨은 공로였고, 그들이 봐서 소위 사상이 불온하다고 인정되는 청년들은 쥐도새도 모르게 경찰에 넘어가게 마련이었다. 그렇게 세 사람의 세력은 음으로 양으로 도도했다.

그러니까 차돌이 아버지가 비록 먼 남방에 징용을 가 있다 해도 차돌이가 국어를 쓰지 않았다는 것은 용서할 수 없는 일이었다. 더구나 곤도오 교장은 거의 매일 아침같이 — 국어를 상용하지 않는 학생은 제국 신민이 되기를 싫어하는 역적이라고까지 으르대지를 않았던가! 그가 교장이 된 것도 그러한 충성심의 덕분이었겠지만, 하루바삐 학생들의 머릿속에서 조선인이란 생각을 뽑아 버리고 황국신민의 긍지를 갖도록 하는 것이 진정 그의 생애의 보람이요 목적이기도 했다. 히틀러 수염의 곤도오 교장이 차돌이의 녓할아버지를 내처 세워 놓고 꼬치꼬치 캐고 나무란 것은 오히려 당연한 일이었다. 요컨대 그들 〈산바 가라스〉의 제국(일본)에 협력 안하는 자는 누구를 막론하고 곤죽을 만들어야 된다는 배짱들이었다.

이건 나중 떠돈 이야기지만, 하세가와란 괴물 노인이, 차돌이가 다니는 국민한교의 국기게양대에까지 업혀와서 〈국기 아래서 나는 죽으리!〉라고 미친 듯이 중얼거리고 일장기를 우러러보며 고꾸라진 것도, 실은 〈녹기연맹원〉인 그 아들의 탄원에 의한 수작이라고들 했다. 사실 여부는 모르지만 〈산바 가라스〉의 한 사람인 하세가와씨는 충분히 그럴 수 있는 위인이었다.

덕분에 하세가와 노인의 시체는 그 학교 교정에서 면민장으로 다루어지게 되었다. 학교는 그날 공휴일처럼 되어 버리고, 강제로 동원된 수백명의 면민들이 학생들과 함께 넓은 교정을 메우듯 했다. 도지사를 비롯한 소위 각계의 조사가 대독 또는 낭독되었다.

물론 곤또오 교장도 조사를 읽었다. 그의 조사는 여느 때와 같이 교감에 의해서 우리말로 통역되었다—

「제국을 위해서 이 학교의 국기 아래서 충성심 어린 최후를 마치고 또 이 교정에서 면민장을 갖게 된 것은 우리 학교로서는 유사이래의 명예로서……」

예의 금속성 목소리에 짐짓 엄숙미를 가하려는 교장을 닮아서 교감도 그 대문에 가서는 특별히 목청을 정중하게 떨어 보였다.

고별식이 끝나자, 면장의 선창으로 뜻밖에 만세 삼창이 있었다. (장례식에도 만세 삼창을 하나?) 모두 어리둥절한 가운데, 아들 하세가와 그 식구들도 상장(喪杖)을 쥔 채 두 손을 번쩍 쳐들면서 〈대일본제국 만세〉를 높이 불렀다. 거기에 눈이 팔려 차돌이는 그만 만세를 한 차례 빼먹었다. 섬뜩했으나 다행히 선생들의 눈이 거기까지는 미치지 못했었다. 만약 별난 선생에게라도 들켰더라면? 차돌이는 다시 한번 섬뜩해졌다.

그러나 그런 머저리 같은 생각은 결코 오래 가지는 않았다. 싸고 싼 향내도 난다는 격으로 그러한 우스꽝스러운 일들이 언제 까지나 소위 〈애국〉이란 안개 속에만 짓눌려 있을 리 만무했다. 처음부터 말이 적은 데다 학교에 들어온 뒤론 더욱 입을 안 떼게 된 차돌이었지만, 벌써 3학년이란 학교 나이는 그의 눈에 모든 것을 이상스럽게만 비치었다. 동시에 그의 성격에도 이상한 변화가 오기 시작했다.

도대체 어른들의 하는 짓들이 온통 맘에 들지 않았다. 그는 〈산바 가라스〉가 얄미워졌다.

벌써 교장선생도 두렵지가 않았다. 덩달아서 조선말을 써선 안된다! 전시다! 쇠붙이를 가져오라, 뭘 어쩌라 하고 들볶아대는 선생들도 그저 그랬다. 시시했다.

불칼이는 피해 다니는 자기 아버지를 기어코 붙들어서 징용에 넘겼다니까 더 말할 나위도 없고, 배급소를 하는 하세가와 아저씨는 직접 그런 관계는 없으면서도 바로 보이지를 않았다.

차돌이는 하세가와 아저씨가 배급소 문턱에 버티고 서 있는 걸 보면, 수인사는커녕 일부러 고개를 숙이고 지나갔다. 더구나 일본 아이들에겐 신기 좋은 운동화를 배급하고 조선 아이들에게는 시꺼먼 고무신만 주어오던 배급소가, 물건이 딸리고부터는 조선인 전용인 그 고무신마저 일본

애들에게만 배급하던 뒤부터는 더욱 그러했다. 물론 하세가와 아저씨가 제맘대로 그러는 게 아닌 줄은 알았지만, 그도 내처 한통속같이 얄미웠던 것이다.

「와 우리는 고무신 배급 안 준단가?」

언젠가 저희 또래 동무들과 지나가면서, 차돌이는 이렇게 빈정거렸다가 혼이 난 적이 있다.

「머? 이새끼 너 몇 학년인데 국어를 안 쓴다냐? 이름이 뭣이냐?」

이러는 통에 애들은 우 도망을 쳐 달아났던 것이다. 그러고부터는 그 집 앞을 지나는 것조차 싫어졌다.

결국 차돌이에게는 올 것이 왔다. 그것은 학교에서 유기를 거둬들일 때였다. 하다하다 쇠붙이로 된 제기 공출까지 면을 통해서 쓸어가듯 해 간 뒤데, 학교에서 새삼 철없는 것들을 꾀어, 집에 숨겨 둔 게 있을 터이니 부모들 몰래라도 집어 오라는 것이었다.

차돌이가 몸을 의지해 있는 넛할아버지 댁에는, 놋그릇이라고는 조상의 제사를 위해서 마지막 하나씩을 남겨둔 촛대와 제줏잔뿐이었다.

(몰래 집어 가다니……)

차돌이는 애당초 마음먹은 바가 있었다. 사실 그대로를 솔직하게 할아버지에게 일러 바쳤다.

「멀 어쩌더라구?」

넛할아버지는 미처 타지도 않은 담배를 마루턱에 툭툭 떨어 버리면서

「왜놈들은 몰라도 조선놈까지 그따우 소릴 해? 대관절 그 선생이란 자들은 어떤놈의 씨알머리기에 제 조상네 제사도 못 모시게 단 하나씩 남겨 둔 새전 촛대와 술잔까지 훔쳐 내오라더냐? 그깐놈의 학교 그만 둬라! 개만 못한 것들! 옛날 선생들은 목이 부러져도 안 그랬당께……」

삼이웃이 다 알 정도로 극성을 부렸다. 그는 저번날 곤도오 교장에게 홀닦인 이후부터 학교 일이라면 무조건 역정을 냈다.

차돌이는 물론 부러진 놋숟갈 동강 하나도 안 가져갔다.

「차돌이는 왜 안 가져왔지?」

담임선생은 아주 못마땅한 듯이 차돌이를 노려보았다.

「…………」

차돌이는 고개를 무겁게 숙인 채 아무런 말이 없었다.

「왜 답을 못해? 학교에서 시키는 말을 안 들으면 어떻게 되는지 알

잖아—?」

「그만두겠임더!」

그는 책보를 둘둘 말아 들고는 도망이라도 치듯이 교실을 뛰쳐나왔다.

「교군(허군)!」

담임선생이 창문을 열고 불러 보았으나 그는 돌아도 안 보고 복도를
빠져 나갔다. 내처 교문 밖에까지 내달렸다.

인제는 눈물 같은 건 흘리지 않았다. 도리어 약간 통쾌했다. 저만큼
가다가 돌아보았을 때 문득 아쉬운 생각이 나는 것은, 그가 곧잘 벌을
서고 또 벌 소제를 하던 교실이나 골마루들이 아니라 운동장을 두루 에
워싸고 있는 파란 치자나무들이었다. 꽃이 피면 온통 학교 안을 향기롭
게 하던.

차돌이는 아주 영 꼴머슴이 되고 말았다. 풀피리를 불며 꼴을 베고
소를 먹이는 편이 훨씬 마음이 편했다. 그까짓 일본말 따위 안 배워도
좋다 싶었다.

학교 안산에서 삭정이를 하거나 꼴을 베다가 동무들이 운동장에서 뛰
어노는 걸 보면, 별안간 학교가 그리워질 때도 있었지만, 군대다, 징용
이다, 정신대다 해서 억지로 끌려 나가는 사람들을 짐짓 환송하느라 손
에 일본 국기들을 해들고 군가를 부르며 줄을 지어 선창가로 나아가는
학생들의 긴 행렬을 바라볼 때는 그러지 않아도 되는 지금의 자신이 오
히려 다행인 것 같기도 했다.

「여러분은 제국을 위해서 충성심을 발휘할 기회를 얻게 된 것을…」

차돌이는 마음놓고 이렇게 큰 소리를 내가며, 그러한 경우의 곤도오
교장의 흉내도 내 보았다. 그러나 그 〈산바 가라스〉란 위인들의 등쌀에
못 이겨서 울며불며 끌려가는 사람들을 생각하면 자깝스럽게 가슴이 뭉
클할 경우도 없지 않았다. 철이와 식이의 누나들이 끌려가던 날은 차돌
이는 정말 가슴이 아팠다. 어서 바삐 일본이 망해 주었으면 싶었다.

그러다가도 자기 아버지가 무사히 돌아오기 위해서는 역시 일본이 이
겨야 되겠다고 생각을 다시 했다. 높은 산꼭대기에서 먼 남쪽 하늘을
바라볼 때는, 보르네오라던가 하는 섬에까지 가 있다는 아버지가 더욱
그리워졌다. 보고팠다. 동시에 일본이 원수 같고 〈산바 가라스〉가 더욱
얄미웠다. 더구나 자기 아버지를 직접 끌고 갔다는 불칼이란 순사 같은
사람은 냉큼 뒈져라 싶었다.

그러나 일본이 쉬 망하기는커녕 점점 남으로 남으로 쳐들어간다 하고 〈산바 가라스〉는 기세가 더욱 등등해져만 갔다. 그럴 무렵부터 학생들의 가슴에는 〈미영 격멸(米英擊滅)〉—일본의 적인 미국놈과 영국놈들을 때려부수자는 뱃조각이 꿰매 붙여지고, 〈산바 가라스〉는 한결 신을 내었다. 보르네오란 덴가 있다던 차돌이의 아버지도 훨씬 더 남쪽으로 갔으리란 소문만 떠돌았지 편지가 끊어진 지 이미 오래였다.

〈전력 증강〉이란 명목으로 남의 제숫잔까지 훔쳐 갈 정도로 극성을 부리던 쇠붙이 공출이 뜸하자 이번에는 기름이 바닥이 났는지 별안간 아주까리(피마자)며 송탄유 공출 명령이 내렸다. 애국반장이란 사람들은 원하지도 않았고, 또 탐탁스럽지도 않은 구실들을 맡아가지고는 자기집 일을랑 거의 제쳐놓듯 하고서 이 생소한 공출 일에 허덕였다. 〈산바 가라스〉족들은 「기름 한 방울이 피 한 방울!」이라 외치면서 그저 독려나 하면 그만이었지만 제가끔 책임 수량이 할당되어 있는 반장들은 밤낮없이 미친 듯이 뛰어 다녀야만 했다. 그래도 성과는 오르지 않았다. 도대체 할당들이 무리했다.

「빈장맞을, 심지도 않은 아주까리를 어쩌라는 것이여!」

「잘도 하는구먼! 처녀 잡아 가딩이 기름 바를 사람 없다고 아주까리마저 내놓으란 것인가?」

마을 사람들은 이렇게 구두덜거렸다. 그러나 어떻게 해서라도 구해 보는 도리밖에 없었다. 안되면 부두나 시장에 가서 비싼 값으로 사서라도 충당을 해야만 하는 처지들이었다. 그러지도 못하면 곱다시 남편이나 딸을 빼앗길 우려가 많았다. 그것이 바로 일본사람들의 정책이었다.

차돌이의 집에는 아주까리라고는 한 포기도 없었다. 그래도 할당은 나왔다. 죽을 죄를 지은 듯 사정사정하는 반장을 보고 차돌이의 넛할아버지는 어이없는 소리를 했다.

「그러지 말고 인젠 바로 날 잡아 가라 허게! 안 심은 아주까리가 어디서 나온단 말이여?」

반장이 돌아가도 노인의 분은 쉬 풀리지 않았다. 때로는 그게 엉뚱스런 집안 일에까지 번지었다. 차돌이는 결심을 했다.

이튿날 아침 차돌이의 집 툇마루 위에 난데없는 아주까리가 거의 한 자루, 자루째 놓여 있었다. 첫닭이 울기 전에 차돌이가 학교 울 안에 있는 곤도오 교장의 사택 뒤뜰에서 몰래 훑어온 것이었다. 그러나 아무도 묻지 않았고, 차돌이도 입을 다물었다. 꿀먹은 벙어리가 되어 버렸다.

그러나 송탄유만은 그럴 도리가 없었다. 차돌이도. 마을 어른과 함께 거의 십리나 떨어진 산 속으로 갔다. 첫날은 송탄유 채집 방법의 강습을 겸한 소위 〈송탄유 궐기 대회〉란 것이 있었다. 가까운 몇 개 부락에서 한 집에서 한 사람씩 모인 것이 자그마치 2백여 명이나 되어 보였다. 궐기대회를 주재하는 사람은 면장과 주재소 수석이었지만, 곤도오 교장을 비롯해서 〈산바 가라스〉도 물론 참석을 했었다. 차돌이는 내처 곤도오 교장의 동정에 특별한 주의를 하였다.

곤도오 교장은 차돌이가 어른들 틈에 섞여서 맨 앞쪽에 자리잡고 있는 것을 미처 못 보았고, 또 며칠 전 피마자를 도둑맞은 눈치 같은 것도 보이지 않았다. 다만 여느 때와 같은 태연한 태도로써 이럴 때는 으레 없을 수 없는 그의 격려사를 늘어놓기 시작했다. 그날은 그의 히틀러 수염이 유난히 가지런해 보였다.

「전시에는 기름 한 방울이 피 한 방울과 같다는 것을 여러분은 잘 아실 것입니다……」

그의 금속성 목소리는 산이 쩡쩡 울릴 정도로 날카로왔다.

「한 방울이라도 더 많은 송탄유를 내서, 우리는 제국의 원수인 귀축미영(鬼畜米英)을 이 지구상에서 쓸어 버릴 대포와 탄환을 실어 보내야 합니다. 그것이 우리들 후방에 있는 국민의 책임입니다!」

이 대문에서 곤도오 교장의 격려사는 절정에 달하는 듯했다. 앞에 테이블이라도 있었으면 틀림없이 꽝 쳤을 텐데 그것이 뜻대로 되지 않으니까 그저 손만 미친 듯이 내저어댔다.

격려사를 마쳤을 때 곤도오 교장은 흘끗 차돌이 쪽을 보는 듯했으나, 이내 고개를 돌리고 말았다.

깐깐 오월은 송탄유 작업으로 짓이기어졌다.

신문이나 〈산바 가라스〉는 줄곧 일본군이 이겨간다고 나발을 불어댔지만, 웬일인지 뜻밖에 차돌이의 고향에는 밤이 되면 공습경보란 게 내리기 시작했다. 자정이 지났는데도 주재소의 종이 야경스럽게 울어댔다. 불칼이는 모자끈을 그 기다란 턱주가리밑까지 내려걸고서 사람들을 한길에 나와 있으라니, 학교 뜰에 모이라니 하고 돌아다녔다.

〈미국놈과 영국놈들의 최후 발악이여!〉

불칼이는 이 말을 잊지 않고 외치고 다녔다. 곤도오 교장도 조회 때마다 학생들 앞에서 〈최후 발악〉설을 내둘렀다.

그러나, 그들의 〈최후 발악〉설은 싱겁게도 끝장이 나고 말았다. 별안

간 일본군의 항복설로 소문이 바뀌었다. 우리말로 된 신문들은 폐간이
된 지 오래고 라디오도 들어오지 않는 지방이었으나, 소문은 빨랐다.
그리고 그것이 맨탕 뜬소문이 아니리란 것은, 징용 차사란 또 하나의
별칭까지 가진 그 등등하던 불칼이가 단 하룻밤 사이에 가뭇없이 어디
론지 뺑소니를 치고 말았다는 것과, 곤도오 교장이 별안간 넋 잃은 쌍
통을 하고서 교무실에 처박혀 있었다는 사실로써도 충분했다. 게다가
〈산바 가라스〉의 남은 한 사람인 하세가와 아저씨도 배급소 문을 굳게
닫았고, 또 여느 때처럼 그 앞에 버티고 서 있지도 않았다.

그러자 읍내 나갔던 사람들이 종이로 만든 태극기를 얻어 들고 왔다.
실은 일본이 이틀 전에 연합군에게 항복을 했는데 거기서도 그것을 늦
게야 알고서, 지금 야단법석들이라고 전했다.

드디어 차돌이의 고향에서도 부락마다 농악소리가 일어나고, 젊은 사
람들은 재빠르게 태극기들을 만들어 들었다. 그리고는 미리 의논이라도
한 듯이 모두 면사무소 앞 네거리로 모여들었다. 해방을 기뻐하는 만세
소리가 곳곳에서 우람하게 들려왔다.

학교에서도 비상 소집이 있었다. 학생들은 이제부턴 일본말을 안 써
도 좋았다. 마음놓고 조선말들을 써댔다. 앳된 얼굴마다 웃음꽃이 피어
났다.

곤도오 교장은 어느새 한복을 차려 입고 있었다. 일장기만을 달던 국
기 게양탑에는 새로 만든 태극기가 바람에 펄럭이고 있었다. 교장은 조
용히 연단에 올랐다.

「학생 여러분!」

그처럼 떠받들던 그의 제국— 일본이 망한 데 대한 비통한 티는 요만
치도 찾아볼 수 없는 목소리였다. 딴은 엄숙을 기하노라 애쓴 목소리
였다. 밤새 연습을 하였는지, 곤도오 교장은 안 써 오던 조선말도 아주
유창했다. 학생들은 놀란 듯이 쳐다보았다.

「에— 또, 오늘은 우리 학교 유사 이래의 기쁜 날입니다. 즉 우리 조
국에 해방이 온 것입니다……」

입버릇처럼 돼 있는 〈유사 이래〉가 또 튀어나왔다. (그럼 그렇지!)
싶었던지 상급생들은 약간 웃었다. (그들은 교장이 훈시를 할 때마다
〈유사 이래〉와 〈에— 또〉가 몇 번씩이나 쓰이는가를 늘 계산하는 것이었
다.) 그날 교장 선생의 훈시에서 신기하게 느껴진 것은 곤도오 교장이
처음으로 조선말을 썼다는 것과, 그의 입에서도 〈우리 조국〉이란 말이

나왔다는 사실이다! 요컨대 그날부터 곤도오 교장은 새로운 애국자로서 재출발한 셈이었다. 뒤미처 학교 창가로서 유행하기 시작한 〈우리 나라 좋은 나라, 잠꾸러기 없는 나라〉를 〈우리 나라 좋은 나라 애국자 많은 나라〉라고 상급생들이 빈정거려 부른 것은 그럴싸한 일이었다.

벌써 학생이 아닌 차돌이는, 어른들을 따라 면사무소 앞 네거리에 나가서 만세를 불러댔다. 왜놈들이 졌다, 해방이 됐다는 것은 한없이 고소하고 기쁜 일이었으나, 징용에 나가 있는 아버지의 일을 생각하면 어쩐지 슬프기만 했다. 그래서 다른 애들은 농악에 맞춰서 춤들을 추어도 차돌이는 그저 따라다니기만 했다. 소를 먹이러 산에 가 있어도 자꾸만 먼 남쪽 하늘이 바라다보이고 아버지의 안부가 염려되었다. 만약 아버지가 돌아오지 못하신다면 어떤 짓을 하더라도 불칼이만은 그냥 두지 않으리라고 뼈물었다.

차돌이의 아버지 허경출씨는 적도 남쪽에 떨어져 있는, 먼 뉴기니아 섬에서 해방을 맞이했었다. 그것도, 세계에서 크기로 둘째 간다는 이 섬의 해안에서 몇 백 킬로나 깊숙이 들어간─일찌기 사람이 범접한 자취조차 없는 밀림 속이었기 때문에 전쟁이 끝난 것도 오랫동안 모르고 지냈던 것이다.

불칼이에게 덜미를 잡혀 간 지 꼭 5년째 되는 해였다. 보르네오란 섬을 첫 작업터로 해서, 비행장 닦기, 길 닦기, 다리 놓기, 그리고 무기, 탄약, 양곡 기타 온갖 군용 물자의 수송에 이르기까지 목숨을 건 위험한 고역들이 줄곧 강요되어 왔었다. 그와 같이 지옥살이를 해가면서, 서남 태평양 일대를 전전하다가, 파죽지세로 내리밀던 일본군이 소위 〈가다르카나르〉의 쟁탈전에서 호되게 얻어맞고 총퇴각할 무렵, 그가 소속해 있던 작업반도 일본 패잔병들과 함께 뉴기니아 섬의 오웬스단리란 험한 산맥 속으로 뿔뿔이 도망을 쳐 들어갔던 것이다.

사실은 그러고부터 전쟁도, 그것을 위한 노동도 포기했던 것이다. 징용에 끌려간 사람들은 더욱 그러했다. 그들은 되도록이면 그곳 파푸아인들도 안 들어가는 원시림 속으로 깊숙이 들어가서 그야말로 원시인 같은 생활을 했다. 물론 밥이란 건 생각도 구경도 못했다. 그저 뱀과 들쥐와 그리고 천연의 실과나 초근목피로서 신기하게도 목숨들을 이어왔다. 그러니 사람들의 꼴들이 아니었다. 뼈만 앙상하게 남은 몸은 옷조차 제대로 걸치지 못했다.

다행히 연합군들에게 붙들려서 (실은 죽이지나 않을까 반신반의를 하면서 항복을 한 셈이었지만), 비로소 곡기 구경을 했다. 옷과 신발도 얻었다.

그러나 포로가 된 그들은 다시 일년 가까이 억울한 전범자로서의 고역을 치르지 않으면 아니되었다. 그래서 차돌이 아버지 일행이 결국 고국에 돌아온 것은 전쟁이 끝난 3년 뒤였다.

고국의 부두에 내렸을 때는 환영을 받았다기보다 흡사 초상집에 온 기분이었다. 그것도 떼초상이 난 집에. 다행히 가족이 살아 돌아온 사람들은 반가와서 울었지만, 그렇지 못한 대부분의 사람은 가슴을 치며, 울어댔다.

고향에 당도했을 때도 마찬가지였다. (차돌이의 고향에서는 차돌이 아버지만이 돌아왔었다.) 〈산바 가라스〉를 제외하고는 거의 다 모여들었다.

「이 사람아, 우리 애긴 어찌 됐단가?」

딸을 정신대(사실은 일본군의 위안부였다)에 뺏겼던 철이와 석이 부모네들은 돌아온 허서방의 두 어깨를 마구 붙들고 흔들어댔다. 어디서 어떻게 녹아졌을지 알 턱도 없거니와, 허서방에겐 그보다 더 궁금한 일이 있었다.

「어무니는―?」

그는 차돌이만 보이고 마누라의 얼굴이 보이지 않자, 와락 아들을 끌어안으며 물었다.

「갔어요!」

차돌이의 대답은 명백했다. 그는 반가운 눈물도 설운 눈물도 흘리지 않았다.

「가다니? 어디로―?」

허서방은 어리둥절하며 다그쳐 물었다,

차돌이는 고개만 가로저어 보였다. 어디로 갔는지 그도 자세히 모르고 있었다.

차돌이도 여러번 편지를 내었고, 다른 데서도 틀림없이 무슨 연락이 갔을 테지만, 허서방은 여태껏 아내가 개가를 해 간 것을 감쪽같이 모르고 있었던 것이다. 그는 일본군에 대한 증오가 새삼 무럭무럭 치밀어 올랐다. 노예처럼 부려만 먹기 위해서 노무자들이 실망할 만한 내용의 편지는 일체 전해 주지 않았다는 것을 알고 있었기 때문이다.

그는 실망은 했으나 그렇다고 낙담은 하지 않았다. 물론 이것저것이 다 분하기는 했다. 그러나 그런 일로써 낙담을 하기에는 우선 살았다는 것 살아서 고국에 돌아왔다는 사실이 그에겐 더 중대하고 기뻤던 것이다. 해방된 조국, 〈산바 가라스〉가 없어진 고향 땅에 구사일생으로 살아서 돌아온 몸이 아닌가! 게다가 4년이 넘은 징용 기간, 강제당한 예금도 통장에 고스란히 들어 있었다. 그는 억지로라도 용기를 내었다. 내야만 했다.

집도 없는(그는 원래 마침 비어 있던 친척 집에 들어 있었다) 고향에 오래 눌러 붙어 있을 필요가 없었다. 징용길에서 안 친구를 연줄 삼아 마침내 항구바닥으로 나왔다. 물론 차돌이를 데리고서. 몸은 쇠약했었지만 그렇다고 쉴 형편은 못 되었다.

그때만 해도 육체를 혹사하는 일은 얻기가 쉬웠다. 허서방은 친구의 소개로 철도공장 뒤 냇가 집에 셋방 하나를 얻어 들고, 선창가에 나가서 손쉬운 하역작업에 몸을 팔았다. 잔등에 돛베 한 조각만 붙이면 못할 일이 없었다. 더구나 물 위에서 하는 하역작업은 징용에서 넌더리가 나도록 익혀 왔다. 아무리 어려운 일이라도 폭탄이 마구 떨어지는 데서 하기보단 훨씬 수월했다. 다행히 징용에 갔다 온 사람이라 해서 부두 노조에서도 많은 특별히 보아 주었다.

차돌이는 우선 밤 공민학교에 보내고, 허서방은 계속 하역작업에 열중했다. 비가 오는 날도 그는 쉬지 않았다. 밥을 지어 먹기가 바쁘게 그는 부두로 달려갔다.

한편 징용에 가 있을 때 강제당한 보국 예금을 찾기 위해 같은 사정의 사람들과 함께 밤늦도록 돌아다니기도 했다.

그러한 허서방이 하루는 우거지상을 하고 일찍 돌아오더니 그길로 몸져 누웠다. 가슴안이 결린다고 하였다. 숨쉬는 것이 고통스러워 보이고 열이 대단했다. 의사는 늑막염이라 했다. 몇해를 연달아서 잔등에 무리한 짐만 졌으니 늑막염도 들긴 했으리라. 그러나 입원을 할 처지는 못 되었다. 며칠 오던 의사도 안 왔다. 집에서 조약으로, 자라도 몇마리 삶아서 먹고, 백년초도 달여 먹고 그 즙도 먹어 보았으나 신통한 효력이 없었다. 차돌이가 끓여주는 미음을 마시며 얼마 동안 시난고난하더니 갑자기 병세가 이상해졌다. 누구를 부를 새도 없었다.

「차돌아, 이걸 가져라!」

내처 돈을 찾으려 애만 달다가 찾지 못한 예금 통장을 아들에게 쥐어

주며 거짓말같이, 정말 거짓말같이 허서방은 숨을 거두었다. 고국에 **돌**
아온 지 불과 이태만이었다. 이래서 차돌이는 다시 고아가 되었다.

다시 고아가 된 차돌이는 아버지의 시체 앞에서 어찌할 바를 몰랐다.
그저 무섭기만 했다. 울기만 했다.

도회지의 셋방살이는 주인이 꺼려서도 삼일장을 못치른다고 들었다.
그러나 다행히 주인이 인심이 후한 데다, 부두에서 같이 일을 하던 아
버지의 친구들이 찾아와서 그날부터 경야들을 하고, 형식만이라도 삼일
장을 치러 주었다. 공동묘지가 가까우니 영구차도 필요 없다면서 자기
들이 상여를 메었다. 친구의 마지막 길이라고 일까지 쉬어 가며, 풀이
뻣뻣한 새옷들을 입고 와서, 발인제를 지낸다, 운상을 한다 하는 걸 볼
때, 차돌이는 그저 흔감하다기보다 별안간 이상스런 생각이 다 들었다.
가난한 사람들은 이렇게, 아니 이렇게 서로 도와야만 살아 간다고.

운아(雲亞)와 명정은 차돌이의 야학(夜學)—공민학교 동무들이 들어
주었다. 돈 있는 사람들이 보면 웃을 정도로 초라한 행상(行喪)에, 제
법 만장이 다 있고 했다.

> 四十年光 哀恨史
> 深藏胸裏 無言去
> (사십 평생 슬픈 사연
> 말도 없이 떠나가네.)

비록 백지로 만들어진 것이었지만 이런 만장을 들고 가는 아저씨도
있었다. 보아하니 노무자이긴 해도 약간 날카로운 콧날이라든가 약하디
약한 아랫도리가 필연 선비집 후예 같기도 했다. 자가용이랑 버스가 무
시로 떼를 지어 드나드는 화장막 뒤의 산비탈 공동묘지는 마치 차돌이
아버지나 그러한 사람들만이 처리되는 곳처럼 올막졸막한 무덤들이 다
닥다닥 붙어 있었다. 차돌이의 머리에는 벌써 고아란 생각이 사라지기
시작했었다.

아버지의 시체를 묻은 다음날 오후였다. 차돌이는 주인집을 빠져나와
냇가 언덕 위에 구겨 앉아서 무심히 흘러가는 시꺼먼 냇물을 보고 있었
다.

정신은 내처 멍청했지만 다시 고향에 돌아갈 생각은 없었다. 가도 반

가와할 어느 친척집도 없었거니와 구태여 그런 얼빠진 짓(차돌이는 그렇게 생각했다)은 하기가 싫었다.

(어떻게 혼자서 살아 갈 방도는 없을까……?)

이런 생각이 머릿속을 떠나지 않았다. 산그늘이 내리자 철도공장에서 흘러나오는 군물과 너겁이 몰려, 가뜩이나 우중충한 냇물은 더욱 검은 빛을 띠기 시작했다. 문득 그것이 늦게 돌아오는 노무자들의 얼굴 빛깔처럼 느껴지기도 했다.

그러한 물 위에 오리떼가 떠 있다. 자맥질을 해가며 떠내려가다가는 이내 되돌아오곤 하였다. 뭔가 먹을것을 열심히 찾고 있는 것이다. 새끼 오리들은 어미를 따라서 기슭에서 놀고 있었다. 더러는 자맥질도 했다. 어떤 놈들은 어미오리의 등에 오르기도 했다. 그러다가 어미오리가 물 밑으로 쑥 들어가면 혼자서 물 위에 떠서 바둥거리기도 했다. 재미 있다. 차돌이는 한때 거기에 눈과 정신이 팔렸다.

「차돌이 앙이가?」

별안간 등뒤에서 누가 소리를 쳤다.

「어머!」

마침 그곳을 지나가던 아버지의 친구였다. 뉴기니아 섬에서 같이 징용살이를 하다가, 같이 배로 돌아와서 역시 같은 부두에서 노무자로 함께 일을 하던 분이었다. 어제는 아버지의 장례식에 나와서 누구보다도 많이 울었다.

「에기서(여기서) 머하노?」

울산이(아마 울산이 처가 곳인 모양이었다)라고 불리던 그는 발을 멈추고 차돌이의 곁에 와 앉았다.

「오리새끼 노는 거 안 봤능기요.」

차돌이는 수인사 겸 이렇게 말했다.

「오리 노는 거?」

울산아저씨는 차돌이가 보던 곳을 짐작했던지,

「짐생 새끼는 다 귀엽지!」

하였다.

「새끼가 등에 타니, 어마이가 물 속에 들어가고 하는구만요.」

차돌이는 내처 물을 내려다보며 말했다.

「훈련을 시키는 기지……그래서 헴질도 가리키고, 혼자 살아 가도록 하는 기라!」

차돌이더러 은근히 무얼 깨치라고 하는 말 같았다. 그렇지 않아도 차돌이는 아까부터 그걸 유심히 보고 있던 참이었다.

「차돌아!」

울산이 아저씨는 새삼 이렇게 불렀다.

「네?」

「니 우리 집에 안 갈래? 고향에 안 가거던 말이다……」

「와요? 아저씨 댁에는 아아들이 없능기요?」

「와 없어, 있지, 그래도……」

「안 갈람더!」

차돌이의 대답은 오히려 매정스러울 정도였다, 그리곤 이렇게 덧붙였다.

「오리새끼도 혼자서 사는걸요!」

「그래? 그럼 힘을 내!」

울산이아저씨는 차돌이의 등을 툭 쳐 주고는, 싱글벙글 웃으며 떠나갔다.

차돌이는 정말 오리새끼처럼 혼자서 살아 보리라고 결심했다.

그는 다시 학교를, 그 잘난 밤 학교까지를 그만두었다. 그리고 구두닦기를 시작했다. 조그만 손이 이내 새까매지고 거칠어졌다. 스스로 오리발 같다고 생각했다. 그러나 구두닦기란, 소년으로서는 그다지 고된 일은 아니었다.

그곳 철도공장 아저씨들은 차돌이의 좋은 고객이었다. 그는 마침내 공장 안에까지 들어갈 수 있게 되었다. 얼굴이 밉잖게 생겼던 탓인지, 어떤 아저씨들은 〈너 누나 있지?〉 하고 별난 우스개도 했다,

「약칠—」

하고 거리만 헤맬 때보다 철도공장이란 데를 단골로 하고부터는 훨씬 일도 수월하고, 수입도 괜찮았다. 뿐 아니라 다른 구두닦이 애들보다 오히려 행복한 편이었다, 왜냐면 다른 애들처럼 그날그날 번 돈을 부모들에게 바치지 않아도 좋았으니까. 어떤 애들은 약 살 밑천조차 없어서 쩔쩔매기도 했다. 그래서 차돌이에게서 빌어 가기도 했다.

처음에는 어쩌면 반갑잖은 짐덩어리가 되지 않을까 속으로 저어하던 주인마님도, 그리고 아닌 게 아니라 염려가 되는 듯 가끔 들려 주던 울산이 아저씨도, 그러한 차돌이를 보고는 남의 일 같잖게 반가와했다.

「차돌아, 니 돈 있나? 있거든 백원만 좀 빌리도고.」

주인마나님이 더러 빌어 가기도 했다. 초판에는 우선 쌀값만 내고 얹혀서 얻어먹던 차돌이가 두 달이 채 안 차서 제법 하숙비랍시고 얼마씩 내게 되었다. 그러고도 그는 매달, 또 얼마씩 저금까지 해 갔다.

한편 차돌이가 혼자 쓰는 방에 다른 사람을 같이 넣을 궁리까지 해보던 주인마나님도 인젠 그런 생각을 버렸다. 차라리 차돌이 혼자 쓰게 하는 것이 때로는 자기 애들도 어울려 자게 하는 데 편리하다고 생각했다.

차돌이는 학교에는 안 나가도 아버지가 사 준 조그만 고물 책상만은 그대로 두었다. 그 책상 위에는 죽은 허서방의 사진이 검은 가선이 둘린 채 언제나 반듯하게 놓여 있었다. 처음 남양 방면에 끌려 갔을 때 찍어 보낸 사진이었다. 야자수를 배경으로 하고 제법 작업복 위에 전투모를 눌러쓴 품이 얼핏 보아서는 징용 노무자라기보다는 군속에 가까웠다. 차돌이는 자기처럼 시꺼멓게 짙는 눈썹이 맘에 들었다(처음엔 어머니가 가졌던 것인데 후살이를 갈 때 두고 갔다).

울산이아저씨는 그 사진만 보면 줄창 같이 고생하던 일이 기억나는지 한숨을 내쉬곤 했다.

「차돌아, 오리새끼도 혼자서 살더라고 했지?」

울산이아저씨는 주기가 있을 땐 이렇게 되섭기도 했다.

「…………」

차돌이는 웃기만 한다.

「장하제? 그 탁한 냇물 속에서 먹을 것을 찾아 가면서 말이다?」

그는 이렇게 차돌이를 위로하고 격려했다.

그러나 그즈음 차돌이에게는 뜻하지 않았던 걱정거리가 하나 있었다. 차돌이가 세들어 있는 철도공장 주변을 활동 무대(그들이 쓰는 왜말로는 〈나와바리〉)로 삼고 있는 그곳 까리들이었다. 저들끼리 〈아니끼〉(역시 그런 식 왜말로 형이란 뜻)니 사장이니 하고 부르는 걸보면 아마 두목뻘인가 싶은 짜배기란 애가, 별안간 차돌이더러 같이 좀 있자고 했다. 숫제 턱수염까지 까칠까칠한 게 차돌이보다는 네댓살 위로 보였다. 그는 멀쩡한 제 집도 있는 애였다. 차돌이는 거절했다. 설혹 집이 없다손 치더라도 그런 애들과는 같이 있기가 싫었다.

「머 같이 못 있겠다고! 짜아식 어데 두고 보자!」

짜배기는 꼬리가 치켜진 눈을 사납게 흘기더니, 메기 주둥이 같은 입

을 일부러 일그러뜨리듯 해 보였다. 말하자면 일종의 선전포고와도 같
은 것이었다. 그러더니 그들은 누구에게서 무슨 말을 듣기라도 했는지
차돌이에게 대뜸 돈을 청구하기 시작했다.

「구두닦이한테 무슨 돈 있일기라고 그라노?」

해보았지만 통할 리가 없었다.

「이새끼, 아직 철이 안 들었구나!」

로 나왔다.

결국 매달 얼마씩 내라는 것이었다. 그래야만 자기들의 〈나와바리〉안
에서 일을 할 수 있다는 거였다. 제법 깡패식으로 그것을 〈공양미〉 혹
은 〈세금〉이라고 했다. 또 자기들도 어디에 상납을 해야 한다고. 아닌
게 아니라 차돌이도 더러 듣고 있던 말이었다.

차돌이는 그것까지는 거절할 용기가 없었다. 그러나 한번 두번 한이
없었다. 액수도 멋대로 올라갔다. 이건 인정과세도 아니다. 대중도 기
간도 없는 멀쩡한 수탈이었다. 우 빵집에 몰려 있다간 한번은 집에까지
찾아왔었다.

「싫다! 무엇 때문에 날 돈 살게 구노?」

차돌이는 참다참다 이렇게 거절을 하고 돌려보냈다. 참는 것도 한도
가 있었던 것이다. 그러나 그것이 탈이었다. 적어도 탈의 꼬투리가 되
었다.

하루는 차돌이가 일을 마치고 돌아오던 길에 철뚝 뒤 으슥한 곳에서
그들 패 너댓을 만났다. 일부러 기다리던 눈치 같았다.

「임마 거 좀 서거라!」

못 얻어먹은 티가 지르르 흐르는, 별로 힘도 없어뵈는 한 애가 불쑥
앞을 가로막았다.

「바쁘다, 임마!」

하고 길을 비켜 나가려는 순간, 차돌이의 뒷통수에는 웬 체인줄 같은
게 철썩 와 닿았다. 잇달아 그는 뭇매를 맞았다. 구두닦이 도구 따윈
어디로 날렸는지, 차돌이는 정신이 얼떨했다.

「쉿, 냉방 온대잇!」

한 애가 갑자기 이러고 날자, 나머지 애들도 뿔뿔이 사라져 버렸다.
냉방이란 정복 순경을 뜻하는 그들의 결말이었다. 마침 그곳을 지나가
던 정복이, 넋없이 서 있는 차돌이를 보고 꼬치꼬치 까닭을 물었으나,
차돌이는 그저 친구끼리 싸우다 헤어졌노라고만 했다. 우선 뒷일이 두

려워서도 그럴 도리밖에 없었다.

그날 밤 차돌이는 내 건너 저수지 밑에 있는 울산이아저씨를 찾아갔다. 그날 해거름에 있은 일을 대강 말했다.

「그래? 그런 놈들이 있을 터이지. 하지만 그런 놈들은 잘 못 갚는데이. 대개 뒤에 멋이 딱 붙어 있단 말이다.」

울산이아저씨는 울산이아저씨답잖게 그저 이런 맥빠진 소리를 했다.

다음날 차돌이는 일을 나가지 않았다. 주인마나님한테는 암말도 않고, 공민학교에 같이 나나던 딸 수남이에게만 불량배들의 얘기를 했다.

「짜배기란 자식 얼마나 몬됐다꼬! 길에서 날만 보문 이상한 말만 하고 안 따라오나. 그자식 만날까 싶어 학교도 잘 몬 가겠구마!」

수남이는 수남이대로 이런 불평을 늘어놓았다.

「수남이한테 반했겠지?」

차돌이는 짜배기란 놈이, 같이 좀 있게 해 달라던 것이 무슨 곡절이 있었군 싶어 이렇게 건드려 보았다.

「반했음 누가 지 말 들으까이!」

수남이는 금방 얼굴이 빨개지더니, 그만 부엌으로 들어가 버렸다.

집엔 마침 수남이와 차돌이, 둘뿐이었다.

그날 저녁, 울산이 아저씨는 집으로 돌아가던 길에 잠시 차돌이에게 들렀다.

「이걸 가지고 있거라.」

그는 무슨 신분증 같은 걸 한 장 내주며,

「만약 그놈들이 또 덤비거든 이걸 내비이고 사정을 해봐라. 그래도 정 안들으면……」

그때는 자기가 어떻게 해보겠다는 말눈치였다.

차돌이가 받은 것은 〈민간 대일 청구권 협회〉의 회원증이었다.

허차돌이란 이름 오른쪽에 〈일본군 징용자 허경출(사망)의 아들〉이라고 박혀 있었다.

아니나다를까, 이튿날도 차돌이는 길에서 짜배기 패의 몇 아이와 또 마주쳤다.

「임마 거 서거라!」

그들에겐 이것이 숫제 수인사였다.

차돌이는 울산이아저씨가 시킨 대로 **무슨 호신부나 되는 것처럼 대견**스럽게 지니고 있던 〈민간 대일 청구권 협회〉 회원증이란 걸 꺼내 보였다. 그리고 아니꼽긴 했지만, 잘 봐 달라고 부탁을 해보았다.

「짜아식, 그기 먼데!」

그들은 차돌이가 내보이는 회원증을 빼앗듯이 날름 받아 쥐더니 자세히 보지도 않고 짝 찢어서 내던졌다.

순간 차돌이는 피가 머리끝까지 치솟았으나, 입을 꽉 다문 채 돌아도 안 보고 제 갈 길만 갔다. 다행히 각다귀들은 따라오지 않았다. 따라오지 않는 걸 보자, 차돌이는 시들한 생각이 들었다. 그러나 그렇다고 완전히 마음이 놓이는 것은 아니었다. 그까짓 한두 놈 같으면 문제가 아니었지만, 짜배기를 따라다니는 떼들이 무서웠다. 막 가는 놈들이니까.

차돌이는 그날 밤에도 역시 잠을 잘 이루지 못했다. 왜 놈들이 그때 따라오지 않았을까, 새삼 궁금해졌다. (자기가 내보인, 그리고 그들이 찢어서 던져 버린 그 회원증이란 종잇조각 때문일까? 그렇담 울산이 아저씨더러 한 장 더 만들어 달랄까……? 아서라, 그만 두자!)

차돌이는 이불을 뒤집어썼다. 그까짓 종잇조각이 머라고! 그는 그런 종잇조각들을 힘믿고 으시대는 축들이 보기 싫었다. 종이를 보고 겁내는 놈이라면 정말 힘 앞에서는 더욱 맥을 못출 것이 아닌가? 덤벼라! 짜배기고 어느 놈이고 이젠 그냥은 안 둘끼다. 안되면 그놈들의 그 게딱지 같은 집에 불이라도 놓고 말끼니! 난 죽어 봐야 울어 줄 사람도 없다. 놈들은 부모가 있다. 그래도 자식이라고 울어 줄……

차돌이는 이런 결심을 굳히면서 지그시 눈을 감았다. 한때는 그만 다른 곳으로 자리를 옮겨 갈까까지 생각했던 자기 자신이 새삼 비겁하게 느껴지기도 했다. 약간 통쾌한 기분이었다.

이튿날도 그러한 결심과 기분은 사라지지 않았다. 마침 날씨가 흐렸다 갠 뒤라 한결 선명하게 머리에 남아 있었다.

「약칠―구두 따아끄쇼!」

식전부터 차돌이의 목소리는 한결 높고 명랑하게 철도공장 뒷골목을 울렸다.

웬일인지 그날따라 짜배기 패의 애들은 하나도 어른거리지를 않았다. 딴은 잘봐 준다는 건지, 그 뒤에도 마주치면 눈을 흘긴다든가 업신여기기는 해도 〈임마 거 좀 서거라!〉하고 덤비지는 않았다. 이젠 달란다고 고분고분히 내놓을 차돌이도 아니었지만, 공양미(그들의 소위 와이로란 것)도 섣불리 강요하지 않았다. 그렇다고 차돌이는 아주 마음을 놓지도 않았다. 언젠가는 무슨 방법으로라도 꼭 오리라고 경계하고 있었다.

결국 그날이 왔다. 그것은 차돌이가 다시 밤 학교에　다닐 때의 일이
었다.

원래 차돌이는 공부할 밑천을 좀더 마련한 후에　다시 공부를 계속할
생각이었으나, 주인집 딸 수남이가 고등부에 오르고부터는 어떻게 지분
지분 졸라대는지 할수 없이 생각을 달리했던 것이다. 결국 차돌이는 옛
날의 담임선생을 찾아가서 나이를 내세우고 사정 덕담을 하다시피 해서
겨우 수남이와 같은 고등부에 들었다.

그와 수남이가 다니던 밤 학교는 철도공장이 있는 그들의 동네에서는
꽤 떨어져 있었다. 빨리 걸어도 삼십 분은 좋이 걸렸다.

가난한 집 애들이 다니는 밤 학교는 대개가 그렇듯이　그들의 학교도
역시 남녀 공학이었다. 남녀 공학인 데서는 대가리 쇠똥 벗어진 놈들은
으례 계집애 옆에 앉으려고 눈깔이 벌겋게 마련이다.　게다가 고등부는
모두 사춘기를 넘어선—늦어도 사춘기에 접어든 이른바 십대의 소년들
이다. 별의별 소문들이 많았다. 그것이 도회지였다. 수남이는 차돌이보
다 한 살 위인 열일곱이었다. 게다가 나이 깜냥엔 키도　훤칠하고 얼굴
도 밉잖게 생겼었다. 말도 재깔재깔　잘하는 편이었다. 그러한 수남이
곁에는 으례 차돌이가 앉게 돼 있었다.　한 집에서 오뉘처럼 같이 오고
같이 돌아가고 했을 뿐 아니라, 책까지 같이 쓰는　친한 새였으니까 선
생들도 오히려 당연하게만 생각했다.

「차돌이는 좋겠네！」

대학교에 다니면서 밤 학교에 나와 주던 총각 선생이　이렇게 싱겁을
떤 것도 다 건으로 그런 것은 아니었다.

그러나 차돌이와 수남이의 그러한 사이를 은근히　부러워하든가 새우
는 애들은 그렇지를 않았다. 특히 사내애들은 심했다. 수남이가 지나가
면 그저 지근딕시근녁 놀리려고 들었다.

「또 목(멱)감았제？ 난데이(난다)！」

하고는 코를 일부러 벌룸거렸다. 수남이가 언젠가 철도공장에서 흘러나
오는 냇물에 멱을 감는 걸 본 애들의 입에서 나온 말인지, 그녀의 몸에
서 쇠 녹인 물냄새가 난다는 것이었다. 수남이가 새물만 갈아입으면 더
욱 그러기다. 말대꾸를 안하면 그만이지만〈미친 자식, 지랄 안 하나！〉
하고 맞서기라도 하면 농은 심해진다.

「와(왜), 쇠 다문(담근) 물이 뜨끈뜨끈하이 좋더나？」

정도는 오히려 보통이고, 짓궂은 놈들은,

「벌겋게 다뤄라(달궈라)! 푹푹 쑤시자!」

하고 공장에서 쇠막대기 달구는 시늉을 숫제 그것에 비하는가 하면,

「안 씨문(쓰면) 녹난데이(녹슨다)!」

식으로 한술 더 뜨기도 했다.

이런 놈들에겐 맞서 봐야 무가내니, 애당초 안 깁다.

그런데 한 가지 맘을 놓을 수 없는 것은 수남이가 다니는 밤 학교 학생 가운데도 우락부락한 짜배기의 끄나불이 있다는 것이었다. 그렇지 않아도 보기만 하면 질질 따른다든가 외진 길목 같은 데서 불쑥 나타나게 마련인 짜배기가 항상 메스껍고 한편 두렵기도 한 수남이었다. 가뜩이나 요 며칠전에는 수남이가 혼자서 으슥한 골목길을 접어들었을 때, 저만큼 떨어진 앞쪽에서 숫제 자기의 그것을 쑥 꺼내 놓고서 보아란 듯이 플래시로 비춰 보이던 짜배기의 소위를 생각하면 더욱 정나미가 떨어졌다. 아무리 그것이 신기스럽고 또 거기에 미쳐 날뛰는 계집애들이 있다 해도 수남이는 그저 징그럽고 무섭기만 했다.

(저런 것한테 잘못 걸렸다가는……)

수남이는 돌아서기가 바쁘게 내달렸다. 되도록이면 밝은 곳으로 나왔다.

그러고부터는 밤길은 아예 혼자서 안 걷기로 했다. 차돌이와 둘이면 괜찮으리하는, 아직 어린 생각만 가지고 있었다. 그러나 그것이 당치도 않은 옥생각이었음을 곧 알게 되었다.

비가 몹시 부슬거리던 밤이었다. 그날따라 학교가 공교롭게도 늦게 끝났다. 수남이와 차돌이는 살 부러진 비닐 우산을 숙게 받고 언제나와 같이 나란히 집으로 돌아오던 참이었다. 갑작스레 뭐가 차돌이의 우산을 쿡 들이받더니,

「임마 앞을 좀 보고 댕기라(다녀라) 말이다! 거 좀 서거라 보자!」

일부러 나타난 듯한 짜배기 패의 애들이었다. 상업학교 건너편의 약간 후미진 골목 안이었다. 한동안 뜸했던 일이다.

「와—?」

차돌이는 대범스럽게 우산을 쳐들며 그들을 노려보았다. 그러나 어떤 불안감이 순간 그의 머릿속을 스쳤다.

「와가 멋고, 이새끼!」

딱부리란— 눈알이 이상스럽게 불거진 한 애의 주먹이 우악스럽게 차돌이의 가슴을 쥐어박았다. 차돌이는 우산을 얼른 접어 들었으나, 여러

애들의 주먹을 막아 낼 도리가 없었다.

수남이의 앙살도 소용이 없었다.

「임마, 밤낮 가신아(계집애) 꼬리나 따라다니며 떡만 사 처믹이지 말고 우리도 좀 따라와 보란 말이다.」

딱부리의 눈귀가 금방 치솟는 것 같았다. 아마 차돌이와 수남이가 빵집에 자주 드나드는 걸 보았는지도 모른다(아닌게 아니라, 차돌이는 수남이의 결신 들린 듯한 주전부리에 지칠 정도였으니까).

결국 차돌이는 어디론지 끌려갔다. 쑥스러워선지 소리도 치지 않고. 그가 뒤를 돌아본 것은 자기 뒤를 따르던 수남이가 별안간 외마디소리를 질렀을 때였다. 그녀는 난데없이 나타난 짜배기와 옥신각신하고 있었다. 가로등도 없는 어두운 골목 안이었다.

(이놈의 새끼들 짜고 있었구나!)

차돌이는 이를 악물었다. 어서 밝은 데로만 나가자! 그는 자기가 어디로 간다는 것보다 수남이의 일이 더 걱정이 되었다.

차돌이가 끌려 간 곳은 변두리의 너절한 빵집이었다. 도심지나 학교 주변의 빵집들과는 달라서, 찐빵 따위 값싼 것들에, 맥주병에 넣은 막걸리까지 곁들여 팔기도 하는 걸 보면, 꼭 졸때기 불량 소년 소녀들이 판을 칠 만한 곳이었다. 차돌이가 덜미를 밀려 들어갔을 때는 벌써 그러한 모습의 소년들이 득실거리고 있었다. 몇 개 안되는 쬐깐 테이블들이 다닥다닥 붙다시피 놓인 구석 바지에는 가까운 사창굴에서라도 기어 나온 듯한 더벅머리 비슷한 계집애와, 제법 무슨 책 같은 걸 끼고 있는 여고생 풍의 애송이도 끼어 있었다.

「오늘은 니보고 돈 내라 안 칼끼니 걱정 마!」

차돌이는 문가 가까운 자리에 앉히었다. 벌써 자리들이 기웃 치 있었다. 두툼한 찐빵 몇개가 그들의 앞에 놓였다. 막걸리가 든 맥주병도.

차돌이도 속은 허출했었지만 아무것도 들기가 싫었다. 짜배기에게 끌려 갔을 수남이의 얼굴만이 자꾸만 머리에 떠올랐다.

「멀 생각노? 다 틀렸다, 임마! 인자 끝장이 났으니 술이나 한잔 들고 다 잊어뿌리라 말이다. 사내 대장부가 제기랄……」

딱부리는 차돌이에게 억지로 술잔을 권했다. 차돌이는 잔을 그대로 테이블 위에 놓았다. 마음대로 할 수만 있다면 놈들의 쌍통에 술을 뒤집어 씌우고 달려 나오고 싶었다.

그러진 못하고서 차돌이는 그들의, 또 거기에 모여서 시시덕거리고 몸을 비틀고 하는 껄렁이, 계명워리들의 하는 짓만 지그시 보고 있었다. 열 댓살 될까말까한 계집애가 담배를 북북 빨고 있었다. 머리는 더벙이 같은 게, 입술이 유난스럽게 두텁게 나와 있었다. 테이블 밑으로 엿보이는 또 한 계집애의 드러난 허벅지에는 곁에 앉은 사내애의 검은 손이 착 붙어 있었다. 사내애들은 계속 뭐라고들 떠벌였다. 차돌이는 처음에는 일종의 반감 같은 것을 느꼈지만, 차츰 자기도 모르게 그러한 분위기에 익숙해지는 것 같았다.

「임마, 괜히 빼지 말고 우리하고 친해 봐! 그래야만 우리 나와바리 안에서 장사가 잘대는 기라…」

딱부리는 또 이렇게 직신거렸다.

「싫다!」

차돌이는 뚝뚝히 말해 주었다.

「싫음 그만두란 말이다. 짜아식……」

딱부리는 술을 늘름늘름 곧잘 마셨다. 술을 들이켤 때는 가뜩이나 불거진 눈알이 곧 비어져 나올 듯이 흐늘흐늘해 보였다.

차돌이가 겨우 놓여 나와 집에 돌아온 것은 통금 시간이 거의 가까와서였다. 수남이는 아직 돌아오지 않은 것 같았다. 비는 내처 부슬거렸다. 이튿날 아침, 수남이가 멀건 낯으로 동자를 하는 걸 보고서 차돌이는 비로소 안심을 했다. 그러나 돌아왔다는 사실에 대한 안심이지, 그 무작스런 짜배기란 놈한테 어떤 일을 당했는지는 알 턱이 없었다. 걸음걸이 같은 걸 보아서는 아무렇지도 않은 것 같았다.

비는 그쳤지만 차돌이는 구두통을 들고 나서기가 싫었다. 쥐어 박힌 가슴도 좀 마치고 해서 그만 쉬기로 했다.

수남이 아버지는 여느 때와 같이 지게를 지고 나가고 (그는 늙바탕까지 지게품을 들었다) 오후에는 어머니도 어디로 나갔기 때문에 집에는 수남이와, 국민학교에 다니는 그녀의 남동생과 차돌이만이 남게 되었다. 그러나 다른 때와 달리 수남이가 말을 걸어 오지 않았다.

(역시 당했나? 창피해서 그럴까……?)

차돌이는 방에서 나가지도 않고 속만 태웠다. 그러한 수남이가 얄밉기까지 했다. 그러나가도, 혹시 수남이는 수남이대로 그때 이쪽에서 용감하게 나서지 못한 것을 도리어 바보라고 멸시라도 하고 있는 것이 아닐까 생각해 보기도 했다. 아닌게 아니라 그럴 만도 했다. 분했다.

(와 더 소릴 못 질렀을까? 이 깡패같은 놈들 보라고……)

그랬음 자기는 더 터졌을지 몰라도 수남이만은 화를 면했을 것이 아닌가!

(바보! 겁쟁이!)

차돌이는 결국 자신이 얄미워졌다. 창피스러웠다. 그러나 물론 그러한 자책 속에는, 능청스럽게도 새침하고 있는 수남이에 대한 앙심도 만만찮게 도사리고 있었다.

「안 갈래?」

저녁 동자를 끝낸 듯한 수남이가 문 앞에 와서 물었다. 물론 학교 얘기리라.

「어데—?」

차돌이는 능청을 부렸다.

「학교.」

「안 갈란다!」

문도 열지 않고 대답만 했다.

「와?」

「그만.」

차돌이는 끝내 냉정했다. 수남이도 다시 말이 없었다. 혼자서 가는 모양이었다.

(짜배기놈이 보고 싶은 모양이지!)

괜히 이런 억측을 하며 차돌이는 제물에 비틀어졌다. 지옥 같은 불길이 일기 시작했다. 마음을 걷잡을 수가 없었다.

드디어 그는 문을 박차고 나갔다. 새삼 학교에 가보자는 것이었다. 물론 책가방은 들지 않았다. 수남이의 동태만 살피려는 꿍셈이었다.

그러나 막상 학교 문턱에 닿았을 때는 발이 그만 멈춰졌다. 학교가 끝나려면 아직 시간이 일렀다. 책도 안 가지고 들어가기도 무엇하고, 그렇다고 거기서 수남이가 나오기를 기다리기도 멋적었다.

(제기랄……)

차돌이는 이내 돌아섰다. 별의별 생각이 다 들었다. 한참 지향없이 걸어 대다가 기껏 들어간 곳이 지난 밤 짜배기패— 딱부리 같은 놈들에게 끌려 들어갔던 빵집이었다. 그러나 그것만이라면 또 아무 문제가 없었다. 막 문턱을 들어서자마자 그의 눈에 띄어서는 안될 것이 띄었다. 뜻밖에, 천만 뜻밖에 짜배기란 놈이 맨 안쪽 테이블에서 수남이를 차고 앉아 있지 않은가! 둘은 뭔가를 열심히 먹고 있었다.

차돌이는 피가 머리끝까지 치솟는 것 같았다. 그러나 되돌아 나오기는 싫었다.

(인제 보니 조게 학교에도 안 갔구나……)

차돌이는 시치미를 떼고 상대방이 잘 안 보이는 짬에 자리를 잡았다. (빵집 안이 다행히 〈ㄱ〉자로 되어 있었다).

찻물을 갖다 주는 빵집 아주머니가 지난밤 한번 봤을 텐데도 불구하고 숫제 구면인 체 싱긋 웃어 보이는 것이 더욱 마음에 거슬리었다. 그러나 차돌이는 되도록 값비싼 앙꼬빵을 청했다.

짜배기 아니, 수남이가 안 보인다 해서 차돌이는 속이 편할 리 없었다. 응당 나를 비웃고 있으려니 생각하면, 더 이상 참을 수가 없었다. 차돌이는 빵을 종이에 싸서 포켓에 쑤셔넣기가 바쁘게 그곳을 나왔다. 물론 짜배기와 수남이가 마주앉아 서로 쳐다보고 있을 안쪽엘랑 눈도 주지 않았다.

(지까짓 것들이……)

차돌이는 깨끗이 잊으려 했다. 빵집 쪽을 돌아보고 침을 탁 뱉었다. 그러다가 얼결에, 길가에 세워져 있는 자전거에 부딪쳐서 와장창 넘어지기도 했다.

그러고부터 차돌이는 수남이를 다시는 생각하지 않기로 했다.

차돌이는 마음을 달리 가졌다. 그리고 종전대로 밤 학교에 나갔다. 아무리 지친 날이라도 학교만은 쉬지 않았다. 수남이에게 대해서는 일부러 말할 기회를 피했지만, 그녀의 부모에게 대해서는 여느 때와 다름없이 대했다.

곧잘 같이 가고 같이 돌아오던 수남이와 차돌이가 따로따로 다니는 것을 보고서도 수남이의 아버지나 어머니는 그저 나이가 들어가니 그런가 보다 여겼을 뿐 별다른 생각은 하지 않았다.

학교에 가서도 둘은 옛날과 같이는 어울리지 않았다. 으례 수남이와 한 책상에 앉게 마련이던 차돌이가 언제 그랬더냐는 듯이 꼬박꼬박 다른 책상— 대개 맨 뒷구석에 가 앉곤 했다(그는 수남이에게 뒤통수를 보이기가 싫었다).

「차돌이는 왜 뒤에 가 앉지?」

선생님이 수상쩍은 듯 물으면,

「눈이 나빠서요……」

그저 이렇게 얼버무릴 따름이었다.

「왜 수남이네 집에서 나왔니?」

이렇게 파고 묻는 대학생 선생에게는 시퉁스럽게 고개만 가로저어 보였다.

그 중에서도 얄미운 것은 심술꾸러기 애들이었다.

「임마 너 수남이한테 채있재—?」

하면서 숫제 고소한 듯이 비아냥거리는 것이었다.

「채이긴!」

「자아식, 누가 모르는 줄 아나! 수남이 얼굴만 봐도 다 안다 말이다.」

상대방에서 이렇게 나와도 차돌이는 내처 신청부같이 픽 웃어 줄 뿐이었다. 그러면서도 〈놈들이 어디서 들었구나……〉 생각하면 가라앉았던 역정이 다시 속으로 치밀어오르곤 하였다.

그러나 그즈음 차돌이에게는 보다 더 불쾌한 일이 하나 생겼었다. 그것도 갑작스레. 꿈에도 생각지 못했던 끔찍스런 일이었다. —그는 같은 구두닦이 동무를 따라 가까이 있는 상업학교란 데를 갔었다. 거기서 천만 뜻밖에, 교정을 순시하고 있는 옛날의 선생을 만났던 것이다.

「차돌이 아닌가?」

상대편이 먼저 놀랐다.

히틀러다! 차돌이도 눈이 휘둥그레졌다. —〈산바 가라스〉의 한 사람이던 권동준, 아니 〈곤도오 와다노스께〉 교장이 아닌가! 옛날과 꼭 같은 히틀러식 수염을 달고 있었다.

「네, 선생님!」

차돌이는 얼떨결에 고개를 숙였으나, 국어(일본말)를 안 쓰고 조선말을 썼다고 해서 자기 넛할아버지까지 불러다 세워놓고서 사정없이 닦아세우던 옛날의 그의 일이 뭉클 파노라마처럼 머리에 떠올랐다.

「많이 자랐군그래. 아버지는 돌아가셨다지?」

어떻게 이런 일까지 다 알고 있었다.

「네.」

차돌이는 이러고서 돌아섰다. 구두통을 들고 있는 자기의 꼴이 부끄러워서가 아니었다. 그처럼 〈나이센 잇다이(內鮮一體)〉를 부르짖고, 일본말을 안 쓴다고 어린 학생들을 그렇게까지 못살게 들볶아대던 그가 해방된 오늘날에는 한결 거드름을 부리는 고등학교 선생인가 싶어서였다. 더구나 같이 갔던 친구로부터 그가 그저 선생이 아니라 바로 그곳 교장선생님이란 말을 듣고는 더욱 참을 수 없는 무엇을 느꼈다. 도대체 해방이란 게 무엇인지 그의 순진한 마음으로써는 도무지 알 길이 없어졌다.

차돌이는 그길로 돌아와서 곧 고향에 있는 동무에게 편지를 냈다. 사기처럼 일본말을 잘 안 쓰다가 자주 벌도 받고 또 벌 소제도 같이 하던 동무였다.

곧 그로부터 다음과 같은 회답 편지가 왔다.

〈……임마 이때껏 몰랐더냐? 히틀러뿐 아니랑께. 너는 고향에 안 와보니 잘 모를 것이여. 〈산바 가라스〉가 다 잘됐다 말이여. 알겠나. 네 말마따나 히틀러는 그렇고, 배급소 하던 윤가—와 그 하세가와상 말이여 하세가와는 〈나이셍 잇다이〉하던 〈녹기연맹〉에다 경방단 단장꺼정 지내고, 또 왜놈한테 양자꺼정 들었다 허는 사람이지만, 지금 머가 돼 있는지 아냐? 와 대한 ××당이란 거 안 있냐? ××가 맨들었다던가 하는. 바로 그 대한 ××당의 우리 골(군) 대가리라 말이여. 그래서 점방은 동생한테 맡기 두고 기가 펄펄해가지고 늘 읍내 아니믄 서울을 왔다갔다 헌단다.

그러고 차돌이 너가 들으믄 깜짝 놀랠 것이지만 네 아부질 붙들어 간 그 불칼이 순사 말이여. 아직 소식 못들었지? 너도 안 아냐. 왜 해방 소식 듣고 밤중에 어디로 그만 도망을 갔다 안허더냐? 그래 어디가 숨어 있다 방민특이(반민특위)에 붙들려 가지고, 민족 반역자 재판을 받는다 허더니 이내 안 풀려 나왔냐! 사람 잘 잡아내는 〈기술자〉라고 말이여… ××사람들도 그러고 ×박사도 그렇게 생각해서 그런 놈을 다시 써 보겠다고 하룻밤 사이에 모조리 다 내주었다지 머여. 별꼴 다 보겠지? 그래서 지금은 제국시절보다 더 잘되었구마. ××청년단 지부강이 돼 가지고 막 안 설치겠냐. 곧 국해이원(국회의원)에 나갈 것이랑께.

그 사람들이 지금 뭐라고 허고 다니는지 아냐? 제국 때 즈그들이 그런 것은 일본에 붙고 싶어 그런 게 아니고 공산당 막기 위해서 그랬다는구마. 용하지? 히틀러가 지금 여기 없어 다행이지, 있으믄 또 〈산바 가라스〉 헌다고 야단들일 걸세……〉

차돌이는 이 편지에서 이상한 충격을 받았다. 한없는 경악과 실망과 분노와 불신…… 이런 착잡한 감정에 휘말리었다.

그는 길을 가다가도 그 편지에 쓰인 사연들만 생각하면 이내 치가 떨렸다. 그러고부턴 수남이에게 대한 얄미운 생각— 따지고 보면 괜한 배신감 같은 건 차츰 희미해져 갔다. 사실 수남이를 원망한 또렷한 이유가 그에겐 없었다. 그저 기분에 불과했지 수남이에게 아직 그렇게 할 만한 어떤 특별한 애정을 느낀 것도, 또 사랑을 호소해 본 일도 없었다. 게다가 수남이라 해서 뭐 변두리의 그런 애들처럼 닥치는 대로 십대의 사랑을 못 즐기란 법도 없을 것이라고 생각되기까지 했다.

대신 차돌이는 울산이아저씨를 자주 찾아갔다. 여느 때 같음 수남이와 더불어 할 얘기도 울산이아저씨에게 하였다. 울산이 아저씨는, 차돌이가 히틀러 교장을 만난 이야기와 고향에서 온 편지 이야기를 듣고서 이렇게 말했다.

「그렇기 말이다. 암매(아마도) 해방이 꺼꿀로 대 가는 모양이지…!」

그러고선 자기도 짜장 정나미가 떨어진 듯한 표정을 지어 보였다.

봄이 되었다.

오랫동안 음산한 겨울에 갇혀 있던 도시인들은 앞을 다투어 산으로 들로 나아갔다. 그저 소풍이라기보다 예의 놀이가 시작되는 것이다. 못 사는 변두리 주민들도 마찬가지였다. 다만 다른 점은 가진 사람들처럼 차를 대절해 가지고 멀리 못 갈 뿐이었다. 그래서 도시 주변의 웬만한 유원지들은 거의 그러한 사람들로써 판을 쳤다.

철도공장 부근의 주민들은 당국에서 이름만 공원이라 붙여 놓았지 시설로 보나 무얼로 보나 아직 공원이나 유원지 구실을 못하는 가까운 가야공원이란 데를 곧잔 찾아갔다.

일요일이었다. 시내에서는 별 수입이 없기 때문에 차돌이는 구두통을 둘러메고 손님을 찾아 가야공원으로 갔다. 먼지가 풀썩거리는 땅바닥에서 꺼들거리다가 돌아가는 사람들이라도 잡아 보자는 꿍꿍이였다.

미처 잎도 제대로 피지 않은 나무밑은 물론이고, 군데군데 닦아 둔 놀잇마당에는 벌써 노래와 춤판이 벌어져 있었다. 애바르게 손님을 찾아다니는 함지장수들 새에 끼어 성급한 아이스크림까지 나돌았다.

덩더쿵, 덩더쿵……!

하는 굿거리 장단에 서툰 대로 고전 춤을 우쭐거리는 사양족이 있는가 하면,

인생이란 무엇인가
청춘은 즐거워……

〈부기 부기 기타 부기!〉로, 맘보를 흔들어내는 중년부인 떼도 있었다. 더 젊은 〈헤이 몽키〉 패들은 대개 으슥한 곳에서 놀아났다.

점을 잘못 쳤든지, 차돌이는 도무지 장사가 되지 않았다. 그저 왔던 길에 돈 안 드는 구경이나 할 도리밖에 없었다.

그는 산에서 흘러내려 오는 개울물에 땀을 씻고서, 유행가 소리가 자지러지게 들려오는 언덕 하나 너머에로 발을 옮겼다. 채 가까이도 가기 전이었다. 그는 별안간 걸음을 멈추었다. 수남이가 보였던 것이다. 물론 상대방에서는 노는 데만 정신이 팔려서 미처 이쪽을 보지 못했었다.

그녀는 얼마 전부터 어느 고물전에서라도 사 신은 듯한 흰 하이힐까지 해 신고서, 제법 〈미니〉 바람에 엉덩이를 근사하게 껍적거려댔다. 물론 짜배기도 한데 어울려 있었다. 도합 십여 명이 넘는 선남선녀(?)들이 비좁은 터에서 트위스트 따위를 비비대었다.

차돌이는 안 볼 것을 보기나 한 듯이 이내 돌아서다가, 금시 또 애소나무 그늘에 자리를 잡고 앉았다. 인제는 수남이나 짜배기의 놀아나는 꼴이 얄밉다거나 부럽다기보다는 오히려 보아 주자는 심정이었다.

헤이 몽키 몽키
파파 덴스 몽키

여럿의 소리 가운데서도 언제 말괄량이가 되었는지 수남이의 꺽꺽한 목소리가 한결 높게 울렸다. 기다란 다리를 흡사 기계처럼 움직여 대며 돌아가는 짜배기의 눈이 자꾸만 이쪽을 건너다보는 것만 같았다.

그들이 한참 땀을 빼다가 쉬기 시작할 때까지 차돌이는 그것을 지켜보았다. 수남이가 짜배기 곁에 붙어 앉는 걸 보고서 차돌이는 슬그머니 애소나무 그늘에서 사라졌다.

「구두 따아끄쇼, 구두!」

차돌이는 그런 들놀이 판에선 당치도 않는 큰소리를 냅다 질렀다. 어

점 수남이가 노는 자리까지 그것이 들렸을지도 모른다.

수남이는 그즈음 학교에 나간다 말만 하고 토낄 때가 많았다. (누구보다도 그건, 꼬박꼬박 학교에 나가고 있던 차돌이가 잘 알았다) 그녀는 저번 날 그런 일이 있은 이후, 곧잘 짜배기 패에 어울려 다니는 계집애들과 함께 빵집 같은 데 앉아 있거나, 어디로 쏘다녔다.

그런 눈치까지는 미처 못 챘지만 집에서도 꾸중이 자자했다.

「학교 가는 년이 구찌베니는 지랄한다꼬 바르나?」

어머니는 뭉뚝한 개발코를 벌룽거리면서 이렇게 나무라기도 했다. 그러나 말로만 그럴 뿐이었다. 밤늦게 돌아오는 날은,

「뒷방 학생은 벌써 왔는데 니는 어데 돌아 댕기다가 인자(이제) 오노?」

하는 어머니의 목소리가, 차돌이가 있는 방까지 환히 들려 왔다. 그러나 수남이가 아무런 대구도 없는 걸 보면 역시 그뿐인 모양이었다.

드디어 수남이는 자고까지 왔다. 어머니의 욕지거리는 심해졌다. 일찌기 광주리장수의 경험이 있는 어머니는 골딱지가 치밀 때는 목소리나 성깔이 유달리 껄껄했다. 수남이는 내처 꿀먹은 벙어리처럼 말이 없었다.

「이년이 서방질을 했나, 와 암말도 안하노?」

이렇게 나와도 묵묵무답이다.

「허허이, 아이들을 보고 그게 무슨 소린고!」

아버지는 그저 이런 물신선 같은 소리만 했다.

차돌이가 가야공원에서 돌아오자, 수남이 어머니는 이렇게 물었다.

「오늘은 와 이래 늦노? 어데 먼데 갔드나?」

「가야공원꺼정 안 갔던기요. 놀기 삼아서……」

차돌이는 비른 대로 불었다.

「그래……? 우리 수남이도 동무들하고 어데 간다카디이, 거어(거기)는 안 왔드나?」

어머니는 그날도 몹시 기다리던 모양이었다. 하긴 밤도 벌써 저녁 여덟시가 지났으니까.

「글쎄요(글쎄요), 안 비이던데요.」

나중에 탄로가 나는 한이 있더라도 차돌이는 우선 이렇게 얼버무려 놓았다. 나이가 찬 딸을 가진 어머니들의 심정에 은근히 동정이 가기도 했다.

「해가 지면 그마 올껜데……」

어머니는 차돌이 보기가 겸연쩍었던지 이내 방으로 들어가 버렸다.

수남이는 그날 밤에도 돌아오지 않았다.

수남이의 집 감나무에 감꽃이 피었다. 노르무레하고 향긋한 감꽃이 피면 차돌이는 곧잘 고향 생각이 났다. 감꽃을 주워 먹던 어린 시절과 더불어. 그러면 그는 철도공장 뒤 풀이 푸르러 가는 냇둑에서 버릇처럼 하모니카를 불었다.

고향이 그리워서가 아니다. 기껏 꼴머슴이나 살고, 겨우 들어갔던 국민학교조차 일본말 모른다 해서 벌이나 서고, 집에 있는 놋제기 나부랑이까지 안 집어 온다고 담임선생에게 부대끼기나 하다가 그마저 그만둔 고향이 남들처럼 그리울 리 없었다. 그저 철이 되면 산이나 보고 싶고, 함께 소를 먹이던 동무며, 학교에서 벌 소제를 같이 하던 조무래기들이 그리울 따름이었다.

우중충한 냇물을 내려다보며 하아모니카를 불라치면, 먼 산에서는 뻐꾸기가 곧잘 뻐꾹뻐꾹 화답이라도 하듯 울어댔다.

(불꾹새〈뻐꾸기〉는 봄이 되면 어데서 와 운다는데. 와 고향을 떠나와서 저렇게 울어쌓꼬……?)

차돌이는 불던 하아모니카를 움켜쥔 채 야릇한 생각에 사로잡히는 것이었다.

(불꾹새가 울면 과부가 봇짐을 싼다카드만……)

문득 들은 말이 기억나서, 자기 어머니도 그래서 어디로 갔을까, 억측도 해 보았다. 전쟁이 끝난 뒤 이태가 지나가도 돌아오지 않던 남편이라 응당 못 믿기어 갔을 어머닐진대, 차돌이는 굳이 원망하고 싶지도 않았다. 그러나 역시 보고는 싶었다.

(어디서 무엇을 하고 계실까?)

그러다가도 수남이의 일만 생각하면, 일껏 말끔해 가던 머릿속이 이내 우중충한 냇물처럼 되어 버렸다. 그리고 보면 차돌이가 처음 그렇게 좋아한 까닭은 일찌기 어머니를 여읜 그리움의 탓이겠고, 이제 와서 도리어 수남이를 야속하게 생각하는 것은, 자기를 버리고 간 어머니에 대한 어떤 반감의 작용일는지도 모를 일이다.

그러나 그 해의 감꽃은 차돌이에게 뜻밖의 행운을 가져다 주었다. 흡사 눈 먼 거북 앞에 뜬 나무가 절로 밀어닥친 격이랄까, 가야공원을 다녀온 바로 이틀 뒤의 일이었다.

마침 구두통을 들고 집으로 돌아오던 참이었다. 뜻밖에 난데없는 벌한 떼가 그의 머리 위에 윙윙거리며 나타났다. 바로 한 거리에서 일어난 일이었다. 사람들이 그것을 실려고 우 몰려 왔다. 어느새 바가지를 들고 온 이도 있고, 급해서 쓰레받기를 들고 설치는 애도 있었다.

차돌이는 구두약이랑 솔을 냉큼 호주머니에 쑤셔 넣고서 구두통을 번쩍 치켜들었다. 이상하게도 벌떼는 거기에만 붙기 시작했다. 사람들은 신기한 듯이 그것을 바라보았다. 순식간에 벌들은 구두통에 묵직하게 올라붙었다. 팔과 함께 다리도 떨렸다. 그러나 기쁘고도 얼떨떨했다.

「임마, 그기 암매 니한테 온 복인갑다. 단디이(단단히) 갖고 가거라—」

어느 분이 이렇게 말해 주었다.

차돌이는 좋아서, 어쩔 줄을 몰랐다. 급히, 그러나 조심스럽게 주인집으로 달려 와서 벌이 달린 구두통을 감나무 가지에 매달아 두곤 곧 통을 사러 나갔다. 마침 울산이아저씨댁 이웃에 있는 벌을 치는 이의 집에 빈 통이 있었다.

차돌이는 벌치는 아저씨가 시켜 준 대로 벌을 통에 옮겨 가지고 주인집 뜰 한구석에 반듯이 놓아 두었다. 벌들은 언제 제 집이라고 정이 들었는지 이튿날부터 부지런히 나들이를 시작했다. 노르무레한 감꽃에 무먹지게 달라붙었다.

「벌이 들어오면 재수가 있다카는데…… 차돌이 니 덕분에 우리 집에도 복이 올랑갑다(오려나 보다)!」

수남이 아버지는 이러면서 차돌이가 하는 일을 재미있게 지켜보았다.

차돌이는 그날은 일을 나가지 않고 내처 집에서 벌을 보며 시간을 보냈다. 그 이튿날은 울산이 아저씨도 일부러 찾아와서, 신기한 일이다, 차돌이 너의 복벌이다, 하고 감탄했다.

사람들의 말을 들어서가 아니라, 차돌이도 그와 같이 신기하게 자기 손에 들어온 벌을 예사스럽게 생각하지 않았다. 다행히 그것이 꼬투리가 되어서 무슨 좋은 일이라도 있어 주었으면 싶었다.

(모두들 복벌이라 카더만……)

그는 구두닦기를 나가도, 또 학교에 가서 공부를 할 때도 늘 집에 있는 벌이 생각났다. 잊혀지지 않았다.

그의 일기장에는 다음과 같이 벌에 대한 이야기가 적혀 있었다.

330

〈6월 5일 억시기 좋은 날씨. 아버지, 오늘 뜻밖에 참벌이 한 통 저에게 점지되었습니다. 보는 사람마다 복벌이라고 하십니다. 저도 신기한 일이라고 생각합니다. 꼭 이 벌이 아버지의 이 아들을 도와줄 것만 같습니다……〉

차돌이는 자다가도 생각이 나면 불쑥 벌통 곁으로 가보았다. 그러기 위해서 미리 플래시까지 사 두었었다. 언제 가보아도 행여 도둑벌이라도 덤빌세라, 밤이면 늘어난 문지기 벌들이 나들이 구멍을 한결 열심히 지키고 있었다. 열심히 윙윙거리는 그 소리가 때로는 주인인 자기를 반가와하는 소리같이 들리기도 했다. 길을 가다가도 아카시아 꽃가지 같은 데서 싸대는 벌을 보면 숫제 자기 것인 듯 예사롭게 보이지 않았다.

해가 바뀌었다. 어느덧 허경출씨의 일주기가 닥쳐 왔다.
차돌이는 수남이어머니에게 돈을 쓸 만큼 드려 아버지의 소상 준비를 하였다. 그리고 그날은 새벽부터 일어나서 방이랑 뜰을 깨끗이 치우고 쓸었다.
정성을 다해 야무지게 차려 놓은 젯상 위에는 비로소 확대된 허경출씨의 사진이 조화를 곁들이고 놓였다. 그제야 비로소 삯바느질 집에 부탁해서 지은 흰 한복을 제복삼아 갈아 입고, 차돌이는 아버지의 제상 앞에 무릎을 꿇었다. 고풍의 예법 같은 건 알 턱이 없다. 누가 깎듯이 가르쳐 주는 사람도 없었다. 역시 들은 풍월에 지나지 않는 수남이 아버지의 말을 좇아서 아침 상식(上食)을 올렸다. 곡은 하기가 쑥스러웠지만, 수남이 아버지가 하도 부추기는 바람에 부득이 혼자서 〈애고 애고〉를 몇번인가 했다. 고지식하게 머리를 조아린 채 한참 동안 고개를 들지 않는 차돌이의 귀여운 제비초리를 바라보았을 때, 아들을 못 가진 수남이 아버지는 별안간 가슴이 뿌듯해 왔다.
「너 아버지는 돌아가신 뒤나마 복이 많아서……」
이렇게 중얼거린 그의 말 속에는 차돌이의 자깝스런 지성에 대한 감격과, 그러한 자식을 갖지 못한 자신의 신세타령이 섞여 있는 것 같았다.
제각기 살아 가기에 바쁜 변두리 사람들은 낮에는 문상 같은 것 할 시간이 없었다. 그저 몇몇 이웃 안노인네들이 다녀갔을 뿐이다. 밤이 되자 비로소 같은 동네에 사는 망령의 친구라기보다 차라리 수남이 아버지의 친구라고 할 만한 몇분과, 그밖엔 울산이 아저씨를 비롯한 부두 일꾼들이 거의 동시에 찾아왔다. 울산이아저씨와 서너 사람은 제법 빨아 다린 옷과 관디벗김인 듯한 달랑한 두루마기를 입고 있었으나 그밖에는 대개 기름때가 절은 작업복 그대로였다. 그러나 그들은 모두 망령에게 깍듯이 헌작을 하고는 자식벌밖에 되지 않는 차돌이에게 예를 갖추느라 절을 하였다.

차돌이는 황송한 듯, 상대방에서 위로의 말이 있기 전에 〈죄송합니더〉 소리가 먼저 나왔다.

그런 다음에 차돌이는 이내 상심부름을 하고, 술 대접은 수남이아버지가 도맡아서 했다. 수남이아버지는 낮에서부터 마신 술이 꽤 얼근히 돼 있었다.

「손의 덕에 이밥이라 카디이 허생원 날(소상)에 넌장맞을 내가 술이 됐구마.」

수남이 아버지는 미리 이렇게 시부렁거렸다.

「큰 상주가 술이 취해서 되겠소?」

울산이가 이런 우스개를 하자,

「허허허 저런! 손님들이 어서 와야지. 기다리다 기다리다 못해 한잔 두잔 한 기 그만……」

숫제 대사를 혼자 주관이라도 한 듯이 떠벌이는 것이었다.

일가며 인아 친척이 없는 객지라 저녁에도 별반 손님이 없었다. 내나 같은 손님들인데 술은 계속 나왔다.

모두 거나할 즈음, 울산이가 별안간 품에서 인찰지로 된 얄팍한 책자 같은 걸 하나 꺼 내었다.

「그런데 말임더—」

그는 침착한 태도로 좌중을 돌아보았다.

「시청에서 이곳 수원지 못을 메운다 카는 이야기 들었지요?」

「그 말이싸 지금 시장 오고부터 있는 거 아잉기요.」

누군가가 말했다.

「그렇기요. 집 없는 사람들 집터도 마련해 줄 겸, 거기서 남는 돈을 가주고 먼 데서 더 많은 수돗물을 끌어오는 데 보태 쓸 기라면서, 곧 저수지를 메울 끼람더. 그래 되면 말임더, 작년 같은 와드락비(와락비)라도 한번 와 보소. 이곳 저수지 밑 사람들은 꼼다시 물난리를 만날

꺼 아잉기요? 그래서 말임더—」

울산이는 부리부리한 눈을 끔벅거리면서 조심성 있게 계속했다.

「저수지 밑에 사는 몇몇 유지자가 앞장을 서서 저수지를 몬 메쿠도록 등장을 내기로 했담더. 우리도 다 같은 처지니 같이 도장을 찍는 기 좋을 것 같아서 이걸 가주구 왔는데 여러분의 생각이 어떨는지…?」

대충 이러면서, 동의를 구하려는 듯, 그걸 읽기 시작했다. 내나 그 말이다.

「나도 그런 말을 들었어……」

털보란 토박이 영감이 얼른 그 뒤를 받더니,

「시에서 내세우는 핑계사 그럴듯 하지. 하지만 그 저수지 메카 봤자 그 좋은 별장 지대가 정작 집 없는 사람들의 집터 될 리 만무하고, 또 그 물만 해도 이 지대에 사는 수십만 시민이 아무 물걱정 없이 지내는데, 와 그런 일을 할라카는지 온!」

「저런 치(쳇)! 그래야만 국물이 안 생기는기요?」

곁에 있던 젊은 치가 참견을 했다.

「그래 그래, 자네 말이 옳네!」

동조자들이 많았다.

결국 진정서에 도장을 찍기 시작했다. 도장을 못 가진 사람들은 지장을 눌렀다. 도장도 지장도 누르지 않은 사람은 수남이 아버지 한 사람뿐이었다.

「나는 잘 모르겠네.」

말하자면 겉으로 보기에는 숙더분하면서도 그런 일에는 약삭빠른 위인이었다.

「댁은 바리 냇가가 돼서 큰비 오면 더 우투룹을(위태로울) 낀데요?」

털보가 수상쩍어하자,

「재수 없는 소리 말게! 우리 집이 와 우투룹아.」

수남이 아버지는 도리어 화를 벌컥 냈다. 그러나 아무도 갚으려고 하지 않았다. 오히려 더 이상 건드리지 않겠다는 눈치들이었다.

「좋심더. 뭐 다 안 찍어도 상관 없심더.」

울산이는 대범스럽게 서류를 되접어서 품 속 깊이 넣었다. 그리고 담배를 피우기 위해서, 득 그어대는 성냥불에 비친 그의 코빼기에는 어딘지 행티가 있어 보였다.

진정서에 대필 기명을 해주고 있던 차돌이는, 하필이면 수남이 아버

지가 그와 같은 태도로 나오는 것이 안타까왔다. 자기까지 무슨 죄먹
짓는 듯한 비굴스러움과 창피스러움을 느꼈다.

「그 다 해 봐야 소용 없는 기라!」

수남이 아버지는 도리어 큰소리를 치며, 다시 사람들에게 술을 권했
다.

수남이는 그날도 자기 집에 붙어 있지 않았다.

수남이 아버지가 도장을 찍지 않은 데는 자기대로의 이유가 있었다.
비록 자기 집은 수도의 혜택을 못 받고는 있지만, 수십년 동안 아무 탈
없이 내려오는 수원지 저수지를 시장한 사람의 생각으로(까다로운 시의
회 같은 게 없어졌으니까.) 즉각 메워 버린다는 데 대해서는 그도 개운
찮은 생각을 가지고 있었다. 울산이의 말마따나 저수지가 없어지고 나
면 큰 비가 오면 산에서 쏟아져 내리는 홍수가 변두리 일대를 사뭇 쓸
어 엎을 것도 뻔한 일이었다.

그런 걸 모를 수남이 아버지가 아니었다. 그럼에도 불구하고 진정서
에 도장 누르기를 꺼린 것은 전연 딴 이유 때문이었다. ―벌써 오래 전
이야기지만, 그는 이번 경우처럼 당연하고도 남을 일에 도장을 누르고
동조를 했다가 아주 생혼이 난 일이 있었다. 입에서 똥물이 나오도록
얻어맞았다. 반죽음을 당했다. 그러고서도 억울한 구류까지 살았다. 그
것이 천식이란 그의 종신병의 꼬투리가 된 것이다. 그렇다고 하소연할
곳도 없다. 그게 관청이란 것에 대한 수남이 아버지의 지식 전부였다.

「이새끼, 맛을 좀 뵈야겠구먼! 옷 벗어!」

이런 표독스런 위댓말 소리가 지금도 그의 귀에 쟁쟁했다. 세상은 그
때와 다름없다고 생각했다.

게다가 공교롭게도 선거나 하는 것을 앞에 두고 무슨 법을 고치느니
어쩌느니 해서 한결 공기가 험악했다. 자고나면 철도공장의 긴 담벼락
을 비롯해서 여기저기 무시무시한 내용의 벽보들이 계속 나붙곤 했다.
또 그런 벽보들의 끄트머리에는 으례 〈땃벌떼〉니 〈백골단〉이니 하는 식
의 정체불명의 이름이 붙어 있게 마련이었다. 경찰에서 떼지 않는 걸
보면 역시 관청에서 하는 수작인 듯싶었다. ―틀림없이 또 무슨 끔찍스
러운 일이 일어날 것 같은 예감이 들었다.

(섣불리 도장 같은 걸 찍다가는……)

그는 마음이 내키기 전에 진절머리부터 났다. 겁장이란 욕을 얻어들

어도 할 수 없는 일이라고 생각했다.

엣날 당하던 일을 생각해서 그런지 수남이 아버지는 갑작스레 천식이 발작했다. 그는 곧 새우처럼 등을 꼬부리고 방으로 기어들어갔다.

자리가 별안간 조용해졌다. 떠날 사람은 시나브로 떠나고, 울산이를 비롯해서 몇몇 부두일꾼들만이 남았다. 기어이 경야를 하겠다는 눈치들이었다.

남은 사람들은 새벽 제를 올릴 때까지 모닥불을 에워싸고 두런두런 이야기들을 하였다. —태평양 남쪽 섬들에서 빗발치듯한 폭탄 속에서 징용살이 하던 일, 비를 맞아 가면서 해야 하는 부두 노동 얘기들…… 더러는 차돌이가 들어서 우습고 재미있는 대문도 있긴 했지만, 대개가 못 죽어서 살아 오고 살아 가는 따분한 이야기들이었다. 그런데 이상하게도 그들은 그날 저녁 처음 화제가 되었던 저수지 메우는 데 대한 이야기며, 도장을 찍지 않은 수남이 아버지에 대한 말은 한 마디도 하지 않았다. 수남이 아버지가 곁에 있을 때도 그랬거니와, 가르랑거리며 자기 방으로 돌아간 뒤에도 역시 그랬다.

(왜 그럴까? 왜 수남이 아버지는 도장을 찍지 않았을까?)

차돌이는 꾸벅꾸벅 졸다가도 그것만 생각하면 눈이 뜨이곤 하였다.

수남이 아버지는 차돌이가 새벽 제를 올릴 때에도 일어나지 않았다. 샛별이 서산 위에 가물거리고 동이 어슴프레 터 왔다.

차돌이가 울산이아저씨를 따라 아버지의 산소를 다녀왔을 때, 수남이 아버지는 겨우 일어나 있었다. 뭐가 못마땅한 듯 소리를 냅다 지르고 있었다.

차돌이는 얼른 들어가지를 못하고서 사립 밖에서 잠깐 동정만 살피었다.

「그놈의 핵꼰가 뭔가도 그만 둬라! 학교 간다는 년이 어디서 자고 오기가 여사(예사)니, 그기 무슨 짓고?」

좀처럼 그렇게 화를 내는 일이 없었는데 아마 수남이가 또 어디서 자고 오다가 들키기라도 한 모양이었다.

차돌이는 나오지 않는 기침을 억지로 하면서 사립문을 들어섰다. 수남이 아버지도 헛기침을 하면서 시치미를 떼었다.

수남이는 보이지 않았다. 부엌에도 안 보였다. 차돌이는 자기 방으로는 가지 않고 먼저 부엌으로 들어갔다. 무슨 눈치를 챈 듯 수남이 어머니는 차돌이의 귀를 얼른 자기의 입가로 끌어당겼다.

「보래, 느그 아버지(네 아버지) 사진 옆에 두었던 그 모자 우쨌노?」

「와요?」

차돌이는 그게 무슨 꼬투릴까 싶어 얼떨떨했다.

「은근히 가지고 싶었던 모양인데, 그기 없으니 안 그래쌓나……」

반은 능청인 줄을 알면서도 차돌이는 미안스런 표정을 지어 보였다.

「그런 줄 누가 알았능기요. 울산이아저씨가 가주 갔는데요—」

그러고서도 난처해서,

「지가 새 걸 하나 사드리지요. 지 때문에 모두 수고가 많았는데…」

차돌이는 수인사 겸 이렇게 말했다.

「몰라, 새 거 사 준다고 받을 낀가?」

수남이 어머니는 숫제 입이 헤벌름해졌다.

「이놈의 가시나, 니 또 어데 갈라카노?」

차돌이가 경야에 지쳐 겨우 낮잠이 들었을 무렵이었다. 수남이 어머니의 걸쌈스런 목소리가 갑자기 귀청을 들쑤셨다. 수남이는 대답이 없었다.

「저런 못댄(못된)년 보래! 아침에 들어온 년이 밥도 안 처먹고 또 어데 갈라꼬 나서노?」

어머니 혼자만 욕지거리를 해댄다.

「야 이 새빠질 년아!」

「나아라 마! (그만 놔)」

아마 어머니가 붙들기라도 하는지 수남이는 뿌리치듯한 말투로,

「니가 부모 노릇 한 기 뭣고? 와 자꾸 욕만 하노?」

예의 꺽꺽한 목소리였다. 어미 못잖게 걸쌈스러웠다. 결국 막가는 것 같았다.

「에이 더러운 년! 어데 가 뒤이지든지 말든지 내사 모르겠다.」

어머니의 떡심 풀린 소리를 들으면 아마 수남이가 어디로 아주 나가 버린 모양이었다. 차돌이는 문틈으로라도 내다볼 정마저 멀어졌었다.

인생이란 무엇인가
청춘은 즐거워—

하고, 짜배기 앞에서 아무런 부끄러움도 없이 궁둥이를 망측하게 흔들

어대던 수남이의 모습이 떠오를 따름이었다.

(어른들이 말하는 십대의 반항이란 기 저런 걸까?)

차돌이는 그렇게 막가는 수남이에게 대해서 인젠 아무런 미련도 남아 있지 않았다. 놀아날 대로 놀아나거라 싶었다. 차라리 고소한 생각까지 들기도 했다.

선잠을 깨었던 차돌이가 겨우 눈을 되붙이려 할 즈음에, 잠시 잠잠하던 수남이 어머니가 다시 호들갑스럽게 떠들어댔다.

「보래, 차돌이 자나? 어서 나와 보래이! 느그 벌 새끼 나오는 갑데이—」

잠시도 가만히 못 있는 수남이 어머니였다. 그러나 그때만은 그녀의 수다도 과히 성가시지 않았다.

「벌 새끼요?」

차돌이는 이불을 박차고 일어났다. 며칠 전부터 낮놀이가 부쩍 심해지는 걸 보고 생각을 하고 있었다. 내나 벌떼가 무덕지게 날아 나와 감나무 언저리를 윙윙거리며 돌고 있지 않은가. 낮놀이는 아니다. 시간이 빨랐다. 아니 벌써 일부가 감나무 가지의 높은 옹이 짬에 붙기 시작하고 있었다.

「다른 데 가능강 좀 봐 주이소!」

차돌이는 이렇게 부탁을 하고는 울산이아저씨 이웃에 사는 벌 치는 아저씨의 집으로 헐레벌떡 내달렸다. 마침 주인— 애들이 벌 아저씨라고 부르는 그가 집에 있었다.

차돌이는 빈 벌통을 하나 걸머지고 벌 아저씨의 앞을 섰다.

「임마, 그리 급히 안가도 된다. 벌이 조매(좀처럼) 도망을 안 간다.」

벌 아저씨는 짜부둥한 한쪽 눈을 더욱 짜부라뜨리고 차돌이의 뒤를 따랐다.

차돌이는 벌 아저씨가 시키는 대로 벌 바가지를 허리에 차고 조심조심 감나무에 올라갔다. 그리고 단단히 자리를 잡은 다음, 미리 준비한 쑥대로써 벌을 실기 시작했다.

「나캉(나와) 살자, 나캉 살자……」

이 말은 제맘대로 한 소리다. 어릴 적부터 들어 온 말이다. 손등이랑 귀 뒤 몇 군데를 쏘이었다. 〈나캉 살자〉 소리가 한결 애처로와졌다. 그러나 차돌이는 거뜬히 해 냈다. 수남이 어머니는 부러운 듯이 쳐다보았다.

「식구가 아주 실한데! 아마 밀원이 좋았던 모양이지……」

벌 아저씨는 바가지가 무겁도록 탐스럽게 달린 벌을 받으며 경탄을 마지 않았다.

「아마 새끼가 몇 배 더 나올는지도 모른데이—」

벌 아저씨는 새 벌통을랑 집 뒤 울타리 밖 냇둑에 놓아 주었다. 수남이 집에서 여기저기 호박을 심은 사이였다.

차돌이는 벌통 틈바구니에 종이를 붙이면서 기쁨을 감추지 못했다.

「허허이, 실한 동업자가 한 사람 늘었구마! 차돌이 니 복인갑다(복인가보다).」

벌 아저씨는 차돌이가 따라 주는 소주를 마시면서 이런 우스개까지 했다.

며칠 뒤 벌은 두 통이 더늘었다. 분봉을 해 준 벌 아저씨는 숫제 제 아들 제금이라도 낸 듯이 반가와했다. 그는 호인이었던 것이다.

차돌이는 벌 아저씨에게 부탁해서 벌을 두 통 더 사 보냈다. 도통 여섯 통이 된 셈이다. 한 통은 본디대로 수남이네 집 감나무 밑에 있었지만 나머지 다섯 통은 집 뒤 울타리 밖 빈 냇둑에 나란히 두었다. 행여 개미라도 덤빌 세라 그는 벌통 가를 깨끗이 해 두었다. 아침저녁 벌통을 돌아 보는 것이 그의 새 일과요, 또 낙이었다. 벌 아저씨의 말을 들으면 잘 나면 한 통에서 꿀이 너 되는 나온다니까 4, 6은 24— 일년에 스물너 되, 한 되에 3천원이면 자그마치 7만 2천원의 수입을 볼 수 있는 것이다.

차돌이는 곧 양봉에 관한 책을 사 왔다. 틈틈이 벌 아저씨를 찾아가서 여러 가지를 묻기도 했다. 언제까지나 구두닦기만 할 것이 아니라고 생각했다. 그러나 〈구두 따끄쇼—〉하는 그의 목청은 더욱 명랑해졌다. 물론 밤 학교에도 열심히 나갔다.

차돌이가 아버지 명의의 예금통장을 가지고 신문사를 찾아 간 것은 바로 이즈음의 일이었다.

철도공장 건너편 수원지 일대는 갑자기 북새판이 되었다. 어디서 한꺼번에 그렇게 많은 노동자들이 몰려 들었는지, 개미떼처럼 달라붙어서 저수지의 둑을 헐기 시작했다.

부임한 지 일년도 채 못되는 새 시장은 수원지 밑 주민들과 일부 시민의 애틋한 청원을 묵살하고 결국 그곳 저수지를 메우기로 작정했던 것이다. 그는 중앙 요로에 대단한 빽을 가졌다고 들렸다.

일은 급속히 진척되어 갔다. 감히 어느 누가 막을 사람이 없었다. 저수지 안쪽에 박혀 있던 경측돌들이 막벌잇군과 목돗군들에 의해서 차례로 헐려 나오고, 쉴 새 없이 부르릉거리는 십여 대의 불도우저는 일변 산더미 같은 흙을 밀어서 그 자리를 메워댔다. 또 한편 큼직한 대형 화물차들이 목도에 메여 나오는 경측돌들을 저수지의 동쪽편 산 중턱께로 실어날랐다. 거기서는 급작스레 택지가 조성되고 있었다. 그곳 택지 조성은 시에서 하는 것이 아니고, 선거 때를 틈탄 어느 정치군이 뚝따먹기 식으로 그 산을 불하받아서 하는 것이란 말이 떠돌았다.

「산은 물론 거저 줍듯이 했을 끼니깐, 버리는 돌 갖다 쓰는 셈치면 그야말로 꿩(꿩) 묵고 알 묵는 격이지 머!」

아침 등산객들은 이런 소리를 거리낌없이 하였다.

저수지 부근에 사는 사람들은 그런 것까지에는 정신을 쓸 여유가 없었다. 그저 날치기 청부업자로선 흉내도 못 낼 정도로 완고하게 쌓아올린 둑이 느닷없이 허물어져 가는 모습을 원통하게 바라볼 뿐이었다. 차돌이에겐 큰 저수지가 뭉긋뭉긋 메워져 가는 게 몹시 안타까왔다.

수원지 입구 쯤에는 재빠르게 고급 주택지의 청사진이, 도판 대여섯 개를 합친 듯한 널따란 보람판에 그려져 나붙었다. 집없는 시민에게 집터를 마련하겠다던 당초의 선전과는 딴판으로 늘썽늘썽하게 구분된 집터들은, 정작 집없는 시민들에게는 그림의 떡과 같은 것이었다. 게다가 울창한 수원지의 녹지대를 배경으로 했으니 주택지로서는 상중상이었다.

동편 산 중턱의 택지도 놀랄 만큼 빨리 조성되어 갔다. 그바람에 하늘을 찌를 듯하던 수기나무랑 편백나무들이 줄느런히 넘어갔다.

「넨장맞을, 줄잡아도 50년은 컸을 나무들인데……」

할머니들은 쳐낸 전가지들을 주워 오면서 이렇게 중얼거리기도 했다.

저수지를 메운 자리들은 정지가 끝난 대로 공매 입찰을 거쳐 소유자들의 팻말이 세워지고, 동쪽 산허리를 허물어뜨린 자리에는 성급한 무허가 건물들이 속속 서기 시작했다. 선거, 기타 문제로 정부가 국민의 환심을 사야 할 때는 허다하게 있는 일들이었다.

기껏해야 다릿목에 빈 지게를 세워 두고 짐거리를 기다리거나 하던 수남이 아버지도 그들의 목숨을 앗아갈는지도 모르는 저수지 공사 덕택에 손쉬운 일거리가 생겼다. 병골인데다 게으름뱅이라, 힘드는 일은 피해 왔지만, 그러한 공사장의 허드렛일에는 아쉬운대로 쓰인 셈이었다. 그래서 그는 매일같이 소주 몇 잔씩을 마실 수 있었다.

또 한 가지 수남이 집의 형편이 풀린 것은 수남이가 무슨 짓을 하고 다니는지 가끔 웬 돈을 가져오는 것이었다. 그녀는 나가다 말다 하던 밤 학교를 결국은 그만두었지만, 매일같이 집에 붙어 있지는 않았다. 내처 짜배기를 따라다닌다는 소문이 떠돌았다. 밤에도 들어오지 않을 때가 많았다. 벌써 어머니도 그녀의 어처구니없는 행동에 대해서는 진력이 난 듯 더 쫑알거리지를 않았다. 곁에서 보기에는, 그저 얼마씩 가져오는 것이 나쁘잖은 모양 같았다.

(년이 꼬라지싸 그만인데……)

안타까운 반면 역시 육친의 정은 버릴 수 없는 그런 눈치였다.

차돌이는 그러한 수남이와 어머니를 좋게 보기는 싫었다. 여태 한집안 식구처럼 치대어오던 그는 자기 육친의 한 부분이 별안간 더러워진 듯한 생각이 들기도 했다. 그러나 겉으로는 무관심을 가장했다. 수남이도 전과는 달라 그의 눈을 피하는 기색이었다.

한편 짜배기는 벌써 철도공장 주위를 어리대지는 않았다. 그런 구석진 곳만 나돌 위인이 아니었다. 가끔 나타나는 걸 보면 옷도 짝 빼 입고 있었다. 활동 무대가 달라졌으니 잘은 모르되, 어디서 정치운동에 관계를 하고 있다는 소문이 퍼졌다. 그의 만만찮은 당수가 아마 어디서 손바람을 내는가 보다……차돌이는 생각했다. 정치에는 곧잘주먹 도 쓰이니까!

차돌이도 그런 정치의 덕을 보았다. 우선 구두 닦는 값만 해도 정치 바람을 타는 다른 물가들과 덩달아 올랐다. 게다가 구두를 깨끗이 하는 사람도 늘었다. 변두리 까리패의 두목으로 있다가 일약 일류 신사가 되어 뽑내는 짜배기의 경우만 보아도 알 일이었다.

그렇듯 정치 바람이란 것이 밑에까지 미쳐 와도, 울산이아저씨만은 내내 일반이었다. 가까운 일자리, 가령 엎어지면 코 닿을 저수지 공사장 같은 델 두고서도 여느 때와 같이 꾸벅 꾸벅 부두 일만 다녔으니 말이다. 그리고 예의〈민간 대일 청구권협회〉의 일로서도 저녁으로는 한결 바쁜 모양이었다. 차돌이는〈울산댁〉에게 부탁해서 조그만 계를 붓고 있었기 때문에 그런 일을 잘 알고 있었다.

저수지 메우는 일 자체에 대해서 처음부터 반대를 해 오던 울산이아저씨는 그 일이 시작되자 더욱 찌부러뜨리고 있었다. 하룻 저녁에는 째

늦게 차돌이에게 들렀다.

「차돌아, 너 바라카이는(보아라만) 만약에 큰비가 오문 우리는 꼼다시 물난리 만날끼데이. 쥑일 놈들……」

그럴 맨 말끝마다 〈쥑일 놈들〉을 연발했다. 그러고는,

「먼젓번 선거 때만 해도 일만 끝나면 우리들이 가진 일제 때 통장에 들어 있는 돈을 곧 내줄끼라고 공약인가 나발인가까지 해 놓고서…」

깨끗이 까먹었으니, 이번에는 누가 뭐라 해도 그리 호락호락 넘어가지는 않을 거라고 뻐무렸다.

「니가 생각해 봐도 안 그렇나? 그 돈이 어떤 돈이라고……죽은 느그 아버지를 생각해서라도 인자는 그냥 안 있을 끼데잇!」

대단한 기백이었다. 약간 주기는 있어 보여도 허튼소리는 아닌 것 같았다.

차돌이는 울산이아저씨의 그때의 격한 표정을 생각하면서 그저 고맙다거나 힘미더움보다 일종의 불안 비슷한 것을 느끼곤 했다. 암만해도 그냥 넘어 갈 것 같지 않았다. 꼭 무슨 동티가 일어날 것만 같았다.

차돌이가 구두닦기를 도맡고 있는 철도공장 아저씨들 사이에는 그즈음 정치에 관한 이야기들이 부쩍 늘어났다. 외톨배기로 자라가는 차돌이도 그런 일에는 자연 귀가 일찍 트이기 마련이었다. 그는 아저씨들의 주고받는 이야기를 듣느라고 구두에 광을 내는 시간이 훨씬 더 오래 걸리기도 했다.

그러한 어른들의 이야기를 종합해 보면, 현재의 헌법 규정대로 국회의원들이 선거를 했다가는 현 대통령이 다시 대통령이 될 가망이 없다는 것이다. 그러니까 정부나 여당은 어떻게 해서라도 대통령을 재선시키기 위해서 국민이 직접 선거를 할 수 있도록 헌법을 뜯어고치려고 야단들이란 것이다.

물론 차돌이는 어느 쪽이 옳고 그른지 알 턱이 없었다. 다만 대통령 편과 소위 야당이란 사람들이 서로 맞서 싸우고 있다는 사실 그것만이 재미있었다.

그는 아직 신문을 완전히는 못 읽었지만 집으로 돌아올 때는, 그런 내용의 만화라든가 쉬운 기사나 광고들이 실려 있는 그날 그날의 신문을 헐값으로 사 왔다. 또 거리에서 뿌려지는 삐라 같은 것도 하루에 몇 장씩이나 주워 읽었다. 밤 학교에서는 대학에서 나오는 학생 선생이 신

문에 난 것과 비슷한 이야기를 가끔 해주었다. 차돌이는 뭔가 조금씩 깨달아 갔다.

선거기가 차츰차츰 가까와 오자, 정부와 여당 사람들은 별의별 짓을 다 하는 모양이었다. 그러다가 막판에 가서는 〈민의 데모〉란 것을 벌이기 시작했다. 〈민의 동원본부〉란 주먹 같은 활자가 신문에 실리고부터의 일이었다. 그렇게 어마어마한 이름의 기관이, 하필이면 어떤 방직공장 안에서 생겨 났다는 얘기부터가 차돌이에게는 도무지 이해가 가지 않았다. 그런 게 자기 조국의 정치란 것을 아직 알 턱이 없었다.

(직공 수는 많다지만 여자들이 무슨 용기며 힘이 있어서……?)

그러나 거기에서 나오는 경고문 같은 것을 보면 결코 이른바 암탉의 울음소리가 아니었다.

차돌이는 구두통을 멘 채 일부러 그 방직공장 앞에까지 가보았다. 아니나 다를까, 높다란 아아치형 철문 위에 〈민의 동원본부〉라고 가로 쓰인 여섯 글자가 커다랗게 나붙어 있고, 뜻밖에 거기서 〈산바 가라스〉의 한 사람인 곤도오— 아니, 권동준 교장이 예의 히틀러 수염을 하고 나왔다.

(학교 선생이 공장에 무슨 긴한 볼 일이 있었을까……?)

차돌이는 수인사를 하기 싫어서 일부러 사람들 속에 숨어 버렸다. 공장 문 앞 널찍한 한길에는 순경들의 요란스런 호각소리를 따라 교통이 일시 차단되고 웬 달구짓군들이 우글거리고 있었다. 암만 보아도 물건을 실으러 온 달구지패들이 아니었다. 거름장군을 여러개씩 싣고 있는 달구지까지 섞여 있는 것을 보아도 그런 짐작쯤은 갔다.

이윽고 달구짓군들의 등이며 가슴에 〈×대통령 절대 지지〉니 〈민의를 반대하는 국회의원 물러가라〉 따위의 심상찮은 표어가 적힌 광목 조각들이 하나하나 동여매어졌다. 물론 그들은 그들이 끌고 다니는 마소처럼 온순했다.

그러한 준비가 끝나자 달구짓군들은 제각기 달구지를 몰면서 서서히 움직이기 시작했다. 소위 〈민의 데모〉란 것이었다. 신문들이 〈우의 마의(牛意馬意)〉라고 빈정거려 오던 바로 그것이다. 차돌이는 구경삼아 잠깐 그들의 뒤를 따라가 보았다. 그들은 모두 묵묵한 표정, 아니 무표정 그대로였다.

「야, 소도 데모하네!」

지나가던 애들이 놀려 주어도 그들은 아무런 대꾸도 하지 않았다. 아

마 세상이 귀찮은 모양이었다. 거름장군을 실은 시골뜨기들은 제 갈 길
이 멀어서 걱정인지 얼굴이 내처 찌푸려져 있었다.

차돌이는 달구지의 데모가 도청 쪽 큰길로 꺾어져 갈 때 제길로 돌아
섰다. 그는 혼자서 소리를 내가며 웃었다. 아무래도 그날 본 달구지 데
모와, 신문에 계속 실리는 국민학교 아이들의 〈×대통령 다시 모시자〉
는 성명 기사들은 꼭 무슨 연극 같았기 때문이다.

물론 그날의 달구지 데모도 신문에 크게 보도되었다. 사진까지 흐들
갑스럽게 났었다.

그밖에도 정치를 둘러싼 별의 별 일들이 많았다. 굵직굵직한 야당 국
회의원들의 집에 소위 조작된 북쪽의 괴문서가 밤중에 투입되는가 하면
(나중에는 충성심을 시험하기 위한 모처의 소행이라고 밝혀졌지만), 잇
달아 계엄령이 내리고 국회에 출석하려던 의원들이 의사당 앞에서 통근
버스째 크레인 차에 끌려서 헌병대의 차고로 직행하는 소동까지 벌어졌
다. 둘러댄 이유인즉, 어마어마하게도 일부 의원들이 공산당과 금전관
계가 있다니, 국민은 그야말로 입도 함부로 달싹 못하게끔 되었다. 웬
만한 개인에 대한 구속이나 테러 따위는 문제가 아니었다.

그래서 〈공포 분위기 조성〉 운운하던 신문들마저 약삭빠르게 입을 닫
게 되고, 세상은 갈수록 흉흉해져만 갔다.

국회의원도 아닌— 차돌이가 다니는 밤 학교의 학생 선생도 무슨 일
로 붙들려갔다. 그리고선 학교 문에는 굵직한 빗장이 걸렸다. 소위 폐
교란 것이었다. 아무런 방문도 써 붙여 지지 않았다.

(아마 어디서 와서 그랬나 보다……)

차돌이는 〈×〉자로 처박혀 있는 빗장만을 우두커니 바라보다가 돌아
섰다.

차돌이는 그 길로 울산이아저씨댁을 찾아갔다. 울산이아저씨는 돌아
올 시간이 지났는데도 돌아와 있지 않았다.

「오늘 뭐 늦겠다 카등기요?」

차돌이는 꼭 만날 일이 있어서 찾아간 건 아니지만, 수인사 겸 아주
머니에게 물어보았다.

「언제(아니), 암말도 안하고 나가던데…… 요샌 늘 이래 안 늦나.」

아주머니는 대범스럽게 여겼으나, 차돌이는 들은 바가 있기 때문에,
역시 시국과 관계가 있는 일이 아닐까 짐작되었다.

차돌이의 짐작이 들어 맞았는지 바로 그 이튿날 일간지에 울산이아저

씨가 관계하고 있는 〈민간 대일 청구권협회〉의 이름으로 된 성명서가 나왔
다. 매일같이 신문에 발표되는 개헌지지 성명서들과는 내용이 백팔십도
로 달랐다. —정부와 여당이 지난번 선거 때 공약한 민간 대일 청구권 보
상을 이행하지 않는 이상 개헌을 지지할 수 없다는 내용의 그것이었다.

「야 콧대 센 놈들도 있군! 이게 어느 때라고 이런 걸 함부로 신문에
내지?」

「아직 불알 달린 놈도 있는 모양이로군!」

구두들을 많이 닦는 점심 시간의 일이었다. 어용 기관이라고 불리는
대한 노총에 들어 있는 철도공장 아저씨들 가운데도 자기들끼리 모이면
이런 말도 했다.

「참 차돌이 너도 그 협회에 들어 있다고 허잖았나?」

한 아저씨가 이렇게 물었다.

「야, 들어 있임더. 아버지 대신.」

차돌이는 상대방 구두에 마지막 솔질을 하며 말했다. 그는 웬일인지
그 신문기사 얘기를 듣자 어깨가 으쓱해지는 것 같은 기분이었다. 밤
학교도 이젠 문을 닫은 터이지만, 차돌이는 그날은 다른 날보다 일찌감
치 일을 끝냈다. 그러나 뭐가 지피는 게 있었던지, 집으로 바로 돌아가
지 않고서 울산이아저씨 댁부터 들렀다.

「아이고 차돌이가! 아저씨가 잽히갔다(끌려갔다) 그마—」

아주머니는 눈이 벌개져 있었다.

「어지(어제) 밤 막 니가 나가고 나서 돌아왔는데, 오늘 새북(새벽)에
형사들이 안 디리 닥치나……」

차돌이는 섬뜩했다. 십중 팔구는 예의 성명서 때문이리라 믿어졌지만
잘못 걸리기만 하면 무슨 죄를 뒤집어씌우더라도 족쳐대는 판이니까…
차돌이는 별안간 정신이 휭 나가는 것 같았다. 그는 울산이 내외를 가
까운 유일한 육친같이 믿어 왔던 것이다.

울산이아저씨는 좀처럼 풀려 나오지 못했다. 면회도 잘 들어주지 않
았다.

「아마 대통령 선거가 끝나야만 나오게 될걸!」

철도공장 아저씨들은 차돌이의 말을 듣곤 이렇게 말했다.

(선거가 끝날 때까지……)

차돌이는 정신이 아찔했다. 돈과 권력만 가지면 안되는 일이 없다는

그의 조국이 새삼 한스러웠다. 생떼 같은 사람이 하룻밤 사이에 어마어마한 죄를 뒤집어쓴 채 목이 달아나기 예사고, 정작 죽어야 할 놈이 금방 훨훨 털고 살아나고…… 모든 것이 식은 죽먹기 같다는 말이 거짓이 아닌 듯했다.

그러니 약한 변두리 주민들의 반대쯤이야 문제될 게 없었다. 수원지의 저수지는 얼렁뚱땅 메워지고, 그 자리에다 큼직큼직한 고급 주택들이, 가위 도시의 미관에 이바지라도 하듯 들어섰다. 국민의 세금은 국민의 쓰레기를 치우는 데는 인색해도 그러한 고급 주택가의 길이랑 하수도 시설에는 아낌없이 쓰인다는 것도 그럴싸한 말이었다. (나중에 이 일대는 ××도둑촌이라고 불리기도 했다.)

야당을 하는 사람들이 아무리 떠들어 봤자 소용이 없었다. 달구지 데모가 전국적으로 번지고, 날치기든 뭐든 개헌안이 국회에서 통과되고 그 여세로 대통령 선거까지 무사히 끝났다. 신문 호외가 거리마다 무덕지게 뿌려졌다.

그러나 그 〈무사히〉가 문제였다. 정부나 여당의 입장으로서는 〈계획대로 되었다〉는 뜻이겠지만, 야당 참관인이 투표 현장에서 두들겨 맞았다든가, 투표함을 수송 도중에 바꿔치기 했다든가, 〈피아노식〉이니 〈올빼미식〉, 〈쌍가락지식〉 개표를 했다든가…… 도처에서 말썽이 일어나기 시작했다. 철저하기가 가위 전국적인 모양이었다.

또 그놈의 학생 데모란 것이 일어났다. 느리기로 유명한 경상도에서 먼저 터졌다. 항구바닥이 온통 뒤집히듯 했다.

「부정 선거 물러가라!」

학생들이 책보를 든 채 거리로 쏟아져 나왔다. 쏘아라! 쏘았다. 죽었다. 죽은 놈의 포켓 속에서 소위 그 〈복괴의 괴문서〉니 〈지령서〉니 하는 괴물들이 또 튀어 나왔다.

그러나 이미 때가 늦었었다. 곪은 데가 너무 많고, 터진 데가 자꾸 늘어났다. 저녁 잘 먹고 집을 나간 멀쩡한 소년이, 눈에 최루탄 살이 박힌 채 시체로서 바다 위에 떠올랐다. 아침 햇살이 보아란 듯이 그것을 시민 앞에 드러냈다.

어머니는 울었다. 세상 어머니들이 울기 시작했다. 소년들도 울고, 청년들도 울고, 노인들까지 울고…… 울다가 그만 화를 벌컥 냈다. 제 새끼를 앗긴 코끼리가 호랑이를 보고 내닫듯이 시민들은 떼관음보살처럼 거리로 달려 나왔다.

총소리가 콩 볶듯 났다. 총소리가 커질수록 아우성도 커졌다.

차돌이는 구두통을 안 든 지가 벌써 여러 날째였다. 구두를 닦는 사람들이 갑자기 줄어 들었다. 흙구두가 온통 거리를 더럽혔다. 그의 단골인 철도공장도, 또 곤도오— 아니 권동준 교장이 계시는 상업학교도 문이 꽉꽉 닫긴 채 〈무단 출입 엄금〉이란 팻말이 나붙었다.

「제기랄!」

차돌이는 구두통을 청 밑에 던져 버리고 자기도 거리로 나섰다. 〈부정 선거 반대〉란 아우성을 치면서 거리를 내닫는 학생들이 부러웠다. 밤 학교에 나오던 대학생 선생이 읽어 주던 싯귀가 문득 머리에 떠올랐다.

데모는 흘러가고
문둥이는 서로 울고……

—나는 문둥이가 아니다! 처음에는 구경삼아 학생들의 뒤를 따랐다. 그러다가 자기도 모르는 사이에 학생들 속에 휩쓸려 들어갔다. 빠져나오려야 빠져나올 도리가 없었다. 결국 붙들렸다.

「이새끼 너는 머냐?」

그의 작업복 뒷덜미를 낚아 챈 사람은 꼭 짜배기 같은 턱주가리를 가진 청년이었다. 뒤집혀진 눈이 또 공교롭게도 자기를 골려 주던 딱부리 같기도 했다. 아뭏든 깡패 출신같이 느껴졌다.

차돌이는 경찰서의 뒷뜰로 끌려 가, 거기서 넉장거리를 서너 번 당겼다. 입에서 피가 흘러나왔다. 시키는 대로 한쪽에 구겨져 앉았다.

끌려 오는 손님이 너무 많았다. 넓은 뜰 안이 금방 꽉 찼다. 어두워진 뒤에도 자꾸 끌려 왔다. 경찰서의 3층 바깥 벽에 걸려 있는 외등에 전기가 들어왔다. 희미한 불빛에 총칼이 번쩍거렸다.

별은 하나도 보이지 않았다. 먹구름이 온통 하늘을 뒤덮었다. 곧 비가 쏟아질 것같이 하늘이 무거웠다.

차돌이는 그렇게 붙들려 있는 자기 몸보다, 울타리 밖 한데 둔 벌통이 걱정되었다. 육감에 아마도 큰비가 한바탕 호되게 쏟아질 것만 같았다. 장마철이 오기 전에 손을 본다 본다 하면서 여태 미루어 둔 것이 새삼 후회되었다.

저물기 시작하고부터 차츰 멀어져 가던 총성도 멎고, 흡사 수라장 같던 거리도 인제 조용해진 것 같았다. 인기척도, 일반 차량 지나가는 소리도 들리지 않았다. 다만 이따금씩 군용찬지 관용찬지의 경적 소리가 극성스럽게 어둠을 째고 달려갔다. 기분 나쁜 소리였다.

「왜 사람을 잡아 놓고 안 보내 주는 거야—？」

「배 고프다, 밥 가주 오나라！」

「정말 이러긴가—？」

시간이 늦어 갈수록 뜰 안에 있는 사람들은 더 소란을 부렸다.

「조금만 기다리시오. 여러분을 보호하기 위해 그러는 겝니다.」

모자 끈을 턱밑에 내리걸고 있는 감시 순경이 이렇게 진정을 시켰다. 그러나 통할 리가 없었다.

「보호하는 게 밥조차 굶기는 건가? 점심도 못 먹은 사람이 많단 말야！」

점점 소리가 높아져 갔다.

상부에서 어떻게 하라는 명령이 얼른 내리지 않는 모양이었다.

겨우 학생들이 먼저 풀렸다. 차돌이는 학생복을 입지 않았기 때문에 맨 나중까지 남았다가, 다행히 자기 또래 나이의 소년들과 함께 주의를 받고 풀려 나왔다.

벌써 밤이 꽤 깊었다. 빨리 달리지 않으면 영락없이 통금에 걸릴 판이었다. 게다가 또 곧 빗방울이 떨어질 듯했다. 갑자기 일어나는 바람기가 수상스러웠다.

급히 온다고 왔는데, 어설픈 나무다리를 건너, 미처 널빤지 문을 열기 전에 통금 사이렌이 길게 울렸다. 다행이다 싶었다. 그는 천천히 문을 열었다.

뜻밖에 자기 방에 불이 켜져 있었다.

(어쩐 일일까？)

대문을 걸고 돌아서자, 큰방 문이 드르륵 열리고 주인마나님의 얼굴이 배쭉 나왔다.

「차돌이가？ 와 인자 오노？ 니가 안 오는 줄 알고 수남이가 그 방에 잔데잇. 즈그 동무들 하고…… 어짜노(어쩌겠니) 마 같이 자거라. 아이고, 하늘이 옹(영) 캄캄하네, 비가 올란갑다요！」

뭉뚝한 개발코에 어울리지 않게 가냘사니 같은 그녀의 입이 대중없이 이렇게 시부렁거렸다. 그러고도 모자라는 듯이,

「아이고, 내 정신 좀 보래! 아까 참 울산이아저씨가 왔다 갔데잇. 인자 나왔다 안 카나.」

「나왔어요?」

그저 얼떨떨하던 차돌이는 울산이아저씨가 풀려 나왔다는 말에 겨우 정신을 가다듬었다.

「와, 가볼라꼬? 고동도 붙었는데 내일 가봐.」

그녀는 또 이렇게 주책을 떨었다.

「야!」

차돌이는 싱겁게 대답을 하고서 자기 방 앞으로 갔다. 문이 안에서 먼저 열렸다.

「와 인자 오노?」

한 건, 한집에 있으면서 오랫만에 말을 건넨 수남이고, 뒤에서,

「미안함데이! 주인도 없는 방에 맘대로 들와서……」

「둘우소(들어오세요)!」

하는 건, 차돌이와도 안면이 없지 않는 수남이의 친구들— 모두 고추박이 까리들과 어울려 다니는 뻘때추니들이었다.

세 계집애들은 아직 자지 않고 있었다. 한쪽으로 밀쳐진 차돌이의 얄팍한 방석 위에 화투장들이 지저분하게 퍼져 있고 아랫목에는 먹던 고구마가 바가지째 그대로 있는 걸 보아서, 여태 무엇들을 하고 놀았는지를 알 수 있었다.

「앉가라 와!」

차돌이가 어이없이 서 있는 걸 보고 수남이가 눈짓을 했다. 기껏 한 살 위인 것이, 그새 자길 어떻게 대했으며 또 어떤 짓을 했는가는 숫제 잊어버리기라도 한 듯이 옛날처럼 척척 말을 놓는 것이 차돌이에겐 약간 아니꼬왔다.

「사람이 들오는데 그래 일어나지도 않긴가(않기냐)?」

차돌이는 굳은 표정을 지어 보였다. 쏘아보는 시선도 자연 날카로왔으리라.

「아이고, 네, 네—」

수남이는 〈쳇!〉 하고 말려다가 부러 벌떡 일어섰다. 그리고 마주 쏘아보았다. 발딱거리길 잘하는 햇병아리들같이. 만약 그들의 목 가죽에도 닭처럼 털이 나 있었더라면 그럴 땐 정녕 빳빳이 서고 말았을 것이다. 그런 내색이 불가능한 그들은 그저 눈들에만 날이 섰다. 그것은 비

록 순간적이긴 했지만, 그 몇 달 동안 줄곧 서로 피하고 미워하고 하던 감정들이 제각기 이빨을 드러낸 거나 같았다.

그러나 햇병아리들은 오래 쏘아볼 줄 모른다. 귀찮은 것이다. 그저 푸덕덕하다 말 내기다.

「머? 네, 네라—?」

차돌이는 전등을 끄는 것과 수남이의 목을 후리는 동작을 거의 동시에 했다.

「애개개!」

수남이는 좋게 쓰러졌다. 그러나 어둠 속에서 줄곧 〈익, 익〉하고 안간힘을 쓰더니 겨우 코막힌 소리를 했다.

「붑, 붑, 불 안 캐나?」

다시 전등은 켜졌다. 희미한 빛 속에 두 처녀(?)가 미이라처럼 서 있다.

「잠시더 인자—」

차돌이는 벽을 향해 돌아 누웠다. 억지로 눈을 감았다.

세 계집애의 옷 벗는 소리가 쓰락쓰락 등뒤에서 들렸다.

「아얏, 가시나 미쳤나?」

어느 게 어느 것의 어디를 건드렸는지, 한 애가 싫다 하고, 그러다가 같이 킬킬거려댔다.

누군가가 차돌이에게 홑이불을 덮어 주었다.

비좁은 방 안은 다시 캄캄해졌다. 그러나 세 계집애는 내처 싸부렁거리고 또 킥킥거렸다. 말괄량이란 하는 수 없나 보다. 장난이 심해서, 어느 계집애의 발인지, 차돌이의 허구리에 와 부딪치기도 했다.

(요것들……)

싫었으나 차돌이는 꾹 참고 내전보살이 되었다.

다행히(어떤 의미로는 불행히) 비 듣는 소리가 들려 왔다. 뚝뚝 둔탁하게 함석 지붕을 치는 소리가 꽤 굵은 빗방울 같았다.

차돌이는 벌떡 일어나서 플래시를 찾아 들었다. 밑이 팬티 바람인 계집들은 차돌이가 걷어 던진 〈시마지〉 홑이불을 끌어당기기가 바빴다 이불 밖으로 내던져져 있는 넓적넓적한 맨발들이 어쩜 꼭같이 말 갈 데 소 갈 데 안간 데가 없는 듯이 천하게 보였다.

「어데 갈라꼬?」

수남이가 얼굴만 내놓고 물었다.

「벌통을 가 봐야겠다.」

차돌이는 이내 밖으로 나갔다.

「저건 벌에 미쳤데잇!」

수남이의 꺽꺽한 목소리가 귀에 와 잡혔다. 사실 차돌이는 울타리 밖에 있는 벌들이 걱정스러웠던 것이다. 그는 청 밑에서 호미를 찾아 들고 대문을 소리없이 열었다.

아닌게 아니라 몇일 못 돌아 본 새 벌통 가장자리까지 바랭이랑 쑥대강이가 뻗어 나와 있었다. 차돌이는 풀도 맬 겸 비가 많이 오더라도 쉬침수가 안되게끔 받침돌들의 뒤를 죽 파서 에웠다. 빗방울이 점점 굵어졌다. 어느새 이마에 물이 타 내렸다.

차돌이가 되돌아왔을 때, 세 계집아이는 이야기를 뚝 끊었다. (그녀들은 그때까지 고시랑거리고 있었다) 차돌이는 해수욕장 같은 데서 쓰이는 종이 박스 안에서 내복을 꺼내 입었다. 물론 전등은 켜지 않았다. 플래시만 썼다.

차돌이가 다시 제자리에 누웠을 때 아까처럼 누가 홑이불을 덮어 주었다. 이불을 덮어주던 손이 그대로 차돌이의 그것을 꾹 쥐었다. 곁에 누웠던 수남이었다. 보드랍고 따뜻한 손이 차돌이의 손목을 한 번 불끈 쥐었다가 다시 거기로 내려갔다. 팔목만큼 굵다는 뜻일까……

바깥은 온통 빗소리뿐이고, 이따금 번갯불이 번쩍 문을 비쳤다. 차돌이는 저도 모르게 수남이를 확 끌어안았다. 납작 안겨 붙는 수남이의 입에서는 들쩍지근한 고구마 냄새가 물씬 났다.

드디어 큰비가 되고 말았다. 밤새 퍼붓던 비가 아침이 되어도 멎지 않았다.

「허허이 이런 날씨 보래!」

수남이 아버지는 방문을 열었다가 되 닫았다. 사뭇 청에까지 비가 들이쳤기 때문이다.

수남이의 동무들도 비에 갇혀 꼼짝을 못했다. 차돌이의 방에서 나가려고 하지 않았다. 결국 차돌이의 손님 비슷하게 돼 버렸다.

「그만 여기서 노소.」

하고 차돌이는 그만 밖으로 나갔다. 살이 휘는 비닐우산을 받고서 그는 울산이 아저씨를 찾아 갔다.

울상이 아저씨는 놀랄 만큼 얼굴이 상해 있었다. 호되게 당하고 지루

하게 찌들린 흔적이 역력했다. 〈욕봤지요〉 하는 차돌이의 수인사에 대해,

「그기 이 나라 백성된 덕분 아이가!」

이런 어처구니없는 대답을 하며, 뭐가 몹시 아니꼬운 듯이 비쭉했다.

차돌이 이외에도 그를 찾아온 손님이 있었으나, 그들도 별로 말이 없었다. 아니 도리어 말하기도 싫고, 또 말할 필요도, 그런 정나미조차 없는 눈치들이었다,

역시 수사 당국에서 문제삼은 근본 꼬투리는 〈민간 대일 청구권협회〉에서 낸 성명서였지만……비밀 집회니, 출판물에 관한 무슨 법 위반이니 뭐니 해서, 되도록이면 무거운 죄목을 덮쒸우려고 했던 모양이다. 게다가 〈누구의 지령〉이냐고 윽박지르는 통에 혼이 났다는 것이다.

(지령 좋아하네!)

차돌이는 데모를 하다가 총에 맞아 죽은 어린 중학생의 포켓에서도 무슨 〈비밀 지령서〉같은 게 나왔다고 우겨대는 따위의 상투적인 수법을 상기하며 뭉클했다.

또 그런 종류의 〈성명서〉도 정치운동이라고 하더라고? 그러니 그런 데서 빨리 손을 떼는 것이 좋을 거라고. ——친절을 베푸는 건지 위협인지 도무지 모를 소리를 하더란 것이다.

차돌이도 그런 얄팍한 알랑수들은 웃어주고 싶었다. ——

(지 돈 찾일라 카는 기 어째서 정치운동이고?)

만약 그런 것까지 정치운동이라고 뒤집어쒸운다면 자갈치 시장 아주머니들도 다 정치운동을 하는 사람이구로(사람이게) 싶었다. 정작 국민을 그런 식으로 다룬다면 그야말로 정치도 아무것도 아닌——바로 협잡이요, 우겨다짐이라고 생각했다.

하기야 한 때 왜놈에게 빌붙어서 온갖 아양을 다 떨다가 말경에는 제나라 말까지도 없애버리자고 들던 〈산바 가라스〉 같은 위인들이 지금은 무슨 학교 교장이네, 국회에 나가려네 하고 우쭐대는 판국이니……차돌이같이 어린 마음에도 세상이 아니꼽기만 했다. 이 꼴로서야 아버지가 목숨을 걸 듯했던 돈도 받을까 싶은 생각이 나지 않았다. ——누구의 말마따나 언제 또 일본의 도움을 받을지 모르니 미리 〈일본 **국방** 헌금〉이라도 해 두라지!

차돌이는 지르퉁하고 일어섰다.

비는 내처 사납게 퍼붓고 있었다. 비닐우산도 갈갈이 찢어졌다. 내던

저버렸다. 어디서 날아 온 헝겊 조각이 차돌이의 발끝에 놓인다. 공동
묘지께선가? 아니면 화장막? 일부러 힘을 주어 밟아 버렸다. 긴 옥수
수밭 마름쇠에도 그런 것이 펄렁거리고 있다. 의지가 없는 것들……

차돌이는 얼굴을 타 내리는 빗물과 침을 한꺼번에 뱉어 버렸다.——차
라리 짜배기 같은 놈이 잘 생각한 것이 아닐까 하는 마음이 문득 들었
다. 그러자 그는 이상한 욕심이 생겼다. 한 잔 마시고 싶었다.

그는 길가에 있는 변두리 가게에 들어갔다. 언젠가 짜배기가 수남이
를 차고 앉았던, 그리고 자기가 나오다가 자전거와 함께 와장창 넘어지
던 집이다.

「술 있지요? 빵 좀 하고——」

비도 올 뿐 아니라, 아직 점심때 전이라 그런지, 손님이 없었다. 물
론 단골이게 마련인 까리들도 안 보이고, 다만 심부름하는 쫄래동이 둘
만이 창턱에 기대서 바깥 비 구경을 하고 있었다. 그들이 향해 있는 저
수지——아니, 지금은 말끔히 메워지고 높직높직한 주택들이 들어서는
주택 가이지만——그 윗쪽의 울창한 수풀이 극성스러운 비바람에 휘청휘
청 꺾일 듯 시달리고 있다.

차돌이는 단박 얼근히 취해 버렸다. 정신보다 얼굴이 먼저 빨갛게 달
아 올랐다. 그러고는 눈앞이 빙빙 내둘리는 것 같았다.

빵을랑 먹지 않고 그대로 종이에 쌌다. 그는 제비같이 빗속을 내달렸
다.

수남이와 그녀의 두 말광량이 동무는 내처 차돌이의 방에 처박혀 있
었다. 역시 습성인듯 화투놀이를 하고 있었다.

「자, 빵 사 왔소!」

차돌이는 품에서 빵 봉지를 꺼내어 방 안에 던지기가 바쁘게, 마대조
각을 머리에서부터 등으로 붙이는 십 뒤로 돌아갔다. 역시 벌동이 석성
이 됐던 모양이다. 다행히 아직 아무 탈이 없었다.

방에 있던 사람들은 그가 돌아올 때까지 빵에는 손을 대지 않고 있었
다. 아직 그만 정도의 얌통머리들은 남아 있었던 모양이다.

「와 안 묵소?」

차돌이가 잠깐 놀랍게 보는 듯하니까,

「무슨 턱인지 알아야 묵지요.」

순득이란 이름을 가진 애가 숫제 시큰둥했다.

「턱은 무슨 턱!」

352

차돌이는 물이 뚝뚝 떨어지는 아랫도리를 대강 짜 버리고 방으로 들어갔다.

「다 저쪽을 보소!」

하곤, 아랫목에 돌아서서 옷을 주섬주섬 갈아입었다.

「그럼 그 턱으로 묵는데잇!」

아까 그 애가 수남이를 보고 뺑글거리며 빵을 먼저 집는다.

「이기(이게) 미쳤나! 사온 사람한테 인사도 안하고——」

「마찬가지 아이가! 불을 꺼버린 거는 누고, 〈붑, 붑 불캐라〉한 건 누군데? 대기 오래 붙어 있데? 이불은 즈그만 감아 가주고……우리는 얼마나 떨었다꼬! 안그랬능기요?」

이번에는 차돌이를 건너다보았다. 쭉 째진 입이 말깨나 하게 생겼다.

「맘대로 생각하소.」

차돌이는 빵을 하나 집었다. 비를 맞아 그런지 주긴 가셔지고 시장기가 들었다.

그날 밤도 수남이의 동무들은 차돌이의 방에서 잤고, 수남이는 차돌이의 곁에 붙어 누웠다. 짜배기가 대구에 가서 정치깡패로 활약한다는 말을 차돌이는 그때 수남이로부터 들었다.

「자식 악질이데잇!」

하는 투가, 직접 거기까지는 말을 안해도, 아마 채인 듯한 눈치였다.

수남이는 또 차돌이의 몸을 더듬었다. 이건 벌써 부끄럼도 아무것도 없었다. 이력이……였다. 그녀는 곧 차돌이의 달아 있는 귓전에 입을 갖다 대었다.

「조것들도……우린 다 그런 새란 말이다.」

아니나다를까, 수남이가 빠져나가자 순득이란 애가 곧 자리바꿈을 했다. 이건 다짜고짜로……했다. 영락없는 동물이었다.

차돌이는 완전히 놀림감같이 되어 버렸다. 지쳤다. 그녀들이 공동변소가 아니라, 자기자신이 바로 그런 꼴이 되었다고 생각했다.

바깥에서는 차돌이의 그러한 악몽을 짓누르는듯 주루룩주루룩 비가 더욱 극성스럽게 쏟아졌다.

시골 같으면 아마 첫닭이 홰를 칠 무렵이었다.

별안간 사람들의 아우성소리가 내 건너 수원지 아래께서 야경스럽게 들려 왔다. 폭우 속의 일이라 무슨 뜻인지 똑똑하지는 않으나 심상치 않은 일이 일어난 것만은 틀림없었다. 」

그것도 열 사람 스무 사람 정도가 아니었다. 적어도 수십 내지 수백 명으로 추산되는 군중이 한꺼번에 아우성을 쳐댔다. 예의 부정선거를 규탄하는 데모도 아닌 것 같았다.

차돌이는 잠결에 머리끝이 쭈뼛했다.

(오밤중에 무슨 일이 생겼을까……?)

그는 문을 더듬어 열다가 도로 닫아 버렸다. 창대 같은 빗발이 마구 들쳤기 때문이다.

스위치를 돌려 봤으나 전기조차 나가고 없었다. 제기랄! 마치 무간 지옥이다.

아우성소리는 점점 가까와져 왔다. 아니 가까와진 것이 아니라 실은 가까운 데서도 그러한 아우성소리가 잇달아 일어났다. 외마디소리가 지척에서 들려 왔다. 소방차의 사이렌소리가 여기저기서 요란스럽게 밤을 찢어댔다.

「물난리다!」

차돌이는 플래시를 찾아 들고 밖으로 뛰어나갔다. 마당이 벌써 강이었다. 쏟아지는 폭우속에서도 우르르르 하는 벌물소리를 똑똑히 잡을 수가 있었다.

「모두 일어나이소잇! 물이 덮치는 갑심더 (같습니더)——」

역시 불도 없는 큰방 쪽에 대고 이렇게 소릴 치고는, 대문을 밀고 나갔다. 마대 같은 것을 뒤집어 쓰고 어쩌고 할 겨를도 없었다. 플래시에 비치는 냇물은 벌써 그들의 집 앞 다리를 넘고 있었다.

「보이소, 큰일났임데잇! 다리 넘심더.」

그는 담 너머로 한 번 더 소리를 치고는 지척지척, 벌통이 있는 냇둑으로 올라갔다. 언덕배기를 넘어오는 황토물이 발목까지 적시었다.

「다 틀렸구나!」

그는 중얼거렸다기보다 실은 애처롭게 외쳤던 것이다.

다섯 개의 벌통이 죄다 침수가 되어 있었다. 다행히 아직 넘어지지는 않았으나, 어림짐작에 구해 낼 길은 아마 거의 없을 것 같았다. 아니, 어쩜 벌들이 벌써 물에 다 늘어졌을는지도 모를 일이었다. 철도공장 뒤 질펀한 빈터에 밀려든 탁수가, 별안간 냇둑을 쓸어덮는 판이니 어떻게 막을 도리도 없었다. 그 물을 막아내다니, 감히 엄두도 못 낼 일이었다.

그래도 행여나 싶어, 쉬 넘어지지나 말게시리 벌통들을 받침돌에라도 단단히 매어 둘 양으로, 차돌이는 부랴부랴 집으로 돌아왔다. 철사 동 강이랑 새끼 부스러기들을 잡히는 대로 찾아 들고 허겁지겁 되돌아가다 보니, 애꿏게도 벌통들은 벌써 곤두박질을 쳐 버리지 않았는가! 차돌 이는 쥐었던 물건들을 놓아 버리고 그 자리에 털썩 주저 앉았다. 완전 히 탈기를 한 셈이다. 머릿속이 점점 비어가는 듯했다. 은근히 길러오 던 꿈이 산산이 부서진 것이다.

내 건너 저수지 밑 판자촌과, 내를 끼고 다닥다닥 붙어 있는 가까운 이웃들에 아우성과 외마디소리가 더욱 심하게 일어났다. 쏴 하는 풍우 성과 으러렁퉁탕 하는 홍수소리가, 〈아이구메〉니 〈사람 살려 주소〉 하 는 비명 통에 간혹 끊기곤 하였다.

(그까짓 벌쯤……!)

차돌이는 정신이 번쩍 들었다. 막 언덕을 내려서려 할 순간이었다.

〈와지끈 뚝딱!〉

하고, 그의 집 앞 내에 걸려 있던 낡은 나무다리가 보기 좋게 넘어갔다. 동시에 물이 집안으로까지 확 밀렸던지, 쥐죽은 듯 엎치고만 있던 수남 이 집 식구들도 헐레벌떡 뛰어나왔다.

「이쪽으로 오이소. 이리 올라오이소.」

지향없이 허둥대는 것을 보고, 차돌이가 급히 불렀다. 플래시를 비춰 주며.

「물이야 무, 물이야!」

수남이 아버지는 불 났을 때 〈불이야!〉라고 외치듯이, 혼자서 〈물이 야!〉를 외치며 차돌이가 있는 곳으로 뛰어왔다. 사실은 엉금엉금 기어 오듯 했지만.

「아이고 이기 무슨 일고!」

수남이 어머니는 막내를 끌다시피 하며 영감의 꽁무니를 따랐다.

수남이도 또 그녀의 친구들도 허둥지둥 달려왔다.

「좀더 저 위로 올라갑시다.」

차돌이는 플래시를 연신 내저으며 그들을 안전한 언덕배기로 안내했 다. 거기도 물이 발목께까지는 닿았다.

옛날에도 이런 일이 더러 있었느냐고 묻는 차돌이의 질문에 대해서,

「없었다. 내가 여기 온 지 그럭저럭 이십년이 넘었건마는 이런 물난 리는 이기 처음일세……」

수남이 아버지는 맥빠진 대답을 했다.

차돌이는 아까부터 생각나는 바가 있었지만 더 묻지 않기로 했다. ─
저수지를 메워 버리면 물난리를 만나기 쉬울 거란 울산이 아저씨의 말
을 수남이 아버지는 대수롭잖게 들었던 것이다. 그리고 진정서에 도장
도 눌러주지 않았고, 바로 냇가에 자리잡고 있는 이녁 집은 더 위험하
지 않느냐고 털보영감이 졸랐을 땐,

「재수 없는 소리 대강 해라! 내 집이 와 우투룹아(위태로와).」
하고, 도리어 성을 발칵 내기도 했던 것이다.

이젠 갈래야 더 갈 데도 없고, 올래야 집은 이미 침수가 되어 버렸다.
이제 와서 볼멘 소리를 해 봐도, 아무리 아우성을 쳐도 소용이 없다. 다
랍게 약아빠진 사람들에게는 오히려 당연한 일일는지도 모른다.

별안간 〈와르르 와르르르〉, 수남이네 집 돌담 무너지는 소리가 들
려 왔다. 담 밑이 할퀴어 나가면 집도 어차피 쓰러질는지 모른다.

수남이 아버지는 정신 나간 사람처럼 볼만장만 말이 없었지만 어머니
는 갑자기 무슨 귀신이라도 지핀 듯이 무어라고 자꾸 혼자서 투덜거렸
다. 그러나 아무도 참견을 해주지 않았다.

어둠 속에서 아우성 소리는 갈수록 높아졌다. 번지었다. 저수지를 메
운 바로 발치쯤에서부터 철도공장 맞은편 일대와 이쪽 냇기슭 일부가
온통 벌물을 뒤집어쓰는 모양이었다.

극성을 부리는 빗소리와 물소리, 그리고 사람들의 아우성소리에 섞여
이따금씩 와르르 담 무너지는 듯한 소리랑 우지끈 하는 소리가 들려 왔
다. 〈저런……!〉 그럴 때마다 걱정이 되는 듯 수남이 아버지는 차돌이
가 들고 있는 플래시를 뺏듯해서 소리나는 쪽을 비춰 보려고 했다. 플
래시도 벌써 가물가물 약해졌다.

차돌이는 플래시를 도로 받아 끄면서 수남이 아버지의 그런 심리를
이상하게 여겼다. 자기 집은 침수가 되어도 숫제 안전하기라도 한 듯이
남의 불행을 꼭 보고 싶어하는 심사! 사람은 다 저런 것일까? 고집을
써서라도 최후까지 자기의 불행은 느끼지 않겠다는 심사가 아닐까? 그
것은 철도공장 아저씨가 언젠가 말한 것처럼 수억대의 부정을 해 먹고
갇힌 고급 관리가, 면회 온 부하 직원을 보고 〈내 일은 너무 걱정말아〉
한 것과는 또 달랐다. 고급 관리의 경우는, 돈과 빽이 있으니까 으례
풀려 나갈 거고, 또 이제 그만두더라도 남부럽잖은 축재를 해 두었다는
심사였겠지만, 이건 소위 〈실리적〉이 아니다. 얼뜨기같은 영감!

차돌이는 자깝스럽게도 생각을 달리했다. 곤두박질을 치고 만 자기의

벌통에 대한 앵한 생각조차 잠깐 잊어버렸다. 그저 뭔가를 찾으려는 듯 우두망찰하게 서서 어둠과 아우성 속을 노려볼 따름이었다.

어둠 속에서 내처 불길을 예고하듯한 극성스런 사이렌 소리를 쥐어짜며, 소방차랑 구급차(救急車)들이 바삐 설치었다. 마치 시위처럼 냇둑이 넘게 밀려 내리는 시꺼먼 물이 주욱 죽 비치는 헤드라이트를 받아서 무슨 괴물처럼 꿈틀거렸다. 그러한 물굽이 위에, 지붕따까리(지붕)인지 문짝들인지 제법 큼직큼직한 물체가 껑충껑충 떠내려 가기도 했다. 응당 사람도 더러 떠내려 가리라. 차돌이는 언젠가 절에서 그림으로 구경한 지옥을 연상했다. 바로 이것이 지옥이 아닌가 싶었다. 그러나 어처구니없는 지옥이었다.

겨우 날이 밝아 왔다. 이상스럽게 비도 따라서 숙지근해졌다. 바람도 차차 힘이 줄어 들었다.

그러나 느닷없는 홍수가 입힌 상처는 날이 밝아지자 더욱 뚜렷하게 드러나기 시작했다.

저수지를 메우고 계곡의 물을 따로 돌린 배수로(排水路) 끝과 본디의 개울이 마주친 짬에 자리잡고 있던 집들(대부분이 판자집이었지만)은 거의 흘러갔거나 침수가 되었다. 옛날 같음 저수지로 일단 들어갈 급류가, 보잘 것 없는 집들이 밀집해 있는 수원지 밑 개울로 마구 밀어닥쳤기 때문이었다. 차마 눈으로 볼 수 없는 데가 많았다. 죽은 사람, 행방불명이 된 사람도 상당히 많다는 얘기들이었다. 밤새 악을 쓰던 외마디 소리, 아우성소리가 결코 무리가 아니었던 것이다.

수남이네 집은 배수로 끝에서는 꽤 떨어져 있었지만 개울가가 돼서 역시 침수로 아주 못쓰게 기울어졌다. 물론 장독도 몽땅 흘러가 버렸다. 〈재수 없는 소리 말아, 내집이 와 우투룸아!〉 하던 수남이 아버지의 그 장담이 완전히 거짓말이 된 셈이었다.

차돌이는 벌 같은 건 벌써 생각지 않았다. 그야 치려면 언제든지 칠 수 있는 일이었다. 집도 없다. 그러나 집은 처음부터 없는 집이다. 구두닦기통만 있으면 어쩌도 살 수는 있다. 그는 숫제 고아의 행복이란 것을 처음으로 느끼기도 했다.

당국에서는 깨끗지 못했던 선거의 뒤치다꺼리로 혼이 나던 판이라 이재민들에 대한 구호의 손도 얼른 뻗치지 못했다.

집을 잃고 언덕길에 모여 선 사람들은 노기가 그야말로 하늘을 찌를 듯이 치솟았다. 멀쩡한 못을 메워 땅 팔아먹을 줄만 알았지 물 처리에 대해서는 처음부터 등한했던 당국에 대한 불평이 여기저기서 튀어 나왔다. 그런가 하면,

「죽어야 된다, 다 죽어야 돼! 넨장맞을, 저수지 마쿠기(메우기)전에 일을 시작하자 카이, 모두 비실비실 피하기만 하더이, 그래 이기 무슨 꼴고 말이다?」

하는 자신들의 비겁성을 저주하는 소리도 나왔다.

그럴 때 마침 가까이 있는 상업학교 뜰에서 또 데모의 아우성소리가 터지기 시작했다.

그 소리를 들은 이재민들은 갑자기 조용해졌다. 그러나 곧 움직이기 시작했다. 누가 설두를 한 것도 아니다. 어느 놈이 또 〈비밀지령〉의 희생자가 되려는지, 상업학교 쪽으로 모두 몰려갔다. 차돌이도 그 군중속에 섞였다.

뜻밖에 차돌이의 등을 치는 놈이 있었다. 딱부리였다. 숫제 깍듯하게 군다. 짜배기 패에 붙어서 차돌이를 괴롭히던 일은 까맣게 잊었노란 그런 눈치였다.

차돌이는 아니꼬와서 암말도 안했다. 딱부리는 역시 눈알을 흐늘거리면서 말을 걸었다.

「상업학교서는 말이다, 데모하다가 죽은 학생을 말이다, 학생장(學生葬) 할라켔는데 학교 칙에서 안 들어준다꼬, 그래서 데모한다 카는기라……」

말끝마다 〈말이다〉를 끼우는 게 우스웠다. 얘기도 색다른 것이었지만 곤도오 교장이면 능히 그럴 수 있는 일이라 생각했을 뿐, 차돌이는 더 알고 싶지도 않았다.

「그런데 너 아니끼(형님)는 지금 어데 가 있노?」

차돌이는 돌아도 안 보고 걸으면서 엉뚱한 것을 물었다.

「짜배기 말이가? 대구 가 있어.」

「꼴에(주제) 정치 한다문서?」

「요새는 데모 막으러 댕기겠지. 솜씨가 좋아서 잘 터줄(때려 누일)끼라……」

「넌 와 안 따라갔노?」

「그만두기로 했다. 니한테도 그땐 미안했지!」

비로소 그는 사과 비슷한 말을 했다.

이재민들의 대열이 막 상업학교의 정문 가까이 갔을 때, 학생 대열은 홍수처럼 교문을 빠져나오고 있었다. 수십 명의 경찰관이 제지를 하려 했으나 중과부적이었다. 그 틈에 이재민 떼도 한데 어울리고 말았다.

학생 대열과는 달리, 이재민 대열은 구호 같은 것도 제각기 맘대로 불러댔다.

「흘러간 집 지아내라!」

「살인 시장 물러가라!」

거기다가 부정 선거를 규탄하는 구호까지 섞였다.

데모 치고는 걸작이었다. 구호도 그랬거니와, 쥐어 짠 입성들이 보는 사람들을 더욱 놀라게 했다. 그러나 너절하다기보다 어떤 단결력과 위협감을 줄 만한 그야말로 데몬스트레이션이었다. 누구든 막아 보라! 얼굴마다 이렇게 써 붙인 것 같은 표정들이었다.

학생 대열과 이재민 대열이 뒤범벅이 돼서 로우터리에 밀어닥치자 언제나와 같이 일반시민들이 또 한데 어울려서 데모는 절정에 도달했다. 그러자 또 총소리가 맹렬히 일어나고 최루탄 연기가 거리를 뒤덮었다. 부근 시민들은 문을 닫아 걸고, 데모 대열도 이리저리 분산을 해 갔다.

새로운 길을 찾는 것이다. 차돌이도 한 패가 되어 뛰었다.

누가 시킨 것도 아닌데, 이재민 패는 남쪽으로 흘러갔다. 마치 내닫 듯 달려갔다.

시민들은 그들의 색다른 구호소리에 눈이 휘둥그레졌다. 쥐어짠 옷들을 보고는 더욱 놀라는 눈들을 했다.

그러나 이 이재민의 대열이 미처 목적지에 당도하기 전에, 시장의 집에선 맹렬한 불꽃이 하늘높이 치솟고 있었다.

〈1970 · 世 代〉

人 間 團 地

비록 음성이라고 하지만, 눈이 뒤틀리고, 입이 비뚤어지고, 손가락 발가락이 문드러져 나간 나환자들이 들어 갈 감방은 없었다. 현대식 위용을 자랑하는 새 청사 안은 물론, 그 뒤쪽에 있는 특수 용의자들의 취조장처럼 돼 있는, 헐다 남은 구 청사의 일부에도 그들이 들어갈 곳은 없었다. 가뜩이나 세밀 경계가 엄한 때라 늘어난 통금 위반자를 비롯해서 사깃군, 절도, 강도, 공금 횡령, 졸때기 밀수, 매음…… 이런 따위들이 벌써 다 차지하고 있었다.

그래서 아닌 밤중에 갑자기 끌려 간 20여 명의 음성 나환자들과, 그날 밤 편싸움을 벌인 역시 20여 명의 부랑 청소년들은 새 청사 뒷마당에 웅크리고 앉아 있었다. 물론 두 패는 따로 떨어져서.

아까부터 청사 안으로 불려 들어 간 쌍방 대표자들은 오랫동안 나오질 않았다.

나환자 측 대표의 한 사람인 우 중신 노인은 주소 성명을 묻는 첫말부터 거의 반말을 쓰는 듯한 젊은 수사관의 태도에 몹시 비위가 상했다.

(아직 왜놈들이 쓰던 말버릇 그대론가배?)

그래서 이름만을 대고, 주소는 아는 것 아니냐고 일부러 빗나갔다.

「직업은——?」

「문딩이요.」

우 중신 노인은 내뱉듯 말했다.

「자유원에 들어 온 건 언제부터요?」

자유원이란 건 우노인이 들어 있는 음성 나환자 수용소의 이름이다. 그는 원장이 구속된 뒤, 재소자들이 자기들 마음대로 추대한 새 원장

(법률이 인정하지 않는)——말하자면 대표자였지만, 그것만은 다행히 고자질이 되어 있지 않았던지, 따지려고 하지 않았다. 우 중신 노인은 되도록 침착한 태도로써 대답했다.

「지금의 수용소가 될 무렵부터……」

「그럼, 박원장님하고는 처음부터 알았겠구먼요?」

젊은 수사관은 왼손으로 턱을 괴며 눈을 가늘게 뜨고 쏘아 보았다. 정나미가 떨어지는 뱁새눈이었다.

「네.」

「십여 년이나 신세를 진 터인데 어떻게 이해를 못하고서 진정서를 내고, 또 편쌈까지 하고……그래서 되겠어요?」

손자 나이밖에 안 돼 뵈는 녀석이 숫제 훈싯조다.

「여보 젊은 나리! 대관절 취조를 하는 기요, 멀 하는 기요? 진정서를 낼 만하면 내는 기고, 싸움은 저쪽에서 떼를 지어 왔으니 할 수 없이 막은 긴데……우선 이쪽에서는 병원에 실려 간 사람이 멧(몇)이나 안 있소? 잘밤에 별안간 들이닥치는데 사지가 옳찮은 사람들이 그래 우짜(어쩌)겠소? 밤중에 몽둥이랑 삽을 들고 처들어 와서 사람을——인간을 말입니다.——개 패듯이 마구 팬 놈들은 잡아 가두지도 않고 와 우리만 이라는 기요? 예, 나리——? 이라는 기(게) 이 나라 법이요? 법을 지킨다는 사람들이 이라기요?」

우 중신 노인의 영성한 수염이 그에 그의 흥분을 나타내듯 덜덜거렸다.

제까짓 늙다리가 떠들어 본들! 싫었겠지만, 우선 침방울을 튀기는 게 정나미가 떨어지는 듯, 젊은 수사관은 상반신을 뒤로 더욱 더 제끼더니,

「그러니까 좋게들 하라고 타이르는 게 아닙니까? 먼저 싸움을 걸어 온 쪽이 물론 나쁘지만, 그렇다고 같이 때리고 치고 한 쪽도 잘했다고는 할 수 없거든요. 원장님도 관대히 봐 달라고 일부러 말씀하시고 해서……!」

「머, 원장이——?」

우노인은 저승꽃이 핀 얼굴에 깜짝 놀란 듯한 표정을 지었다. 크게 실망한 얼굴이었다. 동시에 그의 도톰한 입술은 굳게 다물리었다.

「네, 조금 전 석방된 박원장님께서 그러구 돌아 가셨어요.」

젊은 수사관은 나이 깜냥엔 아주 능글능글해 보였다.

우 중신 노인은 더 할 말이 없었다. 십년 전 기백의 반만 남아 있었더

라도 앞에 있는 책상이든 뭐든 마구 뒤엎었을 테지만, 그저 외롭고 슬 퍼지기만 했다. 그는 벌써 나이가 칠순에 가까왔었다.

「그러니까요——.」

수사관은 그제야 약간 누그러지면서,

「인젠 진정서 같은 것도 더 낼 생각은 마시고…… 사람은 누구나 다 다소의 실수는 있는 거 아닙니까！ 좋게 돌려 보내 드릴 테니 서로 의 좋게들 지내도록 하시오. 네, 아시겠어요？」

제법 명 수사관답게 아량을 베푸는 듯한 소릴 얼버무렸다.

（한 통속이다！）

우노인은 끝내 입을 열지 않았다. 일어서라기에 일어섰고, 밖으로 나 가라기에 따라 나갔을 따름이다.

그들을 습격했던 희망원——같은 박 성일 원장이 경영하는 부랑아 수 양원——의 젊은 애들은, 벌써 먼저 훈계 방면이 되어 떠나고 없었다. 물론 그런 행패를 부리고서도 한 사람의 희생자 내지 않고…….

문둥이들도 일장의 훈시를 듣고 몇 사람의 순경에게 보호되어 경찰서 를 떠났다.

그들이 자유 없는 자유원에 돌아 온 것은 밤 두 시가 지난 뒤였다. 수용소에 남아 있던 2백 여명의 문둥이들도 거의 자지 않고 있었다. 가 벼운 상처를 입은 사람들은 내처 끙끙거리고, 바른총으로 대학병원으로 실려 간 네사람의 중상자는 아직 돌아 오지 않았었다. 머리가 깨진 둘 은 벌써 어떻게 됐을는지도 모른다.

맞은 편 산등성이에 자리잡고 있는 희망원에도 방마다 불이 발갛게 켜져 있었다. 놈들도 이제쯤은 돌아 갔으리라 짐작되었다.

우 중신 노인은 나이 덕에 그의 자리처럼 돼 있는 아랫목에 가 누웠 으나 잠이 올 리 만무했다. 말이 아랫목이지 더운 기라곤 없다. 게다가 지대가 높아선지 창틈으로 스며드는 황소바람이 또 차가왔다. 가뜩이나 얼어서 돌아 온 몸이 얼른 풀리지 않았다. 다리를 뻗어 보자, 아까 불 량배들에게 채인 허구리짬이 새삼 드끔드끔 마쳐 오기 시작했다. 생각 할수록 싱겁고도 분하고 슬픈 일이었다.

솔직히 말한다면, 다 같이 불우한 처지에 놓여 있는 부랑아들이 음성 나환자들을 밤중에 습격해야 할 자기들대로의 하등의 이유가 없었다.

그렇게까지 해서 많은 사람들이 박이 터지고 다리가 꺾어지고 한 이면
에는, 실은 그들 자신의 이익과는 아무런 관계도 없는 전연 엉뚱스런
이유가 도사리고 있었다.

　——습격을 당한 음성 나환자 수용소인 자유원과 습격을 해 온 부랑
청소년 수용원인 희망원을 함께 경영하는(그래서 애국사업가로서 자타
가 공인하는) 박 성일 원장이, 모종의 부정 혐의로 약 십여 일째 경찰에
구속되어 있었다.

　마침 그런 틈을 타서 그날 저녁 중상을 입은 몇 사람과 우 중신 노인
을 비롯한 자유원 나환자 2백여 명이 박원장의 부정 사실과 비행을 어
마어마하게 폭로한 진정서를 만들어 가지고 하필 원장이 갇혀있는 경찰
서로 몰려 가서 원장의 처벌을 호소한 일이 있었다. 〈원장이 구호물자
횡령〉이니 〈나환자 데모〉니 하는 굵직한 제호로써 보도된 당시의 신문
기사들을 보면,

　　① 박원장이 2백여 나환자들에게 지급될 나협 회비 수십만원을 가로
　　　챘고,
　　② 60년부터 그 해 봄까지 〈세계 기독교 봉사회〉에서 보내 온 밀가루
　　　등 구호양곡 6천여 포대를 가로챘으며,
　　③ 68년 〈가톨릭 구제회〉에서 나온 구제 양곡 5백 포대를 빼돌려 착
　　　복하고,
　　④ 외국의 구호단체에서 보내온 DDS 등 나환자 치료 약품 등 3천
　　　여 병을 빼돌려서 시중에 팔아 먹었다.

　고 되어 있다.

　경찰은 곧 이들의 폭로에 따라 자유원의 관계 장부를 임의 제시받아
수사에 나섰다. 말하자면 박원장의 애국사업에 똥칠을 한 셈이었다.

　문제의 꼬투리는 바로 여기에 있었다. 물론 습격 당일의 쌍방의 이유
는 다르다. 나환자 측의 말은, 원장 측근자의 부추김을 받은 부랑 청년
들이, 박원장의 내막을 잘 알고 있는 환자들을 납치하기 위해서(재차
진정서를 꾸민다는 말을 듣고서) 습격을 해온 거라 하고, 희망원측의 핑
계는 박원장의 비행을 말하지 않는다고 협박을 받은 몇 사람으로부터
구원 요청이 있었기 때문에 간 거라고 한다.

　그러니까 이유야 어찌 됐든 박 성일 원장을 규탄하는 나환자들과, 그를
두둔하는 희망원 청년들 사이의 싸움인 것만은 틀림 없었다. 그리고 끝
장은 벌써 난 셈이었다. ——박원장은, 그들이 싸우던 바로 그날 저녁에

석방되어 나왔고 그통에 불행히도 중상을 입은 사람들은 죽거나 살거나 하면 되는 것이다. 모두 그날의 일덕이요 운수다!

그러나 잠을 이루지 못하고 있는 우 중신 노인의 머리는 훨씬 더 복잡한 생각으로 뒤설레었다. 단순히 나환자들이 불쌍하다든가, 희망원의 젊은 애들이 발칙하다든가, 그러한 나환자나 근 5백여 명의 부랑아들을 무슨 이권처럼 알고 뜯어 먹고 혹사하는 박 성일 원장 개인이 얄밉다든가 하기보단, 도대체 그와 같은 일들이 예사로 있게끔 되어있는 사회 자체가 못마땅했다.

물론 처음부터 짐작은 하고 있었다. 박원장의 친척이 서울의 어느 누구란 것도 듣고 있었다. 식량이랑 기타 구호물자의 배급 사무를 맡아 보던 시청 사회과 어떤 직원이 섣불리 이곳 자유원과 희망원의 인원수 조사를 철저히 하려고 덤비다가 혼이 났다는 얘기도 있다. 그래서 박 성일 원장이 처음 구속됐을 때도, 며칠이나 갈 건데……곧 좋게 돼 나오리라고, 우노인은 생각했다. 그게 또 용케도 희망원 부랑패들이 자유원을 습격해서 난동을 부리던 바로 그날 저녁에 석방되었다니 더욱 아리숭한 일이었다.

(그런 재주가 있으니까 외국의 경우 같으면 웬만한 자선가들도 엄두조차 못낼 나환자 수용소니, 부랑아 수양원이니 하는 거창한 사업을 맨손으로 시작해서 지금은 아들딸 외국 유학까지 척척 시키고, 숨은 돈도 만들고……!)

「박원장 재산이 모두 얼마라더라……」

우 중신 노인은 별안간 이렇게 중얼거렸다.

「한 3억은 넘을 거라더만요.」

곁에 누운 애꾸눈이 역시 자지 않고 대답을 했다.

「너올께 매축시만 해도 시금 싯가로써 일난네요?」

몇 사람 건너 누워 있던 코머거리의 목소리다. 역시 깨어 있었던 모양이다.

「참 그렇지……」

우노인은 그러고 돌아눕다가 또 「아야야」소리를 쳤다. 허리가 내처 뜨끔거렸다.

구석 쪽에서 어느 놈이 썩썩 어디를 자꾸 긁어댔다. 손가락이 있는 모양이다.

「이 자식 낮에 이 안 잡았나? 와 이 지랄고!」

바로 곁에 있는 놈인지, 질그릇 깨듯한 소리를 내지른다.

「나 도라(내버려 두게나), 지(제) 몸뗑이 근지는(긁는) 자유쯤은 있어야 안 되겠나!」

왜정 때 전문학교까지 다녔다는 치구란 놈의 어거지다.

놈은 고향에 돌아 가면 고생 덜하고 살 수도 있다지만, 내처 그런 생활을 계속해 왔다. 처자도 있다던가? 가끔 용돈도 조금씩은 부쳐 오는 모양이었다. 2백 명이 훨씬 넘는 재소자 중에서 제 돈 내고 가끔 담배라도 사 피우는 놈은 이 치구뿐이었다. 게다가 그곳 최고령자인 우 중신 노인을 빼고는 학교 교육도 제일 많이 받고, 사실 또 아는 것이 많아서 약의 설명서니 사용법 같은 것도 원장인 박 성일씨보다 더 잘 알았을 뿐 아니라, 그러한 소위 자선사업을 한다는 일부 인사들이 관청이라든가 기타 구호단체들의 직원들과 짜고 저지르는 여러 가지 흑막 같은 것도 곧잘 눈치 채었다. 그래서 툭하면 「썩어빠진 놈들!」이란 소리 잘했다. (대개 어떤 기관에라도 이런 놈들이 한두 놈은 섞여 있어서 운영자들의 미움을 받고 있지만, 자기들의 내막을 알고 있기 때문에 간대로 처치도 못하고 있는 거다.)

사실은 경찰에 낸 진정서도 이 치구가 썼다. 부리부리한 눈망울부터가 그렇게 보였지만, 성질이 아주 괄괄하고 옳짝 가르듯 올바른 데가 있었다. 그래서 말하자면, 불의를 보고 못 참는—— 소위 지도라란 분들이 말하는, 수양이 모자라는 축에 든다. 하지만 이 자유원에서는, 우 중신 노인이 가장 존경을 받는 연장자라면, 이 치구는 제일 강한 성격의 소유자였다.

「치구 자네도 안 잤던가?」

우 노인이 말을 건넨다.

「잠이 올 수 있능기요!」

치구는 벌떡 일어나는 기색이더니,

「담배나 한 대씩 태웁시더.」

하며, 우 중신 노인의 곁으로 기어 왔다.

지새는 달이 봉창을 희붐하게 해 주었다.

곁에 있던 애꾸눈도 일어나 앉았다.

그도 치구가 붙여 주는 궐련을 한 마디씩밖에 안 남은 손가락 사이에 끼웠다.

우두머리랄 수 있는 사람들이 이래서 그런지, 별안간 널따란 **방안이**

두런두런 울리기 시작했다. 마치 절방처럼 큰 방이었다. (자유원에는 음성 나환자들의 손바닥으로 이겨 붙여진, 교실만큼한 토담방이 여섯이나 있었다.) 그러한 넓은 방에 쥐 죽은 듯 오그라져 있던 수십 명이 마치 한 밥 본 누에처럼 일시에 속삭이기 시작했다. 아마 모두들 역시 잠이 잘 오질 않았던 모양이다.

별안간 저 쪽 구석께서 웃음 소리가 와그르르 일어났다. 뭐냐는 물음에, 그쪽편 대답이 걸작이었다.

「다들 깨어 있는데, 혼자서 잠꼬대로 〈각설이〉를 하고 있잖아요.──〈돈 한 푼에 팔려서……〉라고──.」

경기까투리 혹은 그저 까투리라고 불리는 애의 대답이다.

그러자 웃음 소리는 더 크게 번졌다.

「조용들 해라!」

아랫목에서 우영감님 (자유원 식구들은 우 중신 노인을 그렇게 불렀다.)의 꾸지람 소리가 들렸다.──

「얼마나 답답한 처지였길래(처지였기에) 그런 소리를 꿈에서까지 하겠노?」

방 안은 다시 잠잠해졌다. 지난 봄이던가, 한 놈이 남의 집 소를 건드렸을 때도 그랬다(그놈은 그 때문에 소신랑이란 별명을 얻었다).──마침 지나 오다 보니 살꽉진 암소 한 마리가 어떤 외진 무덤 옆에 나부죽이 누워 있었는데, 그자의 말을 들으면 여자로 치면 바로 그짬이 발갛고 헤발쭉하게 약간 벌어져 있더라나.

그래서 불같이 일어나는 욕정에 그만 솔가지를 하나 꺾어 가지고 가서 그놈의 등줄기를 쓸쓸 긁어 주면서 암소의 거기다 자기의 그것을 들이밀고 껍적거리다가 재수 없이 주인에게 들켰는데, 그 소 주인이 찾아와서 자유원 식구들을 보고 욕시거리를 했을 때도 우영감은 「얼매나 답답한 처지였길래」란 말을 해서 타일러 보냈고, 그 뒤 한 식구들이 그놈을 놀렸을 때도 역시 그런 투로 나무랬다. 요컨대 우영감은 「얼매나 답답한 처지였길래」란 말을 잘 썼고, 그렇게 나오면 남의 잘못을 들어 싸우던 식구들도 그만 조용해지곤 했다.

억지 침묵이 지루했던지 한 놈이 별안간,

「영감님!」

하고 불렀다.

「와──?」

「내일 우짤랍니꺼? 어데 분해서 살겠능가요? 이번에는 우리가 먼저 쳐들어 갑시더 야?」

「내일이 아니라 날이 새 가니 오늘 앙이가. 그래 자고 나서 보자꼬.」

우영감도 이렇게 대답을 하고서 다시 자리에 누웠다. 병원에 실려 간 사람들이 무사함 몰라도…… 추측에 아마 무슨 사고가 꼭 일어날 것만 같았다. 「우짤랑기요?」하던 구석 쪽에선 내처 곤지랑거리는 소리가 들려 왔다.

고원지대는 아침이 한결 빨랐다.

오른편 자락이 강구를 물고 있는 자유원 언덕은 동살이 들기 바쁘게 해가 비쳤다. 햇살은 언제 보아도 고마운 것이다. 쌀쌀한 날에는 더욱 기다려진다.

경비실을 지키던 사람들이 지난 밤 싸움에 다쳐 병원에 실려 갔기 때문에 그날은 치구가 대신 기상 종을 울렸다. 식전 일을 해야 하는, 맞은편 산등성이의 부랑아 수양원과는 달리 자유원에는 항상 기상이 조금 늦었다.

석유 양철로 된 둔탁한 종소리를 따라 여섯 개로 된 토담방에서 수많은 나환자들이 벌레처럼 꾸역꾸역 기어 나왔다. 공동생활을 해 오는 그들은, 자연 어떤 공동 규율을 갖게 되었다. 누가 시키지 않더라도 우물이 있는 곳으로 나아갔다. 취사당번은 남 먼저 세수를 마치고 부엌쪽으로 어기적거린다.

「여보게 오늘은 읍쌀 좀 많이 놓게! 그리구 돼지죽처럼 짓지 말고 좀 꼬들꼬들하게 지어 보란 말야.」

〈코뺑사〉란 별명을 가진 늙정이가 코먹은 소리를 질러댔다. 신체 조건들이 완전치 못한 그들은 아침 일만은 면제 돼 있었다. 그런데 얼마나 더 살 거라고 어떤 놈들은 숫제 산정까지 산보를 간다.

경비실을 돌아 나간 터밭 끄트머리께서 우 중신 노인은 뜨끔거리는 허리에 손을 댄 채, 오른편 강어귀 짬을 물끄러미 내려다 보았다. 3만 평 가까운 새 매축지가 긴 둑으로써 막혀 있다. 5년이란 세월이 걸려서 거기 있는 자유원의 2백여 음성 나환자들의 손바닥과 건너편 희망원에 수용돼 있는 4백여 명의 부랑아들의 노력에 의해서 메워진 개펄——지금은 일등 옥토다. 남들이 알기는 그곳 자유원과 희망원의 공동 농장 같지만, 사실은 두 곳의 원장을 겸하고 있는 박 성일씨의 사유 재산이 돼 있다.

——문둥이들과 걸뱅이(거지)들이 메운 땅!

우 중신 노인은 별안간 서글픈 생각이 들었다. 더구나 어려운 매축으로 말미암아, 박 성일 원장이 국토 개발상인가 뭔가를 탔다는 사실을 회상하면, 이것이 과연 누구를 위한 조국인가 하는 한심한 생각마저 들었다. 협잡군들을 위한 조국이라면, 심한 말이 되겠고, 적어도 그러한 협잡배들이 득세를 하고 있는 것만은 틀림 없다 싶었다. 미처 철도 안 든 고아들과 손바닥만 남은 문둥이들이 무거운 돌과 흙덩이를 져 나르고 이겨 붙이고 하던 일을 생각하면, 아니 그보다 거기서 나오는 곡식을랑, 딴 곳으로 말끔 빼 돌리고서 시청에서 주는 썩은(변질미가 나올 때가 많았다.) 좁쌀이나 보리쌀만을 원생들에게 주는 원장의 소행을 생각하면 언젠가 치구가 말했듯이 당장 우 몰려 가서 그놈의 둑들을 모두 헐어 버리고도 싶었다.

응달이 돼서 아직 햇살도 들지 않은 건너편 언덕에선 밭을 일구느라고 여기저기 수많은 고아들이 개미떼처럼 붙어 있다. 예정 평수와 그룹을 짜 놓고서 경쟁을 붙인다던가? 그곳—— 희망원 쪽에 있는 박원장의 사무실에는 내처 커어튼이 내려진 채 있는 걸 보면 아직 박원장이 나타나지 않은 모양이다. 아마 며칠 간의 구류 생활에서 얻은 피로를 댁에서 푸시는 모양인가 싶었다.

(영리한 놈이다!)

우 중신 노인은 엷은 햇살을 한 아름 안은 채 토담방으로 되돌아 왔다.

식사 시간에는 모두 다 제 배 채우기만 바빴다. 절간 중들이 하듯, 모두 제각기 식기들을 내밀었다. 다행히 손가락들이 완전한 사람들은 수월스럽게 식사들을 했시만, 그렇지 못한 사람은 한 마디빅 님온 손가락 사이에 술총을 끼워 가지고 뒤적거린다든가, 혹은 뭉뚝한 손바닥만으로만 밀어 넣는다든가, 그래도 먹는 데는 빨랐다.

「오늘은 모두 단단히 먹어 두세요!」

경기 까투리가 경기 까투리답게 지레 촐랑거렸다. 젊은 치들은 무슨 수작들이 돼 있는 모양이다.

「어쩌자는 것고?」

우 중신 노인은 영성한 수염을 훔치면서 치구 쪽을 건너다 보았다. 자기가 새로운 원장으로 추대돼 있긴 했지만 사실은 모든 일을 치구에게 맡기고 있었다.

「희망원으로 간다는구만요…….」

치구의 대답도 작정이 명확하지가 않았다.

「택도 아닌 소리! 그놈들이 무슨 죄가 있다고 그리로 갈라꼬…….그라다가는 아무 일도 안 된다.」

우 노인은 이러고서 일어섰다. 그는 식사 후엔 언제나 가는 너럭바위가 있다. 거기서 식후 일미로, 산뽕잎을 섞어서 말은 담배를 한 대 피우는 것이 버릇이요, 낙이다. 치구나 애꾸눈이나 코머거리도 곧잘 그 너럭바위를 찾아 왔다.

「꼭 갈라면(갈려면) 바로 시청으로 가는 기 좋을(좋을)끼다……!」

우 중신 노인은 치구를 보고 이렇게 타일렀다.

무슨 사발통문이라도 돼 있었던지, 이 방 저 방에서 어기적거리고 나오는 젊은 놈들이 어느새 뜰을 메웠다. 곧 어디로 떠날 모양들이다.

너럭바위에 있던 치구가 뛰어 갔다. 젊은 치들과의 사이에 한참 논란이 벌어졌다. 우노인도 갔다. 참견을 안 할 도리가 없었다.

「보래 이 사람들아! 우리가 떠드는 목적이 멋고? 희망원 아아들 하고 싸우자는 기 앙이지를? 아무 말 말고 치구의 말대로 하는 기 옳을 기다. 안 그렇나——?」

우 중신 노인의 말에는 아무도 섣불리 대꾸를 못했다.

그러고 약 두 시간 후 자유원 나환자들은 시청 정문 앞에 버티고 앉았다. 〈악질 원장 물러 가라〉니, 〈××은 왜 원장만 감싸주노?〉 따위 플래카아드까지 어느새 준비돼 있었다.

그러나 대표로서 시장을 만나러 들어 간 이들은 좀처럼 나타나지 않고, 사람들은 이 병신들의 데모를 신기한 눈으로 보기만 했다.

우 중신 노인은 더 참을 수가 없었다. ——세상에 이런 법이 어디 있단 말고! 분했다. 치가 떨렸다. 허구리가 뜨끔거리는 것마저 잊어 버리고 마룻바닥에 털썩 주저앉았다. 그리고는 한숨이 아닌 숨을 크게 내쉬었다. 그의 헐근거리는 숨결은 마치 오장이 무슨 발작이라도 일으키는 듯이 느껴졌다.

「노인, 어찌된 일이요?」

낯설은 환자가 어리둥절하며 물었다. 우 중신 노인은 아무 대답도 없었다. 같이 온 친구도 입을 다문 채 말이 없었다.

「제기랄 무슨 말들을 해야제…….」

고참인 그 환자는 비뚤어진 입을 더욱 일그러뜨리며 짜증을 냈다. 다른 환자들도 그저 신기한 듯이 끼웃거리기만 했다. 눈썹이 없는 부석부석한 얼굴들이 모두 닮아 보였다.

우 중신 노인과 친구가 안내된 곳은 바로 국립 나환자 수용소였다. 그들은 그날 시장실 앞 복도에서 시장님도 만나보지 못한 채 갑자기 어떤 사복에게 인도되어 시청 뒷문을 빠져 나왔었다. 이유를 물어봐도 답이 없었다. (문둥이에게는 답을 할 필요가 없다는 거지!)

그들은 곧 자동차에 실렸다. 문둥이에게는 아주 혼감한 차였다.

「대관절 어데로 가는 깁니꺼?」

친구는 감정을 누르면서 문둥이란 입장에서 다시 물어 보았다.

「가면 알아요. 자유원보다 몇 배 나은 데니까요.」

사복은 이렇게 얼버무리면서 담배만 벅벅 빨아댔다.

차가 어떤 산고개를 더위잡을 때, 우노인과 친구는 문득 마주 쳐다보았다. 비로소 깨달았던 것이다. 국립 나환자 요양소——사회에서 말하는 소위 〈문둥이 막〉의 허름한 집들이 이내 그들의 시야에 들어 왔다. 그들은 바로 그곳 출신이었던 것이다. 얼핏 모교라도 찾아 가는 듯한 이상한 감회가 잠깐 들다가 말았다.

두 사람은 아무런 이유 설명도 없이 그곳에 인계되었다. 키가 땅딸막한 젊은 사무원은 벌써 어떤 사전 연락이라도 받은 듯이 이쪽 사복의 말에 그저 「네, 네」 하며 받아들일 뿐이었다.

우노인과 친구는 어리둥절했지만, 그들의 얼굴에는 이미 어떤 판단과 각오가 깃들고 있었다. 사복이 있는 앞에서는 사무원과도 아무 말을 하기가 싫었다. 물론 그 사무원과는 초면이었다. 그곳을 나온 지 벌써 십년이 넘었으니까. 아니, 우 중신 노인의 경우는 벌써 20년이 가까웠다.

아무도 가르쳐 주지는 않았지만 그들이 그곳으로 되끌려 간 이유는 그들 자신이 곧 깨달았다. ——일종의 격리다. 병——육체의——그것도 남에게의 전염을 방지하기 위한, 격리 본래의 목적에 의한 격리가 아니다. 정신 문제다. 정신상의 병——불의와 부정을 싫어한다, 미워한다. 협잡배와 위선자를 고발한다, 규탄한다, 이것이 병이란 거다. 남이 동조한다. 그것은 선동에 의한 결과다. 말하자면 전염이다. 데모는 그와 같은 정신병의 완전한 전염이란 거다. 그러니까 부정을 규탄하는 정신병자는 대중으로부터 냉큼, 그리고 완전히 격리시켜야 한다.——이런 투다.

그렇다면——가령, 박 성일 원장이나 그를 두둔하고 감싸주는 사람들의 입장에서 볼 때는 우 중신 노인이나 치구같은 사람은 확실히 무서운 보균자임에 틀림없다. 전염의 우려성이 지극히 많은……그러니까 불평분자를 증오하는 그들로서는 오히려 당연한 처사다.

하지만 당한 쪽으로서 억울한 것은, 단순히 자유원으로부터 갑자기 격리되었다는 그 사실만이 아니다. 10여 년의 세월을 무서운 병마와 싸워 이겨낸 그들을 다시금 그 진저리나는 양성 나환자들 속에, 격리 아닌 복귀를 시켰다는 놀라운 처사다. 물론 박 성일 원장이 이와 같은 방법을 쓴 것은 이번이 처음이 아니다. 자유원의 식구들이 늘 전전긍긍하는 것이 바로 그의 이러한 악랄한 수법이다. 사십 남짓한 나이로서는 정말 비상한 머리를 가진 사람이다.

일단 되돌려 보내진 사람들은 쉬 나가지지를 않았다. 〈레프로민〉검사를 비롯한, 재검사란 까다로운 절차를 밟아야 한다. 여러 가지 반응을 세밀히 조사해야 한다. 적어도 3주일 이상의 시일이 걸린다. 끓려 주려면 또 얼마든지 끓려 줄 수도 있는 것이다.

「재검사가 필요하다 카는 기지요? 우리는 이곳에서 오래 치료를 받고 완전히 낫아서(나아서) 나간 사람입니데잇……?」

사복이 돌아간 뒤, 치구는 사무원을 보고 이렇게 물었다. 그의 괄괄한 어조나 부리부리한 눈에는 일종의 위협 비슷한 것이 내비쳤다.

「네……? 그러나 지금 소장님이 마침 서울 출장중이 돼서……」

혼자서 사무실을 지키고 있던 땅딸막한 사무원은 그저 마네킹처럼 아무런 내색도 없이 이럴 뿐이었다.

「다른 의사는 없어요?」

「네, 있어도, 진찰 더구나 재검사는 소장님이 계셔야 됩니다.」

뭐든지 「네, 네」 대답해 놓고는 결말이 시원찮은 대답만 했다.

치구는 뭉클하며 우노인을 돌아 보았다.

「할 수 없임더. 오늘은 여기서 자기로 합시더……」

그렇다고 내일이면 어떻게 하리란 뚜렷한 계획이 서 있는 것도 아니었다.

그들은 이내 어떤 방으로 안내되었다. 물론 양성 환자들이 들어 있는 방이었다. 다행히 눈썹만 빠지고 얼굴이 약간 부석부석 했지, 곪아 터졌다거나 진물이 질질 흐르는 그런 엉망들은 아니었다.

점심은 식사 시간이 지났다 해서 주지 않았다. 속은 약간 출출했지만 그저 먹고 싶은 정도 없었다. 그곳 고참들이 묻는 말에도 아무런 대답도 않고, 잠시 허탈상태에 빠져 있던 두 사람은 다시 밖으로 나왔다. 구내의 바깥 편은 누터운 철조망으로 완전히 사회와 단절돼 있었다. 때는 달라도 둘 다 지내던 곳이라, 역시 철조망이 굳게 쳐져 있는 바닷가로 나아갔다. 철조망 밖에 있는 시커먼 용바위란 놈이 옛날과 같이 갯물을 머금었다 뿜었다 하고 있었다. 석양빛도 옛날처럼 아름다웠다. 그들은 자연이 부러웠다. 변치도 않고 거짓도 없는 자연이. 우 중신 노인은 거기만 가면, 옛날이——남 같지 않은 복잡한 과거가 그립고도 안타깝게 머리에 떠올랐다. 그는 조용히 입을 떼었다.

치구도 전문학교를 다녔지만, 우 중신씨는 젊었을 때 일본까지 가서 공부를 했다. 그의 집은 옛날엔 땅마지기 좋이 가지고 누리던 세도가였으나, 할아버지 대에 가서 갑자기 살림이 기울기 시작했다. 아버지는 책상물림이었지만 농사를 손수 짓지 않을 수 없게 되었다.

중신씨가 결혼을 한 것은 아직 스무 살도 채 되기 전이었다. 그 무렵 5년제 중학의 4학년 때라고 기억하고 있다. 당시 본인은 결혼 같은 건 꿈에도 생각하지 않았다. 물론 반대했다. 그러나 아버지가 촌에서 일부러 대구까지(그는 중학을 대구서 마쳤다) 찾아 와서—— 할아버지께서 그렇고 어머니가 또 오래 신양중에 있으니 집안 일이 말이 아니라면서, 아무래도 며느리를 빨리 보아야 되겠다고, 거의 사정을 하듯 조르기에, 마지 못해 승낙을 했던 것이다(어떤 편이냐면 그는 인정에 여린 로맨티시스트였으니까.)

물론 오늘날처럼 맞선 같은 것도 보지 않을 때다. 부모들이 맘대로 고른 신부는 학교도 안 나온 구식 처녀였지만 다행히 얼굴이 반반했다. 그러나 소위 대례만 올렸을 따름이지 부부로서의 정이 들기는커녕, 일생을 통해서 한 번도 부부생활 같은 생활을 못해 봤다. 그는 객지에서 중학을 마치자 이내 일본으로 떠났고 아버지가 반대하는 문과를 택한 죄밑도 있고 해서 공부를 하는 동안에는 한번도 고향에 돌아 오질 않았다.

그러나 사실은 공부에 전념한 게 아니고, 그는 학생 시대부터 여러가지 문화 〈서클〉이라든가 어떤 정치적인 〈그룹〉에도 관계하고 있었다. 조국을 잃은 식민지 청년으로서는 그것이 오히려 당연한 일이라고까지 생각했다. 그래서 결국 학업도 중둥무이가 되고, 그리고도 끝내 그길로 나아가서 경찰 출입을 사랑방 나들이 하듯 하는 동안에 조국을 잃은 것처럼 고향마저 잊은 청년이 되어서 십년 가까운 세월을 줄곧 객지에서만 흘려 보냈다.

그가 고향에 돌아왔을 때는 벌써 그의 아내는 집에 있지 않았다. 그저 도망을 한 것도 아니었다.

그의 아내(복둘이란 이름이었다)는 일언이폐지하면 시가를── 그러니까 결국은 중신 자기를 위해서 청춘과 인생을 희생한 것이었다. 말하자면 십년 공부가 나무아미타불이 된 격이었다.

복둘이는 구식 유교 가문에서 자라났기 때문에 교육이라고 받은 것이, 여자는 출가 후는 시부모에게 효도를 다하고 남편에게 복종하고, 어떠한 역경에 처하더라도 뼈가 빠지게 일을 해서 그댁 선산에 몃몃이 묻혀야 된다는 것뿐이었다. 물론 그녀는 그것을 직심으로 실천했다.

그녀의 시가는 농가였다. 그것도 대농가에 가까왔다. 머슴만 해도 장골이가 둘이나 있었다. 그녀는 배우지 못한 상일을 부리나케 익히지 않을 수 없었다. 체면이고 부끄러움이고 다 버려야만 했다. 다리를 무릎 위 까지 걷어 올리고 마구 무논에 들어 서서 징그러운 거머리에 물려가며 모내기도 해야 되고 그 많은 농사 빨래도 혼자서 다 해 내야만 했다. 먼 냇가까지 무거운 빨래통을 하루에도 몇 통씩이고 나가려면 그야말로 목줄기가 사뭇 가슴 속으로 말려들어 가는 것 같았다. 정말 못 견디게 아팠다. 눈물이 나왔다. 서방이라도 같이 있어 주었으면 저녁으로라도 위로를 받았을 텐데 그렇지도 못했다. 그걸 생각하면 더욱 눈물이 나왔다. 복둘이는 그러한 고생들을 우선은 겪어야 할 자기의 운명같이 생각했다. ──남편이 공부를 마치고 돌아오면…… 하고 은근히 기대를 가지고 이겨나갔다.

그러나 나이 어린 신부 복둘이의 고생살이와 고민의 꼬투리는 단순히 이러한 육체적인 것만이 아니었다. 그녀의 정신을 좀먹는 보다 큰 것이 있었다. 남편이 그리운 것쯤은 문제가 아니다. 자칫하면 머리에 수건을 동여매고 드러누워 옹알거리는, 변덕스럽고도 인정 사정 모르는 시어머니는 시어머니라 그렇다 치자. 주야장천 사랑방에만 잡치고 앉아서 고

래고래 고함을 내질러 제치는 시할아버지가 골치였다. 성한 사람 같음
또 몰라……그는 불치의 고질을 앓고 있었다. 바로 문둥병 환자였다.
그 바람에 많은 재물도 없앴지만, 요만치도 효력은 없고, 본인은 더욱
식구들을 들볶아댔다.

아들도 며느리도 다 있었지만 어느 누가 손 하나 보아줘? 조석 시중,
약 시중에, 하다 못해 세숫물 시중까지 복둘이가 죄다 해야만 했다. 게
다가 사흘들이 벗어 내놓는 진물이 불그레한 빨래! 시어머니는 노상 빨
랫 비누를 숨겨 놓고 혼자서만 쓰기 때문에, 아무리 바쁘더라도 복둘이
는 잿물을 받쳐서 빨아야만 했다. 그런 날은 속이 메스꺼워 밥도 잘 먹
히지 않았다. 그러나 그 시중만 해도 어느덧 십년이 가까왔다. 그래도
남편은 돌아 오지 않고 드디어 자기마저 문둥병이 오르고 말았다. 그
푼더분하던 얼굴이 고역에 마를 대로 마르다가 마침내 부석부석 붓기
시작하고 별안간 눈알이 흐늘흐늘 눈물에 떴다.

「집구석(집안)이 망할라카이 벨 일(별 일)을 다 보겠네!」

이것이 기급을 한 나머지의 시어머니의 수인사였다. 시아버지도 한다
는 말이 돌아 오지 않은 아들에 대한 불평뿐이었다.

「지까진 기(계) 독립운동이 다 멋고? 부모 말 안 듣는 놈이 어데 복
받을 줄 알았던가……」

속으로야 여간 불쌍한 생각이 들었으랴마는 겉으로는 자연 그녀를 두
고 짜증들을 내게 마련이었다.

이렇게 해서, 복둘이의 눈물겨운 고생살이도 수포로 돌아가고 그것을
참고. 견디어 나가게 하던 꿈마저 산산히 부서졌다. 이내 그녀는, 시할
아버지의 약을 다리던 질오가리 하나와, 밥그릇 하나, 그리고 숟가락
하나를 물려 받은 채 동구 앞 움집으로 쫓겨 났다.

만약 운명이란 말을 쓸 수 있다면, 이것이 그녀를 그처럼 지루하게
기다리게 하던 운명이었다.

얼떨한 우 중신씨는 아내의 반짇고리(그녀는 그것을 굳게 잠긴 자기
의 의롱 속에 깊이 넣어 두었었다) 속에서, 소위 내방가사란 것들이 적
힌 두루말이들에 섞여 있는 얄팍한 공책 한권을 발견했다. 연필에 침을
묻혀 가며 서투르게 그어낸 글씨만 보아도 자기의 소회를 적었을 것이란
것이 직감되었다. 물론 맞춤법 같은 것도 엉망이었다.

어화우리친척분닉이닉소회드러보소이쳔지열닌후의일월셩신발가잇고명

손되쳔마련후의만물이틔여날지유인이최기한되고금슈을셩각하니강기하
기그지업뇌송고적시졀의난상강오륜나려오며이식을마련하여인셩을구휼
하고요순우탕문무공빙틔손곤악놉흔도덕셩경현젼지어뇌여우리휴셩교훈
하니쳔츄만셰나려오며인의여지욘을바다상강오륜발근법되우리조션제이
리라백의왕토슈난백셩우리동포아니널가……

읽기가 여간 힘들지 않았으나 그는 기어코 끝까지 뜯어 읽어 갔다.

……하늘 가튼우리낭군(우 증순씨는 여기서부터 흐느꼈다고 한다)
가고어이못오신고셰상이별남녀중의날가튼이죠잇는가오호명월발근새와
초산운우셩길적의설진심중무한사도황연한꿈이로다무진장회강잉하야문
을열고바라보니무심한뜬구름은홋쳣다시잇뇌우리님계신곳은저구름아
래엇만답답해라둘사이에무삼약수막혓관되양쳐가막막하야소식조차끈탄
말가슬푸도다이내심사어대다가지접할쇼황산들건너올새복숭가튼쳥춘홍
안호박꼿치피어나고셤셤옥슈다진토록애면글면사랏건만이뇌몸죄가만하
부모봉양다못하고낭군시중못해보고몬실느무병이들어셔납뇌다셔납뇌다
禹씨가문셔나가면

이것이 끝을 맺지 못한 복둘이의 수기였다.
우 증신 노인은 이러한 사연을 세세한 데까지는 이야기 안했으나, 별
안간 감은 그의 움푹한 눈자위는 지금도 당시의 일을 속으로 울고 있는
것 같이 치구에겐 느껴졌다.

「그런 일이 있었던기요?」
치구는 목이 메였다. 왜 그런 얘기를 지금까지 묻어 두었을까, 안타
깝기도 했다.
「그래……」
우노인은 기억을 더듬는 듯 잠깐 먼 물마루 짬을 바라보더니,
「그러나 내가 집에 돌아 왔을 때는 벌써 그 움집에도 안없나!」
그는 그 당시의 심정을 연상케 하는 긴 한숨을 내쉬었다.
치구는 마침 생각난 듯이 담배를 꺼내 붙여 올리며, 다음 말을 기다
렸다.
「할 수 있나 찾을 결심을 했지!」
우노인은 약간 말소리가 높아졌다.

「여기저기서 수소문을 했더니, 한 일년 가까이 그 움집에서 살았데. 그러다가 결국 집에서 양식도 잘 안대 좃는지(줬는지)——소문들은 그랬으나, 차마 그렇게까지야 했겠으랴마는——쥐도 새도 모르게 사라졌다는데, 죽지 못해 찾아 간 곳이 바로 이곳 요양소였던 모양이라……」

「우째 용케 알아냈던가베요?」

「말도 말게 이 사람!」

우노인은 파란 생연기를 나불거리고 있는 담배를 아까운 듯이 손가락 끝으로 꼭 쥐어 꺼서, 너덜너덜한 미군 잠바 포켓에 감추고는 이야기를 계속했다.

——십년만에 돌아 온 아들이 취직은커녕 집안 일을랑 돌보려하지 않고 병들어 나간 계집만 찾으려고, 아버지의 호통과 어머니의 앙탈이 여간 아니었다고. 그러나 그는 끝내 어른들의 말을 거역하고 집을 나섰다.

우선 아내의 친정곳부터 가 보았다. 처가에서도 딸의 간 곳을 아는 이가 없었다. 한편 괘씸도 했겠지만, 그래도 사위는 〈백년 대객〉이라고, 장모는 술을 거르고 밥을 지었다. (이것이 우리 한국의 아낙네들이다!) 그러나 그러한 음식이 목에 잘 넘어 갈 리 없었다. 그는 하룻밤도 쉬지 않고, 날이 저문데도 부득부득 그곳을 떠났다.

(설마……?)

싫었지만 (그때만 해도 나환자들은 요양소——이름조차 문둥이막이라 했다.——에 들어 가는 것을 죽기보다 싫어했으니까) 그는 결국 요양소들을 누비기로 결심했다. 그러나 그것이 예사 어려운 일이 아니었다.

더구나 그 당시는 탈주 환자들이 많았기 때문에 규율이 아주 엄해서 일반인의 출입은 물론 접근까지 금지되어 있었다.

그는 우선 이 바닷가 수용소 가까운 한 부락에 요양을 핑계해서 잠시 머물기로 했다. (사실 또 그는 건강도 좋지 못했었다)

그는 일부러 환자 물색을 내느라 지팡이까지 해 끌고 매일같이 이곳 수용소 부근의 바닷가를 거닐었다. (사실은 헤맨게지만) 그러다가 하루는 용케도 철조망 안쪽에서 풀들을 매고 있는 한 떼의 여자 수용원들을 발견했다. 그는 반색을 한 나머지 가슴을 두근거리며 슬금슬금 가까이 가 보았다. 모두 천형(天刑)의 용수인 듯 수건을 눈이 가릴 정도로 푹 숙게 썼을 뿐 아니라, 도무지 얼굴들을 들지 않았기 때문에, 저쪽에서 알은 체하기 전에는 좀처럼 알아 보기가 힘들었다.

그는 바다를 향해서 일부러 물수제비를 뜨기도 하고 헛기침을 하면서 은근히 그녀들 쪽을 흘겨보았다.

어쩌다가 드는 얼굴들속에서 동그레하게 생긴 한 턱 모습!

순간 중신씨는 그것을 뚫어지게 쏘아 보았다. 저쪽에서도 얼른 고개를 숙이지 않았다.

「황산떼기(황산댁)아니오?」

주책 없이 부르짖어진 우씨의 물음에 그녀도 주책 없이 철조망 곁으로 뛰어 왔다.

「우째 여길 왔능기요? 일본서는 언제 왔능기요?」

복둘이의 눈은 눈물에 둥둥 떴다.

「미안하오……!」

우 중신씨는 목이 메어 말이 잘 안 나왔다. 물론 철조망이 가리어 있다. 그는 철조망 사이로 손을 내라 해서, 복둘이의 다행히 손가락이 남은 핏기없는 손을 꽉 쥐어 잡았다. 그러고는 연신 「미안하오」를 되풀이 했다.

복둘이의 흐늘흐늘한 눈에서는 눈물만이 흘러 내렸다. 그것이 십년을 쌓이고 쌓인 그녀의 그리움이요 하소연이었는지도 모른다. 그러나 복둘이는 곧 이렇게 말했다.

「가이소……누가 보문……」

그녀는 자기 발로 걸어 들어간 모범 나환자였던 것이다. 그렇게 자기 발로 걸어 들어가듯이, 그녀는 우씨를 떼어 놓고 저쪽으로 되돌아가 버렸다.

우 중신씨는 바로 이곳——지금 그들이 앉아 있는 그 용바위 앞 언덕에서 그날 밤을 울고 새웠다는 것이다.

그러나 한 달 후, 그는 한사코 마다하는 복둘이를 기어이 따내어서 기차 소리도 안들리는 후미진 산골에서 새 살림을 시작했다.

이야기가 조금 달라지지만 우씨의 재혼을 추진해 오던 부모는 그러한 아들을 저주했다. 저놈이 미쳤나, 턱도 없는 소리 말라 했다. 그러나 이미 구들더께가 다 된 그의 할아버지는 손자의 간청을 혼연히 받아 들였다.

「오냐, 너가 정말 사람이로고나! 암 인간을 애껴야지, 애낄 줄 알아야지……」

그러고는 얼른 도장을 꺼내 주며 아무 데 논을 팔아서 손자며느리의 치료에 쓰라 하였다.

그러나 세상엔 팔자소관이란 말이 안 없어질 만큼 선의의 노력이 반드시 승리하는 것은 아니다. 대풍자유(大楓子油)를 비롯해서 나병에 좋다는 온갖 약들을 백방으로 구해서 쓴 우 중신씨의 눈물겨운 노력에도 불구하고 복둘이는 병이 낫기 전에 뜻밖에 또 딴 병을 들었어서 그만 세상을 떠났다. 그리고 멀쩡하던 우씨가 대신 문둥이가 되고 말았다. 그는 자기도 복둘이처럼 제발로 그 수용소에 들어갔노라는 말 이외에 다른 이야기는 일절 하지 않았다.

「그때는 진짜 환자니까 내 발로 걸어 들어 왔지만 지금은 이기(이게) 무슨 일고 말이다. 멀쩡한 사람들을 이렇게…… 이기 자칭 애국사업을 한다는 그 박가란 놈…… 따위들의……」

우 중신 노인은 가슴을 풀어 헤치며 분통을 터뜨렸다. 어둠이 점점 물빛을 검게 해 갔다.

우 중신 노인과 치구는 밤이 이슥해도 잠을 이룰 수가 없었다. 물론 애써 자려고도 하지 않았다. 반장이란 납작코는 새로 빤 담요라곤 했지만 기분이 나빠 덮기도 싫었다. 피부의 지각마비가 아닌 두 사람은 추워서도 잘 수가 없었다. 그러나 잠이 안 온 것은 단순히 춥다든가 담요 때문이라곤 할 수 없었다.

역시 처음에는 그들을 그곳으로 내몬 박 성일 원장이나 그의 일당과 같은 놈들의 소행이 얄미웠다. 분했다. 그러나 그저 분해하고 낙담할 수만은 없었다. 분할수록 보복을 해야겠다는 마음이 불같이 일어났다. 몸은 비록 완전한 편은 아니었지만 마음은 결코 병들어 있지 않았다. 정신은 오히려 성한 사람들보다 건전하다고 자부를 했다. 살아 있었다. 그리기에 그들은 불의에 굴복하는가 방관하지 않았던 것이다.

내해(內海)——잘록한 바다 건너 ××공장에서는 밤새 기계 돌아 가는 소리와 쇠붙이를 두들겨 대는 소리가 악착스럽게도 들려 왔다. 거기도 잠을 못자는 사람이 있다고 생각하면 다소 위안도 되었다. 밤새 쇠붙이를 두드리는 사람들도 그 쇠붙이처럼 정신이 벌겋게 달아 오를 때가 있을 것이다!

뜬 눈으로 밤을 새운 우 중신 노인은 해가 돋기도 전에 사무실로 갔다. 마침 난로에 무연탄을 갈아 넣고 있던 어제 그 땅딸막한 사무원이 그를 수상쩍게 돌아 보았다.

「전화 좀 빌려야겠소!」

우노인은 정중하게 말했다.

환자들에겐 전화 사용이 금지돼 있었지만, 젊은 사무원은 마지 못하는 듯한 표정으로 승락을 했다.

우 중신 노인은 벽에 걸려 있는 전화번호부를 끌려 와서 뒤적거리다가 그만 두고 114를 돌렸다(그는 심한 노안인 것을 그제야 깨달았다.)

그러고서 어디와 간단히 통화를 하더니 곧 수화기를 놓았다. 무슨 일인지는 몰라도 희색이 만면해 보였다.

바로 그날——막 조반이 끝났을 무렵이었다. 우노인이 수용되어 있는 ××동 국립 나환자 수용소에는 웬 고급 승용차 한 대가 미끄러져 들어왔다.

땅딸막한 키에 후줄근한 곤색 양복을 입은 예의 젊은 사무원이 직접 우 노인을 데릴러 왔었다.

「나이 몇살이나 대 비던가요(돼 보이던가요)?」

우노인은 후줄근한 곤색 양복을 따라 가면서 이렇게 물었다.

「한 마흔 남짓 될까요……?」

곤색 양복은 돌아도 안 보고 대답만 했다.

(틀림 없구마!)

우 중신 노인은 혼자서 고개를 끄떡거렸다.

사무실에서 자기를 기다리고 있다는 사람은, 역시 그가 아침에 전화 연락을 한 최군——아니, 최국장이었다.

「죄송합니다, 이렇게 뵙기가——」

최국장은 공손스럽게 고개를 숙였다. 곁에 섰던 사무원은 그러한 신사보다 우 중신 노인의 얼굴을 유심히 쳐다보았다.

「미안하네, 아침에 전화를 걸어서……」

우 중신 노인은 검버섯이 핀 얼굴에 겸연적은 빛을 띠었다.

「천만에요!」

최국장은 오히려 당연한 일인 듯이 송구스러워했다.

우 중신 노인은 자기가 거기에 오게 된 이유와 전화를 낸 의도를 간단히 설명했다.

「그렇습니꺼, 지도 신문에서 그런 싸움이 있다는 건 보았습니더만, 이름이 나와 있지 않기 때문에……」

미처 몰랐다는, 역시 죄송스런 표정을 지어 보였다.

최군이 돌아 간 뒤 그리 오랜 시간이 지나지 않아서, 우중신 노인과 친구는 지이프차에 실려서 수용소를 빠져 나갔다.

「역시 은혜를 잊지 않는 사람도 있구만요……」

친구는 아까 우노인이 사무실에서 돌아 와서 얼핏 말하던 것을 생각하곤, 이렇게 말했다.

우 중신 노인은 아무 말이 없었다. 그저 살아있는 보람이라도 느낀 듯한 표정을 하였을 뿐이다.

최군은 우노인과는 아주 남이었다. 억지로 갈래를 말하자면, 우노인의 외조부의 첩의 딸의 딸의 아들이었다. 그리고 마침 우노인의 동네에 시집을 와 살던 최군의 어머니가 살기가 딱해서 늘 어린 그를 데리고 우씨의 집에 와서 일을 거들며 밥을 얻어 먹이곤 했었다. 최군이 국민학교에 다닐 무렵에도 내처 그런 일이 많았다. 그럴 때마다 우노인의 할머니는 그를 퍽 귀여워하고 가엾어해서 이녁 손자들이 입던 옷가지 같은 것도 내주곤 하던 것을 우노인은 기억하고 있다. 그러니까 뭐 별로 적선을 한 것도 없지만 최군의 어머니는 그 뒤에도 그것을 큰 은혜처럼 생각하고 있었던 것이다. 지금은 최군의 어머니도 돌아가시고 없었다. 그런데 최국장은 지금도 자기가 국민학교를 마친 것은 우씨 가문의 덕이라고 생각하고, 또 그가 일본으로 건너가 고학을 할 때도 그런 내용이 적힌 편지를 자주 보내 왔었다. 요컨대 그는 어머니를 닮아서 인정이 많은 사람이었다. 지금은 시내 신설 지구에 꽤 넓은 땅을 가지고 있을 뿐 아니라 그곳 조그만 우체국장을 하면서 오붓하게 살아 가고 있었다. 말하자면 자수성가를 한 사람이었다.

박원장이란 사람의 비인도적인 처사가 분한 나머지, 그리고 또 문득 떠오르는 어떤 계획이 있어서, 덜컥 전화를 냈던 것이지만 우 중신 노인은 치에 실려 오면서도 내처 미안스런 생각을 금할 수 없었다. 괜히 오래 살아서 남에게 신세만 끼친다고 슬퍼지기도 했다.

지이프차가 닿은 곳은 어떤 신개지 가운데 선, 자그만 우체국 앞이었다. 통용문으로 들어 갔다 나온 운전수는 그들을 어떤 중국 음식점의 조용한 방으로 안내했다. 뒤미처 따라온 최국장은 우노인 앞에 다시 무릎을 꿇었다. 그리고 떠날 땐 안 포켓에서 불룩한 종이 뭉치 하나를 꺼내 놓고 자리를 떴다.

「약소하옵니다. 딱하실 땐 언제든지 또 연락해 주십시오. 최 순조」

이런 내용이 적혀 있는 쪽지와 함께 현금 십만원이 들어 있었다.

「5만원밖에 말을 안했는데…!」

우노인의 감개무량한 표정엔 이내 흐뭇한 웃음이 떠올랐다.

「이만하면 됐지?」

그들은 지난 밤부터 실은 어떤 끔직한 궁리를 하고 있었던 것이다. 중국집을 나온 그들은 곧장 자유원으로 향해 갔다. 자유원에는 일부러 밤늦게 들어 갔다.

모두들 반가와했다. 국립 수용소에 끌려 갔다 나왔다는 얘기를 듣고는 더욱 다행스럽게들 생각했다. 반면 박원장에 대한 증오감은 한결 높아졌다. 박원장은 그날 낮 그들을 한군데 모아 놓고 장시간 훈시를 했다는 것이다. 그리고서 대우도 현재보다 좀 개선해 보겠다고 떠벌였던 모양이다. 음성 나환자는 그에게는 소중한 존재들이었으니까!

이튿날 아침 우 중신 노인과 치구는 경기까투리란 청년을 데리고 그곳을 떠났다.

세 사람은 우선 시내로 들어가 자유시장이란 곳의 고물건들부터 뒤졌다. 괴나리봇짐도 하나 못 가진 그들은 대뜸 배낭과 담요 하나씩부터 샀다. 그리곤 조그만 천막과 삽과 남비, 반합(飯盒), 마른 찬거리, 식량……천막은 무거우니 젊은 까투리가 지기로 하고 나머지는 대부분 치구의 배낭 속에 넣었다.

까투리는 치구가 돈을 꺼내 치르는 걸 보고(우 중신 노인은 최국장에게서 받은 돈을 몽땅 치구에게 맡겼던 것이다), 어머나 싶었지만, 이유도 묻지 않고 그저 싱그레 웃기만 했다. 물건을 파는 사람들도 그랬다. 문둥이들도 어디 캠핑이라도 가는가 하는 당치도 않은 생각들을 했는지도 모른다.

세 사람은 전이 처진 중절모자들을 없는 눈썹 밑까지 푹 눌러 쓰고 있었지만, 속은 숫제 무슨 개척단에라도 따라가는 기분이었다. 긴 막대기를 지팡이처럼 짚고 다니는 우 중신 노인이 길잡이처럼 앞장을 섰다. 그들은 이내 버스를 타고 또 성엣장이 둥둥 떠내리는 바다 같은 강을 나룻배로 건너고, 그리고도 장시간을 걸었다. 강가는 진펄에 이어 널따란 들이었지만 길은 곧 둑메를 감돌았다. 그러다가 또 들이 나오고 두메가 되곤 하였다. 들의 가장자리며 후미진 골짜기에는 작고 큰 촌락들이 꽁꽁 얼어 붙은 듯 잡치고 있었다. 어딜 가도 산이 있고 들이 있고, 그리고 인간은 살았다. 인간이 사는 곳에는 으례 나뭇가리가 있고, 그 곁에는 닭이 있고, 또 코흘리개들이 놀곤 하였다.

세 사람은 외롭지가 않았다. 비록 당장은 설 땅이 없다 하더라도 깊이 들어갈수록 조국이란 것이 점점 가슴에 느껴졌다.

우 중신 노인 일행이 당도한 곳은 일찌기 우씨가 아내 복둘이와 단둘이서 살던 외진 골짜기였다. 인가에서 그다지 멀리 떨어져 있진 않아도 들어가면 아주 으슥한 곳이었다. 샘물이 조그만 도랑을 만들고 있는 골짜기에는 오후의 태양이 조용히 깃을 내리고 있었다.

우 노인이 살았다는 움집은 이미 지붕은 팍 사그라지고, 주토로 만든 토담만이 겨우 헐리다 남아 있었다.

「어떻노, 자리가——?」

우노인은 잠개가 무량한 듯이 두 팔을 쩍 벌려서 지형을 그리며 물었다.

「명산 복집니더!」

치구가 감탄을 마지 않았다.

「저 서쪽 등성이가 됐구먼요. 쉬 밭도 일굴 수 있겠고요……」

경기까투리도 석양을 얼굴에 가득히 받으며 덩달았다.

세사람은 우선 짐을 풀었다. 그리곤 이내 까투리가 지고 온 헌 천막을 주토로 된 토담 위에 펼쳤다. 낙엽으로 침실을 만들었다. 그 위를 경기까투리란 놈이 정말 까투리처럼 한바탕 딩굴었다.

치구는 배낭속에서 그날 시중에서 산 식량이랑 반합(飯盒) 등속을 꺼냈다.

세 사람은 무슨 의논이라도 한 듯이 동시에 웃었다.

(이렇게 해서 사는 거다……)

이런 표정들이랄까.

경기까투리는 곧 반합을 놓을 구덩이를 만들었다.

이윽고 조국의 한 골짜기에는 문둥이들이 태우는 삭정이에서, 가느다란 연기가 하늘을 향해 높이 올랐다.

산골은 어둠이 한결 빨랐다. 그들은 가볍잖은 짐들을 지고 종일을 나부댄 셈이지만, 꽤 늦게 까지 모닥불을 에워싸고 앉아 있었다.

우노인은 그때야 비로소 이군(까투리의 성이 이가였다)도 알아 두라는 듯이 자기를 도와 준 최국장이란 사람의 이야기를 대충 하였다. 그

리고 그의, 의리를 잊지 않고 인간을 아끼는 고마운 뜻을 자기 혼자서만
받을 수 없었다는 자기의 심정도 아울러 털어 놓았다.

「내사 곧 죽을 사람이고——」

우노인은 한결 심각한 목소리로써,

「가끔 우시개 삼아 이야기는 했지만 죽기 전에 인간단지를 꼭 한번
맨들어 보고 싶었다. 자네들은 내 뜻을 누구보다 잘 알아 주고 또 친부
모처럼 돌봐 준 것을 고맙게 생각하지만, 오늘부터 나는 자네들을 동지
로서 믿는대잇……」

치구와 이군은 새삼 긴장된 표정을 지었다. 우노인은 말을 계속했다.

「인간단지! 그 말이 덜 좋거든 〈문딩이 공화국〉이라 캐라! 문딩이
도 인간이니까 말이다. 대통령도 문딩이는 인간이 아니라고는 못 할 거
앙이가? 도처에 무슨 단지 무슨 단지들을 맨들어싸니 우리도 한 번 맨
들어 보자 말이다. 알겠지?」

모닥불 빛에 비친 그의 눈은 노인의 눈 같지 않았다. 이상한 광채가
도는 것 같이 느껴졌다.

「만약 몸만 성하다면 더럽은(더러운)놈의 세상을 한 번 싸악…… 나이
도 나이고 몸도 이러고 보니, 이왕 죽을 바엔, 또 어떤 도둑놈들의 무슨
단지가 댈지도 모르는 땅이니, 인간단지라도 맨들어 보고 죽을라네. 안
대면 내 목숨하고 바꿔서라도……」

굉장한 기백이었다. 그러면서도 그것이 무슨 유언 같기도 했다.

「그기싸 안 대겠읍니꺼. 돈 있고 권력 있는 놈들은 나라 땅에 돼지단
지도 맨드는데 아무리 문딩이라도 문딩이단지 맨드는데 차마 쩍이겠능
기요.」

치구도 자신 있게 말을 했다.

우 중신 노인을 가운데로 하고 세사람은 나란히 누웠다.

이군부터 코 고는 소리가 들렸지만, 우 중신 노인은 좀처럼 잠이 들지
않았다. 처음에는 그 자리에서 죽은 아내의 생각이 끈덕지게 되살아 났
으나 생각을 다시 현실로 내물았다.

그래도 자꾸만 과거가 잊혀지지 않았다. 남들은 비웃을는지 모르나
자기딴엔 제법 욕심을 가지고 부모의 뜻을 거역하고 아내까지 버려 가
며 선배 동지들을 따라 독립운동에 가담해 보았지만 그도 저도 안 되고
해방 후는 병신몸이라 친일파 모리배들이 득실거려도……생각할수록 분
하고 자기의 일생이 한스러웠다. 베갯잇도 아닌 낙엽 위에 지는 눈물이

부질없이 그의 목을 차게 했다.

(죽은 아내에 대한 속죄로서라도…!)

기어코 거기에 〈인간단지〉를 만들어 보리란 결심을 굳히었던 것이다.

「와 통 안 주무시네요?」

치구도 잠이 안 왔던지 이렇게 물었다.

우노인은 그저 「글쎄」라고만 했다.

이튿날 우 중신 노인은 치구와 이군을 다시 자유원으로 내보냈다. 많은 환자들이 박 성일 원장의 처사에 불만을 품고 있을 때가 좋았고, 한편은 몇 사람만 우선 왔을 때 부근 부락민들이 들이닥치면 세 부족으로 곱다시 쫓겨 나고 말겠기 때문이었다.

「빨리 서둘도록 해야 한데……」 우 중신 노인은 자기 키보다 긴 지팡이를 짚고 서서, 저만큼 내려가는 두 사람을 보고 한 번 더 다짐을 했다.

우 중신 노인은 그들을 보낸 뒤 곧장, 서쪽 버덩으로 올라 갔다. 옛날 복둘이와 밭을 일구고, 조랑 고구마랑 무우를 심던 곳이다. 지금은 물론 다시 가시덤불과 마른 풀들로 덮여서 옛날의 모습은 찾을 길이 없었지만 그의 머릿속에는 그때의 일들이 역력히 떠올랐다. 그는 무심코 지팡이 끝으로 땅을 푹푹 찔러 보다가 약간 노글노글해 보이는 흙을 한줌 쥐어 보았다. 양지바른 곳이라, 촉촉하긴 해도 그리 차지는 않았다. 아니 도리어 훈기 같은 게 느껴졌다. 동시에 그는 이상한 충격을 받았다.

갑자기, 죽은 아내의 손이 또 생각났던 것이다. 그녀는 손이 작은 편이었다. 조그만 손이 토실토실하고 예뻤다. 오랫동안 거친 농사일에 시달렸음에도 불구하고, 타고난 모습과 보드라움은 좀처럼 가시어지지 않고 있었다. 그 자그만 손으로써, 그녀는 열심히 그 흙을 파고 곡식과 채소를 가꾸곤 했던 것이다. 사실은 그녀의 손이 제대로의 아름다움을 지녔을 때는 그 손에 에무를 빌어 보지도 못했고, 또 애무를 해 주지도 못했었지만 이상하게도 그때의 기분은 그녀가 죽을 때까지 자기가 미처 몰랐던 그 손의 아름답고 의젓했음을 불같이 일어나는 상상력에 의해서 새삼 실감케 했었다.

그러나 그렇다고 해서 한갓 그립다든가, 슬프다든가 감개가 무량하다든가 하는 그런 축축한 감정에만 젖어 있지는 않았다. 느닷없이 기억 속에서 떠오른 조그만 손은 마치 하얗게 박제라도 된 것처럼 이내 그의 넋을 내리 눌렀다. 그는 잠깐 전신에 소름이 돋는 듯한 기분이었다. 곧 정신을 가다듬었다. 그러나 그 하얀 손의 환상을 떨어 버리려고는 하지 않았다. 아니 도리어 꽉 붙들고 싶었다. 남들은 거기서 죽은 아내와, 지금 거기 서 있는 자기의 오늘의 운명을 기박하다든가 기구하다든가 할 는지도 모르나 당자인 본인은 새삼 운명 따윈 믿지도, 생각하고 싶지도 않았다. 모든 것이 자기의 잘못, 인간의 잘못이라고만 새겼다. 요컨대 인간의 용기 부족과 노력의 부족이 가져온 결과일 따름이 었다.

(그러나 이번만은……)

그는 한결 마음을 가다듬으면서 주위를 둘러 보았다. 너울께를 메우 던 힘의 십분의 일만 들여도 그 질펀한 버덩이 훌륭한 밭이 될 것만 같 았다. 문둥이의 공화국이 !

오후에도 그는 낯익은 버덩에 올라 갔다. 버덩에서 다시 산꼭대기까 지 올라갔다. 하늬바람에 억새꽃처럼 흰 수염을 휘날리며 그는 발 아래 멀리 굽어보이는 행길과 여기저기 산재해 있는 촌락들을 바라 보았다. 행길은 가끔 구름이나 숲에 가리워지면서도 산기슭과 들녘을 끈덕지게 누비어 나갔다. 자동차가 지날 때는 먼지를 뿌옇게 올리기도 했다. 그 러한 차량들이나 또 사람들이 마치 개미같이 보이기도 했다. 초라했다. 물론 촌락들도 개미둑처럼 어설프고 초라했다. 산이라든가 들녘이 주는 만고불변의 굳건한 인상에 비하면, 그 위를 기어 다니는 차량이라든가 사람, 혹은 납작하게 땅에 붙어 있는 촌락……이런 따위 인간의 수작들 은 마치 무슨 장난감 같은 인상밖에 주지 못했다.

「기껏해야 6,70 살다 죽는 인간……」

그걸 어떻게 하자고, 권력을 가지겠다, 돈을 뭉턱 벌어보겠다, 사리사 욕을 위해서 생떼를 쓰고, 남을 모함하고, 사기와 협잡을 밥먹듯 하고, 큰놈에겐 빌붙기를 일삼으면서도 겉으로는 뭐니뭐니 해서 뺀지르르한 명분을 내세우고 있는 유상 무상들이 덧없다든가, 구역질이 난다기보다, 그날의 우 중신 노인에게는 도리어 어떤 엉뚱스런 생각을 갖게 했다. 결국 가짓부리에 지나지 않는 명분을 개가죽 무릅쓰듯 코에 걸고, 한평 생 우쭐거려 본댔자 결국은 개뼉다귀 같은 일생 ! 자기는 이미 다 산 목 숨이다. 그 칠십 평생의 비겁하고 너절하고 더러움을 하루 아침에 확 씻어 버릴 도리는 없을까……?

자기는 이미 올 데까지 온 것 같았다. 그리고 지금 버티고 선 그 자 리가 문득 자기 생애의 마지막 고비 같은 예감이 자꾸만 들었다.

「어—잇 !」

우 중신 노인은 먼 아랫쪽을 향해서 있는 힘을 다 해 소리를 내질렀다. 그 상 발치의 개미허리 같은 고개를, 2, 30명 가량의 문둥이들이 떼를 지어 넘어 오고 있었다. 그는 별안간 〈모세〉라도 된 듯, 다시 소리를 내질렀다.

홑진 세 식구가 불과 하루 사이에 자그마치 20여명으로 늘어났다. 천막도 두개가 더 붙었다. 며칠 뒤엔 다시 식구가 붙었다. 식구가 도통 50명 선을 넘어섰다.

이 급조 천막 지대의 입구에는 어느덧 흰 널빤지에 빨간 글씨로 〈인간단지〉라고 쓴 팻말이 세워졌다.

치구는 원래 그들의 거주지 시청으로 가서 50여 명의 퇴거증을 한꺼번에 받아 와서, 새로 정착한 곳의 군청에 내놓았다.

군청 사회계 직원들은 눈이 둥그레하면서 어쩔 줄을 몰랐다.

「××시에 배정되던 양곡을 이리로 돌리면 안 되오!」

여러 소리 늘어 놓을 것 없이 이러고서만 돌아섰다. 그날도 자유원에서 몇사람이 더 와 있었다. 그들의 말에 의하면 박 성일 원장이 아주 노발대발하고 있다는 것이었다. 십지어 배은망덕한 놈들이라면서,

「제놈들이 이곳을 빠져 나간다고 해서 어디 가 발을 붙일 수 있나 보자. 미구에 오 ᄃᆞ 가도 못하고 거리에서 굶어 죽을 것이 뻔한데……」

이것은 떠난 사람들에 대한 악담인 동시에, 한편 남아있는 사람들에 대한 위협이 기도 했다.

결국——바로 그 이튿날 아침나절이었다. 면사무소 직원 두 사람과 파출소 순경 한 사람이 함께 그 괴상한 간판——〈인간단지〉를 찾아 왔다.

「이곳 반장이 누구요?」

제일 나이 들어 보이는 한 친구가 자기들의 신분을 밝히면서 막사의 흙담을 쌓고 있는 한패를 보고 물었다. 아무 데라도 애국반이란 게 있는 듯이 말하는 걸 보아서 역시 면직원에 틀림 없었다.

「반장은 없소만 저 언덕 우로 가 보시오.」

일행은 두 말 않고 그들이 가리키는 언덕 위——버덩 쪽으로 갔다.

거기서는 수십명의 음성 나환자들이 패를 나누어 밭을 일구고 있었다. 역시 같은 사람이 같은 소리를 했다.

「반장이란 건 없소만 무슨 일로 왔소?」

우 중신 노인이 일동을 대표하듯 말했다.

찾아온 이유는 간단했다. 빤한 것이었다.——왜 허가도 맡지 않고 함부로 여기 들어 왔느냐, 그것도 그렇거니와 이 아래 부락들이 발칵 뒤집혀져서 면이랑 파출소로 몰려와 그냥 두지 않겠다고 야단들이니, 빨리 본래 있던 자유원으로 되돌아 가도록 하라는 것이었다.

우 중신 노인은 잠깐 생각했다. 할 말이 없어서가 아니라, 가장 효과 있는 대답을 가려내기 위해서였다. 게다가 암만해도 박 성일 원장의 부추김을 받은 것 같은——말하자면 박원장과 꼭 같은 부류의 사람들이란 생각이 들어서 노여움이 한결 더 했던 것이다.

「허가라니 누구의 허가를 받아야 합니까?」

우 중신 노인은 결국 이렇게 되물었다.

「그야 관청의 허가지요.」

면서기의 대답도 퉁명스러워졌다.

「글씨요(글쎄요), 관청이라 하지만 관청도 하도 많으니 어느 관청인지? 면입니까, 파출솝니까, 아니면 군청? 도청? 어느 쪽입니까?」

「이 영감이 누굴 보고 따지는 거요?」

면서기는 결국 화를 버럭 냈다.

「따지는 기 아니라, 몰라서 묻는 거 아니오.」

「좋게 타이를 때 알아서 하시오. 괜히……」

파출소가 한 마디 거든다.

「글씨요, 누가 덮어 놓고 반대를 합니까. 순서를 아리키 달라는 거 아입니꺼. 면이면 면이다, 군이면 군이라고.」

어쩌자는 건지 세사람의 방문객은 서로 얼굴만 잠깐 쳐다보았다.

「이 늙은 것도 법률을 전연 모르는 건 아니오만, 소위 헌법에 규정댄 〈거주의 자유〉란 거 말임더. 집 없는 국민이 건축 허가가 필요치 않는 깊은 산중에 있는, 노는 나라 땅에 움집을 짓거나 거기서 살 때도 허가를 꼭 맡아야만 대는 건지 어면지? 내 생각 같애서는 애기의 경우처럼 출생에는 허가가 필요치 않고, 낳은 후 신고만 하면 되듯이, 거주의 경우도 필요하다면 신고만 하면 되지 않을까 싶은데……?」

「그렇지만 당신네들의 경우는 다르지 않소?」

역시 나이 든 면직원의 말이다.

「문딩이니까? 그러나 여기 온 사람들은 모두 음성입니다. 나라에서 성한 사람과 아무 차별 대우도 하지 않는 그런 국민입니다.」

우중신 노인은 시종 침착한 태도를 보였다.

「아뭏든 우리는 여러분들을 위해서 그러는 겁니다. 상부의 명령도 그렇고, 또 부근 주민들이 어떤 짓을 할는지도 모르니까요……」

경찰은 경찰다운 소리를 했다. 면서기들보다 솔직한 데가 있었다.

이렇게 해서 그날은, 결국 서로 어떻게 하겠다는 약속도 타협도 없이 헤어졌다.

그리고 이틀 뒤.

간신히 자리잡은 〈인간단지〉의 천막들은, 벌떼같이 몰려든 인근 주민들에 의해서 순식간에 여지없이 헐리고 말았다.

반항을 하던 환자들은 모조리 먹이 되어 쓰러졌다. 몸도 성치 못한 사람이 많은데 그렇게 불시의 습격을 받고 보니 어찌할 도리가 없었다. 그저 울음만이 나올 따름이었다.

수라장이 된 뒤에야 관청에서 현장 조사가 나오고 조사를 해 간 뒤는 그저 그뿐이었다. 그것으로 끝난 셈이었다.

문둥이가 아닌 〈문둥이〉들은 울음을 그쳤다. 울어 보았자 소용이 없음을 깨달았기 때문이다. 아무리 악을 저지르고 부정을 하더라도 상대가 강한 자일 때는 입도 달싹 못하는 주제에, 약한 자에 대해서는 병이 다 나았더라도 내처 문둥이 취급을 하는, 그러한 사회의 방관과 천대 속에서 결국 〈인간단지〉의 식구들은, 법의 혜택조차 입지 못하는 이방인이란 것을 뼈저리게 느낀 셈이었다.

국회의원 선거 때 무슨 투표를 해 줬느니 어쩌느니 하는 소리도, 하는 놈이 바보다.

〈인간단지〉의 식구들은 부상자들을 가운데 두고 모두 침통한 표정들을 하였다. 결국 억울함을 호소할 길조차 없는 문둥이 아닌 〈문둥이〉들의 대회 같은 것이 되었다.

「모두 어짤레(어쩔거냐)?」

우 중신 노인은 비장한 어조로써 이렇게 물었다. 누가 발론을 한 것도 아니지만 그는 벌써 〈인간단지〉의 지도자처럼 돼 있었던 것이다.

모두 뭉클해서만 있는 걸 보자, 우노인은 예의 앙칼진 목소리로써,

「이곳을 쬐껴(쫓겨) 나면 우리는 지는 거다. 다시는 갈 데가 없데잇! 그러니까 자유원으로 도로 돌아 가고 싶은 사람은 일찌감치 돌아 가도록 해라.」

아무도 되돌아 가려고는 하지 않았다.

이내 모두 흩어져서 일부는 허물어진 천막을 고쳐 치고, 일부는 일구

던 밭을 계속 일구었다.

터진 머리를 붕대로 싸맨 치구는, 부락민들이 빼 던진 〈인간단지〉란 팻말을 다시 찾아 세웠다. 그리고 그는 우노인 곁으로 와서 장시간 이야기를 하였다.

다음날 치구는 경기까투리를 데리고 읍으로 나갔다. 저물기 전에 돌아온 그들의 배낭속에는 소금 따위 극히 필요한 물건들과 함께 20여개의 낫이 들어 있었다.

가까운 부락들에는 안 갔지만 먼 데 동냥을 나갔던 사람들은 계속 수상한 소문들을 듣고 왔다. 그만큼 했음 떠날 줄 알았던 문둥이들이 내처 버티고 있으니까 이번에는 아주 밖으로 내쫓는다, 정 안 들으면 모조리 강에다 밀어 넣어 버리겠다고까지 벼른다는 것이었다.

「미친 놈들! 즈그(제들)만 살라는 땅인가? 어데 해 보라지……?」

우 중신 노인은 모두 들으란 듯이 일부러 큰소리로써 구두덜거렸다.

밤에는 늦게까지 모닥불을 피워 놓고 놀았다. 그러면서 습격을 당한 이야기와, 또 그런 일이 있으면 어쩌겠느냐는 이야기들이 으례 나왔다. 속담에 문둥이가 풍은 대풍이라고, 모두 큰 소리들을 쳤다.

맞서 싸우자는 정도가 아니었다. 정말 또 내쫓으러 온다면 놈들하고만 싸울 게 아니라 놈들이 사는 동네까지 마구 덮치자는 놈도 있었다. 나라가, 법이 국민을 못 지켜 줄 바에는 자기들의 힘으로써 그러한 불법을 막는 수밖에 도리가 있겠느냐는 주장들이었다.

그들은 의논한 결과 향토 예비군처럼 반을 나누고, 밤에는 제법 보초까지 다 세웠다.

그와 동시에 부근 주민들의 동정을 살피는 정보 활동까지 개시했다.

하루는 동냥을 나갔던 한 패가 지레 돌아 왔다. 온다는 것이었다.

「한 집에서 한 사람석 꼭 나오게 대(돼) 있담더!」

「응……」

우 중신 노인은 무슨 계책이라도 서 있는 듯이 심각한 표정을 지어 보였다.

곧 〈인간단지〉에 비상 소집이 내렸다. 모두 보통 때와 같이 일을 하다가 부락민들이 또 몽둥이를 들고 올 때는 곧 한곳에 모이기로 했다.

「먼저 손을 대서는 안 댄데잇! 저쪽에서 기어이 덤빌 때는, 그 때는 한번 해 보자 말이다. 알겠나? 이기고 지고는 이번이 마지막이다.」

우 중신 노인은 이렇게 당부를 하고 치구를 시켜 몇 사람의, 손가락

없는 불구자만을 천막안으로 불러들였다. 힘으로는 못당할 테니 악으로 써 대결을 하자는 것이었다. 그는 손가락이 없는 팔뚝들에 낫을 한자루 씩 동여 매었다. 그러니까 한 사람이 두 자루씩 가진 셈이었다. 이것이 그날의 소위 특공대와 같은 것이었다.

「놈들이 간대로 때리 죽이지는 못할 끼다. 이래서 우리들의 결심을 비이자(보이자) 말이다. 」

「멋하면 한 놈 죽이고 나도 죽을라요! 」

이마가 몹시 까진 〈소신랑〉이 역시 표독스런 소릴 했다.

결국 올 것은 왔다.

2백여 명의 장정들이 백주에 괭이며 삽, 몽둥이들을 들고 몰잇군처럼 몰려 왔다. 어느 얼굴을 보나 인간 백정이다.

50명 남짓한 〈인간단지〉의 식구들은 우선 손에 쥔 것 없이 그들의 천막 앞에 앉아 있었다.

부락민들은 천막들을 죽 에워쌌다.

구장인지 뭔지 얼굴이 넓적하고 입이 메기처럼 커다란 사람이 겁에 질려 있는 듯한 단지의 사람들을 보고 명령을 하듯 했다.

「여러 말 할 것도 들을 것도, 없으니 곧 이곳을 떠나시오! 」

목소리도 입 따라 우렁찼다.

경기까투리가 일동을 대표해서 따지려 들었다. 그러나 그는 두 마디도 못하고 구장인 듯한 사내의 발길에 채어 넘어졌다.

단지민들은 우꾼하려다 말고 천막 안을 돌아 보았다.

흰 수염을 덜덜 떨며 우 중신 노인이 예의 긴 지팡이를 짚고 경기까투리가 섰던 자리에 나타났다.

「자네 말마따나 여러 말할 것 없네. 우릴 죽이라. 우선 나부터! 」

「우 중신 노인은 누더기 같은 웃도리를 확 찢어 젖히며 뼈만 남은 가슴을 쑥 내밀었다.

그러나 구장깨나 해 먹을 만한 사람 같이 보이는 메기아가리에겐 그 까짓 거러지들의 불평이나 위협 따위에 왼눈도 깜짝할 필요가 없다.

「자네——? 이 자식이 머 이런 기 있노! 」

메기아가리의 넓적한 손바닥이 우노인의 얼굴을 몰강스럽게 냅다 갈겼다.

쓰러질 듯하다가 일어나는 우노인의 수염에 피가 벌겋게 흘러 내렸다. 우노인의 지팡이가 상대방의 아랫배 짬을 지르자, 미처 닿기도 전에 또 한 부락민의 팽이가 느닷없이 우노인의 정수리를 내리쳤다. 퍽!
하는 둔탁한 음향과 함께 쓰러진 우노인의 눈은 금방 하얗게 뒤집혀졌
다. 거의 순간적인 일이었다.

메를 지어 앉아 있던 〈인간단지〉의 식구들은 우꾼하고 일어서고, 천
막 안에서는 두 팔에 낫을 동여 맨 십여명의 젊은이들이 튀어 나왔다.

한참 난투극이 벌어졌다. 천막은 헐리고 〈인간단지〉의 식구들은 여기
저기 쓰러졌다. 부락민도 더러 낫에 상했다. 이건 그저 싸움이 아니라,
바로 죽이고, 살리고 하는 전쟁이었다. 세부족으로 달아나던 경기까투
리를 비롯한 젊은 환자들은 드디어 몇 갈래로 나뉘더니 비호같이 산길
을 내리 쏘았다. 인젠 그들의 머릿속에도 조국이니 동포니 하는 생각은
요만큼도 남아 있지 않았다.

〈1970 · 月刊中央〉

山　居　族

당찮은 말씀! 산이 좋아서 산새처럼 산에 사는 것이 아니다. 평지에는 감히 발붙일 곳이 없어서 비탈로 산으로 기어 오르다, 풀도 잘 나지 않는 왕모래 등성이에 다닥다닥 판자집들을 얽어 놓곤 소위 대도시의 미관을 온통 망치고 있다.

이따위 무허가 판잣집들이란 으례 때에 따라 마구 밀어버려도 무방하지만, 다행스럽게도 인간들만은 함부로 다루지 못하게 이곳 따라지들도 호적이란 데 얹혀 있어서, 지게를 지고 부두일이라도 나가는 날품팔이들의 호주머니 속 주민등록증에는 그래도 제법 산——몇 번지란 주소까지 또박또박 고맙게 인쇄되어 있다.

그러나 이곳 주민들은 자기들이 사는 S산의 한 아랫등성이를 근대화된 이름으로 ××동 산——몇 번지들이라 말하지 않고 그저 내림대로 〈마샷등〉이라고만 부른다. 왜말로 참모래 언덕이란 뜻에서 온 것 같다.

이 〈마샷등〉 4백여 세대의 주민들은 황 거칠이란 중늙은이를 모르는 사람이 없다. 개구장이들끼리는 그저 〈짝대기〉라고 부르는 그를. 매일같이, 때로는 하루에도 몇 차례나 쇠작대기를 해 들고 이 골목 저 골목을 돌아 다니기 때문만이 아니다. 비록 덩치는 크지 않았으나 아직 뼈대나 하는 짓이 어딘지 모르게 보기부터 꿋꿋하고 믿음직해서 〈짝대기〉란 별명이 붙을 만한 위인이기 때문이다.

게다가 잘 웃지도 않고 말수가 적은 데다, 언제나 입 가나 턱 언저리의 면돗자리가 푸르스름한 것이 한결 당찬 틀거지를 보이고 있다.

그래서 이웃 동네 사람들까지 〈마샷등〉 하면 으례 그의 쇠작대기를 연상할 정도로 황 거칠씨는 널리 알려져 있다.

그러나 황 거칠씨가 그렇게 널리 알려진 보다 큰 이유는 밤낮 없이 쇠작대기를 들고 다닌다든가, 겉보기가 어떻다든가 하는 것보다, 차라리 그의 성격이 괄괄하고 검질긴 데 있다고 하는 게 옳을지도 모른다.

그건 여하튼, 〈마삿등〉에는 황 거칠씨가 들어 오기까지는 불과 몇 십집 밖에 살고 있지 않았다. 워낙 바닥이 왕모래가 돼서 아무리 파도 물이 잘 나오지 않는 데다 해발 1백 미터가 넘는 고지대라, 시(市) 수도는 더욱 바랄 수가 없는 곳이었다. 요컨대 식수가 없어서 사람 살기가 어려운 곳이었다.

황 거칠씨도 처음 이곳에 판잣집을 얽어 놓고선 여간 물곤란을 겪지 않았다. 물지게를 해 지곤 먼 아래 부락에 가서 물을 얻어 오거나, 훨씬 윗쪽에 있는 수정암이란 절에까지 가서 길어 오지 않으면 안 되었으니까. 괜히 이런 곳에 자리를 잡았다고 후회한 것이 한두 번이 아니었다.

그러는 동안에 이 〈마삿등〉에도 가구가 줄곧 늘어 갔다. 시골에서 이농해 온 사람들과, 어쩔 수 없는 따라지들이었다.

이 따라지 목숨들을 다스리기 위해서 시청에서는 거기에도 통·반을 만들었다. 통·반은 만들어졌지만, 쓰레기차, 거름차가 안 올라 오는 것과 마찬가지로 시수도는 올라 오질 않았다. 아침 저녁이면 물을 찾아서 헤매는 여인들이 동이를 이고, 온통 산길을 메우듯 날뛰었다.

지대가 높다고만 핑계하는 당국을 믿고 있을 수만은 없었다. ——황 거칠씨는 통·반장들과 의논한 끝에, 산 윗쪽 절 부근에서 산물을 끌어올 궁리를 했다. 자그마치 5리가 넘는 거리였다.

대충 자재비로선 우선 가구당 처지 따라 2, 3백원씩 추렴하기로 하고 작업은 공동으로 하기로 결론을 보았다.

그러나 막상 일을 시작해 보니, 모든 것이 계획대로 나아가질 않았다. 우선 끼니를 제대로 이어 가지 못하는 집들에서 추렴이 잘 되지 않을 뿐 아니라, 막벌이꾼들의 경우도 그랬거니와 일할 남성이 없는 집에서는 공동작업에도 제대로 나올 형편이 못 되었다. 결국 발론을 한 황 거칠씨와 돈에 실력도 없는 몇몇 유지(?)들이 일을 도맡게 되었다. 그러나 그것도 얼마 가지 못해서 결국 중등무이가 되고 말았다.

그렇다고 팽개치기에는 들은 공이 아깝고, 발론자인 황 거칠씨로서는 책임과 체면문제가 되었다. 그는 별 힘도 없는 통·반장들과 여러 차례 숙의를 한 끝에 이미 든 비용을랑 결국 자기가 뒤에 보상하기로 하고 그 일을 자기가 도맡기로 했다. 물론 그에게 그런 재력이 있는 것은 아니었다. 얼토당토 않은 엄두였다. 꿈이었다. (이러한 것이 황 거칠씨의 나쁜 점이기도 한 반면, 또 좋은 점이기도 했다) 늙도 젊도 않은　나이에 그는 그날부터 염치 불고하고 살 만한 고향 친구들을 모조리 찾아 다녔다. 그는 수염도 제대로 밀 겨를이 없었다. 수염을 깎지 않은 황 거칠씨의 얼굴은 한결 험상궂고 어쩌 보면 비장하게까지 보였다. 〈마샷등〉 사람들은 아침부터 비탈길을 내려가는 그의 염색 잠바의 뒷 모습을 보고 동정도 하고 부러워도 했다.

「고집이 가당찮다카이 ! 」

「아니, 머라도 꼭 해 낼 사람이대이 ! 」

노인들은 이렇게들 중얼거렸다.

며칠 뒤.

〈마샷등〉에서 5리나 떨어진 수정암 부근의 적산 땅에 파다 둔 우물들은 다시 파이기 시작했다. 동시에 트럭으로 실려 온 굵다란 대나무들이 마을 사람들의 손으로 〈마샷등〉 뒷산으로 옮겨졌다.　그리고 한편 인부들에 의해서 그 대나무들은 미끈미끈한 대 파이프로 다듬어졌다.──황 거칠씨는 고향 출신의 어떤 실업가로부터 겨우 얼마쯤의 자금을 융통했던 것이다.

수정암 아랫 쪽에 파여진 다섯 군데의 우물에서는, 도통 어린애 팔목만큼한 물줄기가 흘러 내렸다. 그 물이 이어진 대파이프를 통해서 〈마샷등〉 뒷쪽에 급히 만들어진 물탱크 속으로 쏴 하며 세차게 흘러 들었다. ──황 거칠씨의 꿈은 이루어진 것이다 !

「재주도 용하제 ! 」

마을 아낙네들은 물이 늠실늠실 차 오르는 탱크 속을 들여다 보며 제각기 환성을 올렸다. 처음엔 어려울 거라고 의심하던 사람들도 물이 쏟아지는 걸 보곤 눈을 둥그렇게 떴다.

「자, 이만하면 인제 식수 걱정은 덜게 되겠죠 ? 」

황 거칠씨도 기쁨을 얼굴에 드러내었다.

「식수뿐이겠소. 애끼 씨문(아껴 쓰면) 빨랫물도 충분하지……」

늙은이들은 숫제 자신만만한 말을 했다.

샘과 탱크에는 이내 뚜껑이 덮이고, 희망에 따라 물은 다시 각 가정으로 배수가 되었다. 그러지 못한 곳에는 시 수도의 경우처럼 공동 급수구를 만들었다.

394

이렇게 해서, 비가 오나 눈이 오나 식수를 찾아서 산비탈을 헤매던 〈마샷둥〉 아낙네들은 겨우 한시름 놓았다. 반대로 비가 오든 눈이 내리든 파이프의 고장을 돌보기 위해서 황 거칠씨는 쇠작대기를 해 들고 골목 자기를 헤매게 되었다. 쇠로 된 파이프와 달라서 대란 놈은 사람의 발길에 잘못 걸려도 터지든가, 잇음가지가 벌어지든가 하게 마련이었다. 그러니까 대가 드러나 있는 곳에서 아이들이 장난을 하면 황 거칠씨는 호통을 치기가 일쑤고, 개구장이들은 그때부터 그를 〈짝대기〉라고 숙덕이게 되었다.

「짝대기 온다!」
하면, 모였던 개구장이들은 지레 놀라서 **숨어** 달아 나기가 바빴다.

그러구러 일년이 지나고 이태가 거의 찰 무렵이 되자 식수가 없다고 잘 안 모이던 사람들도 갑자기 모여 들게 되어, 〈마샷둥〉도 이젠 만만찮은 인구의 밀집지대가 되었다. 그와 동시에 산수도(주민들은 사설 수도라 하지 않고 그저 산수도라 했다)도 차차 수지가 맞아 들어 갈 전망이 보였다.

그해 겨울은 유달리 추위가 심했다. 아무리 심한 강추위에도 손발만이 아니라 귓싸대기까지 꽁꽁 얼려 가면서 식수를 찾아 먼 산비탈을 오르내려야만 하던 아낙네들은 앉아서 물을 얻게 되는 산수도의 고마움을 한결 절실히 느꼈다. 그녀들은 황 거칠씨를 시장보다도, 어느 국회의원보다도 훌륭한 인물이라고 생각했다.

황 거칠씨도 신이 나는 듯 동네 안에 있는 파이프만은 튼튼한 쇠파이프로 갈아 넣기 시작했다. 여태껏 수도를 넣지 못했던 집들에서도 다소 무리를 해 가면서까지 수도를 넣었다.

그러한 제반 공사들을 황 거칠씨는 손수 다 해냈다. 그러기 위해서 그는 수도에 관한 일들을 여기저기 전문가들을 찾아 가 배웠다. 그는 벌써 만만찮은 수도 기술자가 된 셈이었다. 손가락에 늘 붕대가 감겨 있을 정도로, 손이 상하고, 트고, 거칠어졌다.

기름때가 절은 그의 잠바 포켓 속에는 언제나 망치와 벤치가 무뚤하게 들어 있었다. 그러한 몰골에 쇠작대기까지 해 들고서 행여 파이프가 어찌 되었을세라 이 골목 저 골목 땅바닥만 내려다 보며 바삐 돌아 다닐 때는 쉰 하나란 실제의 나이보다 줄잡아도 예닐곱 살은 더 늙어 보였다. (그래서 개구장이들은 할배라고도 했다)

그러나 황 거칠씨는 여간 지쳤을 때라도 그것이 남을——특히 대중을

위하는 일에서 오는 것이라면, 내색을 않고 참고 견디려고 했다. (그것은
또 그러한 정신으로 조국에 목숨을 바친 할아버지와 아버지의 행동이 남
겨 준 무언의 교훈이기도 했다). 게다가 또 산수도의 일은 뜨내기 장사
때보다도 그의 생활에도 어느 정도의 안정감과 보람도 느끼게 했으니까.

바로 그 무렵이었다. 가끔 탱크에 물 떨어지는 소리가 안 들릴 때가
있었다.

(파이프가 어디 막힌 것일까……?)

그는 곧 파이프를 따라 올라 갔다. 파이프가 터지거나 막힌 것이 아
니라, 잇댄 자리가 이상하게 풀리어 있었다. 그런 일이 한두 번이 아니
었다. 아무리 보아도 애들의 장난 같지는 않았다.

한 번은 바로 샘터쯤에서부터 파이프대가 무려 서른 여섯 개가 온통
떼내어져 있었다. 그것도 그저 잇댄 자리를 떼 놓은 것이 아니라 여기
저기 마구 내동댕이 쳐 놓았었다.

(확실히 어느 놈의 악의에 찬 소행이다! 죽일 놈 같으니…!)

그는 화가 머리끝까지 치밀었다. 그러나 어느 놈의 소행인지 도무지
알 길이 없었다.

황 거칠씨는 부득이 야밤중에도 파이프가 놓여 있는 산을 돌아보지 않
을 수가 없게 되었다. 물론 그럴 때는 예의 쇠막대기를 더욱 소중히 지
니고 다녔다. 그러나 한 번도 그럴싸한 놈은 나타나지 않았다. 그러면
서도 이따금씩 그런 일이 있었다. 귀신이 탄복할 노릇이었다. 말경에는
피해를 입게 되는 부락 젊은이들까지 나서서 망을 보기도 했다.

황 거칠씨는 생각한 나머지 다음과 같은 팻말을 몇 군데 꽂아 두었다.

```
산수도 파이프를 파괴하는 자는 엄벌에 처한다.
                           황 거칠 외 동민 일동
```

며칠 뒤에 본즉, 아이들의 장난인지 〈엄벌〉이란 말 옆에, 빨간 크레용
같은 것으로써 〈사형〉이란 두 글자를 곁들여 놓은 데가 있었다. 황 거칠
씨는 지나친 말이라고 생각했지만 그대로 두어두었다.

이상하게도 이러한 팻말이 효과가 있었던지, 그뒤부터는 파이프를 떼
놓거나 빼 던지는 일은 없어졌다.

설 명절에는 동네 청년들이 꽤 많이 황 거칠씨에게 세배를 왔다. 가
까운 이웃에서는 비록 빈약은 했지만 그래도 명절 음식이라고 차려서 이

고 왔다. 답례로 내드릴 만한 설 음식을 별로 마련하지 못했던 황 거칠씨 내외는 미안해서 어쩔 줄을 몰라했다. 사실 세뱃군과 명절 음식이 그렇게 들어 올 줄은 미처 헤아리지 못했던 것이다. 아마 시골서 모여든 사람들이 많았기 때문이리라고 황 거칠씨는 생각했다. 그리고 그런 것도 다 산수도의 덕이리라고.

이와 같은 명절 수인사는, 낮에도 대문을 안에서 걸어 놓고 사는 도회지에서는 보기 드문 옛 유풍이었다. 우리 것이라면 뭐든지 얕잡아 보고 버리게 마련인 풍조를 못내 얄미워 해 오던 황 거칠씨는 얼근한 기분에 한결 흐뭇함을 느꼈다. 명절날만이라도 서로 돌보고 돕고 하는 고풍이 얼마나 떳떳한 것일까! 비록 따라지들만이 모여서 사는 〈마삿등〉일지라도 이러한 인간다운 정의들만은 잃지 말아 주었으면 싶었다.

그러나 해가 바뀐 지 몇 달 안 돼서 우리 황 거칠씨에게는 (물론 〈마삿등〉 사람들에게도) 뜻하지 않던 불행이 들이닥쳤다.——별안간 산수도를 철거해 달라는 사람이 나타난 것이다. 그것도 〈마삿등〉의 물 사정을 잘 알 만한 사람이었다. 황 거칠씨와도 안면이 있는, 바로 건너편 〈사부랑골〉에 사는 호 동팔(胡東八)이란 목수였다.

「어째서 호 선생께서……?」

황 거칠씨는 식전부터 찾아 와서 그런 뚱딴지 같은 소리를 꺼내는 상고머리의 호목수를 수상쩍게 건너다 보았다.

「내가 그 자리의 관리를 하게 됐거든요. 형의 땅이니깐요——.」

「형님의 땅이라니? 그 자리는 적산인데 그래……」

「형이 불하를 받았으니 인자 개인 거 안잉기요.」

호 동팔은 능글능글 웃는다기 보다 숫제 의기양양한 티까지 보이려는 것이었다.

(옳거니, 이놈들이 필경 무슨 꿍꿍이가 있어서 한 짓이겠군! 이곳 물 사정을 잘 아는 놈이렷다……?)

황 거칠씨는 대뜸 짐작이 갔다.

「그래, 불하를 받았다고 해서 남의 식수를 함부로 끊을 수가 있겠소? 수도만은 절대로 못 뜯어 내겠소!」

거칠씨의 언성은 거칠어졌다. 불의라면 비록 권력 앞에서도 잘 굽히지 않는 성미였다.

「그래요——?」

호목수는 내처 음충맞게 능글거렸다.

「가시오!」

황 거칠씨는 버럭 자리에서 일어섰다.

이로부터 일어난 해괴망측한 사건들을 얘기하려면, 우선 이 호 동팔 형제의 위인들부터 알려야만 되겠다. ——호 동팔이란, 이 오십이 넘은 상고 머리의 사나이는 자기들 목수 사이에서도 종종 〈호로새끼〉란 욕을 얻어 먹었다. 게다가 과거 왜정 때부터 그러했거니와 그의 친형인 동수를 영판 닮아서 자기보다 쥐꼬리만큼이라도 권력을 가진 사람이라든가, 혹은 무슨 잇속이 있을 만한 일에는 다랍게 달라 붙고 알랑거리는 성미였다. 가령 가장 정신적인 문제라 할 수 있는 종교 같은 것도, 일제 때는 꼭 일본 사람들처럼 방에 불단까지 모셔 놓고 불교를 믿노라(?)하던 사람이 해방이 되고 미국 사람이 많이 들어와 설치게 되자, 그것까지 형의 말을 좇아선지 갑자기 불단을 부숴던지고 재빨리 교회에 나가는 따위가 다 그런 일례다. 그러한 일에는 정말 철저한 사나이랄까? 그래서 그에겐 동팔이란 이름에 빗댄 〈똥파리〉란 별명까지 붙어 있다.

그러나 본인은, 욕친구들이 그를 보고 〈호로새끼〉니 혹은 〈똥파리〉니 하고 놀리는 것은 뭐 자기 행실이 그렇다는 게 아니고, 그저 호 동팔이란 자기 성명 석자가 잘못된 탓이라고만 능청을 부렸다.

이런 졸때기 주제에다가 당치도 않은 만용을 낸다든가 거드름을 피우게 되는 것도 오로지 왜정 때 재판소 집달리를 지낸 그의 형 동수를 믿고서다.

악질 집달리로 이름난 호 동수는 그때 야바위쳐 거둬 들인 재산으로 지금은 모 기관에 기부금도 내서 고문도 되고 시정 자문위원인가 뭔가까지 맡아서 만만찮은 사회적 지위도 지닌 위에, 빌딩도 몇 개 가진 알부자지만, 한편 그의 쥐꼬리만한 법률 지식은 언제나 동생 동팔의 거드름을 뒷받침하고 있다.

「니가 머근데(뭐건데) 그래 큰 소리를 탕탕 치노?」

친구들이 이럴 때 동팔이가,

「와? 우리 할배는 청국 사람이고, 우리 아배는 미국 사람, 우리 엄매는 일본 사람이다 와?」

하고 엇나가는 것도 다 그의 형 동수의 말버릇을 그대로 받아서 하는 셈이었다. 해방 후 한때 친일파로 몰렸던 호동수는 한국 사람치고 친중, 친일, 친미 안한 사람이 어디 있느냐는 식으로 늘 이렇게 구두덜거렸던 것이다.

동팔이가 형 동수의 어투를 배운 것은 이것만이 아니었다. 진접 친일파에 관한 얘기나 정치 얘기 같은 게 나오면,

「일본 놈들이 우리 조선 사람을 쏠(쏠) 때는, 꼭 그 가문이 어떤가, 양반인가 아닌가 미리 알아 보고 쏠다 말이다. 무식한 쌍놈들 쏠겠나! 그저 노름이나 해 처먹다가 징역 조금 살고 나온 것들이 무슨 애국잔 체하는 꼴 보문 참……」

이런 식으로 꼭 그의 형의 말 그대로를 들이대곤 했다.

그러한 동팔이가 갑자기 찾아 와서 〈마샷등〉의 젖줄이라고 할 수 있는 황 거칠씨의 산수도를 뜯어 내라는 데는 반드시 그럴 만한 꼬투리가 없지 않을 것이다. 짐작에, 잇속이 빠른 똥파리란 자가 그 산에서 흘러오는 물을 독점할 생각으로 (그럼 자연 산수도는 제 것이 될테니까), 그의 형과 짜고서 그러한 깜찍스런 일을 꾸민 것이 아닐까 싶었다.

황 거칠씨는 그 길로 일제 때부터 그 산을 보아 왔다는 박노인이란 연고자를 찾아 갔다.

「그래요?」

박이란 그 순적 백성은 황 거칠씨의 말을 듣더니 비로소 미안스런 표정을 하며,

「호 동팔이가 자꾸 찾아 와서 돈을 얼마 주며 졸라쌓길래 도장을 안 찍어 조웃능기요. 머 연곳권 서류라카등가요. 내싸 머 그런 거 불하 받을 생각도 힘도 없고 해서……」

황 거칠씨는 〈아뿔싸!〉 싶었다. 손이 늦었었다. 그러나 손이 안 늦었더라도 그에게는 그런 걸 불하 받을 돈이 있을 리 만무했다. 엄두도 못 낼 일이었다.

「죽일 놈들!」

해 보았댔자, 소용 없는 일이었다. 그러나 황 거칠씨는 대범한 얼굴을 하고 집으로 돌아 왔다. 산에서 솟는다고 산 임자의 물은 아닐 테지! 그때까지만 해도, 하늘이 무너지는 한이 있더라도 물만은 빼앗기지 않으려고 속으로 다짐했던 것이다.

그날 밤 실근이란 통장이 알아 보고 온 얘기로서는 S산의 일부인 〈마샷등〉 뒤의 적산 임야 일대가, 얼마 전 동팔의 형 동수의 명의로 완전 불하등기가 되어 있더라는 것이었다.

그리고 일주일이 채 못 돼서 법원으로부터 출두 통지서가 나왔다. 호

동수가 수도 시설을 철거시켜 달라는 소송을 제기했던 것이다. 물론 황 거칠씨는 이의를 내걸고 반대했다. 그러나 끌다끌다 결국 힘 부족 세 부족으로 재판에 지고, 집달리가 현장에 나타났다. 강제 철거다. 미리 시끄러울 것을 짐작했던지 경찰관까지 현장에 동원되었었다.

〈마삿등〉에서도 그날은 일을 나가지 않은 사내꼭지들은 거의 다 현장인 샘터에 나와 있었다. 아낙네들도 더러 나왔었다. 군중 심리의 탓이랄까, 경찰이 해산을 명령해도 꿈쩍도 하지 않았다. 도리어 일촉즉발의 험악한 공기로 되어 갔다.

황 거칠씨는 내처 풀이 죽어 있었다. 정상작량(情狀酌量)도 법을 쥔 사람의 자유다. 게다가 집달리란 사람들에게는 애당초 눈물도 인정도 없게 마련이다.

〈마삿등〉 사람들이 애써 만들어 놓은 다섯 개의 수도용 우물이 집달리가 데리고 온 인부들의 괭이에 무참히 헐리고, 대나무로 된 파이프들이 물을 문 채, 그들이 보는 앞에서 이리저리 내던져졌다.

황 개칠씨는 더 참을 수가 없었다. 그는 거의 발작적으로 일어섰다.

「이 개 같은 놈들아, 어쩌면 남이 먹는 식수까지 끊으려 하노?」

그는 미친 듯이 우르르 달려 가서 한 인부의 괭이를 억지로 잡아서 저 만큼 내동댕이쳤다.

그것을 계기로 부락민들도 와 몰려 갔다. 집달리 일행과의 사이에 벌 싸움이 벌어졌다. 경찰이 말려도 듣지 않았다.

결국 동팔이와 인부 한 사람이 이쪽 청년들의 펀치에 코피가 터졌다.

경찰은 발포를——다행히 공포였지만——해서 겨우 군중을 해산시키고, 황 거칠씨와 청년 다섯 명을 연행해 갔다. 물론 강제 집행도 일시 중단되었었다.

경찰에 끌려 간 사람들은 밤에도 풀려 나오시 못했나. 공무집행 방해에다, 산주의 권리행사 방해, 그리고 폭행죄까지 뒤집어 쓰게 되었던 것이다. 그래서 그 이튿날도 풀려나오질 못했다. 쌍말로 썩어 갔다.

황 거칠씨는 모든 죄를 자기가 안아 맡아서 처리하려고 했다. 그러나 그것이 뜻대로 되지 않았다. 면회를 오는 가족들의 걱정스런 얼굴을 보자, 황 거칠씨는 가슴이 아팠다.——그는 만부득이 담당경찰의 타협안에 도장을 찍기로 했다. 석방의 조건으로서, 다시는 강제 집행을 방해하지 않겠다는 각서였다.

이리하여 황 거칠씨는 애써 만든 산수도를 포기하게 되고, 〈마삿등〉

은 한때 도로 물 없는 지대가 되고 말았다.

　일행이 구룻간에서 풀려 나왔을 때는 산에 있는 황 거칠씨의 수도시설은 완전히 철거되고, 파괴됐던 다섯 개의 우물은 호 동팔이측에 의해서 복구작업이 시작되고 있었다. 드디어 소원성취를 한 동팔이가 〈마삿등〉 일대의 수도를 독차지하겠다는 것이었다.

　(죽일 놈!)

하고 황 거칠씨가 이를 악물고 있는 판에 뜻밖에 동팔이 측에서 사람을 하나 보내왔다. 용건이 또 걸작이었다. ──〈마삿등〉 일대의 배수시설을 자기에게 팔든가(물론 헐값으로), 정 놓기 싫으면 자기와 공동 경영을 하자는 것이었다. 아니꼽게도 이쪽의 약점을 노린 수작이었다.

　「가거라, 이 개 같은 놈아! 밥을 처먹는 놈이 그 따위 심부름을 하고 다녀?」

　황 거칠씨는 벼락 같은 소릴 쳤다. 차라리 거저 내버렸음 내버렸지! 동팔이에게 시설을 판다든가, 더구나 공동 경영 따위 쓸개 빠진 짓은 입에 담기조차 창피한 일이었다. 교섭을 왔던 사람이 코를 싸고 돌아간 뒤에도 그는 내처 주먹을 떨어댔다.

　(누굴 자기 같은 놈인 줄 알았던가? 뻔뻔스런 놈 같으니!)

　아무리 생각해도 분했다.

　배수 시설의 양도를 거절당한 동팔이는 어디 보자는 듯이 〈마삿등〉 일대에 자기대로의 시설을 하기 시작했다. 그 바람에 매일같이 많은 물을 쓰지 않으면 안 되는 콩나물장수, 두부집, 그리고 두꺼비가 그려진 진로 소주의 깃발을 늘어 놓고 소주랑 막걸리, 청주까지 만들어서 파는 〈두꺼비집〉 같은 데서는 만부득이 호 동팔의 물이라도 쓰지 않을 수 없었다. 그밖에도 동팔이와 특별한 관계──가령 그의 목수 허드렛일을 맡아 있다든가, 인척 관계인 몇몇 사람들도 그 물을 쓰기 시작했다.

　한편 복수라기 보다 자기의 권리를 되찾기 위해 여러 날 여러 밤을 골똘히 궁리해 오던 황 거칠씨는 드디어 호 동수의 산이 아닌 다른 산에서 물을 끌어 오기로 결심했다.

　──어디 제놈들의 산이 아니면 물이 없을까!

　이튿날부터 황 거칠씨는 예의 쇠작대기를 찾아 들고 집을 나섰다. 수정암 훨씬 뒤 굴밤나뭇골이란 데 가서 새 수원을 찾기로 했다. 그곳은 안심할 수 있는 국유 임야였다.

그러나 그는 굴밤나뭇골을 그냥 스쳐서, 낙동강 하류가 멀리 내려다 보이는 산정으로 곧장 올라 갔다. 그 산정의 양지 바른 곳에 그의 할아 버지와 아버지의 무덤이 있었다.

——고향이 여기가 아닌데 선인들의 무덤이 어떻게 그곳에 있었느냐? 그러나 그것은 나중 이야기하기로 하자.

아뭏든 그는 길도 또렷하지 않은 산길을 더위잡았다.

산등성이에 올라서자, 거기서부터는 수목도 거의 없고, 대신 풀이 무 릎 위까지 자라 있었다. 억새는 벌써 자줏빛 꽃순을 내밀었고, 마타리 랑 뚜깔도 키 겨룸을 하듯 노랑꼭지. 흰꼭지들을 바람에 흐늘거려댔다. 그러한 키다리들 틈에 끼어 참취, 개쑥부장이, 도라지, 둥굴나물, 산들 깨, 산박하……이루 셀 수 없는 조국의 어여쁜 꽃들이 산을 온통 수놓 듯 했는가 하면, 찌르르 하는 풀벌레 소리들이 한결 가을을 느끼게 했 다. 물컥 꽃향기가 코를 찌른다.

황 거칠씨는 문득 조국의 향기를 맡는듯 했다. 숫제 어떤 행복감에 젖었다. 그러나 다음 순간 그는 〈왜 이러한 아름다운 산들이 몇몇 사람 들에게만 독차지 돼야 하는가?〉하는 노여움에 다시 사로잡혔다.

지지리도 못난 백성들이란 생각을 더욱 절실히 가지면서 그는 할아버 지와 아버지의 무덤 앞에 나아가 공손히 절을 올렸다. 그리고는 고향산 천이 있을 먼 북녘 하늘을 바라 보았다.

〈마삿등〉사람들이 다 알다시피 황 거칠씨의 고향은 이곳이 아니다. 먼 북쪽이었다. 6·25 동란으로 말미암아 그의 고향 마을은 산산히 부 숴졌다. 아주 폐허가 되어 버렸다. 마을 가까이 있던 무덤들도 완전히 폭격에 패이어서 유골은커녕 제각기의 무덤 자취조차 찾기 어려운 형편 이 되고 말았다.

선인들의 유골이나 찾으려던 황 거칠씨는 그마저 단념하고, 식구라고 는 단 하나밖에 남지 않은 아내와 함께 남으로 남으로, 피난을 해 왔던 것이다…….

——그럼 유골도 없는 무덤이 아니냐고, 힐난할지 모른다. 그러나 황 거칠씨는 설흑 힐난을 받더라도, 누가 뭐라고 비웃더라도, 그 할아버지 와 아버지의 무덤만은 기어코 만들고 기어코 지키고 싶었었다. 그러한 심정에는 지금도 변함이 없다.

이유는 간단하다. 그의 할아버지는 3·1 운동에 가담했다가 이내 옥 사를 했고, 아버지는 그 뒤의 독립단 사건으로 왜경에 붙들려 투옥되었다가 역시 옥사를 했었다. 황 거칠씨는 그러한 할아버지의 외동손자요, 아버지의 유복자였던 것이다. 어른들의 얼굴조차 못 본 손자로서 아들로서 다른 효도는 못할망정, 그러한 할아버지와 아버지의 넋이라도 위로하고 모시리라 명심해서 만든 무덤들이었다. 굳이 산정에 모신 것은 외로운 넋이라도 행여 먼 고향 산천을 그리워하실까 싶었던 심정에서였다.

그러나 그날 그가 무덤 앞에 머리를 조아린 것은 할아버지와 아버지의 넋을 위로하기 보다 자기 자신의 마음을 달래기 위한 것이었다. 그리고 용기를 가지려 했다.

사실 그는 인간이 그리울 때나 어려운 고통을 당할 때는 언제나 그러한 할아버지와 아버지를 생각하고는 참고 견디어 나갔다.

〈사람답게 살아 가라! 비록 고통스러울지라도 불의에 타협한다든가 굴복해서는 안된다! 그것은 사람이 갈 길은 아니다.〉

할아버지와 아버지를 추모할 때는 늘 이러한 훈계를 듣는 듯한 기분이었다. 그의 강직한 성격도 아마 이런 데서 유래됐는지 모른다.

갠 가을 날씬 데도 불구하고 그의 고향이 있는 먼 북쪽 하늘 가에는 흰 새털구름이 동으로 동으로 흐르고 있었다. 처음에는 아주 엷고 고르게 흐르던 것이 어떤 부분에서는 어느새 큼직큼직한 덩어리를 이루는가 하면 그 양떼구름들이 점점 횃불 같은 모습을 뚜렷이 나타내 가면서, 새털구름들을 앞지르듯 흘러 갔다.

「사람으로 치면 응당 남보다 뛰어난 인물들이랄까?」

황 거칠씨는 그 횃불 모습의 구름덩어리를 보고 문득 이렇게 중얼거렸다. 그리고 그의 할아버지나 아버지 같은 분들은 구름에 비긴다면 필시 저런 횃불 같은 구름이 아닐까 싶어 더욱 우러러보였다.

그의 시선은 이내 대지로 돌아 왔다. 민족의 애환을 머금은 채 연연히 가로 누워 있는 낙동강 갈래 갈래. 그것을 끼고 옹기종기 붙어 있는 가난한 촌락들, 그리고 대부분이 도시의 유력자들에게 불하가 되었다는 그 많은 갈대밭들 ……황 거칠씨의 눈은 마침내 그가 앉아 있는 S산의 발치쯤 골짜기들에 얼어 붙듯 했다. 거기에 산재해 있는 조그만 촌락들은 그가 자란 고향과 너무나도 비슷했기 때문이었다.

봄이 되면 살구꽃이 집집마다 피는 그러한 조그만 촌락에서 그는 홀어머니 밑에서 외로운 유복자로 자랐던 것이다. 어머니는 시아버지 뒤미처 남편마저 잃고서도, 원수인 왜놈의 헌병과 앞잡이들의 그 지긋지

굿한 감시에 시달리다 못해. 결국 돌도 미처 안 지난 아들을 업고 야간 도주를 하다시피 해서 그곳으로 옮겨 왔었다고 한다. 그 어머니도 그가 겨우 열 두살 때 세상을 버렸다. 그러니까 그에게는 자란 고향이 그립 다기보다, 항상 분하고도 슬픈 기억이 먼저 떠오르는 것이었다.

(저 쬐깐 집들에도 나 같은 소년, 아니 어머니 같은 불쌍한 여인들이 필연코 있으리라……)

초라한 집들이 자기의 고향을 연상케 하는데다, 듣던 대로 이렇다 할 농지도 없고 그저 산이나 뒤져 가며 연명들을 해 가는 것 같아서, 황 거 칠씨는 문득 이런 생각도 들었다.

그는 뭉클한 채 일어섰다. 굴밤나뭇골로 되돌아 온 그는 바삐 산으로 싸댔다. 냉큼 물풀이 있는 곳을 찾아야 한다. 그의 경험에 의하면 물이 솟을 만한 자리에는 반드시 특수한 종류의 멧풀들(가령 개구리갓이니 쇠스랑개비 등속의 습지생풀들을 그는 통틀어 물풀이라고 불렀다.)이 나 있었다.

그럴 만한 곳을 한참 쏘다닌 끝에 다행히 그는 그럴싸한 자리를 몇 군 데 찾았다. 물풀이 나 있었다. 그는 반색을 하며 쇠작대기로 땅을 쿡쿡 질러 보았다. 한 곳은 토질도 물러 보였다. 그는 용기를 얻었다.

용기를 얻은 황 거칠씨는 물풀이 한결 짙어 보이는 곳에 퍼져 앉아서 담배를 연거푸 두 개비나 태웠다. 물풀이 있는 곳을 쉬 찾은 것은 좋았 으나 이윽고 일껏 만들었던 수원을 빼앗긴 일, 그리고서 다시 새 우물 을 파야 할 일들을 생각하면 새삼 입맛이 쓰기도 했던 것이다.

그러나 그것도 그에게는 허덕이는 조국과 더불어 겪어야 될 시련의 하 나려니 생각하면서 발끝에 있는 물풀을 한움큼 푸짐하게 뜯어 쥔 채, 뚜벅뚜벅 산을 내려 왔다.

그날 밤 그는 실근이를 비롯해서 가까이 지내는 통·반장 몇 사람과 저번날 일로 말미암아 함께 구류를 살던 청년들을 자기 집으로 불렀다.

먼저, 동팔이와 화해를 않음으로써 본의 아니게 주민들에게 물 곤란을 주고 있는 자기의 안타까운 심정을 사과 겸 말하고, 그날 낮 산을 돌아 본 얘기와 자기의 새로운 계획을 비처 보였다.

「한 번 진다는 건 두 번 질 장본이라고 생각합니다. 결국 우리들은 지 다가 지다가 지금 같은 꼴들이 된 게 아닐까요? 내가 그런 엄두를 낸 것은 결코 내 자신의 이익을 위해서만 그런 게 아닙니다. 아시겠어요?」

황 거칠씨는 자못 흥분된 어조로 말했다. 평소 말을 잘 안하는 그의 입에서 어떻게 그런 말들이 쏟아져 나올까, 의심스러울 정도였다. 새삼스레 어떤 희망이라기보다는, 묵은 분노라도 되살아 나는듯 눈마저 이상스럽게 이글거리는 것 같았다.

「댔임더! 내일부터 당장 시작합시더. 그까짓 새미(우물) 몇(몇) 개쯤, 여러 사람이 가문 하리면(하루면) 다 안 파겠능기요. 똥파리의 원수를 어서 갚아야 잠이 오지, 온……」

동팔이를 때렸다가 혼이 난 인호란 청년이 이렇게 말하자, 모두들 동조를 했다.

〈진로〉를 큰 걸로 두 병이나 사 온 황 거칠씨의 할멈도 못내 기쁜 표정을 지었다.

「호씨 형제들의 심보도 심보지만, 산에 나오는 물꺼정 마음대로 몬 묵구로(못 먹게) 하는 법도 더럽지요!」

그녀는 새삼 억울하게 당한 일을 생각하곤 이렇게 빈정대기도 했다.

마을 사람들이 떠난 뒤, 황 거칠씨의 할멈은 북창 위 시렁에 모셔 둔 세존단지 곁에, 영감이 산에서 가져 온 물풀을 얹어 두고는 성주 세손에게 한참 동안 기도를 올렸다.

쇠뿔도 단김에 뺀다는 격으로 날이 새기가 바쁘게 〈마삿등〉 남정들은 마을 뒤 언덕배기로 모여 들었다. 실근이란 통장이 지난 밤 황씨 집에서 얘기된 계획을 말하자, 죄다 물곤란을 겪던 터이라 누구 하나 반대하는 사람이 없었다.

「그거 참 잘 생각했소. 더런 놈이 가져 오는 물 묵울 뿐(먹을 뻔) 했딩이!」

「그렇기 말임더.」

모두 잘코사니를 치며 돌아 갔다. 그것은 비단 호 동팔이가 미워서만 하는 소리가 아닌 것 같았다.

〈마삿등〉 따라지──그러나 악바리들은 조반을 끝내기가 바쁘게 괭이랑 삽들을 들고, 더러는 황 거칠씨 집 앞길에 모여 들고 더러는 바른총으로 굴밤나뭇골로 올라 갔다. 골은 거기서 십리나 떨어져 있었다.

좁은 골목길에는 호 동팔의 인부들이 열심히 파이프를 묻고 있었다.

「우리들 것 다칠라, 단딩이(조심해서) 하소!」

동네 사람들은 지나오면서 동팔이의 인부들을 보고 이렇게 주의를 시켰다. 그들은 황 거칠씨의 것을 〈우리들 것〉이라고 말했다. 말하자면 그만큼 그 수도 시설을 아끼는 심정들이었던 것이다.

「예 예, 그기 싸예(그거야) 비미이(어련히) 알아서 하겠능기요. 염려 마이소.」

호 동팔의 인부들은 그러한 동민들의 심정을 십분 이해하는 말눈치들 이 있다. 얼굴에도 미안한 빛이 나타나 있는 것 같았다. 어떤 치는 숫제 그런 의민 듯한 미소까지 지어 보였다.

30 명이 가까운 〈마샅등〉 남정들은 우선 세 패로 나뉘어서 굴밤나뭇 골에 새로운 우물을 파기 시작했다. 하늘이 돌보았던지 한 군데서는 얼 마 안 파서 물줄기가 비쳤다. 파 내려 가는 동안에 제법 물이 고이기 시 작했다.

다른 한 곳에서도 물기가 비친다고 외쳤다. 환성을 올린 그들은 아직 물줄기를 보지 못하는 쪽을 보고 놀렸다.

「그쪽 패 사람들은 물 묵지 마래이! 물을 안 줄끼라 말이다.」

「안 조도(줘도) 좋다. 누가 느그(너희들) 물 묵을 줄 아나? 안대면 (안되면) 재너머 낙동강물을 져다 둑웃심 묵웃지 그까진 물 안 묵는다 말이다!」

이건 은근히 호 동팔을 비꼬는 수작이기도 했다.

점심은 절에 시켜서 먹었다. 신심이 깊은 황 거칠씨의 할멈이 자주 나 드는 수정암이라(물론 그날도 와 있었지만) 스님이 아주 친절히 대해주 었다.

저녁나절에는 다시 두 패로 나뉘어서 우선 물줄기가 비친 두 곳부터 깊이 팠다. 두 곳이 다 수량이 좋아 보였다.

설두를 하던 황 거칠씨는 파이프에 쓰일 대나무를 마련하려고 먼저 산 을 내려 갔다. 실근이란 통장이 뒤치다꺼리를 맡았다. 그는 무거운 돌 을 들어 내느라고 웃앞 가슴이 온통 흙칠감이 되어 있었다.

이튿날은 호 농팔의 마을에 사는 석수(石手)까지 와서 일을 서둘어주 었다. 물줄기는 비쳤으나 큰 돌이 반쯤 몰려 있는 곳에 그는 발파를 들 이 댔다. 굴밤나뭇골이 울리도록 발파 소리가 퍼졌다.

「그 호로놈의 샘엔 우짠(웬) 돌이 그리 있었노?」

저만큼 피해 있던 사람들 가운데서 하나가 이런 우스개 (농)를 하자

「그런 소리 말아, 똥파리가 또 저기 제 거라고 쫓아 올라!」

곁에서 이렇게 받기도 했다. 물론 호 동팔이를 〈호로새끼〉라고들 빈 정거리는 데서 나온 말이지만 산수도를 그에게 빼앗긴 이후 〈마샅등〉사 람들은 더욱 그를 〈호로새끼〉니 〈똥파리〉니 했던 것이다.

닷새 만에야 겨우 우물 셋이 완성되었다. 바닥에서 솟아오르는 맑은 물이 이내 뻘물을 가라앉혔다. 우선 우물 속에 굵직한 쇠 파이프를 하나씩 휘어 넣고 뚜껑을 해 덮었다. 그리고 그 파이프에 잇대어 대 파이프를 달기 시작했다.

이제 일손은 그리 많이 필요치 않았으나 파이프 달아 내리기가 여간 힘들지 않았다. 기특이나 근 십리나 되는 거리를 으례 또 말썽거리가 될 호 동수의 산을 피해 가려니 자연 자료도 많이 들고 일도 까다로왔다. 황 거칠씨는 벌썬 사람처럼 이 일 저 일에 몸이 바빴다.

오래 물이 말랐던 황 거칠씨의 탱크에 다시 물 소리가 쏴하고 들리던 날 저녁, 성공을 축하하는 술자리까지 벌여 놓고서 그는 그만 지쳐 누웠다. 그 나이의 육체와 정신에는 너무나 지나친 몸부림이요, 부담이었던지도 모른다.

워낙 심신이 파김치가 되었던 탓인지 한 번 몸져 누운 황 거칠씨는 얼른 일어나지를 못했다. 그저 몸살이니 했던 것이 시름시름 더욱 시르죽어 갈 뿐, 마누라가 사 온 신약도, 실근이가 지어 온 탕약도 별 효과가 없었다. 뜻밖에 마른 기침이 잦아지고 그럴 때마다 가슴이 결리곤 했다.

하루 이틀, 날이 갈수록 눈이 더욱 들어 가고 텁수룩한 수염은 한결 그를 파리하게 보였다.

(그렇게 당차던 양반이……)

마누라만이 아니었다. 그의 댁에 다시 앉아서 물을 얻게 된 마을 아낙네들도 집안 어른의 신양처럼 황 거칠씨의 건강을 염려했다.

결국 의사까지 불렀다. 산 요, 또 길조차 험한 곳이라 내심 달갑잖게 여기며 따라 왔을 의사도 한참 그의 뼈가 드러난 가슴에 청진기를 대 보고 두들겨도 보고 하더니, 늑막이 몹시 나빠졌다고 말하면서 일찌감치 입원을 하는 게 좋을 거라고 타이르고 갔다.

「입원──?」

그런 호사스런 건 〈마삿등〉 민족에게는 당치도 않은 소리다. 또 죽었음 그대로 죽었지, 되지도 않을 일이었다. 그런 국민들인 것이다.

그저 가끔 약방에서 사 오는 매약이나 먹고 천정을 쳐다 보고 누워있는 것이 고작이었다. 따라지 목숨들의 유일한 치료 방법이다.

마누라는 뒤꼍에 찬물을 받쳐 놓고 소위 치성을 드렸다.

명천 대천 칠원 성군

불쌍한 백성을 돌봐 주오……

고즈너기 두 손을 모았다. 때로는 밤중에 일어나 소지(燒紙)도 올렸다.

집에서만 그러는 것이 아니라, 그녀는 수정암 불전에도 여러 번 갔다. 옛날 같으면 무슨 영험이 있겠느냐고 나무랄 영감도 구태여 말리려 하지 않았다.

──부디 임자에게도 위안이 되어지이다! 이렇게 눈물겹게 생각하기도 했다.

마누라가 안 보일 때, 황 거칠씨는 가끔 예의 쇠작대기를 찾아들고 거리로 나와 보기도 했다. 그러나 그의 쇠작대기는 벌써 일을 하기 위한 것이 못 되고 그저 휘청대는 다리를 가늠하는 구실을 할 뿐이었다.

마을 개구장이들도 이젠 그를 보고 〈작대기〉라고 하지 않았다. 오히려 달려 와서 부축을 해 주기도 했다. 모두 착한 소년들이었다.

물 관리는 그동안 실근이가 대신 해 왔다. 그는 황 거칠씨 못지 않게 열심히 일을 돌보았다.

그런데 뜻밖에 일이 또 벌어졌다. 호 동팔이가 경영하는 산수도 물에 비눗물이 섞였다는 소문이 퍼졌다. 그리고 호동팔의 물탱크 속에서 커다란 빨래비누가 몇 갠가 나왔다는 것이었다.

「어느 놈이 그랬을까?」

「그기 사실일까?」

의론이 구구하였다. 분분하였다.

그럴 즈음에 경찰에서 황 거칠씨 앞으로 웬 호출장이 덜렁 날아 들었다. 이유는 전혀 있지 않고 그저 다음날 오전 아홉 시까지 출두하라는 내용이었다.

(무슨 일일까……?)

경찰이라면 만정이 떨어지는 백성들이다. 지피는 일이라곤 아무것도 없었지만 호 동팔의 물 탱크에 누가 무엇을 넣었느니 어쨌느니 하는 수상스런 소문이 떠돌 무렵이라 어쩐지 꺼림한 예감이 들었다.

「대신 좀갔다 오오. 별 것 아닐 거요.」

황 거칠씨는 삐걱거리는 청끝에 앉아서 걱정을 하고 있는 아내에게 호출장 쪽지를 내던졌다.

「물음 머라 할까요?」

부인네들은 경찰이라면 더욱 얼떨떨하다.

「물음 머라다니 ?」

황 거칠씨는 제물에 뭉클하다 말고,

「죄 지은 일 없다 하지 !」

이렇게 내뱉다가 이내 또 쿨룩거려댔다.

이튿날 아침 일찌기 경찰에 나간 아내는 오후에야 겨우 돌아 왔다.

「영감이 왜 안오느냐기에 몸이 편찮아 누웠다고 했더니 수도 때문에 말썽이 있으니 호 동팔이란 사람과 사이 좋게 지내라는 말만 하더군요. 그런 걸 가지고 괜히 바쁜 사람 오라니 가라니……」

이렇게 말하는 아내의 보고를 듣고선,

「미친 놈들 ! 할 일이 그리 없던가?」

황 거칠씨는 강강한 얼굴에 분노와 냉소를 한꺼번에 떠웠으나 실은 비로소 안심을 하는 듯한 쓸쓸한 표정이었다.

이런 일이 있고부터 호 동팔의 물탱크에 누가 빨랫 비누를 넣었느니 어쨌느니 하던 소문은 필연 호 동팔 자신이 제 손으로 넣어 두고 그랬을 거라는 소문으로 바뀌고, 아무든 그 물을 먹지 않은 사람들이 좋았다는 결과가 되고 말았다.

한동안 젊은 사람들 사이엔 그 얘기가 늘 화제에 올랐다.

「이왕이면 이쪽 물탱크에 비눌 여어(넣어) 볼 거 앙이가?」

「맞아 죽을라꼬 ! 지까진 놈의 간을 가주고싸(가지고선) 어림도 없다 ……」

「자석, 지나(자기나) 비눗물을 많이 처묵고 그 썩은 소갈머리나 좀 곤치라카지(고치라 하지) !」

심지어 아이들의 장난에 까지 그런 말이 등장했다. ──〈담배 먹고 맴맴〉하는 노래 대신에, 호 동팔의 수도를 넣은 집 아이들이 지나 가면, 댓바람에 〈비누 묵고 맴맴〉이라고 큰 소릴 질러댔다.

그리고 기분의 탓일지는 모르되 모두들 새로 끌어 온 황 거칠씨의 물맛이 전 것보다 훨씬 좋아졌다고들 하였다. 그 소릴 듣고 황 거칠씨도 기분이 나쁘진 않았다.

그러나 황 거칠씨의 병세는 좀처럼 좋아지질 않았다. 벌써 두 달째 접어 들어도 내처 한 모양이었다. 도리어 몸은 더 축이 나는 것 같았다.

못 사는 사람들에게는 악운이 더 닥치기 쉬운 것인지, 황 거칠씨에게는 몸도 그런 데다 또 엉뚱스런 걱정거리가 하나 더 생겼다.

역시 제 땅 못 가진 설움이었다.

먼젓번 산수도는 일본 사람이 두고 간 산에 묻었다가 그 산이 별안간 집달리 출신인 호 동수란 사람의 소유로 둔갑을 하는 바람에 곱다시 수원을 뺏기고 말았거니와, 그 상처도 미처 아물기 전에 고생고생 해서 놓은 그의 두 번째 산수도에도 꼭 전과 비슷한 일이 생겼다.

앞에서 말한 대로 황 거칠씨의 두 번째 산수도가 묻힌 곳은 수정암 뒤의 국유 임야였다. 도시에 인접해 있다기 보다 새로운 무슨 단지니 택지 조성 등으로 급속히 변두리화 되어 가고 있는 몇 십만 평이나 되는 그 광대한 국유지마저 또 어떤 개인에게 깜쪽 같이 불하가 되었다고 하지 않는가! (물론 개 값이리라!)

쥐도 새도 모르는 사이에 그것을 사유로 만든 사람이 별안간 황 거칠씨 앞에 나타났다. 초록은 동색이랄까? 내내 호 동수와 같은 수법이었다.

물론 그런 위인이 몸소 〈마샅등〉 같은 판자촌을 찾아 올 리는 만무했다. 대리는 얼마든지 있는 법이다.

「저는 과거 이 ×× ×관님을 모시던 이 춘이란 사람입니다. ×관님께서 이번에 이 주변 국유지를 불하 받으셨기 때문에——-」

×관까지 지냈다는 새 산주를 대신해서 황 거칠씨를 찾아 온 사람은 아직 나이가 삼십 남짓 밖에 안 되어 보이는 청년신사였다. 가뜩이나 병석에 누워 있던 황 거칠씨는 느닷없이 가슴이 철렁했다.

(×관이라고?——×관 출신이면 그 광대한 국유지를 함부로 늘름 할 수 있는 것일까……?)

정말 모를 일이었다. 어처구니 없는 일이었다. 황 거칠씨는 정신이 아찔했나. 어안이 벙벙해서 아무 말도 나오지 않았다. 그저 말끝마다 「×관님 ×관님」하는 이 춘이란 청년 신사의 얼굴만 멍청히 쳐다보았다. 뒤퉁스럽게도 그의 얼굴에만 잠시 정신이 팔렸다.

비서 퇴물인 듯한 그 청년은 체구도 작았거니와 그 체구에 비해서도 두상이 더욱 작아 보였다. 고대 소설조로 말한다면, ——

〈비록 두상은 조롱박 같이 작고 볼품이 없으되 부등깃에 싸인 새새끼 궁둥이처럼 톡 불가진 뒤통수 속에는 온갖 간계가 소복소복 들어 있을 것 같고, 관운장처럼 치째진 두눈은 가늘게 뜨면 아침이 조르르, 크게 뜰작시면 무슨 행티라도 있을 것 같고, 날카로운 매부리코는 세상 잇속엔 절대로 남에게 뒤떨어지지 않을 게고, 오물오물 오무라뜨릴 땐 닭의 밑구멍 면치 못할 조그만 입은 큰 건 접이 나서 망설이더라도 작은 건 쉴새 없이 남냠, 게다가 미주알 고주알 캐고 들 양이면 소진장의(蘇秦 張儀)못지 않게 구변도 청산유수라……〉

이런 표현이 꼭 알맞을 것 같았다.

그러나 황 거칠씨는 눈과 귀는 그에게 맡기면서도 머릿속은 이내 딴 생각을 하고 있었다.

(——이 × × ×관이라면 한때 안하무인인 듯 설치던 분이렷다. ×관 되자 곧 자기 고향에 들를 때도 뜻밖에 〈에스코오트〉까지 따르게 해서 마치 옛날의 대감 행차를 연상케 했다는 웃지 못할 에피소우드까지 있다. 게다가 목구멍이 포도청이라 소문엔 사동 아이 하나 쓰는 것도 그냥은 안 썼다던가……?)

아뭏든 걸려도 더럽게 걸렸구나 싶었다.

「우리 ×관님이 거기다 곧 무슨 시설을 하실 예정입니다. 물론 근대 화에 아주 유익한 시설입지요. 그래서……」

이 춘이란 청년신사는 혼자서 내처 씨까먹은 소리를 열심히 계속했다.

(이놈이 무슨 말을 하려고……?)

황 거칠씨는 신경을 곤두세웠다.

「이 일대의 식수 사정이 어떻다든가, 산수도 시설을 하시느라고 힘도 많이 들었을 것은 우리 ×관님께서도 다 알고 계시니까 그냥 있지는 않 으실 겁니다. 그러니까 가부를 얼른 말씀해 주시면 돌아 가는 대로 택 의 사정을 잘 말씀드려서……」

물론 산수도 시설의 철거 얘기다. 구슬리는 수작이 과연 그럴 듯했다. 황 거칠씨는 더 참을 수가 없었다.

「그만두시오. 이쪽 사정은 염려하실 게 없잖아요? 요즘 말대로 그저 소신대로 하시면 되잖아요!」

황 거칠씨는 짐짓 침착한 태도로써, 그러나 맺고 끊듯이 말해 주었다.

그렇게 해 던지고 나니 오히려 속이 시원했다. 이왕 당할 바에는 차라 리 멋지게 한 번 당해 보자 싶었다. 구태여 구질구질하게 늘어질 필요 가 없었다. (강자는 항상 약자의 이러한 점을 노리고 있는 것이다!)

황 거칠씨는 새삼 자기의 한 말에 대한 상대방의 반응 따위를 기다릴 필요조차 느끼지 않았다. 별안간 치신 사납게 어리둥절하고 있는 이 춘 이를 보고는 이렇게 덧붙였다.

「그 ×관이란 양반에게 가서 이렇게 전하시오. ——초지 일관, 소신대로 하랍시더라고！」

언성만은 결코 만만치가 않았다. 〈소신대로〉란 말에 더욱 힘이 주어졌다.

꽤 자신 있게 엉너리를 치던 이 춘이도 이쪽의 각오와 태도를 재빠르게 눈치 챘음인지 곧 자리를 떴다. 두 번 바로 쳐다보지도 않았다. 그렇다고 내립뜬 그 치째진 눈에 겁을 먹는 빛이 담긴 것도 아니었다.

「쓸개 빠진 녀석！ 젊은 놈들이 어디 해 먹을 것이 없어서 그런 놈들의 개가 돼서……」

황 거칠씨는 이렇게 중얼거리면서 다시 자리에 누워 버렸다. 아무것도 생각하고 싶지 않았다.

그러나 발등에 떨어진 불인데 안 생각하려 해도 안 생각할 도리가 없었다. 하지만 생각만 한다고 해서 무슨 해결이 나는 것은 아니다. —— 그는 우두망찰하고 있는 마누라더러 실근이를 찾아 보라고 했다. (가엾게도 그녀는 영감이 세상의 그러저러한 일로써 뭉클하고 있을 때는 언제나 그렇게 을씨년스런 얼굴을 하고 앉아 있었다.)

그날 낮에는 공교롭게도 실근이조차 없었다. 대소사를 막론하고 서로 터 놓고 애기할 수 있는 사람은 〈마샛등〉에서 그뿐인데！

실근이는 밤 늦게야 찾아 왔다. 그는 황 거칠씨로부터 낮에 있었던 이야기를 대충 듣고 나더니,

「저른 죽일 놈들이 있나！ 그놈들을 우째야 되겠노？」

황 거칠씨 못지 않게 분개했다. 비록 따라지 목숨일망정 그에게는 아직도 정의감이 살아 있었다.

「그놈들만 나쁘다고 할 수 없지！」

황 거칠씨는 벌써 그러한 개인들을 생각하고 있지 않았다. 오히려 그러한 소위 거물급 인사라든가 유력자들, 그리고 고등사깃군들까지도 법의 맹점을 틈타 떼도둑처럼 줄줄이 등을 대고 으시대는——눈에 보이지 않는 어떤 힘, 그것이 더욱 저주스러웠던 것이다. 더구나 그런 종류의 끔찍스런 행위들이 용케도 자유와 민주주의의 탈을 쓰고 뻔질나게 행해지고 있다는 사실에 참을 수 없는 분노를 느꼈다. 그 명백한 증거로는 그러한 행위들을 죄악시 한다든가 반대한 사람들이, 저들의 신성한 자유를 침해한 자라 해서 어떠한 처분을 받았던가를 생각해 보면 알 일이다.

이러한 것은 다 그가 오랜 피난살이에서 주워 들은 이야기라든가, 체험에서 얻어진 극히 하찮은 지식이요, 감정에 불과했다. 그는 소학교밖에 나오지 못했다. 그러나 지금의 대학 졸업자들보다 그러한 상식은 결코 떨어지지 않는다고 자부하고 있다. 그러니까 지금도, 아니 바로 그날밤에라도 무엇을 해야 되겠다고 뼈무는 것이었다.

일이 뜻대로 되고 안 되고는 별 문제다. 안되어도 좋았다. 우선 마음이 놓이질 않고, 분해서도 그냥 있을 수가 없었다. 이런 심정은 실근이도 일반이었다.

그들은 강술을 나누면서(황 거칠씨는 신병에 해로울 줄 알면서도 마셨다.)응당 또 내려질 산수도의 법적인 철거 조치에 대비할 모의를 계속했다. 상대방에서 그와 같은 일을 꾸밀 때까지 가만 있을 게 아니라, 미리 소문도 내고 철거를 반대하는 〈마샷등〉 사람의 연판장도 받자는 것이었다.

일은 끝내 벌어졌다.

이 춘이란 젊은 심부름군이 무어라고 보고를 했는지 모르되, 소위 ×관까지 지냈다는 그 이 아무개란 사람이 그냥 심드렁해질 리 만무했다. 곧 소유권 반환 소송을 걸어왔다.

물론 황 거칠씨도 미리 예측했던 일인 만큼 크게 당황하지는 않았다. 비록 등댈 만한 빽도 없고, 유일한 자본이라 할 수 있는 몸조차 온전치 못했지만, 그저 〈마샷등〉 사람들의 협조만을 힘 믿고서 일을 서둘렀다. 호 동수에게 당한 쓰라린 경험도 있고 해서 딴은 만전을 기하느라고 우선 실근이와 함께 신문사들을 찾아 가, S산의 불하에 대한 부당성을 호소했다. 그리고 〈마샷등〉 일대 주민들의 연판장을 첨부해서 대통령에게 탄원서까지 내고 맞섰다.

이때 마침 황 거칠씨에게 커다란 용기를 준 것은 둥너머 T촌이란 부락 주민들의 움직임이었다. T촌이란 곳은 떠돌이 빈민들이 집단적으로 정착해 있는 지대로서 마을 이름도 자기들의 특수한 종교(?) 이름을 그대로 붙여서 부르고 있었던 만큼 단결심이 여간 강하지 않았는데, 그들의 거주지 역시 황 거칠씨의 산수도가 놓여 있는 산과 내처 같은 것으로서 다 같이 철거 소송이 붙어 있었다. 그래서 그 게딱지 같은 집들마저 뜯기게 될 부락민들은 마치 벌집을 쑤셔 놓은 듯 들고 일어나, 역시 연판장을 만든다, 요로에 진정서를 낸다 해서 야단법석을 부렸다.

「어떤 놈이 우릴 쫓아 내? 그 놈은 모가지를 몇 백개 가졌던가?」

공판일이 다가왔다. T촌 따라지들은 재판소 앞뜰이 떠들썩하도록 악담을 해댔다. 정말 갚기 어려운 백성들같이 보였다.

황 거칠씨를 아는 한 분은 이렇게 말했다, ——

「영감님, 너무 걱정 마이소. 그놈의 목구멍에 영감님의 그 산수도 파이프를 한 번 콱 쑤셔 넣어 봅시더. 얼마나 배지가 터지게 처먹나 보게 !」

황 거칠씨는 그날은 쇠작대기 대신 지팡이를 짚고서 개정 시간을 기다리고 있었다. 그는 그러한 T촌 사람들의 패기를 보고 은근히 어떤 위안과 마음 든든함을 느꼈다. —— (사람은 아직 살아 있구나 !) 생각했다.

웬일인지 재판은 2심까지 가다가 갑자기 중단되고 말았다. 원고측에서 취하를 한 것도 아니었다. 계류된 채 그냥 무기연기가 된 꼴이었다.

여러 가지 풍문이 떠돌았다. ——고위층에서 무슨 명령이 내렸다느니, 혹은 원고측 법정 대리인이 나오지 않는다느니, 혹은 공교히 선거를 일년 앞둔 때였던 만큼 민심의 이탈을 두려워 해서 총선이 끝날 때까지 결심을 보류하게 되었으리라는 등, 이견과 추측들이 분분했다. 그러한 가운데서도 역시 선거 관계리란 것이 가장 유력한 이유인 것 같았다. 요컨대 소위 정치적인 배려리란 것이었다.

이유는 여하튼 피고의 입장에 놓여 있는 사람들에겐 우선은 좋았다.

그러나 황 거칠씨는 아무래도 마음이 놓이질 않았다. 그는 T촌 사람들의 경우와는 약간 사정이 달랐으니까——.

한편 황 거칠씨가 얼굴을 뇌라니 해 가지고 재판소에 불려다니는 동안, 무슨 좋은 수나 터진 듯이 하루에 몇 차례씩 〈마샷등〉에 나타나던 호 동팔이도 자연 옛날대로 걸음이 뜸해졌다.

몇 번 되돌아 와도 〈마샷등〉 민족에게는 속시원한 일이 별로 없던 해방 기념일이 또 다가왔다.

그러한 어느 날, 뜻밖에 시청 직원 한 분이 황 거칠씨의 거처를 찾아 왔다.

「아이구, 여기였구만요. 같은 번지가 많아서 온——」

하고 그는 땀을 닦으며, 포키트에서 넓적한 봉투 하나를 꺼내 주었다.

관청에서 보내는 건 대개 세금 종이 아니면 호출장이게 마련이라 실뚱머룩하게 받아 보았더니 가져 온 사람의 표정과 같이 나쁜 내용은 아니었다. ──닥쳐 오는 광복절날, 독립운동에 몸을 바친 그의 할아버지와 아버지의 공로에 대한 대통령의 감사장 수여가 있으니 받으러 오라는 통지서였다. 황 거칠씨는 그 종이 쪽지를 대견스럽게 도로 접으며 잠깐 머리를 숙였다.

「서울까지의 여비는 시에서 부담하게 돼 있읍니다.」

「네, 저가 못가면 처라도 가야지요. 가고말고요!」

황 거칠씨는 그제야 얼굴에 화색을 띠우며, 일부러 와 주셔서 고맙다는 인사를 했다.

시청 직원이 돌아 간 뒤, 황 거칠씨 내외는 그 통지서를 다시 펴놓고 감개무량한 표정을 했다. 옥사한 아버지의 유복자로 자라났던 황 거칠씨는 더 말할 나위도 없었거니와, 그러한 어른들을 시할아버지, 시아버지로 모셨다는 생각이 한결 흐뭇했음인지 마누라의 눈에도 이상한 것이 고였다.

그러나 이윽고 황 거칠씨에게는 그와 같은 육친들이 단순히 그립다든가, 혹은 위대하고 자랑스럽게 생각되기보다 도리어 점점 안타깝고 불쌍하게 여기어지기 시작했다. 그러한 선인들의 뜻이 과연 어느 정도 이루어졌으며 또 이루어져 가고 있는가를 생각하면 그저 송구스럽고 부끄럽기만 했다.

그래도 강산은 멋대로 변해 가기만 했다.

```
┌─────────────────────┐
│                     │
│     무단 입산 금지       │
│                     │
│      ×× 산업사         │
│                     │
└─────────────────────┘
```

그저 〈입산 금지〉란 정부의 팻말 대신에, 이같은 새 간판이 S산 도처에 세워졌다. S산 수십만 평을 혼자서 송두리째 불하 받은 그 이 아무개란 분이 ××산업사란 새 회사를 하나 만든 모양이었다.

동시에 그 S산의 수정암 뒤, 약간 경사가 느린 지대에 새로운 공사가 벌어졌다.

「쾅──쾅!」

아침 일찍부터 저녁 늦게까지 발파 소리가 요란스럽게 났다. 〈마삿등〉까지 똑똑히 들려 왔다. 새 산주가 거기에다 근사한 목장을 세운다는 것이었다. 조롱박머리의 이 춘이란 자가 신나게 떠벌이던, 소위 근대화에 크게 도움이 된다는 사업의 정지(整地) 작업인 모양이었다.

그들이 법원에 제출했던 〈소유권 반환 청구 소송〉은 결심공판이 일시 보류되었기 때문에 다행히 황 거칠씨의 수도 시설은 〈즉시 파괴〉의 운명은 면했지만 대신 바로 그 수원(우물) 가까이까지 땅이 깊이 파 헤쳐지고 있었다. 만약 거기까지 외양간이 들어 선다면 수도용 우물——〈마삿등〉사람들의 식수에까지 지장이 올 것은 명약관화한 일이었다. 설사 당장은 쇠지랑물이 스며 들지 않는다 하더라도 우선 기분부터 그렇다. 언젠가 동팔의 수도물에 풀어졌다는 빨래비누 정도의 문제가 아니었다.

황 거칠씨는 실근이로부터 그런 말을 듣고, 또 자기도 멀리서 바라보긴 했었지만, 일부러 현장까지는 가 보지 않았다. 아직 다리에도 충분한 자신이 없었거니와 그보다 그러한 현장을 목격한다면 반드시 또 무슨 일을 저지를 것만 같았다. 그는 자신의 성깔을 잘 알고 있었다.

(하필 그런 자리에 외양간을 세우지 않더라도 너른 땅에 얼마든지 세울 수 있을 텐데……)

그러나 그것은 땅을 소유한 사람들의 자유다. 자유란 그런 거란다! 특히 욕심이니 심술이니 하고 트집을 잡는 것은 이쪽 사정일 따름, 소유자가 그러는 데는 법도 어찌 할 도리가 없다. 그러니까 법이란 것도 결과적으로는 땅을 가진 사람들의 이익을 위해서만 존재하는 꼴밖에 안된다. 법이 그러한 이상 새삼 그러한 사람들만을 원망해 보았댔자 소용없는 일이다. 요는 땅을 소유하는 길밖에 도리가 없다.

(어떻게 하면……)

황 거칠씨는 자나 깨나 이런 생각이 머리에서 떠나지 않았다. 그러나 땅은——수십만 평이나 되는 그 엄청난 국유지는 이미 이 아무개란 사람에게 개값으로 독점이 되어 버렸었다. 일제의 식민지로 있을 때도 국유입야는 대개 그 주변 부락민들에게 공동 관리를 시켰시, 그런 일은 거의 없었던 것인데!

「연곳권을 가주고 대들라캐도 국유지에는 시효 취득이 인전 안 댄다 카이……」

실근이는 기껏 대서방 사람들에게서 얻어 들은 지식만 가지고 뻐물었다.

「그러나 법이 그렇다고 해서……」

황 거칠씨는 순순히 단념할 수는 없었다. 백성을 마소보다 못하게 다루는 법과 권력이라면 지기가 싫었다. 그는 이미 어떤 각오가 되어있는 듯한 말눈치였다.

(덮어 놓고 법을 지키는 게 그렇게도 소중하거든 독립운동을 하다가 돌아 간 사람들의 무덤까지 모조리 파 헤쳐 보라지!)

수정암 뒷산 공사장에서 발파 소리가 메아리쳐 올 때마다 황 거칠씨는 더욱 화가 치밀었다. 마치 산수도의 우물이 온통 내려앉는 듯한 기분이었다.

8·15 광복 기념일이 되었다. 할아버지와 아버지의 공로에 대한 대통령의 감사장이 내리는 날이다. 그러나 구들직장을 면치 못하고 있는 그는 물론, 몸이 성한 그의 아내도 서울에는 가지 않았다.

그 대신 그의 집에는 자기들대로 광복절 기념식을 올린 T촌(이 부락 사람들은 거리 관계도 있겠지만 그런 종류의 기념식을 대개 자기들끼리 모여서 올렸다)의 대표자들이 몇 사람 와 있었다. 예의 철거 문제로 같이 재판소에 불려다니던 사람들이었다. 말하자면 황 거칠씨와 같은 운명에 놓여있는 따라지 목숨들이었다. 선거가 끝나면 십중 팔구 집과 물을 뺏기고 뿔뿔이 흩어질지도 모르는 그런 백성들이었다.

그러니까 특별한 약속도 없이 그렇게 모이는 그들이지만, 애기는 자연일시 보류가 되어 있는 재판 문제와 그에 대한 대결책이 될 수 밖에 없었다.

T촌 사람들은 거기에 대해서는 비교적 자신만만한 태도를 보였다. ──죽었음 죽었지 자기들의 집터를 젖소의 놀이터나 외양간으로는 절대로 내어 놓지 않겠다는 배짱들이었다.

「아무리 돈 벌이도 좋고 목장도 좋고 근대화도 좋지만 소와 사람을 바까치기(바꿈질)할 수야 있나!」

자칭 T도(道=教)의 두목 격이요, 촌장(村長) 격인 수평(水平)이란 이상한 이름의 사나이가 이렇게 큰 소리를 탕탕했다. 그의 팔자 수염은 어떤 위엄의 표시라기보다 언제 보아도 행티가 있어 보였다.

워낙 단결력들이 강해서 선거 때는 웬만한 입후보자 따윈 말도 잘 못 걸어 볼 뿐 아니라, 관청에서도 만만히 못 건드린다는 골치 부락으로 일러오던 지대인 만큼 황 거칠씨도 그들의 말이 그저 허풍일 거라고는 생각하지 않았다. 황 거칠씨는 그들의 단결과 패기와 각오가 못내 부러웠다. ──모든 국민이 그런 식으로만 나간다면……? 국유지의 정실 불하니 부정불하 따위만이 아니다. 그보다 더 큰 더 중대한 문제도 거뜬히 결판이 나리라 싶었다.

T촌 사람들은 그날 황 거칠씨에게 새로운 제안을 하나 해 왔다. ——황씨의 산수도를 한 가닥 자기들의 부락에 끌게 해 달라는 것이었다. 우물은 몇 군데 있지만, 공동수도를 두어 군데 만들고 싶다는 것이었다.

「그건 영감을 위해섭니대이! 알겠능기요? 물론 우리마을도 덕은 보겠지만.」

한 사람이 이렇게 말하면서, 황 거칠씨는 관리인 자격이 되고, 그 공동수도의 소유자는 T촌 주민 전체의 이름으로 해 두면, 그 이 아무개란 자가 자기들 부락의 주민 하나하나를 상대로 따로이 물 재판을 벌여야 될 판이니, 수도 문제는 그렇게 해서 상대방을 곯려 가며 버티는 것이 보다 안전하리라는 것이었다.

황 거칠씨는 즉석에서 찬성했다. 물이 문제가 아니었다. 이기는 것이 문제였다.

이튿날 아침, 황 거칠씨의 집 판자 대문 기둥에는 〈S산 불하 취소투쟁 위원위〉라고 쓴 종잇발이 기다랗게 나붙었다.

그러고 그날부터 〈마샛등〉 사람들과 등너머 T촌 대표들이 자주 거기엘 드나들게 되었다. 물론 황 거칠씨의 산수도는 T촌으로도 한 가닥 들어 갔다.

부락의 게시판도 면목이 달라졌다. 당국의 전달 사항만 나붙지 않았다.

〈부정 불하 취소하라!〉

〈산수도 철거 절대 반대〉

〈사람보다 소가 소중한가?〉

이런 서투른 구호 쪽지가 나붙는가 하면, 한편 S산의 불하를 에워싸고 일어 난 산수두 문제와, T촌 주민들의 철기 빈매내용을 보도한 신문 한 면이 넓적하게 첨부되기도 했다. 기사에는 군데군데 붉은 줄까지 그어져 있었다.

학교에서 돌아오는 개구장이들은 거기 나붙은 구호들을 마치 무슨 노래처럼 신나게 읽어댔다, ——

부정 불하 취소하라

사람보다 소가 좋나

어느 날 시청 직원이 황 거칠씨의 돌아 가신 할아버지 아버지의 독립

투쟁 공로에 대한 대통령의 감사장을 전달하러 왔다. 물론 두 장이 별
도로 되어 있었다. 그날도 황 거칠씨의 집에는 〈마샀등〉과 T촌 사람들
이 몇 사람 모여 있었다.

「나는 이걸 가질 만한 자식 구실을 못한 사람입니다만——」

황 거칠씨는 여럿이 보는 앞에서 옷깃을 여미며 소중히 받아 놓고는
시청 직원에게,

「시월 보름날이 아버님의 운명하신 날이랍니다. 그날 이걸 두 분의 무
덤에 고이 갖다 바치겠읍니다. 돌아 가 그렇게 보고해 주십시오.」

침통한 어조로써 수인사 겸 이렇게 말했다.

시청직원은 자못 당황하는 듯한 내색을 보이며 돌아 갔다.

「지금 하신 말씀이 정말입니꺼?」

T촌에서 온 한 청년이 이렇게 물었다. 설마 그걸 땅에 묻기까지야 하
겠느냐 싶었던 모양이다.

「그럼, 그런 소리를 어떻게 거짓부리로 하겠어! 이번 일이 잘 되면
도로 꺼내 오도록 할까?」

황 거칠씨의 눈에는 어찌 보면 황송한 듯도 하고 어찌 보면 분노에 가
까운 듯도 한, 이상한 빛이 이글거렸다.

〈1971 · 月刊中央〉

사 밧 재

(문경 새재가 높다카더만 머 이 사밧재보다 짜다라(그다지) 높지는 않을꾸로!)

송노인은 흔한 하늘조차 속시원히 못 보게 가로막는 듯한 먼 잿마루를 벌써 몇 번이나 바라보았다.

안팎 오르내리기가 거의 2십리나 된다는 지루한 잿길의 자락쯤에서 그는 아직도 허덕이고 있는 셈이었다. 옛날부터 국도(國道)였다고는 하지만 굽이굽이 골짜기가 으슥해서 대낮에도 곧잘 도둑이 붙던 곳이다. 지금은 다행히 신작로가 나고, 달구지랑 자동차들이 심심찮게 지나다녀서 덜 무섭긴 해도 재넘이 골바람은 여전히 맵고, 때로는 먼지까지 들씌우는 것이 질색이었다.

대한도 벌써 지난 때이지만 눈은 아직도 골짜기마다 허옇게 쌓여 있고, 길섶 따라 서릿발이 그대로 남아 있기도 했다. 그러니까 팔순이 가까운 송노인의 콧방울도 붉을 수밖에 없고, 그 빨개신 코끝에는 말간 콧물이 대롱거리게 마련이었다. 게다가 사나운 재넘이가 이따금 무명 두루마기를 사뭇 벗겨 갈 듯 휘몰아치고, 숨이 턱턱 막힐 때는, 아닌게 아니라 손자며느리의 말이 문득 머리에 떠오르기도 했다.

「날씨가 좀더 풀리거든 가시지요?」

이른 아침부터 떠날 채비를 하고 있자니까, 그녀는 조심스럽게 이런 말을 했었다.

「날씨 기다리다가 아무 일도 안 대구로(안 되게)!」

그는 이러고서 집을 나섰던 것이다. 그러나 후회는 하지 않았다. 송노인을 아는 사람은 무턱대고 그를 고집장이라고만 하지만, 손발 꼭 옴

츠리고 앉아서 날씨니 세월이니를 기다린다든가, 그러고서 기껏 옹알거리기나 하는 따위를 그는 아주 싫어했다. 그래서 그는 덮어놓고 가뭄을 불평만 하지 않고, 그의 별똥지기 논귀에다 남들이 잘 안 파는 듬벙(웅덩이)까지 꼬박꼬박 팠던 것이다. 말하자면 그저 고집을 부리는 것이 아니고 힘껏 부딪쳐 보는 거다.

추위도 마찬가지다. 겨울은 으레 추운 것. 춥다고 손만 호호 불고 앉아 있는 건 싫다. 그러니까 그런 날씨에 집을 나선 걸 새삼 후회하기는커녕 오히려 대한을 넘기고 나선 것이 꺼림했다. ——누부(누님)가 얼마나 기다리고 있을까 생각하면, 걸음이 절로 빨라졌다. 갯길이 더욱 지루했다.

그럴 때 마침 멀리서 자동차 소리가 들려 왔다. 버스였다.

(차빌 오라지기 줄라칼끼라……?)

그러나 그는 버스를 타기로 작정했다. 마침 오솔길에 들어 있던 그는 부리나케 신작로쪽으로 되돌아섰다. 시골길에서 낡아 먹은 버스가 시커먼 목탄연기를 푹푹 내품으며 다가왔다.

「보소오, 좀 태아(태워) 주이소!」

송노인은 손에 짐을 든 채 마구 흔들어댔다.

노인이 헐레벌떡 뛰는 것이 우습고도 가엾었던지 차가 저만큼서 무춤섰다.

문이 안에서 열렸다. 송노인은 들은 말이 있고 해서 우선 갓부터 벗어 들었다. 행여 갓모자를 상할세라 두려웠던 것이다. (그는 난생 처음 자동차란 걸 타게 되었다.)

다행히 빈 자리가 있었으나, 송노인은 그저 어리둥절 어름대기만 했다. 물론 차는 그가 오르기가 바쁘게 움직이기 시작했다. 송노인은 몸의 중심을 미처 잡지 못하고서 넘어질 듯 넘어질 듯 휘뚝거렸다. 다행히 앞줄에 자리잡고 있던 눈이 부리부리한 한 젊은이가 그를 껴안듯 해서 자기가 앉았던 자리에 앉히고서 자기는 뒷쪽으로 물러 갔다.

송노인은 고맙다는 수인사도 할 경황 없이 엉덩이를 서투르게 시이트에 걸쳤다. 물론 두루마기 자락을 걷어 올릴 겨를도 없었다. 기름 한 방울이 피보다 귀하다고 떠들던 전시라, 목탄가스로 움직이던 버스는 줄곧 뒤흔들리기만 하고 시원스럽게 달리지도 못했다. 그래도 버스를 처음으로 타 보는 송노인에게는 그것이 신기하고 아찔해서 눈이 둥글해져 있었다.

「영감 차를 처음으로 탔소?」

바로 곁줄에 자리잡고 있던, 얼굴이 넓적한 순사 하나가 빙글빙글 웃으며 이렇게 물었다. 말하는 목소리가 몹시 껙껙했다.

「야」

송노인은 잠깐 흘끗했을 뿐 다시 쳐다보지는 않았다. 시골 사람들은 대체로 순사를 그다지 좋아하지 않는다. 더구나 송노인은 얼굴이 그렇게 가랫날처럼 넓적한 사람들을 덜 좋아했다. 게다가 그날 본 그 순사는 얼굴 생김도 그런데다, 두툼한 입술이 흡사 메기입 같이 넓죽하게 째져 있어서, 더욱 인상이 좋지 않았다. 암만해도 만만찮은 행티가 있을 것만 같았다. 송노인의 이와 같은 걸가량은 결코 단순한 억측에만 그치지 않았다.

「가주고(가지고) 있는 그게 뭐지요?」

아니나 다를까, 넓적이는 송노인에게서 눈을 떼지 않고서, 그의 무릎 위에 놓인 보따리를 손으로 가리켰다.

「약입니더」

송노인의 대답은 내처 퉁명스러웠다.

「약이라뇨?」

넓적이는 송노인의 그러한 대답 태도가 숫제 못마땅하기라도 한 듯한 표정을 지었다.

「수시엿(수수엿)이오」

「수수엿?」

넓적이는 차가 별안간 끼우뚱하는 바람에 잠깐 말을 끊었다가,

「병에 든 건 뭔가요?」

묵이 더욱 꺼끄러졌다.

송노인은 아차! 싶었다. 고놈의 병 꼭지가 공교롭게도 보따리 밖으로 빼죽 나와 있었기 때문이다. 그러나 곧은불림으로 안 낼 수도 없었다.

「배미술(蛇酒)입니더.」

얼떨결에 이래 놓곤,

「약에 씰라꼬요(쓰려고요).」

란 말을 겨우 덧붙였다.

「배미술? 〈요—메이슈(養命酒)다 나!〉」

넓적이는 이렇게 일본말로 꼬리를 달면서 눈을 똥그랗게 떴다.　그러

고는, 바로 그의 곁에 새침하게 앉아 있는 또 한 사람의 순사를 돌아보면서 일본말로 무어라고 중얼거렸다. 동행인 듯한 사내는 면돗자리가 파르족족한 것이 누가 보더라도 일본사람에 틀림이 없었다. 넓적이의 말을 들으며 슬그머니 이쪽을 흘겨 보는 눈길도 그랬다.

「그래, 영감 지금 어딜 가는 길이요?」

넓적이는 송노인쪽으로 다시 시선을 돌렸다. 벌써 그의 넉가래 같은 얼굴의 어느 구석에도 아까와 같이 빙글거리는 빛이라고는 요만큼도 남아 있지 않았다. 어느새 밀주나 놋그릇을 뒤지러 다닐 때의 그런 사람들의 기색으로 되돌아가 있었다.(2차 대전 때 그들은 무기 원료로써 식기까지 뺏어 갔다.)

기차 소리도 들리지 않는 두메산골에서만 살아 온 송노인 같은 시골뜨기들도, 관리들의 그러한 눈치나 표정의 변덕만은 쉬 짐작할 수가 있었다——이자가 또 무슨 수작을 걸어올는지……송노인은 마음이 조마조마해졌다.

「누부 집에 가오.」

역시 사실대로 말했다.

「누부 집에?」

넓적이는 짐짓 놀라는 듯한 표정을 지었다. 송노인의 그러한 대답에 이상한 눈을 한 사람은 비단 넓적이뿐이 아니었다.

곁에 있던 승객들도 모두 송노인을 다시 쳐다보았다. 애들이, 시집간 누나를 찾아 간다는 것은, 우리들의 풍속으로서는 항용 있는 일이지만, 팔순이 다 된 노인이 누나 집에 간다는 것은 거의 없는 일이기 때문이다.

송노인은 넓적이나 주위 사람들의 그러한 눈치를 비로소 알아챈 듯이

「누부가 얼매 몬 살끼라면서 나를 꼭 한 분 보고 싶다 안캐 왔능기요. 그래서 천만병에 좋다카는 수시엿도 고고, 마침 약이 랜다는(된다는) 배미술도 해 둔 기(게) 있고 해서 가주 가는 길임더.」

이런 식으로 고분고분 일러 바쳤다. 순진하기가 꼭 어린애 같달까? 그러고서야 자기가 생각해도 좀 쑥스러웠든지 숫제 볼을 약간 붉히면서 주위를 슬쩍 돌아 보았다.

그러나 이런 어리석은 태도는 관리란 사람들을 대할 때는 도리어 이쪽의 약점을 되잡히기가 일쑤다.

「뱀술은 술이 아니오? 술은 함부로 만들어서 되나요. 그래 누님댁은

어디요?」

넓적이는 이렇게 능청을 떨었다.

「갯목이구만요.」

송노인도 달갑게 받지는 않았다.

「갯목이라……갯목 누구네 집이요?」

「백씨 가문이요.」

「백씨 가문이라면, 죽은 백접장네 집안이던가요?」

넓적이의 눈은 한결 날카롭게 빛났다. 이자가 갯목 일을 잘 아는 모양이로구나 하고, 송노인은 생각했다. 그러면서도 곧이곧대로 대 주었다.

「야, 바로 그분이 우리 자형입니더.」

백 아무개라면 인근동은 물론이고, 이웃 고을에서도 널리 알려져 있던 어른이라서, 송노인은 서슴없이 밝혔던 것이다. 그러나 그게 얼뜨기 같은 짓이었다는 것을 이내 깨달았다.

「그래요? 끝내 창씨(일본식 성으로 바꾸게 하던 일)를 안 했죠. 그러고 그분의 손자 하나가 학도병 지망은 안 하고 만주로 도망을 갔겠다? 머 떠나면서 친구들에게, 자기는 독립군에 들어 갈 거라고 했다던가?……잘 됐소!」

이러고서, 넓적이는 곁에 있는 일인 순사를 돌아 보고 뭐라고 일본말로 쑥덕이더니,

「그 술 이리 내오! 맘대로 술을 만드는 게 아니오. 영감도 알잖소?」

「이건 약입니더. 천만에 욕을 보고 있는 우리 누부 드릴 약임더.」

송노인은 그저 누부라 하지 않고 어린애들처럼 〈우리〉란 말까지 붙여 가며 얼른 응하지 않았다. 그는 싫다기보다 오히려 애원하듯한 표정을 지어 보이며 보따리를 더욱 그러안았다.

「내 놀랄 때 좋게 내 놓으시오!」

넓적이의 목소리는 더욱 꺽꺽해졌다. 동시에 그의 커다란 손은 송노인쪽으로 불쑥 내밀리었다. 이렇게 내미는 순사들의 손은 상대방의 태도에 따라서는 정말 어떻게 움직일는지 모른다.

결국 송노인은 술병을 내 놓지 않을 도리가 없었다. 그러나 뱀술 병을 내 주는, 그의 뼈만 남은 얄팍한 손은 애처롭게 보일 정도로 떨렸다.

「이 술은 말요, 여기 있는 이 청년들에게 주는 게 좋을 거요. 바로 이 분들은 학도병으로 지원해 가는 사람이거든요. 그럼 무슨 뜻인지를

알겠지요? 성스러운 출전을 축하하자는 겁니다. 널모레면 독립군인가 나발인가 하는 나쁜놈들을 멋지게 쏘아낼 청년들이니까 말이요. 알겠소?」

넓적이는 안성마춤이란 듯이 목이 잘록한 흰 술병을 받아 들더니, 앞에 있는 청년들과 송노인을 번갈아 보며 떠벌였다.

송노인은 순사들의 앞자리──그러니까 차 앞머리 짬에 일본 국기 마아크가 벌겋게 박힌 수건들을 머리에 동여 매고 있는 5·6명의 청년들을 흘끗하고는 이내 눈을 감았다. 소위 대동아 전쟁에 나가는 학도 지원병들이었다.

(지원? 말이 지원일 테지. 와 도망질들을 몬 했을꼬? 머저리 같은 녀석들! 헷공부 했지, 헷공부……!)

송노인은 대뜸 이런 생각이 들다가도 불현듯 등골이 섭뜩하는 것을 느꼈다. 더구나 그들 가운데, 넓적이가 수통뚜껑에 따라 주는 뱀술을 널름 널름 받아 마시는 헐렁이가 있는 것을 보자, 한없이 역겨운 한편 또 그만큼 섭뜩하기도 했다. 아닌게 아니라, 넓적이의 풀이대로 저런 학생은 간도로 내뺀 상덕이(자기가 찾아 가는 누님의 손자다.) 같은 독립패들을 만나기만 하면 미친 듯이 쏘아낼는지도 모른다. ──틀림없이 그럴 끼라! 먼 후일에 가서 누가 물으면, 시키니까 그랬노라 얼버무릴테지. 또 경우에 따라서는(왜놈들의 형편이 좋아지면) 그걸 도리어 큰 자랑 삼아……그런 세상이 아닌가! 그러나 송노인은 그 이상은 생각하기조차 싫었다.

더럽고 무서웠다.

그는 차 안에 있는 모든 것이 갑자기 더러워지기라도 한듯이 눈을 창 밖으로 돌렸다. 응달에 남은 눈더미가 한결 희게 보였다. 그는 눈을 더욱 크게 떴다. 그렇게 눈더미를 지켜 보고 있는 그의 머리 속에는 뱀술이니 순사니 하는 것들은 벌써 남아 있지 않았다. 대신 지금쯤은 독립패에 섞여서 그같은 눈벌을 헤매고 있을, 아니 어쩜 노루처럼 뛰고 있을는지도 모르는 상덕이의 일이 느닷없이 떠올랐던 것이다.

(간대로 쉬 붙잡힐 놈은 아니지!)

숫제 이런 자신까지 가져 보는 것이었다.

「느그(너희들) 보래, 요놈이 아주 영리할끼데잇! ……요눈 생긴 것 좀 보지!」

일찌기 누부가, 말도 잘 못하는 그를 무릎 위에 앉히고서 귀여워하던 옛일까지 오롯이 기억 속에서 풀려 나왔다.

　(그녀는 손자녀들을 몇이나 본 뒤에도 며느리랑 어린 손자녀들을 앞세우고 곧장 친정 나들이를 했던 것이다.)

　상덕이는 나이가 꽤 든 뒤에도 할머니의 친정 갈래인 송노인의 집을 찾아 왔었다. 그의 고향인 갯목 마을은 강물이 메기들이란 늘녁으로 넘어드는 어귀라, 시위가 난 뒤에는 커다란 잉어들이 곧잘 통발에 들었다. 명절 때는 세배 문안으로 으례 다녀 갔었지만, 대학에 들어 가기 직전까지만 해도 잉어가 잡히면 할머니의 심부름으로 종종 그놈을 싸들고 터덕터덕 찾아 오곤 했던 것이다. 그러나 그가 지난봄에 들른 것이 최후같이 되고 말았다.

　「할배, 며칠 쉬고 갈람데이……」

　뜻밖에 이런 소리를 하며 찾아 왔었다. 시간도 꽤 늦은 저녁이었다. 나중에 안 일이지만, 그는 당시 극성을 부리던 학도병 지망을 피해서 왔었던 것이다.

　「그래, 놈들이 어데 이런 산골에까지사 얼른 찾아 오겠나.」

　송노인은 수월스럽게 그를 맞이했다.

　「누가 묻더라도 모른다 카이소잇!」

　상덕이는 신경이 상당히 날카로와져 있었다.

　「그래, 염려 말게. 물을 사람도 없을끼고……」

　「그래도 알 수 있읍니꺼?」

　「괜찮다 얘. 이곳 촌사람들은 도방 사람들하고는 좀 틀린다. 말은 안하더라도 속은 다 뻔하다 말이다. 징용에 몇(몇)이 끌리 가고부터는 왜놈이라문 다 원수같이 알고 있거든!」

　송노인은 이렇게 말해서 딴은 안심을 시켰다. 그러나 상덕이의 집에 순사가 늘 찾아 온다는 말을 듣자, 아닌게 아니라, 마음이 약간 불안해지기도 했다. 더구나 그날밤 상덕이로부터 시국에 관한 여러 가지 이야기들을 듣고부터는 그러한 불안감이 더 커졌다. 동시에 엽전(조선 사람이 스스로 얕잡아 부르던 말이다.) 신세 더럽게 됐구나 싶었다. ——왜 놈들이 그러는 것은 할 수 없을끼라. 그러나 3·1운동 때는 독립 선언선가 뭔가까지 만들었다는 사람이라든가, 그때 앞장을 섰다는 사람, 그리고 글 잘 한다고 소문난 누구누구들꺼정 덩달아서, 학생들을 빨리 군에 나가 일본에 충성을 다 하라고 떠벌이고 댕긴다니 과연 그럴 수가 있을까? 최후의 일인까지 싸워서 독립을 해야 한다고 열을 올릴 때는 언제고, 일본에 충성을 하자고 나발을 불고 댕기는 건 무슨 놈의 소갈 머리들일까? 그기(그게) 소위 배웠다는 사람들의 할 일일까? 뭬!

송노인은 담배를 연거푸 태웠다.

「느그(자네) 할배가 일찌감치 돌아 가시기 잘 했지. 지금 이 꼬라지 (꼬락서니)들을 봤심(봤음) 그 성미에 숨통이 터져서라도 몬 살끼라!」

송노인은 그날밤 자기가 한 말을 지금도 똑똑히 기억하고 있다.

상덕이는 어디서 여러 날 잠도 제대로 못 잤는지 송노인의 곁에 눕기가 바쁘게 그만 곯아떨어졌다.

그와는 반대로, 송노인은 오래도록 잠을 이루지 못했다. 그는 희미한 호롱불에 비친 상덕이의 입성이 놀랍게 추레한 것과, 또 그렇게 푼더분 하던 얼굴이 눈에 뜨이도록 파리해진 것을 새삼 눈여겨 보면서 안타까운 생각을 금하지 못했다. 더구나 할머니를 쏙 빼었다고들 하던 그의 귀밑이라든가 턱언저리에 시선이 갔을 때는 그러한 심정이 한결 더했다. 하마터면 손으로 어루만지기라도 할 뻔했다.

(우째(어찌) 저렇게도 누불 닮았일꼬?……절대로 왜놈들을 위해서 군에 들어 갈 놈은 아니지!)

송노인의 시선은 상덕이의 자는 얼굴에 얼어 붙었다.——안 가고 말고! 어느 시러배아들은 숫제 혈서꺼정 써 바쳐가며 입대를 지망했다지만, 상덕이만은 아무리 위협을 받더라도 호락호락 군에 들어 갈 애가 아니라고 믿어졌다. 끝내 일본식 창씨를 않고 버틴 즈(제) 할아버지를 보아서도 알 수 있듯이, 결코 그러한 쓸개 빠진 피내림이 아니라고 생각했다. 게다가 방학에 돌아 올 때도 사각모자라고는 머리에 얹어 본 일이 없었고, 다른 유학생들은 해수욕이니 뭐니 하고 흥청거려도 언제나 나이 든 친구들과 어울려서 순회강연이나 다니던 본인의 소행으로 미루어서도 섣불리 그런 위협이나 권유에 넘어 갈 청년은 아니었다.

이윽고 송노인은 가만히 자리에서 일어났다. 장죽에 담배를 한 대 꼭꼭 잰 뒤, 등잔불을 불어 버리고서 살며시 밖으로 나왔다. 할멈 곁으로 갈 작정을 했던 것이다. 그럴 때는 누구라도 붙들고 이야기를 해야만 속이 후련해지는 성미였다.

마침 농번기에 접어 든 무렵이라 낮에는 송노인의 집식구들은, 시집온 지 얼마 안 되는 손자며느리를 빼놓고는 모두 들로 나갔다. 모내기를 앞두고 논보리 거두기며 논갈이에 한창 바쁠 때였다. 비단 송노인의 집만이 아니었다. 한 20가구 남짓되는 두메 전체가 그래서 낮에는 온통 빈 듯이 조용했다. 이럴 때일수록 낯선 사람이 들어 왔다는 것은 더욱 알려지기 쉬운 일이었다.

상덕이는 물론 사립밖을 나가지 않았다. 그렇다고 긴긴 봄날을 줄곧 방안에만 처박혀 있기도 무엇했으리라. 그는 심심풀이로 사랑방 도배도 해 주고(처음 들어 갔을 때부터 그런 생각을 했었다.) 일손들이 바빠서 하다가 둔 듯한 보리타작도 한 마당 해치웠다. 그러다가 어디서 개 짖는 소리가 들려 오면, 시치름히 뒤란으로 돌아 가서 서성거리더라는 손 자며느리의 애기였다.

밤은 시간 보내기가 더 힘드는 눈치였다. 개 짖는 소리에 더욱 신경을 쓰곤 했다.

「이 동네는 개가 많은가베요?」

그는 뒤퉁스럽게 이런 질문까지 했다.

「머 많지는 않은데, 밤이 대문(되면) 잘 짖는구만. 복날이나 지나면 좀 덜 할까.」

송노인은 이렇게 슬쩍 얼버무렸다.

「요새도 복날에 개를 잘 잡능기요?」

「중복, 말복에는 잡아쌓지. 개 개기(고기) 아니문 일년 내 가야 개기 구경 몬하는 사람들이거든. 두불 논(두벌 논)꺼정 매고 나문(나면) 몸에 늘치가 나서 (몸이 늘어져서) 그기라도 안 묵으문……」

송노인은 농민들이 개를 잡아 먹는 것을 숫제 발명이라도 하듯이 말했다. 물론 그는 상덕이가 개 짖는 소리에 신경을 쓰는 이유를 짐작 못 하는 바 아니었다. 그러니까 그도 개가 짖으면 따라서 짜증을 내었다.

「저놈의 짐승들이 밤이 대문 제 동네 사람도 몬 알아보는 모양이지?」

그러나 그런다고 상덕이가 개소리를 대범하게 들어 넘길 리 만무했다. 하룻 저녁은 시간이 꽤 늦은데도 불구하고 바람을 좀 쐬고 오겠다면서 집을 나가더니, 어딜 돌아 다녔는지(송노인은 그가 아마 뒷동산에라도 가서 일부러 시간을 보낸 것이 아닌가 생각했다.) 자정이 지나서야 돌아 왔다. 그러고서도 늦잠이 들었지만, 그는 마치 열병이라도 앓는 사람처럼 잠꼬대를 자꾸 했다. 그 잠꼬대 속에 뜻밖에 〈개새끼들〉이란 말이 섞이는 것을 듣자, 송노인은 그건 그저 개를 두고 하는 말이 아니리라 짐작하고, 그의 잠든 얼굴을 유심히 지켜 보기도 했다. 그건 그가 송노인의 집에 온 지 나흘째 되는 날 밤이었다.

이튿날 아침 그는 송노인더러 갑작스레 떠나겠다고 했다.

「와, 있기가 불편한가?」

「아임니더. 어데 언제꺼정 이라고만 있겠능기요. 전쟁이 어느 **때 끝날** 는지도 모르는데……」

상덕이는 무슨 별다른 궁리라도 있는 듯이 말했다.

「그건 그렇다만……우짤라꼬? 요새는 대학생들에 대한 조사가 아주 심하다면서?」

「그렇다고 병신처럼 가만히 숨어만 있음 머하겠능기요.」

그는 이미 어떤 결심이 돼 있는 듯한 말눈치였다.

「어데 갈 데가 있나?」

「강을 건널람더. 바다는 몬 건닐끼고……」

「강을 건니다니? 간도(間島)로 간단 말인가?」

「야.」

「이기 어느 때라고? 두만강이나 압록강에는 파수꾼이 쫙 깔리실낀데 ……」

송노인은 그의 용기에 놀라면서도, 당치도 않은 말 말라는 듯한 표정을 지어 보였다.

「할배도 참! 그럼 파수꾼이 없어질 때꺼정 가만히 기다리란 말입니꺼? 그렇게 때만 기다리다가는 아무 짓도 몬해 보고 죽고 마라고요. 군대에 끌려 가서 개죽음하는 학생들처럼……」

그는 파수꾼 몇 놈쯤 해치우고라도 국경을 기어이 넘어 보겠다고 했다. 갯목에서 뼈가 굵어진 그는 자맥질에는 어느 정도 자신이 있었던 것이다.

(고집과 담이 크기가 꼭 즈 할배 같구만!)

송노인은 그의 결심이 만만찮음을 깨달았다. ――하긴 그게 사내자식다운 도릴 테지! 말려 봐야 소용 없는 일이라 생각했다.

송노인은 상덕이의 출발을 하루만 더 늦추게 하고, 노자를 얼마쯤 만들어 주었다. 그러고서 거의 달포가 지난 뒤에야 겨우 뒷소문을 들었다. 무사히 두만강을 건너갔다는.

……송노인은 넓적이가 〈독립군〉 운운한 것은 근거가 없는 소리가 아니라고 새겼다. 싸고 싼 향내도 난다니까! 그러나 넓적이의 뻔뻔스런 장담처럼 상덕이가 간대로, 거기 구겨져 있는 학도병 따위들에게 어찌될 청년은 아니라고 믿었다.

(순사에게 배미술이나 얻어 먹고 시시덕거리는 저런 쓸개 빠진 것들에 게싸……턱도 아니지!)

송노인은 일본국기 마아크를 이마에 동여 매고, 왜놈식 성(姓) 쪽지를 가슴에 달고 있는 청년들의 뒤통수를 동정과 멸시에 찬 눈으로 쏘아 보았다.

바로 그때였다. 뒤를 잠깐 몰아 보던 학도병 하나가 송노인의 그러한 시선과 마주치자, 이내 얼굴을 붉히며 고개를 돌렸다.

길은 연신 경사가 심해졌다.

〈부르릉, 부르릉……〉

목탄차는 엔진소리만 컸지 좀처럼 치닫지는 못했다.

「여보 영감, 가만히 앉아만 있지 말고 앞에 있는 그 가로쇠를 잡고 용을 좀 쓰시오. 이럴 때는 모두 그래야만 차가 가는 거요.」

넓적이는 별안간 송노인을 보고 이런 말을 했다. 어리석기만 한 송노인은 정말 그런 건가 의심을 하면서도 능청스런 넓적이처럼 (그는 일부러 그러고 있었다.) 앞좌석의 뒤턱에 붙어 있는 가로쇠를 꽉 쥐었다. 그러나 녀석의 하는 소위가 아니꼬와서 힘을 주어 당기는 체하면서도 실지로는 주지 않았다. 뒤에 있는 손님들이 킥킥거리는 소리를 듣자 송노인은 곧 쥐고 있던 가로쇠를 놓아 버렸다. 그제야 넓적이에게 속았다는 것을 깨달았다.

부르릉거리던 차가 결국 덜그덕 멈추었다. 갯마루까지는 아직도 길이 멀었다. 이렇게 되면 손님들이 내려서 차를 밀어야 한다. 그러나 물론 손님나름이다. 순사와 학도병은 물론이고, 다행히 나이 덕으로 송노인도 차 안에 남았다. 나머지 손님들은 넓적이의 명령에 의해서 죄다 차를 내렸다. 일제히 차체의 옆과 뒤에 지네발처럼 달라 붙어서 밀기 시작했다.

「역사, 역사!」

모두들 있는 힘을 다 내었다. 운전수는 계속 기어를 움직이며 액셀러라이터를 밟아댔다. 그러나 차는 내처 부르릉거리기만 하고 좀처럼 나아가지는 않았다. 땅이 녹아 진창이 된 언덕길이라, 바퀴가 줄곧 진흙을 문 채 서기가 바빴다. 언제 갯마루에 이르는지 모를 일이었다.

송노인은 동전 몇 푼을 운전수에게 쥐어 주고 그만 차에서 내렸다. 그는 원래대로 다시 지름길을 걸을 작정을 했던 것이다. 괜히 그놈의 버스를 탔다가 아까운 배미술만 놈들에게 뺏겼다고 생각했다.

걷기는 지름길이 훨씬 나았다. 땅이 녹은 짬이라도 마른풀들이 무덕지게 덮여 있어서 발이 빠지지는 않았다. 그래서 갯마루에 왔을 때도 타고 오던 버스는 아직도 저 아랫쪽에서 뭉그적거리고 있었다. 그 못난 괴물을 부축이라도 하듯 뒷부분에는 내처 손님들이 허옇게 달라 붙어 있었다.

재 몬다위는 한결 휘휘했다. 태양이 머리 위에서 이글거렸지만, 하늬 바람은 더욱 쌀쌀했다. 마지막 안간힘을 쓴 탓인지, 송노인은 잔등에 가는 땀을 느꼈다. 숨도 가빴다.

그는 매바위란 바윗자락에 엉덩이를 걸쳤다. 그 재를 넘는 나그네들은 꼭 한 번씩 앉아야만 된다는 내림이 있는 바위다. 뾰족뾰족한 뿔이 몇 개나 하늘을 향해서 내민, 거무튀튀한 바위 윗부분에는 매똥이 희끔희끔 말라 붙어 있었다.

내리막은 좀더 빨리 걸을 작정을 하고, 송노인은 우선 담배를 한 대 피워 물었다. 그 갯마루가 마침 T고을과 Y고을을 갈라 놓는 살피였기 때문에, 두 고을은 산과 분지들이 한 눈에 굽어 보였다. Y고을쪽의 〈천성〉이니 〈부로〉니 하는 높은 봉수산들이 흰 눈을 떠 인 채 아득히 바라보이는가 하면, T고을쪽 봉수대가 있던 〈개명봉〉은 바로 송노인이 앉아 있는 매바위 왼편에 하늘을 찌를 듯이 급하게 솟아 있었다. 그 너머 큰 절이 있다. (사람들은 그저 큰 절이라고 불렀다.) 아마 거기에 절이 서고부터 이재를 사밧재(沙婆嶺)라고 부르게 되었는지도 모른다고——옛날 누부가 근친 왔다 자기를 데리고 돌아 가면서 하던 말을 그는 문득 생각해 내었다. 그때 자기 나이 아마 열 두 살이던가, 머슴과 함께 떡이랑 술을 가지고 그 재를 넘던 기억이 새로와졌다. 공교롭게도 눈에 다래끼가 나서 눈두덩이 복숭아꽃처럼 붉던 누부의 그 당시의 얼굴도 눈에 선해 왔다. (모든 것이 꼭 어제일 같그만……)

어느덧 60여 년의 세월이 흘러 갔던 것이다. 꿈 같았다. 그 사이 우애가 깍듯하기로 널리 알려져 있던 누부는 늦도록까지, 친정 일가친척들의 대소사는 물론, 명절에는 거의 빠짐없이 친정곳을 다녀 갔으니, 아마 줄잡아도 이 재를 오고 가고 2백 번은 좋이 넘었을 거다. 길이나 가까운가, 60리나 되는 길을! 친정아버님이 돌아 갔을 때는 그 60리 길을 얼마나 울며 달렸는지 민다래끼가 났을 때보다 눈이 더 퉁퉁 부어 있던 누부!

(그 눈이 지금 나를 기다리고 있을끼라……!)

송노인은 부랴부랴 사밧재를 내리기 시작했다. 물론 내처 지름길이었다.

큰 절에서는 벌써 사시마지(巳時摩旨)를 올리는 큰 종소리가 꽝……꽝 은은히 울려 왔다. 송노인은 마음이 한결 바빠졌다. 오솔길에는 아직도 눈이 남아 있는 곳이 많았다. 길이 보이지 않는 데도 있었다. 그런 경황 속에서도 그는 재차 상덕이의 일이 머리에 떠올랐다.

(놈은 잘도 뛸 거라, 노리(노루) 새끼처럼……)

송노인은 힘을 내었다. 그러나 조심을 하면서도 궁둥먹을 몇 번인가 찧었다. 나이가 나인 만큼 아랫도리가 어설펐다. 자꾸만 떨렸던 것이다.

「이놈의 달가지(다리)가 와 이래 말을 안 들을꼬!」

그는 이렇게 구두덜거리며 일어섰다.

그러나 메깃들 끝에 있는, 누부의 시갓곳인 갯목 마을이 멀리 시야에 들어 왔을 때는 송노인의 그 주름투성이의 얼굴에도 금방 미소가 담겼다.

「동승(동생) 오나!」하고 옛날처럼 달려 나오지는 못하더라도 얼마나 반가와할까 생각하면 웃음이 절로 나왔다. 하지만 겨우내 천만으로 바깥 출입을 못하고, 상덕이로 말미암아 식음을 전폐할 때가 많다니까 무척 수척도 했으리라 염려가 되었다.

──열 일곱에 이름 대신 〈갯목 아이〉로 불리며 시집간 뒤 반세기가 훨씬 넘도록, 강둑 안팎 개밭에만 엎드려서 살아온 누부! 돈으로써는 남갈이 자식들 호강은 못 시켜도 이녁 몸으로써는 남보다 더 해 주겠노라 손끝이 닳도록 상일을 해 가며 여덟 남매를 몇몇이 길러 내고, 못사는 친정까지 돌보려 애쓰던 그녀의 한평생 임을 생각하면, 그저 의젓하다고만 할 수 없는 무엇이 있었다. 송노인은 별안간 눈뿌리 짬이 쩡해 옴을 느꼈다.

줄곧 그러한 생각에 잠기면서 사밧재 마지막 자락인 〈돌틈이〉란 모롱이를 돌아 왔을 때였다. 송노인은 전연 생각지도 않았던 어떤 광경에 눈이 휘둥그레졌다. ──바로 그 〈돌틈이〉 끝에 있는 외딴 주막집의 좁은 뜰이며 앞 행길에 웬 사람들이 떼를 짓듯 해서 웅성거리고 있었기 때문이다.

(무슨 일이 있었을꼬?)

송노인은 어리둥절하면서 발을 재게 떼 놓았다.

〈돌틈이〉 주막 하면, 사밧재의 지름길과 신작로가 마주치는 지점에 자리잡고 있는 단 하나뿐인 주막이다. 그런 주막인만큼 옛날부터 재를 넘나드는 나그네들이나 들르기가 고작이지, 그렇게 많은 사람들이 한꺼번에 모인 예는 일찌기 듣지 못한 일이었다. ──필유곡절이리라! 송노인은 멀리서 우선, 모여 있는 사람들의 몰골부터 살폈다.

가만 있자 보니……? (아니, ……?)

아까 그 버스에서 보던 얼굴들이 섞여 있지 않은가!

송노인은 이렇게 중얼거리며 한결 재게 다가갔다. 이상한 예감 같은 것이 푸뜩 머리를 스쳐 갔다.

「아이구 영감님 인자(이제야) 여게 오는기요?」

아까 차에서 자기에게 자리를 내어 주던, 눈이 부리부리한 청년이 앞으로 썩 나서며 반가와했다.

「야, 빨리 온다고 오는 기 그렇구마. 그런데 차는 우짜고 모두 이래……?」

송노인은 눈을 더욱 크게 떴다. 어떤 이상한 예감은 내처 머리에서 사라지지 않았다.

「말도 마이소. 차가 그만 비렁(낭떠러지) 밑으로 안 떨어졌능기요.」

그러자 키가 작달막한 또 한 청년이,

「거의 재 몬댕이(마루)꺼정 다 와서 안 그랬능기요.」

이렇게 덧붙였다.

「저런! 그래, 타고 있던 사람들은!」

송노인은 수수엿이 든 보따리를 하마터면 땅에 떨어뜨릴 뻔했다.

「다 절단(결단) 났지요 머! 타고 있던 사람이라캐야 아까 그 순사들하고 청년들 뿐이었지만, 모르지요, 운전수하고 순사 하나나 제우(겨우) 살아 날까요. 나머지는 모두 떡이 됐지요. 둘은 직사(즉사)를 했고요· 암매 지금쯤은 다 갔을지도 모릅니다. 차가 온통 편두박살이 났이니칸에요……」

눈이 부리부리한 청년은 이렇게 현장 설명을 늘어 놓았다. 거기 모였던, 지나가던 사람들과 가까운 마을 사람들은 줄줄 따르듯 그의 곁에 바특이 다가섰다. 몇 번 들어도 끔찍스런 얘긴 듯이.

청년의 말에 의하면, 자기들은 내처, 물론 더러는 돈 내고 이게 무슨 꼴이냐 불뚝거리며 아무렇게나 차를 떠밀기만 했는데, 아마 운전수가 실수를 했는지, 막 비렁 끝을 감돌 무렵에, 와장창 하고 차체가 별안간 아래로 곤두박질을 쳤다는 것이었다. 비렁 높이가 거의 스무 길은 될 테니까 적어도 차가 네댓 바퀴는 곤두박질을 했을 거라고　했다.　그래서 쿵, 쿵, 꽝 하는 충격소리를 들었을 때는 벌써 박살이 났겠구나 싶더라고. 다행히 차를 떠밀던 사람들 가운데는 한 사람도 희생자가 없었다고 했다.

순간, 송노인은 자기도 일찌감치 빠져 나오기 만행이었지, 그대로 차 안에 남아 있었더라면, 지금쯤은 영낙없이 황천객이 되고 말았을　거라는 섬뜩한 생각이 들었다.

「그래, 상한 사람들은?」

송노인은 안타까운 듯이 물었다.

「뒤쫓아 내려 가 봤더이, 일이 그 모양이라, 우선 창들을 부수고　안 끄잡아(끄집어) 냈능기요.　도랑 가에 줄느러미 니피(누여)　놓았지만, 모르지요, 숨이 붙어 있는 사람도 몇이나 살게 될는지……」

청년은 거의 절망적이란 듯이 고개를 저어 보였다. 그러고서 마침 자전거를 타고 지나가는 손님이 있기에 곧 경찰에 연락을 해 달라고 부탁한 뒤, 일부는 그 자리에 남아 있고,　자기들은 갈 길이 멀어서 그렇게 먼저 왔다고 한다.

「영감님이 그렇게 안 내 놓겠다던 배미술을 기어코 뺏어가길래 난 그 때 벌써 알아 봤지요. 환장한 놈들이라고. 그러니까 천벌을 맞았는지도 모르지요.」

키가 작달막한 청년은 이런 악담 비슷한 말을 덧붙이기도 했다. 그의 표정에는 동정에 가까운 빛이라곤 거의 찾아 볼 수가 없었다.

「쓸 데 없는 소리!」

송노인은 그를 흘겨 본 다음,

「군에는 가 보도 못하고 황천객이 댄 청년들이 불쌍하구만.　결국 그 배미술이 발인주가 댄 심이로구만(셈이구먼)?」

송노인은 이럴 뿐, 즉사를 한 순사가 어느 순사였는지도 묻지 않았다. 다만 이 학도병들이 출전을 하면 독립군인가 나발인가에 가담하고 있을 상덕이 같은 청년들의 뒷통수를 멋지게 쏘아 넘길 거라고　으르대던 그 메기입이 잠깐 머리에 떠올랐을 뿐이었다. 그러나 역시 가엾은　생각이 들었다. 더구나 학도 지원병들 일이. 이왕 그렇게 무의미한 죽음을 할 바에는, 차라리 상덕이처럼 간도까지는 못 내빼더라도 좀더 버티어 볼 것 아닌가 하는 애석한 생각이 자꾸만 들었다.

어느새 소문이 퍼졌는지, 건너편 사밧터란 부락의 젊은 사람들과 아이들이 사고가 난 곳을 향해 급히들 뛰어 가고 있었다. 주막 앞에 모여 있던 사람들은, 산허리를 가로질러 가는 그들을 구경삼아 바라보았다.

그럴 때 마침 반대쪽에서 급히 달려오던 트럭 한 대가 주막 앞에 덜컥 멈추었다.

「참 내 보따리?」

눈이 부리부리한 청년이 무슨 눈치를 챘는지 잽싸게 주막 안으로 사라졌다. 송노인은 그저 모른 체하고 트럭만 비켜 서 있었다.

트럭 운전대에서 순사 한 사람이 뛰어 내리더니 다짜고짜로,

「사고 버스에 탔던 사람이 누구지요?」

하며 군중 앞으로 다가왔다.

웅성대던 사람들은 모두 어리둥절했다.

「사고 버스에 탔던 사람들은 빨리 이리 나오시오!」

마치 그들이 일부러 차를 밀어서 낭떠러지 아래로 떨어 뜨리기라도 한 듯한 순사의 어투였다.

「나는 걸어 가는 사람이오.」

송노인은 지레 무슨 짐작이 갔던지, 태연스럽게 해 던지고서 곧 주막 앞을 떠났다. 물론 돌아 볼 필요조차 없었다.

한참 걷다가 뒤를 홀끗하니까, 아까 그 눈이 부리부리한 청년만이 달려오고 나머지 동행인 몇몇 사람은 트럭에 실려서 도로 사밧재를 더위잡고 있었다.

(저놈들도 바보지!)

송노인은 이렇게 중얼대며, 한길을 비켜서 곧 메깃들로 접어 들었다.

「영감님, 같이 가입시더!」

뒤에서 청년이 불렀다.

송노인은 잠깐 걸음을 멈추고 돌아 보았다.

「지(저)는 상덕이 친굽니더. 우리집은 갯목 몬 가서 독메에 있임더.」

이러면서 청년은 다가왔다.

송노인은 한참 걷다가 입을 떼었다.

「운전수가 실수를 했다캤다?」

그저 예사롭게 물었다.

「글씨요(글쎄요)……?」

눈이 부리부리한 청년은 확실찮은 대답을 했다. 송노인은 굳이 그의 표정을 살피려고도 하지 않았다.

「집이 독메에 있다켔제?」

「야. 잿목 몬 가서……」

둘은 이러고서 묵묵히 봇둑길을 재게 걸었다. 멀리 트인 메깃들을 건너려면 아직도 상당한 시간이 필요했다.

〈1971・現代文學〉

山西洞 뒷이야기

경부선을 타 볼라치면 기차가 별안간 꽥――소리를 내지르며 마을 턱받이를 마구 스쳐 가는 데가 몇 군데 있다. 밤에는 그저 노란 등잔불빛이 드문드문 보일락 말락 할 따름이지만 낮이 되면 꾀죄죄한 옷가지를 걸쳤거나 중의 벗은 코흘리개들이 멍청히 지나가는 차를 보고만 섰다.

낙동강 하류에 있는 ㅁ역을 지나 남쪽으로 조금 내려간 곳의 산서동이란, 벼랑에 매달린 듯한 작은 마을도, 바로 그러한 곳이다. 그다지 많찮은 집들이 흡사 벼랑처럼 가파른 야산 비탈에 층층이 붙어있기 때문에 차창에서 보면 거의 모든 집 안방이나 뜨락들이 손에 잡힐 듯 똑똑히 들여다 보인다. 그래서 기차가 지나갈 때는 부락 전체가 온통 연기를 뒤집어 쓰게 마련이다.

그곳 주민들은 그래도 자기들의 요람이라고 〈산서동〉이라 일컫지만 이웃 마을 사람들은 〈벼랑마을〉 혹은 〈명매기마을〉이라고들 얕잡아 부른다. 그것은 그곳에 마을이 들어서기까지만 해도, 명매기떼가 곧잘 바위 틈에 집을 짓고 살던 벼랑같은 산비탈이었기 때문이다.

이 명매기마을――아니 산서동 앞길에 뜻밖에 고급 세단차가 덜그덕 서더니 그 안에서 나온 청년신사 하나가 바른총으로 비탈진 마을 골목을 더위잡는다.

총선거가 낼 모레라지만 마을 사람들은 철이 철인 만큼 거의 들로 나가고 마을은 온통 빈 듯이 조용하다. 조무라기들은 물론이고, 개소리에 놀라 어쩌다 바깥을 내다보는 아낙네들도 그를 알아보는 이가 없다. 청년신사는 아주 익숙한 듯이 곧장 비탈길을 더위잡더니 어떤 함석집 사립 안을 기웃거린다.

(선거 술은 어제도 먹었는데 또 농협에서 왔나……?) 박노인은 수상
쩍게 여기면서, 뜨락에 내려섰다. 농협이라면 으례 비료대 독촉이려니
반갑잖은 손님이다.

「어데서 왔소?」

해 놓곤, 잠깐 그 청년신사의 얼굴을 뜯어 보더니,

「아니 〈이리에쌍〉아이가?」

한다.

「그로시무더. 〈이리에 나미오〉이미더. 〈바꾸 춘식이〉아부지지요?」

청년신사는 다행이란 표정을 지으며 뜰 안으로 들어섰다.

「옳지 인자 알겠다. 〈이리에쌍〉둘째 아들이제?」

박노인은 못내 반가와하며 그를 청으로 데리고 갔다.

「그래, 정말 몰라 보겠네. 부모님은 다 잘 계시나?」

박노인은 상대방의 어깨라도 툭 치고 싶을 정도로 반색을 했다.

「아부지는 돌아 가시고 오마니는 살아 있이무니더. 모두 안부 존하라
캄니더」

〈나미오〉는 마치 옛 고향에라도 돌아온 듯이 반가왔다. 한국말이 옛
날보다 약간 서툴렀다. 그러나 박노인의 주름바가지 얼굴이나 거칠게
등을 받아 입은 입성, 그리고 26년 전과 조금도 달라 보이지 않는 마을
집 모습들을 두릿거리는 그의 눈귀에는 알 수 없다는 듯한 일종의 의아
랄까 이상스런 놀라움 같은 게 점점 깃드는 것 같았다. 하긴 박노인의
주름살 빼놓곤 이 땅이 그들의 식민지로부터 해방이 되고 그들이 일본
으로 되돌아 가던 26년 전과 거의 달라진 데가 없긴 했다. 달라진 것이
있다면 초가지붕 골이 푹푹 둘러 꺼진 거라든가, 기둥뿌리가 더 썩어 들
어 간 거라든가 차창에서 보면 똑바로 보이는 흙담, 그것도 바깥쪽에만
희끄무레한 회칠이 거칠게 되어 있는 따위였다.

〈이리에 나미오〉는 이곳에 와 본 도시와 농촌의 모습이 너무나 동떨
어지게 다른 데 우선 놀랐다. 더구나 일본의 신문에까지 떠들썩하게 소
개되었던——세계에서도 드물게 옥상〈푸울〉까지 설치된 집도 있다는 으
리으리한 호화주택들로 짜진 서울의 속칭〈도둑촌〉을 먼 눈으로 보고 온
그의 머리속에는 이곳 산서동은 마치 한국땅이 아닌 어떤 다른 미개지
에라도 온 듯한 서먹함과 동시에 야릇한 울분까지 곁들었다. 그것은 이
산서동이란 벼랑마을이 옛날 일본의 식민지였다는 것보다, 〈나미오〉에
게는 바로 그가 태어나고 자라난 고향이란 실감 속에 살아온 땅이었기

때문이다.

「그래, 느그(너희들)는 어째 잘 살게 되었나? 느그 부모나 느그나 다 우리들과 같이 산다고 어지간히 욕을 보더니……」

박노인은 〈이리에 나미오〉의 심상찮은 표정을 얼른 눈치채기라도 한 듯이 이렇게 물었다.

「예 더꾸택으로. 일본 논촌은 도회지와 그렇게 큰 차별없이 살아 가무니더.」

청년은 이러고서, 자기가 가져 온 술과 담배를 박노인 앞에 꺼내 놓으며, 한국에 가거든 꼭 이곳 산서동을 찾아보고 오라던 어머니의 이야기와 자기들의 살림살이에 대한 이야기를 숨김없이 늘어놓았다.

「그래? 어머니는 이곳 일을 못잊을끼다. 이곳 우리네 할멈들과 꼭같이 들일을 하면서 느그들을 키우며 산다고 무척 욕을 보았으니까. 벌써 칠십이 넘었을꾸로?」

박노인은 〈나미오〉란 일본 청년의 얼굴을 다시 한 번 뜯어 보았다. 귀밑에 있는 사마귀가 아이 때 그대로다.

「치루십 네 살이무니더.」

〈나미오〉도 박노인의 표정에 한결 친밀감을 느꼈다.

「그럴 끼라. 벌써 20년이 훨씬 넘었으니…… 정말 훌륭한 어머니이었대이! 어머니 잘 모셔야 돼!」

박노인은 〈나미오〉가 조작거릴 때, 「요놈은 내 아들 합시데이」하고 그의 어머니에게 우스개를 하던 일까지 문득 기억에 떠올렸다. 그렇게 무관한 이웃이요, 사이들이었던 것이다.

부근에 일본인을 위한 소학교가 없었기 때문에 〈나미오〉 형제들은 한국아이들과 함께 한국인 소학교에 다녔으며, 이 산서동엔 일본인이라곤 단 한 가구뿐이었던 그의 부모들도 한국 사람들과 꼭 같은 농부 생활을 했으며 한국말도 곧잘 했었다. 물론 어린것들은, 말이며 노는 짓까지 한국애들과 조금도 다를 바 없었다. 그들의 성이 일본성일 따름이지 서로 민족적인 감정 같은 건 전혀 없었던 것이다. 그러니까 해방 당시 다른 일본인들은 마치 쫓겨 나듯 했었지만, 산서동에 살던 이 〈이리에〉 일가만은 오히려 부락 사람들과 서로 헤어지기를 서운해 하기까지 했던 것이다.

그러나 산서동 사람들이 〈이리에〉 일가를 잊지 않고 있는 까닭은, 그들이 다른 일본인들처럼 민족적 우월감을 갖고 있지 않았다든가, 그래서 단순히 그들과 가깝게 지냈다든가 하는 사실 자체보다, 오히려 〈나미오〉의 아버지가 그곳에서 보인 끔찍스런 일로 말미암아서였다.

「아버진 돌아 가셨다고? 참 사내다운 패기를 가졌디이 ! 」

박노인은 〈나미오〉가 따라 주는 술을 받으면서 한결 회고지정에 사로잡히는 것이었다.

「그래요. 저쪽에 가서도 농지를 비행장에 뺏길 무렵에도 몹시 싸웠었지요. 그래서 한때 또 경찰 신세를 지고 안 했는기요. 」

이러는 〈나미오〉의 말을 듣자 박노인은 〈넉넉히 그런 아버질 거라〉고 생각하며 고개를 끄덕였다. 동시에 그는 〈나미오〉의 아버지와 함께 이 산서동이란 부락을 만들고, 계속해서 가뭄과 홍수와 지주들과 싸워가던 30여년전의 젊었을 때의 일들을 기억 속에서 더듬는 것이었다. 오늘날의 이곳 얼빠진 젊은이들과는 판이했던 그때의 일들을 생각하면 정말 애닯고도 감개무량한 바가 없지 않았다.

〈나미오〉의 아버지 〈이리에쌍〉(마을 사람들은 그저 그의 성만 따서 불렀다.)은 원래는 ㅁ선로반에 속해 있던 선로수(線路手＝보선공원)였었다. 해 뜨기 전에 시퍼런 작업복을 걸치고 나서면 그 해가 져야만 집으로 돌아오곤 하였다. 〈핸드 카아〉에 연장과 함께 실려 레일 위를 달릴 때는 곁눈에는 제법 신바람이 날 듯이도 보였겠지만 그일도 결코 쉬운 일은 아니었다.

ㅁ선로반의 본선 구역은 ㅁ역을 중심으로 해서 강둑을 따라서 북으로는 멀리 ㅇ역 가까이까지 뻗쳐 있었다. 비가 오나 눈이 오나 웬만한 날은 쉬지 않고, 10여 명의 동료 반원들과 함께 무거운 곡괭이를 휘둘러야만 했다.

「얀톤 고랴샤 ! 」

란, 그들 독특한 노래의 매김 소리가 걸리면,

「얀톤 고랴샤또 ! 」

하며 일제히 침목(枕木) 가장자리를 내려쳐야 한다.

이마까라 나끼다샤, 얀톤 고랴샤또,

미나도기 쯔꾸마데, 얀톤 고랴샤또,

나까나꺄 나란노쟈, 얀톤 고랴샤또,

(이제부터 울기——즉 부르기 시작하면 항구에 닿을 때까지 안 울고

는 못 배긴다는 뜻.)

곡괭이를 번쩍 높이 쳐들었다 다시 내려찍고 하면서 부르는 이런 선로수의 노래들은 결코 흥겨워서 나오는 것이 아니었다. 멀리 강 위에까지 들려올 때는 애처롭기까지 했다.

〈이리에쌍〉은 이런 세월을 몇 핸가 보내다가, 그 일로써 다리를 다친 뒤부터는 부인과 함께 ㅁ역 강가에 주저앉은 채 밭농사를 시작했다.

그들 내외가 농부로서 처음 발을 붙인 곳이, 하필 박노인이 살던 철뚝 너머 〈모랫등〉이란 개펄 마을이었다. 그곳은 같은 개펄에 뚝뚝 떨어져 자리잡고 있는 〈들마을〉이니 〈오리숲〉이니 하는 조그만 부락들과 함께 녁녁 잡아 3년들이 한 번씩은 호된 물난리를 겪는 위험지대였다.

말하자면 올 데 갈 데 없는 따라지 목숨들이나 부지해 사는 지역이었다.

〈이리에〉 일가가 그곳에 정착한 뒤에도 몇 번인가 큰물이 들을 덮고, 미처 피하지 못한 사람들이 그들의 쓰러진 집들과 함께 마구 홍수에 휩쓸려 가기도 했다.

그럴 때마다 당국은 치수대책엘랑 별 성의를 보이지 않고서, 손쉬운 개밭에 목을 매달고 막무가내 개펄에 붙어 사는 따라지들만 냉큼 이사들을 가라고 들볶아 댔다. 아닌게 아니라 그들도 개펄을 떠나고 싶은 마음이야 하루 열 두번도 더 들었지만 갈래야 도시 갈 곳이 없는 땅거지들이었다.

갑술년 여름 큰물에도 둑 너머 개펄집들이 모조리 휩쓸려 갔다. 게다가 워낙 거치창스런 홍수가 돼서 시위가 여러날을 빠지지 않았다. 지칠 대로 지쳐 ㅁ소학교에 수용돼 있던 모랫등, 들마을, 오리숲의 이재민들 사이에는 드디어 심상치 않은 움직임이 보이기 시작했다.—시위가 빠지더라도 그 개펄엘랑 다신 집을 얽지들 말고 이번에는 꼭둑 안쪽으로 옮기도록 해 보자는 것이었다.

이런 엄둘 내게끔 된 것은 그때만 해도 아직 젊었던 박노인(그땐 수봉이란 이름으로 불렸다)과 〈나미오〉의 아버지 〈이리에쌍〉의 발론에 의한 것이었다. 아무런 대책도 없이 성가시니 그저 다른 데로 옮겨가 라고만 들볶는 당국에 대해 이들이 주동이 되어 이전 비용을 청구하기로 했다. 물론 개펄 농사는 계속 지어야될 형편들이었지만 가까이 옮겨 갈 만한 땅들이 있는 것도 아니었다. 그러나 박 수봉씨나 〈이리에쌍〉은 내킨 맘에 면사무소부터 찾아 갔다.

수해 뒤치다꺼리에 시달린 탓들인지 면사무소 사람들은 그들을 그다지 반갑게 맞아 주지 않았다. 내무계장인가 하는 사람은 지레 무슨 짐작이 갔던지 얼른 외면하는 눈치까지 보였다.

그것이 얄미워서 박 수봉씨는 바른총으로 그의 테이블 앞으로 다가갔다. 다소 예의에 벗어 났을진 몰라도 대뜸 찾아온 용건부터 얘기했다. 그저 시쁘게 듣고만 있던 계장은,

「다 없어진 집들인데 새삼스레 무슨 이전 비용이 든단 말이요?」

첨부터 상대를 안는다기보다 백무가관이란 듯이 나왔다. 그러고는 커다란 하품까지 했다. 귀찮다는 게지?

그러고만 그쳤더라도 좋았을 건데, 퉁명스럽게도 곁에 서있는 〈이리에쌍〉을 돌아 보며,

「안 기렇소? 이리에쌍?」

하고 도리어 동의를 구하려 들었던 것이다. 〈이리에쌍〉은 자기의 입을 미리 막으려는 수작이란 걸 눈치채자 도리어 일종의 모욕을 느꼈다.

「뭐라고요? 우리들도 세금을 내고 있는 국민이라는 걸 모르오? 우리가 주먹밥을 얻어 먹는 것도 미리 양식을 냈단 말이요. 이전 비용이란 말이 안 됐으면 신축 보조금이라 해서라도 내 놔야 되잖겠소. 국민들로부터 거더드린 세금은 어떤 데만 쓰지——?」

〈이리에쌍〉의 말끝은 거칠었다. 순간 노가다 출신의 성깔이 그의 눈에 얼씬했다.

「이쪽은 죽느냐 사느냐 하는 판인데 당신들의 태도가 그렇기 나와서야 되겠소?」

형세가 더 험악해질 것 같아서 박 수봉씨가 지레 침을 놓았다.

「글쎄요, 면에서야 어떼 마음대로 할 수 있나요. 군에 가 물어 봐야지요.」

내무계장은 금방 한풀 죽은 소리를 했다. 그것이 관리들의 버릇이라는 것을 아는 듯 〈이리에쌍〉은,

「처음부터 그렇게 나와야죠.」

하며 상대방을 내처 으르듯 노려 보았다.

이렇게 시작된 교섭이 다행히 보람이 있어서 모랫등, 들마을, 오리숲 사람들은 쥐꼬리 만큼석한 이전 비용이란 걸 받게 되었다. 그래서 더러는 제각기 반연을 찾아 다른 인근동으로 옮겨 가기도 했었지만 대부

분의 사람들은 지금의 이 산서동이란 데로 자리를 옮겨 잡았다. 아니, 그들이 바로 산서동이란 새 부락을 만든 셈이었다.

말은 쉬우나 마을 터를 잡는데도 만만찮은 난관이 있었던 것이다. 산서동이 자리 잡은, 그 이름도 없던 독메는 원래 그 야산 동쪽에 있는 부락의 공동 산판이었던 만큼, 그곳 토박이들이 쉬 들어 줄 리 만무하였다. 물론 근본을 따져 들어 가면 당연히 국유지였지만.

아뭏든 그 야산 서쪽 비탈을 승낙 받는 데도 박 수봉씨와 〈이리에쌍〉은 적어도 열 번 이상 동쪽 부락 사람들을 만나러 갔었다.

「제 혼자만 살려고 했더라면야 그렇게까지 안 나부대도 됐을 텐데…」

박노인과 〈이리에쌍〉은 가끔 가다 이런 술회를 했었지만 그들의 검질긴 노력에는 개펄 사람치고 고맙게 안 여기는 사람이 없었다. 드디어 면장도 직접 나서서 거들고 해서 겨우 등 너머 토박이들의 승낙을 얻었던 것이다.

이 소식을 듣자 절망에 빠져 있던 개펄 사람들은 새로운 구세주라도 만난 듯이 기뻐했다. 용기를 얻었다. 원래 갈게처럼 모래톱이나 후비적거리던 알가난뱅이들이지만, 노력만은 아끼지 않았다. 아무 데나 터를 잡기가 바쁘게 그야말로 명매기 둥우리 붙이듯 우선 흙담으로 둘레를 만들고, 쓰러진 갈대를 베어다 부랴부랴 지붕을 이었다. 그러구러 한 열흘 남짓해서 독메의 서쪽 비탈엔 새가 시퍼런 토담집들이, 더러 빠져 없어진 고깃비늘처럼 쳐다보이게 되었다.

그러나 그런 움파리 같은 집들이지만, 비만 좀 낫게 와도 곧장 불안에 떨던 개펄 사람들에게는 그래도 다행한 보금자리였다. 지대는 아주 높았지만 우선 무엇보다 자기들의 명줄인 개펄밭들에서 가까와서 좋았고, 또 때로는 진저리가 나도록 원망스럽기도 한 강이지만 유유히 흘러가는 낙동강과 그 유역의 질펀한 개펄들이 한눈에 환히 내려다 보이는 것이 숫제 흐뭇하기까지 했다.

한편, 이 새 마을의 새 주인들은 그렇게 되기까지의 여러가지 일들을 통해서, 그것을 설두한 박 수봉씨나 〈이리에쌍〉을 고맙게 생각하게 되고, 또 단결심이란 것이 가난한 사람들엘수록 얼마나 필요한 것인가를 차차 깨닫게 되었다.

「이번 큰물엔 해감이 더 많이 앉았을끼라!」

사내들은 시위가 물러간 개펄 땅을 바라보며 모이면 이런 소리들을 하였다. 전화위복으로 큰물 뒤엔 해감이 두둑이 앉아 땅이 더욱 비옥해지는 법. 봄갈이 농사는 완전히 한몫 보아야겠다고들 뼈무는 것이었다.

전해 오는 말대로 7백리를 밀려 온 해감이 확실히 걸긴 했다. 갑술년 여름은 큰물로 흔들이 났으나, 그 해 가을 農事만은——기껏 메밀과 늦콩, 그리곤 무우, 배추, 호박 따위 소채가 주였지만——별 거름을 주지 않아도 제법 어거리풍년이라 할 만큼 잘 되었다.

아낙네들은 초가을부터 애호박이나 열무 등속을 커다란 대광주리에 담아 이고 닷새마다 서는 장날을 멀다 하고 아침 저녁 ㅁ역 앞장거리를 찾아 갔다. 채소 농사가 많은 사람들은 멀리 ㄹ읍에까지 무시로 여날랐다. ㄹ읍까지 아침 저자에 나가는 치들은 전날 땅거미가 내밀 무렵 슈아온 것들을 먼동이 트기 전에 말끔하게 다듬어야만 한다. 물론 아직 어둑어둑할 때 짐들을 나선다. 그러자니 산서동 비탈부락에는 첫 새벽부터 「자야, 순아, 어서 안 갈래?」하는 아낙네들의 또랑또랑한 목소리가 여기저기서 들리곤 했다. 그렇게들 해서 돌아 올 때는 그녀들의 광주리 속엔 안남미나 보리쌀이 몇 되씩 담겨 있는 것이다.

〈나미오〉의 어머니도 꼭 그런 식으로 살아 왔다.

「이상체? 일분 사람이 머리에 다 이는 거 보래……」

같은 마을 아낙네들도 처음에는 놀랐다. (일본인들은 원래 머리에 잘 이지 않으니까.) 그러나 오히려 더 친근감을 느끼게 되었다. 더구나 한국 아낙네들과 품앗이까지 같이 하게 되자, 이건 일본 사람이란 생각보다 자기들처럼 못 사는 농사꾼의 마누라란 생각이 앞섰다. 그리고 그 많은 일본 사람들이 한국인들을 보고 툭하면 〈요보〉라고 깔보아도 〈나미오〉의 어머니가 그러는 것을 보고 들은 사람은 없었다. 게다가 한국말도 곧잘 했으니까 다 같이 못 사는 개펄농사꾼이지 민족적인 차별감 같은 건 서로가 거의 가지지 않았다.

〈나미오〉의 어머니의 그러한 사람됨을, 박 수봉씨는 그녀의 남편의 영향이라고 믿었다. 〈나미오〉의 아버지가 선로수로 다닐 무렵부터 박 수봉씨는 그를 대강 알았다. 직접 사귄 적은 없었지만, 그가 술이 좀 심하다는 것과, 성미가 급하다는 것을 한국인 선로수로부터 익히 들었던 것이다.

「〈이리에〉란 사람은 좀 이상합니대이. 속이 틀리면 즈그 왜놈끼리도 막 안 싸우능기요?」

한국인 선로수들은 이렇게 그를 평했다.

〈이리에쌍〉과 박 수봉씨가 가까와진 것은 〈이리에쌍〉이 선로수를 그만 두고, 모랫둥으로 들어 와서 개펄 농사를 짓게 된 뒤부터였다. 역시 술은 좀 심한 편이었으나, 결코 악인은 아니었다. 물론 술이 좀 지나치면 한국 사람들을 빈정거리기도 했다.

「바보! 머저리 같은 것들!」

최초에는 그의 이러한 말이 귀에 거슬리기도 했으나 그렇게 말하는 그의 진의를 알고부터, 박 봉수씨는 도리어 그와 가까와졌다.

「나도 농부의 아들이요. 소작인의 아들이란 말이요. 그래서 못살아 이 곳에 나와 봤지만 소작인의 아들은 오데로 가나 못 사루긴 한가지야!」

그는 술을 마시면 곧잘 이런 넋두리를 예사로 했다.

큰물에 혼이 날 때마다 늘 둑 안으로 옮겨 살고 싶어 하는 개펄 사람들이 갑술년 홍수 뒤에 겨우 산서동이란 부락을 만들게 된 것도 실은 이 〈이리에쌍〉의 선동이 크게 작용했던 것이다.

그 뒤로부터 산서동 사람들은 〈이리에쌍〉을 다른 일본인들과 달리 보았고, 관청이나 지주들 상대의 까다로운 교섭에는 늘 그를 앞장 세우게 되었다. 물론 그도 그런 일들을 맡기를 꺼리지 않았다.

우선 갑술년 가을 일만 해도 그랬다. 그렇게 몰강스런 수해를 겪고 나서 가을 채소 따위로써 겨우 입에 풀칠을 하고 있는 형편들인데도 불구하고, 그 개펄 땅에 지세가 나왔고 또 그걸 종전처럼 지주 대신 소작인들이 물어야만 되고, 지주는 지주대로, 옳은 소작료는 못받더라도 채소는 풍작이니 거기에 대한 소작료는 내놔야 한다고 나섰다. 대부분의 개펄 땅이 부산 등지에 사는 일본인들——소위 〈부재지주〉들의 소유가 돼 있었으나, 실제로 그 땅을 짓고 있는 산서동 사람들의 형편으로서는 그 해는 지세고 소작료고 도저히 낼 힘이 없었다. 말하자면 모두 반대였다.

「조선사람이 밭 떨어지까봐 약게 구러하면 안돼! 어느 놈이든지 그 땅을 안 지어 먹을 각오만 한면 대는 기요. 물론 다른 부락놈들도 얼씬 못하도록 하고——」

이것이, 산서동 부락민들이 그와 박 수봉씨를 교섭 대표로 뽑았을 때의 〈이리에쌍〉의 다짐 말이었다.

다행히 그 일이 성사가 되자, 그로부터 〈이리에쌍〉은 박 수봉씨와 함께 부락민들로부터 개펄 땅과 산서동의 기둥처럼 존경을 받게 되었다.

그러나 이들로 말미암아 산서동 사람들이 한때 만만찮은 고초를 겪기도 했다. 산서동이 선 지 바로 이태 뒤의 일이었다. 마침 ㄹ군 농민 봉기사건이 벌어진 때였다. 느닷없는 입도차압과 소작권 이전 등 지주들의 횡포에 대한 규탄과 소작료 인하를 위한 투쟁이 전군을 통해 일제히 일어났었다. 지금 생각하면 꿈 같은 얘기지만 그때만 해도 벌써 농민조합이란 것이 조직되어 있어서 지주들의 힘만으로서는 어찌할 도리가 없었다. 결국 경찰이 농조 간부들을 체포 구속하자 그에 격분한 농민들이 떼를 지어 경찰서를 습격하여 무기를 탈취하는 등 만만찮은 사태로 까지 나아갔다. 드디어 부산서 헌병대까지 동원 돼 오고, 많은 농민들이 마구잡이로 구속되는, 일대 비극이 벌어졌다. 산서동에서도 박 수봉씨를 비롯해서 농조에 관계했던 사람들은 모조리 경찰에 끌려 갔다. 일본인인데도 불구하고 〈이리에쌍〉도 물론 체포되었다. 뿐 아니라 그와 박 수봉씨는 다른 사람들이 풀려 나온 뒤에도 오래도록 경찰에 갇혀 있었다.

「〈이리에〉란 자는 나쁜 사상 가진 놈이여, 일본서도 그러다가 쫓겨났단 말이다.」

심지어 일본인 순경들까지 산서동 사람들을 보고 〈이리에쌍〉을 이렇게 욕했다. 그러나 산서동 사람들은 순경들이 그런다고 〈이리에쌍〉을 결코 나쁜 사람이라고 생각하진 않았다. 그와 박 수봉씨가 풀려 나왔을 때는 오히려 온 부락민이 그들을 위로하는 잔치까지 벌였다. 물론 요즘 선거때 곧잘 벌어지는 그 따위 탁주 파아티와는 질이 달랐다.

아뭏든 이 ㄹ군 농민 봉기사건을 계기로 해서 그는 단 한 사람뿐인 일본인 가담자로서 산서동만이 아니라 전군에 널리 알려졌다. 해방 후 그가 일본으로 돌아 갈 때 일부 지방 농민들이 그를 부산 부두까지 전송을 한 것도 실은 이러한 여러 가지 일들이 있었기 때문이었다.

「아버지는 고국에 돌아 가시도 내내 그 기질을 버리시 않았었나고—」

박노인은 〈나미오〉의 해말쑥한 얼굴을 탐스럽게, 어쩜 부러운 듯이 바라보면서 말을 계속했다.

「글쎄 인간이란 손바닥 뒤집듯이 요리조리 잘 변하는 놈이 있는가 하면, 자네 어른처럼 억척보두 같은 사람도 있는 모양이지!」

그러곤 〈나미오〉에게로 잔을 돌렸다.

「아버지뿐만 아니라 전쟁 뒤 일본에는 그런 고집쟁이들이 많아졌지요. 사람들이 많이 달라졌어요. 가령 논협(農協)도 논민들이 짓접 운용하게 되고……그래서 겨루국 논촌도 비교적 잘 낸 셈이지요. 요긴 아직 곤무원들이 마음대로 하는 모양이지요?」

요놈이 일본서 듣고 왔나, 아니면 한국에 와서 보고 들었나, 다 아는 모양이로군! ──박노인은 약간 창피스러운 생각까지 들었다. 그 이상 더 저쪽 사정 같은 것 묻고 싶지 않았다. 그는 신문이라든가 일본서 돌아 온 사람들을 통해서 일본인들의 앙칼진 반미 운동이라든가, 소위 민주적인 투쟁 사건 같은 걸 어느 정도 알고 있었던 것이다.

「여긴 노돈조합 같은 것 있어도 어온조합이고, 논민조합 같은 건 처음부터 없다 카지요?」

〈나미오〉는 자꾸 엉뚱스런 걸 물으려고 들었다.

「글씨……농민조합은 다 해산 당했지.」

「그럼 30년, 아니 반세기 전보다 못한 셈이군요. 역시 뒷걸음쳤으니까요.」

〈나미오〉는 무슨 뜻인지 입을 넓적하게 하고 웃었다.

박노인은 얼굴을 들기가 거북스러웠다. 〈나미오〉도 그걸 눈치채는 모양이었다. 그도 화제를 돌렸다.

「참, 춘식이는 와 요태 안 오논기요?」

「춘식이?」

박노인은 무어라 해야 좋을지 몰랐다.

「모두 들에 나갔다 안 했논기요?」

「아니, 춘식이는 6·25 사변 통에 죽었어.」

「죽어했어요──?」

〈나미오〉는 눈이 휘둥그레졌다. 그러나 그의 눈에는 비록 이민족이지만 동족상잔의 비극을 슬퍼하는 빛이 완연히 드러나 보였다. 그들은 옛날 소학교 동창이었다.

〈나미오〉는 위로 겸 박노인에게 다시 술을 권하고 담배를 붙여 올렸다. 그러고는 문득 옛날 일이 생각난 듯이 황량한 갈밭들과 개펄 쪽을 내려다 보았다.

「저 고목이 아직 살아 있네요?」

모랫등 자리에 서 있는 해묵은 느티나무를 가리켰다. 말인즉 4백년이 넘는다는 그 나무는 더 커지지도 작아지지도 않고 옛모습 그대로 서 있었다. 마치 슬프기만한 이 나라 역사를 지켜 보는, 혹은 지켜 보려는 괴물처럼 버티고 서있었다. 이윽고 〈나미오〉는 자리를 떴다. 자기의 노모가 내년 봄쯤 꼭 한 번 다녀 갈 거라고 했다. 그러고는 동네 어른들과 약주나 한 잔씩 나누라면서 돈 5만원과 자기들 가족 사진 한 장을 두고 갔다.

〈나미오〉가 떠난 뒤, 박노인은 그들의 가족 사진이란 걸 다시 꺼내 놓고 부러운 듯이 들여다 보았다. 74살이라지만 옛날보다 몸이 훨씬 붇고 얼굴이 한결 푼더분해진 어머니를 가운데 두고 20여명의 자손들이 느런히 에워 서 있는 칼라 사진을 보기만 해도 행복스러웠다.

물론 얼굴이야 그 얼굴이지만, 암만해도 한가운데 앉아 있는 의젓한 부인이, 26년 전 자기들의 마누라들과 함께 개펄 땅에 엎치고, 또 대광주리에 오이니 애호박 따위를 담아 이고 ㅁ역 앞 시장거리를 서성대던 부인같이 느껴지지는 않았다.

——무엇이 들어 그들과 우리들을 이렇게까지 다르게 만들었을까?—〈이리에〉씨와 같이 싸워 가던 옛날 일을 생각한 박노인의 눈귀엔 별안간 축축한 것이 느껴졌다.

「이틀 후면 또 기가 막히는 선거가 민주주의의 탈을 쓰고 치러지리라!」

박노인은 이렇게 중얼대면서 허리를 폈다. 마침 명매기마을 턱받이를 가로 지른 철로 위에선 술이 거나하게 돼 보이는 한 패의 젊은이들이 비틀거리고 있었다.

〈1971·創造〉

회 나 뭇 골 사 람 들

S읍에서 대티쪽으로 빠지는 한길을 향해 선 효자문(孝子門) 뒤로 접
어 들면, 몇 발짝 못가서 자갈 투성이인 골목 가에 커다란 회나무 한 그
루가 서 있다. 그래서 이 골목짜기를 회나무 골목이라 하고, 그 일대를
회나뭇골이라 부른다. 옛날 식으로 부를 때는 그저 〈서문밖〉이다.

그런데 서문밖, 즉 읍 서쪽 변두리에 사마귀처럼 붙어 있는 이 구석
진 뜸은 S읍에서만 아니라 그 읍이 속해 있는 S군 전체를 통해서도
유명한──관공리들의 말을 빌면 이른바 말썽많은 구역이다. 그 이유는
여러 가지가 있다.

첫째 앉은 자리부터가 그렇다. S읍 서쪽 변두리라고 했지만, 사실은
S읍 서쪽 냇가──라고 해도 와드락 작달비나 쏟아지면 시뻘건 물이
조금 흐르다 마는 그런 서들에 자리잡고 있다. 기미년 만세 때만 해도
소위 문안과는 꽤 떨어져 있던 곳이다.

그렇담 영리한 독자들은 대강 짐작이 가겠지만, 그 지역이 이색지대
인 둘째의 이유는 바로 그러한 곳에 처음 자리잡은 토박이들의 신분 문
제다. 말하자면 백정이니 무당이니 하는 소위 칠천(七賤)에 속하는 천
더기들이 바로 그곳 토박이였다. 그런 천더기들만이 십여 가구, 풀도 잘
안 나는 외딴 자갈밭에 옹기종기 모여, 소위 문안 사람들로부터 갖은
멸시와 천대를 받아가며 살아왔는데, 문안이 점점 읍으로 커지면서부터
결국 한덩어리가 된 셈이다.

세번째 이유는,──이건 관공리들의 비위에 딱 거슬리는 것인데, 그
토박이들의 성격이 비꼬이고 뜩별나서 겉으로는 굽실거리는 척하면서도
다루기가 매우 힘들기 때문이었다. 지금은 뜨막해졌지만, 도벌, 밀주, 이

런 짓들이 심했고, 약차하면 칼이라도 들고 나오는 놈이 있다. 그래서 기미년 만세 때는 S군을 통틀어서 가장 모질게 버티던 곳이요, 놈들이었다.

이 회나뭇골의 보물처럼 돼 있는 회나무는 얕잡아도 삼백년은 넘었을 거란다. 둘레에는 멍석 네댓 장이 깔릴 만한 축대가 마련되어, 그곳 사람들의 정자일 뿐 아니라 때로는 모임들도 거기서 가진다.

그러나 보통 때는 낮에는 대개 동네 코흘리개들 이외에 어른으로서는 반편으로 알려져 있는 작은선부가, 축대 한 귀트머리에 있는 탕건꼴 돌 위에 진종일 등을 이 쪽으로 하고 걸터앉아 있을 따름이다. 그는 누가 무슨 말을 해도 탓할 줄을 모른다. 게다가 언제 봐도 정수리 짬에 털이 한 모숨 봉숭 일어서 있는 도가머리를 하고 넋잃은 사람처럼 일본사람들의 신사(神社)가 들어선 건너 산 등성이 쪽만 바라보고 있기 때문에, 동네 장난꾸러기들은 그를 〈오빼미〉(올빼미)라고도 부른다.

이 작은선부 이외에는 그곳 토박이인 아버지 박선봉 노인과 송털보 영감이 하루 몇 차례씩 자리를 같이했다가 헤어질 뿐이다. 그래서 동네 구장은 이 세 사람을 회나뭇골 〈삼동지〉라고 우스개도 하고 또 두 노인은 공교롭게도 나이마저 예순일곱 동갑이기 때문에 〈칠땡이〉라고 불리기도 한다. 〈오빼미〉, 〈삼동지〉, 〈칠땡이〉 하면 회나뭇골에서는 모르는 사람이 없다.

그날도 오빼미는 조반을 끝내기가 바쁘게 바로 그 탕건꼴 돌에 나와 앉아 건너산 등성이 쪽만 우두커니 바라보고 있다. 거기에 잇달아 아버지 박노인과 송털보가 나타난다. 그러나 오빼미는 낌새를 채면서도 일어서지도 않는다. 도대체 얼굴을 딱 맞대기 전에는 누구와도 수인사를 않는 성미다.

박노인과 송털보도 이러한 작은선부에 대해서는 전연 관심이 없다. 그저 자기들끼리만, 버릴 때가 이미 늦은 삿자리에 마주앉아서 서로 애깃거리를 더듬을 따름이다. 인생에 지친 이 칠땡이들은, 저승꽃이 거무데데하게 피기 시작한 얼굴빛이나 드러난 피부 색깔이 모두 구중중한 회나무 껍질을 닮아가고 있다.

「그래, 자넨 성 갈았나?」

박노인은 담배를 재면서 송털보의 개발코를 쳐다본다. 사실은 내나 그 일로써 아침에 일부러 자기를 찾아왔던 면서기로부터 이미 들어서 알고는 있었지만 소위 일본식 창씨개명이 강요될 무렵이었다.

「그럼, 할 수 있더나, 집에서도 그런 장사를 하자니칸에……」

「머라꼬 했나?」

「성을 소오야마(宋山)라꼬 하라쿠데. 면서기 말이 송씨는 다 그런다기에 그럼 나도 그래 달라고 했지 머.」

송털보는 〈송씨는 다 그런다기에〉란 대목에 일부러 힘을 주는 듯했다. 원래 내외가 다 무당 출신으로서, 지금도 마누라는 가끔 푸닥거리도 다니고 때로는 별신굿에도 낄 뿐 아니라, 그보다 딸 순매를 기생 노릇을 시켜 집에서는 술을 팔고 하니까 관청의 명령을 안 들을 도리가 없었을 것이다.

「자넨 어짜기로 했노?」

이번에는 송털보가 물었다.

「안 고치기로 했네. 사실은 오늘 아침 내게도 면서기가 찾아와서 하도 조르고 또 위협까지 하길래, 〈백정이 무슨 성이 필요 있소〉 했더니 그만 돌아서더구마.」

박노인은 아침, 그럴 때의 감정이 되살아났음인지 표정이 약간 굳어져 보였다. 젊었을 때처럼 칼잡이 노릇을 하고, 마누라가 통에 쇠고기를 담아 이고 소위 문안 부잣집들을 찾아다닐 무렵 같으면 모르거니와 지금은 아무 것도 걸릴 것이 없었다. 뿐아니라, 휘겡이 같은 지금의 박면장이 시키는 일이라면 열이면 열, 아니 만에 한 가지도 듣기가 싫었다. 역정이 치밀 따름이었다. 자기의 큰 사식 선부를 죽인 왜놈들과 다를 바 없는 위인이라고 생각하기 때문이었다. 아니 옛날부터 왜놈의 사냥개 노릇을 하고 다니는 그자의 소갈머리가 더욱 얄밉기도 했다. 벌써 삼십년이 지나간 일이지만, 그 기미년 만세 때의 일만 생각하면 박노인은 지금도 살이 떨린다.

그렇게 아들을 잃고, 온 집안 식구가 반죽음을 당하고, 자긴 억지 불구자가 된 박노인에게 비할 바는 못 되지만, 이 회나뭇골을 온통 불태워 버리던 일본 군경들의 발악에 집을 잃었던 송털보도 그 때의 일만은 잊지 않고 있다. 한 이웃에서 같이 변을 당한 처지들이라, 심심할 때는 곧잘 그 때의 일을 되씹는다.

「그런데 온 동네가 다 타도 이 회나무가 안탄 기 이상치?」

송털보는 우거진 회나무 가지에 눈길을 보내며 노상 하는 소리를 되뇌인다.

「집들은 모두 게딱지같이 납짝했지만 나무는 워낙 높았으니 그렇지

머.」

박노인의 퉁명스런 대답도 아마 백번도 더 되풀이했을 그대로다.

「아니여, 꼭 신(神)이 붙은 나무라 그렇다카이.」

송털보는 무당 내림인 만큼 어천만사에 으레 신을 들먹인다. 좋이 네 아름은 됨직한 그 회나무 밑둥에 수시로 왼새끼를 둘러놓고 치성을 드리는 마누라 용녀처럼, 그는 그 회나무에 반드시 목신이 지펴 있다고 믿는다.

물론 박노인도 그 회나무가 그 불바다 속에서 살아남은 것을 신기하게 여기고, 고맙게 여기고, 또 신성시(神聖視)한다. 더구나 먼 옛날부터 그 고장을 지켜 오던 건너편 동성이에 있던 당산(堂山)이 일본 귀신 모시기 위한 신사(神祀)터로 냅다 헐린 뒤, 이 회나무가 대신 당산나무가 되고부터는, 박노인도 누구 못지 않게 한결 대견스럽게 여긴다. 그래서 마을 계집애들이 축대 위에서 공기 따위를 받고 조용히 노는 건 좋으나, 만약 개구장이들이 지즐하게 정자나무 주위를 어질러 놓기라도 한다면 그냥두지 않는다.

그날 오후에도 그런 일이 있었다. 송털보는 서낭대를 구해 와야 한다면서 연죽골이란 데로 가고, 박노인이 혼자서 어슬렁어슬렁 찾아갔을 때였다. 학교를 파하고 집으로 돌아가던 조무라기들이 축대 위에서 장난들을 하고 있다가 박노인을 보자 책보를 찾아 들기가 바쁘게 흩어지기 시작했다. 박노인이 어쩌리란 것을 이미 알고 있기 때문이다. 물론 축대 위는 지저분했다.

「엑 요놈들! 놀문 고끼(곱게) 놀지 이기 멋고?」

박노인의 목소리는 언제나 저렁저렁했다. 그러나 우 달아나던 조무라기들 가운데서 한놈이 홀끗 돌아보면서,

「탱주자지 동강자지!」

하며 놀리며 내뺐다. 동강자지란 말은 기미년 만세 때 칼에 잘리고 남은 박노인의 그것을 의미한다.

비록 철딱서니 없는 애들의 장난말이지만, 박노인은 그 말을 듣는 순간 전신의 피가 부글부글 끓어 오르는 듯한 모욕과 분함을 느꼈다. 다행히 그를 놀린 애가 회나뭇골에 집이 있는 애가 아니었다. (회나뭇골에 사는 삼등 국민의 애라면 아무리 철이 없더라도 감히 그런 장난은 못한다).

애들이 줄행낭을 친 빈 골목짜기를 어이없이 지켜보기만 하던 박선봉

노인의 움푹 꺼진 두 눈웅덩이에는, 느닷없이 찬 것이 고이기 시작했다. 하필 큰마음 먹고 창씨개명까지 거부한 날인데…… 나이 탓인지, 아무래도 자기 같은 사람이 설 땅이 아닌 데 서 있는 것만 같은 서글픈 생각이 자꾸만 들었다.

박선봉 노인은, 언제나 일본 사람들의 신사가 서 있는 건너산 등성이를 향해 화석처럼 앉아 있는 아들의 뒷모습을 바라볼 때마다 그에 대한 애처로운 생각이 들었다. 아무리 고쳐봐도 정수리가 봉충한 도가머리에, 서면 거위영장을 면치 못할 풍채인 데다 맑은 정신마저 나간 놈이니, 남들이 반편으로 보는 건 도리가 없지만, 그래도 자기에게는 대를 이어갈 소중한 혈육이요, 불쌍한 자식이었다. 박노인이 그를 불쌍하게 여기는 것은 자기가 억지불구자가 된 것처럼 그도 억지바보가 되었다고 믿기 때문이었다.

「모두 다 왜놈들의 덕분이지!」

박노인은 송털보한테만은 이렇게 말했다.

박노인에게는 선부란 큰아들이 있었다. 백정의 아들이라면 사회에서 천대를 받게 마련이기 때문에 이름만이라도 천대를 면해주기 위해 선부(선비)라고 짓고, 작은아들은 따라서 작은선부라고 했던 것이다.

그러나 그러한 박노인의 소원은 죄다 깨지고 말았다. 선부가 열여덟 살 때의 일이었다. 그해가 바로 기미년인데 기미 독립만세가 전국 방방곡곡에서 벌어졌을 때 선부도 거기에 가담을 하고 자취를 감추었다. 결국 두번째 그러다가 왜놈들의 총질에 청춘을 불사르고 만 셈이지만, 그가 자취를 감추었던 동안 온 가족이 줄곧 경찰에 끌려가 온통 반죽음을 당했다. 간 곳도 모르는 선부의 숨은 데를 기어이 대라는 것이었다.

「그 때 제우(겨우) 열살밖에 안되는 작은놈에게까지 모진 매질을 하고, 휘발유를 한 되나 먹여서 결국 그 자리에서 깜빡 자물시게(까무러치게) 안했더나. 그 바람에 저렇게 됐다카이. 분하고도 분하지. 본래는 얼마나 영리한 놈이었다고…… 와 자네는 잘 안 아나?」

박노인은 송털보에게 하소연 겸 동의를 구하듯 이렇게 말했다.

박노인이 자기의 거기를 손으로 잘랐다는 것은, 바로 그런 일이 있은 당일 오후, 송털보가 직접 가 보고 알았었다. 형사들과 그 앞잡이놈들이 떼를 지어 찾아와서 다시 가자고 으르댈 때, 만약 따라갔다간 꼭 맞아 죽을 것만 같고, 한편 분한 생각을 참을 길이 없어서 그는 댓바람에

부엌으로 뛰어가 소잡는 칼을 덜렁 들고 나와,

「내게 죄가 있다면 이것 가졌던 죄뿐이요!」

하곤, 그들이 보는 앞에서 자기의 그것을 서슴없이 싹둑 잘랐던 것이다. 송털보가 찾아갔을 때까지도 아직 핏자국이 마당 가에 벌겋게 남아 있었다. 그러고도 다행히 죽지는 않았으나 그는 남들이 비웃는 〈동강자지〉가 되고 말았다.

「할멈도 망칙스런 고문을 당했담서?」

송털보가 이렇게 말하자,

「머? 누구한테 들었노?」

박노인은 알려져선 안될 비밀이나 탄로된 듯이 금방 얼굴이 시뻘개졌다. 그것은 창피해서라기보다 차라리 분한 마음의 반응이었을는지도 모른다.

「박면장의 입에서 나온 말일세. 우리집에서 친구들과 술을 마시면서 그런 얘길 하길래 살짝 엿들었지. 그러고 머라카더라……?」

송털보는 잠깐 말을 끊었다가,

「아참, 〈연의 거기는 서까래만한 다루끼(통나무)를 처박아서 널트려 놓았으니 고놈의 영감의 동강자지로는 아무 재미도 못 볼끼라〉고 하면서 모두들 웃어대데.」

「개새끼 같은 놈들!」

박노인은 더 이상 말을 하지 않았다. 죄없는 부인들을 마구 잡아다가 옷을 벗기고 사지를 묶어 놓곤, 미리 준비했던 통나무 끝에 붕대를 휘휘 감아 가지고서 거길 무작하게 쑤셔댔다는 이야기는, 비단 삼일 만세 때만이 아니라 그 뒤에도 경찰이나 기관원들이 예사로 하는 만행이란 것은 벌써 널리 알려져 있는 사실이다. 형평사(衡平社) 사람들도, 다만 신문기자라든가 역산지 깨묵인지를 한다는 사람들이 못 적고 안 적을 따름이라고 했다.

「박가란 놈은 하늘이 무서워서도 그때 이야기는 감히 못할 낀데…… 지가 그때 어떤 짓을 하고 다녔다고!」

박노인은 얼마쯤 참아 오다가 다시 입을 열었다. 분해서 더 참을 수가 없었다. 만세 때 자기들이 당한 고통과 입에 담지도 못할 모욕 때문만이 아니었다. 변두리 조그만 면의 임시고원으로 있던 박희경이가 만세사건이 벌어지자, 면내에서 그 일에 관련이 됐을 만한 청년들을 모조리 염탐해서 경찰에 밀고를 한 덕택으로 오늘날 읍내 면장자리까지 차지해서 거드름을 피우는 꼴도 여간 얄밉지 않았다. 그자가 또 부임을 해 오자마자 이곳 당산을 헐고 그 자리에 일본 신사를 짓는 일에까지 앞장 을 섰다고 하지 않는가!

「하늘이 무서워? 즈이들이 하늘인데 또 무슨 하늘이 있겠노?」

송털보도 제법 나이값을 한다. 하긴 그렇다. 일본이 망하기 전에는 그들을 벌할 아무런 하늘도 없기 때문이다.

박노인은 송털보의 말에 대답할 말을 얼른 못 찾는다.

「우리 성씨 중에 어째 그런 더런 놈이 있었는지!」

박선봉 노인은 그저 자기가 박가인 것이 창피스럽다는 듯한 표정을 지 을 뿐이었다.

송털보는 그날 괜한 소리를 했다고 생각했다. 그래서 안 따라가려는 박노인을 기어이 자기집으로 데리고 갔다. 둘은 또 좋은 술친구이기도 했다.

송털보 집 사립 가에 서 있는 서낭대 끄트머리에 마침 저녁놀이 엷게 비치고 있었다. 그러니까 아직 다른 술꾼들이 찾아올 시간은 아니었다.

박노인은 우선 헛간으로 들어가 소피부터 했다. 허리춤에서 수건을 꺼내가지고 바싹 갖다댔다. 그러지 않으면 옷을 마구 버리기 때문이다.

「좀 자랐나? 죽순처럼 자라면 좋 텐데.」

한 털보의 농이 문득 생각났다.

물론 술을 파는 순매는 나올 리 없고, 마누라 용녀가 술주전자와 안 주보시기를 툇마루 가에 내다 놓았다.

「자, 다 잊어버리고 사세. 우리가 살면 얼마나 더 살겠노.」

송털보는 그날 자기가 한 말——박노인의 마누라가 당한 고문 얘기 ——를 뉘우치기라도 하듯 잔을 가득 권했다. 그리고 곧 단소를 꺼내와 불기 시작했다. 무당 노릇에 배운 단소라 재주가 또 여간 능숙하지 않 았다. 눈을 지그시 감고 짙은 수염 속에서 떨어 올리는 가락이 그저 슬 프기만 했다.

「열아홉 살 먹는 과부가 스물아홉 살 먹은 딸을 잃고,〈내 딸 봉덕아, 내 딸 봉덕아……〉이렇단 말이다. 알고나 들어.」

송털보는 가락을 넣어가며 이렇게 사연 설명까지 하곤 다시 청승을 떨 어댔다.

마누라는 「또 지랄한다!」고 빈정거렸지만, 가느디가는 대마디를 통 해서 흘러나오는 가락은, 마치 허구한 세월을 압박과 설움 속에서 살아

온 그들, 아니 이 회나뭇골 사람들의 애타는 하소연 같기도 했다.

박선봉 노인은 손자 명달이가 두번째 찾아왔을 때 겨우 자리에서 일어섰다. 이미 저녁 끼니 때가 늦었나 보다. 그는 무르팍께나 팔꿈치 짬에 바대를 댄 후 풀근한 석새베 옷을 걸친 손자를 따라 가면서, 쾌쾅스럽게 또 지나간 일을 생각한다. (늙으면 허는 수 없는 가봐!)——놈이 태어날 때부터 칠날마다 할멈은 〈어진 재왕님네요〉 하고 빌었다.

「점지해준 이 방성은 명궁에 명을 주고, 복 우에 복을 주고, 복을랑 석숭장자 매련하고, 명을랑 동방삭을 매련하고, 재줄랑 이태백을 매련하고, 동쪽이 뻔하면 날샌 줄 알고 밥그릇이 높으면 생일인 줄만 여기는 미련하고 모르는 이 중생은 값지 말고, 천금 같은 이 애기만 외(瓜) 붓듯 달(月) 붓듯 언제 큰 줄 모르게 잘 크게만 해 주이소……」

오이가 쑥쑥 자라가듯, 눈썹달이 온달이 되어가듯 그렇게 잘 자라게 해 달라는 것이었다. 명달이란 이름도, 큰 자식을 억울하게 잃었던 만큼 명을 오래 오래 달아 달라는 뜻으로 그녀가 해서 붙인 이름이었나. 이렇듯 자기들은 못 살고 천대를 받는 인생들이지만, 자손들만은 부디 잘 되도록 해달라는 것이 할머니들의 간절한 소원이었던 것이다. 할멈은 부드러운 눈결로써 강보에 싸인 손자를 지켜보다가, 「덜보하고 술만 묵지 말고 아아 잘 보소이!」하고, 방물 보따리를 챙겨들고 나갔던 것이다. 그녀는 방물장사를 하고 다녔다. 며느리도 아침만 먹고 나면 일을 나갔다.

그러니까 황아장수를 그만 둔 박노인은 명달이를 보는 수밖에 도리가 없었다. 그도 할멈 못지 않게 손자를 귀여워했다. 그야말로 불면 날까 쥐면 꺼질까, 안고 업고 다녔다. 동냥젖도 더러 얻어먹였다. 울다 지쳐 회나무 그늘에서 나비잠을 자던 일, 아직 세상을 모르고 자기 앞에서 까치걸음을 깡쭝거리던 때가 바로 어제같이 생각되건만, 벌써 놈의 나이 열살이 아닌가. 늦었지만 내년 봄에는 어째도 학교에 넣어야지!

회나무 그늘에는 애비의 그림자가 보이지 않았다.

「자식, 밥 떼는 안 잊어버리는구만.」

축대 아래위를 돌아본 박노인은 명달이에게도 충분히 들릴 정도로 이렇게 중얼거렸다.

아들은 아직 밥을 먹지 않고 있었다. 할멈이 시켰는지, 며느리 귀찬이가 그렇게 버릇을 들였는지 어른들이 나타나기까지는 웬만하면 그대로 기다린다. 마루청 대신 안방 문지방에 잇대어 놓인 대나무평상 위에 밥보자기가 덮인 상이 그대로 놓여 있다.

「와 먼저 먹지?」

아버지가 이렇게 말해도 아무런 말이 없이 그저 이쪽으로 바로 앉을 뿐이다.

「와 어머닌 아직 안 돌아왔나?」

이건 며느리를 보고 하는 말이다.

「오늘은 늦일 모양인가배요. 나가실 때 언짬 못 오실끼라 캅디더만.」

며느리는 고향이 할멈과 같은 진주라, 할멈처럼 진주 사투리를 썼다. 방물장사를 다니면서도 미역철에는 미역까지 곁들여 이고 나가는 할멈은 가끔 한 이틀씩 자고 오는 수도 있었다.

그러자니, 한 솥의 밥이라 하지만 식사가 층층일 경우가 없지 않다. 비단 박노인의 집만이 아니라, 이곳 토박이들은 거의 그렇다. 또 집에 따라서 끼니 때가 서로 다르기도 하다. 제각기 하는 일들이 다르니 그럴 수밖에 없다. 푸줏간에 나가는 사람, 황아장수, 방물장수, 그리고 젊은 안식구들은 죽으나 사나 갯벌에 나가 조개를 줍든가 아니면 남의 집 품팔이라도 해야 되니까. 그래서 저녁만 먹으면 문간에 막대기를 질러 놓기가 바쁘게 대개 녹아 떨어진다. 박노인도 이내 막대기를 찾아왔다.

그 당시만 해도 이 회나뭇골 토박이들의 집에는 대문은 커녕 싸리짝 문조차 제대로 없었다. 그저 나지막한 돌담들의 허전하게 트인 곳이 곧 문간이고, 낮에 집을 비울 때나 밤에는, 제주도에서 마소 따위의 무단 출입을 막기 위해 걸쳐 놓는 〈정낭〉이란 것처럼 긴 통나무 막대기를 ×자형으로 건너질러 놓으면 그만이다. 들어올 도둑도 없거니와 들어와 보았댔자 가져갈 개코도 없다. 그러니까 ×자형 막대기는, 낮에는 사람이 없다는 표지이고 밤에는 자고 있다는 표지밖에는 되지 않는다.

이렇게 막대기를 가로질러 놓아도 송첨지는,

「벌써 자나──?」

하고 곧잘 막대기 구멍으로 빠져 들어온다. 그는 집에 술꾼이 많은 날은 으례 박노인을 찾아와서, 헛간 옆에 붙여 꾸민 토벽장에서 같이 잔다. 말하자면 밤에도 나란히 누운 칠뗑이 꼴이 된다.

이런 식으로 사람들이 살아가는 회나뭇골은, 들머리에 있는 송털보의 집을 제외하고는 낮이고 밤이고 간에 늘 조용하다. 문안 사람들이 쌍것들이 사는 곳이라 해서 떠들썩하다는 건 멀쩡한 거짓말이다. **떠들썩할**

때가 거로 있다. 하긴 이웃끼리도 혹 말다툼을 할 때가 있긴 하지만 그
런 경우는 극히 드물다. 대개는 하찮은 애들의 일로 해서 소위 세도깨
나 있다는 문안 여편네들이 찾아와서 이쪽을 깔보고 덤빌 경우다. 그럴
땐 아닌 게 아니라 삼이웃이 떠나가도록 왁자해진다. 왜냐 하면 이쪽은
워낙 못살고 힘이 모자라니까 억울한 일이 있으면 으레 이집 저집에서
아낙네들이 나와서 한편이 되어 맞싸우기 때문이다. 그래서 코를 싸고
돌아가는 여편네들은 이쪽을 보고 갚지 못할 쌍것들이라고 악담을 한다.

비록 못배운 사람들이긴 하지만 이쪽 사내들은 아니꼽게 여편네들의
싸움에 이러니 저러니 하며 덩달아 나서지는 않는다. 그저 멀찌감치서
보기나 할 내기다. 그러다가 만약 자기 여편네가 되알지지 못해서 지기
나 한다면, 「바보같은 년!」하고 되 쥐어박기가 일쑤다. 특히 사내들의
힘을 믿고 거드름을 피우는 여편네들에겐 져서는 안된다.

「머 즈그한테 굽실굽실 안한다고 쌍것이고, 떼를 지어 대든다고 쌍것,
그래, 언제까지라도 날 잡아 잡소 하고 있을 줄만 알았던강?」

늙은이들은 이렇게 자기들의 며느리나 딸들을 두둔한다. 그것은 마치
기미년 만세 때 왜놈들이 이 회나뭇골만 불태웠을 적에, 박선봉씨가 회
나무 밑에서 한 말과 비슷했다.

그것은 죽은 선부의 시체를 묻고 사흘 뒤의 일이었다. 만세가 처음 벌
어진 S읍 장털랑 그만두고서 하필 그곳에만 불을 놓은 것은, 죽은 자
기의 아들 선부가 이웃 청년들을 선동해서 끝까지 버티었고, 그래서 그
곳 자갈밭에서 경찰과 가장 심한 투석전이 있었기 때문이란——선부를
원망하는 듯한 소문이 퍼뜨려졌을 때였다. 아닌게 아니라 공교롭게도 이
회나뭇골에서 희생자가 제일 먼저 나기도 했었다.

「독립하겠다고 끝까지 버틴 기 그렇게도 나쁜 일이겠소? 비록 내 아
들은 죽고, 동네는 불타고 했지만 그기 모두 누구 죄겠소? 약한 백성
들이 떼를 지어 일어났던 것이 그리 큰 죄가 되거든, 모두 볼기를 까 가
지고 당장 이안엥이(이완용) 무덤 앞에 갑시더……」

박선봉씨는 아픈 사타구니 잠을 움켜쥐고 잿더미 속에 남은 회나무밑
에 일부러 나와, 동네 사람들 앞에서 이렇게 격한 소리를 했다. 아무도
대꾸를 하는 이가 없었다. 별안간 표정들만 이상하게 굳어져 갔다.

다행히 당산나무인 그 회나무 밑둥에 왼새끼를 둘러놓고 소지(燒紙)
를 올리던 용녀만이 이렇게 말했다.

「그기 모두 당산을 함부로 헐어 버린 죄요. 몇 백년 몇 천년을 내려

오던 당산인데……」

그녀는 일본신사를 짓기 위해 당산이 헐릴 때 불평을 터뜨리다가 경찰에 끌려가 혼이 난 일이 있는데도 불구하고 또 그런 소리를 했다.

그런 일들이라도 없으면 대개는 휘휘할 정도로 밤은 더욱 조용하다. 너무 쓸쓸해도 노인들은 잠이 달아나는지 송털보는 부스스 일어나 앉는다.

「한잔 할래?」

그러나 박노인의 답을 기다릴 필요도 없이 그는 밖으로 나간다. 곧 손님들이 먹다 남은 안주와 술병을 들고 온다. 단소도 허리춤에 꽂혀 있다.

그들은 밤참 삼아 술을 든다. 털보가 단소를 불면 박노인은 호드기로써 나직히 가락을 맞추기도 한다. 그러고는 내내 하고 하는 이야기를 되풀이하다가 곤드러진다.

박선봉 노인도 송털보와 다를 바 없이 원래 출신 신분이 그런 데다 다같이 판무식으로서 기가 죽어 살아온 사람이지만, 아들 선부를 잃은 뒤부터는 갑자기 세상을 달리 보게 되었다. 게다가 처갓곳인 진주에 형평사(衡平社)란 것이 처음으로 생기고 이른바 백정들의 인권옹호 운동이 일어나자, 처가 덕에 거기에 관계를 맺고부터는 더욱 많은 것을 알게 되었다.

「자넨 여태 몰랐지? 우리들의 선조가 어떤 일을 한 분들인지 말이다 ……」

약주가 들어가면 으례 이 말이 나온다.

「우리 자신들도 미차 몰랐으니까 남이 모를 건 무리가 아닐끼라. 그러나 역사란 책에 다 적혀 있다는구마. 옛날 고려 태조가 후백제를 칠 때 백제의 백성으로서 최후까지 항복을 않고 버티던 사람들이 바로 우리들의 선조란 말이다. 알겠나? 태조가 그 어른들을 모조리 잡아다가 저 압록강 가 험한 진구렁으로 내쫓았는데, 거기서 버들고리를 만들고 짐승을 잡아 팔아가며 천신만고 살아온 분들이 바로 우리들의 조상이더란 말이다. 알겠나? 책에 다 적혀 있다고! 그러니 밑천을 따져 보면 가장 자기 나라를 위해 싸우던 충신들이 아니냐 말이다. 그런데 왜 나라에서는 고리백장이니 뭐니 하고 멸시를 하고 천대를 해 왔는지 알겠나? 다 같은 민족인데 말이다. 씨가 나쁘다는 거지? 조상의 나라를 사랑했다, 의리를 위해 목숨을 내걸고 싸왔다, 이런 사람들의 자손들이라

고 나쁘다니 우습지 않나 말이다. 꼭 자기가 들어친 무엇만 위하라니 이
건 사람을 제집 개 돼지로만 아는 짓들이지 머고!」

송털보도 박노인의 말에 우대 말씨가 많이 섞이는 걸 보아 과연 그런
내림인가도 싶었다. 박노인은 〈말이다〉니, 〈알겠나?〉니 하는 말들을 곧
잘 덧붙였다.

아뭏든 박노인은 형평사란 데 관계하고부터는 여러 가지 새로운 소식
도 가져오고 또 생각도 많이 달라져 갔다.

「이건 내가 생각해 본 긴데 말이다——」
하고 짐짓 자랑 비슷이 늘어놓기도 했다.

「가령 백정은 산소에 떼를 입혀선 안된다, 무덤에 풀이 나면 죽은 망
령이 극락에 못 간다고 하제? 또 옷에 고름을 달면 악귀가 붙는다, 검
정버선을 신어야만 잡귀가 안 따른다고도 하거든. 이기 다 먼고 하니,
소위 양반이니, 세도가니, 베실하는 치들이 실상은 우리를 천대하기 위
한 심술로 만들어 놓은 버릇이란 말이다. 안 그래? 안 그렇다면 즈이
들은 지옥에 가고 싶어서 무덤에 떼를 입히고 흰 버선들을 신는가? 세
도가나 베실 아치들은 늘 이런 식으로 백성들을 속이고 눌리고 한단 말
이다. 알겠나?」

송털보는 수염이 굽슬굽슬한 제비턱을 연신 끄덕였다. 듣고 보니 아
닌 게 아니라 그럴 성도 싶었다. 동시에, 이놈의 박첨지가 암만해도 자
기보다는 소견머리가 훨씬 나은 것 같다고 느껴졌다.

저녁나절부터 작달비가 몹시 쏟아지는 날이었다.

끼니 때가 되어도 할아버지가 나타나지 않으면 으레 회나무정자 밑이
나 송털보네 집으로 꼬박꼬박 찾아오던 명달이가 그날은 날이 저물었는
데도 불구하고 간데온데 없었다.

여느때와 같이 바닷가에 개발을 하러 나갔다가 비를 흠썩 맞고 돌아
온 어머니는, 처음에는 그저 동무들 집에 가 놀고 있을 테지, 필연 비
가 그치길 기다리고 있나 보지 하고 예사롭게 여겼었다. 그러나 막상
날이 저물어 가도 안 보이니까, 그제야 비로소 걱정이 되었다. 밖에서
돌아오는 시아버지 박노인도, 애 아버지도 모른다고 했다. 애 아버지는
그저 올빼미처럼 눈만 오끔해 가지고 되레 아내를 바라볼 뿐이었다.

밥솥에 뜸을 들여놓고 어머니는 부랴부랴 아들을 찾아나섰다. 있을
만한 곳을 두어 군데 가보았으나 거기도 없었다. 명달이만 없는 게 아

니라 그런 집 애들도 역시 집에 없었다. 모두 명달이 또래지만 역시 명달이처럼 아직 학교에는 다니지 않았다. (백정이니 무당이니 하는 집 애들은 대체로 학교에 들어가는 것이 늦었다).

명달이 어머니가 오는 걸 보고서 창기란 애의 할머니도 비로소 걱정을 하였다.

「글씨, 아까까지 집에서 모여 놀았는데…… 또 산에 간 거 아잉강 몰라?」

「산에요──?」

명달이 어머니는 갑자기 얼굴빛이 달라졌다. 점점 불안스런 생각이 들었다.

──산이라면 내 건너 일본 사람들의 신사가 있는 산을 말한다. 물론 옛날 그 고장 사람들의 당산이 있던 곳이다. 신사가 들어앉고부터는 편백이니 벚나무니 하는 귀한 나무들이 많이 심겨지고, 관리도 면에서 직접 하고 있었다. 함부로 들어가 가지라도 하나 잘못 꺾었다간 혼이 난다.

마침 버찌가 익을 무렵이었다. 애들은 버찌를 주워먹으러 갔다가 벌써 몇 번인가 야단을 들었다. 으례 가지를 상하기 때문이었다.

그러니까 학교에서는 학생들에게 특별히 주의를 시켰다. ──「신사란 신성한 곳이다. 그러니 신사가 모셔져 있는 산에는 함부로 들어가서는 안된다는 거다. 알겠나?」하고 선생이 아침 모임 때 소리를 높이면, 학생들은 일제히 「예!」하고 맹세를 하게 되어 있다. 옛날 당산이 있을 때와는 사정이 다르다. 그때는 마음대로 들어가 삭정이도 주워 오고, 양지바른 곳이라 모여서 놀기도 했지만 지금은 그렇게 못한다.

그렇게 못하라고 해도 그 명령이 잘 지켜지지 않았다. 그래서 이 산의 관리에 대해서는 군청 산림계를 비롯해서 면사무소와 경찰이 모두 신경을 쓰는 판이었다. 특히 군 산림계의 〈후지다〉기수는 박면장처럼 〈휘겡이〉라고 불릴 정도로 성깔이 사나운 사람으로서 애들에게까지 널리 알려져 있다. 「휘겡이 온대잇!」하면 애들은 「면장가 후지다가?」 할 정도다. 어느 쪽에 걸려도 터지고야 만다. 그리고 이 〈휘겡이〉들은 그 산에서 가까운 회나뭇골 사람들을 가장 의심하고 또 싫어했다. 그러니까 창기 할머니가 「또 산에 간 거 아잉강 몰라?」 했을 때, 명달이 어머니의 안색이 달라진 것은 무리가 아니었다.

그녀는 이상한 예감이 들었다. 망설일 때가 아니었다. 그녀는 바른총으로, 그리고 미친 듯이 내를 건너 신사가 있는 건너산을 향해 달려갔다. 빗발이 얼굴을 때려 눈앞이 잘 보이질 않았다. 숨이 가빠져 왔다. 돌층계를 오를 때는 몇번이나 정강이를 찧었다. 피가 얼마나 났는지도 모른다.

「명달아——」

라고 불러 보았으나, 별안간 소리가 잘 나오지를 않았다. 그러나 명달이를 비롯한 아이들의 울음소리가 이내 귓전에 들려왔다. 모두 셋이었다. 다 회나뭇골 아이들이었다.

세 소년은 마치 일본 귀신에게 바쳐진 제물처럼, 신사 앞 벚나무에 따로따로 동여매여져 있었다. 비에 씻긴 얼굴들이 모두 자줏빛으로 변해져 있었다. 그리고 전신을 후들후들 떨고들 있었다. 〈후지다〉 기수의 소행이라고 했다. 놈은 밧줄까지 미리 준비를 해 왔던 모양이었다. 버찌를 주워먹은 벌로서는 너무나 가혹했다.

명달이 어머니는 질긴 밧줄들을 모두 이빨로 물어뜯었다. 이빨 사이에서 새빨간 피가 묻어 나왔다.

그녀는 곧 세 소년을 데리고 신사 앞 돌층계를 내려왔다.

그들이 막 송털보의 집 앞을 지나올 때였다. 안에서 술을 마시고 있던 〈후지다〉가 언제 내다보았던지,

「고라고랏(요놈의 새끼들)!」

하고, 볼멘소리를 내질렀다.

아이들은 또 겁을 집어먹고서 뿔뿔이 빗 속으로 달아났다.

뒤미처 안에서 껄껄껄 웃어대는 목소리는 틀림없는 박면장의 목소리였다.

〈1973·創作과批評〉

오끼나와에서 온 편지

어떤 문예평론가가 나를 평하기를 체험하지 않은 일은 잘 쓰지 못하는 사람이라고 했거니와, 사실 나는 그물을 가지고 구름 잡는 듯한 이야기는 자신이 없다. 역사를 공부하는 사람들이 먼 옛날의 인류 생활의 실태를 파악하기 위하여 도처에서 열심히 고분을 파헤치듯이, 나는 오늘날의 우리들의 진실의 한 부분을 알아보기 위해, 지난 여름 강원도의 탄갱지대를 몇 군데 돌아다닌 일이 있다.

그때 다행히 어떤 광부의 집(주인은 이미 죽고 없었지만)에서, 오끼나와란 일본 섬에 계절노동자로 가 있다는 그의 딸이 보내온 편지 뭉치를 얻어 볼 수가 있었다. 나는 나를 그 댁에 소개해 준 친구의 조언도 참고하고 또 빠진 연대라든가 숫자 따위를 아는 대로 보충해서 여기에 발표하기로 했다.

1월 16일

어머니, 편지 늦었다고 나무라지 마세요. 가거든 곧 편지내라고 하셨지만 여기까지 오는 데 얼마나 시일이 걸린 줄 아세요? 꼬박 한 주일이 넘어 걸렸답니다. 서울서 부산까지는 기차로 왔지만 부산서는 노배만 탔어요.

그것도 어디 사람만 싣고 다니는 뱁니까. 일본 고배란 데서는 화물선을 탔답니다. 그러니까 한국에서 수출되는 우리 계절노동자들은 무슨 짐 덩어리처럼 다른 거추장스런 짐짝들과 함께 마구 배에 실렸지요. 홍콩으로 수출되는 돼지——아니 그 얘기는 집에 돌아가서 하겠어요.

「이게 무슨 짓이야?」

남자 노무자들은 이런 불평도 하였지만 여자——스물 안팎의 우리 처녀 노무자들은 그런 말도 못했읍니다. 다만 광산지대의 근로자의 가족들을 돕는다는 명목은 좋았지만 그러한 식으로 우리들을 수만리 타국의 외딴 섬으로 끌고 가는 우리나라 재단법인인 무슨 〈기능개발협회〉 사람들을 속으로 원망했을 뿐입니다. 서울 일원에서 모집했다는 가난한 집 청년 3백 3십 3명과 강원도와 전라도의 탄광촌 출신 처녀 3백 십 1명, 도합 6백 4십 4명은 이렇게 해서 일본 오끼나와란 먼 섬으로 오게 되었답니다. 여자들은 열 여덟살부터 스물 다섯살까지의 모두 저와 같은 처녀들이었지요.——왜 하필 처녀들만 모집하느냐고 하시잖았어요?

어머니께선 그때 대동아전쟁 당시에 여자정신대라 해서 우리나라 처녀들을 강제로 끌고 가던 얘길 하시면서 몹시 걱정을 하셨지만, 이번은 절대로 그렇지 않으니까 안심하세요. 사탕수수를 베는 게 일이랍니다.

오끼나와 본섬에 닿자마자 우리는 곧 이곳 분밀당공업협회란 데 인계되어, 본섬 이외의 여러 외딴 섬들의 농가로 분산 입주하게 되었읍니다. 저와 같은 강원도 출신 처녀들은 모두 미나미다이도오지마란 섬으로 옮겨졌읍니다. 오끼나와 본섬에서 배로 꼭 여섯 시간이나 걸리는 곳이랍니다. 전라도 처녀들도 물론 이 섬에 많이 왔읍니다.

기껏 한 8백 여 가구의 농가가 있는 섬이지만 사탕수수와 파인애플로 꽤 재미를 보는 곳이래요. 우리는 이곳 한 농가에 한두 명 내지 대여섯 명씩 분산해서 입주하게 되었지요. 말하자면 여자 머슴이 된 셈이지요.

우리 황지(黃池)에서 온 애들 중에서 막순이와 두리는 나와 함께 〈하야시〉란 사람의 집에 들어가게 되었읍니다.

우리 세 사람은 입주한 후 사흘 동안은 그들의 생활 방식이라든가 작업에 대한 예비훈련을 받았어요. 우선 다급한 대로 쓰이는 말도 몇마디씩. 「오하요우 고자이마쓰」란 건 아침 일어나서 하는 인사말이랍니다. 되게 길지요? 막순이는 「오하요우 고자이마쓰」의 〈고〉를 자꾸만 〈꼬〉라고 발음해서 그 집 식구들의 웃음을 샀지요. 계집앤 왜 그렇게 혀가 살 안 돌아가는지.

주인 영감은 **나**이가 돌아가신 아버지 정도로서, 사람이 퍽 어질어 보입니다. 대동아전쟁 때는 라바울이란 섬에까지 가서 죽다가 살아 왔다나요. 흔히 보는 일본사람들처럼 수염 자국도 그다지 퍼렇지 않고 역시 노동일을 많이 해 본 듯 마디가 툭툭 튀어나온 손짓으로 이것 저것 깍듯이 가르쳐 주면서 늘 얼굴에 미소를 띠우곤 합니다.

「꼬자이마쓰 알아듣겠나?」

그는 어느새 막순이를 〈꼬자이마쓰〉라고 불렀읍니다.

「하이(네), 꼬자이마쓰.」

막순이년은 꼬자이마쓰란 말을 아무데나 붙여대지요. 어디 가도 털털한 애니까요.

하야시 노인의 집은 세운 지가 얼마 안 되어 보이지만 우리 한국 농가처럼 그리 크지는 않습니다. 우리가 자는 방은 헛간이 거의 차지 하고 있는 아래채에 붙어 있지만 식사는 주인집 식구들과 함께 안채 에서 합니다. 그러니까 좋게 말하자면 같은 식구가 된 셈이지요.

떠나올 때 어머니께선 학질모기 걱정을 하셨지만 모기장도 있고 하 니까 너무 걱정 마세요.

1월 25일

어머니, 집에는 별일 없겠지요. 여긴 사탕수수 거두기가 한창입니 다. 정월부터 4월까지가 고비랍니다. 꼭 우리나라 모내기 때처럼 온 식구가 들에 가 사는 듯합니다.

수수는 어른들의 키가 넘도록 자랐는데 밑둥치가 늙은 죽순둥치처 럼 굵고 질겨서 그놈을 휘어잡고 베자니 금방 손바닥이 부르트더군요. 그러나 곧 굳어져서 인젠 별로 아프진 않아요. 낫이 한국 낫보다 커서 손을 다칠까 염려가 되었지요. 그러나 그것도 인제 익숙해져서 괜찮 읍니다. 하야시 노인도 할머니도 다 같이 낫질을 하지요. 고등학교를 나왔다는 아들도 곧잘 베어요. 아들도 아버지를 닮아 부지런하고, 우 리에게도 친절을 보이려고 애쓰는 것 같아요. 이름이 〈다께오〉라나요. 나이 스물 일곱이나 되지만 아직 장가도 들지 않고 있어요.

어머니, 참 이댁 수수밭이 얼마나 되는지 짐작하시겠어요? 어머니 가 들으시면 깜짝 놀라실 겁니다. 우리 식으로 따지면 꼭 백 사십 마 지기가 넘습니다. 그게 다 수수밭이랍니다. 물론 우리가 머슴살이를 하고 있는 하야시씨네 댁만이 아닙니다. 이곳 남북 다이도우지마의 농가들은 대개가 그런 정도의 수수농사를 짓고 있답니다. 그래서 일손이 제일 바쁠 요즘철에는 옛날부터 외지에서 계절노동자들을 많이 데리고 왔답니다.

옛날이라 해도 그리 오래된 일은 아닌 것 같습니다. 머 처음에는 자유중국의 땅인 대만에서만 데리고 왔다나요. 그러던 것이 사기 나라 정부가 중공(中共)과 국교를 트고부터는 대만 사람들을 못 쓰게 됐대요. 그래서 대신 한국에서 노무자들을 모집해 오게 된 거래요.

「모든 것이 다 전쟁의 탓이지. 지긋지긋한 그놈의 전쟁……」

하야시 노인은 언젠가 저녁상을 물리고 나서 자기들이 살던 본섬 쪽 하늘을 바라보면서 이렇게 구두덜거리더군요.

「너희들의 나라에서 해방의 해라고 말하는 바로 그 해 봄이었지. 그 해 4월 초하룻날이래. 무서운 화력을 자랑하던 미군부대가 노도처럼 쳐들어와서 6십 여 곳이나 되는 이곳 섬들을 모조리 잿더미로 만들어 버렸대. 나는 그당시 라바울이란 먼 남방 섬에 출정해 있었지만, 오끼나와 본섬에 살고 있던 가족들과 집은 아주 결단이 났지 머. 자식이라고는 단 둘 있던 오뉘는 그때 없어지고 저 늙은이만 어째 용케 살아 남아 거지가 되어 있더군.……어떻게 찾았느냐고? 행여 내가 살아 돌아와서 옛날 살던 곳을 찾을까 싶어, 미국 군사기지가 되어 있던 옛 집터 언저리를 넋 잃은 사람처럼 매일같이 헤매었지. 그러다가 길에서 우연히 만나잖았겠어. 인연이 있었던 모양이지. 자식과 집을 송두리째 빼앗긴 두 거지가 부둥켜안고 울다가 코 큰 파수병이 〈깟 맴〉(꺼져)하는 바람에 쫓겨났지 머. 그래서 죽지는 못하고 떠돌다가 겨우 이 섬으로 와서 이런 고생살이를 시작했단다. 어느덧 삼십년이 가까와 오는군 그래.」

이렇게 말을 마친 하야시 노인의 입가가 별안간 실룩실룩하잖겠어요. 아마 어떤 저주와 분노의 발작인 듯싶었읍니다.

「그럼 다께오씨는 여기서 낳겠네요?」

저가 이렇게 뒤퉁스런 소리를 하니까, 곁에 있던 아들이 얼른 말꼬리를 낚아채어,

「그래. 난 이 섬의 하야시가의 중시조야.」

하고 웃더군요. 그러나 그의 웃음도 결코 유쾌한 것은 아니었어요. 진절머리나는 부모들의 과거가 듣기 거북했던 게죠.

물론 그는 전쟁을 직접 겪지는 않은 청년입니다. 하지만 그 또래의 일본청년들은 2차대전——그들은 소위 대동아전쟁 때 그들의 부모나 가족들이 입은 피해와 고통을 언제까지나 뼈저리게 느끼고 있는 것 같아요. 전쟁이란 말만 들어도 진절머리를 낼 뿐 아니라, 얼굴에 핏대를 올리거든요. 그런 점이 성도 이름도 뺏기고, 가족이랑 이웃 사람들이 수십만명이나 징용으로, 정신대로 끌려가 죽고 병들고 했어도 언제 그런 일들이 있었느냐는 듯이 시시덕거리게 마련인 우리나라 일부 젊은이들과는 다른 것 같은데, 그건 저의 잘못된 생각일까요?

하야시 노인이나 다께오씨는 또 저희들이 잘 모르고 있던 우리들의 과거——식민지 시대의 일까지 알려 주면서 때로는 동정도 해주어요. 창피해서 듣기 싫은 일도 많더군요.

그보다 오늘은 어머니께서 궁금하게 여기실 이곳 사정이나 생활모습 같은 걸 알려 드릴께요.

우리나라에서 수만리 떨어져 있다는 얘긴 저번에 했었지요. 이곳 농가들은 우리나라의 시골 집들과 비슷합니다. 대개 초가로 태풍이 잦은 곳이라 우리나라 제주도 지방의 집들처럼 모두가 높은 돌담에 에워싸여 있어요. 뜰과 울안은 훨씬 넓고요. 우리들과 다른 점은 방과 방 사이가 토벽 대신 널빤지로 간막이가 되어 있는 겁니다.

우리가 들어 있는 집은 비교적 큰 농가인데, 〈우후야〉(母屋)란——우리말로 하면 안채는 붉은 기와를 이었고 우리가 거처하는 아래채는 갈대 이엉을 덮었지만 널따란 헛간과 머슴들을 위한 방이 둘, 그리고 〈후루〉라고 부르는 변소가 붙어 있어요. 그리고 참 이곳 변소는 꼭 우리나라 제주도 농가처럼 돼지 우리를 겸하고 있어요. 그래서 처음에는 변소에 들어가기가 겁나데요. 그놈이 밑에서 쳐다보며 꿀꿀대거든요. 막순이년은 질겁을 하고 튀어나온 일까지 있었지요.

식사는 〈우후야〉에서 하는데, 밥은 안남미 비슷한 오끼나와 쌀과 보리 그리고 조로써 지어요. 때로는 고구마로써 끼니를 때우기도 합니다. 물론 온 가족이 다 그렇지요. 가끔 돼지고기와 염소고기도 얻어 먹지만 좀 싱거운 게 덜 좋아요.

옛날에는 독사와 학질모기가 들끓었다지만, 폭격을 많이 받은 탓인지 지금은 많이 퇴치되어 그것으로 사람이 죽거나 하는 일은 드물답니다. 〈하부〉라고 불리는 이곳의 무서운 독사는 능글맞게 밤에만 나타나서 사람이나 가축을 해친다고 하나 우리는 아직 한번도 그놈을 보지 못했읍니다. 밤에는 모기장을 꼭꼭 치고 잡니다. (여기는 일년 내내 그런다나요.) 같이 온 두리년이 학질을 한번 치르고부터 하야시 노인은 자주 주의를 시킵니다.

「모기장 밖으로 다리 내밀지 말어 !」

머슴이 병 나면 주인이 손해를 보기 때문일 테지요.

그리고 일년에 농사를 두 번 짓는 곳이니까 햇빛이 몹시 따갑습니다. 한국처럼 춘하추동이 있는 게 아니고 봄과 여름 두 철뿐인데, 소나기가 잦은 것과 여기 말로서 〈가―치베―〉(남풍)니 〈미―니시〉(신북풍)니 하는 계절풍의 덕으로 그럭저럭 무더위를 이겨 나가고 있답니다.

그럼 너무 걱정 마세요. 어머니.

2월 4일

보내신 편지 잘 받았읍니다. 오빠가 또 고깃배를 타시련다고요 ? 작년 태풍 때 그렇게 혼이 나고 다시는 안 타시려더니……없는 사람은 할 수 없는가 보지요. 이번에는 좀 실한 배나 타셔얄 텐데. 선주도 남의 목숨 귀한 줄 아는 분을 골라서.

어머니께선 아직도 껌정 빨래 못 하게 된 것이 그렇게 서운하고 답답하신 모양이지요 ? 매일같이 탄광에서 더렵혀 오시던 아버지의 그 흙과 땀과 무연탄 가루에 짓이겨진 작업복 ! 매일같이 그걸 씻는 일을 숫제 낙으로 삼으시듯 하시던 어머니의 모습이 눈에 선해 옵니다. 그래서 편지를 읽다가 또 울었지요. 지난 해 가을, 갱목도 낡고 썩은 지하 수천 척의 굴 속에서 낙반사고로 생목숨을 버린 아버지의 무참한 모습과, 어머니의 실신하시던 일이 문득 머리에 떠올라서요.

그러다가 우연히 뒷마루께로 돌아오던 하야시 노인에게 들켰더랬는데, 그 일로 말미암아 아버지의 지난 날의 고생살이를 더욱 잘 알게 되고 가난한 사람들은 어딜 가도 살기가 어렵다는 것을 더욱 더 절실히 깨닫게 되었답니다.

막순이란 년이 괜스레 돌아가신 아버지의 얘길 꺼내자,

「머 광산사고로 돌아가셨다고 ? 산일은 언제부터 했는데 ?」

하야시 노인은 갑자기 눈을 커다랗게 뜨시더군요. 그리고 내 얼굴을 뚫어지듯 내려다보는 것 같았읍니다.

나는 솔직히 말을 해 주었지요.

「어릴 때부터랍디다. 열 여섯살 때라던가요. 징용으로 북해도에 끌려가서 북탄(北炭)이라든가 어딘가 하는 탄광에서 처음으로 버럭통도 지고, 막장일도 배웠답니다. 그때 일본사람들은 한국 노동자들을 머〈다꼬〉(문어새끼)라고 불렀다지요? 한국인 합숙소를 〈다꼬베야〉(문어수용소)라 하고요.」

들은 풍월로 이렇게 대답했더니,

「머 북해도? 다꼬베야?」

하야시 노인은 눈이 더욱 휘둥그래지면서 느닷없이 내 거칠어진 손을 덥썩 쥐다가 말고, 자기 방으로 횅 돌아가더군요. 그리고 한참 동안 방에서 나오지 않았어요.

나와 막순이와 두리는 서로 얼굴을 쳐다보며 놀랐읍니다. 하야시 노인이 무슨 까닭으로 그러는지 얼른 짐작이 안 갔기 때문이었읍니다. 나도 속으로 걱정이 되었읍니다. 그 집 식구들의 얼굴을 바로 보기조차 서먹거려지더군요.

그러나 바로 그 이튿날 하야시 노인이 그렇게 진절머리를 내던 까닭을 알게 되었어요. 사탕수수를 한참 베고 나서 쉬던 참이었읍니다. 우리는 저녁 해가 한결 붉게 비치고 있는 산호초를 내려다보고 있었지요. 여러 가지 모양과 무늬를 가진 고기새끼들이 불그레한 산호초의 가장자리를 바쁘게 맴돌고 있었어요.

그때 마침 내처 기가 죽어 있는 내 표정을 눈치챈 다께오씨가 가까이 오더니,

「붓진쌍(복진이). 걱정 필요 없어.」

하고 모든 걸 털어놓읍데다. 그의 아버지 하야시 노인 역시 젊었을 때 북해도의 탄광에서 막장일을 했다나요. 그런 기억이 되살아났기 때문에 아버지 얘기에 별안간 어떤 충격을 받아서 그랬을 거라고요. 듣고보니 그런 것 같기도 하죠.

아닌게 아니라, 그런 일이 있고부터 하야시 노인은 광부들의 딸인 우리들에게 한결 친절한 태도를 보였읍니다.

「제국(일제) 말년에 국민징용령이 발표되고부터 16세 이상 53세까지의 한국인 노무자가 7십여 만명이나 일본에 끌려왔다지만, 적어도 그 중 2십만명 가량은 아마 북해도 탄광들이나 땅굴 파는 일에 동원됐을 거야. 붓진상 아버지도 틀림없이 그 중의 한 사람이었을 거야. 어쩜 나와도 만났을는지도……」

하야시 노인은 이틀 전과는 아주 달리 담담한 어조로 당시의 일을 이야기해 주었습니다.

「다꼬(문어새끼들), 빨랑빨랑 움직여 !」 총칼을 든 감독들은 이렇게 호통을 치며 한국인 노동자들을 개 패듯 팼고, 만약 부상이라도 당해서 치료에 시일이 걸릴 만하면 「그놈은 수렁이나 버럭탕에 갖다 던져 버렷 ! 반도(조선)에 가서 다시 끌고 오면 되잖아.」 하는 식으로 한국인 막장꾼들을 짐승보다 못 하게 다루었다고 하더군요. 어찌 같은 사람으로서 사람을 그렇게 다루었을까요?

그런 모욕과 고생을 당하다가 해방이 되어 조국에 돌아온 아버지는 무슨 팔자기에 또 막장일을 하다가 결국 수천길 갱 속에서 이승을 버리고 말았을까요.

「진짜 해방이 되었는지 어쨌는지 모르지만……」 하던 하야시 노인의 며칠 전의 말 서두가 문득 생각나기도 했습니다. 아들 다께오씨는 또 다음과 같은 말을 하더군요.

「그때에 비하면 그래도 너희들의 나라는 많이 발전은 한 셈이지. 열두살부터 마흔살까지의 처녀 미혼녀들을 무려 2십만명이나 여자정신대(女子挺身隊)란 이름으로 끌고 와서 군수공장 노무자로 일본 군인아저씨들의 오물받이로 상납했더랬는데, 지금은 처녀들이 이렇게 달러를 벌기 위한 인력수출에 동원되고 있으니까 말야. 안 그래 ?」 하며 입을 약간 비쭉하더군요. 그러나 그의 말눈치는 우릴 업신여긴다기보다 차라리 어떤 의미로 동정하는 듯한 편이었어요.

하지만 「한국 처녀 한 사람이 하루에 일본 군인 몇 사람을 상대해야 됐는지 알아 ? 자그마치 3백명 꼴이래, 3백명 !」 하는 데는 분하고 창피해서 차마 낯을 들 수가 없었읍니다.

「헐 수 없있지. 식민지 백성들이있으니까.」 다께오씨는 우리를 위로하듯 이렇게 보태더군요.

어머니, 그게 정말일까요? 대동아전쟁 때 그렇게 많은 **한국 사람**들이 정말 일본으로 끌려갔을까요? 다께오씨는 자기 나라 국회기록에도 또 공안청 자료 중에도 그렇게 되어 있다고 우겨댔지만 도무지 믿어지지 않는군요. 하긴 우리 고향에는 정선댁 딸이라든가 함백댁 딸처럼 여자정신대에 끌려가서 아직도 못 돌아온 처녀들이(인젠 거의 할머니들이 됐을걸요.) 있긴 했지만……

다께오씨는 저희 나라 사람들이 저지른 일이 미안스러웠든지, 아니면 어디서 들은 말이 있었든지 그렇게 많은 한국인 노무자로 또 위안부로 끌고 오는 데는 응당 한국인 자신들의 협조도 컸으리라고 말했읍니다. 아마 아버지께서 늘 점잖게 말하시던 민족반역자라든가 뭔가 하는 사람들을 두고 하는 말일 테죠.

「가령 학도지원병의 경우를 말하더라도 당시 한국 사회의 소위 일부 지도자란 위인들이(정말 지도자가 될 만한 사람들은 억울한 죄명으로 감옥살이를 하거나 아니면 무서운 감시를 받고 있었다죠?) 버젓이 일본에까지 찾아가서 한국인 유학생들을 모아놓고 지원을 권장했는가 하면, 그것을 거부하고 피해 다니다가 망명한 어른들을 찾아 만주로 건너가서 독립군에 가담한 청년들이 있는 반면에, 할 수 없다는 듯이 지원병이 되어 그들의 뒤통수를 쏘아댄 사람들도 많다잖아? 오히려 그 편이 훨씬 더 많았지?」

다께오씨는 약간 언성을 높이기까지 하였읍니다. 남의 일에 숫제 어떤 의분까지 느꼈던 모양이지요. 오끼나와 본토에 있는 미군기지의 반환 투쟁에 가담했다가 터졌다는 오른쪽 눈 밑 흉터가 그날 따라 유심히 쳐다보이더군요.

「그러니 개판이지 뭐야!」

다께오씨는 이런 말을 내뱉으며 자리를 털고 일어서더군요. 산호초에는 〈구로우시오〉(黑潮)가 점점 밀려들고 있었어요. 우리도 따라 일어섰읍니다.

우리는 다께오씨의 말을 그대로 믿으려고는 하지 않았읍니다. 우리들이 놓인 처지도 처지였지만 반박할 용기도 나지 않았읍니다. 우리도 이미 들은 말이 있었거든요. 안 그래요, 어머니?

뿐만 아니라, 우리는 며칠 전 그들이 고구마밭 끄트머리 바닷가 낭떠러지 위에 서 있는 두 개의 석탑을 본 기억이 떠올랐던 것입니다.

「이건 미군이 쳐들어왔을 때 군인들과 함께 나서서 싸우다가 죽거나 자결한 남녀 학생들의 거룩한 희생을 기념하기 위해 세운 석탑이야.」

다께오씨는 석탑을 가리키며 자랑삼아 그렇게 말했거든요.

거기 서 있는 〈건아(健兒)의 탑〉은 남학생들을 위한 것이고 〈백합(百合)의 탑〉은 여학생들을 위한 것이래요.

어머니, 정말 독종들이지요? 그러니까 그들은 갯더미가 된 황무지를 냉큼 일구어 지금과 같은 거대한 농장들을 차릴 수 있었고, 그러지 못했기에 우리들은 이렇게 또 그들의 머슴살이를 하고 있는 게 아닐까요. 우리에겐 무언가 잘못된 게 있는 것 같아요. 죄없는 백성들까지 고통과 비웃음을 받아야 하는……

2월 20일

너무나 오랫동안 편지 못 올려 죄송합니다. 어머니, 오빠는 자주 들르십니까? 옛날과는 달라 나라마다 경제수역 2백해리니 머니 하고는 야단인 모양이니 고기잡이 일도 까다로와졌겠지요. 게다가 보나마나 낡아빠진 우리 어선들이 돼서……

참 먼저번 어머니 편지에 동생이 공부 잘 안 하고 즈반 대표선수가 되어 배구 연습만 한다고 했었지요? 저도 처음 들었을 때는 걱정이 되었지만 가만히 생각해 보니 머 그럴 것도 없을 것 같아요. 없는 집 딸 애가 공부를 잘하면 대학을 가겠어요 멀 하겠어요. 무슨 올림픽에 나가서 입상을 하니까 국위를 선양했느니 대한의 딸이니 머니 하고 야단들이더군요. 신문에도 크게 나고 라디오, 텔레비에도 나오고 그러더구만요. 그러니까 대한의 딸이 되려거든 제 좋아하는 배구라도 실컷 해보라세요.

참 그건 그렇고, 어머니, 우리나라 국회의원이나 높은 양반들은 이곳 오끼나와에는 왜 잘 오지 않는답니까? 올 들어 이달(2월)말까지 불과 두달 사이에 각종 명목으로 외국 나들이를 하는 국회의원이 자그마치 백 2십 여 명이나 된다잖아요.

> 지방 출장보다 쉬운 외유(外遊)
> 5대양 6대주에 한국 국회의원

이런 대문짝 같은 기사 제목이 신문에 덩그렇게 나와 있더군요. 5대양 6대주를 줄지어 누비 듯한다면서, 더더구나 일본은 이웃집 들르듯하면서 천여 명의 광산촌 딸들이 수출되어 마소처럼 고달픈 노동을 하고 있는 오끼나와의 섬들에는 왜 얼씬도 않는지 모르겠군요. 하긴 만국해양박람회라든가 먼가 해서 구경거리가 있었을 때는 더러 다녀 갔다고 합디다만……

어머니, 제가 이런 편지를 쓰게 된 동기는 며칠 전 오끼나와 본섬에 있는 〈고자〉시란 데 갔다가 우연히 우리나라 노무자들과 고아들이 겪고 있는 너무나 끔찍스런 모습을 직접 보았기 때문입니다. 〈고자〉란 곳은 미군 상대의 유흥가로 발달한 순전한 군사기지 도시라는데, 미군병사(兵舍)와 미군 주택 그리고 그들과 군 관계 노무자들이 많이 드나드는 상점이랑 술집 또는 매음굴이 많은 곳이랍니다.

얼바람 맞은 비가 찔끔거려 며칠 밤 일도 잘 안 되던 차에 마침 월급이라 해서 처음으로 얼마씩 받은 돈이 (사실 그것도 우리들을 모집해 온 개발협회측 말과는 달랐지만) 있어서 헐직한 옷이나 한벌씩 살까 싶어 막순이와 저와 두리 세 사람은 다께오씨를 졸라 구경 겸 〈고자〉시로 처음 나들이를 했읍니다.

아닌 게 아니라, 거리에는 안개가 질금거리는데도 불구하고 미군이랑 또 대뜸 보기부터 군 관계 일을 하는 듯한 노무자들, 그리고 우리나라에서 말하는 양공주 차림의 아가씨들의 반지빠른 모습이 꽤 많이 보이더군요.

우리는 어떤 으리으리한 상점에 들렀으나 옷가지 같은 건 비싸서 못 사고 우선 필요한 것들을 조금씩 사가지고선 다께오씨가 안내하는 길 모서리 어느 음식점으로 들어갔읍니다.

입구 옆 바람벽에 「강장제 고려인삼 달여 먹고 기생 파티 즐겨보지 않으시렵니까?」 하는 선전말에 우리나라 고전무용을 추는 한국 기생 사진까지 곁들인 널따란 광고지가 붙어 있는 것이 여간 불쾌하지 않았지만 어쩔 도리가 없더군요.

「오늘은 내 한턱 내지.」

다께오씨는 우리들을 안심시키려는 듯이 잠깐 돌아보며 싱긋 웃었읍니다.

「아이구 다께오상 오랜만이구료. 왜 그렇게 안 보이세요?」

그와 숙면인 듯한, 광대뼈가 좀 붉거진 오십대의 여인이 반갑게 맞아 주더군요. 우리는 곧 눈치를 챘지만 그 분이 바로 그 가게의 주인이었읍니다.

「수수밭을 다 치워야 오죠.」

그리고 다께오씨는 우리가 잘못 알아듣는 말로써 무엇을 시키는 것 같더니, 안주인이 잠시 부엌으로 물러가자,

「너희들의 고국사람이야. 예의 위안부 출신인데 이곳에서 술가게와 비밀로 히로뽕 장사를 하고 있으니까 말조심 해야 돼. 알겠어?」

다께오씨는 이렇게 미리 다짐을 받더군요. 그가 언젠가 우리에게 들

려 주던 여자정신대란 이름의 한국 처녀 위안부의 얘기——처녀 한
사람이 하루 3백명의 일본군에게 몸을 바쳐야 했다는 그 끔찍스런 이
야기도 필연 이 집 안주인에게서 들은 게로구나 싶었읍니다. 우리는
목이 자라목처럼 약간 들어간 듯한 주인 아주머니의 뒷모습에서 눈을
돌렸읍니다. 위안부 퇴물이라니까 어쩐지 이상한 생각이 들더군요.
고향에도 못 가고 그런 데서 그런 짓을 하고 살아가는 그녀에 대한 가
없은 생각과 그녀를 그렇게 만든 사람들에 대한 울분이 한꺼번에 끓
어올랐었겠지요. 그녀들을 그러한 운명의 구렁텅이로 처넣은 것은 다
께오씨의 말을 전적으로 믿지 않는다 하더라도 한국에 와 있던 일본
관리들과 일본 군인들만의 죄는 아닐 겝니다. 울고 불고 숨고 하던 처
녀들을 억지로 끌어내는 데 갖은 방법으로 협조한 우리 사람들의 죄
도 결코 작지는 않을 게란 생각이 자꾸만 들더군요. 어쩜 그런 사람
들 가운데서도 우리 사회에서 내처 유력자로서 지도자로서 눌러앉아
국민 무엇을 부르짖으며 외유를 하고 돈을 벌고 세력을 누리는 사람
이 있을는지도 모르지요. 돌아가신 아버지께서는 생전에 술을 들면 가
끔 그런 뜻의 말을 했다고 기억합니다만……

　아까 저가 말한 우리 국회의의원들의 외유 붐에 관한 신문기사도
바로 이 가게에서 보았지요. 뜻밖에 한국 신문이 한장 반쯤 찢어진 채
옆 테블 위에 놓여 있었거든요.
　두리가 집어 주기에 잠깐 들여다보았더니, 맞은편에 앉아 있던 다
께오씨가 고개를 쭉 빼고 흘끗하고는,
　「응, 고국 신문인가? 이 집에선 꼭 한 부 받는 모양이더군. 한국
노무자들이 가끔 들르기도 하니까……」
　그는 기사 내용에 대해서는 굳이 알려고도 하지 않았읍니다.
　김이 무럭무럭 나는 달걀 덮밥과 맥주를 가져 온 안주인은 비로소
우리들의 얼굴을 유심히 보더니 다소 서툰 한국말로,
　「돈 벌려 왔구먼. 딸라……」
하며 다께오씨의 곁에 바트기 앉더군요. 그렇다고 수긍을 했더니,
　「온 지가 오래 되나요?」
하고 예사스럽게 묻잖겠어요.
　「네」
해 줬지요. 그리고 우린 밥만 먹었죠.

「다행이구먼! 요 며칠 전에 온 처녀들은 억울하게 된 사람이 많았지.」

그녀는 다께오씨에게 맥주를 따르며 이렇게 말하더군요.

「왜 무슨 일이 있었나요?」

다께오씨가 돌아보자,

「그 무슨 기능개발협회인지 쇠발협회인지 하는 사람들의 말을 믿고서 7백 여명이나 되는 광산촌 처녀들이 실려왔다지만 그게 다 약속대로 파인애플 공장이나 사탕수수 농가에 계절노무자로 들어가지 못하고 반이 넘는 4백여 명이 하수도공사라든지 무슨 무슨 건축공사장으로 배치되어서, 사내들도 하기 힘든 중노동을 하고 있잖아요. 이따 갈 때 한번 돌아 보세요. 땀을 뻘뻘 흘리며 땅을 파고 블로크를 쌓고 있는 광경은 정말 불쌍해서 못 봅니다. 게다가 품삯이나 어디 제대로 받고 있나요.」

이름 대신 상해댁으로 통해 있다는 안주인은 약간 체머리까지 흔들어가며 이렇게 제 일처럼 구두덜거리더니, 다께오씨로부터 맥주잔을 확 뺏아 들데요. 술도 곧잘 마십니다. 이내 광대뼈짬이 벌게지더군요. 광대뼈짬이 붉어지자 그녀는 더욱 야단스럽게 지껄이잖겠어요. 일본말을 쓸 때는 무슨 소린지 잘 알아들을 수 없었지만 무언가를 따지려 드는 눈치 같았습니다. 그러니까 다께오씨는 순순히 술을 더 가져오게 하더군요.

상해댁은 그렇게 술을 권하거니 들거니 하다가, 무슨 생각으론지 저를 홀끗 쳐다보며,

「일본놈들은 입이 열이라도 내게는 할 말이 없어. 누가 나를 이랬다고!」

여간 기백이 아니었습니다.

그러다가 별안간 노랭(발)을 드리운 문간쪽을 내다보며 한국말로,

「또 왔어? 날마다 오면 난 어쩌지?」

우린 놀라서 뒤를 돌아보았습니다. 대여섯살 돼 보이는 거지애 하나가 발문 밖에 오똑하니 서 있더군요. 머리도 제대로 깎지 않은 계집애였습니다. 거지애는 벙어리처럼 아무런 대답도 없었습니다.

「어서 들어와!」

상해댁은 그 애를 부엌쪽으로 데리고 가더니 고구마 삶은 겐지 뭔지를 종이에 싸서 쥐어 주더군요.

그것을 받아 든 애기거지는 고맙다는 뜻일 테지, 상해댁의 얼굴을 잠깐 쳐다보더니(저는 그것을 고국이나 어머니가 그리워서 그랬으리라고 생각했읍니다), 고개만 꾸뻑해 보이고 아장아장 밖으로 나가지 않겠읍니까. 그애의 얼굴에는 벌써 웃음이라고는 찾아볼래야 찾아볼 수 없었읍니다.

그게 누구냐고, 나께오씨가 물은 모양인데, 상해댁은 웬일인지 우리 쪽을 보고 대답을 하더군요.

「한국에서 실려 온 고아야. 왜 처녀들도 그런 소문을 들었을 텐데? 무슨 개발공사라든가――한국에는 웬놈의 〈개발〉이란 이름이 붙은 단체가 그렇게 많아?―― 아뭏든 그런 장사 단체가 한국에서 고아 백여명을 싣고 와서 이곳에 주둔하고 있는 미군들에게 돈을 많이 받고 불법 입양을 시켰더랬는데, 그 미군아저씨들이 귀국할 때 같이 데리고 갈 수속이 미처 안 되어 그냥 길가에 버려두고 갔다나. 여긴 그런 애기거지들이 우글우글하다니까. 언젠가 신문에서, 한국 보사부란 데서 그런 짓들을 한 회사 책임자를 수사당국에 고발하겠다고 한 기사를 읽은 적이 있지만 저렇게 돌아다니다가 굶어 죽고 병들어 죽고, 물에 빠져도 죽고……그저 그런 거지애들이지 머. 귀여운 〈우리의 애기들〉이 말야. 요 며칠 전만 해도 기지 앞 산호초에 걸려 있는 그런 애의 시체를 본 사람이 있었다던가……」

상해댁은 〈우리의 애기들〉이란 말에 특별히 악센트를 넣는 것 같더니 느닷없이 〈응응〉 하고 울음을 터뜨리지 않겠읍니까. 말과 웃음을 잊은 애기거지를 돌려보내자, 쌓이고 쌓인 어떤 설움의 둑이 술김에 갑자기 무너지기라도 한듯이. 불그레해진 광대뼈짬에 이내 눈물얼룩이 지더군요.

다께오씨도 어리둥절하며 아주머니가 술에 취했느니 술버릇이 어떻느니 했지만, 술을 입에 대지도 않은 우리도 그만 울고 말았읍니다.

그길로 밖으로 나왔다가 선창가를 향해 얼마 걷지 않아서, 공교롭게도 우리는 또 부슬비 속에서 일을 하고 있는 한 떼의 한국 처녀들을 보게 되었더랍니다.

어떤 건축 공사장이었읍니다. 자갈 궤짝을 무겁게 해 지고 기우뚱거리는 모습들! 얼굴은 이미 그을어서 검둥이가 다 되었고, 땀과 비에 젖은 입성은 만판 거지꼴이었어요. 되도록이면 보지 않으려고 했지만 자구 눈이 가는 걸 어떡 합니까? 가슴이 미어지는 것 같더군요.

이제 막 들은 상해댁의 말이 거짓말이 아니었지요. 우리는 또 눈물을 참을 수가 없었읍니다.

「운다고 해결이 되나? 쓸개빠진 타협과 눈물이 문제를 해결해 주지는 못해!」

우리들의 심중을 짚었을 테죠, 다께오씨는 갑자기 신경질을 내면서 이런 말을 내뱉더군요. 그러고서 그는 돌아도 안 보고 뚜벅뚜벅 앞을 걸어갔지요. 처음에는 야속하다는 생각도 들었지만, 그로서는 그럴 만한 까닭이 있었으리라고 곧 이해가 가는 것 같더군요.

저는 그의 얄미운 뒷모습을 바라보면서, 그가 우리에게 보여 주던 〈건아의 탑〉과 〈백합의 탑〉 얘기를 문득 기억에 떠올렸읍니다. 그리고 언젠가 「한국 사람을 왜 다꼬(문어)라고 부르는지 알아? 뼈다귀가 없다는 거야, 뼈다귀가……!」 하면서 빈정거리던 일도.

그날밤 우리들은 오래도록 잠을 이루지 못했읍니다. 그의 말마따나 쓸개빠진 타협들과 눈물이 우리들을 오늘과 같은, 아니 갈수록 더 어둔 불행 속으로 밀어 넣지나 않을까 해서……

어머니, 하도 억울해서 두고 두고 써 보탠 편지가 너무 길어진 것 같습니다. 읽기에 힘드셨겠지요.

〈1977·文藝中央〉

허덕이며 보낸 人生

─나의 作家的 自叙傳

〈作家的 自叙傳〉을 써 달라는 청탁을 받았으나 이런 어마어마한 글은 딱 질색이다. 36년 간의 그 지긋지긋한 植民地 體裁, 그리고 해방후 4半世紀가 넘도록 반동강이가 나 있는── 그러면서도 통일의 날이 막연하게 느껴지는 조국이, 소위 知識人·文學人으로서 너절하게 목숨이나 이어 온 참회록 같으면 모르되, 文學精神病者가 아니고서는 나 같은 처지의 사람이 어떻게 作家然하고서 이런 걸 쓸 수 있으며, 또 그런 건덕지가 있느냐 말이다. 게다가 아직도 함부로 쓸 수 없는 형편이고 보면 더욱 말이 안 될 얘기다.

솔직히 말해서 이러한 심정이고 형편인데, 文協支部長을 맡아 보는 雨荷兄이 반 억지의 부탁을 여러번 거듭해 여기에 하는 수 없이 억지로 붓을 들어본다. 그러니까 이건 雨荷兄과의 오랜 友誼에서 끼적거려진 잡문에 불과하다는 걸 미리 말해 둔다.

오래 전 내가 읽은 어느 작가의 소설 제목에 「안개 속의 춘삼이」란 것이 있었다. 나는 내가 지내온 과거를 회상할 때 가끔 그 소설 제목이 어쩜 내 一生記에 적합할 듯한 생각이 자꾸만 든다. 왜냐면 그저 망설이고 허덕이다가 싱겁게 마칠 한 평생 같기 때문이다.

문학을 해 보겠다고 엄두를 낸 동기부터가 남에게 자랑할 만한 것이 못된다. 抗日學生運動이 전국을 통해서도 심한 편이었다는 東萊高普 4~5 학년 때부터 문학에 엄두를 내기 시작한 것같이 기억되는데, 물론 한 서너번 日帝의 植民地 敎育政策에 반대하는 동맹휴학 사건에 관계는 했었지만 식민지 청년으로서 민족 해방을 위한 秘密結社 같은 데 들어가서 세속 일을 해 볼 용기가 모자랐기 때문에 결국 문학에 기울어졌다고 볼 수밖에 없다. 어떤 분은 민족을 계몽시키기 위하여 문학의 길을 택했노라고 큰소리를 하였다지만, 내 경우는 하불실 문학을 통해서라도 민족적 감정을 배알지 않으면 生의 구차스런 보람을 느끼지 못할 것 같아서 그랬으리란 것을 고백하지 않을 수 없다. 그러니까 엉뚱스럽게 누구를 위해서라기보다는 바로 내 자신을 위해서 문학에 엄두를 낸 것이 된다.

그래서 초기에 東亞日報의 文藝欄 혹은 「大潮」 등에 발표한 詩같은 것들이 자연 민족적 우울을 소재로 삼게 되었는데, 그것은 처음부터 내 문학에는 소위 抵抗精神이 비교적 강하게 작용했을 것으로 회상된다.

1928년 東萊高普를 졸업하던 그해 9월 蔚山 大峴公立普通學校에 교사로 부임한 뒤부터 본격적으로 문학 공부를 시작한 터이지만, 그 당시 발표한 前記한

따위 詩 같은 것들의 내용과 또 기타 행동으로 미루어 보아 日人들의 이른바 不
穩思想을 가진 자로 판단이 되었던지 11월에 갑작스레 가택수색을 당하고 즉석
에서 구속되어 고향인 東萊署로 끌려 가 문초를 받았다. 이 무렵에 겪은 일들이
1970년 「創作과批評」誌에 실린 「어둠 속에서」란 작품의 소재가 된 셈이다.

1929년 2월 日本으로 건너가 東京 第一外國語學院에서 1년간 修學을 하면서 日
本文學 기타 外國文學을 탐독하다가 다음 해 早稻田大學附屬第一高等學院에 입
학한 뒤로는 문학서적보다 사회과학 방면의 서적에 더 관심을 두게 되었다. 그
것이 自由主義를 표방하던 소위 〈와세다〉(早稻田)의 기풍이었던 것이다. 시인
李燦과 평론가 安漠·李源朝 등을 알게 된 것은 그 무렵의 일이다. 李燦과 安漠
은 〈와세다〉의 1년 선배였지만 李源朝는 法政大學에 籍을 두고 있었다.

30년에는 당시 留學生會에서 발간하던 「學之光」의 편집에도 참여하고 國內誌
「朝鮮詩壇」, 「文學建設」, 「大潮」, 「新階段」, 「集團」 등에 시·소설 따위를 발표
하기 시작했다. 지금 기억에 남아 있는 것은 詩로서는 「學之光」 30호에 실린 「故
鄕에 돌아와서」의 2편과, 「朝鮮詩壇」에 실린 「젊은 敎育者의 노래」의 3편, 「大
潮」에 실린 「朝鮮鶴」등 몇편과, 소설로서는 「文學建設」에 실린 「그물」과 「新階
段」인가에 낸 「救濟事業」이란 2편인데 「救濟事業」은 목차에 제목만 발표되고 내
용은 검열에 걸려 全文削除되고 말았다. 피폐한 농촌과 농민을 위한다는 소위
救濟事業이란 것이 爲政當局의 기만적인 눈가림 술법에 불과한 것을 따져보았기
때문이라고 기억된다. 「救濟事業」은 완전히 失稿가 되었지만 「그물」이란 작품이
실린 잡지는 누군가가 보관하고 있을 듯도 한데, 한번 알려 주었으면 싶은 나의
첫 소설이다.

〈早稻田〉大學 第一高等學院 3학년 때였다. 여름 방학에 귀국했다가 때마침 일
어났던 梁山 農組의 경찰 습격 사건이 日帝의 야만적인 보복행위로 바뀔 무렵
〈삥퍼〉 사업에 가담하여 地方巡廻工作 도중, 해방후 고생 끝에 죽은 朴麟浩·金
世龍 두 동지들과 함께 경찰에 체포 구금되었다. 이것이 학교를 그만두게 된 동
기가 되고, 강의실에서의 문학 공부로부터 사회 속에서의 문학 공부로 나의 修
業은 전환된 셈이었다.

이리하여 부모에 대해선 면목이 없고, 沒理解한 이웃으로부터는 동정보다 오
히려 비웃음을 받게 되었다. 내가 술을 배운 것은 이 무렵이었다. 다행히 자포
자기에는 빠지지 않았다. 용감하게 민족해방 운동에 몸을 바칠 용기는 없었으나
쥐꼬리 만한 작품 따위 발표한 것으로 문학청년인 체하고 번들거리기는 싫었다.
천신만고해서 직장을 구한 것이 南海란 섬의 普通學校 교원 자리였다.

교원 생활을 해 가며 〈남포〉 밑에서 끼적거린 「寺下村」이란 작품이 1936년 朝
鮮日報 新春文藝에 당선된 세칭 나의 처녀작이다.

그러나 게재가 채 끝나기도 전에 고향의 아버지로부터 심상찮은 편지가 날아
왔다. —— 무슨 글을 썼기에 중들이 찾아와서 집에 불을 놓겠느니 어쩌느니 위
협을 하고 돌아갔다는 것이다. 옛날 같음 어림도 없는 수작이지만 그 때는 벌써
〈天皇陛下 聖壽萬歲〉란 팻말이 어느 절 없이 大雄殿 佛前에 버젓이 설 정도로,
불교도 일제의 소위 〈皇民化〉운동의 앞잡이 노릇을 하던 터이라 중의 기세도 무

481

시 못할 세월이었던 것이다. 「寺下村」이란 작품 속에 나오는 몇몇 장면이 내 고향에 있는 절 또는 거기에서 일어났던 일과 비슷한 데가 있었기 때문이라고 생각했다.

나는 곧 그 절 主持의 의붓아들로서 당시 京城帝大의 反帝同盟 사건에 관계되어 한때 학교를 그만두고 놀던 친구에게 편지를 내어 그러한 사실을 알리고 중들을 무마시켜 달라고 부탁했다. 그러나 웬일인지 그로부터는 아무런 회답이 없었다.

얼마 뒤 道廳 學務課에서 내가 봉직해 있던 학교에 출장을 왔던 親學이 나를 따로 불렀다.——왜 宗敎를 반대하는 소설을 썼느냐고 따지기 시작했다. 나는 종교를 반대한 것이 아니고, 썩은 중들을 소재로 삼았을 따름이라고 말했다.

『절에서 대단히 항의가 들어왔는데, 그런 글은 쓰지 않는 게 좋아!』

다행스럽게도 나의 중학 恩師였던 그 日本人 視學은 이렇게 충고했을 뿐 學務當局에서는 그 뒤 더 말이 없었다. 그러나 곧 방학이 되어 고향에 돌아갔을 때, 어떤 술자리에서 별안간 主持의 의붓아들과 그 일행으로부터 밤중에 심한 폭행을 당했다.

「寺下村」에 이어 곧 朝鮮日報에 발표한 「옥심이」란 작품 속에서도 당시의 寺刹과 僧侶들의 하는 짓들을 못마땅하게 다룬 것은 그때의 감정도 다소는 작용했으리라고 생각된다.

계속해서 「抗進記」, 「岐路」, 「落日紅」, 「秋山堂과 결사 람들」 등등을 「朝鮮日報」, 「朝光」, 「文章」誌 등에 발표해 오다가 朝鮮語敎育이 금지되자, 1940년 봄 敎職을 내던지고, 廢刊 強要를 받아 오던 東亞日報 東萊支局을 덜렁 인수해서 그 해 8월 東亞日報 폐간과 더불어 완전한 실업자가 되었다. 물론 문학도 絶筆을 했다.

오랜 절필 끝에 해방을 맞이했으나 해방이 된 뒤에도 붓이 얼른 들어지지 않았다. 釜山에서 발행되던 民主新報, 大衆新聞 등에 논문·잡문 따위를 끼적거리며 한편 「文化建設」이란 조그만 不定期 雜誌도 내 보았지만 소설만은 써지지 않았다. 그 後 白凡 金九선생이 주장하던 南北韓統一選擧 기타 獨裁反對에 관여하여 몇 차례 투옥되었을 뿐 문학과는 먼 거리에 있었던 것이다. 그래서, 1956년에 발간된 나의 첫 창작집 「落日紅」이 나의 解放前 作品集으로, 이것이 나의 문학적 작업의 마지막이 될 뻔하였다.

「모래톱 이야기」로써 文壇에 복귀한 것이 1966년, 그러니까 해방후 20여년이 지난 때였다. 그것도 쓰기 싫은 것을, 元應瑞씨가 主幹하던 「文學」이란 文學誌의 간청을 굳이 저버리지 못해 용기를 내어 본 것이었다.

다행히 그것이 호평을 사게 되고, 1967년 「過程」이란 작품을 同誌에 발표했다. 「過程」은 평론가들이 침묵을 지켜 주었지만, 1970년 「創作과批評」誌에 발표한 「어둠 속에서」가 나의 日帝 때의 拘禁生活의 기록이라면 「過程」은 해방후의 감옥살이의 체험기다.

1968년에는 「곰」(現代文學), 「油菜」(創作과批評), 「畜生道」(世代), 1969년에는 「第三病棟」(新東亞), 「修羅道」(月刊文學), 「굴살이」(現代文學), 「뒷기미 나루」(創作과批評), 1970년에는 「地獄變」(世代), 「독메」(月刊文學), 「人間團地」

,月刊中央),「失調」(新東亞),「어둠 속에서」(創作과批評), 1971년에는 「山居族」 (月刊中央), 「사밧재」(現代文學), 「山西洞 뒷이야기」(創造) 등을 계속 발표하 였다.

오랜 침묵의 뒤이긴 했지만 원래 寡作인 사람이 이와같이 亂作을 했으니 좋은 작품이 나올 리 없었다.「修羅道」로써 69년도 韓國文學賞,「人間圍地」,「山居 族」등으로써 71년도 文化藝術賞을 타게 된 것은, 作品의 質보다 文學老兵을 격 려하기 위한 中央 文友들의 好意의 덕이라고 생각한다.

교편을 들고 있는 탓으로 작품은 주로 밤에만 쓰는 버릇이 되어, 몇해 동안 무 리를 한 관계로 건강이 여의치 못해 요즈음은 거의 붓을 못 든다.「創作과批評」 誌에, 그것도 未完成의 作 「회나뭇골 사람들」을 겨우 끼적거린 뒤로는 다시금 절필 상태. 그러면서 <老兵은 아직 살아 있다>는 소리를 듣고 싶어 지금도, 다 시 용기를 내야 되리라고 뻐물어 보기도 한다.

〈1973・釜山文學〉

小說集「人間團地」自序(1972)

한 평생을 이상하게 살아 오고 또 죽어 갈 것만 같다.

나를 자유로운 한 인간으로서 안아 주어야 할 조국이 줄곧 남의 나라의 손아귀에 들어 잡혀온 기나긴 세월을 고스란히 짓눌려서만 살았다. 그리고 해방이 되었노라는 지금도 허리를 잘린 조국의 한쪽 끄트머리에서 내처 고달픈 숨을 쉬고 있다.

어머니의 젖가슴에 안겨 겨우 의식이 싹틀 무렵부터 일제(日帝) 순경의 칼에 먼저 겁을 먹었다.『순사 온데잇!』하면 울던 울음도 그쳐야만 했던 것이 사회에 대한 나의 첫 몸짓이었다.

겉으로는 울음을 그쳤지만 그 울음은 안으로 안으로만 들어 갔다. 그러니까 문학은 내게 있어서 처음부터 가냘픈 하소연이었고, 때로는 반항이었다. 그래서 관헌(官憲)은 나를 〈불령 선인〉(不逞鮮人)이니 또는 무어니 하는 딱지를 붙여서 감시를 하고 가끔 옥에 처넣기도 했다.「어둠 속에서」를 비롯해서 「모래톱 이야기」·「過程」등 작품들에는 나의 그러한 체험들이 숨쉬고 있다고 생각된다.

『순사 온데잇!』하는 데서부터 짓눌려 싹튼, 권력의 횡포에 대한 나의 사회적인 몸짓에 대해서, 관헌과 손발을 맞추듯, 어떤 부류의 문학인은 나를 무슨 죄인 취급하듯이 〈신경향파 작가〉니 뭐니 해서 마치 고발이라노 하는 투토 빈징거리기도 했다. 그럴 때마다 나는 그러한 글을 함부로 써 내는 사람들의 이름을 물끄러미 들여다보기도 한다. 틀림없이 그도 같은 겨레인데……

1940, 일제의 발악이 극도에 달해 갈 무렵, 나는 붓을 꺾고 말았다. 교직도 내던지고, 강제 폐간의 위기에 놓인「동아일보」의 지국을 맡았다가 불과 몇 달 만에 「동아일보」와 운명을 같이 했다.

해방이 된 뒤에도, 일제가 물러가면서 무슨 사무 인계를 어떻게 했는지 나는 계속 관헌의 감시를 받는 처지에 놓였었다. 해방 되고도 20년이 넘도록 붓을 계속 꺾었다가 「모래톱 이야기」를 발표했다. 이 작품의 첫머리에 덧붙인 푸념처럼 ──지겹도록 오래 꾹 참아 왔었지만, 독재 권력에 여지없이 짓밟히고 있되『마치 남의 땅 이야기나 옛 이야기처럼 세상에서 버려져 있는』 따라지들의 억울한 사연들에 대해서까지는 『차마 묵묵할 도리가 없었기 때문에』 다시 붓을 들기 시작했던 것이다.

이러한 동기에서 쓰어진 작품들이라 아름다운 가락이 되기 전에 무뚝뚝한 투덜거림이 되게 마련이다.

작품집 같은 걸 내려고 애써 본 적이 없다. 〈한얼문고〉에서 뜻밖에 얘기가 되어, 문단 복귀 이후의 나의 이러한 작품들을 대충 한 권의 책으로 엮게 된 데 대해서는, 황 활원 사장을 비롯해서 차 동석·임 중빈님 등 〈한얼문고〉 여러분들의 후의와 노고에 그저 감사를 드릴 따름이다.

年　譜

1908년(1세) 음력 9월 26일, 慶南 東萊郡 北面 南山里에서 金基壽씨의 장남으로 태어남. 雅號는 樂山.

1913년(6세) 鄕里에서 漢學을 배우기 시작함.

1919년(12세) 私立 明正學校 입학. 3·1 獨立運動 일어남.

1923년(16세) 中央高普 入學.

1924년(17세) 9월, 東萊高普로 전학.

1927년(20세) 慶南 梁山郡 下西面 花濟里 豊壞人 趙熙原씨의 장녀 分今과 결혼.

1928년(21세) 東萊高普 졸업. 9월, 蔚山 大峴公立普通學校 敎員으로 취임. 이무렵 東亞日報 學藝欄에 詩를 투고함. 민족적인 差別待遇에 불만을 품고 11월 朝鮮人敎員聯盟 조직을 계획. 日警으로부터 가택수색을 받고 被檢. 蔚山署에서 東萊署로 移管되어 訊問을 받음.

1929년(22세) 2월, 渡日. 東京第一外國語學院에 1년간 修學. 日本文學, 西洋文學을 탐독함.

1930년(23세) 東京 早稻田大學附屬 第一高等學院 文科 입학.

1931년(24세) 朝鮮人 留學生會에서 발간하던 『學之光』 편집에 참여. 國內誌 『朝鮮詩壇』『新階段』 등에 단편 발표. 「救濟事業」이란 작품은 제목만 실리고 내용은 全文 삭제 당함. 4월, 장녀 福先 고향서 출생.

1932년(25세) 여름방학 귀향. 梁山 農民蜂起 사건에 관련됐다가 被檢. 9월, 학업 중단. 단편 「그물」(罟)을 『文學建設』에 발표.

1933년(26세) 10월, 南海公立普通學校 敎員 취임. 이때부터 農民文學에 뜻을 두기 시작.

1935년(28세) 2월, 2녀 福允 南海서 출생.

1936년(29세) 1월, 소설 「寺下村」이 朝鮮日報 新春文藝에 당선. 계속해서 「옥심이」를 朝鮮日報에 연재 발표.

1937년(30세) 7월, 中日戰爭 일어남. 「抗進記」를 朝鮮日報에 발표. 7월, 장남 南宰 南海서 출생.

1938년(31세) 단편 「岐路」(朝鮮日報)·「그러한 男便」(朝光)을 발표.

小學校 規定 改正으로 우리말, 우리글이 隨意科目으로 전락됨.

1939년(32세) 5월, 南海郡 南明 公立普通學校로 전임. 8월, 3녀 福姬 출생.

1940년(33세) 「落日紅」(朝光)·「秋山堂과 곁사람들」(文章)·「月光恨」(文章) 등 을 발표함. 학교에서는 우리말 교육이 불가능하게 되고, 신문들도 자진 폐간을 강요받음. 3월, 教員 辭表를 내고 (5월에 수리됨) 東亞日報 東萊 支局을 인수하여, 가족을 거느리고 東萊로 옮겨옴. 支局 일에 전념하던 중 治安維持法 違反이란 罪名으로 警察에 被檢. 8월, 東亞日報 강제 폐간당 함. 日帝의 발악 극도에 달해 이로부터 붓을 꺾음. 11월, 慶南 綿布組合 書 記로 취직.

1941년(34세) 11월, 2남 充 출생.

1944년(37세) 12월, 4녀 福延 출생.

1945년(38세) 5월 18일, 父親喪을 당함.

8月 12日, 身邊의 불안을 전해 듣고 일시 龜浦 知人宅으로 피신. 8·15 해방. 建國準備委員會에 관계. 9월, 民主新報 논설위원.

1946년(39세) 11월, 막내딸 恩淑 출생.

1947년(40세) 釜山中學校 教師 취임.

1949년(42세) 釜山大學校 出講. 慶尙南道 中等教師 資格 審査委員으로 위촉됨.

1950년(43세) 釜山大學校 助敎授 발령. 6·25 動亂 발생. 가족들 분산.

1951년(44세) 請託에 의하여 李始榮翁의 略傳 省齋小傳을 집필.

1954년(47세) 敎育公務員法 改正에 의하여 釜山大學校 講師로 轉落.

1955년(48세) 3월, 敎授資格 審査委員會로부터 副敎授 資格을 인정받음. 7월 釜 山大學校 副敎授에 승진.

1956년(49세) 11월, 창작집 『落日紅』(世紀文化社版) 출간.

1957년(50세) 10월, 「生産文學論」을 『嶺文』 16호에 발표.

1958년(51세) 慶尙南道 道誌 編纂委員에 위촉됨.

1959년(52세) 1월, 慶尙南道 地名 制定委員에 被任. 12월, 제3회 釜山市文化賞 (文學賞) 受賞. 이 무렵부터 釜山日報 論說 집필. 칼럼, 수필 등도 다수 발표.

1960년(53세) 4·19혁명 일어남. 5월부터 얼마동안 釜山大學校 文理科大學 文學 部長으로서 學長 일을 맡아 봄.

1961년(54세) 5·16으로 6월, 학교를 물러남. 釜山日報 常任論說委員.

1963년(56세) 2월부터 釜山大學校에 出講.

1965년(58세) 4월 19일부터 釜山大學校에 專任講師로 復職. 11월에 助敎授 승진. 「韓國 古代小說과 유머」(釜山文藝)발표.

1966년(59세) 10월 「모래톱 이야기」(文學 6월호) 발표로 中央 文壇 복귀. 「한 국의 센티멘탈리티」와 「古時調에 反映된 農民」을 『人生論全集』(博友社)과

釜大 文理大學報에 각각 발표함.

1967년(60세)「過程」(文學)·「入隊」(文學時代)를 발표. 韓國 文人協會 및 藝
總 釜山支部長 취임.

1968년(61세) 7월, 母親喪을 당함.「곰」(現代文學)·「油菜」(創作과 批評)·「畜
生道」(世代) 발표.

1969년(62세) 釜山大學校 副敎授로 還元.「第三病棟」(世代)·「굴살이」(現代文
學)·「修羅道」(月刊文學)·「뒷기미 나루」(創作과批評) 등을 발표. 중편
「修羅道」로 第6回 韓國文學賞 受賞.

1970년(63세)「地獄變」(世代)·「독메」(月刊文學)·「人間圈地」(月刊中央)·「失
調」(新東亞)·「어둠 속에서」(創作과批評) 등을 발표.

1971년(64세)「山居族」(月刊中央)·「사밧재」(現代文學)·「山西洞 뒷이야기」
(創造) 등을 발표하고, 제 2 창작집『人間圈地』(한일문고版)를 간행. 11월,
제 3 回 文化藝術賞 수상.

1972년(65세) 全國 地方國立大學 敎授協議會聯合會 회장.

1973년(66세)「희나뭇골 사람들」(創作과批評) 발표. 文庫版『修羅道·人間圈
地』(三省出版社) 간행.

1974년(67세) 釜山大學校에서 정년퇴직. 萬海文學賞 심사위원.『金廷漢 小說選
集』(創作과批評社版) 간행.

1975년(68세)「어떤 遺書」(月刊中央)·「位置」(新東亞) 등을 발표. 文庫版『修
羅道』(三中堂) 간행.

1976년(69세)「교수와 모래무지」(뿌리 깊은 나무) 발표. 文庫版作品集『모래
톱 이야기』(汎友社) 간행.『金廷漢 小說選集』(創作과批評社) 再版이『第三
病棟』으로 改題되어 나옴. 10월, 文化勳章(銀冠) 받음.

1977년(70세)「오끼나와에서 온 편지」(文藝中央) 발표. 東西出版社에서 文庫
版 作品集『사밧재』와『人間圈地』간행. 장편소설「三別抄」(民族文學大系
─同和出版社) 발표.

1978년(71세) 수상집『洛東江의 파숫군』(한길사) 간행.

1983년(76세)『第三病棟』(創作과批評社) 5版이『金廷漢 小說選集』으로 改題·
增補되어 나옴.

창비신서 6
김정한 소설선집

초판 1쇄 발행 / 1974년 10월 20일
초판 24쇄 발행 / 2021년 1월 18일

지은이 / 김정한
펴낸이 / 강일우
펴낸곳 / (주)창비
등록 / 1986년 8월 5일 제85호
주소 / 10881 경기도 파주시 회동길 184
전화 / 031-955-3333
팩시밀리 / 영업 031-955-3399 편집 031-955-3400
홈페이지 / www.changbi.com
전자우편 / literat@changbi.com

ⓒ 김남재 1997
ISBN 978-89-364-1006-3 03810

* 이 책 내용의 일부 또는 전부를 재사용하려면
  반드시 저작권자와 창비 양측의 동의를 받아야 합니다.
* 책값은 뒤표지에 표시되어 있습니다.